RAYMOND FEIST

Die Midkemia-Saga 4

Raymond Feist

Die Midkemia-Saga 4

Dunkel über Sethanon

Deutsch von
Dagmar Hartmann

blanvalet

Die Originalausgabe erschien 1986 unter dem Titel
»Riftwar Saga 4: A Darkness at Sethanon« bei Bantam Books, New York.

1. Auflage

Redaktion: Peter Thannisch
Umschlaggestaltung und -illustration:
Isabelle Hirtz, Inkcraft · Karte: © Melanie Korte
HK · Herstellung: kw
Satz: Buch-Werkstatt GmbH, Bad Aibling
Druck und Bindung: GGP Media GmbH, Pößneck
Printed in Germany
ISBN 978-3-7341-6097-4
www.blanvalet.de

Prolog
Unheilswind

Der Wind kam aus dem Nichts.

Erhoben hatte er sich aus dem Widerhall eines hämmernden Schicksals. Er trug die Hitze eines Schmiedefeuers, das den Krieg anheizte, und damit den versengenden Tod vor sich her, lebte im Herzen eines verlorenen Landes auf, kam von einem fremden Ort, der sich zwischen dem befand, was ist, und dem, was nach Sein strebt. Der Wind wehte aus dem Süden, wo die Schlangen aufrecht gehen und uralte Worte sprechen. Tosend erfüllte er lang vergessene Prophezeiungen und stank nach uraltem Bösen. In wilder Ekstase drehte sich der Wind umher, wirbelte heraus aus der Ödnis, hielt inne, suchte sich eine Richtung und wehte dann nach Norden.

Während die alte Amme nähte, summte sie ein einfaches Lied, ein Lied, das seit Generationen in ihrer Familie von der Mutter zur Tochter weitergegeben worden war. Sie hielt für einen Moment inne und sah von ihrem Nähzeug auf. Ihre beiden Zöglinge lagen mit friedlichen kleinen Gesichtern da und schliefen, träumten ihre kleinen Träume. Gelegentlich zuckten die Fingerchen des einen im Schlaf, oder der andere schmatzte und nuckelte, doch bald fanden die Säuglinge wieder zur Ruhe. Sie waren so hübsche Kinder, und eines Tages würden aus ihnen stattliche Männer werden, dessen war sich die Amme sicher. Als Erwachsene würden sie sich zwar nur noch vage an die Frau erinnern, die in dieser Nacht bei ihnen saß, aber in diesem Moment gehörten sie ihr genauso wie ihrer Mutter, die mit ihrem Gemahl einem festlichen Abendessen vorsaß.

Plötzlich drang durch das Fenster ein seltsamer Wind herein, und trotz seiner Wärme fröstelte die Amme. Der Wind trug den Hauch des Fremden mit sich und sang eine misstönende, böse Melodie, die kaum wahrzunehmen war. Die Amme schauerte und sah zu den Jungen hinüber. Sie wurden unruhig, als wollten sie erwachen und weinen. Die Amme eilte zum Fenster, schloss die Fensterläden und verbannte die seltsame, Unruhe stiftende Nachtluft aus dem Zimmer.

Einen Moment lang schien die Zeit den Atem anzuhalten, und dann, wie mit einem leisen Seufzer, erstarb die Böe, und die Nacht war wieder still. Die Amme zog das Tuch enger um die Schultern, die Säuglinge wälzten sich noch einmal in ihren Wiegen hin und her und fielen wieder in tiefen Schlaf.

In einem anderen Zimmer, ganz in der Nähe, arbeitete ein junger Mann an einer Liste und versuchte angestrengt, seine persönlichen Vorlieben aus dem Spiel zu lassen, während er entschied, wer am nächsten Tag die weniger angenehmen Aufgaben übernehmen sollte. Er hasste diese Arbeit, dessen ungeachtet erledigte er sie dennoch gewissenhaft.

Plötzlich bauschte der Wind die Gardinen auf und drückte sie ins Zimmer. Ohne nachzudenken, war er schon halb auf den Beinen, als ihm sein erprobter sechster Sinn Gefahr signalisierte. Er zögerte einen Moment lang mit klopfendem

Herzen und war sich so sicher wie nie zuvor in seinem Leben, dass ihm ein Kampf auf Leben und Tod bevorstand.

Als er niemanden entdecken konnte, entspannte sich der junge Mann langsam wieder. Der Moment war vergangen. Verwirrt schüttelte er den Kopf. In seinem Magen machte sich eine eigenartige Übelkeit breit, und er ging hinüber zum Fenster. Die Minuten verstrichen, während er hinaus in die Nacht schaute, in den Norden, wo, wie er wusste, die hohen Berge lagen, hinter denen ein Feind, ein böser Feind, wartete.

Der junge Mann kniff die Augen zusammen und starrte in die Dunkelheit, als könnte er so die Gefahren entdecken, die dort draußen lauerten. Dann, als die letzte Anspannung von ihm abgefallen war, kehrte er wieder zu seiner Aufgabe zurück.

In den verbliebenen Stunden der Nacht trat er immer wieder ans Fenster und sah hinaus.

Draußen in der Stadt bummelte eine Gruppe von Nachtschwärmern durch die Straßen und suchte nach der nächsten Schenke und weiteren fröhlichen Zechkumpanen. Der Wind wehte ihnen entgegen, und sie blieben stehen und sahen sich an. Ein erfahrener Soldat ging zunächst weiter, blieb dann jedoch ebenfalls stehen und dachte nach. Offenbar hatte er plötzlich das Interesse am Feiern verloren, denn er wünschte seinen Zechkumpanen eine gute Nacht und kehrte ins Schloss zurück, wo er seit fast einem Jahr zu Gast war.

Der Wind fuhr hinaus aufs Meer, wo ein Schiff nach einer langen Patrouillenfahrt eilig seinen Heimathafen ansteuerte. Der Kapitän, ein hochgewachsener alter Mann mit einer langen

Narbe, die sich auf der einen Gesichtshälfte von der Stirn durch das weiße Auge bis zum Kinn zog, hielt inne, als er von der frischen Brise erfasst wurde.

Er wollte schon den Befehl erteilen, die Segel einzuholen, als es ihn mit einem Mal seltsam fröstelte. Der Kapitän sah hinüber zu seinem Ersten Maat, einem pockennarbigen Mann, der schon seit Jahren zu seiner Mannschaft gehörte. Sie blickten sich an – dann war der Wind vorbeigezogen.

Der Kapitän verharrte noch. Schließlich aber schickte er Männer in die Takelage, und nach einem weiteren Augenblick, in dem alles still geblieben war, ließ er zusätzliche Laternen anzünden, die die plötzlich bedrückende Dunkelheit erhellen sollten.

Weiter im Norden blies der Wind durch die Straßen einer Stadt und trieb kleine Staubwirbel auf, die wie ein ausgelassener Hofnarr über das Straßenpflaster tanzten. In dieser Stadt lebten Männer aus einer anderen Welt neben solchen, die hier geboren waren. In der Garnisonsmesse der Soldaten rang einer der Männer aus der anderen Welt gerade mit einem, der nur eine Meile vom Kampfplatz entfernt aufgewachsen war. Rund um die beiden herum wurden währenddessen von den Zuschauern eifrig Wetten abgeschlossen. Jeder Mann hatte den anderen bereits einmal auf den Rücken gelegt, und beim nächsten Mal würde der Sieger feststehen.

Plötzlich erhob sich der Wind, und die beiden Kontrahenten blieben voreinander stehen und sahen sich um. Staub wehte den Umstehenden in die Augen, und einige der erfahrenen Veteranen mussten einen Schauer unterdrücken.

Schweigend verließen die Kämpfer den Ring, und diejenigen, die gewettet hatten, holten sich ohne Widerspruch ihre Einsätze zurück.

Still kehrten die Männer in ihre Quartiere zurück. Der bitterkalte Wind hatte die ausgelassene Stimmung hinweggeweht.

Der Wind setzte seinen Weg nach Norden fort, bis in einen Wald, in dem kleine affenähnliche Wesen freundlich und schüchtern in den Ästen hockten. Sie drängten sich aneinander, denn nur in der gegenseitigen Nähe der Körper wurde es so warm, wie sie es mochten.

Unter ihnen, auf dem Boden des Waldes, saß ein Mann in meditativer Haltung. Er kauerte im Schneidersitz, seine Handgelenke ruhten auf den Knien, und Daumen und Zeigefinger bildeten einen Kreis, der das Rad des Lebens symbolisierte, dem alle Lebewesen unterworfen sind.

Als ihn der dunkle Wind berührte, schlug er die Augen auf und sah das Wesen an, das ihm gegenübersaß. Es war ein alter Elb – seine Betagtheit ließ sich lediglich an den schwachen Altersmerkmalen seiner Art erkennen –, der den Menschen einen Moment lang betrachtete und die unausgesprochene Frage vom Gesicht des anderen ablas. Er nickte kaum merklich.

Der Mensch hob die beiden Waffen an seiner Seite auf. Er schob sowohl das lange als auch das kurze Schwert in die Schärpe, die ihm als Gürtel diente, und verabschiedete sich wortlos mit einer Geste. Dann ging er los, verschwand zwischen den Bäumen des Waldes und begann seine Reise zum Meer.

Dort würde er einen anderen Mann suchen, der den Titel Elbenfreund trug. Und dort würde er sich auch auf die letzte Schlacht vorbereiten, die bald ihren Anfang nehmen würde.

Das Laub raschelte über seinem Kopf, während sich der Krieger auf seinen Weg zum Meer machte.

In einem anderen Wald rauschte ebenfalls das Laub, allerdings eher aus Mitgefühl für diejenigen, die der vorbeistreichende Unheilswind beunruhigte. In einer riesigen Sternenwolke zog ein heißer Planet seine Bahn um eine grüngelbe Sonne. Auf dieser Welt gab es einen Zwillingswald von jenem, in dem der Krieger gerade aufgebrochen war. Tief in diesem zweiten Wald saßen Lebewesen im Kreis und wurden von zeitlosem Wissen eingehüllt. Sie wirkten einen Zauber. Um sie herum bildete ein warmes, sanftes Glühen eine Sphäre, und jedes der Wesen saß auf der nackten Erde, doch ihre überaus bunten Roben blieben vom Schmutz des Bodens unberührt. Alle hatten die Augen geschlossen und sahen dennoch, was sie sehen mussten.

Einer, so uralt, dass sich die anderen nicht an seine Anfänge erinnern konnten, saß über dem Kreis. Er schwebte durch die Kraft des Zaubers, den alle gemeinsam wirkten, in der Luft. Das weiße Haar hing ihm bis auf die Schultern und wurde nur von einem einfachen kupfernen Stirnreif gehalten, dessen einzige Verzierung in einem Jadestein auf der Stirn bestand. Er hatte die Hände in die Höhe gehoben und die Handflächen nach vorn gerichtet.

Seine Augen fixierten einen Menschen in schwarzer Robe, der ihm gegenüber schwebte. Dieser andere wurde von geheimnisvollen Energieströmen getragen, die ein Gitter um ihn herum bildeten. Er schickte sein Bewusstsein an den Linien des Gitters entlang und meisterte die fremde Magie.

Der in der schwarzen Robe saß da wie ein Spiegelbild des anderen, hatte ebenfalls die Handflächen nach außen gerichtet, doch seine Augen waren geschlossen. Er lernte. Nur mit dem Geist berührte er das Gebilde dieses alten Elbenzaubers, und er fühlte die miteinander verwobenen Kräfte jedes einzelnen Lebewesens im Wald, die vorsichtig aufgenommen und ausgerichtet, doch niemals gezwungen wurden, um die Bedürfnisse dieser Gemeinschaft zu erfüllen. So benutzten die Magier ihre Kräfte: Behutsam, doch beständig, spannen sie die Fasern dieser ewig natürlichen Energien zu einem Faden, den sie für ihre Zwecke verwenden konnten.

Der in der schwarzen Robe berührte die Magie mit seinem Geist und erfuhr sie. Er erfuhr, wie seine Kräfte über jedes Ausmaß hinauswuchsen, das ein einfacher Mensch hätte begreifen können, wie sie im Vergleich zu dem, was er einst für die Grenzen seiner Begabung gehalten hatte, gottgleich wurden. Im vergangenen Jahr hatte er vieles gemeistert, trotzdem wusste er, dass er noch vieles lernen musste.

Immerhin gab ihm dieser Unterricht die Mittel an die Hand, andere Quellen des Wissens zu entdecken, jene Geheimnisse zu ergründen, die nur die größten Meister kannten: wie man allein durch Willensstärke zwischen den Welten wandelte, wie man sich in der Zeit bewegte und wie man sogar dem Tod ein Schnippchen schlagen konnte. All diese Geheimnisse konnte er aufdecken, und er würde eines Tages auch die Mittel finden, mit denen man diese Geheimnisse beherrschte. Wenn ihm genug Zeit gelassen würde. Zeit war das Entscheidende.

Das Laub der Bäume raschelte wie ein Echo des fernen Unheilswindes. Der Mann in Schwarz richtete seine dunklen Augen auf das uralte Wesen, das vor ihm schwebte, und beide zogen sich aus dem Gitter zurück. Nur in Gedanken sagte der Mann in Schwarz: *So bald, Acaila?*

Der andere lächelte, und die blassen blauen Augen strahlten ein helles Licht aus, ein Licht, das den Mann in Schwarz entsetzt hatte, als er es zum ersten Mal gesehen hatte. Nun wusste er, dass dieses Licht von einer tiefen Kraft herrührte, einer Kraft, die über alles hinausging, was er jemals bei einem Sterblichen wahrgenommen hatte. Doch es war eine andere Kraft, keine beeindruckende Macht, sondern eine wohltuende, heilende Kraft des Lebens, der Liebe und der Heiterkeit. Dieses Wesen lebte in wahrer Einheit mit allem, was es umgab. Wenn man in diese Augen sah, wurde man zu einem Ganzen, und das Lächeln des Wesens spendete einen kaum fassbaren Trost.

Dennoch waren die beiden beunruhigt, während sie langsam zu Boden sanken. *Es war ein ganzes Jahr. Es hätte uns allen geholfen, wenn wir mehr Zeit gehabt hätten. Aber leider vergeht die Zeit, wie sie will, und es mag sein, dass du bereit bist.* Dann fügte er – in einer Art, von welcher der Mann in der schwarzen Robe gelernt hatte, dass es Humor sein sollte – laut hinzu: »Aber bereit oder nicht, es ist an der Zeit.«

Die anderen erhoben sich, und in der Stille eines Moments fühlte der in der schwarzen Robe, wie sich die anderen in seinem Bewusstsein vereinigten und ihm ein letztes Lebewohl sagten. Sie sandten ihn dorthin zurück, wo ein Krieg tobte, ein Krieg, in dem er eine entscheidende Rolle spielen sollte. Aber jetzt, als sie ihn zurückschickten, besaß er weit mehr als das, womit er gekommen war.

Er spürte die letzte Berührung und sagte: »Ich danke Euch.

Ich werde an einen Ort zurückkehren, von dem aus ich schnell nach Hause reisen kann.« Ohne weitere Worte schloss er die Augen und verschwand.

Die Wesen im Kreis schwiegen einen Augenblick, dann ging jeder wieder an die Aufgabe, die ihn oder sie erwartete. Das Laub in den Ästen blieb noch eine Weile ruhelos, und der Widerhall des fernen Unheilswindes ließ nur langsam nach.

Der Unheilswind fegte weiter, bis er die Bergkuppe oberhalb eines fernen Tals erreichte, hinter der sich eine Gruppe Männer in gebückter Haltung versteckt hielt. Kurz warfen sie einen Blick nach Süden, als könnten sie so die Ursache dieses seltsamen, beunruhigenden Windes ergründen, dann beobachteten sie wieder die Ebene unter sich.

Die beiden, die dem Grat am nächsten waren, hatten einen langen, scharfen Ritt hinter sich, den der Bericht einer Patrouille notwendig gemacht hatte. Auf der Ebene vor ihnen sammelte sich unter dem Banner des Bösen eine Armee. Der Anführer der Patrouille, ein ergrauender großer Mann mit einer schwarzen Klappe über seinem rechten Auge, duckte sich hinter dem Bergkamm. »Es ist so schlimm, wie wir befürchtet haben«, sagte er mit gedämpfter Stimme.

Der andere Mann, nicht ganz so groß, dafür stämmiger, kratzte sich am grauen Bart, während er sich neben seinen Gefährten hockte. »Nein, es ist noch schlimmer«, flüsterte er. »Nach der Zahl der Lagerfeuer braut sich dort unten ein höllischer Sturm zusammen.«

Der Mann mit der Augenklappe saß eine Weile schweigend da. »Nun ja, irgendwie haben wir ein Jahr gewonnen. Ich hatte ihren Angriff schon letzten Sommer erwartet. Glücklicherweise haben wir uns gut vorbereitet, denn jetzt werden sie mit Sicherheit kommen.« Gebückt hastete er dorthin zurück, wo ein großer blonder Mann sein Pferd hielt. »Wollt Ihr noch bleiben?«

Der zweite Mann antwortete: »Ja, ich glaube, ich werde sie noch eine Zeitlang beobachten. Wenn ich zähle, wie viele ankommen und in welchen Abständen, kann ich vielleicht schätzen, wie viele er insgesamt bringen wird.«

Der Führer stieg auf. Der blonde Mann sagte: »Was soll's schon? Wenn er kommt, bringt er alles mit, was er hat.«

»Ich mag nur einfach keine Überraschungen.«

»Wie lange?«, fragte der erste Mann.

»Zwei, höchstens drei Tage, dann wird die Gegend hier zu bevölkert sein.«

»Sie werden auch jetzt sicherlich schon Patrouillen ausgeschickt haben. Höchstens zwei Tage.« Und mit einem verbissenen Lächeln fügte er hinzu: »Ihr seid zwar nicht gerade die allerbeste Gesellschaft, aber nach zwei Jahren habe ich mich doch sehr an Euch gewöhnt. Seid vorsichtig.«

Über das Gesicht des zweiten Mannes huschte ein breites Grinsen. »Das beruht auf Gegenseitigkeit. Ihr habt ihnen in den letzten beiden Jahren reichlich zugesetzt, und sie möchten Euch zu gern in ihre Finger bekommen. Euer Kopf würde auf einer Lanze vor den Stadttoren enden.«

»So weit wird es nicht kommen.« Das offene Lächeln des blonden Mannes stand im Gegensatz zu seiner Stimme, die jene Entschlossenheit verkündete, welche die anderen beiden nur zu gut kannten.

»Achtet nur darauf, dass es nicht dazu kommt. Und nun macht Euch auf.«

Die Kompanie ritt davon, nur einer der Reiter blieb zurück, um den stämmigen Mann bei seiner Erkundung zu begleiten. Nachdem er die Szene vor sich eine ganze Weile beobachtet hatte, murmelte der Stämmige leise: »Was hat er jetzt wieder vor, dieser Bastard eines mutterlosen Hurenbocks? Was haben wir diesen Sommer zu erwarten, Murmandamus?«

Festtag

Jimmy rannte durch die Halle.

In den letzten paar Monaten war er ordentlich gewachsen. Am nächsten Mittsommertag würde man ihn für sechzehn Jahre alt erklären, obwohl niemand sein genaues Alter kannte. Sechzehn erschien ziemlich wahrscheinlich, ebenso gut konnte er jedoch auch schon siebzehn oder achtzehn sein. Er war schon immer ein athletischer Typ gewesen, doch seit er an den Hof gekommen war, hatten seine Schultern noch an Breite zugelegt, und er war einen Kopf größer geworden. Jetzt sah er mehr wie ein Mann als wie ein Knabe aus.

Aber einige Dinge änderten sich nie, und dazu gehörte Jimmys Verantwortungsgefühl. Bei wichtigen Aufgaben konnte man sich stets auf ihn verlassen, seine Missachtung der einfachen Angelegenheiten jedoch drohte den Hof des Prinzen von Krondor ein ums andere Mal ins Chaos zu stürzen. Die Regeln besagten, dass er als Erster Junker des fürstlichen Hofes als Erster bei Versammlungen anwesend sein sollte, doch gewöhnlich kam er eher als Letzter. Pünktlichkeit war eine jener Eigenschaften, die er sich nicht angewöhnen konnte. Entweder erschien er zu spät oder zu früh, jedenfalls nie zur verlangten Zeit.

Junker Locklear stand an der Tür zu dem kleinen Saal, in

dem sich die Junker gewöhnlich versammelten, und winkte Jimmy aufgeregt zu, er solle sich beeilen. Von allen Junkern hatte allein Locklear mit dem Junker des Prinzen Freundschaft geschlossen, seit Jimmy mit Arutha von der Suche nach Silberdorn zurückgekehrt war. Auch wenn Jimmy Locklear zuerst – und ganz zutreffend – noch als halbes Kind eingeschätzt hatte, hatte es ihn doch überrascht und ihm gleichzeitig gefallen, wie sehr der jüngste Spross des Barons von Endland seine Sorglosigkeit mochte. Egal, wie riskant ein Vorhaben, das Jimmy ausgeheckt hatte, sein mochte, Locklear machte für gewöhnlich mit. Wenn es wieder einmal Ärger gegeben hatte, weil Jimmy sein Spiel mit der Geduld der Hofbeamten zu weit getrieben hatte, nahm Locklear seine Strafe bereitwillig an und sah sie als gerechte Bezahlung dafür, dass sie erwischt worden waren.

Jimmy sauste in das Zimmer und kam auf dem glatten Marmorboden rutschend zum Stehen. Zwei Dutzend Junker in ihrer grün-braunen Kleidung bildeten in dem Saal zwei ordentliche Reihen. Er sah sich um. Alle waren bereits da. Gerade in dem Moment, als der Zeremonienmeister Brian deLacy eintrat, nahm er den für ihn vorgesehenen Platz ein.

Als Jimmy in den Rang eines Ersten Junkers erhoben worden war, hatte er ausschließlich an das Privileg dieser Stellung und nicht an die damit verbundene Verantwortung gedacht. Doch er war rasch eines Besseren belehrt worden. Als Mitglied des Hofes, wenn auch nur von untergeordnetem Rang, hatte er, wenn er wieder einmal seine Pflichten vernachlässigt hatte, schnell Bekanntschaft mit der wichtigsten Grundregel der Bürokraten aller Völker und Epochen gemacht: Die Vorgesetzten interessierten sich nie für Entschuldigungen, sondern nur für Ergebnisse. Jimmy musste also auch für die Fehler einstehen, die die anderen Junker machten. Und insofern war es kein besonders gutes Jahr für Jimmy gewesen.

In seiner rauschenden rot-schwarzen Amtstracht durchquerte der hochgewachsene, ehrwürdige Zeremonienmeister gemessenen Schrittes den Saal und blieb hinter Jimmy stehen, der nach dem Haushofmeister sein nächster Untergebener war, allerdings ebenso sehr sein größtes Problem. An jeder Seite begleitete ihn ein purpur-gelb uniformierter Page des Hofes, Söhne von Nichtadeligen, die zu Palastdienern herangezogen wurden. Die Junker hingegen würden einst zu den Herrschenden im Westlichen Königreich zählen. Meister deLacy pochte abwesend mit der Eisenspitze seines Zeremonienstabes auf den Boden und sagte: »Ihr habt es mal wieder gerade vor mir geschafft, nicht wahr, Junker James?«

Jimmy zuckte nicht mit der Wimper, obwohl die Jungen hinter ihm unterdrückt lachten, und sagte: »Alle Junker sind anwesend, Meister deLacy. Nur Junker Jerome ist in seinem Quartier und lässt sich wegen einer Verletzung entschuldigen.«

DeLacy nahm die Nachricht resigniert auf: »Ja, ich habe von Eurer gestrigen kleinen Meinungsverschiedenheit auf dem Spielfeld gehört. Ich meine, wir sollten uns über dieses Thema nicht weiter ausbreiten. Ihr habt ständig irgendwelche Schwierigkeiten mit Jerome. Ich habe schon wieder eine Beschwerde von seinem Vater bekommen. Ich überlege ernsthaft, ob ich in Zukunft diese Beschwerden nicht immer einfach gleich an Euch weiterleite.«

Jimmy versuchte, möglichst unschuldig auszusehen, was ihm allerdings nicht gelang.

»So, bevor ich nun zu den Aufgaben des heutigen Tages komme, fühle ich mich verpflichtet, Euch noch einmal eins in aller Deutlichkeit zu sagen«, fuhr Meister deLacy fort. »Es wird von Euch erwartet, dass Ihr Euch zu jeder Zeit wie junge Gentlemen benehmt. Aus diesem Grunde fühle ich mich ebenfalls verpflichtet, Euch ganz dringend davon abzuraten, Euch mit einem jüngst aufgekommenen Laster abzugeben. Wie ich gehört habe, wird nämlich bei den Fassballspielen am Sechstag auf die Ergebnisse gewettet. Habe ich mich verständlich ausgedrückt?« Eigentlich war die Frage an alle versammelten Junker gerichtet, doch deLacys Hand landete auf Jimmys Schulter. »Von heute an gibt es keine Wetten mehr, es sei denn, es handelt sich um ehrwürdige Angelegenheiten wie zum Beispiel Pferderennen. Lasst Euch nichts zuschulden kommen, das ist ein Befehl.«

Die Junker stimmten murrend zu. Jimmy nickte scheinheilig und war insgeheim erleichtert, weil er seinen Einsatz für das Spiel am Nachmittag bereits gemacht hatte. Unter dem Personal und dem niedrigen Adel war das Interesse an diesem Spiel sehr groß gewesen, und Jimmy hatte nur unter größter Mühe seine Wette loswerden können. Wenn Meister deLacy erfuhr, dass er längst gewettet hatte, würde der Teufel los sein. Dennoch fand Jimmy sein Verhalten keineswegs ehrenrührig, schließlich hatte deLacy nichts über *bereits abgeschlossene* Wetten gesagt.

Meister deLacy überflog den Arbeitsplan, den Jimmy in der Nacht zuvor vorbereitet hatte. Welchen Anlass zur Beschwerde ihm der Erste Junker auch immer bieten mochte, seine Arbeit erledigte er stets tadellos. Egal, welche Aufgabe der Junge auch übernahm, er erfüllte sie zur vollsten Zufriedenheit; viel schwieriger war es, ihn überhaupt an die Arbeit zu bekommen. Nachdem er die Pflichten für den Morgen verteilt hatte, befahl deLacy: »Fünfzehn Minuten, bevor die zweite Stunde des Nachmittags beginnt, versammelt Ihr Euch alle auf der Treppe vor dem Palast. Denn zur zweiten Stunde des Nachmittags wird der Prinz mit seinem Gefolge zur Präsentation ankommen. Sobald die Zeremonie beendet ist, seid Ihr für den Rest des Tages von der Arbeit befreit. Diejenigen, deren Familien hier leben, können diese also besuchen. Zwei von Euch werden allerdings noch gebraucht, damit sie der Familie des Prinzen und den Gästen zu Diensten sein können. Für diese Aufgabe habe ich die Junker Locklear und James ausgewählt. Ihr beide werdet Euch sofort bei Graf Volney melden und Euch zu seiner Verfügung halten. Das ist alles.«

Jimmy stand wie erstarrt da, und eine ganze Weile brachte er vor Ärger keinen Ton heraus. DeLacy ging hinaus, und die anderen Junker verließen den Saal. Locklear schlenderte hinüber zu Jimmy und meinte schulterzuckend: »Nun ja, wir haben nicht gerade das Glück gepachtet, was? Die anderen werden alle losziehen und irgendwo etwas essen und trinken und« – er warf Jimmy einen Seitenblick zu und grinste – »Mädchen küssen. Und wir müssen hier bei Ihrer Hoheit bleiben.«

»Ich bring ihn um«, sagte Jimmy voller Wut.

Locklear schüttelte den Kopf. »Jerome?«

»Wen sonst?« Jimmy setzte sich in Bewegung und winkte seinem Freund, er solle ihm folgen. »Er hat deLacy die Sache mit den Wetten erzählt. Damit wollte er sich bestimmt für das blaue Auge bedanken, das ich ihm gestern verpasst habe.«

Locklear seufzte niedergeschlagen. »Wir haben keine

Chance gegen Thom und Jason und die anderen Lehrjungen, wenn wir beide heute Nachmittag nicht spielen können.« Locklear und Jimmy waren die beiden besten Spieler in der Mannschaft der Junker. Locklear war fast genauso flink wie Jimmy und ihm nur im Fechten unterlegen. Was jedoch das Ballspielen anging, waren die beiden gemeinsam unschlagbar, und wenn sie nicht mitspielen konnten, war eins klar: Die Lehrjungen würden gewinnen. »Wie viel hast du eingesetzt?«

»Alles«, erwiderte Jimmy, und Locklear zuckte zusammen. Seit Monaten hatten die Junker ihr ganzes Gold und Silber für dieses eine Spiel gespart. »Nun, wie hätte ich ahnen können, dass uns deLacy diese Sache aufhalst? Außerdem hätten wir unseren Einsatz fünf zu zwei wieder herausbekommen. Nicht schlecht bei den ganzen Verlusten in letzter Zeit.« Monatelang hatten die Junker absichtlich verloren, damit sie bei diesem Spiel alles zu einer hohen Quote setzen konnten. »Vielleicht sind wir doch nicht völlig aus dem Rennen«, dachte er laut. »Ich werde mir schon noch etwas einfallen lassen.«

Locklear wechselte das Thema. »Heute warst du ja mal wieder besonders spät dran. Was ist dir denn diesmal dazwischengekommen?«

Jimmy grinste, und der verärgerte Zug um seinen Mund verschwand. »Ich hab mich mit Marianna unterhalten.« Dann verzog sich sein Gesicht wieder zu einer düsteren Miene. »Sie wollte sich heute nach dem Spiel mit mir treffen, aber jetzt werden wir beide beim Prinz und bei der Prinzessin bleiben müssen.« Seit dem letzten Sommer war Jimmy nicht nur ein ganzes Stück gewachsen, er hatte plötzlich auch sein Interesse an Mädchen entdeckt. Mit einem Mal suchte er ihre Gegenwart und wollte unbedingt von ihnen gemocht werden.

Was seine Erfahrung und sein Wissen in diesen Dingen betraf, war er den anderen Junkern Jahre voraus. Der frühere Dieb hatte sich bereits seit einigen Monaten immer wieder an die Dienstmädchen herangemacht. Marianna war der jüngste Schwarm, den der schlaue, witzige und gutgebaute junge Junker erobern wollte.

Weil er so lockiges braunes Haar, ein so gewinnendes Lächeln und so funkelnde dunkle Augen hatte, sahen die Eltern der Dienstmädchen im Palast in ihm eine ständige Gefahr für die Unschuld ihrer Töchter.

Locklear gab wie gewöhnlich vor, ihn würde das alles nicht interessieren. Allerdings war dieses Gehabe nicht mehr so glaubhaft wie früher, seit er nämlich selbst immer öfter im Mittelpunkt des Interesses der Mädchen stand. Fast jede Woche schien er ein wenig zu wachsen, und jetzt war er schon beinahe so groß wie Jimmy. Dass er bei den jüngeren Mädchen im Palast beliebt war, wunderte niemanden: Sein Haar war mit blonden Strähnen durchzogen, seine Augen strahlten in einem Blau, das an Kornblumen erinnerte, seine Wimpern waren so lang wie die einer Frau, und mit einem strahlenden Lächeln auf den Lippen begegnete er jedem freundlich und zuvorkommend. Er hatte sich nur deshalb noch nicht richtig mit dem anderen Geschlecht angefreundet, weil er zu Hause nur Brüder gehabt hatte. Aber da er jetzt so viel Zeit mit Jimmy verbrachte, würde er wohl früher oder später zu der Überzeugung gelangen, dass an Mädchen doch etwas mehr dran war, als er sich in Endland hatte vorstellen können.

»Also«, meinte Locklear und beschleunigte seinen Schritt, »sollte deLacy tatsächlich keinen Weg finden, dich aus den Diensten Seiner Hoheit zu entlassen, und sollte Jerome tatsächlich keine Straßenjungen anstiften, dich zu verprügeln, dann wird dir bestimmt irgendein eifersüchtiger Küchenjunge oder ein wütender Vater den Scheitel mit einer Keule nachziehen. Nur wird keiner von denen mehr eine Gelegenheit dazu kriegen, wenn wir zu spät in der Kanzlei erscheinen – denn dann wird Graf Volney unsere Köpfe höchstpersönlich auf Lanzen spießen lassen.«

Er lachte, stieß Jimmy den Ellbogen in die Rippen und rannte los. Jimmy lief einen Schritt hinter ihm durch die langen Gänge des Palastes. Ein alter Diener sah vom Staubwischen auf, und seine Blicke folgten den vorbeirennenden Jungen. Einen Moment lang spürte er noch einmal den Zauber der Jugend. Doch schließlich holte ihn die Wirklichkeit wieder ein – diese Zeit war vergangen, und niedergeschlagen wandte er sich wieder seiner Arbeit zu.

Die Menschen jubelten, als die Herolde endlich die Stufen des Palastes hinuntermarschierten. Zum einen, weil der Prinz, den sie respektierten und als unparteiisch und gerecht ansahen, jetzt zu ihnen sprechen würde. Zum anderen jubelten sie, weil sie nun die von ihnen geliebte Prinzessin zu Gesicht bekommen würden. Sie galt als Symbol des Fortbestands der alten Linie, als Nahtstelle zwischen der Vergangenheit und der Zukunft. Am meisten jubelten sie allerdings, weil sie zu den ausgewählten Nichtadeligen gehörten, die aus der Speisekammer und dem Weinkeller des Prinzen bewirtet werden sollten.

Das Fest der Präsentation fand stets dreißig Tage nach der Geburt eines Mitglieds der königlichen Familie statt. Wie es zu diesem Fest gekommen war, daran konnte sich niemand mehr erinnern, doch im Allgemeinen wurde angenommen, dass die alten Herrscher des Stadtstaates Rillanon einst dazu verpflichtet gewesen waren, dem Volk – egal, welchen Standes – die Gesundheit des Thronfolgers zu demonstrieren. Jedenfalls war dieses Fest für die Leute ein willkommener Feiertag, als hätte man ihnen ein zusätzliches Mittsommerfest gewährt.

Die sich eines Vergehens schuldig gemacht hatten, wurden begnadigt, Ehrenhändel wurden als geschlichtet betrachtet, und Duelle waren während der Feierlichkeiten sowie eine Woche und einen Tag danach verboten; alle Schulden, die sich seit der letzten Präsentation angesammelt hatten – und die von Prinzessin Anita lag bereits neunzehn Jahre zurück –, wurden erlassen, und während des Nachmittags und des Abends spielte der Stand keine Rolle, einfache Bürger wie Adlige saßen gemeinsam an einer großen Tafel.

Als Jimmy seinen Platz hinter den Herolden einnahm, wurde ihm schmerzlich bewusst, dass irgendwer immer arbeiten musste. Irgendwer musste das Essen zubereiten, das an diesem Tag aufgetragen werden würde, und irgendwer musste in der Nacht wieder aufräumen und saubermachen. Er selbst musste sich eben für Arutha und Anita zur Verfügung halten, für den Fall, dass sie irgendwelche Wünsche hatten. Der Verantwortung seiner Stellung, dachte er seufzend, konnte man sich einfach nicht entziehen, egal, wo man sich auch verstecken mochte.

Locklear summte leise vor sich hin, während sich die Herolde weiter in Aufstellung brachten. Ihnen folgten die Mitglieder von Aruthas Leibwache. Und als Gardan, der Feldmarschall von Krondor, und Graf Volney, der Kanzler, eintrafen, war dies das Zeichen für den bevorstehenden Beginn der Zeremonie.

Der grauhaarige Soldat mit der vergnügten Miene nickte dem wohlbeleibten Kanzler zu, dann pochte Zeremonienmeister deLacy mit seinem Stab auf den Boden: Trompetenstöße erschollen, und Trommelwirbel rasselten. Der Zeremonienmeister stieß ein zweites Mal auf den Boden, und ein Herold verkündete: »Höret! Höret! Seine Hoheit Arutha conDoin, Prinz von Krondor, Herrscher des Westlichen Königreiches, Erbe des Throns von Rillanon.« Die Menge jubelte, jedoch eher der Form halber als aus wahrer Begeisterung. Arutha war einer jener Männer, dem das gemeine Volk tiefen Respekt, aber wenig Zuneigung entgegenbrachte.

Ein hochgewachsener, schlanker Mann mit dunklen Haaren trat heraus. Seine Kleidung war aus hellbraunen, fein gewobenen Stoffen gefertigt, und über den Schultern hing der rote Mantel seines Amtes. Er blieb stehen und kniff die braunen Augen ein wenig zusammen, während der Herold die Prinzessin ankündigte. Als die zarte rothaarige Prinzessin von Krondor neben ihren Gemahl trat und ihn mit ihren freundlichen Augen anstrahlte, rang dieser sich ein Lächeln ab. Die Menge brach in aufrichtigen Jubel aus. Da kam ihre geliebte Anita, die Tochter von Aruthas Vorgänger Erland.

Während die eigentliche Zeremonie schnell vorüber sein würde, nahm die Vorstellung der Adligen einige Zeit in Anspruch. Die wichtigsten Gäste und Adligen des Palastes mussten der Öffentlichkeit angekündet werden. Das erste Paar wurde aufgerufen. »Ihre Hoheiten, der Herzog und die Herzogin von Salador.«

Ein stattlicher Mann bot seinen Arm einer dunkelhaarigen Dame an. Laurie, der früher als fahrender Sänger durch die Lande gezogen und jetzt Herzog von Salador und Gemahl von Prinzessin Carline war, führte seine schöne Ehefrau zur Seite ihres Bruders. Sie waren bereits vor einer Woche in Krondor eingetroffen und hatten ihre Neffen besucht, und sie würden noch für eine weitere Woche in der Stadt verweilen.

Der Herold leierte die Namen der Angehörigen des Adels herunter und schließlich die der ausländischen Würdenträger, unter denen sich auch der keshianische Gesandte befand. Fürst Hazara-Khan erschien mit nur vier Leibwächtern und verzichtete damit auf den sonst üblichen keshianischen Prunk. Der Gesandte war in der Art der Wüstenmenschen von Jal-Pur gekleidet: Ein Tuch verhüllte seinen Kopf und ließ nur die Augen frei, dazu trug er einen langen indigofarbenen Mantel über einem weißen Jagdrock und einer weißen Hose, die in schwarzen, wadenhohen Stiefeln endete. Die Leibwachen waren von Kopf bis Fuß in Schwarz gehüllt.

Dann trat deLacy nach vorn und verkündete: »Möge sich nun das Volk nähern!« Einige hundert Männer und Frauen verschiedensten Standes, vom ärmsten Bettler bis hin zum reichsten Bürgerlichen, versammelten sich am Fuß der Treppe zum Haupthaus.

Arutha sprach die vorgeschriebenen Worte des Zeremoniells der Präsentation. »Heute, am dreihundertzehnten Tag des zweiten Jahres der Herrschaft unseres Königs Lyam des Ersten, präsentiere ich hiermit unsere Söhne.«

DeLacy stieß mit seinem Zeremonienstab auf den Boden, und der Herold rief aus: »Ihre Königlichen Hoheiten, die Prinzen Borric und Erland!«

Die Menge brach in fast tosende Begeisterung aus. Hochrufe und Jubel empfingen die Zwillinge, die vor einem Monat geboren worden waren und nun zum ersten Mal der Öffentlichkeit vorgestellt wurden. Die Amme, die man für die beiden Jungen ausgesucht hatte, kam nach vorn und reichte einen ihrer Schützlinge der Mutter und den anderen dem Vater. Während Arutha Borric hielt, der nach seinem Großvater väterlicherseits benannt worden war, hatte Anita Erland auf den Armen, der den Namen des Vaters seiner Mutter trug. Die Säuglinge ließen die Zeremonie mit Fassung über sich ergehen, nur Erland wurde ein wenig unruhig.

Die Menge hingegen jubelte noch, nachdem Arutha und Anita ihre Söhne längst wieder der Fürsorge der Amme übergeben hatten. Arutha schenkte den Menschen, die sich am Fuße der Treppe versammelt hatten, ein dünnes Lächeln. »Meine Söhne sind gesund und kräftig, und sie sind ohne Gebrechen zur Welt gekommen. Sie sind des Herrschens fähig. Nehmt ihr sie als Söhne des Fürstenhauses an?« Die Menge brüllte ihre Zustimmung. Daraufhin strahlte auch Anita. »Unseren Dank, mein gutes Volk. Und bis zum Festessen wünsche ich euch allen einen angenehmen Tag.«

Die Zeremonie war beendet. Jimmy eilte an die Seite von Arutha, so wie es seine Pflicht vorsah, während Locklear seinen Platz neben Anita einnahm. Locklear war formell eigentlich noch ein Anwärter auf das Junkeramt, doch er wurde so oft zum Dienst bei der Prinzessin eingeteilt, dass er fast schon als ihr persönlicher Junker galt. Jimmy hatte den Verdacht, deLacy wollte Locklear und ihn selbst in seiner Nähe behalten, damit er sie beide leichter überwachen konnte.

Der Prinz warf Jimmy ein abwesendes Lächeln zu, derweil er beobachtete, wie sich seine Frau und seine Schwester um die Zwillinge kümmerten. Der keshianische Gesandte hatte das Tuch abgenommen, mit dem er auf traditionelle Weise das Gesicht verhüllt hatte, und lächelte bei dem Anblick der glücklichen Familie. Seine vier Leibwächter blieben dicht in seiner Nähe.

»Eure Hoheit sind dreimal gesegnet«, setzte der Keshianer an. »Gesunde Kinder sind ein Geschenk der Götter. Und es sind Söhne. Und dann auch noch gleich zwei.«

Arutha genoss es, wie stolz seine Frau strahlte, während sie ihre Söhne auf den Armen der Amme betrachtete. »Ich danke Euch, Fürst Hazara-Khan. Es ist eine unerwartete Freude, Euch in diesem Jahr bei uns zu sehen.«

»Das Wetter in Durbin ist dieses Jahr wirklich abscheulich«, meinte der Angesprochene abwesend, während er dem kleinen Borric eine Grimasse schnitt. Plötzlich erinnerte er sich daran, wo er sich befand, und fuhr etwas formeller fort: »Und außerdem, Eure Hoheit, müssen wir noch eine paar kleine Details besprechen, was die neue Grenze hier im Westen betrifft.«

Arutha lachte. »Bei Euch, mein lieber Abdur, werden aus kleinen Detailfragen gewöhnlich große Angelegenheiten. Die Aussicht, Euch wieder einmal am Verhandlungstisch gegenübersitzen zu müssen, bereitet mir keine besondere Freude. Trotzdem werde ich natürlich jeden Vorschlag, den Ihr macht, an Seine Majestät weiterleiten.«

Der Keshianer verbeugte sich und sagte: »Ich werde abwarten, was Eure Hoheit zu tun geruht.«

Arutha schien auf einmal die Leibwächter zu bemerken. »Ich stelle fest, dass Eure Söhne und Fürst Daoud-Khan nicht anwesend sind.«

»Sie führen meine Geschäfte in Jal-Pur, um die ich mich sonst kümmern müsste.«

»Und diese hier?«, fragte Arutha und deutete auf die vier Leibwächter. Sie waren vollständig in Schwarz gekleidet, bis hin zu den Scheiden ihrer Krummschwerter, und obwohl ihre Kleidung jener der Wüstenmenschen ähnelte, unterschied sie sich doch von allem, was Arutha je an Keshianern gesehen hatte.

»Sie sind Ismalis, Hoheit. Sie dienen nur meinem persönlichen Schutz, mehr nicht.«

Arutha zog es vor, darauf nichts zu entgegnen.

Das Gedränge um die beiden Kinder löste sich langsam auf. Die Ismalis waren als Leibwächter berühmt, sie stellten den besten Schutz dar, den man im Kaiserreich Groß-Kesh bekommen konnte, doch Gerüchten zufolge wurden sie auch zu gefährlichen Spionen ausgebildet und gelegentlich sogar zu Assassinen. Ihre Fähigkeiten waren schon beinahe legendär. Weil sie überall unbemerkt auftauchen und verschwinden konnten, standen sie fast in dem Ruf, zu den Geistern zu gehören.

Arutha gefiel der Gedanke nicht, diese Männer, die kaum davor zurückschreckten, als gedungene Mörder zu arbeiten, in seinem Haus zu beherbergen. Doch Abdur hatte Anspruch auf ein eigenes Gefolge, und Arutha hielt es für äußerst unwahrscheinlich, dass der keshianische Gesandte jemanden nach Krondor brachte, der Gefahr für das Königreich bedeutete. Außer ihm selbst jedenfalls.

»Wir müssen uns einmal über das letzte Ersuchen von Queg über die Landrechte in den Häfen des Königreichs unterhalten«, meinte Fürst Hazara-Khan.

Arutha verbarg seine Verwunderung nicht. Er blickte seinen Gesprächspartner verwirrt an. »Ich nehme an, Ihr habt bei Eurer Ankunft von einem Fischer oder von einem Seemann im Hafen etwas darüber gehört.«

»Hoheit, Kesh hat an vielen Orten Freunde«, antwortete der Gesandte und lächelte süßlich.

»Nun, es wird uns sicherlich nicht weiterbringen, wenn ich mich jetzt über die Geheimpolizei des Kaiserreichs Kesh auslasse, denn wie wir beide wissen ...« Hazara-Khan fiel ein und sprach unisono mit Arutha: »... eine solche Geheimpolizei gibt es nicht.«

Abdur Rachman Memo Hazara-Khan verbeugte sich und sagte: »Mit freundlicher Erlaubnis Eurer Hoheit?«

Arutha deutete ebenfalls eine Verbeugung an, als der Keshianer sich verabschiedete, und wandte sich an Jimmy. »Was? Ihr beiden Halunken habt heute Dienst?«

Jimmy zuckte mit den Schultern – schließlich war das nicht seine Idee gewesen. Arutha sah hinüber zu seiner Gemahlin, welche gerade die Amme aufforderte, die Zwillinge zurück ins Kinderzimmer zu bringen. »Nun, irgendetwas müsst ihr beiden ja angestellt haben, wenn ihr deLacys Missfallen erregt habt. Andererseits, niemand kann euch zumuten, dass ihr ein Leben ganz ohne Vergnügungen führt. Ich habe gehört, heute am späten Nachmittag soll ein besonders gutes Fassballspiel stattfinden.«

Jimmy tat vollkommen überrascht, Locklears Gesicht hellte sich hingegen deutlich auf. »Ich glaube schon«, erwiderte Jimmy unverbindlich.

Die Gesellschaft des Prinzen machte sich ins Innere des Palastes auf, und Arutha bedeutete den beiden Jungen, ihm zu folgen, und sagte: »Nun, dann wollen wir mal hineingehen und sehen, was da so los ist, nicht wahr?«

Jimmy zwinkerte Locklear zu, dann fuhr Arutha fort: »Und außerdem werden eure Felle die Arbeit eines Gerbers nicht mehr lohnen, falls ihr die Wette verliert und die anderen Junker sich euch vornehmen.«

Jimmy sagte zunächst nichts, während sie den großen Saal betraten. Die Adligen wurden vor den gemeinen Bürgern zum Festessen in dem Hof eingelassen.

»Dieser Mann«, flüsterte Jimmy schließlich Locklear zu, »hat die irritierende Fähigkeit, immer über alles Bescheid zu wissen, was um ihn herum vorgeht.«

Die Feierlichkeiten waren in vollem Gange, und die Adligen vermischten sich mit den Gästen aus dem gemeinen Volk, die man in den Hof eingelassen hatte. Lange Tische bogen sich unter der Last der Speisen und Getränke, und für viele der Anwesenden würde dies das üppigste Mahl des Jahres werden.

Während sich die Umgangsformen allgemein zunehmend lockerten, verhielten sich die einfachen Leute Arutha und seiner Begleitung gegenüber weiterhin respektvoll, deuteten Verbeugungen an und benutzten die offizielle Anrede. Jimmy und Locklear blieben in der Nähe, für den Fall, dass nach ihnen verlangt wurde.

Carline und Laurie folgten Arutha und Anita Arm in Arm. Seit ihrer Hochzeit waren der neue Herzog und die neue Herzogin von Salador ein wenig ruhiger geworden, verglichen mit ihrer stürmischen Romanze am Königshof. Anita wandte sich an ihre Schwägerin und sagte: »Ich freue mich, dass du noch so lange bleiben konntest. Krondor ist ein reiner

Männerhaushalt. Und jetzt habe ich auch noch zwei Jungen bekommen …«

»Da wird es noch schlimmer werden«, prophezeite Carline. »Ich weiß, was du meinst, schließlich bin ich zwischen meinem Vater und meinen beiden Brüdern groß geworden.«

Arutha warf Laurie einen Blick über die Schulter zu und meinte: »Sie wurde ohne Ende von uns verwöhnt.«

Laurie wollte loslachen, überlegte es sich jedoch anders, als seine Frau verärgert die Augen zusammenkniff. Anita sagte: »Nächstes Mal macht ihr jedenfalls eine Tochter.«

»Damit wir wenigstens sie ohne Ende verwöhnen können«, erwiderte Laurie.

»Und wann wird es bei euch endlich so weit sein?«, fragte Anita.

Arutha nahm einen Krug Bier vom Tisch und füllte sowohl seinen eigenen als auch Lauries Becher. Ein Diener eilte herbei und bot den Damen Wein an. »Nun, wenn es eben so weit ist«, antwortete Carline. »Es liegt jedenfalls nicht daran, dass wir es nicht versuchen würden.«

Anita unterdrückte hinter vorgehaltener Hand ein Kichern, derweil sich Arutha und Laurie empörte Blicke zuwarfen. Carline sah von einem zum anderen und sagte: »Ihr beiden wollt mir doch wohl nicht erzählen, ihr würdet rot werden.« An Anita gewandt sagte sie: »Männer!«

»In Lyams letztem Schreiben stand, dass Königin Magda womöglich auch ein Kind unter dem Herzen trägt. Ich nehme an, im nächsten Bündel mit Depeschen von ihm wird er uns Genaueres mitteilen.«

»Der arme Lyam«, bedauerte Carline den König. »Er hatte immer so viel für Frauen übrig, und jetzt musste er aus politischen Gründen heiraten. Wenigstens kann man die Dame vorzeigen, wenn sie auch ein bisschen langweilig ist. Und er scheint glücklich mit ihr zu sein.«

»Die Königin ist überhaupt nicht langweilig«, sagte Arutha zu Carline, »aber verglichen mit dir bringt einen selbst eine Flotte queganischer Kaperschiffe zum Gähnen.« Laurie sagte nichts, doch sein Blick sprach Bände. »Ich hoffe nur, dass sie einen Sohn bekommen.«

Anita lächelte. »Arutha hätte seinen Gefallen daran, wenn jemand anderes Prinz von Krondor würde.«

Carline blickte ihren Bruder wissend an. »Trotzdem wirst du dich nicht aus den Staatsgeschäften zurückziehen können. Da Caldric tot ist, wird Lyam dir und Martin noch mehr Aufgaben übertragen als vorher.« Fürst Caldric von Rillanon war kurz nach der Heirat des Königs mit Prinzessin Magda von Roldem gestorben, und seitdem war das Amt des Herzogs von Rillanon und des Königlichen Kanzlers, des Ersten Ratgebers des Königs, noch nicht wieder besetzt worden.

Arutha zuckte mit den Schultern und probierte von den Speisen auf seinem Teller. »Ich glaube, es gibt genügend Bewerber für Caldries.«

»Aber genau das ist das Problem«, meinte Laurie. »Zu viele Adlige wollen sich mit dem Amt einen Vorteil gegenüber ihren Nachbarn verschaffen. Im Osten hat es in letzter Zeit drei größere Grenzstreitigkeiten zwischen den Baronen gegeben – nichts, weswegen Lyam seine Truppen hätte ausschicken müssen, doch ausreichend, dass östlich von Malacs Kreuz alle nervös geworden sind. Aus diesem Grund gibt es auch in Bas-Tyra noch keinen neuen Herzog. Dieses Herzogtum ist zu mächtig, als dass es einfach irgendjemandem überlassen werden könnte. Wenn du nicht vorsichtig bist, lautet dein Titel, falls Magda einem Jungen das Leben schenkt, bald Herzog von Krondor und Bas-Tyra.«

Carline mischte sich ein. »Genug. Heute wird gefeiert. Ich möchte jetzt nichts mehr über Politik hören.«

Anita nahm Aruthas Arm. »Komm. Wir haben gut gegessen, hier ist ein Fest im Gange, und die Kinder schlafen auch schon. Abgesehen davon«, fügte sie hinzu und lachte, »müssen wir uns morgen sowieso noch genügend Gedanken darüber machen, wie wir dieses Fest bezahlen. Und schließlich kommt nächsten Monat schon wieder das Banapisfest auf uns zu. Deshalb sollten wir den heutigen Tag genießen.«

Jimmy gelang es, sich neben den Prinzen zu drängen. »Wären Eure Hoheit vielleicht daran interessiert, sich einen Wettbewerb anzusehen?« Locklear und er sahen sich besorgt an. Das Spiel hatte bereits ohne sie begonnen.

Anita warf ihrem Gemahl einen fragenden Blick zu, und Arutha erklärte: »Ich habe Jimmy versprochen, dass wir uns das Fassballspiel ansehen, bei dem er heute eigentlich mitspielen sollte.«

»Das wäre womöglich interessanter als dauernd die Jongleure und Mimen«, stimmte Laurie zu.

»Das kommt doch nur daher, weil du dein Leben lang Jongleure und Mimen um dich gehabt hast«, meinte Carline. »Als ich noch ein Mädchen war, musste ich an jedem Sechstag dasitzen und den Jungen zusehen, wie sie sich gegenseitig halbtot geprügelt haben, und zu allem Überfluss musste ich vor den Jungen auch noch so tun, als würden sie mich nicht im Geringsten interessieren. Also, ich würde die Jongleure und Mimen vorziehen.«

»Warum geht ihr beiden nicht mit den Jungen auf den Platz?«, schlug Anita vor. »Heute ist doch sowieso alles nicht so förmlich, nicht wahr? Und wir können uns später im großen Saal treffen, wenn die große Abendvorstellung beginnt.«

Laurie und Arutha stimmten zu und folgten den Jungen durch die Menschenmenge. Sie verließen den großen Innenhof und gingen durch eine Reihe von Gängen, welche die Nebengebäude mit dem eigentlichen Palast verbanden. In der Nähe der Ställe lag ein großer Aufmarschplatz, wo sonst die Palastwache gedrillt wurde. Hier hatte sich eine jubelnde Menge versammelt. Arutha, Laurie, Jimmy und Locklear drängelten sich zur ersten Reihe durch. Einige Leute wollten sich zunächst beschweren, verstummten jedoch, als sie den Prinzen erkannten.

Hinter den Junkern, die nicht spielten, wurde ihnen Platz gemacht. Arutha winkte Gardan zu, der auf der anderen Seite des Spielfeldes inmitten eines Trupps dienstfreier Soldaten stand. Laurie beobachtete das Spiel einen Moment lang und meinte dann: »Es ist doch um einiges organisierter, als ich es in Erinnerung hatte.«

»Das hat deLacy eingeführt«, erläuterte Arutha. »Er hat ein Regelwerk für das Spiel verfasst, nachdem er sich bei mir dauernd darüber beschwerte, wie viele Jungen stets schwere Blessuren hatten und nicht arbeiten konnten.« Er zeigte auf jemanden am Spielfeldrand. »Siehst du den Kerl mit der Sanduhr? Das Spiel dauert eine Stunde. Und von jeder Mannschaft dürfen immer nur ein Dutzend Jungen zur selben Zeit auf dem Feld sein, und sie dürfen nur zwischen diesen Kreidelinien auf dem Boden spielen. Jimmy, was gibt es noch für Regeln?«

Jimmy war bereits dabei, seinen Gürtel und seinen Dolch

abzulegen. »Der Ball darf nicht mit den Händen angefasst werden. Wenn es einen Punkt gibt, bekommt die andere Mannschaft den Ball und muss von der Mittellinie weiterspielen. Kein Beißen, kein Festhalten des Gegners, keine Waffen.«

»Keine Waffen?«, meinte Laurie. »Scheint ja richtig zahm geworden zu sein.«

Locklear hatte inzwischen seine Jacke und seinen Gürtel abgelegt und stieß einen der anderen Junker an. »Wie steht es?«

Der Angesprochene ließ das Spiel nicht aus den Augen.

Ein Stalljunge trieb den Ball gerade mit den Füßen vor sich her, wurde jedoch durch einen von Jimmys Mannschaftskameraden zu Fall gebracht. Der Ball landete bei einem Bäckerjungen, der ihn hart in eines der beiden Fässer schoss, von denen jeweils eins an jedem Ende des Spielfeldes aufgestellt war. Der Junker stöhnte. »Damit steht es vier zu zwei. Und wir haben nicht mal mehr eine Viertelstunde.«

Jimmy und Locklear sahen Arutha an, und der nickte. Sie sausten aufs Spielfeld, wo sie zwei schmutzstarrende und blutende Junker ablösten.

Jimmy nahm den Ball einem der beiden Schiedsrichter – eine weitere Neuerung von deLacy – ab und schoss ihn in Richtung Mittellinie. Locklear, der sich dort bereits aufgestellt hatte, spielte ihm den Ball sofort wieder zu, zur großen Überraschung einiger Lehrjungen, die sich gerade auf ihn stürzen wollten. Schnell wie der Blitz kämpfte sich Jimmy an ihnen vorbei, duckte sich unter einem Ellbogenschlag und schoss. Der Ball sprang von der Kante des Fasses zurück, doch Locklear hatte sich aus dem Rudel befreit und schoss den Abpraller ins Fass. Die Junker und eine große Anzahl niedriger Adliger machten Freudensprünge. Die Lehrjungen hatten nur noch einen Punkt Vorsprung.

Auf dem Spielfeld kam es zu einer Rauferei, doch die Schiedsrichter gingen sofort dazwischen. Da niemand ernsthaft zu Schaden gekommen war, lief das Spiel weiter. Die Lehrjungen brachten den Ball auf die Seite der Junker; Locklear und Jimmy blieben vorn. Einer der größeren Junker startete eine hinterhältige Attacke und schubste einen der Küchenjungen gegen den Jungen mit dem Ball. Jimmy machte einen Satz, holte sich den Ball und schoss ihn Locklear zu. Der kleinere Junker zirkelte einen Steilpass zu einem anderen Junker, der ihn sofort zurückspielte, weil einige Lehrjungen auf ihn zuliefen. Ein großer Stalljunge bedrängte Locklear.

Er senkte einfach den Kopf und schob Locklear inklusive Ball über die Auslinie. Dann ging wieder eine Rangelei los.

Nachdem die Schiedsrichter die Kampfhähne getrennt hatten, halfen sie Locklear auf die Beine. Der Junge war zu benommen und konnte nicht mehr weiterspielen, also nahm ein anderer Junker seinen Platz ein. Da beide Spieler über die Spielfeldgrenze geraten waren, gaben die Schiedsrichter den Ball frei und warfen ihn in die Mitte des Feldes. Beide Seiten wollten den Ball erobern, und Ellbogen, Knie und Fäuste sausten durch die Luft.

»Ja«, kommentierte Laurie, »das ist Fassball, wie es sein soll.«

Plötzlich hatte sich ein Stalljunge freigelaufen, und zwischen ihm und dem Fass der Junker war kein Verteidiger mehr. Jimmy rannte ihm hinterher, und da er keine Chance sah, ihm den Ball abzunehmen, warf er sich auf den Jungen und wandte die gleiche Technik an, die auch Locklear gestoppt hatte.

Wieder wurde der Ball freigegeben, und in der Mitte des Feldes kam es zu einem Gerangel.

Dann hatte sich ein Junker namens Paul den Ball geschnappt und raste mit unerwarteter Geschicklichkeit auf das Fass der Lehrjungen zu. Zwei große Bäckerjungen schnitten ihm den Weg ab, doch er schaffte es, den Ball abzuspielen – Sekunden, bevor er flachgelegt wurde. Der Ball kam zu Junker Friedric, der ihn zu Jimmy weiterspielte. Jimmy erwartete einen weiteren Angriff des Gegners und war überrascht, als die Verteidiger sich zurückzogen. Das war eindeutig eine neue Taktik, die gegen die blitzschnellen Pässe gerichtet war, welche Jimmy und Locklear in das Spiel eingeführt hatten.

Die Junker an der Seitenlinie feuerten die Spieler an.

Einer schrie: »Ihr habt nur noch ein paar Minuten.«

Jimmy winkte Junker Friedric zu sich heran, schrie ihm eine kurze Anweisung zu, und dann ging es los. Jimmy drehte sich nach rechts und gab den Ball an Friedric ab, der damit ins Mittelfeld wechselte. Jimmy lief rechts an ihm vorbei nach vorn, bekam einen genauen Pass von Friedric, wich einem heranrutschenden Verteidiger aus und versenkte den Ball im Fass.

Die Menge schrie vor Begeisterung. Bei diesem Spiel gab es eine weitere Neuerung, diesmal nicht von deLacy: Taktik und Geschicklichkeit. Bisher war es nur ein grobes Hin und Her gewesen, doch nun kam es auch darauf an, den Ball so genau wie möglich zu spielen.

Dann brach die nächste Keilerei los. Die Schiedsrichter liefen hinzu und wollten die Spieler auseinanderschieben, doch die Lehrjungen waren nicht zur Räson zu bringen. Das Klingeln in Locklears Kopf hatte aufgehört, und er sagte zu Laurie und Arutha: »Sie versuchen, Zeit rauszuschinden, weil sie wissen, dass wir noch ein Fass machen, wenn wir noch einmal an den Ball kommen.«

Endlich war die Ordnung wiederhergestellt. Locklear hatte sich inzwischen genug erholt, um aufs Spielfeld zurückzukehren, und er wurde gegen einen Junker ausgewechselt, der sich bei der Rauferei verletzt hatte. Jimmy winkte seine Junker zurück und flüsterte Locklear noch einige Anweisungen zu, während die Lehrjungen langsam mit dem Ball nach vorne kamen. Sie versuchten das gleiche Doppelpassspiel, das Jimmy, Friedric und Locklear ihnen eben vorgeführt hatten, aber sie waren nicht geschickt genug. Zweimal wäre der Ball beinahe ins Aus gegangen, und sie konnten ihn gerade noch erwischen. Dann griffen Jimmy und Locklear an. Locklear tat, als wollte er sich den Spieler mit dem Ball vornehmen, und dem blieb nichts anderes übrig, als abzuspielen. Dann rannte Locklear nach vorn zum Fass. Jimmy ging von hinten ran, während die anderen wie eine Mauer standen. Jimmy fing den schlecht gezielten Pass ab und schoss ihn zu Locklear. Der nahm den Ball an und machte sich in Richtung Fass auf. Einer der Verteidiger versuchte, ihn zu stoppen, doch er konnte den flinken Junker nicht erreichen. Da holte der Lehrjunge etwas aus seinem Hemd und warf es nach Locklear.

Zur Überraschung der Zuschauer fiel Locklear einfach lang hin. Der Ball ging über die Auslinie. Jimmy lief zu seinem Freund, dann stürmte er los und hinter dem anderen Jungen her, der sich gerade den Ball holte. Jimmy tat nicht einmal so, als würde er noch spielen, sondern schlug ihm einfach ins Gesicht, sodass der andere nach hinten umkippte. Und wieder prügelten die Spieler aufeinander ein, doch diesmal mischten noch etliche Lehrjungen und Junker vom Spielfeldrand mit.

Arutha wandte sich an Laurie und sagte: »Das könnte böse enden. Glaubst du, wir sollten etwas unternehmen?«

Laurie sah, wie die Prügelei immer schlimmer wurde. »Wenn du morgen noch ein paar Junker brauchst, ja.«

Arutha gab Gardan ein Zeichen, und der winkte einige Soldaten aufs Spielfeld. Die erfahrenen Kämpfer stellten rasch wieder Ruhe und Ordnung her. Arutha kam aufs Feld und kniete sich neben Jimmy, der Locklears Kopf im Schoß hielt. »Dieser Hundesohn hat ihm ein Hufeisen an den Hinterkopf geworfen. Locklear ist bewusstlos.«

Arutha betrachtete den am Boden liegenden Junker, dann sagte er zu Gardan: »Tragt ihn in sein Quartier und lasst ihn vom Wundarzt untersuchen.« Er wandte sich an den Jungen mit der Sanduhr. »Das Spiel ist zu Ende.« Jimmy wollte zuerst protestieren, überlegte es sich dann jedoch anders.

Der Junge mit der Sanduhr verkündete das Ergebnis: »Es steht vier gegen vier. Niemand hat gewonnen.«

Jimmy seufzte. »Wenigstens hat auch niemand verloren.«

Zwei Wachen hoben Locklear auf und trugen ihn vom Feld.

»Es ist immer noch ein ziemlich raues Spiel«, meinte Arutha zu Laurie.

Der frühere Sänger nickte. »DeLacy muss sich wohl noch ein paar Regeln ausdenken, damit sie sich nicht die Köpfe einschlagen.«

Jimmy ging dorthin zurück, wo er seine Jacke und seinen Gürtel abgelegt hatte. Die Menschenansammlung löste sich auf. Arutha und Laurie kamen Jimmy hinterher. »Irgendwann werden wir es noch einmal versuchen«, meinte der Junge.

»Das könnte wirklich interessant werden«, sagte Arutha.

»Doch jetzt, da sie euren Trick mit den Pässen kennen, werden sie sich darauf vorbereiten.«

»Dann müssen wir uns eben etwas Neues ausdenken.«

»Gut, ich glaube, es würde sich lohnen, einen Tag festzulegen. Sagen wir, in einer oder in zwei Wochen.« Arutha legte Jimmy die Hand auf die Schulter. »Ich muss mir doch einmal diese Regeln von deLacy ansehen. Laurie hat recht, wenn ihr weiterhin in so einem Durcheinander das Feld rauf- und runterrennt, dürft ihr nicht mehr mit Hufeisen werfen.«

Jimmy schien plötzlich das Interesse an dem Spiel verloren zu haben. Er hatte irgendetwas in der Menge entdeckt. »Seht ihr den Kerl dort hinten? Den in der blauen Jacke und der grauen Mütze?«

Der Prinz blickte in die Richtung, in die Jimmy gezeigt hatte. »Nein.«

»Er ist genau in dem Moment untergetaucht, in dem ihr geguckt habt. Aber ich kenne ihn. Ich würde ihm lieber folgen.«

Etwas in Jimmys Stimme verriet Arutha, dass sich der Junge nicht einfach abermals seinen Pflichten entziehen wollte. »Tu das. Aber bleib nicht zu lange fort. Laurie und ich werden inzwischen in den großen Saal zurückkehren.«

Jimmy lief davon, dorthin, wo er den Kerl zum letzten Mal gesehen hatte. Er blieb stehen und sah sich um, dann entdeckte er die vertraute Gestalt an einer schmalen Treppe, die zu einem Seiteneingang führte. Der Mann lehnte im Schatten an der Wand und aß etwas von einem Teller. Er blickte kaum auf, als Jimmy näher kam. »Da bist du ja – Jimmy die Hand.«

»Nein, nicht mehr Jimmy die Hand. Jetzt bin ich Junker James von Krondor, Alvarny der Flinke.«

Der alte Dieb lachte leise in sich hinein. »Nein, flink bin

auch ich nicht mehr. Obwohl ich in meinen jungen Tagen durchaus schnell war.« Er senkte die Stimme, sodass niemand von den Umstehenden hören konnte, was er sagte. »Mein Herr hat mir eine Nachricht für deinen Herrn mitgegeben.«

Da musste etwas im Gange sein, dachte Jimmy, denn Alvarny der Flinke war der Tagesmeister der Spötter, der Gilde der Diebe. Er war kein gewöhnlicher Laufbursche, sondern einer der engsten Vertrauten des Aufrechten Mannes.

»Also, mein Herr sagt, die Raubvögel, von denen man annahm, sie hätten die Stadt verlassen, sind aus dem Norden zurückgekehrt.«

Jimmy lief ein Schauder über den Rücken. »Die, die bei Nacht jagen?«

Der alte Dieb nickte und stopfte sich eine Pastete in den Mund, schloss für einen Moment die Augen und grunzte genüsslich. Dann richtete sich sein bohrender Blick wieder auf Jimmy. »Hat mir leidgetan, als ich mit ansehen musste, wie du uns verlässt, Jimmy die Hand. Du hattest den Eid abgelegt. Hättest bei den Spöttern etwas werden können, es sei denn, einer wäre gekommen und hätte dir die Gurgel durchgeschnitten. Doch das Wasser fließt immer den Fluss runter, wie man so sagt. Und jetzt zu der Nachricht. Der junge Tyburn Reems wurde in der Bucht treibend gefunden. Es gibt dort Stellen, wo die Schmuggler ihre Waren an Land bringen, und an einer dieser Stellen stinkt's, und da sie von den Spöttern nicht mehr benutzt wird, verstecken sich dort allerhand schräger Vögel. Nun gut, das war's dann.« Und ohne ein weiteres Wort schlenderte der frühere Meisterdieb Alvarny der Flinke davon und verschwand zwischen den Feiernden.

Jimmy zögerte nicht. Er rannte dorthin, wo vor einigen Augenblicken noch Arutha gestanden hatte, und als er ihn an der Stelle nicht mehr fand, machte er sich auf zum großen Saal. Wegen der vielen Leute kam er nicht besonders schnell voran. Die Masse fremder Menschen machte ihn mit einem Mal nervös. In den Monaten, seit Arutha und er aus Moraelin zurückgekehrt waren, von wo sie Silberdorn für die kranke Anita geholt hatten, hatte sie das angenehme tägliche Leben im Palast gewissermaßen eingelullt. Jetzt vermutete der Junge in jeder Hand den Dolch eines Meuchelmörders, in jedem Weinbecher Gift und hinter jeder Ecke einen Bogenschützen.

Er kämpfte sich eiligst durch die Feiernden.

Jimmy wieselte durch das Getümmel der Edlen und weniger hochgestellten Gäste in den großen Saal. In der Nähe des Podiums plauderten einige Leute. Laurie und Carline sprachen mit dem keshianischen Gesandten, während Arutha gerade die Stufen zu seinem Thron hinaufstieg. In der Mitte des Saals unterhielt eine Gruppe Akrobaten das Volk, und Jimmy musste über den freien Platz laufen, den die begeisterten Bürger für sie gemacht hatten. Er schob sich weiter durch die Menge. Die tiefen Schatten in den Nischen riefen düstere Erinnerungen in ihm wach, und das trieb ihn noch mehr an.

Jimmy schlüpfte an Laurie vorbei und erreichte endlich Arutha, der sich auf seinem Thron niedergelassen hatte. Anita war nirgends zu sehen. Jimmy betrachtete ihren leeren Thron und legte fragend den Kopf schief. Arutha erklärte ihm: »Sie ist gegangen, um nach den Kindern zu sehen. Warum?«

Jimmy beugte sich zu Arutha vor. »Mein früherer Meister hat mir eine Nachricht zukommen lassen. In Krondor lassen sich wieder Nachtgreifer sehen.«

Aruthas Gesicht verfinsterte sich. »Ist das eine Vermutung oder eine Tatsache?«

»Erstens hätte der Aufrechte Mann nicht denjenigen geschickt, den er geschickt hat, wenn die Angelegenheit nicht von äußerster Wichtigkeit wäre und entschlossenes Handeln verlangen würde. Immerhin hat er einen seiner hochrangigsten Spötter den Blicken der Öffentlichkeit ausgesetzt. Zweitens gibt … gab es da einen jungen Spieler namens Tyburn Reems, den man oft in der Stadt gesehen hat. Er hatte von den Spöttern besondere Freiheiten erhalten. Und er hatte Rechte, die sonst nur wenige Männer bekommen, die nicht zur Gilde gehören. Jetzt weiß ich, warum. Der Mann war ein persönlicher Spion meines früheren Meisters. Reems ist tot. Ich schätze, dass der Aufrechte Mann von einer möglichen Rückkehr der Nachtgreifer Wind bekommen und Reems losgeschickt hat, ihren Unterschlupf ausfindig zu machen. Wieder einmal verstecken sie sich mitten in der Stadt. Wo, weiß der Aufrechte Mann nicht, doch er vermutet sie in der Nähe des alten Labyrinths der Schmuggler.«

Während Jimmy sprach, schweifte sein Blick unablässig im Saal umher. Dann wandte er sich wieder Arutha zu – und er verstummte. Aruthas Gesicht war versteinert, vor Wut bald zur Grimasse verzerrt. Einige Menschen in der Nähe starrten ihn an. Schroff flüsterte er Jimmy zu: »Dann wird also alles von vorn beginnen.«

»So sieht es aus«, erwiderte Jimmy.

Arutha erhob sich. »Ich will mich nicht zu einem Gefangenen in meinem eigenen Heim machen lassen. Ich will nicht in jeder Ecke Wachen stehen haben.«

Jimmys Blick huschte durch den Saal und streifte die Herzogin Carline, die ihren Charme an den keshianischen Gesandten versprühte. »Gut und schön, doch am heutigen Tag ist hier alles mit Fremden bevölkert. Der gesunde Menschenverstand gebietet, dass Ihr Euch in Eure Gemächer zurückzieht, denn wenn es eine Möglichkeit gibt, ungehindert an Euch heranzukommen, dann hier und jetzt.« Sein Blick wanderte weiter von Gesicht zu Gesicht und suchte nach Anzeichen für etwas Ungewöhnliches. »Wenn die Nachtgreifer wieder in Krondor sind, dann sind sie auch hier im Saal, oder sie kommen spätestens bei Anbruch der Nacht. Ihr werdet womöglich zwischen hier und Euren Gemächern auf sie stoßen.«

Plötzlich riss Arutha die Augen auf. »Meine Gemächer! Anita und die Kinder!«

Der Prinz eilte davon und nahm die bestürzten Gesichter um sich herum überhaupt nicht wahr. Jimmy war ihm dicht auf den Fersen. Carline und Laurie bemerkten, dass etwas nicht stimmte, und folgten den beiden.

Innerhalb weniger Momente zog sich ein Rattenschwanz von einem Dutzend Leute hinter dem Prinzen her, der durch die Gänge eilte. Gardan hatte den hastigen Aufbruch mitbekommen und rückte an Jimmys Seite. »Was ist denn los?«

Jimmy sagte nur: »Nachtgreifer!«

Der Feldmarschall von Krondor brauchte keine weiteren Erklärungen. Er packte sich die erste Wache, die ihm begegnete, und bedeutete einer weiteren, ihm zu folgen. Zur ersten sagte er: »Geh sofort zu Hauptmann Valdis und sag ihm, er möge zu mir kommen.«

»Wo kann er Euch finden?«, wollte der Soldat wissen.

Gardan schickte den Mann mit einem Schubs los. »Sag ihm, er soll uns eben suchen.«

Während sie dahineilten, sammelte Gardan fast ein Dutzend Wachen um sich.

Arutha hatte die Tür zu seinen Gemächern erreicht und zögerte einen Moment, als würde er sich davor fürchten, die Tür zu öffnen. Dann stieß er sie auf und entdeckte Anita neben den beiden Wiegen, in denen ihre Söhne schlummerten. Sie sah auf, und augenblicklich legte sich ein besorgter Ausdruck auf ihr Gesicht. Sie ging auf ihren Gemahl zu und fragte: »Was gibt es?«

Arutha bedeutete Carline und den anderen zu warten und schloss die Tür hinter sich. »Nichts bisher.« Er schwieg für einen Augenblick. »Ich möchte, dass du die Kinder nimmst und deine Mutter besuchst.«

»Sie würde das sicherlich begrüßen.« Der Klang ihrer Stimme verriet, dass sie hinter seinen Worten mehr vermutete, als der Prinz ihr mitgeteilt hatte. »Sie hat ihre Krankheit zwar überstanden, doch sie ist noch nicht wieder in der Lage zu reisen. Es wird ihr eine besondere Freude sein.« Dann blickte sie Arutha fragend an. »Und auf ihrem kleinen Besitz sind wir besser geschützt als hier.«

Arutha versuchte erst gar nicht, die Angelegenheit vor Anita zu verbergen. »Ja. Es sind wieder Nachtgreifer aufgetaucht.«

Anita ging zu ihrem Gemahl und legte den Kopf an seine Brust. Der letzte Angriff eines Assassinen hatte sie fast das Leben gekostet. »Ich habe keine Angst um mein eigenes Leben, doch die Kinder …«

»Du wirst morgen abreisen.«

»Ich werde alles vorbereiten.«

Arutha küsste sie und begab sich zur Tür. »Ich komme bald

zurück. Jimmy hat mir geraten, solange in meinen Gemächern zu bleiben, bis keine Fremden mehr hier sind. Ein guter Ratschlag, doch ich muss mich der Öffentlichkeit noch eine Weile zeigen. Die Nachtgreifer werden annehmen, wir wüssten noch nichts von ihrer Rückkehr. Wir dürfen sie jetzt noch keinen Verdacht schöpfen lassen.«

Trotz der erschreckenden Nachricht hatte Anita ihren Humor nicht verloren. »Jimmy ist anscheinend immer noch darauf aus, der Erste Ratgeber des Prinzen zu werden.«

Arutha lächelte sie an. »Allerdings hat er seit einem Jahr nicht mehr davon gesprochen, dass er den Titel Herzog von Krondor tragen möchte. Manchmal denke ich, er ist für dieses Amt besser geeignet als viele, die es wahrscheinlich bekommen werden.«

Anita öffnete die Tür und sah Gardan, Jimmy, Laurie und Carline davor stehen. Die anderen waren von der Wache fortgeschickt worden. Neben Gardan wartete Hauptmann Valdis. »Ich brauche eine Kompanie Lanzenreiter. Sie muss morgen früh zum Aufbruch bereitstehen«, unterrichtete der Prinz den Hauptmann. »Die Prinzessin und ihre Söhne werden zum Besitz der Prinzessinnenmutter reisen. Passt gut auf sie auf.«

Hauptmann Valdis salutierte, wandte sich ab und erteilte die entsprechenden Befehle. »Lasst die Männer unauffällig wieder auf ihre Posten zurückkehren«, sagte Arutha zu Gardan. »Sie sollen jeden möglichen Winkel absuchen, wo sich jemand verbergen könnte. Sollte wer fragen, so ist Ihre Hoheit, die Prinzessin, unpässlich, und ich bin für eine Weile bei ihr. Sobald es geht, werde ich wieder im großen Saal erscheinen.« Gardan nickte und machte sich auf, während

Arutha zu Jimmy sagte: »Du musst eine Nachricht für mich überbringen.«

»Ich werde sofort aufbrechen«, erwiderte Jimmy.

»Was glaubst du, sollst du tun?«

»Ich soll zum Hafen gehen«, sagte der Junge und lächelte schief.

Arutha nickte, erneut sowohl überrascht als auch zufrieden über die gute Auffassungsgabe des Jungen. »Genau. Wenn es sein muss, suchst du ihn die ganze Nacht. Doch sobald du ihn gefunden hast, bringst du Trevor Hull direkt zu mir.«

Entdeckung

Jimmy suchte mit seinen Blicken den Schankraum ab. Die Schenke »Zur Winkerkrabbe« war das Stammlokal all jener, die von ungebetenen Fragen und neugierigen Blicken verschont bleiben wollten. Die Sonne näherte sich langsam dem Horizont, und schon zu dieser Tageszeit war das Lokal mit Gästen aus der Gegend überfüllt. Jimmy erregte nicht wenig Aufsehen, da ihn seine Kleidung als Außenstehenden brandmarkte. Ein paar der Leute kannten ihn vom Sehen – nach dem Armenviertel war der Hafen sozusagen Jimmys zweite Heimat gewesen –, aber die meisten hielten ihn für einen reichen Jungen, der auf einen netten Abend aus war und dem man vielleicht ein paar Goldstücke aus der Tasche ziehen konnte.

Ein solcher Mann, dem Aussehen nach ein Seemann, dazu betrunken und kampflustig, verstellte Jimmy den Weg. »Also, sagt mal, ein so stattlicher junger Herr wie Ihr wird doch wohl für unsereins die eine oder andere Münze springen lassen, damit wir auch auf die kleinen Prinzen anstoßen können, oder was haltet Ihr davon?« Während er sprach, lag die Hand des Seemanns auf dem Griff seines Dolches.

»Nun, ich halte davon gar nichts.« Jimmy wich dem Mann geschickt aus und war schon halb an ihm vorbei.

Der Mann griff nach Jimmys Schulter und versuchte, ihn festzuhalten.

Jimmy entwand sich dem Griff geschmeidig, und schon hatte der Mann die Spitze einer Klinge an seiner Kehle. »Ich hab gesagt, ich hab kein Geld für dich übrig.«

Der Mann trollte sich, und etliche Zuschauer lachten.

Doch die anderen bildeten einen Kreis um den Junker. Jimmy wusste, dass er einen Fehler begangen hatte. Aus Zeitmangel hatte er sich nicht die passende Kleidung angezogen, doch er hätte dem anderen auch den halb leeren Geldbeutel unter die Nase halten können. Nun war, einmal begonnen, eine Auseinandersetzung nicht mehr zu umgehen. Und war vor einem Augenblick nur sein Geldbeutel in Gefahr gewesen, so ging es jetzt um sein Leben.

Jimmy wich zurück und hielt Ausschau nach Rückendeckung. Seine starre Miene verriet nicht das kleinste Anzeichen von Furcht, und einige der Umstehenden begriffen, dass jemand vor ihnen stand, der wusste, wie er sich in der Hafengegend zu verhalten hatte. Leise sagte er: »Ich suche Trevor Hull.«

Urplötzlich blieben die Männer stehen und rückten ihm nicht näher auf die Pelle. Einer drehte sich um und deutete mit dem Kopf auf die Tür zum Hinterzimmer. Jimmy eilte darauf zu und zog den Vorhang zur Seite.

In einem großen verrauchten Zimmer saß eine Gruppe Männer an einem Tisch und spielte Karten. Den Stapeln von Spielmarken nach ging es um hohe Einsätze. Das Spiel hieß Lin-Lan und war im südlichen Königreich ebenso wie im nördlichen Kesh ausgesprochen beliebt. Bunte Karten lagen verdeckt auf dem Tisch, und abwechselnd wetteten die Spieler oder mussten geben. Die aufgedeckten Karten bestimmten die Quoten und Auszahlungen. Unter den Spielern war ein Mann, über dessen eine Gesichtshälfte – quer durch das milchweiße Auge – sich eine Narbe von der Stirn bis zum Kinn zog, und ein anderer mit Glatze und einem pockennarbigen Gesicht.

Aaron Cook, der Glatzkopf und Erster Maat auf dem Zollschiff *Königlicher Rabe,* sah auf, als Jimmy auf den Tisch zukam. Er stieß den anderen Mann an, der gerade angewidert seine Karten betrachtete und sie dann auf den Tisch warf. Als er den jungen Mann entdeckte, lächelte er, doch sobald er Jimmys Gesichtsausdruck bemerkt hatte, verdüsterte sich seine Miene wieder. Jimmy musste seine Stimme heben, um den Lärm zu übertönen. »Euer alter Freund Arthur will etwas von Euch.«

Trevor Hull, Pirat und Schmuggler, wusste sofort Bescheid. Arutha hatte den Decknamen Arthur benutzt, als Hulls Schmuggler und die Spötter Arutha und Anita aus Krondor herausgebracht hatten, während die Geheimpolizei von Guy du Bas-Tyra die Stadt nach ihnen durchkämmte. Nach dem Spaltkrieg waren Hull und seine Mannschaft von Arutha für die in der Vergangenheit begangenen Verbrechen begnadigt und als Zolleintreiber in seine Dienste genommen worden.

Hull und Cook standen gleichzeitig vom Tisch auf. Einer der anderen Spieler, ein dicker Händler, der nach Geld aussah und eine Pfeife im Mundwinkel hängen hatte, sagte: »Wo wollt ihr hin? Wir haben die Runde noch nicht zu Ende gespielt.«

Hull, dessen graues Haar seinen Kopf wie einen Heiligenschein umgab, rief: »Für mich ist sie trotzdem zu Ende. Zum Teufel, ich habe nur eine Reihe Blaue und ein Paar mit vier

Punkten.« Er langte noch einmal nach seinen Karten und deckte sie auf.

Jimmy zuckte zusammen. Die Männer fluchten und warfen ihre Karten auf den Tisch. Nach den Regeln dieses Spiels gab es eine Unterbrechung, wenn einer seine Karten aufdeckte. Zum Glück für die anderen wurden die Einsätze stehen gelassen, und die Runde wurde noch einmal gespielt, doch diese Aussicht gefiel natürlich denen nicht, die ein gutes Blatt hatten. Während sie durch den vorderen Raum zum Ausgang gingen, bemerkte Jimmy: »Hull, du bist ein gemeiner Hund.«

Der alte Schmuggler, der sich zum Zollbeamten gemausert hatte, lachte dreckig. »Dieser alte Dummkopf war an der Reihe, und er hätte mein Gold kassiert. Ich wollte ihm bloß den Wind aus den Segeln nehmen.«

Arutha betrachtete die Karten auf dem Tisch. Sie stammten aus seinem Archiv und waren vom fürstlichen Architekten angefertigt worden. Jede Einzelheit der Straßen von Krondor war darauf verzeichnet. Eine der Karten, die die Abwasserkanäle darstellte, hatten sie auch benutzt, als sie das letzte Mal gegen die Nachtgreifer vorgegangen waren.

In den zurückliegenden zehn Minuten hatte Trevor Hull alle Karten eingehend studiert. Hull war der Kopf der erfolgreichsten Schmugglergruppe in Krondor gewesen, bevor er in Aruthas Dienste getreten war, und die Hinterhöfe und die unterirdischen Kanäle waren seine wichtigsten Transportwege für Schmuggelgut gewesen.

Hull beriet sich mit Cook, dann rieb er sich das Kinn. Sein Zeigefinger deutete auf einen Punkt, wo ein Dutzend Kanäle labyrinthartig zusammenstießen. »Wären die Nachtgreifer in den Abwässern untergekrochen, hätte der Aufrechte Mann sie bemerkt, ehe sie sich hätten einnisten können. Aber vielleicht benutzten sie die Gänge, um ein- und auszugehen«, sein Finger fuhr zu einem anderen Punkt auf der Karte, »und zwar hier.« Der Finger zeigte auf einen Teil des Hafens, der sich halbmondförmig an der Bucht entlangzog. In der Mitte der Bucht begannen die Lagerhäuser, aber an dieser Stelle drängte sich auch eine kleine Ecke des Armenviertels wie ein Tortenstück zwischen die wohlhabenderen Stadtteile der Händler ans Wasser.

»Fischdorf«, sagte Jimmy.

»Fischdorf?«, fragte Arutha.

»Das ist der ärmste Teil des Armenviertels«, erläuterte Cook.

Hull nickte. »Fischdorf, Taucherstedt, Hafenstedt ... und es gibt noch andere Namen. Vor langer Zeit war das mal ein Fischerdorf, und damals war da viel Betrieb. Auch heute leben dort noch einige Fischerfamilien. Vor allem fischen sie nach Hummer und Miesmuscheln, und am Strand weiter im Norden der Stadt gibt es Venusmuscheln. In der Gegend haben sich auch Gerber und Färber und andere angesiedelt, eben alle, die die Luft verpesten, und deshalb wohnt dort niemand, der sich etwas Besseres leisten kann.«

»Alvarny meinte, der Aufrechte Mann vermute, sie hätten sich an einem Ort versteckt, an dem es stinkt«, sagte Jimmy. »Also muss er auch an Fischdorf gedacht haben.« Er schüttelte den Kopf, während er die Karte noch einmal eingehend betrachtete. »Wenn sich die Nachtgreifer in Fischdorf verstecken, wird es sehr schwer, sie dort zu finden. Selbst die Spötter haben Fischdorf nicht so fest im Griff wie das Armenviertel oder den Hafen. Man kann da ziemlich schnell unter die Räder kommen.«

Hull stimmte zu. »Wir sind da immer durch unterirdische Gänge ein- und ausgegangen. Dort gibt es eine Landestelle, an der wir unsere Fracht durch den Keller eines Kaufmanns in den Hafen gebracht haben.«

Arutha sah sich die Karte genauer an und nickte. Er wusste, wo die Landestelle lag.

»Wir hatten eine Anzahl verschiedener Verstecke, wo wir unsere Waren unterbrachten, und die haben wir von Zeit zu Zeit gewechselt.« Hull blickte von der Karte auf und sah den Prinzen an. »Euer größtes Problem sind die Abwasserkanäle. Es gibt ungefähr ein Dutzend, die vom Hafen nach Fischdorf führen. Die müsst Ihr alle blockieren. Einer ist sogar so groß, dass man ein bemanntes Boot braucht, um ihn abzuriegeln.«

Aaron Cook sagte: »Das Schlimmste ist, wir wissen nicht einmal, wo in Fischdorf sie sich eigentlich verstecken.«

»Wenn sie sich überhaupt dort verstecken«, murrte Arutha.

»Ich bezweifle«, meinte Cook, »dass der Aufrechte Mann es erwähnt hätte, wenn er nicht guten Grund dazu hatte.«

Hull nickte. »Das ist ganz klar. Ich kann mir keinen anderen Ort in der Stadt vorstellen, an dem sie sich verstecken könnten. Der Aufrechte Mann hätte das Versteck sofort aufgespürt, nachdem ein Spötter den ersten Nachtgreifer entdeckt hätte. Und selbst wenn die Diebe gern in den Abwasserkanälen herumschleichen – an manchen Stellen kommen auch sie nur selten vorbei. Und eine davon ist Fischdorf. Die alten Fischerfamilien dort unten haben sich ihre Unabhängigkeit bewahrt, und sie sind ausgesprochen mächtig. Und wenn sich dort jemand einen Unterschlupf in einem Schuppen am

Hafen sucht, still und heimlich … Selbst die Spötter bekommen von den Leuten in Fischdorf keine Antworten, wenn sie Fragen stellen. Sollten sich die Nachtgreifer dort nach und nach eingenistet haben, weiß womöglich niemand außer den Nachbarn etwas davon. Es gibt Unmengen von kleinen verwinkelten Gassen.« Er schüttelte den Kopf. »Und die Karte bringt uns auch nicht weiter. Die Hälfte der Häuser in der Gegend ist abgebrannt. Überall, wo Platz ist, werden einfach Hütten und Schuppen gebaut. Das reinste Durcheinander.« Er sah den Prinzen an. »Ein weiterer Name für Fischdorf ist ›das Labyrinth‹.«

»Trevor hat recht«, sagte Jimmy. »Ich bin so oft wie jeder andere Spötter in Fischdorf gewesen, doch das war nicht sehr häufig. Dort gibt es nichts, was sich zu stehlen lohnt. Aber bei einer Sache liegt Trevor falsch. Das Wichtigste ist nicht, alle Fluchtwege zu blockieren, sondern die Nachtgreifer überhaupt erstmal aufzuspüren. In dem Stadtteil leben eine Menge ehrlicher Leute, die kann man nicht einfach alle umbringen. Wir müssen den Unterschlupf finden.« Er dachte nach. »Das Versteck der Nachtgreifer muss an erster Stelle gut zu verteidigen sein und erst an zweiter einen guten Fluchtweg bieten. Wahrscheinlich sind sie hier.« Er zeigte auf einen Punkt auf der Karte.

»Das ist eine Möglichkeit«, murmelte Trevor Hull. »Dieses Gebäude dort ist gegen zwei andere gebaut, sodass man es nur nach zwei Seiten verteidigen muss. Unter den Straßen gibt es jede Menge Kanäle, und die unterirdischen Gänge darunter sind eng. Wenn man noch nie da gewesen ist, findet man sich kaum zurecht. Ja, ziemlich wahrscheinlich ist das der Ort.«

Jimmy sah Arutha an. »Ich sollte mich besser umziehen.«

»Ich möchte dich nicht gern für diese Aufgabe einsetzen«, entgegnete Arutha, »aber du eignest dich von uns allen am besten als Kundschafter.«

Cook sah Hull an, und der nickte kaum merklich. »Ich könnte mitkommen.«

Jimmy schüttelte den Kopf. »Manche Teile der unterirdischen Kanäle kennt Ihr besser als ich, Aaron, aber ich kann überall hindurchschlüpfen, ohne dass sich das Wasser auch nur leise bewegt. Diesen Trick beherrscht Ihr nicht. Und vor allem gibt es keine Möglichkeit, wie Ihr unbemerkt nach Fischdorf hineinkommen könnt, selbst in einer so lauten Nacht wie dieser. Ich bin sicherer, wenn ich allein gehe.«

»Solltest du nicht noch warten?«, fragte Arutha.

Jimmy schüttelte den Kopf. »Wenn ich sie ausfindig machen kann, bevor sie überhaupt merken, dass sie entdeckt worden sind, können wir sie vielleicht ausräuchern, ehe sie wissen, wie ihnen geschieht. Die Leute machen manchmal seltsame Sachen, auch die Assassinen. Da heute das große Fest ist, werden ihre Wachen wahrscheinlich niemanden erwarten, der herumschnüffelt. Und eben wegen des Festes wird es die ganze Nacht laut bleiben. Jemandem in den Abwasserkanälen unter dem Haus werden seltsame und ungewohnte Geräusche nicht so auffallen wie sonst. Und wenn ich über der Erde weitersuchen muss, wird ein fremder Junge in Fischdorf vermutlich kaum Aufsehen erregen. Aber ich sollte sofort aufbrechen.«

»Du musst es am besten wissen«, sagte Arutha. »Doch sie werden sofort reagieren, wenn sie merken, dass ihnen jemand hinterherspioniert. Falls auch nur ein Nachtgreifer einen Blick auf dich erhascht und dich erkennt, werden sie auf der Stelle losschlagen – und zwar gegen mich.«

Diese Tatsache schien Arutha nicht besonders zu beunruhigen. Im Gegenteil, dachte Jimmy, er wirkte, als würde er die offene Konfrontation herbeisehnen. Nein, Jimmy wusste, was dem Prinzen auf der Seele lag, war die Sicherheit der anderen. »Das braucht Ihr mir nicht extra zu sagen. Der Angriff der Nachtgreifer steht allerdings doch sowieso aller Wahrscheinlichkeit nach heute Abend an. Der Palast wimmelt ja nur so vor Fremden.« Jimmy sah aus dem Fenster. Die späte Nachmittagssonne verschwand hinter dem Horizont. »Es ist jetzt fast sieben Uhr. Wenn ich einen Überfall auf Euch planen würde, dann würde ich mir noch zwei oder drei Stunden Zeit lassen, bis das Fest auf dem Höhepunkt ist. Die Akrobaten und die Gäste werden betrunken sein, und es wird ein ständiges Kommen und Gehen geben. Alle werden ordentlich dem Wein zugesprochen haben, müde von der langen Feier sein und sich in sehr lockerer Stimmung befinden. Aber viel länger würde ich nicht warten, denn danach könnte den Wachen ein spät eintreffender Gast verdächtig erscheinen. Ihr müsst nur gut aufpassen, dann seid Ihr auch in Sicherheit, während ich mich mal ein wenig nach den Nachtgreifern umsehe. Und sobald ich irgendetwas entdeckt habe, komme ich zurück und erstatte Bericht.«

Arutha gab seine Zustimmung, und Jimmy machte sich auf. Trevor Hull und sein Erster Maat folgten ihm eilig und ließen den beunruhigten Prinzen mit seinen Gedanken allein.

Arutha lehnte sich zurück, ballte die Hände zu Fäusten, drückte sie an die Lippen und starrte ins Leere.

Er war den Lakaien von Murmandamus am Schwarzen

See, dem Moraelin, entgegengetreten, doch der letzte Kampf stand offenbar noch bevor. Arutha verfluchte sich dafür, dass er im vergangenen Jahr so selbstgefällig geworden war. Als er mit dem Silberdorn zurückgekehrt war, mit dem er Anita vor dem Gift der Nachtgreifer hatte retten können, war er beinahe bereit gewesen, sofort wieder in den Norden aufzubrechen. Doch die Angelegenheiten am Hof, seine eigene Vermählung, seine Reise nach Rillanon zur Hochzeit seines Bruders mit Königin Magda, dann Fürst Caldrics Beerdigung und die Geburt seiner Söhne, das alles war ihm dazwischengekommen, und die Angelegenheit im Norden des Königreiches war nicht zu Ende gebracht worden.

Hinter dem großen Gebirge lagen die Nordlande. Dort hatte der Feind seinen Sitz. Dort regierte Murmandamus über seine Truppen. Und von dort oben langte er hinunter nach Süden und griff in das Leben des Prinzen von Krondor, des Fürsten des Westens, ein. Langte nach ihm, dem Mann, der laut Prophezeiung das Verderben des Dunklen Herrschers werden sollte.

Und wieder musste Arutha eine Schlacht direkt vor seiner eigenen Haustür austragen. Er schlug mit der rechten Faust in die offene linke Handfläche und fluchte leise. Sich selbst und allen Göttern, die zuhörten, schwor er, in dem Moment, in dem diese Angelegenheit in Krondor erledigt war, würde er, Arutha conDoin, nach Norden aufbrechen und sich seinem Feinde stellen.

Die Dunkelheit verbarg Tausende von Schätzen inmitten einer Million Stücke wertlosen Abfalls. Das Wasser in der Kanalisation floss träge dahin, und wenn der Müll irgendwo hängen blieb, bildeten sich große Staus, sogenannte Tofs. Die Tofmänner durchsuchten diese Abfallberge und lebten von den Dingen, die noch zu gebrauchen waren. Meist brachen die Tofmänner die Staudämme aus Müll, sodass die Abwässer weiter abfließen konnten und die Kanäle nicht überflutet wurden.

Doch das alles interessierte Jimmy im Moment weniger, wichtig war nur, dass einer der Tofmänner nur wenige Meter vor ihm stand.

Der Junker hatte sich, abgesehen von seinen alten bequemen Stiefeln, ganz in Schwarz gekleidet. Er hatte sich sogar die schwarze Kapuze eines Henkers aus der Folterkammer besorgt. Unter dem Schwarz trug er einfache Kleidung, mit der er im Armenviertel nicht auffallen würde. Der Tofmann starrte einige Male dorthin, wo der Junge stand, doch Jimmy war für ihn unsichtbar.

Fast eine halbe Stunde lang hatte Jimmy bewegungslos an einer Kreuzung im Schatten verharrt, während der alte Tofmann das vorbeitreibende stinkende Durcheinander zerpflückte. Jimmy hoffte nur, dass dies nicht ausgerechnet die Lieblingsstelle des Mannes war, ansonsten musste er womöglich noch Stunden ausharren. Und noch flehentlicher hoffte Jimmy, dass der Alte wirklich ein Tofmann war und nicht ein getarnter Nachtgreifer.

Endlich schlurfte der Mann davon, und Jimmy entspannte sich, bewegte sich jedoch noch eine ganze Weile nicht, damit der Tofmann Zeit hatte, in einem der Seitenkanäle zu verschwinden. Dann schlich Jimmy auf den Stegen entlang, immer auf die Mitte von Fischdorf zu.

Lautlos huschte er durch eine Reihe von Gängen. Selbst

wenn er ins Wasser steigen musste, machte er nur leise Geräusche. Seine naturgegebenen Talente, blitzschnelle Reflexe, erstaunliche Abstimmung von Verstand und Muskeln sowie die Fähigkeit, schnelle Entscheidungen treffen und augenblicklich reagieren zu können, hatte er durch Übung bei den Spöttern zu wahrer Meisterschaft gebracht und unter härtesten Bedingungen vervollkommnet, im täglichen Dasein als Dieb. Jimmy machte jede Bewegung so, als hinge sein Leben davon ab, unentdeckt zu bleiben – und so war es auch.

In den dunklen Gängen der Abwässer, die er durchquerte, richtete er seine Sinne nur auf die Finsternis. Er konnte die leisen Geräusche, die von der Straße über ihm nach unten drangen, herausfiltern und wusste, wie das schwache Plätschern des Wassers, das von den steinernen Wänden widerhallte, klingen musste. Die geringste Veränderung würde jemanden, der vor ihm im Verborgenen lauerte, warnen. Die widerliche Luft der Abwässer überdeckte alle alarmierenden Gerüche, daher würde er eine Bewegung erst bemerken, wenn jemand schon dicht bei ihm war.

Plötzlich rührte sich etwas in der Luft, und Jimmy erstarrte. Irgendetwas hatte sich verändert, und der Junge duckte sich augenblicklich in eine niedrige Nische der Ziegelsteinwand, als ein frischer Luftzug vorbeiwehte. Kurz vor sich hörte er das leise Knirschen von Stiefelleder auf Metall, und ihm war klar, dass da jemand von der Straße eine Leiter hinunterstieg. Der Junge sah einen kleinen Wirbel im Wasser und spannte alle Muskeln an. Da kam jemand in seine Richtung, jemand, der sich fast so lautlos bewegte wie er selbst.

Jimmy kauerte sich hin, machte sich so klein wie möglich. Er konnte die Gestalt, die in der Finsternis auf ihn zukam, eher erspüren als mit den Augen ausmachen. Dann flackerte ein Licht, und Jimmy konnte den herannahenden Mann sehen. Er war schlank und trug einen Umhang und Waffen. Er drehte sich um und flüsterte zischend: »Verdammt, blende die Laterne ab.«

In diesem Moment sah Jimmy ein wohlbekanntes Gesicht. Der Mann im Kanal war Arutha – oder zumindest war er ihm so ähnlich, dass ihn jeder außer seinen engsten Vertrauten für den Prinzen halten musste.

Jimmy hielt die Luft an, denn der falsche Prinz ging nur wenige Schritte an ihm vorbei. Wer auch immer dem Mann folgte, er blendete die Laterne ab, und im Abwasserkanal herrschte wieder Dunkelheit, die Jimmy vor der Entdeckung schützte. Er hörte, wie der zweite Mann an ihm vorbeiging. Jimmy lauschte auf weitere Geräusche, wartete, bis er sicher war, dass niemand mehr kam. Dann erhob er sich rasch, aber leise aus seinem Versteck und huschte zu der Stelle, an der die beiden Männer aus der Finsternis aufgetaucht waren. Dort stießen drei Gänge aufeinander, und es hätte ihn einige Zeit gekostet herauszufinden, aus welchem der falsche Prinz und sein Gefährte gekommen waren. Jimmy wog kurz ab, dann hielt er es für wichtiger, den beiden zu folgen, als in Erfahrung zu bringen, wo sie in das unterirdische Kanalsystem eingestiegen waren.

Jimmy kannte diesen Teil der Abwässer besser als jeder andere in Krondor, doch hätte er die beiden zu lange aus den Augen gelassen, hätte er sie verloren. Er schlich durch die Dunkelheit und horchte an jeder Abzweigung nach Geräuschen, die ihm verrieten, welche Richtung der falsche Prinz und sein Gefährte eingeschlagen hatten. Der Junge eilte durch die finsteren Gänge unter der Stadt, und allmählich holte er die beiden Männer ein. Einmal sah er kurz einen Lichtschein, als wäre die Laterne für einen Moment aufgedeckt worden, damit sich die Fremden orientieren konnten. Jimmy folgte ihnen.

Dann bog Jimmy um eine Ecke, und ein plötzlicher Luftzug warnte ihn gerade noch rechtzeitig. Er duckte sich und spürte, wie etwas über ihn hinwegschoss, dort, wo sich eben noch sein Kopf befunden hatte. Die Bewegung wurde von einem angestrengten Stöhnen begleitet. Er zog seinen Dolch, wandte sich in die Richtung, aus der die Atemgeräusche kamen, und hielt selbst die Luft an. Bei einem Kampf in dieser Dunkelheit musste man unbedingt seine panische Angst kontrollieren. Man konnte sterben, wenn man seine gereizte Fantasie nicht beherrschte, die einem den Gegner dort vorgaukelte, wo er gar nicht war, und man so dem anderen die eigene Position verriet. Geräusche, trügerische Bewegungen, die man scheinbar aus den Augenwinkeln wahrnahm, das Gefühl, das einem zu sagen schien, wo der Feind stand, all das konnte einen verhängnisvolle Fehler begehen lassen, die den eigenen Standort preisgaben – und das Leben kosteten.

Beide Männer standen eine Weile lang wie angewurzelt da.

Jimmy merkte, wie etwas an ihm vorbeihuschte. Eine Ratte, dem Geräusch nach eine große, lief hastig davon, ging den Schwierigkeiten aus dem Weg. Sein Gegner stach in die Richtung des Geräusches, erwischte allerdings nur die Wand. Jimmy stieß mit dem Dolch zu und spürte ihn tief ins Fleisch seines Gegners eindringen. Der Mann erstarrte und brach dann mit einem leisen Stöhnen zusammen. Zwei Stiche in der Dunkelheit – das war der ganze Kampf gewesen.

Jimmy zog den Dolch zurück und lauschte. Weit und breit kein Zeichen vom Gefährten des Mannes. Der Junker fluchte in Gedanken. Zwar musste er nicht mehr mit einem überraschenden Angriff rechnen, doch der zweite Fremde hatte entkommen können. Jimmy spürte in der Nähe etwas Heißes und verbrannte sich fast die Finger an der eisernen Laterne. Er hob die Blende hoch und betrachtete seinen Widersacher.

Er kannte den Mann nicht, aber Jimmy wusste, dass es sich dabei um einen Nachtgreifer handelte. Alles andere hätte seine Anwesenheit hier in den Abwasserkanälen und dazu noch mit einem Doppelgänger des Prinzen kaum erklärt. Jimmy untersuchte die Leiche und entdeckte den Greif aus Ebenholz und den schwarzen Giftring. Es gab keinen Zweifel: Die Nachtgreifer waren zurück!

Jimmy holte tief Luft und machte sich an die blutige Arbeit. Schnell schnitt er dem Mann die Brust auf, holte das Herz heraus und warf es in das Abwasser. Bei den Nachtgreifern wusste man nie, ob sie nicht wieder auferstanden und ihrem Meister weiter dienten, also war es am besten, entsprechende Vorkehrungen zu treffen.

Jimmy warf die Leiche ins Wasser, damit sie zusammen mit anderen Abfällen bis zum Meer trieb, ließ die Laterne stehen und machte sich auf den Rückweg zum Palast. Er beeilte sich und bedauerte nun, so viel Zeit mit der Leiche verschwendet zu haben. Schließlich musste er unbedingt vor dem falschen Prinzen im Palast eintreffen. Ohne Rücksicht auf den Lärm, den er verursachte, suchte er den nächsten Ausgang nach oben.

Jimmy ging davon aus, dass der falsche Prinz längst auf und davon war. Als er um eine Ecke bog, dröhnten in seinem Kopf plötzlich die Alarmglocken, denn irgendetwas klang anders. Er duckte sich, doch einen Moment zu spät.

Der Klinge des Schwertes konnte er eben noch ausweichen, aber das Heft erwischte ihn an der Schläfe. Er wurde hart gegen die Wand geworfen, und sein Kopf schlug gegen die Ziegelmauer.

Er sprang nach vorn, landete mitten im Abwasserkanal und tauchte in der trüben Brühe unter. Halb benommen gelang es ihm, sich unter Wasser umzudrehen und die Nase durch den Dreck an die Luft zu stecken. In seinen Ohren klingelte es dumpf, dennoch hörte er, wie jemand ganz in seiner Nähe durchs Wasser watete. Irgendwie wurde ihm sogar klar, dass dieser Jemand nach ihm suchte.

Doch die Laterne war weit entfernt und stand bei dem ersten Mann, und im dunklen Wasser trieb der Junge davon, fort von dieser Person, die vergeblich nach Jimmy suchen würde, um sein Leben auszulöschen.

Hände schüttelten den Jungen und rissen ihn aus seinen verwirrten Träumen. Es war seltsam, er trieb einfach in der Dunkelheit dahin, wo er sich doch dringend mit dem Prinz von Krondor hätte treffen sollen. Aber er konnte seine guten Stiefel nicht finden, und der Zeremonienmeister deLacy würde ihn niemals mit den alten Tretern in den großen Saal eintreten lassen.

Er schlug die Augen auf und blickte direkt in ein ledernes Gesicht, das ihn mit einem zahnlosen Lächeln in der Welt des Bewusstseins begrüßte. »Gut, gut«, sagte der alte Mann und kicherte leise. »Da bist du ja wieder bei uns, was, Junge? Hab schon alle möglichen Sachen durch die Kanäle treiben sehen, in all den Jahren. Hab nur nicht geglaubt, dass sie da eines Tages den Henker des Fürsten reinwerfen.« Er kicherte wieder, und im flackernden Kerzenlicht verzog sich sein Gesicht zu einer grotesken Fratze.

Jimmy wurde aus den Worten des Mannes nicht schlau, bis er sich an die Kapuze erinnerte, die er getragen hatte. Der alte Mann musste sie ihm abgenommen haben.

»Wer ...?«

»Tolly werd ich genannt, junger Jimmy die Hand.«

»Wie lange ...?«

»Zehn, fünfzehn Minuten. Hab's platschen gehört und dachte, gehste mal gucken, was da los ist. Hab dich da also treiben gesehen. Dachte, du wärst tot. Hab dich aber rausgeholt, wollte doch mal gucken, ob du Gold bei dir hast. Der andere war auch eifrig mit der Suche beschäftigt, konnte dich bloß nicht finden.« Er kicherte erneut. »Hätte dich sicher gefunden, wenn du weiter im Wasser rumgetrieben wärst. Aber ich hab dich in diesen kleinen Gang gezogen, wo ich mich immer verstecke, und hab das Licht erst angemacht, als er weg war. Hab das gefunden«, sagte er und reichte Jimmy seinen Beutel.

»Behalt ihn. Du hast mir das Leben gerettet. Wie kommt man von hier aus am schnellsten auf die Straße?«

Der Mann half Jimmy auf die Beine. »Da vorn findest du die Treppe, die nach Teechs Gerberei hochgeht. Da wird nicht mehr gearbeitet. Liegt direkt am Boulevard des Gestanks.«

Jimmy nickte. Die Straße hieß eigentlich Collingtonstraße, aber im Armenviertel sagte jeder Boulevard des Gestanks, weil an ihr nur Gerbereien, Schlachthäuser und Färbereien lagen.

»Du bist nicht mehr in der Gilde, Jimmy«, sagte Tolly,

»aber es wird gemunkelt, du würdest auftauchen und hier und da ein paar Fragen stellen, also kann ich dir auch das Losungswort sagen: Fink. Hab keine Ahnung, wer diese Kerle war'n, mit denen du gekämpft hast, aber in den letzten Tagen hab ich hier unten 'ne ganze Bande unangenehmer Kerle langlaufen sehen. Ich schätze, da wird bald irgendwas passieren.«

Jimmy wurde eines klar: Dieser einfache Tofmann vertraute den Oberen der Spötter. Die würden sich schon um die Eindringlinge in sein Reich kümmern. »Ja, das kann nur noch eine Sache von Tagen sein«, murmelte Jimmy nachdenklich. »Also, in dem Beutel sind dreißig Goldstücke. Bring Alvarny dem Flinken eine Nachricht. Erzähl ihm die ganze Sache und dass mein neuer Meister sofort handeln wird, da bin ich mir sicher. Und dann nimm das Gold und mach dir ein paar schöne Tage.«

Der Mann blinzelte Jimmy zu und verzog den zahnlosen Mund zu einem breiten Grinsen. »Soll mich hier eine Weile nicht blicken lassen, meinst du? Gut, werd ich eben ein, zwei Tage lang dein Gold versaufen. Reicht das?«

»Ja, in zwei Tagen wird die Sache erledigt sein«, entgegnete Jimmy. Und als sich der Tofmann zu dem Ausgang aufmachte, der zur Straße führte, fügte Jimmy hinzu: »So oder so.« Er sah sich in der Dunkelheit um und bemerkte, dass er wieder an der Stelle war, wo er die Nachtgreifer zum ersten Mal gesehen hatte. Er deutete auf die Abzweigung der Kanäle und fragte: »Gibt es hier irgendwo eine Leiter?«

»Drei, die noch was taugen.« Der Mann zeigte Jimmy, wo sie sich befanden.

»Dann nochmals vielen Dank, Tolly. Und jetzt überbring Alvarny, so schnell es geht, meine Nachricht.«

Der alte Tofmann watete durch einen breiten Kanal davon, und Jimmy untersuchte die erste Leiter. Sie war rostig, und es war sicher nicht ganz ungefährlich, sie zu benutzen. Auch die zweite befand sich in desolatem Zustand. Doch die dritte war erst jüngst repariert und fest in der Steinwand verankert worden. Jimmy stieg rasch hinauf und erforschte die Falltür darüber.

Sie war aus Holz und daher wohl ein Teil vom Fußboden des darüber liegenden Gebäudes. Jimmy versuchte einzuschätzen, wo er sich befand. Wenn dort drüben Teechs Gerberei lag, musste er unter dem Haus sein, in dem er das Versteck der Nachtgreifer vermutete. Falls ihm sein Orientierungssinn keinen Streich spielte. Er lauschte eine Weile an der Klappe, hörte jedoch nichts.

Vorsichtig drückte er die Falltür ein Stück weit nach oben und spähte durch den kleinen Spalt. Genau vor seiner Nase befand sich ein Paar Stiefel, und derjenige, der sie trug, hatte die Beine übereinandergeschlagen. Jimmy verharrte. Doch als sich die Stiefel nicht bewegten, drückte er die Klappe ein Stück weiter auf. Die Füße in den Stiefeln gehörten einem unangenehm wirkenden Burschen, der aber fest schlief und eine halb leere Flasche an die Brust gedrückt hatte. Dem widerlich süßen Geruch nach hatte der Mann Paga getrunken, ein starkes Gebräu aus Kesh, das mit Gewürzen und einem milden Rauschmittel versetzt wurde. Jimmy ließ schnell seinen Blick durch das Zimmer schweifen. Abgesehen von der schlafenden Wache war es leer, doch durch die einzige Tür des Raums in der Wand neben ihm drangen schwach Stimmen herein.

Jimmy holte leise Luft und stieg geräuschlos aus dem Schacht, wobei er es vermied, die schlafende Wache anzustoßen. Mit einem einzigen Schritt war er an der Tür und horchte. Auf der anderen Seite sprach jemand mit gedämpfter Stimme, und durch einen winzigen Spalt in der Tür konnte Jimmy in den anderen Raum spähen.

Er sah nur den Rücken eines Mannes und das Gesicht eines anderen. Aber es waren auf jeden Fall noch mehr Männer bei ihnen, den Geräuschen nach vielleicht ein Dutzend. Hier war also das Hauptquartier der Nachtgreifer. Denn das waren diese Männer ohne Zweifel. Selbst wenn der Mann, den er getötet hatte, nicht den schwarzen Greifvogel getragen hätte, wäre Jimmy das klar gewesen. Diese Männer gehörten nicht zu dem Volk, das sich sonst in Fischdorf herumtrieb.

Jimmy wünschte, er hätte das Gebäude näher erkunden können. Hier gab es sicher noch ein halbes Dutzend weitere Zimmer. Doch der schlafende Mann hinter ihm wurde unruhig und erinnerte den früheren Dieb daran, dass ihm die Zeit davonlief. Der falsche Prinz würde bald den Palast erreichen, musste allerdings mühsam durch die Abwässer schleichen, während Jimmy auf den Straßen schneller vorankommen würde. Es war also klar, wer als Erster am Ziel sein würde.

Jimmy zog sich leise zurück und ging wieder zu der Falltür. Er stieg in den Schacht und ließ die Klappe vorsichtig herunter. Als er halb die Leiter hinunter war, hörte er direkt über sich eine Stimme. »Matthew!«

Jimmy klopfte das Herz bis zum Hals. Eine andere Stimme antwortete: »Was?«

»Wenn du dir wieder den Kopf zugesoffen hast und eingeschlafen bist, fresse ich deine Augen zum Frühstück.«

Die andere Stimme entgegnete irritiert: »Ich hab die Augen nur für einen Moment zugemacht, gerade als du reingekommen bist. Und jag mir nicht so einen Schrecken ein, sonst werf ich nächstes Mal *deine* Leber den Krähen vor.«

Jimmy hörte, wie die Falltür aufgeklappt wurde, und ohne Zögern schwang er sich zur Seite hin von der Leiter und drückte sich flach an die Steinwand, wo er in den Fugen des Mauerwerks kaum ausreichenden Halt fand. Er vertraute auf seine schwarze Kleidung und die Finsternis des Schachts. Abgesehen davon würden sich die Augen der Männer oben erst an die Dunkelheit gewöhnen müssen. Jemand leuchtete mit einer Lampe nach unten, und Jimmy verbarg sein Gesicht – das Einzige an ihm, was nicht schwarz war – und hielt den Atem an. Eine unendlich erscheinende Zeit hing er in der Luft, bis seine Arme und Beine vor Erschöpfung zu ziehen begannen. Er wagte nicht, nach oben zu sehen, er konnte sich nur vorstellen, was die beiden Nachtgreifer dort oben gerade taten. Womöglich zielten sie mit einer Armbrust auf seinen Kopf, vielleicht würde einen Moment später sein Leben ausgelöscht sein. Er hörte polternde Schritte, dann schweren Atem, und schließlich sagte eine Stimme über ihm: »Siehst du? Nichts. Also lass den Mist. Sonst schwimmst du irgendwann noch mit dem anderen Abfall davon.«

Jimmy zuckte zusammen, als die Falltür laut zugeknallt wurde. Er zählte bis zehn, dann krabbelte er rasch die Leiter hinunter und machte sich durch das Wasser davon.

Er ließ die zankenden Stimmen hinter sich, suchte den Weg zu Teechs Gerberei und eilte zum Palast.

Es war schon später Abend, doch die Feierlichkeiten waren noch in vollem Gange. Jimmy rannte fast durch den Palast; die erschrockenen Gesichter der Leute, an denen er vorbeilief, beachtete er nicht. Seine schwarze Erscheinung war ein höchst auffälliger Anblick. Er sah übel zugerichtet aus, eine schlimme Beule zierte sein Gesicht, und der Gestank der Abwasserkanäle haftete ihm nur zu deutlich an. Zweimal fragte Jimmy die Wachen, wo sich der Prinz aufhielte, und beide Male sagten sie ihm, er sei auf dem Weg in seine Gemächer.

Unterwegs entdeckte Jimmy zwei entsetzte Gesichter, die er sehr gut kannte. Da standen Gardan und Roald der Söldner. Die beiden hatten sich unterhalten, bis er aufgetaucht war. Der Marschall von Krondor wirkte nach dem anstrengenden Tag, der lange noch nicht vorbei war, jetzt schon müde. Lauries Jugendfreund hingegen schien bereits betrunken zu sein. Seit der Rückkehr vom Moraelin war Roald ständiger Gast hier, doch Gardans Angebot, in Aruthas Leibwache einzutreten, hatte der Söldner bislang nicht angenommen.

»Ihr solltet besser mitkommen«, sagte Jimmy. Das genügte, damit sich die beiden ihm sofort anschlossen. Jimmy meinte: »Ihr werdet nicht glauben, was sie diesmal vorhaben.« Wer »sie« waren, musste Jimmy nicht extra erklären. Gardan hatte Roald inzwischen von der Warnung des Aufrechten Mannes berichtet. Und die beiden waren schon früher, an Aruthas Seite, mit den Nachtgreifern und den Schwarzen Kämpfern von Murmandamus in Berührung gekommen.

Sie bogen um eine Ecke und sahen Arutha gerade die Tür zu seinem Zimmer öffnen. Der Prinz hielt inne und wartete, bis die drei näher gekommen waren. Offensichtliche Neugier machte sich auf seinem Gesicht breit.

»Hoheit«, sagte Gardan, »Jimmy hat etwas entdeckt.«

Arutha sah sie irritiert an und sagte: »Kommt herein. Es gibt noch ein paar Dinge, die ich erledigen muss, also fasst euch kurz.«

Der Prinz schob die Tür auf und führte sie durch das Vorzimmer zu seinem privaten Empfangssaal. Als er die Tür öffnen wollte, ging sie von selbst auf.

Roald riss die dunklen Augen auf. Vor ihm stand noch ein Arutha. Der Prinz in der Tür sah sie an und stammelte: »Was …« Dann zogen beide Aruthas ihre Waffen.

Roald und Gardan zögerten. Was sich da vor ihren Augen abspielte, war unmöglich. Während die beiden Prinzen aufeinander losgingen, beobachtete Jimmy den »zweiten« Arutha, denjenigen, der aus dem Empfangssaal getreten war und nun dorthin zurückwich, um Platz zum Kämpfen zu gewinnen. Gardan rief nach der Wache, und einen Moment später drang ein ganzes Dutzend Soldaten durch die Tür herein.

Jimmy sah sich die beiden gleichen Prinzen genau an. Die Ähnlichkeit war wirklich unheimlich. Er kannte Arutha besser als jeden anderen, doch nun, nachdem sich die beiden Männer in ein wildes Duell gestürzt hatten, konnte er sie unmöglich auseinanderhalten. Der Betrüger führte sogar die Klinge mit dem gleichen Geschick wie der Prinz. Gardan befahl: »Ergreift sie beide.«

»Wartet!«, schrie Jimmy. »Wenn ihr euch den echten zuerst schnappt, wird der Betrüger ihn vielleicht töten!«

Gardan widerrief seinen Befehl auf der Stelle.

Die beiden Fechter machten Ausfälle und parierten und liefen dabei durch das ganze Zimmer. Auf ihren Gesichtern stand grimmige Entschlossenheit. Dann eilte Jimmy quer durch den Raum, und ohne Zögern sprang er auf einen der beiden zu. Er stieß mit dem Dolch nach ihm und drängte ihn zurück.

Die Wachen strömten in den Saal und ergriffen auf Befehl des Marschalls den anderen. Gardan war sich nicht im Klaren, was Jimmy da eigentlich tat, doch er wollte es nicht drauf ankommen lassen. Beide Männer mussten festgehalten werden, bis die Sache aufgeklärt war.

Jimmy rang auf dem Boden mit dem anderen Arutha, der ihn mit einem Schlag des Handrückens zur Seite fegte. Dieser Arutha wollte sich erheben, hielt jedoch inne, als ihm Roald die Spitze seines Schwertes an die Kehle setzte. Der Mann am Boden schrie: »Der Junge ist verrückt geworden! Wachen, ergreift ihn!« Dann, als er aufstand, legte er die Hand an seine Seite. Er nahm sie wieder hoch, und sie war blutverschmiert. Der Mann wurde bleich und begann zu schwanken. Scheinbar stand er an der Schwelle zur Ohnmacht.

Der andere Arutha stand still da und erduldete widerstandslos den festen Griff der Wachen.

Jimmy schüttelte den Kopf, um sich von den Folgen des zweiten heftigen Schlags an diesem Tag zu erholen. Als er den Zustand des verletzten Mannes sah, rief er: »Achtet auf den Ring!«

Während der Junge das sagte, nahm der Verletzte die Hand an den Mund, und als Roald und eine Wache ihn ergriffen, sackte er bewusstlos zusammen. »Sein fürstlicher Siegelring ist eine Fälschung«, sagte Roald. »Es ist genauso ein Giftring, wie ihn die anderen trugen.«

Gardan untersuchte den Ring. »Nein, er ist wegen der Wunde zusammengebrochen.«

»Die Ähnlichkeit ist wirklich unglaublich«, sagte Roald. »Jimmy, woher wusstest du das?«

»Ich hab ihn in den Abwasserkanälen gesehen.«

»Aber wieso wusstest du, welcher der falsche Prinz ist?«, fragte Gardan.

»Die Stiefel. Sie sind voller Dreck.«

Gardan betrachtete nacheinander erst Aruthas blitzblanke Stiefel und dann die schlammverkrusteten des falschen Prinzen. Arutha sagte: »Was für ein Glück, dass ich heute nicht in Anitas frischbepflanztem Garten spazieren gegangen bin. Ihr hättet mich in meinen eigenen Kerker geworfen.«

Jimmy besah sich den besiegten Betrüger und den richtigen Prinzen genau. Beide trugen Kleider gleichen Schnitts und gleicher Farbe. Jimmy fragte Arutha: »Als wir eintraten, wart Ihr da bei uns, oder wart Ihr bereits hier im Zimmer?«

»Ich bin mit euch eingetreten. Er muss mit den letzten Gästen gekommen und dann einfach hierher in meine Gemächer gegangen sein.«

Jimmy stimmte zu. »Er hat gehofft, Euch hier allein zu erwischen, Euch zu töten und Eure Leiche in einem Geheimgang oder in den Abwasserkanälen verschwinden zu lassen. Dann hätte er Euren Platz eingenommen. Ich bin sicher, die Scharade hätte nicht lange gedauert, doch selbst in wenigen Tagen hätte er vieles reichlich durcheinanderbringen können.«

»Du hast mal wieder genau das Richtige getan, Jimmy«, lobte Arutha und fragte Roald: »Wird er überleben?«

Roald untersuchte ihn. »Ich weiß es nicht. Diese Kerle haben die lästige Angewohnheit, dann zu sterben, wenn sie nicht sollen, aber nicht tot zu bleiben, wenn es erwünscht ist.«

»Holt Nathan und die anderen. Und bringt ihn in den Ostturm. Gardan, Ihr wisst, was zu tun ist.«

Jimmy sah zu, wie Vater Nathan, ein Priester von Sung der Weißen und Berater von Arutha, den Assassinen untersuchte. Alle Personen, die Zugang zu dem Turm hatten, in dem der Gefangene untergebracht worden war, staunten über die Ähnlichkeit. Hauptmann Valdis, ein breitschultriger Mann, der, ehe er zum Anführer von Aruthas Leibwache aufgestiegen war, als Oberleutnant unter Gardan gedient hatte, schüttelte den Kopf. »Kein Wunder, dass ihm die Kerle sogar salutiert haben, als er durch den Palast spazierte. Er gleicht Euch wie ein Ei dem anderen.«

Der Verwundete war an den Pfosten seines Bettes festgebunden. So wie den anderen Nachtgreifern, die man bereits früher gefangen hatte, hatte man ihm den Giftring abgestreift und jegliche Gegenstände entfernt, mit denen er sich selbst töten konnte.

Nathan stand vom Bett des Gefangenen auf. Der stämmige Priester sagte: »Er hat viel Blut verloren, und sein Atem geht sehr flach. Ich würde sagen, es steht auf Messers Schneide.«

Der fürstliche Heiler nickte zustimmend. »Ich würde normalerweise sagen, dass er durchkommen wird, Hoheit, doch ich habe bereits ihren Todeswillen kennengelernt.« Er sah aus dem Fenster. Am Himmel zeigte sich das erste Licht des Morgens. Sie hatten Stunden damit verbracht, die Verletzungen zu heilen, die Jimmy dem Mann mit seinem Dolch zugefügt hatte.

Arutha dachte nach. Als sie zum letzten Mal einen Nachtgreifer hatten ausquetschen wollen, hatte am Ende eine wiederbelebte Leiche etliche Wachen getötet und beinahe die Hohepriesterin von Lims-Kragma und die Prinzessin ermordet. Der Prinz sagte zu Nathan: »Wenn er das Bewusstsein zurückerlangt, benutzt Eure Künste und seht, ob Ihr nicht etwas von ihm erfahren könnt. Wenn er stirbt, verbrennt die Leiche sofort.« An Gardan, Jimmy und Roald gewandt, sagte er: »Ihr kommt mit mir.« Und zu Valdis: »Hauptmann, verdoppelt die Wachen, aber ohne Aufsehen zu erregen.«

Er verließ das schwer bewachte Zimmer und steuerte an der Spitze seiner Gefährten auf seine eigenen Gemächer zu. »Jetzt, da Anita mit den Zwillingen auf dem Weg zu ihrer Mutter ist, brauche ich mir nur noch Gedanken darum zu machen, wie ich diese Assassinen ausrotten kann, bevor sie wieder einen Weg finden, an mich heranzukommen.«

»Aber Ihre Hoheit ist doch noch gar nicht abgereist«, sagte Gardan.

Arutha drehte sich abrupt um. »Wie bitte? Sie hat sich schon vor einer Stunde im Morgengrauen von mir verabschiedet.«

»Das mag sein, Sire, es waren jedoch noch tausend Kleinigkeiten zu erledigen. Das Gepäck ist erst vor Kurzem aufgeladen worden. Die Wachen stehen schon seit zwei Stunden bereit, dennoch meine ich, die Wagen seien noch nicht abgefahren.«

»Dann eilt und vergewissert Euch, dass sie bis zu ihrer Abreise in Sicherheit sind.«

Gardan lief davon, und Arutha, Jimmy und Roald setzten ihren Weg fort. »Ihr wisst ganz genau, mit wem wir es zu tun haben«, sagte Arutha. »Von allen hier im Palast wissen nur diejenigen, die mit am Moraelin waren, was für einem Feind wir hier gegenüberstehen. Dieser Krieg ist ein Krieg ohne Gnade, und er wird erst vorbei sein, wenn eine Seite vollständig besiegt ist.«

Jimmy nickte. Er war ein wenig von Aruthas Tonfall überrascht. Der letzte Überfall schien ihm ziemlich an die Nerven gegangen zu sein. Jimmy hatte den Prinzen als einen umsichtigen Mann kennengelernt, der sorgsam immer alles zur Verfügung stehende Wissen berücksichtigte und sich daraus das bestmögliche Urteil bildete. Die einzige Ausnahme hatte Jimmy miterlebt, als Anita vom Armbrustbolzen des Lachenden Jack getroffen worden war, der eigentlich Arutha zugedacht gewesen war. Da hatte sich Arutha verändert. Jetzt, genauso wie damals, als Anita beinahe getötet worden war, schien sich der Mann abermals an der Grenze der Vernunft zu bewegen. Jetzt, da sein Allerheiligstes Ziel der Angriffe wurde, war er ein Mann voller Wut. Das Wohlergehen seiner eigenen Person und seiner Familie stand auf dem Spiel, und denen gegenüber, die dafür verantwortlich waren, legte er einen kaum bezähmbaren, geradezu tödlichen Zorn an den Tag.

»Du musst Trevor Hull finden«, trug er Jimmy auf. »Ich will, dass seine besten Männer heute nach Sonnenuntergang bereitstehen. Und er soll mit Cook sobald wie möglich hier erscheinen. Ich will zusammen mit ihnen, Gardan und Valdis das weitere Vorgehen besprechen.« Er wandte sich an Roald. »Deine Aufgabe ist es, Laurie heute zu beschäftigen. Da ich heute Nachmittag nicht Hof halte, wird er sicherlich merken, dass etwas nicht in Ordnung ist. Lenk ihn ab, vielleicht mit einer Tour durch seine alten Stammkneipen in der Stadt, und halt ihn vor allem vom Ostturm fern.« Jimmy wirkte überrascht. »Er und Carline sind nun verheiratet, und es genügt, wenn ich das Leben eines Mitglieds unserer Familie gefährde. Er wäre ohne Zweifel dumm genug, mich begleiten zu wollen.«

Roald und Jimmy wechselten einen Blick. Beide ahnten, was der Prinz für die Nacht plante. »Geht jetzt. Ich wollte noch mit Nathan über etwas reden. Gebt mir Bescheid, wenn Hull zurück ist.«

Ohne weitere Worte machten sie sich auf, die ihnen zugewiesenen Aufgaben zu erledigen. Arutha kehrte derweil in seine Gemächer zurück, wo er mit dem Priester der Sung sprechen wollte.

Mord

Bewaffnete Männer standen bereit.

Krondor feierte noch immer, denn Arutha hatte auch den folgenden Tag zum Feiertag erklärt, und das mit der fadenscheinigen Begründung, es sollte bei zwei Söhnen auch zwei Tage Präsentation geben. Dennoch war die Ankündigung von allen Menschen in der Stadt mit Begeisterung aufgenommen worden, abgesehen vielleicht vom Personal, doch Zeremonienmeister deLacy hatte das Murren der Diener schnell zum Verstummen gebracht. Die Feiernden bevölkerten weiterhin die Kneipen und Schenken, die festliche Stimmung des vorherigen Tages stieg eher noch, und die vielen Wachen, die herumliefen, fielen kaum auf, denn offenbar waren sie außer Dienst, und schließlich schienen sie sich auch gegenseitig gar nicht zu beachten. Gegen Mitternacht hatten sich diese Männer an fünf verschiedenen Orten gesammelt: in der Schenke »Zum Regenbogenpapagei«, in drei weit verstreut liegenden Lagerhäusern, die von den Spöttern kontrolliert wurden, und an Bord der *Königlicher Rabe.*

Auf ein abgesprochenes Zeichen hin – das Ausrufen einer falschen Uhrzeit durch die Nachtwächter der Stadt – würden sich die fünf Kompanien zu dem Ort aufmachen, wo die Bruderschaft der Assassinen ihren Unterschlupf hatte.

Arutha führte die Gruppe, die sich im »Regenbogenpapagei« versammelt hatte. Trevor Hull und Aaron Cook kommandierten die Seeleute und Soldaten, die mit Booten in das Abwassersystem eindringen sollten. Jimmy, Gardan und Hauptmann Valdis sollten jeweils eine der Gruppen, die sich in den alten Lagerhäusern versteckt hielten, durch die Straßen des Armenviertels führen.

Jimmy sah sich um. Gerade schlüpfte der letzte Soldat leise durch die halb geöffnete Tür in das Lagerhaus. In dem Gebäude, in dem sonst die Spötter ihre Beute unterbrachten, drängten sich jetzt Männer. Er stellte sich wieder an das einzige Fenster, durch das er die Straße beobachten konnte, die direkt zum Unterschlupf der Nachtgreifer führte. Roald betrachtete das Stundenglas. Er hatte es umgedreht, als die Nachtwächter die letzte volle Stunde ausgerufen hatten. An der Tür des Lagerhauses horchten einige Soldaten. Jimmy ließ seinen Blick erneut über die versammelte Kompanie schweifen. Laurie, der unerwarteterweise vor einer Stunde zusammen mit Roald aufgetaucht war, lächelte Jimmy nervös zu. »Immerhin ist es hier bequemer als in den Höhlen am Moraelin.«

Jimmy erwiderte das Lächeln des uneingeladenen Teilnehmers an dem nächtlichen Überfall knapp. »Genau.« Ihm war klar, der Sänger, aus dem ein Adliger geworden war, wollte mit seiner Bemerkung nur die Sorgen abschütteln, die sie alle bedrückten. Denn sie waren schlecht vorbereitet, und sie hatten keine Ahnung, mit wie vielen von Murmandamus' Dienern sie rechnen mussten.

Doch das Auftauchen des falschen Prinzen hatte eine neue Welle von Angriffen der Moredhel angekündigt, und Arutha hatte mit Nachdruck darauf bestanden, äußerst rasch vorzugehen. Und es war ebenfalls Aruthas Entscheidung gewesen, seine Leute eiligst zu sammeln und den Schlag gegen die Nachtgreifer zu führen, ehe der Morgen ein weiteres Mal über Krondor graute.

Jimmy hatte mehr Zeit gefordert, damit er die Gegend genauer erkunden konnte. Doch der Prinz hatte seinem Drängen nicht nachgegeben. Jimmy hatte nämlich einen Fehler begangen: Er hatte erzählt, wie nahe er der Entdeckung gewesen war. Als Nathan dann die Nachricht vom Tod des Betrügers überbracht hatte, beurteilte Arutha die Lage folgendermaßen: Sie selbst konnten nicht wissen, ob der falsche Prinz Komplizen im Palast hatte oder ob seine Spießgesellen auf andere Weise Kenntnis vom Erfolg oder Misserfolg seines Betrugs erhalten hatten. Sie liefen also Gefahr, in einen Hinterhalt zu geraten oder – noch schlimmer – ein leeres Nest vorzufinden. Jimmy verstand die Ungeduld des Prinzen, am liebsten hätte er noch einmal nachgeprüft, ob sie wirklich alle Fluchtwege blockiert hatten.

Sie hatten große Mengen Bier und Wein – Spenden vom Prinzen an die Bürger – in die Stadt schaffen lassen, in der Hoffnung, das würde ihre Erfolgschancen erhöhen. Die Spötter hatten ihnen geholfen, eine vergleichsweise große Anzahl von Fässern im Armenviertel und besonders in Fischdorf zu verteilen. Die anständigen Leute von Fischdorf – wie gering ihre Anzahl auch immer sein mochte, dachte Jimmy wehmütig – würden glücklicherweise gemeinsam dem Trunke frönen. Dann sagte jemand: »Die Glocke der Nachtwächter hat geläutet.«

Roald sah auf das Stundenglas. Es war noch etwa für eine Viertelstunde Sand in der oberen Hälfte. »Das ist das Signal.«

Sofort war Jimmy an der Tür und ging voran. Seine Kompanie erfahrener Soldaten würde das Lager der Nachtgreifer als Erste erreichen. Jimmy war der Einzige, der überhaupt einen Blick in das Innere des Gebäudes hatte werfen können, und er hatte freiwillig die Aufgabe übernommen, die Nachtgreifer in ihrem Versteck aufzuscheuchen. Die Kompanien von Gardan und Valdis würden sofort danach als Verstärkung eintreffen und die Straßen um das Gebäude mit Soldaten in der Uniform der fürstlichen Truppen bevölkern, während Jimmys Männer den Unterschlupf angriffen. Die Kompanien von Arutha und Trevor Hull waren dann entweder bereits durch eine Falltür im Keller des »Regenbogenpapagei« oder durch den Tunnel der Schmuggler im Hafen in die Abwasserkanäle eingedrungen. Sie würden sich unter dem Quartier der Nachtwächter zusammenziehen und alle Fluchtwege in den Abwässern für die Assassinen versperren.

Die Soldaten schwärmten nach allen Seiten aus und duckten sich in die nächtlichen Schatten, während sie die schmale Straße entlangeilten. Laut Befehl sollten sie zwar so heimlich wie möglich vorgehen, doch bei dieser großen Anzahl bewaffneter Männer kam es vor allem auf Schnelligkeit an. Außerdem sollten sie sofort losschlagen, sollte man sie entdecken.

Als sie die Straßenkreuzung vor dem Gebäude der Nachtgreifer erreicht hatten, sah sich Jimmy um, aber Wachen waren nicht zu entdecken. Er deutete auf zwei schmale Seitenstraßen, die abgesperrt werden mussten, und mehrere Soldaten liefen dorthin. Jimmy flitzte zum Eingang des Gebäudes. Die letzten zwanzig Meter bis zur Tür waren die schwierigsten, weil es nur noch wenig Deckung gab. Jimmy kannte die Nachtgreifer gut genug, sie hielten allen Schutz bietenden Unrat aus dem Bereich vor ihrer Tür fern, weil sie mit einem nächtlichen Angriff wie diesem rechneten. Und im Eckzimmer des ersten Stocks stand vermutlich ein Wachposten, der von dort oben die beiden Straßen überblicken konnte, die sich vor dem Gebäude kreuzten.

Aus einiger Entfernung, vom anderen Eingang des Hauses her, hörte Jimmy das Knirschen von Metall auf Stein: Gardans Männer waren im Anmarsch, während Valdis' Männer hinter Jimmys Kompanie aufmarschierten. Dann bemerkte er im Fenster des ersten Stocks eine Bewegung und erstarrte für einen Augenblick. Er hatte keine Ahnung, ob er entdeckt worden war oder nicht.

Jimmy torkelte von der Mauer fort, stolperte vorwärts und hielt die Arme Halt suchend nach vorn ausgestreckt, als wäre er nur ein weiterer Betrunkener, dessen geplagter Magen gegen ein Übermaß an Wein rebellierte. Jimmy drehte kurz den Kopf zur Seite und erkannte Roald, der sich dicht hinter ihm in der Dunkelheit verbarg. Zwischen den lauten Würgegeräuschen zischelte er ihm zu: »Haltet Euch bereit.«

Dann torkelte er weiter auf das Eckhaus zu. Die ganze Zeit über sang er dabei ein einfaches Liedchen und hoffte, damit als später Heimkehrer von der Feier durchzugehen. Er näherte sich dem Eingang des Hauses, stolperte zur Seite und drückte sich an die Hauswand direkt neben der Tür. Dort hielt er die Luft an und lauschte. Von drinnen konnte er gedämpfte Stimmen hören. Ob sich die Nachtgreifer in Alarmbereitschaft befanden, konnte er allerdings nicht feststellen.

Jimmy wankte ein Stück in die Straße hinein, in der Gardan mit seinen Soldaten wartete. Er lehnte sich an die Mauer und täuschte erneut vor, sich zu übergeben, dann grölte er etwas Sinnloses in die Nacht. Er hoffte, dieses Grölen würde die Wache oben für einen Augenblick ablenken.

Ein halbes Dutzend Männer eilte mit einem Rammbock die Straße hinunter und nahm Aufstellung, während hinter ihnen vier Bogenschützen ihre Pfeile auflegten. Sie hatten freie Schusslinie auf die Fenster im ersten Stock und auf den Eingang des Gebäudes. Jimmy torkelte wieder auf das Haus zu, und als er sich genau unter dem Fenster befand, sah er, wie jemand den Kopf nach draußen steckte und ihn beobachtete. Der Posten verfolgte Jimmys Vorstellung und hatte die nahenden Männer nicht bemerkt. Hoffentlich wusste Roald, was zu tun war.

Ein Pfeil rauschte durch die Luft und verriet ihm, dass der Söldner die Lage richtig eingeschätzt hatte. Falls es dort oben eine zweite Wache gab, verloren sie nichts, wenn sie die erste töteten. Falls dem aber nicht so war, gewannen sie zusätzlich Zeit und konnten den Feind überraschen.

Der Wachposten fiel aus dem Fenster und schlug ein paar Schritte neben Jimmy auf. Jimmy kümmerte sich nicht um die Leiche. Einer von Gardans Männern würde der Wache bald das Herz aus dem Leib schneiden.

Jimmy erreichte die Tür, zog sein Rapier und gab den anderen ein Zeichen. Die sechs Männer mit dem Rammbock, einem Balken mit gehärteter Spitze, schritten voran. Sie brachten sich leise vor der Tür in Stellung, traten etwas zurück und ließen den Balken dreimal Maß nehmend hin- und herschwingen. Beim vierten Mal krachte der Rammbock gegen die Tür. Sie war nicht verbarrikadiert, deshalb brach sie sofort aus den Angeln und donnerte mit Wucht ins Innere des Hauses. Holzsplitter flogen durch die Luft, und die Männer drinnen rannten zu ihren Waffen.

Noch ehe die Soldaten den Rammbock fallen lassen und ihre Schwerter ziehen konnten, ging ein Hagel Pfeile über sie hinweg. Roald und seine Männer waren schon durch die Tür, bevor der Balken polternd auf den Steinen landete.

Kampflärm, Schreie und Flüche erfüllten den Raum, während in anderen Teilen des Gebäudes Fragen gebrüllt wurden. Mit einem einzigen Blick erfasste Jimmy die Lage und fluchte erbittert. Er fuhr herum und wandte sich an den Feldwebel, der die zweite Kompanie führte. »Sie haben Durchgänge zu den Nachbargebäuden gebrochen. Drüben sind noch mehr Räume.« Er zeigte auf zwei Türen, hinter denen die Stimmen laut geworden waren.

Der Feldwebel teilte die Truppe und schickte sie durch die beiden Türen. Ein anderer Feldwebel führte seine Leute nach oben, während Roalds und Lauries Männer die wenigen Assassinen im ersten Raum überwältigten und dann den Fußboden nach Falltüren absuchten.

Jimmy rannte zu der Tür, die zu dem Raum mit der Falltür zu den Abwässern führte. Er stieß die Tür auf und entdeckte einen toten Nachtgreifer. Aruthas Männer stiegen gerade den Schacht herauf. Das Zimmer hatte noch eine zweite Tür, und Jimmy war, als hätte er jemanden hinter einer Ecke gesehen. Er sprang ihm hinterher, nachdem er gerufen hatte, irgendwer solle ihm folgen, und bog um die Ecke. Dort wich er zur Seite aus, doch es erwartete ihn kein Hinterhalt. Als sie das letzte Mal gegen die Nachtgreifer gekämpft hatten, waren diese geradezu darauf aus gewesen zu sterben. Diesmal waren sie eher zur Flucht entschlossen.

Jimmy rannte durch einen Flur. Ein halbes Dutzend Soldaten folgte ihm auf den Fersen. Er trat eine Tür auf und fand drei tote Nachtgreifer auf dem Fußboden des Zimmers, das hinter dem Eingangszimmer lag. Einige Soldaten waren bereits dabei, Fackeln anzuzünden. Arutha hatte sehr genaue Befehle erteilt. Allen Toten sollten die Herzen aus dem Leib geschnitten werden, und die Leichen mussten verbrannt werden. Dann würden heute Nacht keine Schwarzen Kämpfer aus den Gräbern auferstehen und für Murmandamus töten.

»Ist hier jemand vorbeigelaufen?«, schrie Jimmy.

Einer der Soldaten sah auf. »Habe niemanden gesehen, Junker. Allerdings waren wir ziemlich mit unserer Arbeit beschäftigt.«

Jimmy nickte und rannte weiter den Flur entlang. Als er um eine Ecke bog, tobte vor ihm ein Kampf. Jimmy sprang zwischen den Soldaten hindurch, die die Assassinen rasch überwältigten, und lief auf die nächste Tür zu. Sie war nicht richtig geschlossen, so als hätte sie jemand hastig hinter sich zugeschlagen. Jimmy stieß sie weit auf und befand sich in einer Gasse. Auf der anderen Seite standen drei weitere Türen offen – unbewacht. Jimmy sank das Herz. Er wandte sich um und sah Arutha und Gardan hinter sich.

Arutha fluchte erbittert. Wo früher ein ausgebranntes großes Gebäude gestanden hatte, waren nur mehrere kleine, und wo sich einmal eine massive Mauer entlanggezogen hatte, luden jetzt Türen zum Eintreten ein. Und keiner von Aruthas Soldaten war rechtzeitig eingetroffen, um eine Flucht auf diesem Wege zu verhindern. »Ist hier jemand entlanggekommen?«, fragte der Prinz.

»Ich weiß nicht«, entgegnete Jimmy. »Einer, glaube ich, ist durch eine von diesen Türen geflohen.«

Einer der Soldaten trat zu Gardan heran und fragte: »Sollen wir ihn verfolgen, Marschall?«

Arutha ging ins Haus zurück, während aus den nahe stehenden Häusern neugierige Rufe der Bewohner von Fischdorf ertönten, die der Kampflärm geweckt hatte. »Gebt Euch keine Mühe«, meinte der Prinz schlichtweg. »So sicher, wie morgen die Sonne aufgeht, gibt es in diesen Häusern auch Türen zur anderen Straße. Heute Nacht haben wir unser Ziel verfehlt.«

Gardan schüttelte den Kopf. »Wenn hier noch welche waren, dann haben sie Reißaus genommen, als sie unseren Angriff gehört haben.«

Weitere Wachen kamen in die Gasse, viele mit blutiger Kleidung. Einer rannte auf den Prinzen zu. »Wir glauben, zwei sind über eine andere Straße entwischt, Hoheit.«

Arutha schob sich an dem Mann vorbei und ging wieder ins Haus. Dort traf er Valdis. Er überwachte seine Soldaten bei ihrer blutigen Arbeit, mit der sie sicherstellten, dass keiner der Assassinen als Untoter zurückkehrte. Grimmig schnitten die Männer Brustkästen auf und rissen die Herzen heraus, die sofort verbrannt wurden.

Ein atemloser Seemann kam herein und sagte: »Eure Hoheit, Käpt'n Hull bittet Euch, schnell zu kommen.«

Arutha, Jimmy und Gardan verließen das Zimmer, als Roald und Laurie auftauchten. Beide hatten immer noch ihre Waffen in der Hand. Arutha erblickte seinen Schwager und fragte bestürzt: »Was machst du denn hier?«

»Wir sind nur mal eben vorbeigekommen und wollten nach dem Rechten sehen«, antwortete Roald und sah den Prinzen verlegen an, während Laurie hinzufügte: »Er konnte noch nie besonders gut lügen. Sobald er mich gefragt hat, ob wir nicht ein bisschen spielen gehen wollen, habe ich gewusst, da stimmt was nicht.«

Arutha winkte jede weitere Ausrede ab und folgte dem Seemann in das Zimmer über den Abwasserkanälen und dann die Leiter hinunter. Die anderen folgten ihm. Sie durchquerten einen Abwasserkanal und erreichten Hull und seine Männer, die in ihren Booten warteten. Hull machte Arutha ein Zeichen, er solle an Bord kommen. Arutha und Gardan stiegen in das eine, Jimmy, Roald und Laurie in ein anderes Boot.

Sie wurden an eine Stelle gerudert, an der sechs Kanäle zusammenstießen. Da lag ein Boot im Wasser, an einem Ring in den Steinen festgemacht, darüber in der Kanaldecke befand sich eine Falltür, von der eine Strickleiter herabhing. »Wir haben drei der Boote angehalten, die hier herauskamen, doch dieses eine ist uns entwischt. Als wir die Stelle hier erreichten, waren sie schon alle geflüchtet.«

»Wie viele?«, fragte der Prinz.

»Vielleicht ein halbes Dutzend«, antwortete Hull.

Arutha fluchte. »Uns sind oben schon zwei oder drei durch eine Seitengasse entwischt. Und jetzt auch noch diese hier. In diesem Moment läuft womöglich ein Dutzend Nachtgreifer frei durch die Straßen der Stadt.«

Er verstummte für einen Augenblick, dann sah er Gardan an und kniff die Augen vor Ärger zusammen. »Krondor befindet sich ab sofort unter Kriegsrecht. Riegelt die Stadt ab.«

Zum zweiten Mal innerhalb von vier Jahren wurde in Krondor das Kriegsrecht ausgerufen. Damals, als Anita aus der Gefangenschaft im Palast ihres Vaters geflohen war und Jocko Radburn – Guy du Bas-Tyras Hauptmann der Geheimpolizei – nach ihr suchen ließ, war die Stadt gleichfalls abgeriegelt worden. Die Gründe waren vielleicht andere gewesen, doch die Auswirkungen für die Bevölkerung waren die gleichen. Und das jetzt sofort nach den Feierlichkeiten; für die Menschen war das doppelt bitter.

Bereits wenige Stunden nachdem das Kriegsrecht verhängt worden war, marschierten die ersten Kaufleute vor dem Palast auf und beschwerten sich. Den Anfang bildeten die Schiffsmakler: Ihre Interessen wurden als Erste berührt, weil ihre Schiffe entweder im Hafen bleiben mussten oder gar nicht erst einlaufen durften. Trevor Hull stand als Befehlshaber dem Geschwader vor, das die Einhaltung der Blockade überwachen sollte. Der frühere Schmuggler kannte jeden Trick, mit dem man die Blockade unterlaufen konnte. Zweimal versuchten Schiffe es trotzdem, wurden jedoch abgefangen und geentert. Ihre Kapitäne wurden unter Arrest gestellt, und die Mannschaften durften nicht an Land gehen. In beiden Fällen wurde schnell deutlich, dass Profitgier der Beweggrund für das illegale Handeln gewesen war und nicht, weil man Aruthas Vergeltungsmaßnahmen entkommen wollte. Dennoch, weil auch die Wachen nicht wussten, nach wem man eigentlich suchte, wurde zunächst jeder verhaftete Mann im Stadtgefängnis, im Kerker des Palastes oder in der Gefängniskaserne in Gewahrsam gehalten.

Bald folgten die Fuhrleute dem Vorbild der Schiffseigner, dann die Müller, weil die Bauern nicht in die Stadt kommen durften, und schließlich all die anderen, die schwerwiegende Gründe darlegten, weshalb sie unbedingt mit einer Ausnahmegenehmigung die Blockade passieren mussten. Alle Anträge wurden abgelehnt.

Die Gesetze im Königreich basierten auf der Großen Freiheit, dem allgemeinen Recht. Alle Menschen waren frei – abgesehen von Dienstpflichtigen, Verbrechern, die zur Sklaverei verurteilt worden waren, und Leibeigenen, die in Pachtverträgen steckten. Die Adligen erhielten Rang und Namen, damit sie die unter ihrer Herrschaft stehenden Menschen schützten, und unter ihnen tummelte sich eine große Vasallenschaft: Die Bauern führten den Zehnten an ihren Junker oder Baron ab, und der wiederum zahlte Steuern an den Grafen; der Graf seinerseits diente dem Herzog, der direkt der Krone unterstellt war. Missbrauchte einer der Höhergestellten sein Recht, so wurde unter den freien Männern bald Protest laut, und es gab zu viele Feinde innerhalb und außerhalb der Grenzen des Königreichs, als dass ein solcher Edler seine Stellung hätte lange halten können. Piraten von den Inseln des Sonnenuntergangs, queganische Freibeuter, Trollbanden und vor allem die Bruderschaft des Düsteren Pfads – die Dunkelelben – machten eine gewisse innere Stabilität des Königreichs unabdingbar.

Nur einmal in seiner Geschichte hatte das Land die Unterdrückung ohne offenen Protest ertragen, unter der Herrschaft des wahnsinnigen Königs Rodric, Lyams Vorgänger. Schließlich konnte man sich schlecht bei einem Tyrannen selbst beschweren. Unter Rodric war Majestätsbeleidigung zum Kapitalverbrechen erklärt worden, und niemand hatte seine Klagen öffentlich zum Ausdruck bringen dürfen. Lyam hatte dieses Gesetz sofort außer Kraft gesetzt: Solange kein Verrat vorlag, durfte jedermann sagen, was er dachte. Und eben jetzt äußerten die freien Männer von Krondor ihren Unmut, und zwar lautstark.

Krondor befand sich in Aufruhr, Stabilität war eine Sache der Vergangenheit. Während der ersten Tage des Kriegsrechts hatte es nur rumort, doch als die Blockade der Stadt in die zweite Woche ging, wurden überall Lebensmittel und andere Waren knapp. Die Nachfrage wuchs, und die Preise stiegen. Als in der ersten Schenke in der Hafengegend kein Bier mehr ausgeschenkt werden konnte, brach ein richtiggehender Aufstand aus. Arutha ordnete eine Ausgangssperre an.

Bewaffnete Einheiten der Fürstlichen Leibwache patrouillierten an der Seite der Stadtwachen durch die Straßen. Spione sowohl des Kanzlers als auch des Aufrechten Mannes sperrten die Ohren auf und belauschten Gespräche, um Hinweise auf den Aufenthalt der Assassinen zu erhalten.

Und die freien Männer protestierten.

Jimmy eilte einen Gang entlang, auf die privaten Gemächer des Prinzen zu. Er hatte dem Kommandanten der Stadtwache Botschaften zu überbringen gehabt und kehrte nun mit dem Kommandanten an seiner Seite zurück. Arutha war nur noch darauf fokussiert, dass die versteckten Assassinen gefunden wurden. Alle anderen Angelegenheiten schob er auf. Die alltäglichen Geschäfte des Fürstentums waren zunächst langsamer erledigt worden und schließlich ganz zum Erliegen gekommen. Aruthas ganzes Interesse galt den Nachtgreifern.

Jimmy klopfte an die Tür des Prinzen, und er und der Kommandant der Stadtwache wurden eingelassen. Jimmy stellte sich neben Laurie und die Herzogin Carline, während der Kommandant vor dem Prinzen salutierte. Gardan, Hauptmann Valdis und Graf Volney standen hinter dem Stuhl, auf dem der Prinz saß. Arutha blickte auf und sah den Kommandanten an. »Kommandant Bayne? Ich habe Euch meine Befehle überbringen lassen. Ich habe nicht um Eure Anwesenheit gebeten.«

Der Kommandant, ein leicht ergrauter Veteran, der seit dreißig Jahren seinen Dienst tat, sagte: »Hoheit, ich habe die Befehle gelesen. Ich bin nur mit dem Junker zurückgekommen, damit Ihr sie mir nochmals bestätigen könnt.«

»Sie werden genauso ausgeführt, wie sie da stehen, Kommandant. Noch etwas?«

Kommandant Bayne errötete vor Ärger. »Jawohl, Hoheit. Habt Ihr vielleicht Euren verdammten Verstand verloren, Hoheit?« Alle im Zimmer erstarrten beim Ausbruch des Offiziers. Doch ehe Gardan und Volney den Kommandanten unterbrechen konnten, fuhr der schon fort: »Wenn ich diese Befehle so ausführe, muss ich weitere tausend Männer hinter Gitter bringen. Erstens ...«

»Kommandant«, schnauzte Volney, der sich als Erster von seinem Schock erholt hatte.

Der Kommandant ignorierte den stämmigen Grafen einfach und setzte seine Beschwerde fort: »Erstens diese Anweisung, dass wir jeden verhaften sollen, ›der nicht gemeinhin oder wenigstens drei Bürgern von gutem Ruf bekannt ist‹ ... Hoheit, das trifft auf jeden Seemann zu, der sich zum ersten Mal in Krondor aufhält, auf jeden Reisenden, Vagabunden, Barden, Betrunkenen, Bettler, jede Hure und jeden Spieler, auf schlicht jeden Fremden. Wir müssen sie uns alle schnappen und sie einsperren, ohne sie dem Richter vorzuführen. Das ist Rechtsbruch. Zweitens habe ich gar nicht genug Männer, die diese Arbeit ordentlich erledigen können. Drittens habe ich nicht ausreichend Zellen für die ganzen Leute, die aufgegriffen und befragt werden, nicht einmal für die, die wir dabehalten, weil sie uns keine befriedigenden Antworten gegeben haben. Zum Teufel, ich habe kaum Platz für diejenigen, die wir bereits hinter Gitter gebracht haben. Und als Letztes: Diese ganze Sache stinkt einfach zum Himmel. Mann, seid Ihr verrückt geworden? Innerhalb der nächsten zwei Wochen wird es in der Stadt einen offenen Aufstand geben. Selbst dieser Bastard Radburn hat es nicht gewagt, so mit den Bürgern umzuspringen!«

»Kommandant, das reicht!«, brüllte Gardan.

»Ihr habt Euch wohl völlig vergessen!«, herrschte Volney den Soldaten an.

»Es ist vielmehr Seine Hoheit, die sich vergessen hat. Und solange Majestätsbeleidigung nicht wieder in die Liste der Schwerverbrechen aufgenommen wird, sage ich offen meine Meinung.«

Arutha blickte den Kommandanten fest an. »Ist das alles?«

»Das ist noch nicht einmal die Hälfte«, bellte der Kommandant. »Werdet Ihr diesen Befehl rückgängig machen?«

Arutha zeigte keine Regung. »Nein.«

Der Kommandant griff nach seinem Rangabzeichen und riss es sich vom Uniformrock. »Dann müsst Ihr Euch jemand anderen suchen, der diese Stadt für Euch schindet, Arutha conDoin. Ich werde es nicht tun.«

»Gut.« Arutha nahm das Abzeichen entgegen. Er reichte es Hauptmann Valdis und sagte: »Macht den jetzt hochrangigsten Offizier der Wache ausfindig und befördert ihn zum Kommandanten.«

»Der wird die Befehle ebenfalls nicht ausführen, Hoheit«, sagte Bayne. »Die Stadtwache steht hinter mir wie ein Mann.« Er stützte die Knöchel auf Aruthas Tisch und beugte sich vor, bis sich seine Augen auf einer Höhe mit denen von Arutha befanden. »Am besten schickt Ihr gleich die Armee. Meine Jungs werden Euch nicht mehr folgen. Denn schließlich sind sie es, die, wenn diese Sache vorbei ist, in Gruppen zu zweit oder zu dritt nach Einbruch der Dunkelheit patrouillieren und die Ordnung wiederherstellen müssen. Und das in einer Stadt, in der Hass und Wahnsinn regieren. Ihr habt diese Zustände herbeigeführt, also kümmert Euch auch selbst darum, sie zu beseitigen.«

»Das wäre dann alles«, erklärte Arutha und blieb ganz ruhig. »Ihr seid entlassen.« Zu Valdis sagte er: »Schickt Kompanien aus der Garnison in die Stadt und übernehmt den Befehl über die Wachen. Jeder Wächter, der in meinen Diensten bleiben will, ist willkommen. Und jeder, der sich diesem Befehl widersetzt, soll seine Uniform ablegen.«

Mit einem Fluch auf den Lippen wandte sich der Kommandant steif ab und verließ das Zimmer. Jimmy schüttelte den Kopf und warf Laurie einen besorgten Blick zu. Der frühere Barde wusste genauso gut wie der frühere Dieb, was sich in der Stadt zusammenbraute.

Krondor blieb eine weitere Woche unter Kriegsrecht. Arutha verschloss vor allen Ersuchen nach Beendigung der Blockade die Ohren. Am Ende der dritten Woche stellte man alle Männer oder Frauen, die nicht einwandfrei identifiziert werden konnten, unter Arrest. Jimmy hatte sich mit den Spionen des Aufrechten Mannes in Verbindung gesetzt, und die hatten versichert, dass die Spötter auf ihre eigene Art und Weise den »Hausputz« durchführten. Bislang hatte man sechs Leichen in der Bucht treibend gefunden.

Arutha und seine Berater übernahmen die Leitung der Verhöre. Ein großer Teil der Lagerhäuser am nördlichen Rand der Stadt, ganz in der Nähe des Tors der Händler, war in Gefängnisse umgewandelt worden. Arutha, der von einer Abteilung Wachen mit grimmigen Gesichtern umgeben war, betrachtete die ersten fünf Gefangenen, die man ihm auf einem Platz vorführte, auf dem es vor Schaulustigen nur so wimmelte.

Jimmy stand etwas abseits und hörte, wie ein Soldat dem anderen zuflüsterte: »Wenn das in diesem Tempo weitergeht, sind wir in einem Jahr noch nicht mit allen durch.«

Eine Weile hörte Jimmy zu, wie Arutha, Gardan, Volney und Hauptmann Valdis die Gefangenen befragten. Viele waren offensichtlich einfache Männer, aus Gründen festgenommen, die sie nicht verstanden, oder sie waren hervorragende Schauspieler. Alle waren verdreckt, schlecht ernährt und halb ängstlich, halb trotzig.

Jimmy wurde unruhig und verließ die Vorstellung. Am Rande der Menschenmenge entdeckte er Laurie, der sich auf einer Bank vor einer Schenke niedergelassen hatte. Jimmy gesellte sich zu dem Herzog von Salador, der sagte: »Sie haben nur noch Selbstgebrautes, und billig ist es auch nicht, aber wenigstens kühl.« Er sah zu, wie Arutha die Befragungen unter dem sommerlichen Himmel fortsetzte.

Jimmy wischte sich über die Stirn. »Das ist ein unwürdiges Schauspiel, und es bringt absolut nichts.«

»Zumindest beruhigt es Aruthas Gemüt.«

»So hab ich ihn noch nie erlebt. Nicht einmal, als wir zum Moraelin gezogen sind. Er ist …«

»Er ist wütend, verängstigt, und vor allem fühlt er sich hilflos.« Laurie schüttelte den Kopf. »Carline hat mir eine Menge über meinen Schwager beigebracht. Und eine Sache ist ganz offensichtlich: Er hasst es, wenn er hilflos ist. Wenn er in eine Sackgasse gelaufen ist, kann er vor Wut nicht einsehen, dass er vor einer Wand aus Stein steht. Aber sollte er die Blockade der Stadt aufheben, können die Nachtgreifer wieder nach Belieben ein- und ausgehen.«

»Also was? Sie sind auf jeden Fall in der Stadt, doch egal, was Arutha meint, niemand kann garantieren, dass sie auch wirklich festgenommen wurden. Vielleicht haben sie sich unter das Personal des Hofes gemischt, so wie sie im vergangenen Jahr bei den Spöttern mitgemischt haben. Wer soll das schon wissen?« Jimmy seufzte. »Wenn wenigstens Martin hier wäre oder der König, dann könnten wir die Sache vielleicht zu einem Ende bringen.«

Laurie trank einen Schluck und verzog das Gesicht, so bitter schmeckte das Gesöff. »Vielleicht. Du hast gerade die beiden einzigen Männer auf dieser Welt erwähnt, auf die er vielleicht noch hören würde. Carline und ich haben versucht, mit ihm zu reden, doch er hört sich alles nur geduldig an und sagt dann Nein. Selbst Gardan und Volney können ihn nicht erweichen.«

Jimmy sah sich die Verhöre durch den Prinzen noch eine Weile an. Drei weitere Gruppen Gefangener wurden vorgeführt. »Nun, eine gute Seite hat die Sache allerdings. Vier Männer sind aus der Gefangenschaft entlassen worden.«

»Und wenn sie von einer anderen Patrouille aufgegriffen

werden, wirft man sie wieder ins Gefängnis, und dann kann es Tage dauern, bis jemand ihre Behauptung überprüft, dass sie bereits vom Prinzen freigelassen wurden. Das alles hier bringt überhaupt nichts, und hoffentlich merkt der Prinz das bald. Das Banapisfest wird in zwei Wochen gefeiert, und sollte die Blockade bis dahin nicht beendet sein, bricht sicherlich in der ganzen Stadt ein Aufstand aus.« Mürrisch presste Laurie die Lippen aufeinander, bevor er sagte: »Vielleicht … wenn Magie dabei helfen könnte, die Nachtgreifer herauszusuchen …«

Jimmy richtete sich auf. »Was?«

»Wie was?«

»Was du gerade gesagt hast. Warum eigentlich nicht?«

Laurie wandte dem Junker langsam das Gesicht zu und sah ihn an. »Woran denkst du?«

»Ich denke, es ist Zeit für einen kleinen Schwatz mit Vater Nathan. Kommst du mit?«

Laurie schob den Krug mit dem bitteren Bier zur Seite und stand auf. »Ich habe mein Pferd dort hinten angebunden.«

»Wir sind auch schon früher zu zweit auf einem Pferd geritten. Kommt schon, Euer Gnaden.«

Und zum ersten Mal seit Tagen lachte Laurie.

Nathan neigte den Kopf und hörte Jimmy zu, der ihm seine Idee erläuterte. Der Priester von Sung der Weißen rieb sich das Kinn, und während er nachdachte, sah er eher aus wie ein Ringer als wie ein Geistlicher. »Es gibt magische Verfahren, die jemanden dazu bringen können, die Wahrheit zu sagen. Doch diese Methoden sind ausgesprochen zeitraubend, und man kann sich nicht immer auf sie verlassen. Ich bezweifle, ob sich Magie als nützlicher erweist als die Methode, die gegenwärtig angewendet wird.« Wie sein Tonfall verriet, hielt er auch von dieser nicht besonders viel.

»Und was ist mit den anderen Tempeln?«, erkundigte sich Laurie.

»Ihre Methoden unterscheiden sich nur wenig von unseren.«

Jimmy wirkte niedergeschlagen. »Ich hatte insgeheim gehofft, es gäbe eine Möglichkeit, die Assassinen ohne weiteres aus der Masse der Leute herauszusieben.«

Nathan stand von dem Tisch in Aruthas Beratungszimmer auf. »Nur wenn ein Mann im Sterben liegt und unter Lims-Kragmas Einfluss gerät, lassen sich alle Fragen beantworten.«

Jimmys Gesicht verriet, dass ihm ein Gedanke durch den Kopf ging, dann hellte es sich mit einem Mal auf. »Das könnte es sein.«

»Was könnte es sein?«, fragte Laurie zweifelnd. »Man kann sie doch nicht alle töten.«

»Nein«, antwortete Jimmy und überhörte die Absurdität dieser Bemerkung. »Könnte man nicht Julian, den Priester der Lims-Kragma, hierherbitten?«

»Meinst du wirklich den Hohepriester Julian vom Tempel der Lims-Kragma?«, fragte Nathan. »Du vergisst wohl, dass er diese Stellung bekommen hat, weil seine Vorgängerin bei einem Überfall auf diesen Palast in den Wahnsinn getrieben wurde.« Nathans Gesichtsausdruck verriet, wie sehr ihm die Erinnerung daran zusetzte, denn der Priester der Sung hatte persönlich gegen den untoten Diener des Murmandamus gekämpft, und das zu einem hohen Preis. Die Ereignisse suchten Nathan noch immer in schlimmen Albträumen heim. »Wenn ich darum ersuche, wird er uns vielleicht eine Audienz gewähren, doch ich bezweifle, dass er hierherkommen wird. Ich mag zwar der Berater des Prinzen sein, doch in der geistlichen Hierarchie bin ich nur ein einfacher Priester mit bescheidenen Verdiensten.«

»Nun, dann fragt doch, ob er sich mit uns treffen würde. Ich glaube, wenn er mit uns zusammenarbeitet, finden wir vielleicht einen Weg, wie wir diesen Wahnsinn in Krondor beenden können. Allerdings hätte ich die Zusage vom Tempel der Lims-Kragma gern, bevor ich die Idee dem Prinzen vortrage. Ansonsten würde er wahrscheinlich überhaupt nicht zuhören.«

»Gut. Ich schicke Julian eine Botschaft. Es wäre jedoch höchst ungewöhnlich, würden sich die Tempel in die Angelegenheiten der Stadt einmischen. Auch wenn die Beziehungen zwischen den Tempeln und den Beamten des Fürstentums etwas enger geworden sind, seit dieser Murmandamus aufgetaucht ist. Vielleicht wird Julian einer Zusammenarbeit zustimmen. Ich vermute allerdings, hinter dieser Sache steht noch ein anderer Plan?«

»Ja, genau«, meinte Laurie. »Was für einen Trumpf willst du denn noch aus dem Ärmel ziehen, Jimmy?«

Jimmy legte den Kopf schräg und grinste. »Das Theater wird dir gefallen, Laurie. Wir veranstalten einen kleinen Mummenschanz, versetzen die Nachtgreifer in Angst und Schrecken und holen so die Wahrheit aus ihnen heraus.«

Der Herzog von Salador lehnte sich zurück und dachte über das nach, was der Junge gesagt hatte. Dann schien er zu verstehen, denn er strich sich durch den blonden Bart, und sein Mund verzog sich zu einem breiten Grinsen. Nathan sah die beiden fragend an, bis es auch ihm dämmerte und er lachen musste. Als er merkte, dass er aus der Rolle gefallen war, versuchte sich der Geistliche der Göttin des Einen Pfades zusammenzureißen, konnte seine Erheiterung jedoch nur schlecht verbergen.

Von den großen Tempeln in Krondor wurde derjenige der Göttin des Todes am wenigsten aufgesucht, obwohl dem allgemeinen Glauben nach diese Göttin namens Lims-Kragma früher oder später jeden zu sich rief. Üblicherweise brachte man ihr Opfergaben dar und richtete Gebete für die jüngst Verschiedenen an sie, doch nur wenige verehrten die Göttin. In den vergangenen Jahrhunderten hatten die Jünger der Todesgöttin blutige Rituale praktiziert, die sogar Menschenopfer einschlossen, doch nach und nach hatten sie ihre Praktiken gemäßigt.

Die alten Vorurteile starben jedoch nicht so schnell aus, auch wurden im Namen der Todesgöttin noch immer blutige Taten begangen, und für viele gewöhnliche Menschen war der Tempel weiterhin ein Hort des Schreckens.

Gerade wurde eine Gruppe ebendieser gewöhnlichen Menschen – unter denen sich womöglich einige ungewöhnliche verbargen – in den Tempel geführt.

Arutha stand schweigend am Eingang zum innersten Heiligen des Tempels der Lims-Kragma. Schwer bewaffnete Soldaten patrouillierten im Vorraum, das Innere des Tempels bevölkerten die Tempelwachen in den schwarz-silbernen Gewändern ihres Ordens. Sieben Priester und Priesterinnen in ihren feierlichen Ornaten hatten sich aufgestellt, als sollte unter der Aufsicht des Hohepriesters Julian eine bedeutende Zeremonie durchgeführt werden.

Zunächst hatte sich der Hohepriester dieser Scharade gegenüber abgeneigt gezeigt, da allerdings seine Vorgängerin bei der Begegnung mit einem der Diener des Murmandamus dem Wahnsinn verfallen war, hatte er sich dann doch widerwillig damit einverstanden erklärt.

Die Gefangenen wurden nach vorn getrieben, auf den dunklen Eingang zu. Die meisten widersetzten sich, und die Soldaten mussten sie mit ihren Lanzen weiterschieben. In der ersten Gruppe befanden sich jene Verdächtigen, denen die Mitgliedschaft in der Bruderschaft der Assassinen am ehesten zugetraut wurde.

Arutha hatte nur ungern in dieses Spiel eingewilligt und darauf bestanden, dass alle, die für Nachtgreifer gehalten wurden, in der ersten Gruppe »überprüft« werden sollten, falls die Sache aufflog und die anderen Gefangenen Wind davon bekamen.

Als die widerwilligen Gefangenen schließlich vor dem Altar der Göttin des Todes standen, intonierte Julian: »Lasst uns mit dem Gericht beginnen!« Sofort stimmten die Priester, Priesterinnen und Mönche einen dunklen und schauerlichen Gesang an.

Der Hohepriester wandte sich an die ungefähr fünfzig Männer, die von den schweigenden Tempelwachen in Schach gehalten wurden, und sagte: »Vor dem Stein des Altars des Todes soll niemand die Unwahrheit sagen. Im Angesicht von Der, Die Wartet, von Der, Die Ihre Netze Auswirft, sowie von Der, Die Das Leben Liebt muss ein jeder zu seinen Taten stehen. Also hört, Männer von Krondor, unter euch befinden sich solche, die unserer Göttin abgeschworen haben, die den bösen Mächten dienen, die sich mit der Finsternis eingelassen haben. Unter euch befinden sich solche, die die Gnade des Todes verwirkt haben, die letzte Ruhe, die uns Lims-Kragma gewährt. Diese Männer verachten alles, gehorchen sie doch nur dem Willen ihres bösen Meisters. Und diese Männer sollen nun durch uns von euch geschieden werden. Jeder soll auf dem Stein der Todesgöttin geprüft werden, und jeder, der die Wahrheit spricht, soll nichts zu fürchten haben. Aber jene, die sich der Finsternis verschworen haben, sollen entlarvt und dem Zorn von Der, Die Wartet überantwortet werden.«

Die Statue hinter dem Altar, das Bildnis einer schönen, ernst blickenden Frau aus Jett, erglühte flackernd in einem blaugrünen Licht. Jimmy war beeindruckt. Er stand neben Laurie und sah zu. Der Effekt gab dem Augenblick etwas Dramatisches.

Julian bedeutete den Wachen mit einer Geste, man solle den ersten Gefangenen nach vorn bringen, und der Mann wurde herangezerrt. Drei starke Wachen hoben ihn auf den Altar, der in lange vergangener Zeit auch für Menschenopfer benutzt worden war, und Julian brachte aus dem Ärmel seines weiten Gewandes einen schwarzen Dolch zum Vorschein. Er ließ ihn über der Brust des Mannes schweben und fragte ihn: »Dienst du Murmandamus?«

Der Mann verneinte die Frage krächzend, und Julian zog den Dolch zurück. »Dieser Mann ist frei von Schuld«, verkündete er.

Jimmy und Laurie sahen sich an. Der Kerl war einer von Trevor Hulls Seemännern, der zwar recht heruntergekommen und grobschlächtig wirkte, doch keinesfalls verdächtig und auch ein eher durchschnittlicher Schauspieler war. Man hatte ihn eingesetzt, damit die Veranstaltung glaubwürdig erschien. Das galt auch für den zweiten Mann, der nun vor den Altar gezerrt wurde. Er schluchzte kläglich, schrie um Hilfe und bettelte um Gnade.

Hinter vorgehaltener Hand zischte Jimmy Laurie zu: »Er übertreibt ein bisschen.«

»Das macht nichts«, flüsterte Laurie zurück. »Die anderen zittern vor Angst.«

Jimmy betrachtete die versammelten Gefangenen, die die Zeremonie gefesselt verfolgten. Auch der zweite Mann wurde als unschuldig entlassen. Daraufhin ergriffen die Wachen den ersten Mann, der wirklich geprüft werden sollte. Sein Blick war so gebannt wie der eines Vogels, der vor einer Schlange steht. Rasch wurde er zum Altar gebracht.

Nach vier weiteren Männern durchquerte Arutha den Tempelraum und stellte sich so neben Laurie und Jimmy, dass er den beiden den Blick auf die Zeremonie verdeckte. »Das wird zu keinem Erfolg führen.«

»Vielleicht haben wir einfach keinen Nachtgreifer unter diesen Gefangenen«, entgegnete Jimmy. »Lasst uns Zeit. Wenn alle die Prüfung bestehen, sind sie immer noch in Eurem Gewahrsam.«

Plötzlich stieß einer der Gefangenen aus der ersten Reihe zwei der Tempelwächter zur Seite und sprang auf die Tür los. Sofort versperrten ihm Aruthas Wachen den Weg. Der Mann warf sich auf sie und drängte sie zurück. In dem entstandenen Gerangel zog er einer der Wachen den Dolch aus dem Gürtel. Doch er bekam einen Schlag auf die Hand, und der Dolch rutschte über den Fußboden, während eine andere Wache den Mann mit einer Lanze niederstieß. Der Ausbrecher landete auf dem steinernen Boden.

Jimmy sah, wie sich ein anderer Gefangener in aller Ruhe bückte und den Dolch aufhob. Mit kalter Entschlossenheit richtete er sich auf, wandte sich um, die Klinge zwischen Zeigefinger und Daumen. Er riss den Arm zurück, und genau in dem Moment, als Jimmy den Mund zu einem warnenden Schrei aufmachte, warf er den Dolch.

Jimmy sprang vorwärts, wollte Arutha zur Seite stoßen, war jedoch einen Augenblick zu spät. Der Dolch traf. Einer der Priester schrie: »Gotteslästerung!« Alle sahen auf den Prinzen.

Arutha taumelte, und die Augen vor Erstaunen weit aufgerissen, starrte er auf das Heft der Klinge, die in seiner Brust steckte. Laurie und Jimmy ergriffen ihn bei den Armen und hielten ihn aufrecht. Arutha warf Jimmy einen Blick zu, und seine Lippen bewegten sich stumm, so als wäre Sprechen die schwierigste Aufgabe der Welt.

Dann verdrehte er die Augen und sackte nach vorn. Jimmy und Laurie hielten ihn immer noch fest.

Jimmy saß still da, während Roald hin und her ging. Carline saß dem Jungen gegenüber und hing ihren Gedanken nach. Sie warteten vor Aruthas Schlafgemach, während Vater Nathan und die fürstlichen Heiler fieberhaft bemüht waren, Aruthas Leben zu retten. Nathan hatte sich nicht um Rangunterschiede gekümmert, als er sie alle miteinander aus Aruthas Zimmer geschickt hatte und selbst Carline jeden Blick auf ihren Bruder verwehrte. Zuerst hatte Jimmy die Wunde als ernst, jedoch nicht tödlich eingeschätzt. Er hatte Männer gesehen, die Schlimmeres überlebt hatten. Doch die Zeit verstrich, und der Junge machte sich allmählich Sorgen. Mittlerweile hätte Arutha außer Gefahr sein sollen, doch aus dem

Gemach war kein Wort über seinen Zustand zu erfahren. Jimmy befürchtete Komplikationen.

Er rieb sich die Augen und seufzte laut. Wieder einmal hatte er zu spät gehandelt, um das Unglück abzuwenden. Er kämpfte gegen seine Schuldgefühle an und erschrak, als neben ihm eine Stimme sagte: »Mach dir keine Vorwürfe.«

Er sah auf. Carline hatte sich neben ihn gesetzt. Er lächelte schwach und sagte: »Könnt Ihr Gedanken lesen, Herzogin?«

Laurie kam herein und ging hinüber zu der Wache vor dem Schlafgemach des Prinzen. Leise sprach er mit ihr. Die Wache betrat das Zimmer, kehrte einen Moment später zurück und flüsterte ihm eine Antwort zu.

Laurie ging zu seiner Frau, küsste sie flüchtig auf die Wange und sagte: »Ich habe Reiter losgeschickt, die Anita holen sollen, und ich habe die Blockade aufgehoben.« Als nunmehr höchster Adliger in der Stadt besaß Laurie viel Autorität, und er hatte mit Volney und Gardan für Ruhe und Ordnung gesorgt.

Während die Krise so gut wie gemeistert war, wurden etliche Festgenommene immer noch unter Arrest gehalten, weil man Racheakte von wütenden Bürgern befürchtete. Auch die Ausgangssperre würde noch einige Tage aufrechterhalten bleiben, und größere Menschenansammlungen waren verboten.

»Ich muss wieder meinen Pflichten nachkommen«, sagte Laurie leise. »Doch ich bin bald wieder zurück.« Er stand auf und verließ das Vorzimmer.

Die Zeit verstrich langsam. Jimmy hing seinen Gedanken nach. Seit er den Prinzen kannte, hatte sich sein Leben von Grund auf verändert. Vom Straßenjungen und Dieb war er zum Junker geworden, und damit hatte er sich von seinem früheren Leben und seinen früheren Gewohnheiten verabschieden müssen, obwohl ihm seine Wachsamkeit auch bei den Intrigen am Hofe ausgezeichnete Dienste geleistet hatte. Der Prinz und seine Familie waren jedenfalls die Einzigen, die Jimmy etwas bedeuteten.

In den vergangenen Stunden war seine Unruhe gewachsen, und er machte sich mittlerweile ernsthafte Sorgen. Die Heiler und Priester waren schon viel zu lange am Werk. Jimmy war sich sicher, dass irgendetwas nicht stimmte.

Da ging die Tür auf, und eine der Wachen wurde hereingewinkt. Einen Augenblick später erschien der Mann wieder und eilte auf den Gang hinaus. In kürzester Zeit tauchten Laurie, Gardan, Valdis und Volney vor dem Schlafgemach auf. Ohne den Blick von dem geschlossenen Portal zu wenden, langte Carline hinüber und ergriff Jimmys Hand. Jimmy blickte sie an und war betroffen, als er ihre tränenfeuchten Augen sah. Mit erschreckender Sicherheit war dem Jungen auf einmal klar, was geschehen war.

Die Tür öffnete sich erneut, und Nathan erschien mit bleichem Gesicht. Er blickte sich im Zimmer um und wollte etwas sagen, hielt jedoch sofort wieder inne, als könnte er die Worte nicht über die Lippen bringen. Schließlich jedoch flüsterte er: »Er … ist tot.«

Jimmy konnte sich nicht mehr beherrschen. Er sprang von der Bank auf und schob sich an den Leuten vorbei, die vor der Tür standen. »Nein!«, schrie er und begriff nicht, dass es die eigene Stimme war, die er hörte.

Die Wachen waren zu entsetzt, um den jungen Junker zurückzuhalten, als der sich in Aruthas Zimmer drängte. Dort blieb er stehen. Auf dem Bett lag unverkennbar die Gestalt des

Prinzen. Jimmy ging an seine Seite und studierte die starren Züge. Er streckte die Hand aus und wollte den Prinzen berühren, doch sie verharrte kaum einen Zoll vor Aruthas Gesicht.

Jimmy brauchte ihn nicht zu berühren, es gab auch so keinen Zweifel: Dieser Mann, der da vor ihm auf dem Bett lag und dessen Gesicht ihm so vertraut war, dieser Mann war tot.

Jimmy ließ den Kopf auf die Bettdecke fallen und begann zu schluchzen.

Aufbruch

Tomas erwachte.

Etwas hatte ihn gerufen. Er richtete sich auf und spähte in die Dunkelheit. Seine mehr als menschlichen Augen nahmen jede Einzelheit seines Zimmers wahr, als würde es bereits dämmern. Die Wohnung der Königin und ihres Gatten war klein; man hatte sie in den lebenden Stamm eines mächtigen Baumes hineingeschlagen.

Nichts erschien ungewöhnlich. Einen Augenblick lang hatte er Angst, dass es wieder diese verrückten Träume von der vergangenen Nacht waren, dann wurde er vollends wach, und die Angst verflüchtigte sich. An diesem Ort, mehr als an jedem anderen, war er der Meister seiner Kräfte. Und dennoch bemächtigten sich alte Schrecken häufig unerwartet seinem Geist.

Tomas betrachtete seine Frau. Aglaranna schlief tief und fest. Dann war er auf den Beinen und ging hinüber zu Calis. Der nunmehr fast zwei Jahre alte Junge schlief in einem Alkoven neben dem Zimmer der Eltern. Der kleine Prinz von Elvandar schlummerte friedlich mit seligem Ausdruck im Gesicht.

Wieder hörte er den Ruf. Und da erkannte Tomas, wer ihn rief, doch das beruhigte ihn nicht, im Gegenteil. Er ging hinüber zu seiner weißgoldenen Rüstung. Seit dem Ende des Spaltkriegs hatte er sie nur noch einmal getragen, als er Schwarze Kämpfer vernichtet hatte, die durch Elvandar gezogen waren. Aber der Moment, die Rüstung wieder anzulegen, war gekommen.

Leise nahm er sie von ihrem Platz und trug sie nach draußen. Blüten erfüllten die Sommernacht mit Wohlgerüchen, und dazu mischten sich die Düfte aus den Bäckereien der Elben.

Unter dem grünen Dach von Elvandar legte Tomas die Rüstung an. Er zog das goldene Kettenhemd und die goldene Kappe über, dann den weißen Waffenrock mit dem goldenen Drachen. Er schnallte sich das goldene Schwert um, nahm den weißen Schild und stülpte sich zum Schluss den goldenen Helm auf den Kopf.

Einen Moment lang stand er da, in der vollen Rüstung von Ashen Shugar, dem letzten der Valheru. Ein magisches Erbe verband den Drachenherrscher durch die Zeit hindurch mit ihm, und auf seltsame Weise war Tomas genauso sehr ein Valheru wie ein Mensch. Eigentlich war er als Mensch aufgewachsen, sein Vater und seine Mutter hatten ihn in der Küche der Burg Crydee großgezogen, doch seine Kräfte gingen über menschliche Fähigkeiten weit hinaus. Die Rüstung war schon lange nicht mehr die Quelle dieser Kräfte. Der Zauberer Macros der Schwarze hatte sie nur benutzt, um die alten Künste des Valheru auf Tomas übergehen zu lassen. Inzwischen wohnten sie Tomas inne, wenngleich er sich noch immer jedes Mal schwächer fühlte, wenn er die Rüstung ablegte.

Er schloss die Augen und benutzte eine Magie, die er lange

Zeit nicht angewandt hatte, jene, mit der er an den Ort reisen konnte, an dem der Rufer wartete.

Goldenes Licht umgab Tomas, und plötzlich flog er – schneller, als ein Auge ihm folgen konnte – zwischen den Bäumen des Elbenwaldes hindurch. Er schoss an den nichts ahnenden Wachen der Elben vorbei, bis er eine große Lichtung weit im Nordwesten des königlichen Hofes erreichte. Hier nahm er wieder seine körperliche Gestalt an und sah sich nach dem Rufer um.

Zwischen den Bäumen trat ein Mann in einer schwarzen Robe hervor. Sein Gesicht war Tomas wohlvertraut. Als der Kleinere, der in seiner Kindheit sein Pflegebruder gewesen war, vor ihm stehen blieb, umarmten sich die beiden.

»Es ist ein ungewöhnliches Wiedersehen, Pug«, sagte Tomas. »Ich kenne deinen Ruf so gut, als wäre es deine Unterschrift. Doch wozu die Magie? Warum bist du nicht einfach in unser Heim gekommen?«

»Wir müssen unter vier Augen miteinander sprechen. Ich war fort.«

»Davon hat mir Arutha letzten Sommer berichtet. Er erzählte mir, du würdest dich in der Welt der Tsurani aufhalten, um etwas über die Gründe für die finsteren Angriffe von Murmandamus zu erfahren.«

»Ich habe im vergangenen Jahr viele Dinge gelernt, Tomas.« Pug führte ihn zu einem umgefallenen Baum und setzte sich auf den Stamm. »Ich bin mir nun sicher über das, was hinter Murmandamus steht. Es ist genau das, was die Tsurani als ›den Feind‹ bezeichnen, ein uraltes Wesen mit entsetzlichen Fähigkeiten. Dieses fürchterliche Geschöpf sucht Zugang zu unserer Welt und beherrscht die Moredhel und ihre

Verbündeten. Wie das im Einzelnen vor sich geht, weiß ich leider noch nicht. Und es entzieht sich auch meiner Kenntnis, was eine Armee von Moredhel oder der Mord an Arutha durch die Assassinen diesem Wesen beim Eintritt in unseren Raum und unsere Zeit nützt.« Er ließ einen Moment noch einmal alles an seinem inneren Auge vorbeiziehen. »Obwohl ich viel gelernt habe, verstehe ich so manches immer noch nicht. Bei meinen Nachforschungen in der Bibliothek der Vereinigung habe ich etwas gefunden.« Er sah seinen Jugendfreund eindringlich an. »Ein Hinweis, der mich weit in den Norden von Kelewan führte, zu einem sagenumwobenen Ort in der Nähe des polaren Eises. Ich habe das letzte Jahr in Elvardein verbracht.«

Tomas blinzelte verwirrt. »Elvardein? Das bedeutet … Zuflucht der Elben, so wie Elvandar Heim der Elben bedeutet. Wer …?«

»Dort habe ich von den Eldar gelernt.«

»Von den Eldar?« Tomas erschien noch verwirrter. Erinnerungen an sein Leben als Ashen-Shugar stiegen in ihm auf. Die Eldar waren jene Elben, denen ihre Meister, die Drachenherrscher, am meisten vertraut hatten, jene Elben, die sogar Zugang zu den Büchern der Macht gehabt hatten, die von den Drachenherrschern in fremden Welten geraubt worden waren. Verglichen mit ihren Meistern waren sie schwach. Verglichen mit anderen Sterblichen auf Midkemia waren sie mächtige Magier. Während der Chaoskriege waren sie verschwunden, und man vermutete, sie wären an der Seite ihrer Meister untergegangen. »Und sie leben auf der Welt der Tsurani?«

»Kelewan ist nicht mehr die Welt der Tsurani als die Welt der Eldar. Beide Völker haben während der Chaoskriege dort eine Zuflucht gefunden.« Pug hielt inne und dachte nach. »Elvardein wurde als Wachposten der Eldar errichtet, für Zeiten, wie sie jetzt eingetreten sind. Es ist Elvandar sehr ähnlich, Tomas, doch es gibt feine Unterschiede. Als ich dort ankam, wurde ich herzlich willkommen geheißen, und die Eldar unterrichteten mich. Allerdings hatte ich so einen Unterricht vorher noch nie erlebt. Einer der Elben mit Namen Acaila schien für meine Ausbildung verantwortlich zu sein, obwohl ich viele Lehrer hatte. In dem ganzen Jahr unter dem Eis habe ich keine einzige Frage gestellt.« Er schlug die Augen nieder. »Es war ausgesprochen fremdartig. Von allen Menschen bist du wahrscheinlich der Einzige, der verstehen kann, was ich meine.«

Tomas legte die Hand auf Pugs Schulter. »Ich glaube, ich verstehe. Menschen sind für solche Magie nicht geschaffen.« Er lächelte. »Und trotzdem müssen wir sie erlernen, nicht?«

Pug lächelte auf diese Bemerkung hin ebenfalls. »Das stimmt. Acaila und die anderen beschäftigten sich mit einem Zauberspruch, und ich saß einfach in ihrer Mitte und beobachtete sie. Wochenlang habe ich überhaupt nicht begriffen, dass sie mir Unterricht erteilten. Eines Tages dann … konnte ich mich einfügen. Ich lernte, mit ihnen gemeinsam Zauber zu wirken. Und da fing meine Ausbildung erst richtig an. Sie waren sehr gut vorbereitet. Sie wussten, ich würde kommen.«

Tomas riss die Augen auf. »Wie das?«

»Macros. Scheinbar hat er ihnen mitgeteilt, ein vielversprechender Schüler würde zu ihnen stoßen.«

»Das deutet auf einen Zusammenhang zwischen dem Krieg und dieser Begebenheit im letzten Jahr hin.«

»Ja.« Pug verfiel zunächst in Schweigen, doch nach einer

Weile fuhr er fort: »Ich habe drei Dinge gelernt. Erstens: Es gibt keine verschiedenen Wege der Magie. Alles ist Magie. Nur die persönlichen Grenzen des Anwenders bestimmen, welchem Weg er folgen muss. Zweitens: Ich fange trotz allem, was ich bereits gelernt habe, gerade erst an zu verstehen, was sie mir beigebracht haben. Sehr lange stellte ich keine Fragen, und die Eldar gaben mir keine Antworten.« Er schauderte. »Sie sind so anders als … als alles sonst. Ich weiß nicht, ob es die Einsamkeit ist, der fehlende Austausch mit anderen ihres Volkes oder was auch immer, doch Elvardein ist so fremdartig, dass ich mich in Elvandar so heimisch wie in den Wäldern von Crydee fühle.« Pug seufzte. »Zu manchen Zeiten war es geradezu niederschmetternd. Jeden Tag stand ich auf, wanderte in den Wäldern umher und wartete, bis sich mir eine Gelegenheit zum Lernen bot. Jetzt, da Macros gegangen ist, beherrsche ich mehr Magie als jeder andere auf dieser Welt, doch ich weiß nicht, was uns bevorsteht. In gewisser Weise haben sie mich zu ihrem Werkzeug gemacht, ich weiß nur nicht, zu welchem Zweck.«

»Aber wahrscheinlich vermutest du irgendetwas.«

»Ja, nur werde ich diese Vermutungen mit niemandem teilen, auch nicht mit dir, solange ich mir nicht vollkommen sicher bin. Ich habe viel gelernt, doch ich muss noch mehr lernen. Eins ist klar, und das ist das dritte, was ich in Elvardein erfahren habe: Beide Welten stehen der größten Bedrohung seit den Chaoskriegen gegenüber.« Pug erhob sich und sah Tomas an. »Wir müssen aufbrechen.«

»Aufbrechen? Wohin?«

»All das wird sich schon finden. Wir sind schlecht gerüstet, um in den Kampf einzugreifen. Wir wissen wenig, und es ist schwierig, mehr zu erfahren. Also müssen wir aufbrechen und nach neuem Wissen suchen. Und du musst mit mir kommen. Sofort.«

»Wohin?«

»Dorthin, wo wir vielleicht etwas erfahren können, das uns einen Vorteil bringt. Zum Orakel von Aal.«

Tomas betrachtete Pugs Miene. In den ganzen Jahren, die sie sich schon kannten, hatte er den jungen Magier nie so ernst gesehen. Leise fragte Tomas: »Zu anderen Welten?«

»Deshalb brauche ich dich. Deine Künste sind mir fremd. Ich kann einen Spalt nach Kelewan schaffen, doch keine Reise zu Welten, die ich nur aus jahrtausendealten Büchern kenne. Nur wir beide zusammen haben eine Chance. Hilfst du mir?«

»Natürlich. Ich muss nur mit Aglaranna sprechen und …«

»Nein.« Pugs Tonfall duldete keinen Widerspruch. »Ich habe meine Gründe dafür. Vor allem einen: Hinter alldem vermute ich etwas weit Bedrohlicheres, als wir uns bisher vorstellen können. Und wenn ich mit dieser Vermutung richtigliege, darf niemand außer uns beiden wissen, was wir unternehmen. Sollten wir das Wissen um unsere Suche mit einem dritten teilen, könnte das den Untergang von allem bedeuten. Diejenigen, die du beruhigen möchtest, würden dann ebenfalls sterben. Da ist es besser, sie bleiben eine Zeitlang im Ungewissen.«

Tomas dachte über das nach, was Pug gesagt hatte. Eins wusste der Junge aus Crydee, der zum Valheru geworden war: In diesem Moment sprach er mit einem der wenigen Lebewesen dieses Universums, denen er voll und ganz vertrauen konnte. »Ich begrüße das zwar nicht, doch ich nehme deine Bedingung an. Wie wird es nun weitergehen?«

»Um den Kosmos oder sogar den Strom der Zeit zu durchqueren, brauchen wir ein Reittier, das nur du beherrschen kannst.«

Tomas sah zur Seite und starrte in die Dunkelheit. »Es sind … Zeitalter vergangen. Wie die früheren Diener des Valheru, von denen du gerade erzählt hast, sind auch die anderen während der Jahrhunderte eigenwilliger geworden und werden auch mir den Dienst womöglich verweigern.« Er dachte nach und erinnerte sich an Bilder längst vergangener Zeiten. »Dennoch werde ich es versuchen.«

Tomas stellte sich in die Mitte der Lichtung, schloss die Augen und hob die Arme weit über den Kopf. Pug sah ihm schweigend zu. Eine Weile lang bewegten sich die beiden Männer nicht. Dann wandte sich der Jüngere in Weiß und Gold an Pug. »Eine einzige Antwort, aus weiter Entfernung. Doch er kommt mit großer Geschwindigkeit näher. Bald.«

Die Zeit verstrich, die Sterne über ihren Köpfen folgten ihren Bahnen. Dann ließen sich aus der Ferne mächtige Flügelschläge vernehmen. Bald war das Geräusch lauter als das Rauschen des Windes, und vor den Sternen zeichnete sich ein gigantischer Schatten ab.

Auf der Lichtung landete eine mächtige Gestalt. Ungeachtet ihrer Größe kam sie dem Boden schnell und geschickt näher. Die Flügel waren zu jeder Seite mehr als dreißig Meter ausgebreitet, und der Koloss, größer als jede andere Kreatur auf Midkemia, setzte sanft auf. Das silberne Mondlicht tanzte funkelnd über die goldenen Schuppen, als sich der Große Drache auf der Erde niederließ. Ein Kopf, so groß wie ein Wagen, senkte sich zu den Menschen herab. Riesige rubinrote Augen starrten sie an. Und dann sprach die Kreatur.

»Wer ist es, der es wagt, mich zu rufen?«

Tomas antwortete: »Ich, der ich einst Ashen-Shugar war.«

Die Kreatur zeigte deutlich, was sie empfand: eine Mischung aus Verwirrung und Neugier. »Glaubet Ihr denn, Ihr könntet mir Befehle erteilen, wie Ihr einst meinen Ahnen Befehle erteilt habt? So nehmet denn zur Kenntnis: Wir, die wir vom Geschlecht der Drachen sind, haben an Macht und Geschick gewonnen. So sollen wir niemals mehr einem Meister dienen. Tretet Ihr dem entgegen, und wollt Ihr diesen Satz anfechten?«

Tomas hob demütig bittend die Hände. »Wir suchen Verbündete, keine Diener. Ich bin Tomas, der mit Dolgan, dem Zwerg, bei Rhuagh bis zum letzten Augenblick die Wache hielt. Er nannte mich einen Freund, und er schenkte mir das, was mich zum Valheru machte.«

Der Drache dachte darüber nach. Dann antwortete er: »Das Lied wurde gesungen, gut und laut, Tomas, Freund von Rhuagh. Kaum ist in den alten Sagen die Rede von solch wunderbaren Dingen, die Rhuagh – der ein letztes Mal, als habe er die Jugend wiedergewonnen, durch die Himmel flog – voller Leidenschaft in seinem Todesgesang verkündete. Da sprach er von Euch und dem Zwergen Dolgan. Und alle jene, die sich Große Drachen nennen, lauschten seinen Worten und dankten ihm. Um dieser Großmut willen, werde ich mir Eure Nöte anhören.«

»Wir suchen nach Orten, die wir wegen der Grenzen von Zeit und Raum nicht betreten können. Auf deinem Rücken können wir diese Grenzen vielleicht durchbrechen.«

Der Drache wurde trotz Tomas' Versicherung misstrauisch, weil einer von seinem Geschlecht wieder einen Valheru tragen sollte. »Welchem Grund zufolge sucht Ihr jene Orte?«

Da mischte sich Pug ein. »Eine große Gefahr besteht für diese Welt, eine Gefahr, die selbst für die vom Geschlecht der Drachen unermesslich und unvorstellbar ist.«

»Seltsame Bewegungen hat es gegeben, dort oben im Norden«, sagte der Drache. »Und ein böser Wind wehte dieser Nächte über das Land.« Er hielt inne und bedachte das, was gesagt worden war. »Nun denke ich also, Ihr und ich sollten einen Handel abschließen. Um solcher Zwecke willen, wie Ihr sie mir geschildert habt, werde ich Euch und Euren Freund tragen. So höret denn meinen Namen: Ryath.«

Der Drache legte den Kopf auf den Boden, und Tomas kletterte gewandt hinauf und zeigte Pug, wo er hintreten sollte, damit es für die riesige Kreatur nicht unangenehm war. Als beide aufgestiegen waren, saßen sie in einer kleinen Vertiefung zwischen den Flügeln, dort, wo der Hals in die Schulter überging.

»Wir stehen tief in deiner Schuld, Ryath«, sagte Tomas.

Der Drache schlug mächtig mit den Flügeln und stieg in den Himmel. Während sie rasch an Höhe gewannen, hielt Tomas' Magie ihn selbst und Pug fest auf Ryaths Rücken. Der Drache sagte: »Schulden der Freundschaft sind keine Schulden. Denn ich bin einer der Nachkommen Rhuaghs. Er war für mich, was Ihr in Eurer Welt einen Vater nennen würdet, und ich war ihm eine Tochter. Wenn wir auch solcherlei Verwandtschaft nicht so hoch achten wie die Menschen, so haben diese Bande dennoch ihre Bedeutung. Und nun, Valheru, ist es an der Zeit, dass Ihr die Führung übernehmt.«

Mit Kräften, über die er seit Tausenden von Jahren nicht

mehr verfügt hatte, machte sich Tomas zu einer Reise auf, die ihn zu jenen Orten führen sollte, an denen seine Brüder und Schwestern einst umhergezogen waren und Tod und Zerstörung zu ungezählten Welten gebracht hatten. Zum ersten Mal seit langer Zeit flog wieder ein Drachenherrscher zwischen den Welten.

Tomas lenkte die Tochter Rhuaghs mit den Gedanken. Jetzt, da er sie brauchte, entdeckte er in sich Fähigkeiten, die für ihn völlig neu waren. Wieder fühlte er die Persönlichkeit von Ashen-Shugar in seinem Innern, doch ohne den alles verschlingenden Wahnsinn, der ihn überwältigt hatte, als ihn das Erbe des Valheru überkam, war das gar nichts.

Um sie herum erhellte der Glanz von Milliarden Sternen die Dunkelheit. Beide Männer wussten, dass sie sich nicht in einem »wirklichen Raum« befanden, wie Pug es ausgedrückt hätte, sondern in einem grauen Nichts, welches der Zauberer schon kennengelernt hatte, als er mit Macros den Spalt zwischen Kelewan und Midkemia geschlossen hatte. Doch dieses Grau hatte keine Substanz, es existierte einfach als solches zwischen den Fäden des Gewebes, aus denen Raum und Zeit bestanden. Sie konnten hier altern und dann nach Elvandar zurückkehren und nur einen Augenblick nach ihrer Abreise dort ankommen. In diesem Nicht-Raum gab es keine Zeit. Doch der Verstand des Menschen, egal, wie begabt er sein mochte, hatte seine Grenzen, und Tomas wusste, dass Pug ein Mensch war, ungeachtet seiner enormen Kräfte, und dies war keinesfalls der richtige Zeitpunkt, um seine Grenzen zu testen.

Ryath, die Drachendame, stand der Illusion von Raum und

Zeit eher gleichgültig gegenüber, und Tomas und Pug spürten, wie sie immer wieder eine andere Richtung einschlug.

Die Fähigkeit des Drachen, im Nichts zu navigieren, interessierte Pug. In der Zeit, als Macros bei Rhuagh gelernt hatte, musste der Zauberer einige Einsichten in die Fortbewegung zwischen verschiedene Welten gewonnen haben. Nach seiner Rückkehr nach Stardock würde Pug die Werke von Macros jedenfalls nach Berichten darüber durchsehen.

Mit einem lauten Knall traten sie wieder in den normalen Raum ein. Ryath schlug heftig mit den Flügeln. Sie flogen durch einen tosenden Himmel, der von Regenwolken dunkel war, über uralte zerklüftete Gebirge hinweg. Die Luft roch bitter und metallisch, der stechende kalte Wind trieb die Ausdünstungen von Verfaultem vor sich her. Ryath schickte Tomas einen Gedanken. *Dieser Ort ist von fremder Natur. Gefallen tut er mir keineswegs.*

Tomas antwortete laut, damit auch Pug ihn verstehen konnte: »Wir werden hier nicht verweilen. Und wir brauchen nichts zu fürchten.«

Furcht ist nicht, was ich meinte, Valheru. Es ist nur so, dass ich überhaupt nichts für derlei Orte übrig habe.

Pug zeigte an Tomas vorbei, der wandte sich um, folgte mit seinem Blick der Geste des Zauberers, teilte dem Drachen mit, er solle sich nach Pugs Instruktionen richten.

Sie schossen durch eine albtraumhafte Szenerie von scharfkantigen Felsen und gezackten Bergspitzen. In der Ferne spien Vulkane mächtige schwarze Rauchsäulen aus, die von unten von orangefarbenem Licht beschienen wurden. Über die Hänge dieser Berge wälzte sich glühendes Gestein.

Schließlich erreichten sie die Stadt. Einst gewaltige Mauern lagen niedergerissen da, an manchen Stellen erhob sich noch ein stolzer Turm über der Ruinenlandschaft. Anzeichen von Leben fanden sich nicht.

Über den Resten eines großen Platzes gingen sie in eine Kurve und umrundeten das Zentrum der Stadt, wo sich einst Menschen aneinandergedrängt hatten. Jetzt hörte man im eisigen Wind nur noch die kräftigen Flügelschläge von Ryath.

»Was für ein Ort ist das?«, fragte Tomas.

»Ich weiß nicht. Ich weiß nur, dass dies die Welt der Aal ist, das war sie zumindest in der Vergangenheit einmal. Sie ist sehr alt. Siehst du die Sonne?«

Tomas sah zu dem blendend weißen Punkt hinter den treibenden Wolken. »Sehr seltsam.«

»Sie ist nur alt. Früher schien sie wie unsere, strahlend hell und warm. Jetzt erlischt sie nach und nach.«

Alte Überlieferungen der Valheru, die lange in ihm geschlummert hatten, kamen Tomas in den Sinn. »Sie ist fast am Ende ihres Zyklus'. Ich weiß darüber Bescheid. Manchmal schwinden die Sonnen einfach dahin. Andere explodieren mit unwahrscheinlicher Macht. Ich frage mich, was aus dieser werden wird.«

»Ich weiß es auch nicht. Vielleicht weiß es das Orakel.« Pug zeigte auf eine entfernte Bergkette.

Sie flogen auf die Berge zu. Ryaths kraftvolle Flügel trugen sie rasch voran. Die Stadt war einst am Rand eines Hochplateaus errichtet und das umliegende Land beackert worden; das vermuteten sie zumindest. Doch irgendwo standen noch Bauernhöfe, nur eine Art Aquädukt in der Mitte der weiten Ebene erinnerte noch an die einstige Nutzung des Bodens wie ein Denkmal für ein vor langer Zeit untergegangenes Volk.

Ryath begann wieder zu steigen, als sie sich den Bergen näherten. Noch einmal ging es zwischen Bergspitzen hindurch, die alt und von Wind und Sturm verwittert waren.

»Da«, sagte Pug, »wir sind angekommen.«

Ryath folgte Tomas' gedachten Anweisungen und umrundete eine der Bergspitzen. Als sie um eine Felsgruppe auf der Südseite herumflogen, entdeckten sie eine ebene Stelle und dahinter eine große Höhle. Es gab keinen Platz, wo der Drache hätte landen können, also benutzte Tomas seine Valheru-Kräfte und ließ Pug und sich selbst schwebend vom Rücken des Drachen herunter. Ryath teilte Tomas durch seine Gedanken mit, dass sie sich auf die Jagd begeben wollte und auf seinen Ruf hin sofort zurückkehren würde. Tomas wünschte ihr Erfolg, ging aber insgeheim davon aus, dass der Drache mit leerem Magen wieder erscheinen würde.

Sie schwebten durch einen düsteren, von Sturmwolken verfinsterten Himmel. Man konnte kaum einen Unterschied zwischen Tag und Nacht ausmachen. Dann landeten sie auf dem Felsvorsprung vor der Höhle.

Sie sahen zu, wie Ryath davonflog. »Hier lauern keine Gefahren«, sagte Pug, »doch wir könnten noch zu schrecklicheren Orten reisen. Glaubst du, Ryath kennt wirklich keine Furcht?«

Tomas wandte sich Pug lächelnd zu. »Ich schätze sie durchaus so ein. In meinen Träumen von vergangenen Tagen habe ich mit ihren Vorfahren Kontakt aufgenommen, und dieser Drache ist im Vergleich zu ihnen das, was sie im Vergleich mit Fantus sind.«

»Und noch dazu hat sie sich freiwillig mit uns verbündet. Es wäre sicherlich nicht einfach gewesen, sie zu überreden.«

Tomas bestätigte dies. »Ich hätte sie zweifellos vernichten können. Doch ihren Willen beugen? Ich glaube kaum. Die Zeiten, in denen die Valheru unangefochten geherrscht haben, sind seit Langem vorbei.«

Pug betrachtete die fremde Landschaft unter dem Felsvorsprung. »Was für ein trauriger und öder Ort. In den Büchern, die in Elvardein aufbewahrt werden, habe ich eine Beschreibung dieser Welt gefunden. Einst schmückte sie sich mit riesigen Städten, die vielen Völkern eine Heimat boten. Heute ist davon nichts mehr geblieben.«

Tomas fragte leise: »Und was wurde aus diesen Völkern?«

»Die Sonne ließ nach, das Klima änderte sich. Erdbeben, Hungersnöte, Kriege. Was auch immer, es brachte die vollständige Zerstörung.«

Sie wandten sich der Höhle zu. In genau diesem Moment erschien im Eingang eine von Kopf bis Fuß verhüllte Gestalt. Aus dem einen Ärmel des Gewandes reichte ein dünner Arm hervor, dessen knorrige alte Hand einen Stab hielt. Der Mann – zumindest schien es einer zu sein – näherte sich ihnen, und als er vor ihnen stand, drang eine Stimme wie Espenlaub unter der Kapuze hervor. »Wer ist es, der das Orakel von Aal gefunden hat?«

Pug antwortete: »Ich, Pug, genannt Milamber, Magier zweier Welten.«

»Und ich, Tomas, genannt Ashen-Shugar, der zweimal gelebt hat.«

Die Gestalt machte ihnen ein Zeichen, und Pug und Tomas betraten hinter ihr einen niedrigen, unbeleuchteten Gang. Mit einer verschnörkelten Geste ließ Pug um sie herum Licht erscheinen. Der Gang öffnete sich zu einer weiten Höhle.

Tomas blieb stehen. »Wir waren doch nur noch wenige Meter von der Spitze des Berges entfernt. Diese riesige Höhle kann doch gar nicht da hineinpassen.«

Pug legte Tomas die Hand auf den Arm. »Wir sind eben woanders.«

Die Höhle wurde nun von einem schwachen Licht erhellt, das aus den Wänden und der Decke zu kommen schien, und Pug beendete seinen Zauber. In den entfernten Ecken der Höhle standen weitere Gestalten in langen Kapuzenmänteln, doch keine kam näher.

Der Mann, der sie auf dem Felsvorsprung begrüßt hatte, ging an ihnen vorbei, und sie folgten ihm. Pug fragte ihn: »Wie sollen wir Euch nennen?«

»Wie immer es Euch gefällt. Wir kennen hier keine Namen, keine Vergangenheit, keine Zukunft. Wir sind einfach nur die, die dem Orakel dienen.«

Er führte sie zu einem großen Felsvorsprung, auf dem eine seltsame Gestalt ruhte. Es war ein Mädchen um die dreizehn oder vierzehn, vielleicht ein bisschen älter; man konnte es schwer schätzen. Es war nackt und über und über mit Schmutz, Kratzern und den eigenen Exkrementen bedeckt.

Das lange braune Haar war verfilzt. Das Mädchen sah sie mit großen Augen an, als sie näher kamen, und drückte sich mit dem Rücken an die Felsen und schrie vor Angst. Offensichtlich war das Mädchen verrückt. Es hörte nicht auf zu schreien und kauerte sich zusammen, dann brach es schließlich in ein wahnsinniges Lachen aus.

Plötzlich bedachte es die Männer mit einem abschätzenden Blick und begann, sich die Haare zu ordnen, indem es sich mit den Fingern wie mit einem Kamm hindurchfuhr.

Scheinbar machte es sich auf einmal Gedanken um sein Äußeres.

Ohne ein Wort deutete der Mann mit dem Stab auf das Mädchen. Tomas fragte: »Das ist also das Orakel?«

Der vermummte Mann nickte. »Das ist das gegenwärtige Orakel. Es wird bis zu seinem Tode dienen, dann wird ein anderes kommen, so wie dieses kam, als das vorherige Orakel starb. So ist es immer gewesen, und so soll es auch immer sein.«

»Wie überlebt ihr in dieser toten Welt?«

»Wir handeln. Unser Volk ist verschwunden, doch andere, solche wie Ihr, suchen uns auf.« Er deutete auf das am Boden kauernde Mädchen. »Es ist unser ganzer Reichtum. Fragt, was Ihr wollt.«

»Und der Preis?«, erkundigte sich Pug.

Der vermummte Mann wiederholte, was er gesagt hatte. »Fragt, was Ihr wollt? Das Orakel antwortet, wenn es ihm gefällt. Es wird Euch auch den Preis nennen. Vielleicht verlangt es Süßigkeiten, vielleicht Früchte, oder vielleicht will es Eure noch schlagenden Herzen verspeisen. Vielleicht verlangt es Flitterzeug, mit dem es spielen kann.« Er deutete auf eine Sammlung seltsamer Gegenstände in der Ecke. »Es könnte hundert Schafe von Euch verlangen oder einen Zentner Weizen – oder Gold. Ihr müsst selbst entscheiden, ob das Wissen, nach dem Ihr fragt, den Preis wert ist. Manchmal gibt es die Antworten auch umsonst. Doch meistens beantwortet es die Fragen gar nicht, egal, was man ihm bietet. Es ist sehr launisch.«

Pug stieg zu dem auf dem Felsvorsprung kauernden Mädchen hinauf. Es starrte ihn eine Weile an, dann lächelte es und spielte abwesend mit den strähnigen Haaren. Pug sagte: »Wir möchten etwas über die Zukunft wissen.«

Das Mädchen kniff die Augen zusammen, in denen nun plötzlich kein Wahnsinn mehr war. Es war so, als wäre von einem Moment zum nächsten eine andere Person in das Mädchen hineingefahren. Ruhig antwortete es: »Um das zu erfahren, werdet Ihr mir also meinen Preis zahlen?«

»Nennt Euren Preis.«

»Rettet mich.«

Tomas warf einen Blick auf ihren Führer. Von tief unter der Kapuze ertönte seine trockene Stimme: »Wir verstehen nicht wirklich, was es damit sagen will. Das Mädchen ist nur in seinem eigenen Geist gefangen. Es ist der Wahnsinn, der ihm die Gabe des Weissagens gewährt. Befreit Ihr es von seinem Wahnsinn, wird es nicht länger das Orakel sein. Also muss in den Worten noch eine andere Bedeutung liegen.«

»Wovon befreien?«, fragte Pug.

Das Mädchen lachte. »Wenn Ihr das nicht versteht, könnt Ihr mich nicht befreien.«

Die verhüllte Gestalt in dem Kapuzenmantel zuckte mit den Schultern. Pug dachte nach. Dann sagte er: »Ich glaube, ich begreife.« Er streckte die Arme aus und nahm den Kopf des Mädchens in die Hände. Es versteifte sich, als wollte es schreien, doch Pug sandte ihm beruhigende Gedanken. Was er versuchen wollte, war seit Urzeiten die Domäne der Geistlichen, doch seine Zeit bei den Eldar in Elvardein hatte ihn eins gelehrt: Die einzigen wirklichen Grenzen der Magie bestanden in den Grenzen des Anwenders.

Pug schloss die Augen und drang in den Wahnsinn ein.

Pug stand in einem Labyrinth aus unerträglichen Farben und Formen, in dem sich die Wände ständig verschoben. Der Horizont veränderte sich mit jedem Schritt, es gab keine feste Perspektive. Er sah auf seine Hände und beobachtete, wie sie plötzlich wuchsen, bis sie die Größe von Melonen hatten; dann schrumpften sie genauso schnell wieder, bis sie kleiner als die Hände eines Kindes waren. Er sah auf. Die Wände des Labyrinths bewegten sich scheinbar wahllos vor und zurück, wobei ihre Farben und Muster wenigstens ein Dutzend Mal wechselten. Selbst der Boden unter seinen Füßen veränderte sich: Was im einen Moment noch ein rot-weißes Schachbrettmuster war, stellte sich im nächsten als Muster aus schwarzen und grauen Linien dar, um sich dann wieder in blaue und grüne Punkte auf rotem Grund aufzulösen. Blendende und blitzende Lichter ließen Pug abwechselnd schwarz und weiß vor Augen werden.

Pug versuchte, seine Wahrnehmung wieder in den Griff zu bekommen. Er wusste, er war immer noch in der Höhle, und diese Bilder drückten nur sein Bedürfnis aus, den Wahnsinn des Mädchens körperlich fassbar zu machen. Als Erstes stabilisierte er sich selbst, damit das Wachsen und Schrumpfen seiner Gliedmaßen ein Ende hatte. Voreilig an irgendeiner Stelle einzugreifen hätte den angeknacksten Verstand des Mädchens endgültig zerstören können, und er hatte keine Ahnung, was das dann für ihn bedeuten würde, da er schließlich Kontakt mit diesem Verstand hielt. Womöglich würde er dann in ihrem Wahnsinn gefangen bleiben, und das war keine angenehme Aussicht. Im vergangenen Jahr hatte Pug sehr viel darüber gelernt, wie er seine Künste anwenden konnte, aber er hatte auch ihre Grenzen kennengelernt. Ihm war klar, alles, was er hier tat, beinhaltete ein großes Risiko.

Als Nächstes stabilisierte er den Bereich um sich herum und brachte die hin und her wandernden Wände und die blendenden Lichter zur Ruhe. Da jede Richtung genauso gut war wie eine andere, ging er einfach los. Das Gehen war ebenfalls eine Illusion, das wusste er, doch diese Illusion konnte er ausnutzen, um den Sitz ihres Bewusstseins zu erreichen. Wie für die Lösung jedes anderen Problems brauchte er auch hier einen Bezugsrahmen, und den konnte ihm nur das Mädchen selbst liefern. Pug konnte lediglich auf das reagieren, was ihm ihr wahnsinniger Verstand vorspiegelte.

Abrupt tauchte er in eine Dunkelheit, und eine Stille, nur mit der des Todes vergleichbar, umgab ihn. Schließlich drang ein seltsames Geräusch an sein Ohr. Einen Moment später folgte ein zweites aus einer anderen Richtung. Dann bewegte sich die Luft. Immer häufiger spürte er jetzt in der Dunkelheit Luftbewegungen und hörte seltsame Geräusche. Zum Schluss war die Schwärze von an- und abschwellendem Lärm und stinkenden Gerüchen erfüllt. Ein seltsamer Wind blies ihm ins Gesicht, ungewöhnliche, leichte Gegenstände berührten ihn und waren wieder verschwunden, ehe er noch danach greifen konnte. Er machte Licht und fand sich in einer großen Höhle wieder, die jener, in der Tomas und er gerade wirklich standen, sehr ähnelte. Nichts rührte sich. Er rief in die Illusion der Höhle hinein. Keine Antwort.

Das Bild erzitterte und verwandelte sich, und er stand auf einem wunderschönen Rasen, der von zierlichen Bäumen umsäumt war, viel zu vollkommen, um wirklich zu sein. Die Bäume bildeten zwei Linien, die wie eine Allee zu einem prächtigen Palast führten, der aus weißem Marmor gebaut und mit Gold und Türkisen, Bernstein und Jade, Opalen und Chalzedon verziert war. Dieser Ort war atemberaubend schön, und Pug blieb in stiller Verzückung stehen. Der Anblick rief in ihm das Gefühl wach, dieser Ort sei der vollkommenste im ganzen Universum, ein Heiligtum, in das keine Ärgernisse eindrangen und wo man in ungestörter Zufriedenheit das Ende der Unendlichkeit abwarten konnte.

Wieder verwandelte sich das Bild, und er stand mitten in einem Saal des Palastes. Vom Marmorboden bis hin zu den Ebenholzsäulen war es der verschwenderischste Reichtum, den er je gesehen hatte. Dieser Anblick übertraf sogar den Palast des Kriegsherrn in Kentosani. Die Decke bestand aus geschliffenem Quarz, der das Sonnenlicht rötlich glühend zurückwarf, und die Wände waren mit schweren Teppichen verhängt, in die Gold- und Silberfäden eingewoben waren. Alle Türen waren aus Ebenholz und mit Verzierungen aus Elfenbein und Beschlägen aus Edelsteinen geschmückt, und wohin Pug auch blickte, überall entdeckte er Gold. Im Zentrum dieses Prunks erleuchtete ein weißer Lichtkreis ein Podest, auf dem zwei Gestalten standen: eine Frau und ein Mädchen.

Er schritt auf sie zu. Plötzlich wuchsen vor ihm aus dem Marmor Krieger wie Pflanzen aus der Erde, jeder eine mächtige Kreatur von schrecklichem Aussehen. Einer erinnerte an einen zum Menschen gewordenen Keiler, ein anderer an eine riesige Heuschrecke. Ein dritter trug den Kopf eines Löwen auf dem Körper eines Mannes. Ein vierter hatte ein Gesicht wie ein Elefant. Jeder von ihnen hielt Waffen und trug eine Rüstung aus edlen, mit Juwelen geschmückten Metallen, und jeder brüllte furchteinflößend. Pug blieb still stehen.

Die Krieger griffen ihn an, doch Pug bewegte sich nicht. Die albtraumhaften Kreaturen schlugen auf ihn ein, doch ihre Waffen fuhren durch Pug hindurch, und die Krieger lösten sich in Luft auf. Als sie verschwunden waren, schritt Pug auf das Podest zu, auf dem die beiden Gestalten standen.

Das Podest begann sich zu bewegen, als hätte es kleine Räder oder Beine, und es wurde zunehmend schneller. Pug ging darauf zu. Die Umgebung flog verwischt an ihm vorbei, die Illusion des Palastes musste Meilen groß sein. Pug wusste, er hätte das Podest mit den beiden Gestalten zum Stillstand bringen können, doch damit tat er dem Mädchen vielleicht etwas zuleide. Jeder offensichtliche Akt der Gewalt konnte dauerhaften Schaden anrichten, selbst wenn er den beiden Flüchtenden nur befahl anzuhalten.

Das Podest bewegte sich auf einem schwankenden, wankenden Kurs durch die Zimmer, und Pug musste sich immer wieder ducken, um Gegenständen auszuweichen, die ihm in den Weg wirbelten. Er hätte diese Gegenstände auch zerstören können, doch der Effekt wäre genauso gefährlich gewesen, als hätte er die beiden auf dem Podium zum Halten gezwungen. Nein, dachte er, wenn man in die Realität eines anderen eindrang, musste man sich auch an deren Regeln halten.

Dann kam das Podest zum Stehen, und Pug holte die beiden ein. Die Frau stand still da und betrachtete den Magier eingehend, während das Mädchen zu ihren Füßen saß. Im Gegensatz zu seinem wirklichen Aussehen war das Mädchen nun wunderschön, war in weiche, durchscheinende Seide gekleidet, und sein Haar war mit Nadeln aus Gold und Silber hochgesteckt, von denen jede ein Juwel trug. War es bei dem vor

Dreck starrenden Mädchen in der Höhle kaum abzuschätzen gewesen, wie es unter dem Schmutz aussah, hatte er nun eine erstaunlich schöne junge Frau vor sich.

Dann stand das Mädchen auf und wuchs vor seinen Augen zu gigantischen Ausmaßen heran. Riesige behaarte Arme sprossen aus den weichen Schultern, der Kopf wurde zu dem eines wütenden Adlers. Blitze schossen aus den rubinroten Augen, und mächtige Krallen schlugen auf Pug nieder.

Er rührte sich nicht. Die Krallen fuhren wirkungslos durch ihn hindurch, weil er sich dieser Realität verweigerte. Plötzlich verschwand das Ungeheuer, und vor ihm lag das Mädchen, so wie er es in der Höhle gesehen hatte: nackt, verfilzt, wahnsinnig.

Pug sah die Frau an und sagte: »Ihr seid das Orakel.«

»Das bin ich.« Sie wirkte fürstlich, stolz und fremdartig. Doch sie sah aus wie ein Mensch. Pug hielt sie für einen Teil der Illusion. In Wirklichkeit würde sie etwas anderes sein … oder gewesen sein, als sie noch lebte. Langsam begriff Pug.

»Wenn ich sie befreie, was ist dann mit Euch?«

»Ich muss eine andere finden, und zwar schnell, oder ich werde aufhören zu existieren. So ist es immer gewesen, und so soll es immer sein.«

»So wird eine andere dieser Krankheit erliegen.«

»So ist es immer gewesen.«

»Und wenn ich sie befreie, was wird dann aus ihr?«

»Sie wird die sein, als die sie hierhergebracht wurde. Sie ist noch jung und wird wieder genesen.«

»Werdet Ihr mir Widerstand leisten?«

»Ihr wisst, das kann ich nicht. Ihr seht nur Illusionen. Ihr wisst, die Ungeheuer und die Schätze sind nur Wesen der

Vorstellung. Doch ehe Ihr sie von mir befreit, müsst Ihr mir zuhören, Magier: Im Ursprung der Zeit, als das Universum seine Vielfältigkeit ausbildete, wurden wir geboren, wir, die von Aal. Als dein Gefährte, der Valheru, und sein Geschlecht die Himmel regierten, waren wir schon so alt und weise, wie es sich die Drachenherrscher kaum vorstellen konnten. Ich bin die letzte weibliche Angehörige meiner Art, obwohl das eher eine Umschreibung ist. Die in der Höhle sind gewissermaßen die Männer. Wir kämpfen darum, unser großes Erbe zu bewahren, die Kraft des Orakels, weil wir die Diener der Wahrheit und die Mägde des Wissens sind. Dieses Erbe wurde vor vielen Zeitaltern begründet, und ich konnte meine Existenz nur im Geist von anderen fortsetzen, doch diese müssen dafür den hohen Preis des Wahnsinns bezahlen. So ist es ein notwendiges Übel, dass Mitglieder niederer Lebensformen dazu überredet werden, der Kraft von Aal den Fortbestand zu sichern. Wir wünschten, es gäbe einen anderen Weg, doch dem ist nicht so, denn ich kann einzig in einem lebenden Verstand existieren. Ihr mögt das Mädchen nehmen, doch wisst, schon bald werde ich den nächsten Geist brauchen, um darin zu wohnen. Sie ist ein Nichts, einfach ein Kind unbekannter Herkunft. In ihrer Welt hätte sie sich bestenfalls als Bäuerin schinden dürfen, schlimmstenfalls als Hure den Männern zu deren Vergnügen dienstbar sein müssen. In ihrer Vorstellung habe ich für sie Reiche geschaffen, von denen selbst die mächtigsten Könige nicht zu träumen wagen. Was könnt ihr dem Mädchen stattdessen bieten?«

»Sein eigenes Schicksal. Doch ich glaube, es war von einer anderen Rettung die Rede, einer für euch beide.«

»Ihr seid sehr aufmerksam, Magier. Der Stern, um den diese Welt kreist, steht kurz vor seinem Untergang. Das ist auch der Grund für die Verwüstung dieses Planeten. So erleben wir in diesem Zeitalter wieder Ausbrüche von Vulkanen. So etwas hat es hier seit Äonen nicht mehr gegeben. Innerhalb einer kurzen Spanne von Jahren wird diese Welt ihr infernalisches Ende finden. Dies ist bereits die dritte Welt, die den Aal als Heim gedient hat. Nun jedoch ist unser Volk in den Zeiten dahingegangen, und wir haben nicht die Mittel, mit denen wir eine vierte Welt finden könnten. Wenn wir Eure Fragen beantworten sollen, müsst Ihr uns zuerst mit Rat und Tat zur Seite stehen.«

»Es bereitet mir keine Schwierigkeiten, Euch zu einer anderen Welt zu bringen. Es gibt kaum mehr ein Dutzend von Euch. Ich bin einverstanden. Vielleicht entdecken wir sogar … einen Weg, dass es nicht mehr notwendig ist, den Verstand eines Dritten zu verwirren.« Er deutete mit dem Kopf auf das am Boden kauernde Mädchen.

»Das wäre allerdings wünschenswert, aber wir haben dafür bisher noch keine Möglichkeit gefunden. Trotzdem, wenn Ihr einen neuen Zufluchtsort für uns findet, werde ich Eure Fragen beantworten. Somit sind wir uns also einig?«

»Ja. Und ich schlage Euch Folgendes vor. In meiner Welt kann ich für Euch und die Eurigen einen sicheren Ort finden. Ich gehöre durch Adoption zum Geschlecht unseres Königs, und er wird meinem Ansuchen wohlwollend gegenüberstehen. Aber Ihr müsst wissen, diese Welt wird von großer Gefahr bedroht und deshalb geht Ihr ein Risiko ein.«

»Das ist unannehmbar.«

»Dann wird unser Handel nichtig, und alles wird untergehen. Denn ich werde mit meinen Unternehmungen scheitern, und Ihr werdet Euch in eine Wolke brennender Gase auflösen.«

Die Frau schien die Sache noch einmal zu überdenken. Nach langem Schweigen sagte sie schließlich: »Ich werde unseren Handel etwas abwandeln. So rüste ich Euch denn nun mit der Kraft des Orakels aus, und im Gegenzug werdet Ihr uns eine sichere Zuflucht gewähren, wenn Ihr Eure Suche beendet habt.«

»Suche?«

»Ich habe in die Zukunft gesehen, und als wir unsere Abmachung ausgehandelt haben, lösten sich die Stränge des Möglichen voneinander, und das Wahrscheinlichste enthüllte sich mir. Selbst jetzt, während wir uns unterhalten, sehe ich, was Euch erwartet: ein steiniger Weg voller Gefahren.« Sie stand einen Moment lang still da, dann sagte sie leise: »Jetzt kann ich erkennen, was auf Euch zukommt. Ich teile Euren Standpunkt. Ihr könnt nicht anders handeln.«

Pug zuckte mit den Schultern. »Einverstanden. Wenn sich die Dinge zu unseren Gunsten entwickelt haben, werden wir Euch an einen sicheren Platz bringen.«

»Kehrt nun in die Höhle zurück.«

Pug öffnete die Augen. Tomas und die Diener des Orakels standen noch genauso da, wie er es in Erinnerung hatte. Er fragte Tomas: »Wie lange habe ich hier so gestanden?«

»Einige Augenblicke, nicht länger.«

Pug trat von dem Mädchen zurück. Es schlug die Augen auf und sprach mit klarer Stimme, die vom Wahnsinn unberührt war, doch ein wenig nach der fremden Frau klang. »Höret! Die Dunkelheit sammelt sich und breitet sich aus, sie kommt von dort, wohin man sie einst verbannt hat, sucht zu gewinnen, was sie verloren hat, um all die zu vernichten, die Euch lieb und teuer sind, sie alle zu verdammen und in Schrecken zu versetzen. Geht und findet den einen, der alles weiß, den einen, der als Erster die Wahrheit verstanden hat. Nur er kann Euch durch die letzte Schlacht führen, nur er.«

Tomas und Pug sahen sich an, und selbst Tomas wusste bereits die Antwort, als Pug fragte: »Wen soll ich suchen?«

Die Augen des Mädchens brannten sich in seine Seele. Ruhig sagte es: »Ihr müsst Macros den Schwarzen finden.«

Crydee

Martin duckte sich.

Mit einer Geste bedeutete er den Männern hinter ihm, sie sollten sich ruhig verhalten, während er nach Bewegungen im dichten Unterholz lauschte. Es war kurz vor Sonnenuntergang, und eigentlich hätten schon die ersten Tiere am Rande des Teiches auftauchen müssen. Doch etwas hatte das Wild verscheucht. Martin wollte wissen, was. Abgesehen von den Vögeln über ihnen herrschte Schweigen im Walde.

Im Gebüsch raschelte es.

Ein Hirsch machte einen Satz auf die Lichtung. Martin sprang, um dem Geweih und den Hufen des Tieres auszuweichen, das verängstigt an ihm vorbeischoss. Martin konnte hören, wie seine Gefährten ebenfalls zur Seite hasteten, um nicht von dem fliehenden Hirsch niedergetrampelt zu werden.

Ein tiefes Knurren ertönte aus der Richtung, aus der der Hirsch gekommen war. Was auch immer ihn aufgescheucht hatte, es kam jedenfalls durch das Unterholz auf sie zu. Martin wartete mit aufgelegtem Pfeil.

Der Bär trat aus dem Dickicht. Zu einer Zeit, in der er eigentlich wohlgenährt sein und vor Kraft hätte strotzen sollen, erschien das Tier schwach und mager, so dünn, als wäre es gerade aus dem Winterschlaf erwacht. Martin sah sich den

Bären genau an, der sich jetzt zum Wasser hinunterbeugte. Eine Verletzung ließ das Tier hinken, schwächte es und machte es ihm schwer, die Nahrung zu finden, die es brauchte. Vor zwei Nächten hatte der Bär einen Bauern zerfleischt, der seine Milchkuh hatte verteidigen wollen. Seitdem war Martin dem Bären auf der Spur. Er war ein bösartiger Einzelgänger und musste getötet werden.

Das Getrappel von Pferdehufen hallte durch den Wald, und der Bär hielt die Schnauze in die Luft und schnüffelte. Aus seiner Kehle löste sich ein fragendes Grunzen, als er sich auf die Hintertatzen stellte. Dann brüllte er wütend; er hatte Pferde und Menschen gewittert.

»Verdammt«, sagte Martin. Er stand da und hielt den Bogen bereit. Zwar hatte er auf einen besseren Schuss gehofft, doch das Tier konnte sich jeden Moment umdrehen und fliehen.

Der Pfeil schnellte über die Lichtung und traf den Bären in die Schulter. Das war kein Schuss, der sofort tötete. Das Tier tapste nach dem Schaft, sein Knurren wurde zu einem blubbernden Stöhnen.

Martin umrundete den Teich und zog sein Jagdmesser. Seine drei Gefährten waren ein Stück hinter ihm. Garret, der jetzt Jagdmeister von Crydee war, schoss seinen Pfeil ab, während Martin auf den Bären zurannte. Er traf das Tier in die Brust, wieder eine schwere, doch keinesfalls tödliche Wunde. Martin sprang den Bären an, der immer noch mit den Tatzen nach den Pfeilschäften langte, die aus seinem dichten Pelz ragten. Das lange Jagdmesser des Herzogs von Crydee traf das verwirrte Tier in die Kehle. Der Bär starb, noch während er zusammenbrach.

Baru und Charles liefen herbei. Sie hielten die Bögen noch

immer schussbereit. Charles, ein kleiner Kerl mit O-Beinen, trug dieselbe grüne Lederkleidung wie Garret: die Uniform der Förster in Martins Diensten. Baru, ein großer und muskulöser Mann, trug um die Schulter einen grün-schwarzen Tartan, der seine Hadati-Herkunft aus dem Clan der Eisenbergs bezeugte, dazu eine Lederhose und Hirschlederstiefel. Martin kniete sich neben das Tier. Er machte sich mit dem Messer an der Schulter des Bären zu schaffen und drehte den Kopf zur Seite, als ihm der süße Geruch der Verwesung aus der schwärenden Wunde entgegenschlug. Er richtete sich wieder auf und hielt eine blutige, eiterbedeckte Pfeilspitze hoch. Angewidert sagte er zu Garret: »Als ich noch Jagdmeister in den Diensten meines Vaters war, habe ich in schlechten Jahren oft ein wenig Wilderei zugelassen. Wenn Ihr jedoch den Mann findet, der diesen Bären angeschossen hat, dann will ich ihn am Galgen sehen. Und falls er irgendetwas von Wert besitzt, gebt Ihr es der Witwe des Bauern. Der Wilderer hat den Bauern auf dem Gewissen, als hätte er *ihn* mit dem Pfeil getroffen und nicht den Bären.«

Garret sah sich die Pfeilspitze genau an. »Diese Pfeilspitze ist selbst gemacht. Seht Euch nur diesen seltsamen Grat an, der hier über die Pfeilspitze läuft, Hoheit. Der Mann, der die gegossen hat, feilt die Spitzen nicht. Er ist bei der Herstellung seiner Pfeile so schlampig wie auf der Jagd. Sollten wir irgendwo einen Köcher mit solchen Pfeilen finden, haben wir unseren Mann. Ich werde den Fährtenlesern Bescheid geben.« Und missbilligend fügte er hinzu: »Hätte Eure Hoheit den Bären erreicht, bevor ich ihn traf, hätte der Wilderer vielleicht einen zweiten Toten auf dem Gewissen gehabt.«

Martin lächelte. »Ich habe nicht daran gezweifelt, dass Ihr Euer Ziel trefft, Garret. Ihr seid der einzige Mann, den ich kenne, der besser schießt als ich. Das ist einer der Gründe, warum Ihr mein Jagdmeister seid.«

»Und weil er der einzige Fährtenleser ist, der mit Euch Schritt halten kann, wenn Ihr auf der Jagd seid«, sagte Charles.

»Ihr könnt wirklich einen ganz schönen Schritt vorlegen«, stimmte Baru zu.

»Nun«, meinte Garret, den Martins Antwort noch nicht völlig beschwichtigt hatte, »wir hätten vielleicht besser getroffen, wäre der Bär nicht geflohen.«

»Vielleicht, vielleicht auch nicht. Jedenfalls wollte ich ihn lieber hier auf der Lichtung erlegen, wo Ihr drei dicht hinter mir wart, als ihn – selbst mit drei Pfeilen im Pelz – durch das Unterholz zu verfolgen.« Er zeigte auf das Dickicht vor ihnen. »Hätte ein wenig eng werden können da drin.«

Garret blickte zu Charles und Baru. »Darüber will ich nicht streiten, Euer Hoheit.« Dann fügte er hinzu: »Obwohl es wirklich ein bisschen eng hätte werden können.«

Aus der Nähe hörten sie jemanden rufen. Martin stand auf. »Seht doch mal nach, wer da diesen Lärm macht. Der hätte uns beinahe unsere Beute gekostet.«

Charles eilte davon.

Baru betrachtete den toten Bären und schüttelte den Kopf. »Der Mann, der dieses Tier verwundet hat, ist kein Jäger.«

Martin ließ den Blick über den Wald schweifen. »Ich vermisse das alles hier, Baru. Ich könnte dem Wilderer fast verzeihen, weil er mir eine Entschuldigung geliefert hat, der Burg endlich einmal zu entkommen.«

»Eine schlechte Entschuldigung, mein Herr«, sagte Garret. »Dem Gesetz nach hättet Ihr diese Sache mir und meinen Fährtenlesern überlassen müssen.«

Martin lächelte. »Darauf wird Fannon auch bestehen.«

»Ich kann Euch verstehen«, sagte Baru. »Seit fast einem Jahr habe ich zuerst bei den Elben und jetzt bei Euch gelebt. Ich vermisse die Hügel und Wiesen des Hochlands von Yabon.«

Garret sagte nichts dazu. Sowohl er als auch Martin wussten, warum der Hadati nicht in seine Heimat zurückkehrte. Sein Dorf war von dem Hauptmann der Moredhel in Schutt und Asche gelegt worden. Zwar hatte er an Murad blutige Rache genommen und ihn getötet, doch das hatte ihm das Heim nicht wiedergebracht. Eines Tages würde er vielleicht ein anderes Hadati-Dorf finden, in dem er sich niederlassen konnte. Für den Moment hatte er sich allerdings entschlossen, in der Fremde zu bleiben. Nachdem er in Elvandar von seinen Wunden genesen war, hatte er sich zunächst einmal nach Crydee zu Martin aufgemacht.

Charles tauchte mit einem Soldaten aus der Burg wieder auf. Der Soldat salutierte. »Schwertmeister Fannon ersucht um Eure sofortige Rückkehr, Hoheit.«

Martin wechselte rasch einen Blick mit Baru. »Was mag da wieder passiert sein?«

Baru zuckte mit den Schultern.

Der Soldat sagte: »Der Schwertmeister hat sich außerdem die Freiheit genommen, Euch Reittiere zu schicken, Euer Hoheit. Er wusste, dass Ihr zu Fuß aufgebrochen wart.«

»Führt uns zu ihnen«, verlangte Martin, und sie folgten dem Soldaten zu den Pferden. Als sie aufgesessen hatten und sich auf den Weg nach Crydee machten, erfüllte den Herzog plötzlich eine große Unruhe.

Fannon wartete bereits auf sie.

Martin stieg ab. »Was gibt es?«, fragte er und schlug sich den Straßenstaub von seinem ledernen Jagdrock.

»Seine Hoheit haben vielleicht nicht daran gedacht, dass Herzog Miguel heute Nachmittag ankommen wird.«

Martin warf einen Blick auf die untergehende Sonne. »Dann kommt er offenbar zu spät.«

»Sein Schiff wurde bereits vor einer Stunde bei Seglers Gram gesichtet. Innerhalb der nächsten Stunde wird es vermutlich den Leuchtturm bei Langenend passieren und im Hafen einlaufen.«

Martin lächelte seinen Schwertmeister an. »Ihr habt natürlich recht, ich hatte es tatsächlich vergessen.« Während er die Treppen hinaufeilte, rief er Fannon zu: »Begleitet mich und erzählt mir von Herzog Miguel, während ich mich umkleide.«

Martin rannte fast zu seinen Gemächern, die einst seinem Vater, Baron Borric, gehört hatten. Diener hatten ein heißes Bad vorbereitet, und Martin entledigte sich seiner Jagdkleidung. Er nahm die stark duftende Seife und den Bimsstein und sagte zu dem Diener: »Ich brauche viel frisches kaltes Wasser. Diesen Geruch würde meine Schwester vielleicht mögen, aber meine Nase verträgt ihn nicht.« Der Diener lief los, um weiteres Wasser zu holen.

»Nun, Fannon, was führt also den erlauchten Herzog von Rodez quer durch das Königreich zu uns?«

Fannon setzte sich auf ein kleines Sofa. »Er reist einfach nur gern während des Sommers. Das ist gar nicht so ungewöhnlich, Euer Hoheit.«

Martin lachte. »Fannon, wir sind allein. Ihr braucht mir

nichts vorzumachen. Er wird doch zumindest eine Tochter im heiratsfähigen Alter bei sich haben.«

Fannon seufzte. »Zwei. Miranda ist zwanzig und Inez fünfzehn. Beiden sagt man nach, dass sie Schönheiten sind.«

»Fünfzehn. Bei den Göttern, sie ist ja noch ein Kind!«

Fannon lächelte kläglich. »Nach dem, was ich erfahren habe, gab es des Kindes wegen schon zwei Duelle. Bedenkt, es sind Leute aus dem Osten.«

Martin ließ sich unter Wasser gleiten. Als er wieder auftauchte, sagte er: »Dort drüben gehen sie immer sehr früh in die Politik, nicht?«

»Seht, Martin, ob Ihr wollt oder nicht, Ihr seid der Herzog. Und der Bruder des Königs. Ihr habt Euch noch nicht verheiratet. Würdet Ihr nicht in der abgelegensten Ecke des Königreiches leben, hättet Ihr seit Eurer Rückkehr nicht sechs, sondern sechzig Höflichkeitsbesuche erhalten.«

Martin verzog das Gesicht. »Wenn es diesmal wieder so wird wie beim letzten Mal, gehe ich zurück in die Wälder zu den Bären.« Zuletzt hatte ihm der Graf von Tarloff, ein Vasall des Herzogs von Ran, einen Besuch abgestattet. Seine Tochter war eigentlich recht charmant gewesen, doch sie hatte sich ein bisschen zu kokett benommen und dauernd gekichert, ein Zug, der Martin ganz nervös gemacht hatte. Er hatte das Mädchen mit dem vagen Versprechen verabschiedet, irgendwann einmal Tarloff zu besuchen. »Trotzdem«, meinte er, »sie war doch recht schön.«

»Schönheit ist nicht das Entscheidende, wie Ihr selbst ganz genau wisst. Im Osten schwelt es noch immer, obwohl nun fast zwei Jahre seit dem Tod von König Rodric vergangen sind. Irgendwo dort draußen versteckt sich Guy du Bas-

Tyra und treibt Dinge, von denen nur die Götter wissen. Einige seiner Anhänger warten nur ab, wer zum nächsten Herzog von Bas-Tyra ernannt wird. Caldric ist tot, und das Amt des Herzogs von Rillanon ist ebenfalls noch nicht besetzt worden. Der Osten ist wie ein Stapel Brennholz, und wenn der König den falschen Scheit herauszieht, bricht alles über ihm zusammen. Lyam ist gut beraten, wenn er auf Tully hört und wartet, bis er selbst Söhne und auch Neffen hat. Dann kann er seine eigenen Verbündeten in diese Ämter einsetzen. Und Ihr tätet gut daran, wenn Ihr die schwierigen Belange der Königsfamilie nicht aus den Augen verlieren würdet, Martin.«

»Jawohl, Schwertmeister«, erwiderte Martin, schüttelte jedoch bedauernd den Kopf. Seit Lyam ihn zum Herzog von Crydee ernannt hatte, war Martin ein großer Teil seiner persönlichen Freiheit verloren gegangen, und wie es aussah, stand ihm das Schlimmste noch bevor.

Drei Diener kamen mit Eimern voller kaltem Wasser herein. Martin stand auf und ließ es sich über den Kopf schütten. Zitternd hüllte er sich in ein weiches Badetuch, und nachdem die Diener wieder gegangen waren, sagte er zu Fannon: »Was Ihr sagt, ist offensichtlich richtig, doch … Nun, es ist noch nicht einmal ein Jahr vergangen, seit Arutha und ich vom Moraelin zurückgekehrt sind. Davor habe ich diese lange Reise durch den Osten gemacht. Kann ich nicht wenigstens ein paar Monate in aller Ruhe zu Hause leben?«

»Habt Ihr doch … letzten Winter …«

Martin lachte. »Stimmt, aber … Mir kommt es vor, als würde einem Provinzherzog ein größeres Interesse entgegengebracht, als er es verdient.«

Fannon schüttelte den Kopf. »Ein größeres Interesse, als es *der Bruder des Königs* verdient?«

»Keiner aus meiner Linie könnte jemals wieder Anspruch auf die Krone erheben, selbst wenn nicht noch drei oder vier andere in der Nachfolge vor mir stünden. Ihr wisst doch, ich habe darauf auch im Namen meiner Nachkommen verzichtet.«

»Ihr seid kein einfacher Mann, Martin. Ihr braucht mir gegenüber nicht den Hinterwäldler zu spielen. Am Tage von Lyams Krönung mögt Ihr gesagt haben, was Ihr wollt, doch sollte eines Tages einer Eurer Erben in die entsprechende Situation kommen, wird Euer Gelöbnis keinen Pfifferling mehr wert sein, wenn ihn eine Gruppe in der Versammlung der Herzöge zum König machen will.«

Martin zog sich an. »Ich weiß, Fannon. Das geschah damals nur, damit niemand in meinem Namen Lyam die Gefolgschaft verwehrt. Vielleicht habe ich den größten Teil meines Lebens in den Wäldern verbracht, doch am Abend habe ich stets mit Euch, Tully, Kulgan und Vater an der Tafel gesessen. Da habe ich meine Ohren gespitzt und eine Menge gelernt.«

Es klopfte, und in der Tür erschien eine Wache. »Ein Schiff mit der Flagge von Rodez hat Langenend passiert, Hoheit.«

Martin schickte die Wache mit einer Handbewegung nach draußen. Zu Fannon sagte er: »Ich glaube, wir sollten uns lieber beeilen, den Herzog und seine lieblichen Töchter kennenzulernen.« Er war mit dem Ankleiden fertig. »Die Töchter des Herzogs werden mich sicherlich genauestens in Augenschein nehmen und mir den Hof machen, Fannon. Doch bei der Liebe und Geduld der Götter hoffe ich, dass keine von ihnen dauernd kichert.«

Fannon nickte ihm voller Mitgefühl zu und verließ hinter Martin das Zimmer.

Martin lächelte bei Herzog Miguels Scherz über einen Fürsten aus dem Osten, dem Martin nur ein einziges Mal begegnet war. Die Schwächen des Mannes mochten für die Leute dort Anlass für so manch spöttische Bemerkung sein, doch Martin verstand den Witz nicht.

Die beiden Töchter des Herzogs waren wirklich anziehend. Sie hatten edle Gesichtszüge, einen blassen Teint, fast schwarzes Haar und große dunkle Augen. Miranda war in ein Gespräch mit dem jungen Junker Wilfred vertieft, dem dritten Sohn des Barons von Carse. Der Junker war erst kürzlich an den Hof gekommen. Inez saß da und betrachtete Martin mit offenkundiger Wertschätzung. Martin merkte, wie ihm das Blut in den Kopf schoss, und er wandte seine Aufmerksamkeit wieder ihrem Vater zu.

Es war nur zu deutlich, weshalb Inez Anlass für ein Duell zwischen hitzköpfigen jungen Männern gewesen war. Martin wusste vielleicht nicht viel über Frauen, aber er war ein erfahrener Jäger, und er erkannte ein Raubtier, wenn er es vor Augen hatte. Dieses Mädchen mochte erst fünfzehn Jahre alt sein, doch es war mit allen Wassern gewaschen. Es würde nicht mehr viel Zeit ins Land gehen, und Inez würde sich einen der mächtigsten Männer als Gemahl angeln, daran zweifelte Martin nicht. Miranda war einfach nur eine schöne Hofdame, Inez hingegen zeigte eine gerissene Härte, die Martin nicht gerade attraktiv fand. Dieses Mädchen war auf jeden Fall gefährlich und hatte schon recht gut begriffen, wie man Männer um den Finger wickelte und ihnen seinen Willen aufzwang. Martin beschloss, dies nicht aus den Augen zu verlieren.

Das Essen war eher still verlaufen, wie es Martins Gewohnheit entsprach. Morgen würden allerdings Jongleure und Sänger anwesend sein, denn zurzeit hielt sich gerade eine Schauspielertruppe in der Gegend auf. Martin hatte nach seiner Reise durch den Osten nur noch wenig für förmliche Bankette übrig, doch ein bisschen Unterhaltung fand auch er amüsant.

Auf einmal eilte ein Diener in den Saal, umrundete den Tisch und ging zu Samuel, dem Leibwächter. Er flüsterte ihm etwas ins Ohr, woraufhin der Leibwächter zu Martin kam. Er beugte sich vor und meinte: »Es sind Tauben von Ylith angekommen, Euer Hoheit. Insgesamt acht Stück.«

Martin wusste Bescheid. Wenn es so viele Vögel waren, musste die Nachricht von einiger Bedeutung sein. Normalerweise entsandte man zwei oder drei Tiere, da ein Vogel allein auf dem gefährlichen Flug über das Gebirge der Grauen Türme abhandengekommen. Sie mussten mit dem Wagen oder dem Schiff wieder zurückgebracht werden, und das dauerte Wochen, deshalb setzte man sie gewöhnlich eher sparsam ein.

Martin stand auf. »Wenn Euer Hoheit mich für einen Moment entschuldigen würden«, sagte er zum Herzog von Rodez. »Meine Damen.« Er verneigte sich vor den beiden Schwestern, dann folgte er dem Diener hinaus auf den Gang.

Im Vorraum des Bergfrieds traf er seinen Falkner, der sowohl für die Falken als auch für die Tauben zuständig war. Er hielt die Pergamente in der Hand, übergab sie Martin und zog sich zurück. Martin bemerkte, dass die winzigen Röllchen mit dem fürstlichen Wappen von Krondor versiegelt waren. Nur der Herzog selbst sollte sie öffnen. »Ich werde sie in meinem Ratszimmer lesen«, erklärte er.

Als er die Röllchen dort genauer betrachtete, stellte er fest, dass jedes die Zahl Eins oder Zwei trug. Vier Paare. Die Nachricht war also viermal abgeschickt worden, damit sie ganz sicher vollständig ankam. Martin brach eines der Röllchen mit einer Eins auf, und als er die Nachricht las, weiteten sich seine Augen. Er öffnete ein weiteres; es war derselbe Text. Dann las er Nummer Zwei, und die Tränen traten ihm in die Augen.

Martin öffnete jedes Röllchen, hoffte noch eine andere Nachricht zu finden, die das bisher Gelesene als Missverständnis aufklärte. Lange Zeit konnte er einfach nur so dasitzen, während sich in seinem Magen ein mulmiges Gefühl ausbreitete. Es klopfte an der Tür, und Martin sagte schwach: »Ja bitte?«

Die Tür wurde geöffnet, und Fannon trat ein. »Ihr seid schon vor über einer Stunde verschwunden und …« Er stutzte, als er Martins abgespannten Gesichtsausdruck und seine geröteten Augen sah. »Was ist denn?«

Martin deutete nur mit der Hand auf die Zettel. Fannon las sie, taumelte zurück und musste sich setzen. Eine ganze Weile lang verbarg er das Gesicht in den zitternden Händen, und beide Männer schwiegen. Dann sagte Fannon: »Wie konnte das nur geschehen?«

»Ich weiß es nicht. Die Botschaft sagt nur, es sei ein Meuchelmörder gewesen.« Martin ließ den Blick durch den Raum schweifen. Jeder Stein in der Wand und jedes Möbelstück erinnerte ihn an seinen Vater Baron Borric. Von der Familie war Arutha dem Vater am ähnlichsten gewesen. Martin liebte sie alle, doch der Bruder, den das Schicksal nach Krondor verschlagen hatte, war in vielerlei Hinsicht ein Spiegel seiner selbst gewesen. Sie hatten alle Dinge immer aus einer sehr ähnlichen Perspektive gesehen, und sie hatten eine Menge zusammen durchgemacht: die Belagerung der Burg während des Spaltkrieges, als Lyam mit dem Vater fort gewesen war; die lange und gefährliche Suche nach Silberdorn, das sie vom Moraelin geholt hatten … In Arutha hatte Martin seinen engsten Freund gehabt.

Von Elben unterrichtet, war sich Martin der Unausweichlichkeit des Todes stets bewusst, und dennoch machte sich eine große Leere in ihm breit. Doch als er aufstand, hatte er sich wieder unter Kontrolle. »Ich sollte wohl besser Herzog Miguel unterrichten. Sein Besuch wird ziemlich kurz werden. Morgen brechen wir nach Krondor auf.«

Martin sah auf, als Fannon das Zimmer wieder betrat. »Wir brauchen die ganze Nacht und den Morgen, um die Vorbereitungen zu treffen. Der Kapitän sagte jedoch, Euer Schiff könnte mit der Nachmittagsflut auslaufen.«

Martin gebot ihm mit einer Geste, Platz zu nehmen, und wartete eine Zeitlang, bis er sagte: »Wie konnte das nur geschehen, Fannon?«

»Ich kann Euch das nicht beantworten, Martin.« Der Schwertmeister dachte einen Moment lang nach, dann sagte er leise: »Ihr wisst, dass ich Euren Kummer teile. Das tun wir alle. Er und auch Lyam, sie waren beide für mich wie meine eigenen Söhne.«

»Ich weiß.«

»Aber es gibt noch andere Angelegenheiten, die keinerlei Aufschub dulden.«

»Und die wären?«

»Ich bin alt, Martin. Gerade jetzt fühle ich plötzlich die Last des Alters schwer auf mir liegen. Die Nachricht von Aruthas Tod erinnert mich an meine eigene Sterblichkeit. Ich würde gern zurücktreten.«

Martin rieb sich das Kinn und dachte nach. Fannon war mittlerweile über die siebzig hinaus, und auch wenn die geistigen Fähigkeiten seines Stellvertreters unvermindert waren, fehlte es ihm doch an der körperlichen Kraft, die das Amt erforderte. »Ich verstehe, was Ihr meint, Fannon. Wenn wir aus Rillanon zurück sind …«

Fannon unterbrach ihn: »Nein, Martin, das ist mir zu spät. Ihr werdet mehrere Monate unterwegs sein. Ich möchte, dass Ihr jetzt einen Nachfolger für mich benennt, damit ich seine Eignung für das Amt garantieren kann, wenn ich zurücktrete. Wenn Gardan noch hier wäre, hätte ich keinen Zweifel an einer schnellen Amtsübergabe. Doch Arutha hat ihn uns weggeschnappt«, die Augen des alten Mannes füllten sich mit Tränen, »und ihn zum Feldmarschall von Krondor gemacht …«

»Ich verstehe«, murmelte Martin. »Wen habt Ihr denn im Sinn?« Er hatte die Frage wie geistig abwesend gestellt, denn er war viel zu sehr damit beschäftigt, seinen Kopf klar zu bekommen.

»Verschiedene Hauptmänner kämen infrage, doch keiner von ihnen hat solche Fähigkeiten wie Gardan. Deshalb habe ich an Charles gedacht.«

Martin lächelte schwach. »Ich dachte, Ihr würdet ihm nicht trauen.«

Fannon seufzte. »Das ist lange Zeit her, und wir befanden uns damals im Krieg. Seitdem hat er seinen Wert Hunderte von Malen unter Beweis gestellt, und auf der Burg gibt es keinen furchtloseren Mann. In der tsuranischen Armee bekleidete er einen Rang, der dem eines Leutnants entspricht, und er kennt sich wahrhaftig bestens in der Kriegsführung aus. Oft haben wir uns über die Unterschiede der Strategien der Tsurani und unserer eigenen unterhalten, und eins weiß ich ganz gewiss: Hat er einmal etwas gelernt, vergisst er es nicht wieder. Er ist ein schlauer Mann und so viel wert wie ein Dutzend andere. Davon abgesehen respektieren ihn die Soldaten und werden ihm gehorchen.«

»Ich werde es mir durch den Kopf gehen lassen«, versprach Martin, »und es heute Nacht entscheiden. Was gibt es noch?«

Fannon schwieg eine Weile, als fiele es ihm schwer, darüber zu reden. »Martin, Ihr und ich, wir sind uns nie sehr nahegekommen. Als Euch Euer Vater in seine Dienste rief, spürte ich, so wie andere auch, an Euch etwas Fremdartiges. Ihr standet immer ein wenig außerhalb, und Ihr hattet diese seltsame Art der Elben. Heute weiß ich, dieses geheimnisvolle Etwas bestand teilweise in Eurer eigentümlichen Beziehung zu Borric. Ich habe Euch in gewisser Hinsicht misstraut. Ich bedaure jetzt, so empfunden zu haben … Nun, was ich eigentlich sagen wollte … Ihr macht Eurem Vater alle Ehre.«

Martin holte tief Luft. »Ich danke Euch, Fannon.«

»Ich sage Euch das nur, damit Ihr versteht, was ich Euch als Nächstes zu erzählen habe. Dieser Besuch von Herzog Miguel hat Euch vielleicht nur geärgert, doch allmählich wird diese Sache äußerst dringlich. Wenn Ihr in Rillanon ankommt, müsst Ihr mit Vater Tully sprechen. Lasst ihn für Euch eine Gemahlin suchen.«

Martin warf den Kopf in den Nacken und lachte bitter. »Ist das ein Scherz, Fannon? Mein Bruder ist tot, und ich soll mich auf Brautschau begeben?«

Fannon ließ sich von Martins Zorn nicht erschüttern. »Ihr seid nicht mehr der Jagdmeister von Crydee, Martin. Dann würde es niemanden scheren, ob Ihr jemals heiratet und Nachkommen in die Welt setzt. Doch jetzt seid Ihr der einzige Bruder des Königs, und der Osten ist immer noch in Aufruhr. Es gibt keinen Herzog von Bas-Tyra, keinen von Rillanon und keinen in Krondor. Und es gibt auch keinen Prinzen mehr in Krondor.« Fannons Stimme klang erschöpft. »Lyam sitzt auf einem wackeligen Thron, sollte Bas-Tyra es wagen, aus dem Exil zurück ins Königreich zu kommen. Keinen der beiden Säuglinge kann der König als Nachfolger von Arutha bestimmen. Aber er braucht Verbündete, und darum geht es. Tully wird wissen, welche adlige Familie am dringendsten durch Heirat an das Königshaus gebunden werden muss. Und wenn es die Tochter von Miguel, diese Inez, ist oder die kichernde Tochter von Tarloff, heiratet sie. Tut es für Lyam und für das Königreich.«

Martin unterdrückte seinen Zorn. Fannon hatte ihn an einem wunden Punkt erwischt, auch wenn der Schwertmeister recht hatte, wie er zugeben musste. In vielerlei Hinsicht war Martin ein Einzelgänger, den außer seinen Brüdern kaum jemand interessierte. Und mit Frauen war er noch nie besonders gut ausgekommen. Und jetzt sagte man ihm, er solle eine Fremde heiraten, um seinen Bruder auf diese Weise politisch zu unterstützen! Dennoch sah er die Weisheit in Fannons Worten. Falls der verräterische Guy du Bas-Tyra immer noch seine Ränke schmiedete, war Lyams Krone in Gefahr.

Aruthas Tod zeigte nur zu deutlich, wie schnell ein Herrscher das Leben verlieren konnte.

Schließlich sagte Martin: »Ich werde auch darüber nachdenken, Fannon.«

Der alte Schwertmeister stand langsam auf. An der Tür wandte er sich noch einmal um. »Ich weiß, Ihr werdet es nicht zeigen, Martin, doch Ihr fühlt großen Schmerz. Ich wollte Euch nicht noch weitere Sorgen zufügen, doch was ich gesagt habe, musste gesagt werden.« Martin konnte nur zustimmend nicken.

Fannon verließ ihn, und Martin saß allein in seinem Zimmer, und das Einzige, was sich bewegte, waren die Schatten, erzeugt von den flackernden Flammen in den Wandhaltern.

Martin beobachtete ungeduldig das hektische Treiben der Vorbereitungen für seine eigene Abfahrt und die des Herzogs von Rodez. Der Herzog hatte Martin zu sich an Bord eingeladen, doch Martin hatte sich mit einer dünnen Entschuldigung herausgeredet. Nur der offensichtliche Kummer über den Tod von Arutha hatte den Herzog veranlasst, diese Abweisung nicht als ernsthafte Beleidigung aufzufassen.

Herzog Miguel und seine Töchter verließen ihre Unterkunft, für die Reise entsprechend gekleidet. Die Mädchen konnten ihren Ärger über die so baldige Rückreise kaum verhehlen. Es würde ganze zwei Wochen dauern, bis sie in Krondor ankommen würden. Und dann müsste sich ihr Vater auch noch beeilen, damit er rechtzeitig zu Aruthas Staatsbegräbnis in Rillanon erscheinen konnte, an dem er als Mitglied des Hochadels teilzunehmen hatte.

Herzog Miguel, ein gut gekleideter, schlanker Mann mit

feinen Manieren, sagte: »Es ist wirklich tragisch, dass wir Euer wunderbares Heim unter diesen traurigen Umständen verlassen, Euer Hoheit. Wenn ich mir erlauben darf, möchte ich Eurer Hoheit die Gastfreundschaft meines eigenen Heims anbieten, falls Euch nach dem Begräbnis Eures Bruders der Sinn nach ein wenig Ruhe steht. Rodez kann man von der Hauptstadt aus in einer kurzen Reise erreichen.«

Martin wollte sich im ersten Moment entschuldigen, doch dann erinnerte er sich an die Worte von Fannon und sagte: »Wenn es die Umstände und meine Zeit erlauben, würde ich mich glücklich schätzen, Euch besuchen zu dürfen. Ich danke Euch.« Er warf einen Blick auf die beiden Töchter und beschloss, falls Tully eine Verbindung zwischen Crydee und Rodez erwog, der stillen Miranda den Hof zu machen. Inez war einfach zu viel für einen einzigen Mann.

Der Herzog und seine Töchter fuhren in einem Wagen zum Hafen. Martin dachte an die Zeit zurück, als sein Vater der Herzog gewesen war. Niemand hatte damals in Crydee einen Wagen gebraucht, den man höchstens auf den Straßen des Herzogtums benutzen konnte, und die wurde vom Regen, der vom Meer ans Land zog, immer wieder in eine Schlammpiste verwandelt. Doch nachdem im Westen die Zahl der Besucher stieg, hatte Martin einen bauen lassen. Die Damen aus dem Osten schienen in ihren höfischen Kleidern nicht gern auf dem Rücken eines Pferdes zu sitzen. Carline war während des Spaltkriegs wie ein Mann geritten, in enger Hose und Jagdrock. Zusammen mit Junker Roland war sie der reinste Schrecken ihrer Gouvernante gewesen. Martin seufzte. Keines der beiden Mädchen von Miguel würde je im Leben so reiten.

Er fragte sich, ob es überhaupt eine Frau gab, die seine Vorliebe für das einfache Leben teilte. Vielleicht konnte er sich bestenfalls eine Frau wünschen, die diese Neigung bei ihm akzeptierte und sich nicht über seine lange Abwesenheit beschwerte, wenn er mal wieder auf der Jagd war oder seine Freunde in Elvandar besuchte.

Martins Gedanken wurden von einem Soldaten unterbrochen, der sich ihm zusammen mit dem Falkner näherte. Der Falkner hielt ein weiteres Pergament in der Hand. »Hoheit, das ist gerade angekommen.«

Martin nahm das Pergament entgegen. Darauf war das Siegel von Salador. Martin wartete noch, bis der Falkner wieder gegangen war, dann öffnete er das Röllchen. Höchstwahrscheinlich war es eine persönliche Nachricht von Carline.

Er las sie. Dann las er noch einmal, faltete das Pergament nachdenklich zusammen und verstaute es in einem kleinen Beutel an seinem Gürtel. Nachdem er sich alles eine Weile lang durch den Kopf hatte gehen lassen, sprach er einen Soldaten an, der vor dem Bergfried auf seinem Posten stand. »Holt Schwertmeister Fannon!«

Innerhalb weniger Augenblicke war der Schwertmeister da, und Martin erklärte: »Ich habe darüber nachgedacht, und ich stimme Euch zu. Ich werde Charles die Stellung des Schwertmeisters anbieten.«

»Gut«, meinte Fannon. »Er wird das Angebot annehmen, hoffe ich.«

»Und während ich abwesend bin, werdet Ihr ihn in sein Amt einarbeiten.«

»Jawohl, Euer Hoheit.« Fannon wollte gehen, drehte sich jedoch noch einmal zu Martin um. »Euer Hoheit?«

Martin hielte inne, da er sich gerade auf den Weg zum Bergfried gemacht hatte. »Ja?«

»Ist alles in Ordnung mit Euch?«

»Bestens, Fannon. Ich habe gerade eine Nachricht von Laurie erhalten. Carline und Anita geht es gut. Und jetzt fahrt mit Euren Geschäften fort.« Ohne ein weiteres Wort ging er zum Bergfried zurück und trat durch die großen Türen hinein.

Fannon blieb noch einen Moment stehen. Martins Benehmen und der Tonfall seiner Stimme hatten ihn überrascht. Irgendetwas an seinem Auftreten war plötzlich höchst eigentümlich.

Baru sah Charles in die Augen. Die beiden Männer saßen im Schneidersitz auf dem Boden. An Charles' linker Seite stand ein kleiner Gong, zwischen ihnen rauchte ein kleiner Weihrauchbrenner und füllte die Luft mit süßer Schärfe. Das Zimmer wurde von vier Kerzen erhellt. Die einzigen Möbel waren eine Matte, die Charles als Bett benutzte, eine kleine Holztruhe und ein Stapel Kissen. Beide Männer trugen einfache Gewänder, und jeder hatte quer über die Knie ein Schwert gelegt. Baru wartete, während Charles den Blick auf einen unsichtbaren Punkt zwischen ihnen gerichtet hielt. Dann sagte der Tsurani: »Worin besteht der Wahre Weg?«

»Der Wahre Weg besteht darin, dass man den Verpflichtungen seinem Meister gegenüber nachkommt und dass man sich seinen Kameraden gegenüber treu verhält«, antwortete Baru. »Der Wahre Weg besteht darin, dass man seinen Platz im Rad des Lebens berücksichtigt und man die Pflicht über alles andere setzt.«

Charles nickte einmal kurz. »Was die Pflicht betrifft, ist

der Kodex des Kriegers absolut. Pflicht steht über allem. Bis zum Tod.«

»Ich verstehe.«

»Was ist dann aber die Natur der Pflicht?«

Baru sprach leise: »Es gibt eine Pflicht gegenüber dem Herrn. Es gibt eine Pflicht gegenüber dem Clan und der Familie. Es gibt eine Pflicht gegenüber der eigenen Arbeit, die einen die Pflicht sich selbst gegenüber verstehen lässt. In der Summe ergeben sie eine Pflicht, die man niemals zur Zufriedenheit erfüllen kann, selbst nicht mit den Mühen eines ganzen Lebens, eine Pflicht, ein vollkommenes Leben zu führen, um auf dem Rad einen höheren Platz zu erreichen.«

Charles nickte. »So ist es.« Er nahm einen kleinen Filzhammer und schlug den Gong. Baru schloss die Augen zur Meditation und lauschte dem verklingenden Ton. Als der Ton völlig verstummt war, sagte Charles: »Finde den Punkt, wo der Ton endet und die Stille beginnt. Dann sei ganz in diesem Moment, und du wirst dein geheimes Zentrum des Lebens entdecken, den vollkommenen Ort des Friedens in dir selbst. Und erinnere dich immer an die älteste Lektion der Tsurani: Pflicht ist das Gewicht aller Dinge, so schwer, wie eine Bürde jemals werden kann, doch der Tod ist nichts, er ist leichter als Luft.«

Die Tür ging auf, und Martin schlüpfte hinein. Beide, sowohl Baru als auch Charles, wollten aufstehen, doch Martin machte eine abwehrende Geste. Er kniete sich zwischen sie hin, und sein Blick fixierte den Weihrauchbrenner auf dem Boden. »Entschuldigt die Unterbrechung.«

»Keine Unterbrechung, Euer Hoheit«, erwiderte Charles.

»Jahrelang habe ich die Tsurani bekämpft und habe sie als ehrenwerte Gegner kennengelernt«, erklärte Baru. »Jetzt erfahre ich mehr über sie. Charles unterrichtet mich über den Kodex des Kriegers, wie es bei seinem Volk üblich ist.«

Martin schien das nicht zu überraschen. »Und, habt Ihr viel gelernt?«

»Sie sind so wie wir«, meinte Baru und lächelte schwach. »Ich weiß nur wenig über diese Dinge, doch ich vermute, wir sind zwei Triebe der gleichen Wurzel. Sie folgen dem Wahren Weg und glauben an das Rad des Lebens, so wie das die Hadati tun. Wir, die wir in Yabon leben, haben viel aus dem Königreich übernommen, die Namen der Götter und das meiste unserer Sprache. Doch wir haben uns noch einiges von unserer alten Art bewahrt. Doch bis die Tsurani kamen, wussten wir nicht, dass noch jemand unseren Glauben teilt.«

Martin sah Charles an. Der Tsurani zuckte leicht mit den Schultern. »Vielleicht finden wir nur in beiden Welten die ganze Wahrheit. Wer kann das sagen?«

»Das hört sich an wie etwas, das man eigentlich mit Tully und Kulgan bereden müsste«, äußerte Martin, dann schwieg er einen Moment lang, um schließlich zu fragen: »Charles, würdet Ihr die Stellung eines Schwertmeisters annehmen?«

Der Tsurani blinzelte, das einzige Zeichen seiner Überraschung. »Ihr ehrt mich, Hoheit.«

»Gut, dann bin ich zufrieden. Fannon wird Euch in Euer neues Amt einweisen, wenn ich abgereist bin.« Martin sah zur Tür und senkte die Stimme. »Ich wünsche Euch beide in meinen Diensten.«

Charles zögerte nicht, seine Zustimmung zu zeigen. Baru blickte Martin tief in die Augen. Auf der Reise zum Moraelin hatten sie einen festen Bund mit Arutha geschlossen. Baru war damals fast ums Leben gekommen, doch das Schicksal hatte ihn noch nicht zu sich gerufen. Baru wusste, sein Leben war seitdem mit jenen verbunden, die gemeinsam auf die Suche nach Silberdorn gegangen waren. Hinter den Augen des Herzogs verbarg sich etwas, doch Baru wollte nicht danach fragen. Er würde es schon noch rechtzeitig erfahren. »Und auch ich will.«

Martin saß zwischen den beiden und fing an zu erzählen.

Martin zog den Mantel enger. Der Nachmittagswind kam aus dem Norden und war kühl. Er hatte die ganze Zeit am Heck gestanden und zugesehen, wie Crydee langsam hinter der Landzunge von Seglers Gram verschwunden war. Er nickte dem Kapitän des Schiffes zu und stieg vom Achterdeck die Kajütentreppe hinunter. Als er die Kabine des Kapitäns betrat, verschloss er die Tür hinter sich.

Der Mann, der dort auf ihn wartete, war einer von Fannons Soldaten mit Namen Stefan. Er glich in Körpergröße und Statur dem Herzog, und er trug den gleichen Rock und die gleiche Hose wie Martin. Noch vor Anbruch der Dämmerung hatte er sich als gewöhnlicher Seemann gekleidet an Bord geschlichen.

Martin zog seinen Mantel aus und reichte ihn dem Mann. »Ihr werdet bis Queg nur in der Dunkelheit an Deck gehen. Sollte das Schiff aus irgendeinem Grund bei Carse, Tulan oder den Freien Städten einen Hafen anlaufen müssen, möchte ich auf keinen Fall, dass die Seeleute mein Verschwinden ausplaudern.«

»Ja, Euer Hoheit.«

»Wenn du in Krondor ankommst, wird dort vermutlich ein Wagen auf dich warten. Ich weiß nicht, wie lange du die Maskerade aufrechterhalten kannst. Die meisten Adligen, die ich kennengelernt habe, werden schon auf dem Weg nach Rillanon sein, und wir sind uns ähnlich genug, dass dich die Dienerschaft nicht unbedingt gleich erkennt.« Martin betrachtete seinen Doppelgänger eingehend. »Wenn du nicht allzu gesprächig bist, halten sie dich vielleicht den ganzen Weg bis Rillanon für mich.«

Die Aussicht, eine so lange Zeit einen Adligen spielen zu müssen, behagte Stefan offensichtlich gar nicht, doch er sagte nur: »Ich werde mir Mühe geben, Euer Hoheit.«

Das Schiff schaukelte, als der Kapitän den Kurs ändern ließ. Martin sagte: »Das ist das erste Zeichen.« Schnell zog er sich Stiefel, Rock und Hose aus, bis er nur noch in Unterwäsche dastand.

Die Kabine des Kapitäns hatte nur ein Fenster, das sich, wenn auch quietschend, öffnen ließ. Martin kletterte halb hinaus und ließ die Beine herabbaumeln. Von oben hörte er die Stimme des Kapitäns: »Ihr kommt zu nah an die Küste! Hart Steuerbord!«

Ein verwirrt klingender Steuermann antwortete: »Aye, Käpt'n, hart Steuerbord.«

Martin sagte: »Möge dich das Glück nicht verlassen, Stefan.«

»Euch auch nicht, Hoheit.«

Martin ließ sich aus dem Fenster fallen. Der Kapitän hatte ihn vor dem großen Ruderblatt gewarnt, doch Martin konnte einen Zusammenstoß damit leicht vermeiden. Außerdem hatte ihn der Kapitän so nah an die Küste gebracht, wie es die Sicherheit des Schiffes erlaubte, und dann in tieferes Wasser gewendet. Der Strand war kaum eine Meile entfernt. Wenn er auch kein herausragender Schwimmer war, so war er doch ein starker Mann, und mit einigen starken Zügen machte er sich auf den Weg. Bei den hohen Wellen würde wahrscheinlich keiner der Leute in der Takelage den Mann bemerken, der da hinter ihnen zurückblieb.

Kurze Zeit später taumelte Martin vollkommen außer Atem auf den Strand. Er sah sich um und orientierte sich. Die Strömung hatte ihn doch weiter nach Süden getrieben, als es in seiner Absicht gelegen hatte. Er holte noch einmal tief Luft und begann zu laufen.

Nach weniger als zehn Minuten kamen drei Reiter über eine niedrige Steilklippe und preschten auf den Sand zu. Als er sie entdeckte, blieb Martin stehen. Garret stieg vom Pferd, Charles hielt ein weiteres Pferd am Zügel. Baru ließ seinen aufmerksamen Blick umherschweifen, ob sie vielleicht jemand beobachtete. Garret reichte Martin ein Bündel mit Kleidung. Beim Lauf über den Strand war Martins Unterwäsche getrocknet, und er zog sich rasch an. Am Sattel des freien Pferdes hing ein mit Öltuch eingewickelter Langbogen.

Während Martin sich anzog, fragte er: »Hat Euch jemand beim Aufbruch beobachtet?«

»Garret hat die Burg schon vor der Dämmerung mit Eurem Pferd verlassen«, antwortete Charles, »und ich habe den Wachen gesagt, ich würde Baru nur ein Stück auf seinem Weg zurück nach Yabon begleiten. Niemand hat eine Bemerkung darüber fallen lassen.«

»Gut. Wie wir bei unserer letzten Begegnung mit Murmandamus' Spionen gelernt haben, steht Geheimhaltung an erster Stelle.« Martin stieg auf das Pferd und sagte: »Ich danke

Euch für Eure Hilfe. Charles, Ihr und Garret kehrt am besten schnell zurück, ehe jemand Verdacht schöpft.«

»Was auch immer Euch das Schicksal bringen wird, Hoheit«, sagte Charles, »möge es Euch ebenfalls Ehre bringen.«

Garret sagte nur: »Viel Glück, Euer Hoheit.«

Die vier Reiter ritten los, zwei kehrten über die Küstenstraße zurück nach Crydee, zwei verließen das Meer in Richtung Nordosten, dorthin, wo der Wald lag.

Der Wald war ruhig, nur gelegentlich hörte man den Ruf eines Vogels oder eines kleinen Tieres; alles war anscheinend so, wie es sein sollte. Martin und Baru waren seit Tagen scharf geritten und hatten vor einigen Stunden den Fluss Crydee durchquert.

Eine Gestalt trat hinter einem Baum vor. Sie trug einen dunkelgrünen Jagdrock und eine braune Lederhose. Die Gestalt winkte und rief: »Willkommen, Martin Langbogen, Baru Schlangenjäger!«

Martin erkannte die Stimme des Elben sofort. »Sei gegrüßt, Tarlen. Wir kommen, um bei der Königin Rat zu suchen.«

»Dann reitet weiter, denn Ihr und Baru seid stets willkommene Gäste am Hofe der Königin. Ich muss hier Wache halten. Die Lage hat sich verschärft, seit Ihr zuletzt bei uns zu Gast wart.«

Etwas in seiner Stimme verriet Martin, dass die Elben beunruhigt waren. Doch Tarlen würde darüber nicht sprechen. Martin musste schon die Königin und Tomas fragen. Er wunderte sich. Als die Elben das letzte Mal in Sorge gewesen waren, hatte Tomas gerade den Höhepunkt seines Wahnsinns durchgemacht. Martin trieb sein Pferd an.

Später erreichten die beiden Reiter das Herz des Elbenwalds, Elvandar, das uralte Heim der Elben. Die Stadt in den Bäumen war von Licht durchflutet, die Sonne stand hoch über dem Wald und versah die massigen Bäume mit einer glänzenden Krone. Ein Baldachin aus grünem und goldenem, rotem und weißem, silbernem und bronzenem Laub erstrahlte über Elvandar.

Als sie abstiegen, kam ein Elb herbei. »Ich soll mich um Eure Pferde kümmern, Herzog Martin. Die Königin wünscht Euch sofort zu sehen.«

Martin und Baru eilten die Treppe hinauf, die aus dem Stamm eines Baumes geschlagen war und in die Stadt der Elben führte. Über große Bögen, die auf starken Ästen ruhten, ging es weiter voran. Schließlich kamen sie zu der großen Plattform, die den Mittelpunkt von Elvandar und den Hof der Königin bildete.

Aglaranna saß still auf ihrem Thron, neben ihr saß ihr Erster Berater, Tathar. An den Rändern der Plattform saßen die Älteren Zauberwirker, der Rat der Königin. Der Thron neben ihr war leer. Für die meisten Menschen war das Gesicht der Königin ein Buch mit sieben Siegeln, doch Martin kannte die Elben gut, und er entdeckte eine gewisse Anspannung in Aglarannas Blick. Dennoch sah sie wunderschön und königlich aus, und ihr Lächeln strahlte wie ein Leuchtfeuer. »Seid willkommen, Herzog Martin. Und willkommen, Baru von den Hadati.«

Beide Männer verbeugten sich, dann sagte die Königin: »Kommt, wir wollen uns unterhalten.« Sie erhob sich und führte sie, begleitet von Tathar, zu einem Gemach. Drinnen wandte sie sich um und bot den beiden Platz an. Wein und

Essen wurde gebracht, doch niemand beachtete die Speisen. Martin sagte: »Etwas stimmt nicht.« Und das war keine Frage.

Aglarannas Gesicht legte sich in sorgevolle Falten. Martin hatte sie seit den Zeiten des Spaltkrieges nicht mehr so beunruhigt gesehen. »Tomas ist gegangen.«

Martin blinzelte. »Wohin?«

»Wir wissen es nicht«, antwortete Tathar. »Er ist einfach des Nachts verschwunden, wenige Tage nach dem Mittsommerfest. Er wandert gelegentlich allein durch die Gegend, doch nie länger als einen Tag. Als er nach zwei Tagen nicht zurückgekehrt war, haben wir die Fährtenleser losgeschickt. Es gab keine Spuren, die aus Elvandar herausführen, was uns nicht überrascht hat. Er hat andere Möglichkeiten des Reisens. Aber auf einer Lichtung im Norden haben wir seine Fußabdrücke gefunden. Und es gab Spuren von einem zweiten Mann, Abdrücke von Sandalen.«

»Tomas hat sich mit jemandem getroffen«, schloss Martin daraus, »und ist nicht zurückgekehrt.«

»Aber es gab auch noch eine dritte Fährte«, sagte die Elbenkönigin. »Und zwar die eines Drachen. Wieder fliegt der Valheru auf dem Rücken eines dieser Geschöpfe.«

»Ihr fürchtet, der Wahnsinn ist zurückgekehrt?«

»Nein«, widersprach Tathar sofort. »Tomas hat sich davon befreit, und er ist stärker, als er selbst weiß. Nein, was uns Sorge bereitet, ist die Art seines Aufbruchs ohne ein Wort. Wir fürchten die Gegenwart eines anderen.«

Martin sah ihn mit großen Augen an. »Die Sandalen.«

»Ihr wisst, welche Macht notwendig ist, um unseren Wald unbemerkt zu betreten. Bislang hat das nur ein einziger Mann geschafft: Macros der Schwarze.«

Martin sann darüber nach. »Vielleicht ist er nicht der Einzige. Ich habe gehört, Pug sei zur Welt der Tsurani gereist, wo er etwas über Murmandamus in Erfahrung bringen wollte und über jemanden, der dort ›der Feind‹ genannt wird. Womöglich ist er zurückgekehrt.«

»Welcher Meister der Zauberei es war, ist von geringer Bedeutung«, meinte Tathar.

Da ergriff Baru das Wort. »Jedoch ist es von einiger Bedeutung, wenn zwei Männer mit solchen Fähigkeiten in einer Zeit, in der es im Norden wieder Ärger zu geben scheint, zu einer geheimnisvollen Mission aufbrechen.«

»Ja.« Aglaranna wandte sich an Martin: »Uns sind Gerüchte vom Tode eines Euch nahestehenden Mannes zu Gehör gekommen.« Wie bei den Elben üblich, vermied sie den Namen des Toten.

»Es gibt viele Dinge, über die ich nicht sprechen möchte, auch nicht zu einer so hoch angesehenen Dame wie Euch. Ich habe eine Aufgabe zu erfüllen.«

»Dann«, fragte Tathar, »darf ich Euch vielleicht fragen, wohin Ihr unterwegs seid und was Euch hierherführt?«

»Es ist Zeit, wieder in den Norden aufzubrechen«, erklärte Martin, »um das zu Ende zu bringen, was wir letztes Jahr begonnen haben.«

»Gut, dass Euch Euer Weg hier entlanggeführt hat«, meinte Tathar. »Wir haben von der Küste bis in den Osten massive Bewegungen von Trollen festgestellt, die alle Richtung Norden wandern. Auch die Moredhel an den Rändern unseres Waldes werden immer dreister. Scheinbar wollen sie herausfinden, ob sich unsere Krieger außerhalb ihrer gewohnten Grenzen aufhalten. Zudem wurden Banden von abtrünnigen

Menschen auf ihrem Weg in den Norden gesichtet, und zwar in der Nähe unserer Grenze bei Bergenstein. Die Gwali sind nach Süden in das Grüne Herz geflüchtet, als fürchteten sie sich vor etwas. Und seit Monaten werden wir immer wieder von einem Wind des Bösen heimgesucht, der seltsame magische Fähigkeiten hat, als würde er Kräfte in den Norden ziehen. Wir sind also über einiges beunruhigt.«

Baru und Martin wechselten einen Blick. »Die Dinge entwickeln sich rasch«, sagte der Hadati.

Die Unterhaltung wurde durch einen Ruf von unten unterbrochen, und neben der Königin erschien ein Elb. »Majestät, kommt, eine Wiederkehr.«

»Kommt, Martin, Baru«, forderte Aglaranna ihre beiden Gäste auf, »werdet Zeugen einer wundersamen Sache.«

Tathar folgte seiner Königin und wandte sich noch mal um: »Falls es sich nicht um eine List handelt.«

Weitere Berater stießen zu der Königin und Tathar, während die beiden zum Waldboden eilten. Als sie unten ankamen, wurden sie von verschiedenen Kriegern begrüßt, die um einen Moredhel herumstanden. Der Dunkelelb erschien Martin irgendwie eigentümlich, weil er eine Ruhe ausstrahlte, die für dieses Volk nicht gewöhnlich war.

Der Moredhel sah die Königin und verbeugte sich vor ihr. Leise sagte er: »Meine Dame, ich bin wiedergekehrt.«

Die Königin nickte Tathar zu. Er und die anderen Zauberwirker versammelten sich um den Moredhel. Martin spürte etwas Seltsames, eine Spannung in der Luft, die wie Musik war. Die Zauberer wirkten Magie.

Dann sagte Tathar: »Er ist wiedergekehrt.«

»Wie ist dein Name?«, fragte Aglaranna.

»Morandis, Majestät.«

»Nicht länger. Du heißt Lorren.«

Zwischen den Völkern der Elben gab es eigentlich keine großen Unterschiede. Sie wurden nur durch die Macht des Düsteren Pfades getrennt, der die Moredhel zu einem Leben im mörderischen Hass gegen alles trieb, was nicht zu ihrer Art gehörte. Das hatte Martin erst im letzten Jahr erfahren. Ansonsten gab es nur leichte Differenzen im Benehmen und in der Haltung zwischen den beiden Völkern.

Der Moredhel stand auf, und die Elben um ihn herum halfen ihm, den grauen Rock der Waldclans der Moredhel abzulegen. Martin hatte lange Zeit bei den Elben gelebt, er hatte viele Male gegen die Moredhel gekämpft und konnte den Unterschied erkennen. Aber jetzt stießen seine Sinne an ihre Grenzen. In einem Moment erschien der Moredhel noch eigentümlich, im nächsten war er plötzlich kein Dunkelelb mehr. Man gab ihm einen braunen Rock, und wunderbarerweise sah Martin auf einmal einen Elben. Er hatte dunkles Haar und dunkle Augen, aber es gab auch ein paar Elben, die so aussahen, so wie gelegentlich ein Moredhel blonde Haare und blaue Augen hatte. Er war ein Elb.

Tathar hatte Martins Reaktion auf die Verwandlung beobachtet und sagte: »Manchmal bricht einer unserer verlorenen Brüder mit dem Düsteren Pfad. Wenn seine Familie die Verwandlung nicht bemerkt und ihn nicht tötet, bevor er zu uns kommt, begrüßen wir seine Wiederkehr in die Heimat.« Martin und Baru sahen zu, wie alle Elben nacheinander zu Lorren gingen, ihn umarmten und zu Hause begrüßten. »In der Vergangenheit haben die Moredhel auf diese Weise Spione bei uns unterbringen wollen, doch wir können die falschen immer von den richtigen unterscheiden. Dieser hier ist wirklich wiedergekehrt.«

»Geschieht das häufig?«, fragte Baru.

»Von allen, die in Elvandar leben, bin ich der Älteste«, erwiderte Tathar, »und ich habe in meinem Leben sieben Wiederkehrer vor diesem gesehen.« Er schwieg einen Moment lang. »Eines Tages, so hoffen wir, werden wir uns auf diese Weise mit allen unseren Brüdern versöhnen, wenn die Macht des Düsteren Pfades endgültig gebrochen ist.«

Aglaranna wandte sich an Martin. »Kommt, wir werden ein Fest feiern.«

»Ich fürchte, wir nicht, Majestät«, antwortete Martin. »Wir müssen aufbrechen, weil wir uns mit anderen treffen wollen.«

»Dürfen wir Eure Pläne erfahren?«

»Ganz einfach«, meinte der Herzog von Crydee. »Wir wollen Murmandamus finden.«

»Und«, fügte Baru trocken hinzu, »wir wollen ihn töten.«

Abschied

Jimmy saß still da.

Abwesend studierte er die Liste in seinen Händen und versuchte, sich auf seine Aufgabe zu konzentrieren. Aber er schaffte es einfach nicht. Der Dienstplan für die Junker bei der Nachmittagsprozession war fertig oder zumindest so gut wie. Jimmy fühlte in sich eine Leere, und die Entscheidungen darüber, welcher Junker auf welchem Posten stehen sollte, erschienen ihm einfach nur unwichtig.

Seit zwei Wochen kämpfte Jimmy gegen dieses Gefühl, in einem schrecklichen Traum gefangen zu sein, in einem, den er nicht abschütteln konnte. Nichts in seinem bisherigen Leben hatte ihn so tief getroffen wie der Mord an Arutha, und er konnte sich noch immer nicht damit abfinden. Nachts schlief er mehr als sonst, als stelle der Schlaf eine Zuflucht dar, und wenn er erwachte, war er nervös und begierig darauf, etwas zu tun, als würde ihn Beschäftigung von seinem Kummer ablenken. Er verdrängte den Gram und wollte sich später damit auseinandersetzen.

Jimmy seufzte. Eines wusste er jedenfalls: Die Vorbereitungen für das Begräbnis nahmen verdammt viel Zeit in Anspruch. Laurie und Volney hatten den Aufbruch der Begräbnisprozession inzwischen schon zweimal verschoben. Die Bahre war bereits zwei Tage nach Aruthas Tod auf den Wagen gestellt worden, wo sie auf den Leichnam wartete. Der Tradition nach sollte sich die Prozession mit dem Prinzen innerhalb von drei Tagen nach Rillanon zur Familiengruft aufmachen, doch Anita hatte schon Tage gebraucht, um vom Landsitz ihrer Mutter zurückzukehren. Sie musste noch auf die anderen Adeligen warten, und es herrschte ein großes Durcheinander. Trotzdem, so wusste Jimmy, würde er über diese Tragödie nicht hinwegkommen, ehe Arutha nicht fortgebracht worden war. Es war ihm einfach zu viel: Da lag der Leichnam nun in einer provisorischen Gruft, gar nicht weit von dem Ort, an dem der Junker jetzt saß. Er rieb sich die Augen, senkte den Kopf, und einmal mehr konnte er die Tränen nicht zurückhalten. In seinem bisherigen kurzen Leben hatte Jimmy nur einen einzigen Mann kennengelernt, der ihn so beeindruckt hatte. Arutha wäre eigentlich der Letzte gewesen, der sich um das Schicksal eines jugendlichen Diebes hätte scheren müssen, doch er hatte es getan. Er hatte sich als wahrer Freund erwiesen und nicht nur das. Er und Anita waren für Jimmy fast wie eine Familie gewesen, eine Familie, die er nie gehabt hatte.

Als es an der Tür klopfte, ruckte sein Kopf hoch, und er sah Locklear auf der Schwelle stehen. Jimmy winkte ihn herein, und der jüngere Junker setzte sich an die andere Seite des Schreibtisches. Jimmy schob ihm das Pergament zu. »Hier, Locky, mach du weiter.«

Locklear überflog die Liste und nahm die Feder aus dem Fässchen. »Ist ja schon fast alles fertig, nur Paul liegt mit Blutandrang danieder, und der Arzt möchte ihn ein paar Tage im Bett behalten. Er braucht Ruhe. Hast aber ganz schön gekritzelt. Ich glaube, ich schreibe alles noch einmal ab.«

Jimmy nickte abwesend. Manchmal verspürte er trotz der tiefen Trauer eine seltsame Verärgerung. Seit drei Tagen nagte etwas in ihm. Alle waren noch immer entsetzt über den Tod von Arutha, doch gelegentlich machte schon jemand eine falsche Bemerkung oder tat etwas, das nicht in die allgemeine Stimmung passte. Jimmy hätte nicht genau sagen können, ob das überhaupt wichtig war. In Gedanken zuckte er mit den Schultern und schob seine Sorgen beiseite. Verschiedene Leute reagierten eben unterschiedlich auf eine Tragödie. Manche, wie Volney und Gardan, vergruben sich in Arbeit. Andere, wie Carline, zogen sich zurück, um im Privaten zu trauern. Herzog Laurie benahm sich in etwa so wie Jimmy. Er verdrängte seinen Gram, doch irgendwann überkam er ihn doch.

Plötzlich verstand Jimmy, was er so seltsam fand. Laurie war die ganze Zeit – von dem Moment an, als Arutha verwundet worden war, bis vor vielleicht drei Tagen – aufgeregt herumgelaufen. Jetzt war er fast ständig abwesend.

Er sah Locklear dabei zu, wie er den Dienstplan abschrieb, und sagte: »Locky, hast du in letzter Zeit mal Herzog Laurie gesehen?«

Locklear blickte nicht von seiner Arbeit auf, während er antwortete: »Heute Morgen, ganz früh. Ich musste den ganzen adligen Besuchern ihr Frühstück bringen, und da habe ich ihn aus dem Tor reiten sehen.« Nun hob er doch den Kopf, und auf seinem Gesicht zeichnete sich ein befremdlicher Ausdruck ab. »Er ritt durch die Seitenpforte.«

»Warum verlässt er den Palast durch die Seitenpforte?«, fragte Jimmy.

Locklear zuckte mit den Schultern und wandte sich wieder dem Dienstplan zu. »Vielleicht führt die in die Richtung, in die er wollte.«

Jimmy dachte nach. Welchen Grund konnte der Herzog von Salador haben, am Morgen der Begräbnisprozession ins Armenviertel zu reiten? Jimmy seufzte. »Ich werde noch ausgesprochen misstrauisch auf meine alten Tage.«

Locklear lachte – der erste fröhliche Laut seit Tagen. Dann, als würde ihm die Sündhaftigkeit seines Tuns klar, sah er schuldbewusst auf.

Jimmy erhob sich. »Fertig?«

Locklear reichte ihm das Pergament. »Fertig.«

»Gut«, sagte Jimmy. »Dann lass uns lieber losgehen, denn deLacy wird sicher nicht gut darauf zu sprechen sein, wenn wir heute zu spät kommen.«

Sie eilten in den Saal, in dem sich die Junker immer versammelten. An diesem Tag unterblieben wegen des ernsten Anlasses die gewohnten Rangeleien und das fröhliche Geflüster. DeLacy traf eine knappe Weile nach Jimmy und Locklear ein und forderte ohne weitere Einleitung: »Den Dienstplan.« Jimmy überreichte ihn, und deLacy sah ihn durch. »Gut, obwohl die Schrift verrät, dass Ihr Hilfe hattet.« Durch die versammelten Jungen ging ein Raunen, doch keiner zeigte seine Schadenfreude offen. »Eine Sache werde ich dennoch ändern. Harold und Bryce werden den Prinzessinnen Anita und Alicia als persönliche Diener zur Seite stehen. James und Locklear werden beim fürstlichen Haushofmeister hier im Palast bleiben.«

Jimmy war wie vor den Kopf geschlagen. Er und Locklear würden nicht bei der Prozession dabei sein. Sie würden sich im Palast für den Haushofmeister in Bereitschaft halten, falls kleinere Probleme auftraten, die die Anwesenheit eines Junkers erforderten.

Abwesend las deLacy den Rest des Dienstplans laut vor, dann ließ er die Jungen allein. Locklear und Jimmy wechselten einen Blick, und dann eilte Jimmy dem davonschreitenden Zeremonienmeister hinterher. »Herr …«, setzte Jimmy an.

DeLacy wandte sich Jimmy zu. »Wenn es um die Verteilung der Aufgaben geht, gibt es keine weitere Debatte.«

Jimmy errötete vor Zorn. »Aber ich war der Junker des Prinzen«, entgegnete er hitzig.

Mit ungewohnter Beherztheit platzte Locklear heraus: »Und ich war der Junker Ihrer Hoheit der Prinzessin. Doch das ist nicht von Belang. Ich habe meine Befehle. Und Ihr müsst den Euren folgen. Das ist alles.« Jimmy wollte erneut protestieren, doch der alte Zeremonienmeister fuhr ihm über den Mund. »Das ist alles, Junker!«

Jimmy wandte sich ab und ging davon. Locklear gesellte sich an seine Seite. »Ich weiß nicht, was hier los ist«, meinte Jimmy, »aber ich werde es herausfinden. Also los.«

Jimmy und Locklear eilten durch den Palast und hielten die Augen offen. Ein Befehl von einem höheren Mitglied des Hofes würde ihren unerwarteten Besuch verhindern, also waren sie bemüht, sich den Blicken derer zu entziehen, die sie womöglich mit irgendwelchen Besorgungen beauftragten. Die Begräbnisprozession würde in weniger als zwei Stunden aufbrechen, und für zwei Junker, die nichts zu tun hatten, blieb noch jede Menge Arbeit. Hatte die Prozession begonnen, würde sie zunächst langsam durch die Stadt ziehen und auf dem Tempelplatz halten, wo ein öffentliches Gebet stattfinden sollte. Danach würde sie die lange Reise nach Rillanon zur Gruft von Aruthas Vorfahren antreten. Sobald der Begräbniszug die Stadt verlassen hatte, würden die Junker in den Palast zurückkehren. Doch Jimmy und Locklear hatte man selbst diesen kurzen Teil der Prozession versagt.

Jimmy erreichte die Tür der Prinzessin und sagte zu der Wache davor: »Wenn Ihre Hoheit vielleicht einen Moment Zeit für mich hätte?«

Die Wache zog die Augenbrauen hoch, doch in seiner Stellung durfte er keinem Mitglied des Hofes Fragen stellen, daher gab er die Nachricht einfach nach drinnen weiter. Als die Wache die Tür öffnete, vermeinte Jimmy etwas zu hören, das hier nicht am richtigen Platz war. Es verstummte jedoch, ehe er genau wusste, weshalb. Jimmy überlegte, was ihn an dem gerade Gehörten so gestört hatte, doch die Rückkehr der Wache unterbrach seine Gedanken. Einen Moment später wurden er und Locklear eingelassen.

Carline saß mit Anita in der Nähe des Fensters, beide warteten auf das Zeichen, mit dem man sie zum Begräbniszug rufen würde. Sie hatten die Köpfe zusammengesteckt und unterhielten sich leise. Alicia, die Mutter der Prinzessin, stand neben ihrer Tochter. Alle drei waren in Schwarz gekleidet. Jimmy trat näher und verbeugte sich, Locklear blieb an seiner Seite.

»Entschuldigt die Störung, Hoheit …« Jimmy flüsterte fast.

Anita lächelte ihn an. »Du störst doch nicht, Jimmy. Was gibt es denn?«

Plötzlich empfand er seinen Ärger über den Ausschluss vom Begräbnis als unwichtig. »Eigentlich nur eine kleine Sache. Ich habe den Befehl bekommen, heute im Palast zu bleiben, und ich habe mich nur gefragt … also, habt Ihr veranlasst, dass ich hierbleiben soll?«

Carline warf Anita einen Blick zu, und die Prinzessin von Krondor sagte: »Nein, das habe ich nicht, Jimmy.« Ihre Stimme klang nachdenklich. »Aber vielleicht Graf Volney. Du bist der Erste Junker, und du sollst wohl am Hof bleiben, zumindest scheint der Graf das so entschieden zu haben.«

Jimmy betrachtete ihr Gesicht. Irgendetwas stimmte nicht. Prinzessin Anita war vom Landsitz ihrer Mutter zurückgekehrt und hatte wie erwartet Trauerkleidung getragen. Doch schon bald hatte sie eine gewisse Veränderung gezeigt.

Das Gespräch wurde durch das Geschrei eines der Säuglinge unterbrochen, und bald darauf schrie auch der zweite. Anita erhob sich. »Nie ist es nur einer«, sagte sie liebevoll seufzend. Auf die Bemerkung hin lächelte Carline, setzte jedoch gleich wieder eine traurige Miene auf.

Jimmy sagte: »Wir haben Euch wegen einer Lappalie gestört, Hoheit, und ich bitte, das zu entschuldigen.«

Locklear folgte Jimmy nach draußen. Als sie außer Hörweite der Wache waren, sagte Jimmy: »Habe ich irgendetwas nicht richtig mitbekommen, Locky?«

Locklear drehte sich um und starrte einen Augenblick lang auf die Tür. »Etwas ist … seltsam. Es ist, als sollten wir irgendwie aus dem Weg geräumt werden.«

Jimmy dachte einen Moment nach. Jetzt wusste er, was ihm aufgefallen war, als die Wache die Tür geöffnet hatte und in die Gemächer der Prinzessin eingetreten war. Es waren die Stimmen gewesen: Sie hatten schwatzend und neckend geklungen. »Ich glaube fast, du hast recht«, sagte er. »Komm. Wir haben nicht viel Zeit.«

»Zeit wofür?«

»Wirst du schon sehen.« Jimmy eilte den Gang entlang, und der jüngere Junker musste sich anstrengen, um Schritt zu halten.

Gardan und Volney eilten, von vier Wachen begleitet, Richtung Hof, als die Jungen ihnen in den Weg traten. Der Graf hatte kaum einen Blick für die beiden übrig. »Werdet Ihr zwei nicht auf dem Hof erwartet?«

»Nein, Sir, wir wurden dem Haushofmeister zum Dienst zugeteilt.«

Gardan schien überrascht, doch Volney sagte nur: »Dann solltet Ihr Euch schleunigst dorthin begeben, falls Ihr dort gebraucht werdet. Wir müssen mit der Prozession beginnen.«

»Herr«, sagte Jimmy, »habt Ihr angeordnet, dass wir hierbleiben sollen?«

Volney machte eine wegwerfende Handbewegung. »Diese Details hat Herzog Laurie mit Zeremonienmeister deLacy abgesprochen.« Er wandte sich von den Jungen ab und ging mit Gardan davon.

Jimmy und Locklear blieben stehen, nachdem der Graf und der Marschall hinter der nächsten Ecke verschwunden waren, während die Stiefel ihrer Eskorte noch laut vernehmlich über die Steine klackerten. »Ich glaube, ich verstehe allmählich«, meinte Jimmy. Er fasste Locklear am Arm. »Komm.«

Mit niedergeschlagener Stimme fragte Locklear: »Wohin?«

»Wirst du schon sehen!«, kam es als Antwort. Jimmy rannte los.

Locklear lief ihm hinterher und äffte ihn nach. »Wirst du schon sehen … Was werde ich schon sehen, zum Teufel?«

Die Wachen standen auf ihrem Posten. Die eine fragte: »Und wo wollt ihr beiden jungen Herren hin?«

»Hafenbehörde«, antwortete Jimmy unwirsch und reichte dem Mann einen offensichtlich hastig geschriebenen Befehl. »Der Haushofmeister kann ein bestimmtes Schiffsmanifest nicht finden, und jetzt ist er wie wild hinter einer Abschrift her.« Jimmy war richtiggehend gedrängt worden, diesen Auftrag sofort zu erledigen. Es schien ihm allerdings nicht gerade der passende Augenblick zu sein, um hinter einem Schiffsmanifest herzulaufen.

Die Wache schaute sich das Papier an und sagte: »Nur einen Moment.« Er gab einem anderen Soldaten, der in der Nähe der Amtsstube der Wachen stand, ein Zeichen. Der kam heran, und der erste fragte: »Hast du vielleicht ein bisschen Zeit, um mit diesen beiden Kerlen runter zum Hafen zu gehen? Sie müssen dort etwas für den Haushofmeister holen.«

Die andere Wache wirkte unentschlossen. Der Weg hin und zurück würde allerdings weniger als eine Stunde dauern. Er nickte, und schon waren die drei unterwegs.

Zwanzig Minuten später stand Jimmy in der Hafenbehörde und verhandelte mit einem kleinen Beamten, der als einziger Dienst tat, während alle anderen an der Prozession teilnahmen. Der Mann grummelte, während er sich durch einen Stapel Papier wühlte und nach dem letzten Schiffsmanifest des fürstlichen Hafens suchte. Derweil warf Jimmy einen Blick auf ein Blatt, das für alle sichtbar an der Wand der Amtsstube hing. Es war der Abfahrtsplan der Schiffe für diese Woche. Etwas daran weckte seine Aufmerksamkeit, und er ging zu dem Plan und sah ihn sich genauer an. Locklear folgte ihm. »Was ist?«

Jimmy zeigte darauf. »Interessant, nicht?«

Locklear sah sich den Plan an und fragte: »Warum?«

»Ich weiß noch nicht genau«, entgegnete Jimmy und senkte die Stimme. »Aber denk mal einen Moment über das nach, was im Palast vor sich geht. Wir dürfen nicht mit zur Prozession, und dann fragen wir die Prinzessin danach. Kaum sind wir aus ihrem Zimmer, werden wir mit diesem sinnlosen Auftrag fortgeschickt. Du hast selbst gesagt, es sieht aus, als sollten wir aus dem Weg geschafft werden. Irgendetwas ist ... ziemlich seltsam.«

Der Beamte hatte das Schiffsmanifest gefunden und reichte ihnen das verlangte Papier, und die Wache begleitete die beiden zum Palast zurück. Als sie an der Torwache vorbei waren, gingen die beiden Jungen direkt zur Arbeitsstube des Haushofmeisters.

Sie erreichten den Raum gerade, als der Haushofmeister, Baron Giles, ihn verlassen wollte. »Da seid Ihr ja endlich«, sagte er vorwurfsvoll. »Ich dachte schon, ich müsste Wachen losschicken, die Euch suchen und dort aufstöbern, wo ihr gerade wieder herumfaulenzt.«

Jimmy und Locklear warfen sich einen vielsagenden Blick zu. Der Haushofmeister schien das Manifest vollkommen vergessen zu haben. Jimmy übergab es ihm.

»Was ist das?« Baron Giles betrachtete das Papier. »Ach ja«, bemerkte er und legte das Blatt auf sein Schreibpult. »Ich werde mich später darum kümmern. Ich hätte schon längst unterwegs sein müssen, wenn ich den Abmarsch der Prozession sehen will. Ihr bleibt hier. Sollte es irgendetwas Wichtiges geben, bleibt der eine von Euch hier in der Stube, während der andere mich suchen geht. Wenn die Bahre durch die Tore ist, komme ich zurück.«

»Erwartet Ihr irgendwelche Probleme, Herr?«, fragte Jimmy.

Indem er an den Jungen vorbeiging, sagte der Haushofmeister: »Natürlich nicht, aber man muss immer auf alles vorbereitet sein. Ich bin in Kürze wieder da.«

Nachdem er sie verlassen hatte, baute sich Locklear vor Jimmy auf. »Also los? Was geht hier vor? Und wag es nicht, erneut zu sagen ›Wirst du schon sehen‹.«

»Die Dinge sind nicht, wie sie zu sein scheinen. Komm.«

Jimmy und Locklear jagten die Treppe hinauf. Sie erreichten ein Fenster, von dem aus man den Hof überblicken konnte, und betrachteten die Vorbereitungen. Die Begräbnisprozession hatte sich aufgestellt, die rollende Bahre wurde, von einigen handverlesenen Soldaten aus Aruthas Leibwache eskortiert, zu ihrem Platz gebracht. Sie wurde von sechs wunderbaren schwarzen Pferden gezogen, die mit ebenfalls schwarzen Federn geschmückt waren und jeweils von einem schwarz gekleideten Stallburschen geführt wurden. Die Soldaten reihten sich zu beiden Seiten der Bahre auf.

Eine Gruppe von acht schwer bewaffneten Kriegern trug den Sarg, in dem Arutha lag. Sie gingen zu einem Rollgerüst, mit dessen Hilfe sie den Sarg nach oben auf die Bahre heben konnten. Langsam, fast ehrfürchtig hievten sie den Prinzen von Krondor auf den schwarz verhüllten Aufbau.

Jimmy und Locklear konnten in den offenen Sarg sehen und den Prinzen zum ersten Mal deutlich erkennen. Der Tradition nach sollte der Sarg bei der Prozession offen bleiben, damit die Bevölkerung den Herrscher ein letztes Mal sehen konnte. Vor den Stadttoren würde er dann geschlossen und nicht wieder geöffnet werden, abgesehen von einem Mal in der Abgeschiedenheit der Familiengruft. Dort, unter dem Königspalast in Rillanon, würde sich auch Aruthas Familie von ihm verabschieden.

Jimmy spürte, wie sich ihm die Kehle zusammenschnürte. Er musste heftig schlucken, um den hartnäckigen Kloß loszuwerden. Er sah, dass man Arutha in seinem Lieblingsgewand aufgebahrt hatte: brauner Samtrock, rotbraune Gamaschen. Dazu hatte man ihm ein grünes Wams angezogen, obwohl er so etwas selten getragen hatte. In seinen Händen lag sein Lieblingsrapier, sein Kopf war unbedeckt. Er schien zu schlafen. Als der Wagen langsam außer Sicht rollte, bemerkte Jimmy die feinen Samtpantoffeln an den Füßen des Prinzen.

Dann erschien ein Stalljunge, der Aruthas Pferd führte, das hinter der Bahre hergehen sollte, ohne Reiter. Es war ein prächtiger Hengst. Er warf den Kopf zurück und wehrte sich gegen den Stalljungen. Ein zweiter lief hinzu, und gemeinsam brachten die beiden das störrische Tier zur Ruhe. Jimmy kniff die Augen zusammen. Locklear drehte sich genau in dem Moment zu ihm hin und bemerkte die sonderbare Miene. »Was ist?«

»Zum Teufel, irgendetwas stimmt da nicht. Komm, ich will mir noch ein oder zwei Dinge ansehen.«

»Wo?«

Doch Jimmy war schon los und meinte nur: »Beeil dich, wir haben bloß ein paar Minuten Zeit.« Er rannte die Treppe hinunter. Locklear jagte ihm hinterher und stöhnte innerlich.

Jimmy verbarg sich in den Schatten beim Stall. »Sieh doch«, sagte er und schob Locklear vorwärts. Locklear tat so, als würde er nur zufällig vorbeibummeln, während das letzte Reittier für die Ehrenwache herausgeführt wurde. Fast die gesamte Garnison würde hinter der Bahre des Prinzen herziehen, doch außerhalb der Stadt würde schließlich nur noch eine Kompanie Fürstlicher Lanzenreiter die Eskorte auf dem Weg nach Salador bilden.

»Hey, Junge, kannst du denn nicht aufpassen? Du stehst im Weg!« Locklear musste zur Seite springen, denn ein Stallknecht kam zwischen zwei Pferden, die er an den Zügeln hielt, hervorgerannt. Beinahe wäre Locklear niedergetrampelt worden. Der Junker schlenderte zurück zu Jimmy und duckte sich hinter der Ecke.

»Ich weiß nicht, was du hier finden wolltest, aber es ist nicht hier.«

»Das habe ich auch erwartet. Komm!«, befahl Jimmy und stürmte zurück zum Hauptteil des Palastes.

»Wohin?«

»Wirst du schon sehen.«

Locklear bedachte Jimmy mit einem wütenden Blick, während sie über den Aufmarschplatz rannten.

Jimmy und Locklear stürmten die Treppen hoch und nahmen bei jedem Schritt zwei Stufen auf einmal. Als sie das Fenster erreichten, von dem aus man den Hof überblicken konnte, japsten beide nach Luft. Für den Weg vom Stall hierher hatten sie zehn Minuten gebraucht, und die Prozession war gerade dabei, durchs Haupttor zu ziehen. Vor der großen Treppe des Haupthauses fuhren Wagen vor, und Diener liefen hinzu und hielten die Türen auf. Der Tradition nach fuhren nur die Mitglieder der fürstlichen Familie mit Wagen, egal, ob sie Blutsverwandte oder angeheiratet waren. Die anderen würden hinter Aruthas Bahre hergehen, um ihren Respekt zu bezeugen.

Die Prinzessinnen Anita und Alicia kamen herunter und stiegen in den ersten Wagen, Carline und Laurie eilten zum zweiten, wobei der Herzog beinahe hüpfte, so rasch ging er. Direkt nach Carline sprang er in den Wagen und schloss sofort die Vorhänge auf seiner Seite.

Jimmy beobachtete Locklear, der bei Lauries seltsamem Verhalten kaum den Mund wieder zubekam. Da er keinen Anlass hatte, die Sache zu erklären, blieb Jimmy einfach still.

Gardan nahm seinen Platz an der Spitze der Prozession ein. Um seine Schultern hing ein schwerer schwarzer Mantel. Er machte ein Zeichen, und daraufhin begann ein einzelner Trommler, langsam auf eine gedämpfte Trommel zu schlagen. Ohne weiteren Befehl setzte sich die Prozession mit dem vierten Schlag der Trommel in Bewegung. Die Soldaten marschierten schweigend in dicht geschlossenem Glied, und die Wagen rollten an.

Plötzlich bockte der graue Hengst, und ein dritter Stalljunge musste kommen, um ihn zu halten. Jimmy schüttelte den Kopf. Er hatte ein vertrautes Gefühl. Alle Teile eines seltsamen Puzzles schienen plötzlich zusammenzupassen. Dann breitete sich auf seinem Gesicht langsam ein breites Lächeln aus. Er hatte verstanden.

Locklear hatte mitbekommen, wie sich Jimmys Gesichtsausdruck veränderte. »Was ist?«

»Jetzt weiß ich, was Laurie vorhat. Ich weiß, was los ist.«

Er schlug seinem Freund auf die Schulter und sagte: »Komm, wir haben noch viel zu tun und nur noch wenig Zeit.«

Jimmy führte Locklear durch einen geheimen Gang. Im Licht der flackernden Fackel tanzten die Schatten in alle Richtungen. Die beiden Junker trugen Reisekleidung, Waffen und Bündel mit Decken und Verpflegung. »Bist du sicher, dass dort niemand am Ausgang steht?«, fragte Locklear zum fünften Mal.

Ungeduldig entgegnete Jimmy: »Ich habe dir doch gesagt, diesen Ausgang habe ich niemandem gezeigt, nicht einmal dem Prinzen oder Laurie.« Und als wollte er diese Unterlassung rechtfertigen, fügte er hinzu: »Manche Gewohnheiten kann man eben nur schwer ablegen.«

Den ganzen Nachmittag waren sie ihren Pflichten nachgekommen. Nachdem sich die anderen Junker zur Ruhe begeben hatten, waren sie davongeschlichen und hatten hastig ihre Sachen zusammengepackt. Jetzt war es fast Mitternacht.

Als sie an eine steinerne Tür kamen, betätigte Jimmy einen Hebel, und sie hörten ein Klicken. Jimmy löschte die Fackel und lehnte sich mit der Schulter gegen die Tür. Er musste mehrere Male heftig drücken, dann bewegte sich die Tür widerwillig. Sie krochen durch die kleine Öffnung – von außen sah die Tür aus wie Mauerwerk – und kamen auf der anderen Seite der Mauer um den Aufmarschplatz heraus, auf der Straße, die am nächsten am Palast lag.

Ein kleines Stück die Straße hinunter stand ein offensichtlich besetztes Wachhäuschen. Jimmy wollte die Tür zuschieben, doch sie ließ sich nicht mehr von der Stelle bewegen. Er gab Locklear ein Zeichen, und der jüngere Junker drückte ebenfalls dagegen. Die Tür hielt zunächst stand, dann löste sie sich plötzlich und knallte laut vernehmbar zu.

Aus dem Wachhäuschen ertönte eine fragende Stimme: »Hallo, wer da? Bleibt stehen und zeigt euch!«

Jimmy rannte sofort davon, und Locklear war einen halben Schritt hinter ihm. Keiner der beiden Jungen warf einen Blick zurück, um nachzusehen, ob sie verfolgt wurden, aber sie zogen vorsichtshalber die Köpfe ein, während sie über das Pflaster jagten.

Bald hatten sie sich im Straßengewirr zwischen dem Armenviertel und dem Hafen verirrt. Jimmy blieb stehen und orientierte sich, dann zeigte er in eine Richtung. »Dort lang. Wir müssen uns beeilen. Die *Rabe* läuft um Mitternacht mit der Flut aus.«

Die beiden Jungen eilten durch die Nacht. Schnell erreichten sie die verrammelten Gebäude am Wasser. Aus dem Hafen hörten sie die Stimmen von Männern, die Befehle riefen, während ein Schiff fertig zum Auslaufen gemacht wurde.

»Sie legen ab!«, schrie Locklear.

Jimmy antwortete nicht, sondern beschleunigte seine Schritte. Beide Junker erreichten in dem Moment das Ende des Anlegers, als die letzte Leine losgeworfen wurde, und mit einem verzweifelten Sprung erreichten beide die Deckskante des Schiffes, das sich schon vom Kai fortbewegte. Raue Hände zogen sie an Bord, und dann standen sie auf dem Deck.

»Also, was soll denn das?«, hörten sie jemanden fragen, und im nächsten Augenblick stand Aaron Cook vor ihnen. »Also dann, Jimmy die Hand, bist du so auf eine Schiffsreise aus, dass du sogar in Kauf nimmst, dir dafür den Hals zu brechen?«

Jimmy grinste. »Hallo, Aaron. Ich muss unbedingt mit Hull sprechen.«

Der pockennarbige Mann sah den Junker finster an. »An Bord der *Fürstlicher Rabe* heißt das immer noch Käpt'n Hull, ob man nun Junker des Prinzen ist oder nicht. Ich werde sehen, ob der Kapitän Zeit für dich hat.«

Kurz danach traten die Junker vor den Kapitän, der die beiden mit böser Miene anstarrte und sie mit seinem gesunden Auge musterte. »Habt ihr also unerlaubt eure Posten verlassen?«

»Trevor«, fing Jimmy an, setzte jedoch, als Cook ihn scharf ansah, hinzu: »Käpt'n. Wir müssen unbedingt nach Sarth. Und auf der Schiffsliste im Hafenamt haben wir gesehen, dass die Patrouille, die Ihr heute Nacht antretet, nach Norden fährt.«

»Nun, vielleicht glaubst du, Jimmy die Hand, du müsstest unbedingt die Küste hochfahren, aber dein Rang erlaubt es nun mal nicht, dass du einfach mit einem ›Mit Verlaub‹ an Bord kommst, und das hast du noch nicht einmal gesagt. Und abgesehen davon, segeln wir trotz des Anschlags im Hafenamt nicht nach Norden, sondern nach Westen. Im Westen, so wurde mir berichtet, lauern Sklavenjäger aus Durbin auf unglückselige Handelsschiffe des Königreichs, außerdem treiben sich dort immer queganische Galeeren herum. Nein, du wirst mit dem Lotsen an Land zurückkehren, wenn wir den letzten Wellenbrecher passiert haben, es sei denn, du lieferst mir einen besseren Grund als nur das reine Vergnügen an einer Reise.« Trotz seiner Sympathie für Jimmy würde er keinen Unsinn an Bord dulden, so viel verriet der Gesichtsausdruck des ehemaligen Schmugglers.

»Wenn ich mit Euch ein Wort unter vier Augen sprechen könnte?«, fragte Jimmy.

Hull wechselte einen Blick mit Cook, dann zuckte er mit den Schultern. Jimmy flüsterte lange auf den Kapitän ein. Dann lachte Hull plötzlich laut auf. »Ich glaub, mein Schiff sinkt.«

Einen Moment später trat er zu Aaron Cook heran. »Bringt diese Kerle nach unten. Sobald wir aus dem Hafen heraus sind, werden alle Segel gesetzt. Kurs auf Sarth.«

Cook zögerte einen Augenblick, dann wandte er sich an einen herumstehenden Seemann und befahl ihm, die Jungen unter Deck zu bringen. Als sie verschwunden waren und der Hafenlotse in das Beiboot gestiegen war, rief der Erste Maat alle Mann an Deck und ließ alles Tuch setzen. Er warf einen Blick über die Schulter, wo Hull neben dem Steuermann stand, doch der Kapitän lächelte nur in sich hinein.

Jimmy und Locklear standen an der Reling und warteten, dass das Boot klargemacht wurde. Trevor Hull trat neben sie. »Seid ihr sicher, dass wir euch nicht bis Sarth bringen sollen?«

Jimmy schüttelte den Kopf. »Ich möchte nicht so gern an Bord eines Fürstlichen Zollschiffs gesehen werden. Das erregt zu viel Aufsehen. Außerdem liegt hier in der Nähe eine kleine Ortschaft, in der wir Pferde kaufen können. Und kaum einen Tagesritt von dem Dorf entfernt gibt es einen guten Platz zum Lagern. Da können wir jeden beobachten, der vorbeikommt.«

»Wenn sie dort nicht schon längst vorbeigekommen sind.«

»Sie sind nur einen Tag vor uns aufgebrochen, und sie mussten nachts schlafen, während wir weitergesegelt sind. Wir sind ihnen sicherlich voraus.«

»Also dann, ihr jungen Kerle. Ich wünsche euch den Schutz von Kilian, der, wenn er wohlgesinnt ist, über die Seeleute und andere verwegene Männer wacht. Und den Schutz von Banath, der Selbiges für die Diebe, Spieler und Schwachköpfe tut.« Und etwas ernster fügte er hinzu: »Passt gut auf euch auf, Jungs.« Dann wurde auf sein Zeichen hin das Boot heruntergelassen.

Es war noch diesig, denn die Sonne hatte den Nebel vor der Küste noch nicht aufgelöst. Die Ruderer pullten angestrengt, und das Beiboot schob sich auf den Strand zu. Als der Rumpf des Bootes auf den Sand lief, sprangen Jimmy und Locklear heraus und waren an Land.

Der Wirt hatte ihnen die Pferde zunächst gar nicht verkaufen wollen, doch Jimmys energisches Auftreten, die Art, wie er sein Schwert trug, und nicht zuletzt reichlich Gold ließen ihn seine Meinung ändern. Als die Sonne schließlich den Wald im Osten erhellte, saßen die beiden jungen Männer gut ausgerüstet auf ihren Pferden und ritten zu der Straße, die von Sarth nach Questors Sicht führte.

Gegen Mittag waren sie an der richtigen Stelle, einer kleinen Erhebung in der Straße. Nördlich davon lag eine Böschung, die mit dichtem Unterholz bewachsen war. Dort konnte niemand durch. Im Westen senkte sich das Land steil zum Strand hinunter. Von ihrem Aussichtspunkt konnten Jimmy und Locklear jeden Reisenden entdecken, der die Straße entlangritt oder vom Strand hochkam.

Sie entfachten ein kleines Feuer gegen die Feuchtigkeit, ließen sich nieder und warteten.

In den drei folgenden Tagen gerieten sie zweimal in Gefahr. Eine Bande von Söldnern, die von Questors Sicht nach Süden wollte, war von dem entschlossenen Auftreten der beiden jungen Männer abgeschreckt worden, sodass die Horde sie in Ruhe gelassen hatte, zumal die zwei offensichtlich nichts von Wert bei sich trugen. Einer der Kerle hatte noch eines der Pferde stehlen wollen, doch Jimmys Schnelligkeit mit dem Rapier hatte ihn verjagt. Die Bande war lieber von dannen gezogen, als wegen einer so wenig lohnenden Beute das eigene Blut zu riskieren.

Das zweite Mal hatten beide in größeren Schwierigkeiten gesteckt, als sie Seite an Seite mit gezogenen Waffen ihre Pferde gegen drei übel aussehende Banditen hatten verteidigen müssen. Wäre es nur ein Straßenräuber mehr gewesen, wären die Jungen sicherlich unterlegen gewesen, dessen war sich Jimmy sicher. Doch schließlich waren die Männer vor den Lauten sich nähernder Reiter geflohen. Diese Reiter erwiesen sich als Patrouille der Garnison von Questors Sicht.

Die Soldaten hatten Jimmy und Locklear ausgefragt und ihnen schließlich geglaubt, dass sie Söhne eines niedrigen Adligen waren, der sich an dieser Stelle mit ihnen treffen wollte. Von hier aus hatten sie dann vor, nach Süden zu reiten und sich der Begräbnisprozession des Prinzen anzuschließen. Der Hauptmann der Truppe hatte ihnen eine sichere Reise gewünscht.

Am späten Nachmittag des vierten Tages nach ihrer Ankunft erspähte Jimmy drei Reiter, die vom Strand herankamen. Er beobachtete sie eine Weile, dann sagte er: »Da sind sie!«

Rasch stiegen Jimmy und Locklear auf die Pferde und nutzten einen Durchlass in der Klippe, um zum Strand hinunterzureiten. Dort hielten sie an, und während sie auf die sich nähernden Reiter warteten, scharrten ihre Tiere im Sand.

Die drei waren fast schon zu erkennen, verlangsamten ihr Tempo, ritten aber weiter, wobei sie die Jungen nicht aus den Augen ließen. Die Reiter sahen müde und verstaubt aus, und ihren Waffen und ihren Rüstungen nach waren es Söldner. Alle trugen Bärte, obwohl die der beiden Dunkelhaarigen noch kurz waren. Der erste Reiter fluchte, als er die beiden Jungen erkannte, der zweite schüttelte nur ungläubig den Kopf.

Der dritte Reiter trieb sein Pferd an den beiden anderen vorbei und zügelte es vor den zwei Junkern. »Wie seid ihr …?«

Locklear bekam den Mund nicht mehr zu und war stumm vor Erstaunen. Bei allem, was ihm der Erste Junker erklärt hatte, das hier hatte Jimmy nicht verraten. Der wiederum grinste und antwortete: »Das ist eine etwas längere Geschichte. Auf der Landspitze haben wir ein Lager aufgeschlagen, falls Ihr ein wenig Ruhe braucht, auch wenn es direkt an der Straße liegt.«

Der Mann kratzte sich an seinem zwei Wochen alten Bart. »Bleiben wir also hier. Es hat wenig Sinn, heute noch viel weiterreisen zu wollen.«

Jimmys Grinsen wurde noch breiter. »Ich muss schon sagen, Ihr seid der lebendigste Tote, den ich jemals gesehen habe, und ich habe schon einige gesehen.«

Arutha erwiderte das Grinsen, wandte sich dann zu Laurie und Roald um und sagte: »Kommt, gönnen wir den Pferden eine Rast, und währenddessen können wir erfahren, wie uns diese jungen Gauner auf die Schliche gekommen sind.«

Das Feuer brannte freundlich vor sich hin, und die Sonne versank langsam im Meer. Sie lagen um das Feuer herum, nur Roald stand und ließ seinen Blick über die Straße schweifen. »Es waren eine Menge kleiner Anzeichen«, erklärte Jimmy. »Die beiden Prinzessinnen schienen eher beunruhigt als in Trauer. Und als sie uns unbedingt von der Prozession forthalten wollten, wurde ich misstrauisch.«

»Darauf bin ich gekommen.«

Jimmy warf Locklear einen verärgerten Blick zu. Das war seine Geschichte, und da sollte man ihm nicht ins Wort fallen. »Ja, das stimmt. Locklear meinte, wir würden sozusagen ausgesperrt. Und jetzt weiß ich auch warum: Ich hätte den falschen Herzog auf dem Wagen sofort erkannt, und dann hätte ich sofort gewusst, dass Ihr auf dem Weg nach Norden seid, um mit Murmandamus abzurechnen.«

»Ja, deshalb solltest du die Prozession nicht begleiten«, bestätigte Laurie.

Und Roald bekräftigte: »Genau die Idee steckte dahinter.«

»Ihr habt mir also nicht vertraut«, sagte Jimmy gekränkt.

Arutha wirkte sogar amüsiert. »Es ging nicht darum, dass wir dir nicht vertrauen, Jimmy. Ich wollte dich bei diesem gefährlichen Abenteuer nicht dabeihaben.« Und mit einem Seufzer fügte er spöttelnd hinzu: »Dafür habe ich jetzt zwei von euch am Hals.«

Locklear sah Jimmy besorgt an, doch der Klang von Jimmys Stimme beruhigte ihn: »Nun, manchmal leisten sich selbst Prinzen ein Fehlurteil. Könnt Ihr Euch noch daran erinnern, in welchen Hinterhalt Ihr geraten wärt, wenn ich die Falle im Moraelin nicht genauestens unter die Lupe genommen hätte?«

Arutha gab sich geschlagen und nickte. »Also hast du gemerkt, dass etwas Seltsames vor sich geht, und dann hast du beobachtet, wie Laurie und Roald nach Norden aufbrachen. Aber wie bist du darauf gekommen, dass ich noch am Leben bin?«

Jimmy lachte. »Nun, zum Ersten wurde der graue Hengst in der Prozession mitgeführt, und Euer Rotfuchs fehlte im Stall.

Ihr habt den Grauen nicht besonders gemocht, ich weiß noch, wie Ihr das immer gesagt habt.«

Arutha nickte. »Er ist zu störrisch. Und weiter?«

»Ich bin drauf gekommen, als wir beobachteten, wie der Leichnam herausgebracht wurde. Wenn man Euch schon Eure liebsten Kleider anzieht, warum dann nicht auch Eure liebsten Stiefel?« Er deutete auf das Paar, das der Prinz trug. »An den Füßen des Leichnams sah ich nur Pantoffeln. Und das hatte einen Grund: Die Stiefel, die der Assassine im Palast getragen hatte, waren voller Blut und Schlamm aus den Abwasserkanälen. Aus diesem Grund hat derjenige, der die Leiche angezogen hat, wahrscheinlich einfach nach anderen Schuhen gesucht, anstatt die des Meuchelmörders zu putzen; und da er keine finden konnte, hat er ihm eben diese Pantoffeln angezogen. Als ich das sah, hatte ich das Rätsel gelöst. Ihr hattet den Meuchelmörder nicht verbrennen lassen, sondern nur sein Herz. Und Nathan hat die Leiche mit einem Zauber bedeckt, damit sie sich frisch hält.«

»Ich wusste zwar noch nicht genau, was ich mit ihr anfangen sollte, doch ich hatte eine Ahnung, sie könnte von Nutzen sein«, bestätigte Arutha. »Dann erfolgte dieser Anschlag im Tempel. Die Verwundung durch den Dolch des Assassinen war keineswegs vorgetäuscht«, er rieb sich unwillkürlich die verwundete Seite, »doch es war keine ernsthafte Verletzung.«

»Ha!«, rief Laurie. »Nur einen Zoll höher und zwei nach rechts, und wir hätten ein ziemlich echtes Begräbnis gehabt.«

»In der ersten Nacht ließen wir, also Nathan, Gardan, Volney, Laurie und ich, nichts verlauten, während wir uns überlegten, was zu tun sei«, erzählte Arutha weiter. »Ich entschied mich, den Toten zu spielen. Volney hielt die Begräbnisprozession solange zurück, bis die Adligen aus der Umgebung eingetroffen waren. Auf diese Weise hatte ich Zeit, mich zu erholen, bis ich wieder reiten konnte. Ich wollte aus der Stadt verschwinden, nur sollte das niemand merken. Da Murmandamus mich für tot hält, sucht er nicht mehr nach mir. Und hiermit«, er hielt den Talisman hoch, den ihm damals der Abt des Ishap-Klosters geschenkt hatte, »wird er mich auch mit magischen Mitteln nicht finden. Vielleicht lässt er sich zu vorschnellen Handlungen hinreißen.«

»Und wie seid ihr beiden hierhergekommen?«, fragte Laurie. »Ihr könnt uns doch nicht auf der Straße überholt haben?«

»Ich habe Trevor Hull überredet, uns hierherzubringen«, entgegnete Jimmy.

»Du hast es ihm erzählt?«, fragte Arutha alarmiert.

»Nur ihm. Ansonsten weiß niemand Bescheid, nicht einmal Cook.«

»Trotzdem schon zu viele für ein Geheimnis«, murrte Roald.

»Aber jedem, der es weiß, kann man vertrauen, Herr«, sagte Locklear.

»Das ist nicht der Punkt«, mischte sich Laurie ein. »Carline und Anita wissen es, genauso Gardan, Volney und Nathan. Doch selbst deLacy und Valdis haben es nicht erfahren. Der König wird es auch nicht eher wissen, bis Carline es ihm unter vier Augen erzählt, wenn sie Rillanon erreicht hat. Und nur diese Leute sollten es wissen.«

»Was ist mit Martin?«, fragte Jimmy.

»Laurie hat ihm eine Nachricht geschickt. Wir werden ihn in Ylith treffen«, antwortete Arutha.

»Das ist riskant«, meinte Jimmy.

»Niemand außer uns kann diese Nachricht verstehen«, versicherte Laurie. »Darin stand nur: ›Zum Nordland. Komm schnell.‹ Und unterschrieben war sie mit ›Arthur‹. Niemand soll wissen, dass Arutha noch lebt, doch Martin wird es begreifen.«

Jimmy hatte verstanden. »Nur die, die hier versammelt sind, kennen das ›Nordland‹, jene Schenke in Ylith, in der Martin mit diesem Longly einen Ringkampf veranstaltet hat.«

»Wer ist denn Arthur?«, fragte Locklear.

»Seine Hoheit«, sagte Roald. »Das ist der Name, den er auf seiner letzten Reise benutzte.«

»Und das tat ich auch, als ich mit Martin und Amos nach Krondor kam.«

Jimmy zog ein nachdenkliches Gesicht. »Jetzt reiten wir schon zum zweiten Mal nach Norden, und zum zweiten Mal wünschte ich, Amos Trask wäre bei uns.«

»Nun, das ist er leider nicht«, entgegnete Arutha. »Lasst uns jetzt schlafen. Wir haben einen langen Ritt vor uns, und ich muss noch entscheiden, was wir mit euch beiden jungen Gaunern machen.«

Jimmy wickelte sich in seine Decke ein. Roald hielt die erste Wache. Und dann, zum ersten Mal seit Wochen, konnte Jimmy, frei von allem Kummer, beruhigt einschlafen.

Geheimnisse

Ryath donnerte durch den vertrauten Himmel. Über den Wäldern des Königreichs schwenkte sie ein. *Ich muss jagen.* Während des Fluges zog es die Drachendame vor, sich gedanklich mitzuteilen, doch auf festem Boden sprach sie laut.

Tomas drehte sich nach hinten zu Pug, der antwortete: »Es ist noch weit bis zu Macros' Insel. Fast tausend Meilen.«

Tomas lächelte. »Wir werden schneller dort sein, als du dir vorstellen kannst.«

»Wie weit kann Ryath fliegen?«

»Einmal um diesen Globus, ohne zu landen, obwohl sie wahrscheinlich sagen würde, dass es dafür keinen Grund gibt. Außerdem hast du noch nicht einmal den zehnten Teil ihrer Geschwindigkeit kennengelernt.«

»Gut«, antwortete Pug. »Dann also, wenn wir auf der Insel des Zauberers gelandet sind.«

Tomas bat die Drachendame um etwas Geduld, und sie gab widerwillig nach. Sie stieg hoch in den Himmel von Midkemia und flog nach den Anweisungen von Pug über Bergspitzen hinweg zum Bitteren Meer. Mit mächtigen Flügelschlägen stieg sie, so hoch sie konnte. Bald schoss die Landschaft unter ihnen nur noch so dahin, und Pug fragte sich, wie schnell ein Drache wohl fliegen konnte. Sie bewegten sich schon viel schneller als ein galoppierendes Pferd, und Ryath legte noch immer an Geschwindigkeit zu. Scheinbar hatte die Fähigkeit des Fliegens auch etwas mit Magie zu tun, denn die Reise in schwindelnder Höhe gewann weiter an Tempo, obwohl Ryath kaum mit den Flügeln schlug. Schneller und schneller flogen sie dahin. Es war sehr bequem, was sie Tomas' Magie verdankten, die sie vor Wind und Kälte schützte, dennoch wurde Pug etwas schwindlig. Die Wälder der Fernen Küste zogen unter ihnen hinweg, dann die Grauen Türme, und schließlich überquerten sie das Land der Freien Städte von Natal. Als Nächstes befanden sie sich schon direkt über dem Wasser des Bitteren Meeres. Auf der tiefblauen See glitzerte es silbern und grün, und die Schiffe auf den Handelsrouten des Sommers zwischen Queg und den Freien Städten sahen aus wie Kinderspielzeuge.

Während sie hoch über dem Inselkönigreich von Queg dahinschossen, konnten sie die Hauptstadt und die verstreut liegenden Ortschaften sehen, die aus dieser Höhe ebenfalls wie Spielzeug wirkten. Weit unter ihnen glitten geflügelte Schatten in Formation über die Küste des Landes, und der Drache kicherte fröhlich. *Ihr kennt sie, nicht wahr, Herrscher des Adlerreichs?*

»Sie sind nicht mehr das, was sie einst waren«, sagte Tomas.

»Worum geht es?«, fragte Pug.

Tomas zeigte nach unten. »Das sind die Nachfahren der Riesenadler, mit denen ich … mit denen Ashen-Shugar vor ewigen Zeiten jagte. Ich ließ sie fliegen, so wie niedere Menschen heute Falken fliegen lassen. Diese alten Vögel waren auf ihre Weise intelligent.«

Die Männer der Inseln richten sie ab und reiten sie wie andere Menschen Pferde. Sie sind eine unterworfene Rasse.

Tomas schien irritiert. »Wie so viele sind sie heute nur noch ein Schatten von dem, was sie einst waren.«

Belustigt antwortete der Drache: *Und dennoch findet man auch einige, die noch gewachsen zu sein scheinen, Valheru.*

Pug sagte nichts. Sein Freund bewahrte so viele Geheimnisse, die nie ein Mensch ergründen würde. Tomas war einzigartig auf dieser Welt, und auf seiner Seele lagen Lasten, die kein anderes Wesen begreifen konnte. Pug konnte vage verstehen, wie diese Abkömmlinge der stolzen Adler, mit denen Ashen-Shugar gejagt hatte, Tomas schmerzen mussten. Doch wie sehr Tomas das auch bedrücken mochte, er war damit ganz allein.

Kurze Zeit später kam eine weitere Insel in Sicht, winzig im Vergleich zu Queg, doch immer noch groß genug, dass sie eine ansehnliche Bevölkerung aufnehmen konnte. Doch Pug wusste, dass hier nur wenige wohnten, denn es war die Insel des Magiers, das Heim von Macros dem Schwarzen.

Als sie über den nordwestlichen Rand der Insel rasten, gingen sie tiefer, glitten über eine Hügelkette und dann über ein kleines Tal hinweg, und Pug sagte: »Das kann doch nicht sein!«

»Was?«, fragte Tomas.

»Es gab hier früher einen eigentümlichen Ort, ein Haus mit Außengebäuden. Dort habe ich Macros kennengelernt. Kulgan, Gardan, Arutha und Meecham waren ebenfalls dabei.«

Über hohen Bäumen stießen sie herab. »Diese Eichen und Kiefern sind in den fast zwölf Jahren, seit du den Zauberer kennengelernt hast, nicht mehr gewachsen, Pug«, sagte Tomas. »Es sind uralte Bäume.«

»Das ist ein weiteres von Macros' Geheimnissen«, erklärte Pug. »Also bete lieber, dass die Burg wenigstens noch da ist.«

Ryath flog wieder über eine Hügelkette, und sie konnten das einzige Gebäude auf der ganzen Insel erspähen – eine einsame Burg. Über dem Strand, wo Pug und seine Gefährten vor Jahren zuerst an Land gegangen waren, legten sie sich in die Kurve, und der Drache sank rasch tiefer und landete auf einem Weg oberhalb des Sandes.

Ryath verabschiedete sich von ihren Freunden, stieg wieder in die Luft und ging auf die Jagd. Während er dem im Azur des Himmels verschwindenden Drachen nachsah, sagte Tomas: »Ich hatte vollkommen vergessen, wie es ist, einen Drachen zu reiten.« Nachdenklich blickte er Pug an. »Als du mich gefragt hast, ob ich dich begleite, hatte ich Angst, ich würde schlafende Geister wecken.« Er klopfte sich an die Brust. »Ich dachte, hier drin würde Ashen-Shugar nur darauf warten, mich wieder zu überwältigen.«

Pug studierte Tomas' Gesicht. Sein Freund konnte seine starken und tiefen Gefühle gut verbergen, doch Pug bemerkte seine Bewegtheit trotzdem.

»Aber jetzt weiß ich, zwischen Ashen-Shugar und Tomas gibt es keinen Unterschied. Ich bin beide.« Tomas senkte den Blick für einen Moment, und das erinnerte Pug daran, wie Tomas als Junge immer dreingeschaut hatte, wenn er sich für irgendeine Missetat bei seiner Mutter hatte entschuldigen müssen. »Ich fühle mich, als hätte ich beide gewonnen und verloren.«

Pug nickte. »Wir werden niemals wieder die Jungen sein, die wir einmal waren, Tomas. Aber wir sind etwas Größeres geworden, als wir uns erträumt haben. Dennoch sind die Dinge von Wert immer einfach. Oder leicht.«

Tomas starrte hinaus aufs Meer. »Ich habe gerade an meine Eltern gedacht. Ich habe sie seit dem Ende des Krieges nicht mehr besucht. Ich bin nicht mehr der, den sie einmal kannten.«

Pug verstand ihn. »Es wird schwer für sie sein, doch sie sind gute Menschen und werden deinen Wandel akzeptieren. Und sie werden ihr Enkelkind sehen wollen.«

Tomas seufzte, dann lachte er, halb vergnügt und halb verbittert. »Calis ist ziemlich anders als das, was sie sich als Enkelkind erwartet haben, aber das geht mir ebenso. Nein, ich fürchte mich nicht davor, sie wiederzusehen.« Er sah Pug an und fügte leise hinzu: »Ich fürchte mich davor, sie niemals wiederzusehen.«

Pug dachte an seine eigene Frau, Katala, und an die anderen in Stardock. Er fasste Tomas für einen Moment am Arm und dachte nach. Trotz ihrer Stärke, ihrer Fähigkeiten und ihren in dieser Welt unerreichten Talenten waren sie sterblich, und noch mehr als Tomas war sich Pug dessen bewusst. Und Pug behielt noch tiefere Ahnungen und dunklere Ängste für sich. Die Stille der Eldar und die Einblicke, die er durch ihren Unterricht erhalten hatte, zeigten Pug all jene Möglichkeiten, von denen er hoffte, dass sie sich nicht bewahrheiteten. Er hatte beschlossen, darüber erst zu reden, wenn ihm keine Wahl mehr blieb. Also schob er seine Sorgen beiseite und sagte: »Komm, wir müssen Gathis suchen.«

Sie standen da und überblickten den Strand. An einer Stelle teilte sich der Weg. Pug wusste, dass der eine Pfad zur Burg führte, der andere in das Tal, wo das seltsame Haus mit den Nebengebäuden gestanden hatte, vom Zauberer »Villa Beata« genannt, in dem er Macros zum ersten Mal begegnet war. Pug wünschte sich, sie hätten den Komplex genauer in Augenschein genommen, als er und die anderen zurückgekehrt waren, um das Erbe von Macros anzutreten und die Akademie in Stardock zu eröffnen. Denn diese Gebäude waren verschwunden, und an ihrer Stelle fanden sie nur diese uralten Bäume – ein weiteres der vielen Geheimnisse, die sich um Macros den Schwarzen rankten.

Sie folgten dem Weg, der zur Burg führte. Die stand auf einer Klippe, die steil zum Meer abfiel und vom Rest der Insel durch eine tiefe Schlucht abgetrennt war. Das Getöse der Wellen in der Meerenge dröhnte zu ihnen hinauf, während sie langsam die heruntergelassene Zugbrücke überquerten. Die Burg war aus unbekanntem schwarzem Stein erbaut, und auf dem großen Bogen über dem Falltor hockten seltsame Kreaturen aus Stein, die Tomas und Pug mit ihren toten Augen anstarrten, während sie unter ihnen hindurchgingen. Von außen sah die Burg genauso aus wie beim letzten Mal, als Pug hier gewesen war, doch drinnen hatte sich alles verändert.

Während des letzten Besuches waren Burg und Innenhof gut in Schuss gewesen, doch nun wiesen die Steine des Fundamentes große Risse auf, aus denen Unkraut wuchs, und der Hof war übersät mit Vogelexkrementen und den Überresten ihrer Mahlzeiten. Sie schritten auf die großen Türen des Bergfrieds zu, die unverschlossen waren. Als sie diese aufstießen, bestätigte das Quietschen der Angeln ihren jämmerlichen Zustand. Pug führte seinen Freund durch die lange Halle und dann die Treppe des Turms hoch, bis sie zu der Tür von Macros' Studierzimmer kamen.

Beim letzten Mal hatte Pug einen Zauber gebraucht und zusätzlich noch eine Frage in der Sprache der Tsurani beantworten müssen, um die Tür zu öffnen. Jetzt genügte ein einfacher Stoß. Das Zimmer war leer.

Er wandte sich um, und sie eilten die Treppe wieder hinunter, bis sie in den großen Saal der Burg kamen. »Hallo, Burg!« Pugs Stimme hallte hohl von den Wänden wider.

»Scheinbar sind alle gegangen«, meinte Tomas.

»Ich verstehe das nicht. Als ich mit Gathis gesprochen habe, sagte er, er würde hier auf Macros' Rückkehr warten und das Haus in Ordnung halten. Ich habe ihn nur kurz kennengelernt, doch ich war mir sicher, er würde die Burg so erhalten, wie wir sie zuletzt gesehen haben …«

»Solange er dazu imstande war«, sagte Tomas. »Vielleicht hatte jemand einen Grund, die Insel zu besuchen. Piraten oder queganische Räuber.«

»Oder Spione von Murmandamus?« Pug sackte sichtlich in sich zusammen. »Ich hatte gehofft, Gathis könnte uns einen Hinweis geben, wo wir unsere Suche nach Macros beginnen sollen.« Pug sah sich um und entdeckte vor der Mauer eine Steinbank. Indem er sich dort setzte, sagte er: »Wir wissen nicht einmal, ob Macros noch lebt. Wie sollen wir ihn da finden?«

Tomas stand vor seinem Freund und überragte ihn. Er setzte einen Fuß auf die Bank, beugte sich vor und legte die gekreuzten Arme auf das Knie. »Es könnte genauso gut sein, dass die Burg verlassen ist, weil Macros inzwischen hier war und wieder gegangen ist.«

Pug sah auf. »Vielleicht. Es gibt da einen Zauberspruch … einen Zauberspruch des Niederen Pfades.«

»Soviel ich von diesen Dingen verstehe …«

Pug unterbrach ihn. »Ich habe vieles in Elvardein gelernt.

Lass ihn mich versuchen.« Er schloss die Augen und beschwor den Spruch, und die Wörter sprudelten leise und mit tiefer Stimme aus ihm hervor, während er versuchte, seine Gedanken auf jenen Pfad zu lenken, der ihm noch immer sehr fremd war.

Plötzlich schlug er die Augen auf. »Irgendein Zauber liegt über dieser Burg. Die Steine … sie sind nicht richtig.«

Tomas sah Pug fragend an. Der erhob sich und berührte die Steine. »Ich habe einen Zauberspruch benutzt, der mich in den Wänden lesen lässt. Was auch immer in der Nähe eines Dinges erscheint, hinterlässt schwache Spuren, Kräfte, die darauf einwirken. Mit etwas Geschick kann man das lesen wie die Schrift eines Gelehrten. Schwierig, aber möglich. Doch diese Steine zeigen gar nichts. Als wäre noch nie ein Lebewesen durch diesen Saal gegangen.« Auf einmal wandte sich Pug der Tür zu. »Komm!«, befahl er.

Tomas holte seinen Freund ein, der hinausging und auf die Mitte des Hofes zusteuerte. Dort blieb Pug stehen und hob die Hände über den Kopf. Tomas spürte, wie sich über ihnen mächtige Energien formierten, während Pug Kraft sammelte. Dann schloss Pug die Augen und redete schnell in einer Sprache, die Tomas sowohl fremd als auch vertraut vorkam.

Daraufhin öffnete Pug die Augen wieder und rief: »Auf dass sich die Wahrheit enthülle!«

Als bewegte sich von Pug aus ein Beben in Wellen fort, begann sich die Umgebung zu verwandeln. Die Luft flimmerte, auf der einen Seite stand eine verlassene Burg, doch als das Beben nachließ, enthüllte sich vor ihnen ein bestens gepflegter Hof. Der Kreis der Veränderungen erweiterte sich, die Illusion löste sich auf, und mit einem Mal sah Tomas, dass sie sich auf einem ganz normalen Burghof befanden.

Neben ihnen trug eine Kreatur ein Bündel Feuerholz. Sie blieb stehen, und auf ihrem nichtmenschlichen Gesicht zeichnete sich Überraschung ab. Die Kreatur ließ das Bündel fallen.

Tomas wollte schon sein Schwert ziehen, doch Pug legte ihm die Hand auf den Arm und sagte: »Nein.«

»Aber es ist ein Bergtroll!«

»Gathis hat uns erzählt, dass Macros viele Diener hat und jeden nach seinen Fähigkeiten bewertet.«

Die entsetzliche Kreatur – breite Schultern, lange Reißzähne und erschreckend in der Erscheinung – drehte sich um und rannte gebückt wie ein Affe auf eine Tür in der Außenmauer zu. Aus dem Stall trat eine andere Kreatur, wie sie noch kein Mensch zuvor gesehen hatte, und blieb stehen. Sie war nur drei Fuß groß und hatte ein Maul wie ein Bär, doch das Fell war rotgolden. Als das Wesen die beiden Menschen sah, legte es den Besen, den es hielt, beiseite und schob sich langsam rückwärts wieder in den Stall.

Pug beobachtete es, bis es verschwunden war. Er bildete mit den Händen einen Trichter vor dem Mund und rief: »Gathis!«

Fast augenblicklich öffnete sich die Tür zur großen Halle, und eine gut gekleidete, einem Goblin ähnliche Kreatur erschien. Der Kerl war jedoch größer als ein Goblin, hatte zwar die typischen dicken Augenwülste und die große Nase dieses Volkes, doch seine Gesichtszüge waren edler und seine Bewegungen graziöser. Bekleidet war er mit einem blauen ärmellosen Hemd, blauen Gamaschen, einem gelben Wams und schwarzen Stiefeln. Er eilte die Stufen hinunter und verbeugte sich vor den beiden Männern. Mit zischender Aussprache sagte er: »Willkommen, Meister Pug.« Er betrachtete Tomas. »Und das wird wohl Meister Tomas sein?«

Tomas und Pug wechselten einen Blick. Dann sagte Pug: »Wir suchen deinen Meister.«

Gathis wirkte beunruhigt. »Das wird sich als Problem erweisen, Meister Pug. Soweit ich in Erfahrung bringen konnte, existiert Macros nicht mehr.«

Pug nippte an seinem Wein. Gathis hatte sie in eines der Zimmer geführt und ihnen Erfrischungen angeboten. Der Haushofmeister der Burg schlug das Angebot, sich zu setzen, aus und stand den beiden Männern gegenüber, die sich seine Geschichte anhörten.

»Wie ich Euch schon beim letzten Mal sagte, Meister Pug, besteht zwischen dem Schwarzen und mir eine Art Verständigung. Ich kann sozusagen seinen … Zustand des Seins fühlen. Irgendwie weiß ich immer, er ist dort draußen, irgendwo. Ungefähr einen Monat nachdem Ihr uns verlassen habt, wachte ich mitten in der Nacht auf und spürte, dieser … Kontakt war nicht mehr da. Es war ausgesprochen beunruhigend.«

»Dann ist Macros also tot«, sagte Tomas.

Gathis seufzte auf recht menschliche Weise. »Ich fürchte schon. Wenn nicht, ist er an einem so fremden und entfernten Ort, dass es wenig Unterschied macht.«

Pug dachte schweigend nach, während Tomas fragte: »Und wer hat dann diese Illusion erzeugt?«

»Mein Meister. Ich habe sie nur in Kraft gesetzt, nachdem Ihr und Eure Gefährten die Burg nach Eurem letzten Besuch verlassen haben. Er hielt es für notwendig, uns mit dieser ›schützenden Färbung‹, wie er es nannte, zu tarnen, wenn er nicht da war und darum nicht für unsere Sicherheit garantieren konnte. Zweimal haben inzwischen Piraten die Insel nach Beute durchkämmt. Sie haben nichts gefunden.«

Pug hob ruckartig den Kopf. »Dann existiert die Villa doch noch?«

»Ja, Meister Pug. Sie wurde ebenfalls durch die Illusion verborgen.« Gathis schien sich ernsthaft Sorgen zu machen. »Ich muss zugeben, dass ich mich in diesen Dingen nicht auskenne, dennoch glaubte ich, auch Ihr könntet diesen Illusionszauber nicht erneuern.« Wieder seufzte er. »Jetzt habe ich allerlei Bedenken, was werden wird, wenn Ihr wieder abreist.«

Pug wischte die Bemerkung mit einer Handbewegung vom Tisch. »Ich werde ihn wieder in Kraft setzen, bevor wir gehen.« Irgendein Gedanke bohrte in seinem Kopf, ein seltsames Bild von seinem Gespräch mit Macros damals in der Villa. »Als ich Macros fragte, ob er in der Villa lebt, sagte er: ›Nein, obwohl ich das vor langer Zeit getan habe.‹« Er sah Gathis an. »Hatte er dort ein Studierzimmer, so eins wie hier im Turm?«

»Ja«, antwortete Gathis, »vor langer, langer Zeit, ehe ich an diesen Ort kam.«

Pug stand auf. »Dort müssen wir hingehen.«

Gathis führte sie den Pfad entlang in das Tal. Das rote Ziegeldach war noch genauso, wie Pug es in Erinnerung hatte.

»Das ist ein seltsamer Ort«, sagte Tomas, »obwohl er auf der anderen Seite auch sehr schön ist. Bei gutem Wetter wäre es sicherlich ein angenehmes Heim.«

»Das hat mein Meister auch einst gedacht«, sagte Gathis. »Doch er hat diesen Ort schon lange verlassen, wie er mir erzählte. Und als er wieder herkam, war die Villa zerfallen, und die, die hier gelebt hatten, waren ohne Erklärung gegangen. Zunächst suchte er nach seinen Gefährten, doch dann gab er die Hoffnung auf, jemals etwas über ihr Schicksal zu erfahren. Schließlich fürchtete er um die Sicherheit seiner Bücher und der anderen Werke, genauso wie um das Leben seiner Diener, die er hierherbringen wollte, und deshalb baute er die Burg. Und setzte andere Mittel ein«, fügte er kichernd hinzu.

»Die Legende von Macros dem Schwarzen.«

»Der Schrecken vor der dunklen Magie schützt oftmals besser als die dicksten Mauern, Meister Pug. Der Aufwand war nicht gering: Diese ziemlich sonnige Insel musste in düstere Wolken gehüllt werden, und wenn sich ein Schiff näherte, musste jedes Mal das höllische blaue Licht im höchsten Turm blinken. Es war ganz schön lästig.«

Sie betraten den Hof der Villa, der von einer niedrigen Mauer umgeben war. Pug blieb stehen, betrachtete den Brunnen, wo sich drei Delphine aus einer Säule erhoben, und sagte: »Ich habe das Muster in meinem Teleportraum nach diesem Brunnen entworfen.«

Gathis führte sie ins Hauptgebäude, und mit einem Mal verstand Pug. Die verbindenden Gänge und das Dach fehlten, doch diese Villa entsprach im Grundriss genau seiner eigenen auf Kelewan. Beide Häuser waren haargenau gleich. Pug hielt inne und wirkte ziemlich erschüttert.

»Was ist los?«, fragte Tomas.

»Es scheint, als hätte Macros weit mehr Einfluss, als wir ahnen. Ich habe mein Haus auf Kelewan nach dem Vorbild von diesem gebaut, und zwar ohne es zu wissen. Ich glaube, ich hatte kaum eine Wahl. Kommt, ich werde euch zeigen, wo das Studierzimmer lag.« Er führte sie direkt zu dem Zimmer, das sich an der gleichen Stelle wie sein eigenes Studierzimmer befand, doch anstelle einer tuchbezogenen Schiebetür standen sie vor einer Tür aus Holz.

Als Gathis nickte, öffnete Pug die Tür und trat ein. Das Zimmer entsprach in Größe und Grundriss genau dem seinen. Dort, wo Pug in seinem Zimmer einen niedrigen Tisch und ein Sitzkissen platziert hatte, standen hier ein staubbedecktes Schreibpult und ein Stuhl. Pug lachte und schüttelte gleichsam vor Anerkennung und vor Verwunderung den Kopf. »Der Zauberer kannte viele Tricks.«

Er ging zu einer kleinen Feuerstelle. Dort zog er an einem Stein und legte eine winzige Nische frei. »Ich habe so etwas auch in meinem Kamin, obwohl ich eigentlich nie wusste, warum. Ich hatte keine Verwendung dafür.«

In der Nische lag ein zusammengerolltes Pergament. Pug nahm es heraus und untersuchte es. Die Rolle war nicht versiegelt und wurde nur von einem Band zusammengehalten.

Er entrollte das Pergament und las. »Oh, dieser schlaue Mann!«, entfuhr es ihm. Er wandte sich an Tomas und Gathis. »Es ist in der Sprache der Tsurani verfasst. Selbst wenn der Illusionszauber aufgehoben worden wäre, jemand in diesen Raum gestolpert wäre und diese Nische mit dem Pergament gefunden hätte, wäre es so gut wie ausgeschlossen gewesen, dass er es hätte lesen können.« Er sah wieder auf das Pergament und las laut vor. »›Pug, wenn Du das hier liest, bin ich wahrscheinlich schon tot. Falls nicht, halte ich mich jenseits der normalen Grenzen von Zeit und Raum auf. In beiden Fällen ist es mir nicht möglich, Dir jene Hilfe zu bieten, die Du suchst. Du hast etwas über die Natur des Feindes in Erfahrung gebracht, und Du weißt, dass er sowohl Midkemia als auch Kelewan bedroht. Such mich zuerst in den Hallen der Toten. Bin ich nicht dort, dann lebe ich noch. Falls ich noch lebe, werde ich an einem schwer zu findenden Ort gefangen gehalten. Dann musst Du eine Entscheidung treffen: Entweder versuche, auf eigene Faust mehr über den Feind in Erfahrung zu bringen, was sicherlich der gefährlichste Weg ist – den Du jedoch erfolgreich beschreiten könntest –, oder Du suchst nach mir. Wie auch immer Du Dich entscheidest, ich wünsche Dir den Segen der Götter. Macros.‹«

Pug ließ das Pergament sinken. »Ich hatte auf mehr gehofft.«

»Mein Meister war ein Mann der Macht«, sagte Gathis, »doch auch er hatte seine Grenzen. Wie er schon in dem letzten Schreiben kundtat, konnte er den Schleier der Zeit nicht mehr durchstoßen, nachdem er mit Euch in den Spalt eingedrungen war. Von dem Moment an war die Zeit für ihn genauso undurchsichtig wie für andere Menschen. Er konnte nur noch Vermutungen äußern.«

»Also müssen wir zu den Hallen der Toten aufbrechen«, sagte Tomas.

»Aber wo werden wir die finden?«, fragte Pug.

»Wartet«, sagte Gathis. »Jenseits der Endlosen See liegt der südliche Kontinent, den die Menschen Novindus nennen. Vom Norden bis zum Süden verläuft ein riesiges Gebirge, das in der Sprache der Menschen, die dort leben, Ratn'gari heißt, was so viel wie ›Pavillon der Götter‹ bedeutet. Auf den beiden höchsten Gipfeln, den Säulen des Himmels, steht die Himmlische Stadt, wie die Menschen sagen, das Heim der Götter. Unterhalb dieser Gipfel in den Ausläufern der Berge liegt Nekropolis, die Stadt der Toten Götter. Im höchstgelegenen

Tempel, der sich direkt an den Fuß der Berge schmiegt, werden die vier verlorenen Götter verehrt. Dort findet Ihr einen unterirdischen Gang in das Innere der Himmelsberge. Das ist der Eingang zu den Hallen der Toten.«

Pug dachte nach. »Wir sollten eine Nacht schlafen, dann Ryath rufen und die Endlose See überqueren.«

Tomas drehte sich ohne Kommentar um und machte sich auf den Weg zurück zu Macros' Burg. Sie brauchten keine weiteren Worte zu verlieren. Schließlich hatten sie keine Wahl. Der Zauberer hatte ihnen in seiner Sorgfalt keine gelassen.

Ryath landete. Vier Stunden lang waren sie schneller geflogen, als Pug es für möglich gehalten hatte. Die Endlose See hatte unter ihnen getost, ein unermesslicher Ozean von scheinbar nicht überwindbarer Weite. Doch der Drache hatte keinen Moment gezögert, und jetzt, Stunden später, flogen sie über einen Kontinent auf der anderen Seite der Welt.

Sie waren vom Osten in den Westen gelangt und hatten gleichzeitig die südliche Hemisphäre erreicht. Am späten Nachmittag war der südliche Kontinent, Novindus, in Sicht gekommen. Zuerst hatten sie eine große Sandwüste überquert, die an der Küste über Hunderte von Meilen von hohen Klippen begrenzt wurde. Jemand, der mit einem Schiff an dieser nördlichen Küste landete, müsste tagelange Reisen und gefährliche Klettereien hinter sich bringen, bis er Trinkwasser finden konnte. Dann war der Drache über eine Steppe dahingerast. Weiter unter ihnen waren Hunderte von eigentümlichen Wagen unterwegs gewesen, die, von Rinder-, Schaf- und Pferdeherden begleitet, aus dem Norden in den Süden zogen. Verschiedene nomadische Hirtenvölker folgten den Spuren ihrer Vorfahren, ohne den Drachen über sich zu bemerken.

Dann sahen sie die erste Stadt. Ein mächtiger Fluss, der Pug an den Gagajin auf Kelewan erinnerte, hatte sich seinen Weg durch die Steppe gesucht. An seinem südlichen Ufer war eine Stadt erbaut worden, und im Süden davon entdeckten sie Ackerland. Weit entfernt im Südwesten erhob sich im Dunst des Abends eine Gebirgskette: der Pavillon der Götter.

Ryath begann zu sinken, und bald näherten sie sich der Mitte der Gebirgskette, zwei Gipfel, die hoch über die anderen hinaus in die Wolken ragten: die Säulen des Himmels. Am Fuß dieser Berge verbargen weite Wälder alles, was dort leben mochte. Der Drache brauchte einige Minuten, bis er eine Lichtung fand, auf der er landen konnte.

Schließlich setzte Ryath auf und sagte: »So werde ich mich nun der Jagd widmen. Und habe ich die beendet, sollte ich mir ein wenig Schlaf gönnen. Ich muss für eine Weile ruhen.«

Tomas lächelte. »Du wirst für diese Reise nicht gebraucht. Von dem Ort, an den wir uns vorwagen, werden wir vielleicht nicht zurückkehren, und dann hättest du Schwierigkeiten, uns zu finden.«

Der Drache zeigte bei der letzten Bemerkung eine gewisse Belustigung. »Habt Ihr denn den Sinn für die Dinge verloren, Valheru? Erinnert Ihr Euch nicht? Gibt es auf dieser Welt einen Ort, den ich nicht erreichen kann?«

»Dieser Ort überfordert selbst deine Fähigkeiten, Ryath. Wir werden die Hallen der Toten betreten.«

»Ich verstehe, Tomas. Dennoch, überlebt Ihr und Euer Freund dies, und kehrt Ihr zurück in das Reich der Lebenden, braucht Ihr nur nach mir zu rufen, und ich komme. Jaget gut,

Valheru. Und so will ich es denn auch tun.« Der Drache erhob sich, breitete die Flügel aus, und mit einem Sprung und einem Flügelschlag schoss Ryath in den dunkel werdenden Himmel.

»Ryath ist müde«, meinte Tomas. »Drachen jagen normalerweise Wild, doch ich schätze, morgen wird irgendein Bauer zwei seiner Kühe oder Schafe vermissen. Und Ryath wird mit vollem Bauch tagelang schlafen.«

Pug sah sich in der zunehmenden Dunkelheit um. »In unserer Eile haben wir uns überhaupt nicht um Proviant für uns selbst gekümmert.«

Tomas setzte sich auf einen umgestürzten Baumstamm. »Solche profanen Dinge tauchten in den Sagen, die man dir in deiner Jugend erzählt hat, nie auf, was?« Pug sah seinen Freund an, und Tomas fuhr fort: »Erinnerst du dich noch an die Wälder von Crydee, wo wir uns als Jungen immer herumgetrieben haben?« Fröhlich strahlte er Pug an. »In unseren jugendlichen Abenteuern haben wir den Feind immer rechtzeitig besiegt, um zum Abendessen zu Hause zu sein.«

Pug setzte sich neben seinen Freund und kicherte. »Ja, daran kann ich mich noch erinnern. Du hast immer den gefallenen Helden in einer tragischen Schlacht gespielt.«

Tomas' Stimme verriet Nachdenklichkeit. »Nur diesmal können wir nicht einfach, nachdem wir getötet wurden, in Mutters Küche zurückkehren, wo uns ein warmes Essen erwartet.«

Die Zeit verstrich. Dann sagte Pug: »Trotzdem können wir es uns so bequem wie möglich machen. Diese Stelle ist wahrscheinlich genauso gut wie jede andere, um auf die Dämmerung zu warten. Vermutlich ist die Nekropolis überwuchert, sonst hätten wir sie aus der Luft gesehen. Morgen werden wir sie besser finden können.« Und mit einem schwachen

Lächeln fügte er hinzu: »Außerdem ist Ryath nicht die Einzige, die müde ist.«

»Schlaf nur, wenn du das brauchst.« Tomas' Augen klebten an einem Punkt im Gebüsch. »Ich habe gelernt, diese Bedürfnisse mit dem Willen zu unterdrücken.«

Sein Gesichtsausdruck brachte Pug dazu, den Kopf zu drehen und Tomas' Blick zu folgen. In der Dunkelheit bewegte sich etwas.

Dann erscholl plötzlich im Wald hinter ihnen Gebrüll, und im nächsten Moment sprang etwas oder jemand aus dem Unterholz Tomas in den Rücken.

Das Gebrüll wurde von einem Dutzend anderer Kehlen erwidert. Pug fuhr hoch, während Tomas durch den Aufprall des Wesens auf seinem Rücken nach vorn geworfen wurde. Während die Kreatur ungefähr die gleiche Größe wie Tomas zu haben schien, fand der Valheru in seiner Stärke unter den Sterblichen in Midkemia kaum seinesgleichen. Tomas stand einfach auf und griff das Ding am pelzigen Nacken. Mit einem Ruck schleuderte er es über den Kopf, als wäre es ein Kind, auf eine andere Kreatur, die auf ihn zurannte.

Pug schlug die Hände über dem Kopf zusammen, und die Lichtung hallte wider vom Donner, in dessen Zentrum Pug stand. Man hätte taub werden können. Blendendes Licht erstrahlte aus Pugs erhobenen Händen, und diejenigen, die Tomas und Pug umringten, erstarrten.

Sie sahen aus wie Tiger, doch ihre Körper waren die von Menschen, allerdings orangefarben und mit schwarzen Streifen, ebenso die Arme und Beine. Sie trugen Brustharnische aus einem blauen Metall und Lendenschurze aus blauschwarzem Material, dazu kurze Schwerter und Messer.

Sie duckten sich vor dem grellen Licht, von Pugs Magie geblendet. Rasch beschwor er einen weiteren Zauber, und die Tigermenschen kippten um. Pug taumelte ein wenig und holte tief Luft, während er sich auf den Baumstamm sinken ließ. »Das war fast zu viel. Dieser Schlafzauber birgt so viele …«

Tomas hörte ihm nur halb zu. Er hatte sein Schwert gezogen und hielt seinen Schild zur Verteidigung bereit. »Da sind noch mehr im Wald.«

Pug schüttelte seine Benommenheit ab und erhob sich. In dem sie umgebenden Wald rauschten die Zweige so leise, als würde sie ein leichter Wind bewegen, dabei regte sich kein Lüftchen. Dann traten ein Dutzend Gestalten wie ein Mann aus der Dunkelheit. Sie alle glichen den Schlafenden. Einer von ihnen sagte undeutlich und schleppend: »Legt die Waffen nieder. Ihr seid umzingelt.« Die anderen sahen so aus, als hätten sie sich wie die riesigen Katzen, an die sie erinnerten, zum Sprung geduckt.

Tomas sah zu Pug hinüber, der nickte. Daraufhin erlaubte Tomas einem der Tigermänner, ihn zu entwaffnen. Der Anführer deutete auf sie und sagte: »Bindet sie!«

Tomas gestattete den Tigermännern, ihn zu binden, ebenso Pug. Der Anführer sagte: »Ihr habt viele meiner Krieger erschlagen.«

»Sie schlafen nur«, erklärte Pug.

Einer der Tigerkrieger kniete sich hin und untersuchte einen der Schlafenden. »Tuan, das stimmt.«

Derjenige, der Tuan genannt wurde, betrachtete eingehend Pugs Gesicht. »Ihr seid ein Zauberer, scheint es, und trotzdem erlaubt Ihr uns, Euch so leicht gefangen zu nehmen. Warum?«

»Neugier«, sagte Pug. »Zudem wollen wir euch nicht verletzen.«

Die umstehenden Tigermänner begannen zu lachen, zumindest ließen die Laute, die sie ausstießen, darauf schließen. Daraufhin zog Tomas einfach seine Handgelenke voneinander. Die Fesseln rissen augenblicklich. Er streckte die Hand in Richtung des Kriegers aus, der sein goldenes Schwert hielt, und die Waffe schwebte aus der Hand der entsetzten Kreatur in seine eigene zurück. Das Gelächter erstarb.

In seiner Wut fauchte derjenige, der Tuan hieß, krümmte die Finger, fuhr die Krallen aus und schlug mit seiner Klaue nach Pugs Gesicht.

Pug hob die Hand, und auf seiner Handfläche erstrahlte ein kleines goldenes Licht. Die Klauen der Kreatur prallten von dem Licht ab wie von Stahl.

Die Kreaturen umringten die beiden Männer wieder, und zwei fassten Tomas von hinten. Er stieß sie einfach zur Seite und packte den, der Tuan hieß, am Genick. Tuan war größer als ein Meter achtzig, doch Tomas hob ihn ohne Anstrengung in die Höhe. Wie jede Katze, die man am Genick hielt, hing er hilflos da. »Haltet ein, oder er stirbt!«, rief Tomas.

Die Kreaturen zögerten. Dann ging einer der Tigerkrieger vor ihm auf die Knie. Die anderen folgten. Der Anführer der Tigermänner landete sanft auf dem Boden und drehte sich herum: »Was für ein Wesen seid Ihr?«

»Ich bin Tomas und wurde einst Ashen-Shugar, Herrscher des Reichs der Adler, genannt. Ich bin einer der Valheru.«

Bei diesen Worten ließen die Tigermänner maunzende Laute hören, halb knurrend, halb wimmernd. »Uralter!«, wurde einige Male wiederholt. Sie drängten sich vor Schreck eng aneinander.

»Was bedeutet das?«, fragte Pug verdutzt. »Und was sind das für Kreaturen?«

»Sie fürchten sich vor mir, denn ich bin für sie eine Legende, die zum Leben erwacht ist«, erklärte Tomas. »Sie sind die Kreaturen von Draken-Korin.« Als er Pugs Unverständnis bemerkte, fügte er hinzu: »Einer der Valheru. Er war der Herr der Tiger und schuf diese Wesen, damit sie seinen Palast bewachten.« Er sah sich um. »Ich glaube, er muss sich in einer der Höhlen in diesem Wald befinden.« An Tuan gewandt, fragte er: »Liegt ihr mit den Menschen im Krieg?«

Tuan, der sich immer noch vor ihm duckte, fletschte die Zähne. »Wir liegen mit allen im Streit, die in unseren Wald eindringen, Uralter. Das hier ist unser Land, wie Ihr wissen solltet. Ihr wart es, der unserem Volk die Freiheit gegeben hat.«

Tomas kniff die Augen zusammen, dann riss er sie weit auf. »Ich … ich erinnere mich.« Sein Gesicht wurde blass. Zu Pug sagte er: »Ich dachte, ich hätte mich schon an alles aus diesen alten Zeiten erinnert …«

»Wir haben Euch für Menschen gehalten«, entschuldigte sich Tuan. »Der Rana von Maharta führt Krieg gegen den Priesterkönig von Lanada. Seine Kriegselefanten beherrschen die Ebenen, doch die Wälder sind noch immer in unseren Händen. In diesem Jahr hat er sich mit dem Oberherrn der Stadt am Schlangenfluss verbündet, der ihm Soldaten stellt. Also töten wir jeden, der hierherkommt, Menschen, Zwerge, Trolle, Schlangenmenschen.«

»Pantathianer!«, sagte Pug.

»So nennen die Menschen sie«, bestätigte Tuan. »Das Land der Schlangen liegt irgendwo im Süden, doch sie kommen in den Norden und richten großes Unheil an. Wir gehen ohne Gnade gegen sie vor.« An Tomas gewandt, fragte er: »Seid Ihr gekommen, um uns abermals zu versklaven, Uralter?«

Tomas erwachte aus seinen Tagträumen. »Nein, diese Zeiten gehören für immer der Vergangenheit an. Wir suchen die Hallen der Toten, die sich in der Stadt der Toten Götter befinden. Führt uns.«

Tuan verscheuchte seine Krieger mit einer Handbewegung. »Ich werde Euch führen.« Zu den anderen sagte er etwas in einer kehligen, knurrenden Sprache. Kurz danach waren sie in der Dunkelheit zwischen den Bäumen verschwunden. Als alle weg waren, sagte er: »Kommt, wir haben einen weiten Weg vor uns.«

Tuan führte sie durch die Nacht, und während sie unterwegs waren, stellte Pug ihm viele Fragen. Zunächst widerstrebte es dem Tigermann, sich mit dem Zauberer zu unterhalten, doch Tomas befahl dem Anführer, er solle die Antworten nicht verweigern, und daran hielt sich Tuan.

Das Volk der Tigermenschen lebte in einer kleinen Stadt, östlich von jener Stelle, wo der Drache gelandet war. Drachen waren den Tigern seit langer Zeit verhasst, weil sie die Viehherden angriffen. So war ein Trupp auf den Weg geschickt worden, um den Drachen zu verscheuchen.

Ihre Stadt hatte keinen Namen, da sie die einzige Stadt der Tiger war. Bisher hatte sie noch nie ein Mensch betreten und lebend wieder verlassen, da die Tiger alle Eindringlinge töteten. Tuan zeigte den Menschen gegenüber großes Misstrauen, und danach gefragt, erklärte er: »Wir waren vor den Menschen hier. Doch sie haben uns unsere östlichen Wälder genommen. Wir haben trotzdem widerstanden. Zwischen uns und den Menschen hat es immer Krieg gegeben.«

Von den Pantathianern wusste Tuan nur wenig, außer dass sie alles töteten, was ihnen unter die Augen kam. Als Pug wissen wollte, wie die Tigermenschen entstanden waren und wie Tomas sie befreit hatte, antwortete ihm Schweigen, und da sich auch Tomas zurückhielt, bohrte Pug nicht weiter.

Sie waren die bewaldeten Berge unter den Säulen des Himmels hinaufgeklettert und erreichten nun einen steilen Pass. Tuan blieb stehen. Im Osten zog das Grau der Dämmerung auf. »Hier leben die Götter«, sagte er.

Sie sahen nach oben. Die Spitzen der Berge fingen die ersten Sonnenstrahlen ein. Weiße Wolken verhüllten die Gipfel der Säulen des Himmels wie leuchtender Nebel, der das Licht in weißen und silbernen Funken widerspiegelte.

»Wie hoch sind diese Gipfel?«, fragte Pug.

»Das weiß niemand. Noch nie hat sie ein Sterblicher erreicht. Wir erlauben den Pilgern, dass sie in Frieden dorthin ziehen, wenn sie sich südlich unserer Grenzen halten. Jene, die hinaufklettern, kehren nicht zurück. Die Götter lieben ihre Abgeschiedenheit. Kommt.«

Er brachte sie zu einem Pass, der in eine Schlucht hinunterführte. »Jenseits dieses Passes weitet sich diese Schlucht zu einer großen Ebene am Fuß der Berge. Dort liegt die Stadt der Toten Götter. Sie ist heutzutage mit Bäumen und Kletterpflanzen überwuchert. In der Stadt gibt es einen großen Tempel für die verlorenen Götter. Jenseits davon ist der Wohnsitz der Dahingegangenen. Ich werde nicht mehr weitergehen,

Uralter. Ihr und der Zauberer mögt überleben, doch für einen Sterblichen ist dies eine Reise ohne Wiederkehr. Wer die Hallen der Toten betritt, verlässt das Land der Lebenden.«

»Wir brauchen dich nicht länger«, sagte Tomas. »Gehe in Frieden.«

»Viel Glück auf der Jagd, Uralter.« Tuan machte sich mit schnellen festen Schritten davon.

Schweigend betraten Tomas und Pug die Schlucht.

Pug und Tomas gingen langsam über den Platz. Pug machte sich im Geiste Notizen von diesen wunderlichen Dingen. Seltsam geformte Gebäude – sechseckige, fünfeckige, rauten- und pyramidenförmige – waren in einem offensichtlich wirren Muster aneinandergefügt, trotzdem schien die Anordnung irgendeinen Sinn zu ergeben und der Betrachter einfach nicht klug genug, diesen zu erkennen. Obelisken unüblicher Machart, hoch aufragende Säulen aus Pechkohle und Ebenholz, die mit Inschriften versehen waren, deren Runen Pug unbekannt waren, standen an den vier Ecken des Platzes. Es war eine Stadt, in der jedoch weder eine Schenke noch eine einfache Hütte einen Menschen zum Verweilen einluden. Egal, in welche Richtung man sich wandte, überall erhoben sich nur Grabmäler. Und auf jedem war über dem Eingang ein Name eingemeißelt.

»Wer mag diesen Ort erbaut haben?«, fragte sich Pug laut.

»Die Götter«, erwiderte Tomas.

Pug sah seinen Gefährten an und erkannte, dass er seine Worte durchaus nicht ironisch meinte. »Kann das wirklich sein?«

Tomas zuckte mit den Schultern. »Selbst für Menschen wie

uns bleiben manche Dinge immer ein Geheimnis. Irgendeine Kraft hat diese Grabmäler geschaffen.« Er zeigte auf eins der größten Gebäude im Bereich des Platzes. »Jenes trägt den Namen Isanda.« Tomas schien in Gedanken versunken. »Als sich mein Geschlecht gegen die Götter erhob, blieb ich allein.« Pug entging nicht, dass Tomas von seinem Geschlecht sprach; er sprach von der Zeit, da er Ashen-Shugar gewesen war. Tomas fuhr fort: »Die Götter waren damals noch jung, erlangten gerade ihre Macht, während die Valheru schon uralt waren. Eine alte Art ging dahin, und eine neue wurde geboren. Doch die Götter waren voller Kraft, zumindest jene, die überlebten. Von den hundert, die Ishap geschaffen hatte, blieben nur sechzehn, die zwölf niedrigeren und die vier großen. Die anderen liegen hier.« Er zeigte noch einmal auf das Gebäude. »Isanda war die Göttin des Tanzes.« Langsam sah er sich um. »Es war die Zeit der Chaoskriege.«

Tomas ging an Pug vorbei und wollte augenscheinlich nicht weiter darüber reden. Auf einem anderen Gebäude war der Name Tith-Onanka eingraviert. Pug fragte: »Wie erklärst du dir das hier?«

Tomas sprach leise, während er weiterging. »Der Frohe Krieger und der Denker der Schlachten waren beide tödlich verwundet, doch indem sie das von ihnen Verbliebene zusammenfügten, überlebten sie als ein neues Wesen, Tith-Onanka, der Kriegsgott mit den zwei Gesichtern. Hier liegen die Teile von beiden, die nicht überlebt haben.«

Leise bemerkte Pug: »Jedes Mal, wenn ich Zeuge eines so unübertrefflichen Wunders werde, fühle ich mich so … winzig.«

Nachdem sie lange geschwiegen hatten und an einem weiteren Dutzend Gebäude vorbeigegangen waren, auf denen für Pug unbekannte Namen standen, sagte der Zauberer: »Wieso können die Unsterblichen sterben, Tomas?«

»Nichts währt ewig, Pug.« Er sah Pug an, der einen seltsamen Glanz in den Augen seines Gefährten entdeckte, als sei dieser zum Kampf bereit. »Nichts. Unsterblichkeit, Macht, Herrschaft ... alles nur Illusionen. Verstehst du nicht? Wir sind nur die Bauern in einem Schachspiel, das wir nicht begreifen.«

Pug ließ seinen Blick durch die uralte Stadt schweifen und betrachtete die seltsame Ansammlung von Gebäuden, die halb mit Lianen überwachsen waren. »Deshalb fühle ich mich ja so klein.«

»Nein, wir müssen nur jemanden finden, der dieses Spiel versteht. Macros.« Tomas zeigte auf ein riesiges Gebäude, das die anderen wie Zwerge dastehen ließ. Darauf waren vier Namen eingemeißelt: Sarig, Drusala, Eortis und Wodar-Hospur. »Das ist das Grabmal der verlorenen Götter.« Nacheinander deutete er auf jeden Namen. »Der verlorene Gott der Magie, der, wie berichtet wird, seine Geheimnisse verbarg, bevor er verschwand. Das könnte der Grund sein, weshalb die Menschen auf dieser Welt nur den Niederen Pfad beschreiten können. Drusala, die Göttin der Heilkunst, deren gefallenen Stab Sung aufhob und ihn bis zu dem Tag verwahrt, an dem ihre Schwester zurückkehrt. Eortis, der Delphinschwänzige, der wahre Gott des Meeres; jetzt herrscht Kilian über sein Reich, die Mutter der Natur. Und Wodar-Hospur, der Gott der Weisheit, der von allen Wesen unter Ishap als Einziger die Wahrheit kannte.«

»Tomas, woher weißt du das alles?«

Der sah seinen Freund an und sagte: »Ich erinnere mich daran. Ich habe mich damals nicht erhoben, die Götter nicht herausgefordert, Pug, aber ich war da. Ich sah alles. Und ich erinnere mich daran.« In seiner Stimme schwang schrecklicher, bitterer Schmerz mit, den er vor seinem langjährigen Freund nicht verbergen konnte.

Sie gingen weiter, und Pug wusste, dass Tomas ihm nichts mehr über diese Dinge erzählen würde, zumindest im Augenblick nicht. Tomas führte Pug in die unermesslich große Halle der vier verlorenen Götter. Ein schwaches Licht erhellte den Tempel und ließ die Wände des riesigen Raums bernsteinfarben erglühen. Bis zur hohen gewölbten Decke hinauf war nirgends ein Schatten zu sehen. An jeder Wand der Halle wartete ein gigantischer leerer Thron. Gegenüber dem Eingang führte eine weit ausgedehnte Höhle in die Dunkelheit. Tomas deutete auf den schwarzen Schlund und sagte: »Die Hallen der Toten.«

Ohne zu antworten, ging Pug los, und bald waren beide von Dunkelheit umgeben.

Im einen Moment waren sie noch in einer realen, wenn auch seltsamen Welt gewesen, im nächsten hatten sie das Reich des Geistes betreten. Als hätte sie eine nicht auszuhaltende Kälte erfasst, fühlten sie erst eine große Unbehaglichkeit, dann eine Art Verzückung. Erst danach hatten sie die eigentlichen Hallen der Toten wirklich betreten.

Formen und Entfernungen schienen wenig Bedeutung zu haben, denn in einem Augenblick befanden sie sich auf einem schmalen Gang, im nächsten auf einer sonnenbeschienenen weiten Wiese. Dann kamen sie durch einen Garten mit murmelnden Bächen und obstüberladenen Bäumen. Daraufhin gingen sie über einen vereisten Fluss, der wie ein Wasserfall eine Klippe hinunterführte, und darüber erhob sich eine riesige Halle, aus der fröhliche Musik ertönte. Dann wieder schienen sie über Wolken zu gehen. Schließlich fanden sie sich in einer unermesslichen Höhle wieder, und uralte Steine wölbten sich in eine Dunkelheit hinein, die kein Auge durchdringen konnte.

Pug fuhr mit der Hand über die Felsen und stellte fest, dass die Oberfläche so schmierig wie Speckstein war. Doch als er Daumen und Finger aneinanderrieb, gab es keinen Rückstand. Pug verdrängte seine Neugier. Vor ihnen floss langsam ein breiter Strom und hinderte sie am Fortkommen. In der Ferne konnten sie durch dichten Dunst das andere Ufer ausmachen. Aus dem Nebel tauchte ein Fährboot auf, am Heck stand eine verhüllte Gestalt und ruderte. Als das Boot sanft auf das Ufer auflief, holte die Gestalt das Ruder aus dem Wasser und winkte Pug und Tomas an Bord.

»Der Fährmann?«, fragte Pug.

»Er ist eine weit verbreitete Legende. Zumindest hier ist sie wahr. Komm.«

Sie gingen an Bord, und die Gestalt reckte ihnen eine knochige Hand entgegen. Pug holte zwei Kupfermünzen aus seinem Geldbeutel und legte sie in die Knochenhand. Als er sich setzte, staunte er: Das Fährboot hatte sich selbst gewendet und trieb nun durch den Fluss. Er hatte keine Bewegung gespürt. Ein Geräusch hinter ihnen veranlasste ihn, sich umzudrehen, und über seine Schulter sah er schwache Schatten an dem Ufer, das sie gerade verlassen hatten. Die Schatten verschwanden schnell im Nebel.

»Das sind jene, die Angst vor der Überfahrt haben oder den Fährmann nicht bezahlen können«, erläuterte Tomas. »Sie müssen bis in alle Ewigkeit am diesseitigen Ufer ausharren, so ist es zumindest überliefert.«

Pug konnte nur nicken. Er sah in den Fluss und war erneut erstaunt, dass das Wasser schwach glühte, wie von einem gelbgrünen Licht erleuchtet. In der Tiefe machte er Gestalten aus, die zu dem Boot hochsahen, das über sie hinwegglitt. Schwach winkten sie dem Kahn zu oder versuchten, danach zu greifen, als wollten sie ihn festhalten, doch das Boot war zu rasch an ihnen vorbei.

»Das sind jene, die ohne die Erlaubnis des Fährmanns übersetzen wollten«, erklärte Tomas. »Sie sind für alle Zeit gefangen.«

Pug sagte leise: »In welche Richtung wollten sie übersetzen?«

»Das wissen nur sie selbst.«

Das Boot erreichte das andere Ufer, und der Fährmann deutete schweigend zum Land. Sie gingen von Bord, und als sich Pug noch einmal umsah, war das Fährboot verschwunden.

»Womöglich kann man diese Reise nur in eine Richtung unternehmen«, meinte Tomas. »Komm.«

Pug zögerte. Sie hatten gerade eine Grenze überschritten, die jede Rückkehr unmöglich machte. Doch jedes Sträuben war umsonst. Er warf einen letzten Blick auf den Fluss und folgte Tomas.

Sie machten eine Pause.

Pug und Tomas waren durch eine leere Ebene aus Grau und Schwarz gegangen, dann hatte sich plötzlich ein riesiges Bauwerk vor ihnen erhoben – falls es wirklich ein Bauwerk war. Es erstreckte sich in beide Richtungen nach rechts und links und verschwand irgendwo am Horizont wie eine Mauer von immenser Ausdehnung. Das Bauwerk erhob sich bis weit in das seltsame Grau, das an diesem verlorenen Ort den Himmel darstellte, so weit, dass seine Oberkante nicht auszumachen war. Es war wie eine Mauer in dieser Realität, allerdings mit einer Tür.

Pug sah über seine Schulter und nahm nichts außer der leeren Ebene wahr. Er und Tomas hatten nur wenige Worte gewechselt, seit sie vom Fluss aufgebrochen waren. Es hatte nichts gegeben, über das man hätte reden können, und irgendwie schien es nicht angebracht, die Stille zu stören. Pug sah wieder nach vorn und bemerkte, dass Tomas' Blick auf ihm ruhte.

Tomas zeigte nach vorn, und Pug nickte, dann stiegen sie die einfachen Steinstufen zu dem riesigen offenen Portal vor ihnen hinauf. Als sie die Schwelle erreicht hatten, blieben sie stehen, weil sie von einem Anblick empfangen wurden, der ihre Sinne verwirrte. In alle Richtungen, auch hinter ihnen, dehnte sich ein marmorner Fußboden aus, auf dem Reihen von Katafalken aufgestellt waren. Auf jedem ruhte ein Leichnam. Pug ging zum nächstgelegenen und betrachtete die Gesichtszüge des Toten. Die Gestalt schien zu schlafen, doch die Brust bewegte sich nicht. Es war ein Mädchen, das nicht älter als sieben Jahre alt sein konnte.

Überall lagen Männer und Frauen, vom Bettler in Lumpen bis hin zu Leuten, die königliche Gewänder trugen. Manche Gesichter waren alt und zerfurcht, andere zerschmettert oder bis zur Unkenntlichkeit verbrannt. Säuglinge, die bei der Geburt gestorben waren, lagen neben verhutzelten alten Frauen. Ja, dies war die Halle der Toten.

Tomas sagte leise: »Es scheint egal zu sein, in welche Richtung wir gehen.«

Pug schüttelte den Kopf. »Wir sind jetzt innerhalb der Grenzen der Ewigkeit. Ich glaube, wir müssen einen Weg finden, oder wir werden für lange Zeit im Kreis wandern. Ich weiß nicht, ob die Zeit hier irgendeine Bedeutung hat, doch falls es so ist, können wir es uns nicht erlauben, sie ungenutzt verstreichen zu lassen.«

Pug schloss die Augen und konzentrierte sich. Über seinem Kopf sammelte sich leuchtender Nebel, der sich zu einer pulsierenden Kugel formte und sich dann schnell zu drehen begann. Darin war ein schwaches weißes Licht zu sehen, dann verschwand der Zauber in eine Richtung. Tomas sah schweigend zu. Er wusste, dass Pug seine magische Sehfähigkeit einsetzte, mit der er in wenigen Augenblicken auskundschaften konnte, was zu Fuß Jahre gedauert hätte.

Endlich schlug Pug die Augen wieder auf und zeigte in eine Richtung. »Dort entlang.«

Vor dem Portal zur nächsten Halle warteten stille Gestalten. Dieser Ort hatte etwas Wunderliches: Aus einem Blickwinkel sah es so aus, als wären in alle Richtungen weitere Leichname aufgebahrt, die ein regelrechtes Schachbrettmuster bildeten, aus einem anderen war plötzlich eine neue Mauer sichtbar, die ebenfalls ein riesiges Portal aufwies. Davor standen schweigend mehr als tausend Männer und Frauen, Jungen und Mädchen.

Während Pug und Tomas näher kamen, richtete sich eine

der ruhenden Gestalten auf und stieg von ihrem Katafalk, um an ihnen vorbei zu den Wartenden an der Tür zu gehen. Pug sah zurück und entdeckte eine weitere Gestalt, die sich aus einer anderen Richtung näherte. Er warf einen Blick auf den nun leeren Katafalk und bemerkte, wie darauf anstelle des vorherigen ein anderer Leichnam erschien.

Pug und Tomas gingen an denen vorbei, die sich vor der Tür aufhielten. Niemand nahm von den Neuankömmlingen Notiz. Pug berührte eines der Kinder an der Schulter, doch der kleine Junge verhielt sich, als ob er die Gegenwart des Zauberers gar nicht wahrnahm. Tomas deutete mit einem Zucken seines Kopfes an, dass sie weitergehen sollten.

Als sie durch die Tür waren, entdeckten sie weitere Leute, die in langen Reihen dastanden, welche sich in der Ferne verloren. Wieder reagierte niemand auf ihr Eindringen. Schnell gingen die beiden Männer auf die Spitze der Reihe zu.

Es kam ihnen vor, als wären schon Stunden verstrichen, seit vor ihnen ein helles Licht erstrahlt war. Tausende von Gestalten bildeten schweigend Reihen in Richtung dieses Lichts. Pug und Tomas gingen an ihnen vorbei. Die Mienen der Wartenden waren unmöglich zu deuten. Immer wieder sah Pug, wie manche in einer der Reihen einen Schritt vorwärtsmachten, doch die Schlange bewegte sich im Schneckentempo. Als sie in die Nähe des strahlenden Lichtes kamen, sah sich Pug um. Es waren keine Schatten auszumachen. Eine weitere Merkwürdigkeit dieses Reiches, stellte er fest. Und dann erreichten sie endlich die Treppe.

An der Spitze eines Dutzends Stufen stand ein Thron, um den herum es golden leuchtete. An der Grenze seines Hörvermögens hörte Pug so etwas wie Musik, doch sie ließ sich nicht wirklich fassen. Er hob den Blick und sah die Gestalt auf dem Thron. Sie war von erstaunlicher Schönheit und dennoch erschreckend anzusehen. Ihre Gesichtszüge waren von kaum zu fassender Vollkommenheit, doch irgendwie einschüchternd.

Sie betrachtete jeden der Menschen an der Spitze der auf sie zusteuernden Reihen und zeigte dann auf eine der Gestalten. Meistens verschwanden diese Gestalten, fügten sich in das Schicksal, das die Göttin für sie erwählt hatte, doch gelegentlich drehte sich einer um und trat die lange Rückkehr zur Ebene der Katafalken an.

Nach einiger Zeit wandte sich die Gestalt auf dem Thron den beiden Männern zu, und Pugs Blick wurde von Augen wie schwarze Kohlen gefangen, Augen, in denen sich keine Wärme und kein Licht zeigten, die Augen des Todes. Trotz ihres furchterregenden Auftretens und ihres kreidebleichen Gesichts war diese Gestalt unerträglich verführerisch, und ihre üppigen Formen schrien danach, umarmt zu werden. Pug spürte, wie sein ganzes Wesen darauf brannte, in ihre Arme geschlossen, an ihren Busen gedrückt zu werden. Er versuchte, seine Kräfte einzusetzen, damit er dieses Verlangens Herr wurde, und er wich nicht zurück.

Da lachte die Frau auf dem Thron, und ein so kaltes, totes Lachen hatte Pug noch nie zuvor gehört. »Willkommen in meinem Reich, Pug und Tomas. Ihr seid auf einem sehr ungewöhnlichen Weg gekommen.«

Pugs Verstand raste. Jedes Wort der Frau traf ihn wie ein eisiger Dolch im Gehirn, ein frostiger Schmerz, als läge es schon jenseits seiner Fähigkeiten, nur zu begreifen, dass die

Göttin existierte. Allein sein Wissen und Tomas' Erbe bewahrten sie davor, vom ersten Wort dieser Frau überwältigt und als Tote fortgeblasen zu werden. Doch er hielt das Gleichgewicht und blieb standhaft.

Tomas wagte es zu sprechen: »Meine Dame, Ihr kennt unsere Nöte.«

Die Gestalt nickte. »Wahrlich, und vielleicht besser noch als Ihr selbst.«

»Dann werdet Ihr uns also sagen, was wir wissen müssen? Wir möchten Euch nicht länger zur Last fallen als unbedingt notwendig.«

Wieder erscholl das markerschütternde Lachen. »Ihr fallt mir nicht zur Last, Valheru. Von Eurigem Geschlecht hätte ich schon immer gern jemanden in meine Dienste genommen. Leider haben die Zeiten und die Umstände dies nie zugelassen. Nun, Pug wird ja in einiger Zeit wieder hier erscheinen. Doch wenn das eintritt, soll er sich wie diese hier vor mir geduldig in die lange Reihe stellen, bis es an ihm ist, vor mein Antlitz zu treten. Alle warten auf mein Urteil. Manche sollen noch einmal für eine weitere Drehung des Lebensrades zurückkehren. Andere werden die schlimmste Strafe erfahren; sie werden dem Vergessen anheimfallen. Und nur einige wenige schließlich werden das größte Entzücken erleben, die Einheit mit dem Höchsten.«

Auf einmal schien sie nachdenklich zu werden, dann fuhr sie fort: »Trotzdem, jetzt ist seine Zeit noch nicht gekommen. Nein, wir müssen so handeln, wie es uns vorbestimmt ist. Er, den Ihr sucht, weilt noch nicht in meinem Reich. Von allen, die dem Reich der Toten geweiht sind, hat er sich bislang am gerissensten erwiesen und meine Gastfreundschaft abgelehnt.

Nein, um Macros den Schwarzen zu finden, müsst Ihr an anderer Stelle suchen.«

Tomas dachte nach. »Und dürfen wir erfahren, wo?«

Die Frau auf dem Thron beugte sich zu ihnen vor. »Es gibt selbst für mich Grenzen, Valheru. Richtet den Verstand auf Eure Aufgabe, und Ihr werdet wissen, wo sich der Schwarze Zauberer aufhält. Es gibt nur eine einzige Antwort auf diese Frage.« Sie richtete den Blick wieder auf Pug. »So schweigsam, Magier? Ihr habt noch gar nichts gesagt.«

»Ich bin voller Verwunderung«, erwiderte er leise. »Dennoch, wenn Ihr mir erlaubt ...« Er deutete mit der Hand auf die Umstehenden. »Gibt es in diesem Reich auch irgendwelche Freuden?«

Einen Moment lang betrachtete die Dame auf dem Thron die schweigenden Reihen der Menschen. Es war, als hätte sie über diese Frage noch nie zuvor nachgedacht. Dann sagte sie: »Nein, hier im Reich der Toten gibt es keine Freuden.« Wieder sah sie den Magier an. »Aber bedenkt, es gibt auch keinen Kummer. Und nun müsst Ihr gehen, weil sich die Lebenden hier nur eine kurze Weile aufhalten dürfen. Und außerdem gibt es auch Wesen in meinem Reich, die Euch großen Schmerz bereiten könnten. Also geht.«

Tomas nickte, verbeugte sich steif und führte Pug fort. Sie eilten an den langen Reihen vorbei, und der Glanz der Göttin verblasste langsam hinter ihnen. Stundenlang schienen sie zu gehen.

Plötzlich blieb Pug wie gelähmt stehen. Ein junger Mann mit welligem braunem Haar stand schweigend in der Reihe und hatte die Augen starr nach vorn gerichtet. Flüsternd sagte Pug: »Roland.«

Tomas blieb stehen und betrachtete das Gesicht seines Gefährten aus Crydee, der schon seit fast drei Jahren tot war. Der Junker nahm von seinen beiden früheren Freunden keine Notiz.

»Roland, ich bin es, Pug.«

Keine Antwort.

Pug schrie den Junker an, und in dessen Augen flackerte es kaum wahrnehmbar, als hätte er aus der Ferne eine Stimme rufen hören. Pug stand der Schmerz im Gesicht geschrieben, als sein Jugendfreund und Rivale um die Gunst von Carline in der langen Reihe derer, die auf das Urteil der Göttin warteten, einen Schritt vorwärtsmachte. Pug überlegte hastig, was er ihm sagen könnte. Schließlich schrie er Roland laut zu: »Carline geht es gut, Roland. Sie ist glücklich.«

Einen Moment lang geschah nichts, dann zuckten Rolands Mundwinkel leicht. Doch Pug meinte erkennen zu können, wie sein Blick jetzt friedlicher nach vorn starrte. Mit einem Mal wurde sich Pug bewusst, dass Tomas' Hand auf seinem Arm lag, und der kräftige Krieger zog seinen Freund von Roland fort. Pug rang einen Moment lang mit sich, doch was nutzte das? Endlich folgte er Tomas.

Einen Augenblick später ließ Tomas seinen Arm los. Leise sagte er: »Sie sind alle hier, Pug. Roland, Baron Borric und Lady Catherine. Die Männer, die im Grünen Herzen gestorben sind, und jene, die der Geist in Mac Mordain Cadal erwischt hat. König Rodric. Und alle, die im Spaltkrieg gefallen sind. Sie sind alle hier. Das sind jene, von denen Lims-Kragma sagte, dass sie uns Schmerzen bereiten würden, wenn wir sie treffen.«

Pug nickte nur. Wieder einmal spürte er ein tiefes Gefühl

des Verlustes für diejenigen, die ihm das Schicksal genommen hatte. Er lenkte seine Gedanken wieder auf den eigentlichen Grund ihrer befremdlichen Reise und sagte: »Und wohin wenden wir uns jetzt?«

»Indem sie uns nicht geantwortet hat, hat uns die Göttin des Todes doch die Antwort gegeben. Es gibt nur einen einzigen Ort außerhalb ihrer Macht, ein Ort, der nicht in unserem Universum liegt. Wir müssen die Ewige Stadt finden, jenen Ort, der jenseits aller Zeit existiert.«

Pug blieb stehen. Er sah sich um und stellte fest, dass sie sich wieder bei den Katafalken befanden, die alle in ordentlichen Reihen angeordnet waren. »Dann stellt sich nur noch die Frage, wie wir diesen Ort finden.«

Tomas streckte den Arm aus und legte Pug die Hand vor die Augen. Eine schreckliche Kälte durchfuhr den Magier, und seine Lunge wollte explodieren, als er tief Luft holte. Seine Zähne klapperten, er zitterte, sein Körper wand sich schlotternd vor schmerzender Kälte. Er bewegte sich und merkte, dass er auf kaltem Marmor lag. Tomas hatte seine Hand zurückgezogen, und Pug schlug die Augen auf.

Er lag auf dem Boden des Tempels der vier verlorenen Götter, kurz vor dem Eingang zur dunklen Höhle. Tomas erhob sich schwankend, nur wenig von Pug entfernt, und so wie er schnappte auch der Valheru nach Luft. Pug sah, wie totenbleich das Gesicht seines Freundes und wie blau seine Lippen waren. Der Zauberer warf einen Blick auf seine Hände. Das Fleisch unter den Nägeln war ebenfalls blau.

Er stand auf und fühlte, wie ihm die Wärme langsam wieder in die Glieder kroch, die immer noch schmerzten und zitterten. Als er zu sprechen begann, brachte er zunächst nur ein trockenes Krächzen zustande, dann kam es über seine zitternden Lippen: »Was … ist … wirklich?«

Tomas sah sich um, doch seine fremden Gesichtszüge verrieten nichts. »Von allen Sterblichen auf dieser Welt solltest du, Pug, am besten wissen, wie unsinnig diese Frage ist. Was wir gesehen haben, haben wir gesehen. Ob es nun ein wirklicher Ort war oder nur eine Einbildung, macht keinen Unterschied. Wir müssen uns nach dem richten, was wir erfahren haben, und demnach, ja, demnach war es wirklich.«

»Und jetzt?«

»Ich muss Ryath rufen«, sagte Tomas. »Hoffentlich schläft sie nicht zu tief. Wir müssen uns noch einmal auf eine Reise zwischen den Sternen begeben.«

Pug konnte nur nicken. Sein Verstand war wie betäubt, und er fragte sich, welche Wunder wohl noch auf sie warteten.

Yabon

In der Schenke war es still.

Bis zum Sonnenuntergang waren es noch zwei Stunden, und der abendliche Trubel hatte noch nicht eingesetzt. Arutha war dankbar dafür. Er saß in der dunkelsten Ecke, und Roald, Laurie und die beiden Junker hatten sich auf die Stühle neben ihm gesetzt.

Sein frisch geschnittenes Haar – kürzer, als er es seit Jahren getragen hatte – und sein allmählich voller werdender Bart machten aus dem Prinzen eine finstere Erscheinung, und das half dabei, ihre Tarnung als Söldner aufrechtzuerhalten.

Jimmy und Locklear hatten in Questors Sicht einfachere Reisekleidung erstanden und ihre Junkerröcke verbrannt. Alles in allem sahen die fünf jetzt aus wie ein ganz normaler Haufen Söldner ohne Arbeit. Selbst Locklear überzeugte in seiner Rolle, denn er war auch nicht jünger als manche von denen, die sich hier herumtrieben: junge, aufstrebende Meuchelmörder, die darauf aus waren, ihren ersten Auftrag zu erheischen.

Sie warteten schon seit drei Tagen auf Martin, und Arutha machte sich allmählich Sorgen. Zog man die Zeit in Betracht, zu der ihn die Botschaft erreicht haben musste, hätte Martin Ylith eigentlich vor ihnen erreichen sollen. Dazu erhöhte jeder Tag in der Stadt die Möglichkeit, dass sich jemand an ihren letzten Auftritt dort erinnerte. Eine Wirtshausschlägerei, die einen Toten forderte, war zwar nichts Besonderes, dennoch mochte sich der eine oder andere daraufhin ein Gesicht merken.

Ein Schatten fiel auf den Tisch, und sie sahen auf. Vor ihnen standen Baru und Martin.

Arutha erhob sich langsam, sie reichten sich die Hände, und Martin sagte: »Gut, dich wohlauf zu sehen.«

Arutha lächelte schief. »Und dich auch.«

Martin lächelte seinen Bruder auf die gleiche Art an. »Du siehst ziemlich verändert aus.«

Arutha nickte nur. Dann begrüßten er und die anderen Baru, und Martin sagte: »Wie ist der denn hierhergekommen?« Er zeigte auf Jimmy.

»Gibt es denn etwas, was den Jungen aufhalten könnte?«, seufzte Laurie

Martin warf einen Blick auf Locklear und zog eine Augenbraue hoch. »Ich kann mich noch an das Gesicht erinnern, doch der Name ist mir entfallen.«

»Das ist Locky.«

»Jimmys Schützling«, fügte Roald kichernd hinzu.

Martin und Baru wechselten einen Blick. »Gleich zwei von ihnen?«, stöhnte der hochgewachsene Herzog.

»Das ist eine lange Geschichte«, sagte Arutha. »Wir sollten an diesem Ort nicht länger verweilen als nötig.«

»Da stimme ich zu«, erwiderte Martin. »Aber wir brauchen neue Pferde. Unsere sind erschöpft, und ich gehe davon aus, dass wir noch einen langen Weg vor uns haben.«

Arutha kniff die Augen zusammen und antwortete: »Ja. Einen sehr langen.«

Die Lichtung war kaum mehr als eine breite Stelle in der Straße. Für Aruthas Gruppe war der heimelige gelbe Schein, der aus den beiden Stockwerken des Gasthofes strahlte, jedoch ein willkommener Lichtblick in der bedrückenden Dunkelheit der Nacht. Sie waren ohne weitere Zwischenfälle von Ylith aus an Zun und Yabon vorbeigeritten und hatten den letzten Außenposten des Königreichs vor sich. Wenn man direkt nach Norden weiterreiste, gelangte man ins Land der Hadati, und die Bergketten nördlich davon stellten die Grenze des Königreichs dar. Es hatte keine Schwierigkeiten gegeben, und alle waren erleichtert, als sie das Gasthaus erreichten.

Ein wachsamer Stalljunge hatte sie heranreiten hören, kam aus seiner Kammer und öffnete ihnen die Scheune. Sie kümmerten sich rasch um ihre Tiere, wobei Jimmy und Martin gelegentlich einen Blick auf den Wald warfen, ob von dort Ärger drohte.

Als sie die Arbeit erledigt hatten, packten sie ihre Bündel und gingen zum Gasthaus. Während sie die freie Fläche zwischen der Scheune und dem Hauptgebäude überquerten, meinte Laurie: »Ist doch schön, dass wir jetzt eine warme Mahlzeit bekommen.«

»Könnte leicht die letzte für eine ganze Weile werden«, bemerkte Jimmy.

Dann standen sie vor dem Haus und entdeckten das Schild über der Tür, das einen auf dem Kutschbock seines Wagens schlafenden Mann darstellte. Das Maultier hatte sich losgerissen und rannte gerade davon. Laurie sagte: »Der *Schlafende*

Kutscher gehört zu den besten Gasthäusern, die ihr je besuchen werdet, allerdings treibt sich hier zu manchen Zeiten sehr eigentümliches Volk herum.«

Sie öffneten die Tür und betraten einen hellen und freundlichen Gastraum. In einem großen Kamin brannte ein knisterndes Feuer, davor standen drei große Tische. Gegenüber der Tür auf der anderen Seite des Raums stand eine lange Theke, hinter der große Bierfässer lagerten.

Mit einem Lächeln auf den Lippen kam ihnen der Gastwirt entgegen, ein Mann in der Mitte seiner Jahre und von stattlicher Erscheinung. »Ah, Gäste. Willkommen.« Als er sie erreichte, wurde sein Lächeln noch breiter. »Laurie! Roald! Das gibt's doch nicht! Das muss doch Jahre her sein! Freut mich, euch zu sehen.«

»Grüß dich, Geoffrey«, erwiderte der Sänger. »Das sind Freunde von mir.«

Geoffrey nahm Laurie am Arm und führte ihn zu dem Tisch neben der Theke. »Deine Freunde sind mir so willkommen wie du selbst.« Er setzte sie an den Tisch und sagte: »Freue mich wirklich, dich zu sehen. Wünschte, du wärst schon vor zwei Tagen hier aufgetaucht. Da hätte ich gut einen richtigen Sänger gebrauchen können.«

Laurie lächelte. »Gab es Ärger?«

Die Miene des Wirtes verriet seinen ständigen Kummer. »Wie immer. Wir hatten eine Gesellschaft von Zwergen hier, die sangen den ganzen Abend ihre Trinklieder. Und dazu mussten sie unbedingt den Takt klopfen, indem sie mit allem, was sie in die Finger bekamen, auf den Tisch schlugen: Weinbecher, Krüge, kleine Äxte. Was auf dem Tisch stand, war ihnen natürlich ganz und gar egal. Das ganze Geschirr ist kaputtgegangen, und der Tisch war vollkommen zerkratzt. Ich bin erst heute Nachmittag damit fertig geworden, den Gastraum wieder einigermaßen in Ordnung zu bringen, und den Tisch musste ich vollkommen erneuern.« Er warf Roald und Laurie einen spöttisch-drohenden Blick zu: »Also fangt nicht wieder irgendwelchen Ärger an wie letztes Mal. Ein Krawall pro Woche reicht mir.« Er deutete mit seinem Blick in die Runde. »Heute Abend war es ruhig, doch ich erwarte noch einen Wagenzug. Ambros, der Silberhändler, kommt zu dieser Jahreszeit immer in die Gegend.«

»Geoffrey, wir sterben vor Durst«, sagte Roald.

Der Mann entschuldigte sich augenblicklich. »Oh, tut mir leid. Ihr habt eine lange Reise hinter euch, und ich steh hier und schwatze wie ein Klatschweib. Womit kann ich euch dienen?«

»Bier«, entgegnete Martin, und die anderen stimmten freudig zu.

Der Mann eilte davon und kehrte Momente später mit einem Tablett voller Zinnkrüge zurück, alle bis zum Rand mit kaltem Bier gefüllt. Nach einem ersten langen Schluck des bitteren Gesöffs fragte Laurie: »Warum treiben sich Zwerge so weit von ihrer Heimat herum?«

Der Wirt setzte sich zu ihnen an den Tisch und wischte sich die Hände an der Schürze ab. »Habt ihr die Neuigkeiten nicht gehört?«

»Wir kommen gerade aus dem Süden. Was gibt es denn Neues?«

»Also, die Zwerge, die hier durchkamen, hatten den ganzen Weg von Dorgin zurückgelegt, und nach dem, was sie geredet haben, besuchen die Zwerge aus dem Osten zum ersten

Mal seit ewigen Zeiten wieder ihre Brüder im Westen. Der alte König Halfdan von Dorgin schickt seinen Sohn Hogne und seine rauen Gesellen, damit sie hier im Westen der Wiedereinsetzung von Tholins Linie beiwohnen. Seit Tholins Hammer während des Spaltkrieges wieder aufgetaucht ist, haben die westlichen Zwerge Dolgan von Caldara gedrängt, die Krone zu ergreifen, die mit Tholin verloren ging. Zwerge von den Grauen Türmen, von Bergenstein, aus Dorgin und aus Orten, von denen ich noch nie gehört habe, haben sich versammelt und wollen dabei sein, wenn Dolgan zum König der Zwerge aus dem Westen gekrönt wird. Hogne ist damit einverstanden, doch ihr wisst ja, wie Zwerge sein können.«

Arutha und Martin lächelten einander zu. Beide erinnerten sich gern an Dolgan. Arutha hatte ihn vor Jahren kennengelernt, als er mit seinem Vater in den Osten geritten war, um König Rodric die Nachricht von der bevorstehenden Invasion der Tsurani zu überbringen. Dolgan hatte ihnen als Führer in einer alten Mine gedient, der Mac Mordain Cadal. Martin hatte den Anführer der Zwerge später während des Krieges kennengelernt. Er war ein Mann mit Grundsätzen und scharfem Verstand, hatte einen trockenen Humor und vor allem Mut. Beide wussten, er würde ein guter König werden.

Derweil sie tranken, legten sie nach und nach ihre Reisekleidung und ihre Helme ab und stellten ihre Waffen zur Seite. In der ruhigen Atmosphäre des Gasthauses entspannten sie sich. Geoffrey brachte reichlich Bier, und nach einer Weile kam auch das Essen – Fleisch, Käse, Gemüse und Brot. Währenddessen unterhielten sie sich über alles und jedes. Geoffrey erzählte Geschichten, die Reisende wiederum ihm erzählt hatten.

Kauend fragte Laurie: »Wenn du noch den Wagenzug dieses Silberhändlers erwartest, Geoffrey, hast du dennoch genügend Zimmer für uns frei?«

»Ja, denn sonst habe ich nur noch einen anderen Gast.« Er deutete auf einen Mann, der in der entferntesten Ecke des Gastraums saß, und alle drehten sich erstaunt nach ihm um.

Arutha machte eine Geste, und sie wandten sich wieder dem Essen zu. Sie wunderten sich darüber, dass sie den Mann die ganze Zeit nicht bemerkt hatten, doch der Fremde schien sich nicht weiter für die Neuankömmlinge zu interessieren. Er sah ausgesprochen schlicht aus, und an seiner Kleidung oder seinem Benehmen war nichts Auffälliges. Doch er trug einen dunkelbraunen Umhang, unter dem sich ein Leder- oder Kettenhemd verbergen mochte, und an seinem Tisch lehnte ein Schild, dessen Wappen von einer ledernen Schutzhülle verdeckt wurde. Arutha wurde neugierig, da nur ein enterbter Mann oder einer auf einer heiligen Suche sein Wappen verbarg – oder jemand, der keine lauteren Absichten verfolgte. Er fragte Geoffrey: »Wer ist das?«

»Weiß nicht. Heißt Crowe. Kam an, als die Zwerge gerade weg waren, und ist schon seit zwei Tagen hier. Ruhiger Typ. Immer für sich allein. Aber er zahlt die Zeche und macht keinen Ärger.« Geoffrey begann, den Tisch abzuräumen.

Nachdem der Wirt in der Küche verschwunden war, beugte sich Jimmy über den Tisch, als suche er in seinem Bündel auf der anderen Seite etwas, und flüsterte: »Achtet besser auf eure Worte, für den Fall, dass der Kerl dort drüben spitze Ohren bekommt. Ich werde ihn im Auge behalten.«

Geoffrey kam zurück und fragte: »Wo wollt ihr eigentlich hin, Laurie?«

Arutha antwortete: »Tyr-Sog.«

Jimmy meinte, dass der Kerl am anderen Tisch leicht zuckte, war sich jedoch nicht sicher.

Geoffrey klopfte Laurie auf die Schulter. »Aber zu deiner Familie reist du nicht, was?«

Laurie schüttelte den Kopf. »Nein, es gibt zu viele Meinungsverschiedenheiten zwischen uns.« Alle außer Baru und Locklear wussten, dass Laurie von seinem Vater enterbt worden war. Als Junge hatte Laurie der Arbeit als Bauer gleichgültig gegenübergestanden und sich lieber seinen Tagträumen und seinen Liedern gewidmet. Und da sein Vater viele Mäuler zu stopfen hatte, hatte er ihn kurzerhand im Alter von dreizehn aus dem Haus geworfen.

»Dein Vater ist hier vor zwei, nein, fast drei Jahren vorbeigekommen«, erzählte der Wirt. »Das war kurz vor dem Ende des Krieges. Er und einige andere Bauern brachten Getreide für die Armee nach LaMut.« Er beobachtete Lauries Gesicht. »Er hat von dir gesprochen.«

Die Miene des früheren Barden zeigte einen befremdlichen Ausdruck, den keiner der am Tisch Versammelten zu deuten vermochte. »Ich hab erwähnt, dass du dich schon seit Jahren nicht mehr hast blicken lassen, und er meinte: ›Na also, da haben wir ja beide Glück gehabt. Dieser nichtsnutzige Herumtreiber hat auch mich seit Jahren nicht mehr belästigt!‹«

Laurie brach in Gelächter aus. »Das ist mein Vater! Ich hoffe, dem alten Kerl geht es immer noch gut.«

»Das denke ich doch«, meinte Geoffrey. »Ihm und deinen Brüdern scheint es jedenfalls nicht schlecht zu gehen. Wenn es möglich ist, lass ich ihn wissen, dass du in der Gegend warst. Du bist mit der Armee davongezogen, das war zumindest das Letzte, was man von dir gehört hat, und das ist jetzt auch schon fünf oder sechs Jahre her. Wo warst du denn die ganze Zeit?«

Laurie sah Arutha an, und beide hatten den gleichen Gedanken. Salador war ein Hof im fernen Osten, und die Nachricht, dass ein Junge aus Tyr-Sog dort jetzt Herzog und mit der Schwester des Königs verheiratet war, hatte sich noch nicht bis an die Grenze herumgesprochen. Beide waren erleichtert.

Laurie musste sich Mühe geben, dass seine Antwort gelassen klang. »Hier und dort. Jüngst in Yabon.«

Geoffrey setzte sich an den Tisch. Er trommelte mit den Fingern auf das Holz und meinte: »Ihr würdet gut daran tun, wenn ihr auf Ambros wartet. Der will sicher auch nach Tyr-Sog. Ich wette, der könnte noch ein paar Leute gebrauchen, und auf dieser Route ist man in einer größeren Truppe besser aufgehoben.«

»Gibt's da Schwierigkeiten?«, fragte Laurie.

Geoffrey entgegnete: »Im Wald? Ständig, aber in letzter Zeit ist es schlimmer geworden. Seit Wochen hört man immer wieder Geschichten von Trollen und Banditen, die den Reisenden das Leben schwermachen. Das ist nichts Neues, aber es scheint häufiger vorzukommen als sonst, und irgendwas ist seltsam an diesen Banditen und Trollen. Scheinbar ziehen sie alle nach Norden, so wird berichtet.« Er schwieg einen Moment lang. »Und dann haben die Zwerge etwas erzählt, als sie hier ankamen, das war wirklich seltsam.«

Laurie gab vor, das einfach so abzutun. »Zwerge erzählen immer seltsames Zeug.«

»Aber das war tatsächlich etwas sehr Ungewöhnliches. Die

Zwerge behaupteten, ihnen seien einige Brüder des Düsteren Pfades über den Weg gelaufen, und sie als Zwerge wollten sich natürlich mit ihnen anlegen. Also haben sie angeblich die Düsteren Brüder gejagt und einen getötet. Der hätte jedenfalls tot sein sollen, aber der Kerl hatte wohl die Frechheit, einfach nicht zu sterben. Vielleicht wollten die jungen Burschen einem Wirt nur einen Bären aufbinden, doch sie sagten, sie hätten diesem Bruder mit der Axt den Schädel fast in zwei Teile gespalten, doch der hätte den Kopf nur mit den Händen zusammengedrückt und wäre seinen Spießgesellen hinterhergerannt. Die Zwerge waren so erschrocken, dass sie auf der Stelle stehen geblieben sind und vergessen haben, die Brüder weiterzujagen. Und noch etwas: Die Zwerge meinten, sie hätten noch nie eine Bande der Düsteren Bruderschaft getroffen, die so darauf aus war, einfach davonzurennen, als müssten sie unbedingt irgendwo hin und hätten keine Zeit zum Kämpfen. Sie sind ein schlimmes Volk, und Zwerge mögen sie noch ein bisschen weniger, als sie andere Leute schon nicht mögen.« Geoffrey lächelte und zwinkerte in die Runde. »Ich weiß, die älteren Zwerge sind trübselige Kerle, die die Wahrheit nicht verdrehen, aber diese jungen Burschen wollten mich ein bisschen zum Besten halten, glaub ich.«

Arutha und die anderen zeigten sich nicht im Geringsten erschüttert, dabei wussten sie, dass die Geschichte stimmte. Damit war eins klar: Die Schwarzen Kämpfer waren wieder im Königreich unterwegs.

»Vielleicht wäre es wirklich das Beste«, meinte Arutha, »wenn wir auf den Silberhändler warten, doch wir müssen leider mit dem ersten Tageslicht aufbrechen.«

»Nun gut.« Geoffrey stand auf. »Wie viele Zimmer?«

»Zwei müssten für uns ausreichend bequem sein«, meinte Arutha.

Der Wirt schien ein wenig enttäuscht, doch es kam häufiger vor, dass Reisende wenig Geld hatten, und daher war er nicht überrascht.

Während Arutha und die Gefährten ihre Sachen zusammenklaubten, spähte Jimmy weiterhin zu dem fremden Mann hinüber. Außer für den Inhalt seines Weinbechers interessierte er sich scheinbar für wenig anderes.

Geoffrey brachte einige Kerzen und entzündete sie am Feuer. Dann führte er die Gefährten die dunkle Treppe zu ihren Zimmern hinauf.

Irgendetwas weckte Jimmy.

Die Sinne des früheren Diebes waren schärfer als die seiner Gefährten. Er und Locklear waren zusammen mit Roald und Laurie in einem Zimmer untergebracht. Arutha, Martin und Baru schliefen in dem Zimmer über dem Gastraum auf der anderen Seite des kleinen Ganges.

Der Junker des Prinzen spitzte die Ohren. Wieder hörte er ein schwaches Geräusch, ein leises Rascheln. Er stand von seinem Strohsack, der direkt neben Locklears am Boden lag, auf und schlich sich an den Betten von Laurie und Roald vorbei zum Fenster.

In der Dunkelheit glaubte er eine Bewegung zu bemerken, als wäre gerade jemand hinter der Scheune verschwunden. Jimmy fragte sich, ob er die anderen wecken sollte, doch er wollte nicht wegen nichts Alarm schlagen. Er nahm sein Schwert und verließ leise das Zimmer.

Mit bloßen Füßen ging er geräuschlos auf die Treppe zu.

Am Treppengeländer war ein zweites Fenster, zur Vorderseite des Gasthauses hin. Jimmy spähte hindurch, und in der Dunkelheit sah er Gestalten bei den Bäumen auf der anderen Seite der Straße. Jemand, der des Nachts draußen herumschlich, konnte kaum ehrenwerte Absichten haben.

Jimmy eilte die Treppe hinunter. Die Tür war nicht verriegelt. Er fragte sich, weshalb, denn als sie sich in ihre Zimmer zurückgezogen hatten, war sie noch verschlossen gewesen, dessen war er sich sicher. Dann erinnerte sich Jimmy an den anderen Gast. Er fuhr herum und sah sich um, doch natürlich saß der Mann nicht mehr im Schankraum.

Jimmy ging zu einem Fenster und zog den Laden gerade weit genug auf, damit er hinausspähen konnte. Er sah nichts. Lautlos schlich er zur Tür hinaus und duckte sich vor dem Haus. Die Dunkelheit würde ihn schon verbergen. Schnell machte er sich zu der Stelle auf, an der er die Gestalten zuletzt gesehen hatte.

Eigentlich bereitete es Jimmy keine Schwierigkeiten, sich lautlos zu bewegen, doch im nächtlichen Wald hatte er damit seine Probleme. Er war zwar nicht gänzlich unerfahren darin, schließlich hatte er sich bei seiner Reise mit Arutha zum Moraelin bereits in einer solchen Umgebung bewegt, trotzdem blieb er ein Stadtjunge. Somit war er gezwungen, langsam vorzugehen.

Dann hörte er Stimmen. Vorsichtig näherte er sich der Stelle und entdeckte ein schwaches Licht.

Einige Brocken von dem, was geredet wurde, konnte er schon verstehen, als er plötzlich vor sich auf einer winzigen Lichtung ein halbes Dutzend Gestalten entdeckte. Der Mann in dem braunen Umhang mit dem abgedeckten Schild sprach mit einer Gestalt in einer schwarzen Rüstung. Jimmy schnappte nach Luft und verhielt sich so still es nur ging. Das war ein Schwarzer Kämpfer. Vier weitere Moredhel standen schweigend an der Seite. Drei von ihnen trugen die grauen Mäntel der Waldclans, einer die Hose und das Gewand der Bergclans.

Der Mann in Braun sagte: »… nichts, meine ich. So wie sie aussehen, einfache Söldner, mit einem Barden, aber …«

Der Schwarze Kämpfer unterbrach ihn. Seine tiefe Stimme schien irgendwie aus der Ferne zu kommen, und er atmete hörbar, während er sprach. Beunruhigenderweise war die Stimme Jimmy seltsam vertraut. »Du wirst nicht fürs Denken bezahlt, Mensch. Du wirst fürs Dienen bezahlt.« Er betonte seine Worte, indem er dem anderen mit dem Finger vor die Brust stieß. »Erledige deine Arbeit immer zu meiner Zufriedenheit, und wir werden unsere Beziehung erfolgreich fortsetzen. Wenn du mich enttäuschst, wird dir das furchtbar leidtun.«

Der Mann im braunen Umhang gehörte nicht zu der Sorte Mensch, die sich leicht einschüchtern ließen, doch er nickte nur. Jimmy konnte das verstehen – die Schwarzen Kämpfer konnten einem wirklich Angst einjagen. Die Günstlinge von Murmandamus dienten ihrem Herrn selbst noch als Tote.

»Du sagst, es seien ein Sänger und ein Junge dabei?« Jimmy musste heftig schlucken.

Der Mann warf seinen Umhang zurück und enthüllte dabei ein braunes Kettenhemd. »Eigentlich zwei Jungen, doch sie sind schon fast Männer.«

Das brachte den Schwarzen Kämpfer aus dem Konzept. »Zwei?«

Der Mann nickte. »Könnten fast Brüder sein, so wie sie aussehen. Ungefähr die gleiche Größe, nur die Haarfarbe ist verschieden. Aber sie sind sich in gewisser Weise ziemlich ähnlich, so wie Brüder eben.«

»Moraelin … Da war nur ein Junge, nicht zwei. Sag mir, befindet sich unter ihnen auch ein Hadati?«

Der Mann in Braun zuckte mit den Schultern. »Ja, aber Männer aus den Bergen treiben sich hier ständig herum. Wir sind hier in Yabon.«

»Der, den ich meine, stammt aus dem Nordwesten, aus der Gegend am Himmelssee.« Eine Weile lang hörte man nur das schwere Atmen hinter dem schwarzen Helm, als würde der Moredhel seinen Gedanken nachhängen – oder sich mit jemand anderem unterhalten. Dann schlug sich der Schwarze Kämpfer mit der Faust in die Hand. »Sie könnten es sein. War da einer dabei, der gerissen aussieht, ein schlanker Krieger mit dunklem Haar bis fast auf die Schultern, einer, der sich flink bewegt und glatt rasiert ist?«

Der Mann schüttelte den Kopf. »Einer der Kerle ist glatt rasiert, doch er ist groß, und ein Schlanker ist dabei, doch der hat kurze Haare und einen Bart. Wer, glaubt Ihr, mögen sie sein?«

»Das brauchst du nicht zu wissen«, sagte der Schwarze Kämpfer. Jimmy wusste, dass er versuchte, die Gruppe hier mit jener in Verbindung zu bringen, die im vergangenen Jahr am Moraelin aufgetaucht war. »Wir werden warten. Vor zwei Tagen hat uns die Nachricht erreicht, dass der Fürst des Westens tot ist, aber ich glaube nicht eher an den Tod eines Mannes, bis ich sein Herz in den Händen halte. Vielleicht hat es gar nichts zu bedeuten. Wenn ein Elb bei ihnen gewesen wäre, hätte ich das Gasthaus heute Nacht niedergebrannt, aber ich bin mir noch nicht sicher. Trotzdem, bleib wachsam. Es könnten seine Gefährten sein, die zurückgekommen sind, um uns zu schaden und ihn zu rächen.«

»Sieben Männer, davon zwei noch fast Kinder. Was sollen die schon für eine Gefahr darstellen?«

Der Moredhel überging die Frage. »Geh jetzt zum Gasthaus zurück und pass auf, Morgan Crowe. Du wirst gut bezahlt, allerdings nicht, damit du Fragen stellst, sondern damit du gehorchst. Wenn sie das Gasthaus verlassen, verfolge sie in unauffälliger Entfernung. Wenn sie bis Mittag auf der Straße nach Tyr-Sog weiterziehen, reitest du zurück zum Gasthaus und wartest dort. Morgen Nacht treffen wir uns wieder hier, und du sagst mir Bescheid. Aber verweile nicht, denn Segersen kommt mit seinen Leuten in den Norden, und du musst ihn treffen. Ich brauche seine Pioniere und Sappeure. Ist das Gold sicher aufgehoben?«

»Ich hab es immer bei mir.«

»Gut. Jetzt geh.« Einen Moment lang schien der Schwarze Kämpfer zu zittern und zu schwanken, dann hatte er seine Bewegungen wieder unter Kontrolle. Mit vollkommen anderer Stimme sagte er: »Tu, was dein Meister dir befohlen hat, Mensch.« Dann wandte er sich ab und ging davon. Innerhalb weniger Augenblicke war die Lichtung leer.

Jimmy stand der Mund offen. Jetzt begriff er. Er hatte die erste Stimme schon einmal gehört, im Palast, als der untote Moredhel Arutha hatte umbringen wollen, und dann noch einmal im Keller des Hauses der Verlorenen, bei dem Angriff auf die Nachtgreifer in Krondor. Der Mann namens Morgan Crowe hatte nicht mit dem Schwarzen Kämpfer gesprochen. Jimmy zweifelte nicht daran, mit wem er in Wirklichkeit gesprochen hatte.

Murmandamus!

Jimmy hatte vor Überraschung einen Augenblick gezögert, und jetzt würde er das Gasthaus nicht mehr unbemerkt vor Crowe erreichen. Der Mann hatte die Lichtung bereits verlassen und die Laterne mitgenommen. In der Dunkelheit musste sich Jimmy noch langsamer voranbewegen.

Als er an der freien Fläche bei der Straße ankam, sah er das rote Glühen des Kamins im Gastraum. Dann schloss Crowe die Tür. Jimmy hörte, wie der Riegel vorgelegt wurde.

Jimmy eilte am Rand des Waldes entlang, bis er unter dem Fenster seines Zimmers stand. Er kletterte rasch hinauf, wobei ihm das grobe Mauerwerk ausreichend Halt bot. Oben griff er in die Taschen seiner Jacke und holte eine Schnur und einen Haken hervor. Bald darauf hatte er den einfachen Riegel des Fensters aufgeschoben. Er zog das Fenster auf und stieg ein.

Zwei Schwertspitzen piekten ihm in die Brust, und er blieb stehen.

Laurie und Roald senkten ihre Schwerter, als sie erkannten, wen sie da vor sich hatten. Locklear hatte sein Schwert ebenfalls gezogen und bewachte die Tür. »Was soll das denn werden? Suchst du vielleicht einen neuen Weg zum Sterben, nach dem Motto: Wie mir meine Freunde das Schwert in den Leib stießen?«

»Was ist das für ein Zeug, das du da hast?« Laurie zeigte auf die Schnur und den Haken. »Ich dachte, dieses Handwerk hättest du aufgegeben.«

»Still«, sagte der Junge und verstaute sein Einbruchswerkzeug. Mit gedämpfter Stimme sagte er: »Ihr seid auch seit einem Jahr kein Sänger mehr, und trotzdem schleppt Ihr diese Laute überall mit Euch herum. Also, hört zu, es gibt Schwierigkeiten. Dieser Kerl im Gastraum arbeitet für Murmandamus.«

Laurie und Roald wechselten einen Blick. Laurie sagte: »Das erzählst du besser gleich Arutha.«

»Also«, sagte Arutha, »sie haben also die Nachricht von meinem Tod erhalten. Und Murmandamus ist trotz des ganzen Schauspiels in Krondor nicht gänzlich von meinem Ableben überzeugt.« Sie hatten sich in Aruthas Zimmer versammelt, wo sie sich im Dunkeln leise besprachen.

»Dennoch«, meinte Baru, »anscheinend geht er zunächst davon aus, dass du tot bist, solange das Gegenteil nicht erwiesen ist, auch wenn er noch Zweifel hegt.«

»Er wird nicht ewig herumsitzen und warten«, sagte Laurie. »Er muss bald handeln, sonst bricht sein Bündnis mit der Bruderschaft auseinander.«

»Wenn wir noch einen Tag weiter in Richtung Tyr-Sog reisen, lassen sie uns in Ruhe«, warf Jimmy ein.

»Ja«, flüsterte Roald, »aber da ist immer noch Segersen.«

»Wer ist das?«, fragte Martin.

»Ein Söldnergeneral«, antwortete Roald. »Aber von einer eigentümlichen Sorte. Er hat nie eine große Truppe, immer weniger als hundert, meist kaum fünfzig, doch dafür besondere Fachmänner: Mineure, Schanzer, Strategen. Die beste Truppe, die man bekommen kann. Seine Spezialität ist Mauern niederzubrechen oder zu verteidigen, je nachdem, wer ihn bezahlt. Ich habe ihn einmal bei der Arbeit gesehen. Er hat Baron Croswaith bei seinen Grenzstreitigkeiten mit Baron Lobromill unterstützt, zu der Zeit, als ich bei Croswaith in Diensten war.«

»Ich habe auch von ihm gehört«, sagte Arutha. »Er arbeitet überall, von den Freien Städten bis hin nach Queg, also braucht er sich nicht um die Gesetze des Königreichs hinsichtlich Söldnertruppen zu kümmern.«

»Ich würde trotzdem gerne wissen, wofür Murmandamus eine Truppe hoch bezahlter Schanzer braucht. Wenn er so weit im Westen etwas vorhat, muss er durch Tyr-Sog oder Yabon. Weiter im Osten sind die Grenzbarone. Doch er ist immer noch auf der anderen Seite der Berge, und in den nächsten Monaten wird er kaum irgendeine Stadt belagern.«

»Vielleicht soll nur niemand anders diesen Segersen anheuern?«, äußerte sich Locklear.

»Vielleicht«, sagte Laurie. »Doch noch wahrscheinlicher braucht er Segersen für irgendein Unternehmen.«

»Dann müssen wir dafür sorgen, dass es fehlschlägt«, sagte Arutha.

»Wir machen einen halben Tagesritt nach Tyr-Sog und kehren dann um?«, vermutete Roald.

Arutha nickte nur.

Arutha gab das Zeichen.

Roald, Laurie und Jimmy bewegten sich langsam voran, während Baru und Martin sich davonschlichen, um die anderen zu umstellen. Locklear blieb zurück und hielt die Pferde.

Sie waren den halben Tag lang in Richtung Tyr-Sog gezogen. Kurz nach Mittag hatte Martin sein Pferd gewendet und war zurückgeritten. Als er wieder auftauchte, berichtete er, dass sich der Mann namens Crowe auf dem Rückweg befand.

Jetzt pirschten sie sich durch die Nacht hinter dem Mann

her, dorthin, wo sich der Abtrünnige mit den Moredhel treffen sollte.

Arutha richtete sich leise auf und blickte über Jimmys Schulter. Wieder einmal bekam der Prinz einen der Schwarzen Kämpfer von Murmandamus zu Gesicht. Der Moredhel in Rüstung sagte: »Hast du die Männer verfolgt?«

»Sie haben sich wie erwartet auf den Weg nach Tyr-Sog gemacht. Zum Teufel, ich habe Euch doch gesagt, sie stellen keine Gefahr dar. Ich habe einen ganzen Tag damit verschwendet.«

»Du tust das, was der Meister befiehlt.«

Jimmy flüsterte: »Das ist nicht die Stimme von gestern Nacht, es ist die zweite.«

Arutha nickte. Der Junge hatte ihnen die Sache mit den beiden Stimmen erklärt, und sie hatten schon früher erlebt, wie sich Murmandamus des Körpers eines seiner Untergebenen bedient hatte. »Gut«, flüsterte der Prinz zurück.

Der Moredhel sagte: »Jetzt warte auf Segersen. Du weißt ...«

Der Schwarze Kämpfer machte einen Satz nach vorn und fiel Crowe in die Arme, der ihn einen Moment lang hielt und ihn dann zu Boden sinken ließ. Der entsetzte Abtrünnige starrte mit weit aufgerissenen Augen auf den Schaft, der unter der Kante des Helms des Moredhel eine Elle weit herausragte. Martins Pfeil war durch den Nackenschutz des Schwarzen Kämpfers gedrungen und hatte ihn augenblicklich getötet.

Noch bevor die anderen vier Moredhel ihre Waffen ziehen konnten, hatte Martin den zweiten niedergeschossen, und Baru sprang zwischen den Bäumen hervor und schlug mit seinem langen Schwert einen dritten Moredhel nieder.

Roald war auf der anderen Seite der Lichtung und tötete den nächsten.

Martin erschoss den letzten Dunkelelben, während Arutha und Jimmy den Abtrünnigen Crowe gefangen nahmen. Der machte kaum einen Versuch, sich zu verteidigen, zuerst, weil ihn der plötzliche Angriff so überrascht hatte, und dann, weil er sich auf einmal in der Unterzahl sah. Offensichtlich war er verwirrt, besonders, als er beobachtete, wie Martin und Baru dem Schwarzen Kämpfer die Rüstung auszogen.

Die Angst wich einem tiefen Schock. Der Anblick, wie Martin einem Schwarzen Kämpfer die Brust aufschnitt und das Herz herausholte, gab dem Mann den Rest. Er riss die Augen noch weiter auf, als ihm klar wurde, wer die Moredhel erledigt hatte. »Ihr …« Sein Blick ging fragend von einem Gesicht zum anderen, während sich die Gefährten um ihn versammelten. Dann bestaunte er wieder Aruthas Gesicht. »Ihr! Aber Ihr seid doch tot!«

Jimmy nahm ihm die versteckten Waffen ab und sah sich seinen Hals an. »Kein schwarzer Greif. Er ist keiner von ihnen.«

In Crowes Augen flackerte es wild. »Ich, einer von ihnen? Nein, niemals, Euer Gnaden. Ich überbringe nur Nachrichten, Herr. Damit verdien ich mir ein bisschen Gold, Eure Herrlichkeit. Ihr wisst doch, wie das Leben sein kann.«

Arutha scheuchte Jimmy mit einer Handbewegung davon. »Hol Locky! Ich will ihn nicht allein dort draußen wissen, falls noch andere Düstere Brüder in der Gegend lauern.« Zu dem Gefangenen sagte er: »Was hat Segersen mit Murmandamus zu schaffen?«

»Segersen? Wer ist das?«

Roald trat vor und schlug Crowe mit der behandschuhten Faust, in der er einen schweren Dolch hielt, ins Gesicht. Die Nase des Abtrünnigen begann zu bluten, der Wangenknochen war gebrochen.

»Brech ihm nicht das Kinn, um Himmels willen«, sagte Laurie. »Dann kann er uns nichts mehr erzählen.«

Roald gab dem Mann einen Tritt, und der Kerl fiel zu Boden und krümmte sich vor Schmerzen. »Hör mal, Bursche, ich habe keine Zeit, mich zärtlich mit dir zu befassen. Also entweder antwortest du jetzt, oder wir bringen dich in kleinen Stücken zum Gasthaus zurück.« Er strich über die Schneide seines Dolches, um seine Worte zu bekräftigen, dann wiederholte er seine Frage: »Was hat Segersen mit Murmandamus zu schaffen?«

»Ich weiß es nicht«, brachte der Mann durch die blutigen Lippen hervor. Roald trat ihn nochmals, und wieder schrie der Kerl. »Ich weiß es wirklich nicht. Mir wurde nur gesagt, ich solle ihn hier treffen und ihm eine Botschaft überbringen.«

»Was für eine Botschaft?«

»Die Botschaft ist ganz einfach. Sie lautet: ›Bei der Inclindel-Schlucht.‹«

»Die Inclindel-Schlucht ist ein schmaler Weg durch die Berge, von hier aus genau im Norden«, sagte Baru. »Wenn Murmandamus diese Schlucht besetzt hält, kann er sie lange genug offen halten, bis Segersens Truppe hindurchgezogen ist.«

»Aber wir wissen immer noch nicht, wieso Murmandamus eine Kompanie von Schanzern braucht«, bemerkte Laurie.

Roald witzelte: »Na, wofür braucht man wohl Schanzer, was?«

»Was ist dort zu belagern?«, fragte sich Arutha laut. »Tyr-

Sog? Die Stadt kann zu leicht aus Yabon Verstärkung bekommen, und zusätzlich muss man einen Weg durch die Länder auf der anderen Seite der Berge finden, wo die Nomaden der Donnernden Hölle leben. Der Eiserne Pass und die Wächter des Nordens sind zu weit östlich von hier, und er bräuchte die Schanzer nicht gegen die Zwerge oder Elben. Bleibt nur Hohenburg.«

Martin hatte seine blutige Arbeit beendet und sagte: »Vielleicht, aber es ist die größte Befestigungsanlage der Grenzbarone.«

»Ich mach mir keine Sorgen wegen einer Belagerung«, erklärte Arutha. »Hohenburg wurde errichtet, um den Überfällen von Räuberbanden zu widerstehen. Mit einer großen Menge Soldaten könnte man die Festung vielleicht erobern, und bisher hat Murmandamus noch keine Opfer gescheut. Trotzdem, dann säße er in der Mitte des Hogewalds und wäre kein Stück weiter. Nein, das macht keinen Sinn.«

»Wartet«, sagte der Mann am Boden. »Ich bin nur Mittelsmann und werde nur für meine Arbeit bezahlt. Ihr könnt mich nicht für das verantwortlich machen, was die Bruderschaft im Schilde führt, Euer Gnaden.«

Jimmy kam mit Locklear zurück.

Martin sagte zu Arutha: »Ich glaube, er weiß nicht mehr.«

Aruthas Miene verfinsterte sich. »Er weiß, wer wir sind.«

Martin nickte. »Das weiß er.«

Plötzlich verlor Crowes Gesicht jede Farbe. »Seht, Ihr könnt Euch auf mich verlassen. Ich werde mein Maul schon halten, Eure Hoheit. Ihr braucht mir nicht einmal etwas dafür zu geben. Lasst mich nur gehen, und ich werde den heutigen Abend vergessen. Ehrlich.«

Locklear blickte von einem seiner grimmig dreinschauenden Gefährten zum nächsten. Das konnte er nicht fassen.

Arutha bemerkte es und nickte Jimmy kurz zu. Der ältere Junge griff Locklear grob am Oberarm und zog ihn fort. »Was …?«, setzte der jüngere Junker an.

Ein Stück weiter blieb Jimmy stehen. »Wir warten.«

»Worauf?«, fragte der Junge, dem die Verwirrung offen im Gesicht geschrieben stand.

»Bis sie getan haben, was sie tun müssen.«

»Was tun?«, bohrte Locklear.

»Den Abtrünnigen töten.«

Locklear wurde blass.

Jimmys Stimme klang scharf, als er sagte: »Locky, wir sind im Krieg, und in einem Krieg werden Menschen getötet. Und leider sogar Unschuldige und nicht nur so üble, verkommene Kerle wie dieser Crowe.«

Locklear starrte in Jimmys harte Miene und konnte nicht begreifen, was aus seinem Freund geworden war. Seit über einem Jahr hatte er in ihm den Gauner, den Halunken und den Charmeur gesehen, doch jetzt entdeckte er jemanden, den er nicht kannte: den unbarmherzigen Kämpfer, einen jungen Mann, der getötet hatte und wieder töten würde.

»Dieser Mann muss sterben«, sagte Jimmy gefühlskalt. »Er weiß, wer Arutha ist, und du glaubst doch nicht, dass das Leben des Prinzen auch nur das Schwarze unter dem Fingernagel wert ist, wenn dieser Crowe freikommt.«

Locklear war durcheinander, sein Gesicht weiß. Er schlug die Augen nieder. »Könnten wir nicht …«

»Was?«, fragte Jimmy wütend. »Auf eine Patrouille Soldaten warten, die ihn mit nach Tyr-Sog nimmt und ihn dort vor

Gericht stellt? Und selbst noch mitgehen, um eine Zeugenaussage zu tätigen? Ihn für ein paar Monate irgendwo einsperren? Vielleicht hilft es dir, wenn du dir vor Augen hältst, dass Crowe ein Verbrecher und ein Verräter ist und dass Arutha nur Recht spricht. Aber wie man die Sache auch dreht und wendet, wir haben keine Wahl.«

Locklears Gedanken schossen hin und her, dann ertönte von der Lichtung her ein erstickter Schrei, und der Junge stöhnte. Seine Verwirrung schien sich zu legen, und er nickte.

Jimmy legte seinem Freund die Hand auf die Schulter. Eines war ihm allerdings klar: Locklear würde nie wieder der Junge sein, der er noch bis vor einem Moment gewesen war.

Sie waren zum Gasthaus zurückgekehrt und warteten, ganz zur Freude des etwas überraschten Geoffrey. Nach drei Tagen erschien ein Fremder und ging direkt auf Roald zu, der den Platz von Crowe eingenommen hatte. Der Fremde sprach kurz mit ihm und brach dann wütend wieder auf, als Roald ihm mitgeteilt hatte, dass der Vertrag zwischen Murmandamus und Segersen hinfällig sei. Martin hatte Geoffrey gegenüber erwähnt, dass vielleicht ein gesuchter Söldnergeneral in der Gegend lagern würde. Er sei sicher, für den, der das hiesige Militär über dessen Aufenthalt informierte, spränge bestimmt eine Belohnung heraus. Am nächsten Tag verließen sie das Gasthaus in Richtung Norden.

Kurz nachdem die Schenke außer Sicht war, bemerkte Jimmy: »Geoffrey hat noch eine schöne Überraschung vor sich.«

»Wieso?«, fragte Arutha.

»Nun, Crowe hat die Rechnung der letzten beiden Tage

noch nicht bezahlt, also hat Geoffrey den Schild als Pfand genommen.«

Roald fiel in Jimmys Lachen ein. »Du denkst, er wird irgendwann unter die Abdeckung sehen?«

Auf allen Gesichtern außer dem von Roald machte sich Verwirrung breit. Jimmy sagte: »Er ist aus Gold.«

»Darum hat ihn Crowe nirgendwo liegen lassen, sondern immer mit sich herumgeschleppt«, fügte Roald hinzu.

»Er war die Bezahlung für Segersen«, sagte Jimmy, während die anderen lachten. »Ist doch gut, dass der anständige Geoffrey ihn bekommt. Der Himmel weiß, wohin es uns verschlägt. Wir können ihn jedenfalls nicht gebrauchen.«

Das Gelächter erstarb.

Arutha gab das Zeichen zum Halten.

Sie waren von dem Gasthaus aus eine Woche lang ständig nach Norden vorgedrungen und hatten zweimal in Hadati-Dörfern übernachtet, in denen Baru bekannt war. Er war mit Respekt und Ehrbezeugungen empfangen worden, denn in den Hochländern der Hadati hatte sich herumgesprochen, dass er Murad getötet hatte. Wenn die Männer der Berge neugierig auf die Identität seiner Gefährten gewesen waren, so hatten sie es sich nicht anmerken lassen. Arutha und die anderen waren sicher, dass sie über ihren Besuch kein Wort verlieren würden.

Jetzt standen sie am Anfang eines schmalen Wegs, der hinauf in die Berge zur Inclindel-Schlucht führte. Baru, der an Aruthas Seite ritt, erklärte: »Hier betreten wir wieder einmal Feindesland. Vielleicht haben die Moredhel ihre Wachen vom Pass zurückgezogen, nachdem Segersen nicht aufgetaucht ist, vielleicht laufen wir ihnen aber auch direkt in die Arme.«

Arutha nickte nur.

Baru hatte sich das Haar zurückgebunden und seine Schwerter in seiner Decke eingewickelt. Jetzt trug er Morgan Crowes Schwert an der Seite und das Kettenhemd des Abtrünnigen über seinem Rock. Es war, als hätte der Hadati zu existieren aufgehört und als wäre ein gemeiner Söldner an seine Stelle getreten. Das war auch ihre Geschichte. Sie waren einfach nur eine weitere Truppe von Abtrünnigen, die dem Banner von Murmandamus folgen wollten.

Seit Tagen hatten sie das Problem gewälzt, wie sie Murmandamus überhaupt erreichen konnten. Alle waren sich in einem einig gewesen: Selbst wenn Murmandamus daran zweifelte, dass Arutha tot war, er würde den Prinzen von Krondor niemals in seiner eigenen Armee vermuten.

Ohne weitere Gespräche machten sie sich auf den Weg, und Martin und Baru übernahmen die Führung. Ihnen folgten Arutha und Jimmy, dann Laurie und Locklear und am Schluss Roald. Der erfahrene Söldner hielt den Blick beständig nach hinten gerichtet, während sie weiter zur Inclindel-Schlucht hinaufritten.

Zwei Tage lang ging es aufwärts, bis sich der Weg nach Nordosten wandte. Er schien weiter hinauf in die Berge zu führen, obwohl er noch immer an der Südseite entlangging. In gewisser Hinsicht befanden sie sich noch immer auf dem Boden des Königreichs, da die königlichen Kartenzeichner die Gipfel über ihnen zu Grenzmarken zwischen dem Königreich und den Nordlanden bestimmt hatten. Jimmy machte sich darüber jedoch keine Illusionen. Sie waren auf feindlichem Gebiet. Jeder, dem sie begegneten, würde sie sofort angreifen.

Martin wartete an einer Biegung der Straße. Wie er es sich auf ihrer Reise zum Moraelin angewöhnt hatte, ging er zu Fuß voraus und kundschaftete den Weg aus. Der Boden war zu steinig, um sich mit den Pferden rasch fortbewegen zu können, und so konnte er sich auch laufend an der Spitze der Gruppe halten.

Er gab ihnen ein Zeichen, und die anderen stiegen ab. Jimmy und Locklear übernahmen die Tiere und führten sie ein kurzes Stück zurück die Straße hinunter. Sie hielten die Pferde fluchtbereit. Trotzdem, dachte Jimmy, würde eine Flucht zum Problem werden, weil der Weg so schmal war.

Die anderen erreichten den Herzog. Der bedeutete ihnen mit einem Handzeichen, ruhig zu sein. Sie konnten hören, weshalb er die Gruppe zum Halten gebracht hatte. Da war ein tiefes Knurren, gelegentliches Bellen und als Erwiderung ein anderes Knurren.

Sie zogen ihre Waffen und schlichen vorwärts. Kaum zehn Meter hinter der Biegung sahen sie eine Weggabelung. Der eine Weg führte weiter nach Nordosten, der andere bog nach Westen ab. Dort auf dem Boden lag ein Mann. Ob er tot war oder nur bewusstlos, konnten sie nicht feststellen. Über seinem reglosen Körper stand ein Riese von einem Hund, der an einen Bullmastiff erinnerte, nur dass er zweimal so groß war und einem Mann bis zu Taille reichte. Um seinen Hals trug er ein ledernes Halsband mit spitzen Eisenstacheln, und er fletschte die Zähne und knurrte und bellte. Vor ihm duckten sich drei Trolle.

Martin ließ einen Pfeil fliegen, der den hintersten Troll in den Kopf traf. Die Spitze schlug in den dicken Schädel, und die Kreatur war tot, noch bevor sie es bemerkte. Die anderen beiden drehten sich um, was sich als fataler Fehler erwies, denn der Hund sprang den einen Troll an und riss ihm mit seinen fürchterlichen Zähnen die Kehle auf. Der dritte versuchte zu fliehen, als er die fünf Männer erblickte, doch Baru war schneller und setzte über die Körper am Boden hinweg, zu denen sich sofort der dritte tote Troll gesellte.

Einen Moment lang kam das einzige Geräusch von dem Hund, der immer noch an dem toten Troll zerrte. Als sich die Männer näherten, ließ das Tier los, wich zurück und stand abermals über dem auf dem Bauch liegenden Mann, um ihn zu beschützen.

Baru sah das Tier an, pfiff leise und flüsterte halb zu seinem Gefährten: »Das ist doch nicht möglich.«

»Was?«, fragte Arutha.

»Dieser Hund.«

»Möglich oder nicht«, sagte Martin, »falls dieser Mann nicht schon tot ist, wird er bald sterben, wenn uns diese Bestie nicht an ihn heranlässt.«

Baru sagte ein fremdartig klingendes Wort, und der Hund spitzte die Ohren. Er legte den Kopf leicht schief und hörte auf zu knurren. Dann kam er langsam auf sie zu, und Baru kniete sich hin und kraulte das Tier hinter einem Ohr.

Martin und Arutha eilten zu dem Mann, um ihn zu untersuchen, derweil Roald und Laurie den Jungen halfen, die Pferde herzubringen. Als sich alle versammelt hatten, meinte Martin: »Er ist tot.«

Der Hund sah den toten Mann an und winselte, erlaubte Baru jedoch, ihn weiterhin zu kraulen.

»Wer ist das?«, fragte Laurie. »Was führt einen Mann und seinen Hund zu einem so einsamen Ort?«

»Und seht euch diese Trolle an«, fügte Roald hinzu.

Arutha nickte. »Sie sind bewaffnet und tragen Rüstungen.«

»Bergtrolle«, erklärte Baru. »Intelligenter, gerissener und gefährlicher als ihre Verwandten aus dem Tiefland. Sie sind schlimmer als Raubtiere, und sie gehören zu den schrecklichsten Feinden, die man sich denken kann. Murmandamus hat sich also Verbündete gesucht.«

»Aber dieser Mann?«, fragte Arutha und deutete auf den Leichnam am Boden.

Baru zuckte mit den Schultern. »Wer es ist, kann ich nicht sagen. Aber ich glaube, ich weiß, *was* er ist.« Er betrachtete den Hund vor sich, der zufrieden die Augen geschlossen hatte, während Baru ihn hinter den Ohren kraulte. »Dieser Hund ist so wie jene in unseren Dörfern, nur größer. Unsere Hunde stammen von seiner Rasse ab, einer Rasse, die man seit hundert Jahren in Yabon nicht mehr gesehen hat. Diese Tiere heißen Drachenhunde.«

Als er die erstaunten Blicke seiner Gefährten sah, begann er zu erklären: »Vor langer Zeit lebte mein Volk in kleinen Dörfern überall verstreut hier in den Bergen und auf den Hügeln an ihrem Fuße. Es gab keine Städte, doch zweimal in jedem Jahr gab es eine Versammlung. Um unsere Herden vor den Raubtieren zu schützen, züchteten wir diese Hunde, die Drachenhunde. Sie wurden meist von den Drachenfängern benutzt und zu einer solchen Größe herangezüchtet, dass selbst ein Bär vor ihnen zurückwich.« Baru zeigte auf die Hautfalten um die Augen. »Dieser Hund packt seinen Gegner am Hals, und diese Falten leiten das Blut von seinen Augen fort. Er wird nicht eher loslassen, bis sein Gegner tot ist oder bis es ihm sein Herr befiehlt. Das Halsband mit den Eisenspitzen soll ihn davor schützen, selbst von einem größeren Raubtier in den Hals gebissen zu werden.«

Locklear war erstaunt. »Noch größer! Das Vieh hat ja schon fast die Größe eines Ponys!«

Baru lächelte über die Äußerung. »Sie wurden zur Jagd auf Wywerns benutzt.«

»Was ist ein Wywern?«, fragte Locky.

»Ein kleiner dummer Drache«, antwortete Jimmy, »nur etwa dreieinhalb Meter groß.«

Locky sah die anderen an und wollte wissen, ob Jimmy ihn verkohlte. Doch Baru nickte nur, um Jimmys Erklärung zu bestätigen.

»Der Mann war sein Herr?«, fragte Martin.

»Höchstwahrscheinlich«, stimmte Baru zu. »Seht ihr die schwarze Lederkappe und den Lederpanzer? In seinem Gepäck werden wir sicherlich eine Eisenmaske finden, die man mit Lederbändern am Kopf festbinden und so über der Kappe tragen kann. Mein Vater hatte auch so eine Kappe in unserem Haus, ein Erbstück, das in unserer Familie von Generation zu Generation weitergereicht wurde.« Er sah sich um und entdeckte etwas bei den Trollen. »Da, hol das doch mal!«

Locklear rannte hinüber und kam mit einer riesigen Armbrust zurück. Er reichte sie Martin, der einen anerkennenden Pfiff ausstieß. »Das ist die verdammt größte Armbrust, die mir je unter die Augen gekommen ist.«

»Aber sie ist nur halb so groß wie die größte Armbrust, die ich je gesehen habe«, bemerkte Roald.

Baru nickte zustimmend. »Sie heißt Bessyhammer. Niemand weiß, was dieses ›Bessy‹ zu bedeuten hat, aber sie ist tatsächlich ein Hammer. Bei meinem Volk wurde gewöhnlich in jedem Dorf ein Drachenfänger angestellt, der die Herden vor Löwen, Bären, Greifen und anderen Raubtieren schützen sollte. Als Yabon dem Königreich einverleibt wurde und eure Adligen hier Städte und Burgen bauten und eure Patrouillen ausritten und das Land befriedeten, wurden die Drachenfänger nicht mehr gebraucht. Die Drachenhunde mussten nicht mehr so groß sein, und sie wurden nur noch als Haustier und zur Jagd auf kleineres Wild gezüchtet.«

Martin legte die Armbrust beiseite. Er betrachtete einen der Bolzen, die der Mann in einem Hüftköcher getragen hatte. Der Bolzen hatte eine Stahlspitze und war zweimal so groß wie normal. »Der sieht so aus, als könnte man damit ein Loch in eine Burgmauer schlagen.«

Baru lächelte schwach. »Nicht ganz, aber er hinterlässt wohl ein faustgroßes Loch im Panzer eines Wywern. Vielleicht tötet er das Wywern nicht, doch der wird es sich zweimal überlegen, ob er noch über die Herde herfallen will.«

»Aber du hast gesagt, es gäbe keine Drachenfänger mehr«, wunderte sich Arutha.

Baru tätschelte dem Hund den Kopf und stand auf. »Das hat man jedenfalls geglaubt. Dennoch liegt hier einer.« Er schwieg eine Weile. »Als Yabon vom Königreich annektiert wurde, waren wir ein loser Verband von Clans, und wir wurden danach unterschieden, wie wir eure Leute behandelten. Manche von uns hießen eure Vorfahren willkommen, andere nicht. Wir Hadati behielten größtenteils unsere alte Lebensart bei, blieben weiter in den Hochländern und züchteten Rinder und Schafe. Doch jene, die in den Städten lebten, wurden schnell von euren in immer größerer Zahl kommenden Landsmännern vereinnahmt, bis es kaum noch einen Unterschied zwischen den Leuten aus Yabon und denen aus dem Königreich gab. Laurie und Roald stammen aus einer solchen Familie. So wurde Yabon schließlich ein echter Teil des Königreiches.«

»Aber?«, fragte Arutha.

»Manche widersetzten sich dem König, und aus dem Widerstand erwuchs ein offener Krieg. Eure Soldaten marschierten zahlreich auf, und die Rebellion wurde schnell niedergeschlagen. Allerdings gibt es eine Legende – an die jedoch kaum jemand glaubt –, der zufolge sich einige Clans der Hochländer weder vor dem König verbeugen noch in den Krieg ziehen wollten. Deshalb wählten sie die Flucht und gingen in den Norden, um sich dort jenseits der Macht des Königreichs eine neue Heimat zu suchen.«

Martin betrachtete den Hund. »Vielleicht ist diese Legende doch wahr.«

»So scheint es«, meinte Baru. »Ich denke, ich werde hier draußen irgendwo auf entfernte Verwandte stoßen.«

Auch Arutha betrachtete den Hund. »Dann haben wir Verbündete. Diese Trolle waren mit Sicherheit Diener von Murmandamus, und dieser Mann war ihr Feind.«

»Und der Feind unseres Feindes ist unser Verbündeter?«, fragte Roald.

Baru schüttelte den Kopf. »Denkt daran, diese Menschen sind vor dem Königreich geflohen. Sie werden immer noch nicht besonders viel für Euch übrig haben, Prinz. Sehr wahrscheinlich bekommen wir mit ihnen die gleichen Schwierigkeiten wie Eure Vorfahren.« Das Letzte setzte er mit einem schiefen Lächeln hinzu.

»Wir haben keine Wahl«, meinte Arutha. »Bis wir nicht wissen, was hinter diesen Bergen liegt, müssen wir jede Chance ergreifen, die sich uns bietet.« Er stimmte einer kurzen Rast zu, während der sie den Leichnam des getöteten Drachenfängers mit Felsen bedeckten und so ein einfaches Hügelgrab errichteten. Der Hund stand starr daneben, als sie diese Arbeit erledigten. Erst nachdem sie fertig waren, bewegte er sich wieder und legte den Kopf auf das Grab seines Herrn.

»Lassen wir ihn hier zurück?«, fragte Roald.

»Nein«, entschied Baru. Wieder sagte er etwas in dieser eigentümlichen Sprache, und widerwillig kam der Hund an seine Seite. »Ihre Sprache muss immer noch die alte sein, denn der Hund gehorcht den Befehlen.«

»Und nun, wie geht es weiter?«, fragte Arutha.

»Mit aller Vorsicht, aber ich denke, wir sollten uns von ihm führen lassen«, antwortete der Mann aus den Bergen und zeigte auf den Hund. Er sagte ein einziges Wort, worauf der Hund die Ohren spitzte und den Weg entlangtrottete. Kurz bevor sie außer Sicht gerieten, blieb er stehen.

Sie stiegen rasch auf, und Arutha fragte: »Was hast du ihm gesagt?«

»Ich habe ›heim‹ gesagt«, übersetzte Baru. »Er wird uns zu seinen Leuten bringen.«

Gefangene

Der Wind heulte.

Die Reiter zogen die Mäntel enger um sich. Seit mehr als einer Woche folgten sie dem Drachenhund. Zwei Tage nachdem sie auf ihn getroffen waren, hatten sie die Großen Berge des Nordens überquert. Jetzt folgten sie einem schmalen Weg, der in nordöstlicher Richtung unterhalb eines Bergkamms entlangführte.

Der Hund hatte Baru als seinen neuen Herrn angenommen und gehorchte jedem Befehl des Hadati. Alles, was die anderen sagten, ignorierte er stur. Baru hatte den Hund Blutark genannt. In der alten Hadati-Sprache, so erklärte er, bezeichnete das einen alten Freund, den man wiedergetroffen hatte oder der von einer langen Reise zurückgekehrt war. Arutha hoffte, dass es ein gutes Omen sei. Hoffentlich würden die, die den Hund aufgezogen hatten, seiner Truppe gegenüber ähnlich empfinden.

Zweimal hatte sich der Hund als sehr nützlich erwiesen, da er sie auf Gefahren aufmerksam gemacht hatte. Er konnte wittern, was selbst Barus und Martins Jägeraugen entging. Beide Male hatten sie Trolle überrascht, die am Wegesrand gelagert hatten. Es war nur zu deutlich: Murmandamus ließ diesen Zugang zu den Nordlanden bewachen. Beide Begegnungen hatten auf Kreuzungen stattgefunden, an denen Wege ins Tal führten.

Vom Inclindel waren sie nach Südosten gezogen, hatten sich dann nach Osten gewandt und sich an der Nordseite der Berge entlanggeschlichen. In der Ferne konnten sie die riesigen Ausläufer der Nordlande bestaunen. Für die meisten Menschen im Königreich waren »die Nordlande« eine gebräuchliche Bezeichnung für einen unbekannten Ort auf der anderen Seite der Berge, über dessen Natur allenfalls Spekulationen im Umlauf waren. Doch jetzt sahen sie die Nordlande vor sich liegen, und die Wirklichkeit ließ alle Mutmaßungen darüber als zu klein erscheinen.

Nach Nordwesten hin erstreckte sich eine weite Ebene bis zu den fernen Nebeln am Horizont, die Donnernde Hölle. Nur wenige Männer aus dem Königreich hatten dieses Land je betreten, und dann auch nur mit der Zustimmung der Nomaden, die hier zu Hause waren. Am östlichen Rand der Donnernden Hölle erhob sich eine Hügelkette, und dahinter lagen Länder, die niemals zuvor ein Mann aus dem Königreich bereist hatte. Hinter jeder Biegung des Weges erwartete die Männer ein neuer erhabener Anblick.

Dass der Hund sich weigerte, weiter nach unten zu laufen, erfüllte sie mit Sorge, weil sie Martins Meinung nach unten in den Hügeln mehr Deckung finden würden als auf diesem offenen Pfad. So zogen sie im Zickzackkurs an den nördlichen Kämmen der Berge entlang und kamen nur dann und wann unter die Baumgrenze. An drei verschiedenen Stellen hatten sie Anzeichen dafür gefunden, dass dieser Weg kein natürlicher war, als hätte jemand vor langer Zeit die verschiedenen Teilstücke miteinander verbunden.

»Dieser Jäger hat sich aber weit von seinem Zuhause entfernt«, bemerkte Roald nicht zum ersten Mal. Von der Stelle, an der sie die Leiche gefunden hatten, bis hierher hatten sie schon fast hundert Meilen hinter sich gebracht.

»Ja«, bestätigte Baru, »und das ist seltsam, weil die Drachenfänger bei uns immer für den Schutz eines ganz bestimmten Gebietes zuständig waren. Vielleicht ist er eine Zeitlang von den Trollen verfolgt worden.«

Doch er wusste genau wie die anderen, eine solche Flucht war eine Sache weniger Meilen und keine solche Strecke. Nein, es musste einen anderen Grund gegeben haben, weshalb der Jäger so weit von zu Hause weg gewesen war.

Um sich die Zeit zu vertreiben, hatten Arutha, Martin und die Jungen angefangen, Barus Hadati-Dialekt zu lernen, im Hinblick auf den Tag, an dem sie die Verwandten von Blutarks Besitzer kennenlernen würden. Laurie und Roald sprachen fließend Yabonesisch und dazu ein paar Brocken der Mundart der Hadati, deshalb begriffen sie sehr schnell. Jimmy hatte die meisten Probleme, doch am Ende konnte er immerhin einfache Sätze bilden.

Dann kam ihnen Blutark den Weg zurück entgegengelaufen und wedelte wild mit dem Stummelschwanz. Ganz ungewöhnlich bellte er laut und drehte sich auf der Stelle im Kreis.

»Wie seltsam …«, murmelte Baru. Normalerweise stand der Hund immer starr, wenn er Gefahr witterte, bis er angegriffen wurde oder selbst den Befehl zum Angriff erhielt.

Baru und Martin ritten an den anderen vorbei, und der Hadati schickte den Hund voran. Blutark schoss los und war sofort um die nächste Biegung hinter einer hohen Felswand verschwunden, wo der Weg wieder nach unten führte.

Sie kamen um die Wegbiegung und …

Sie zügelten die Pferde!

Vor ihnen stand Blutark einem anderen Drachenhund gegenüber. Die beiden Hunde beschnüffelten sich und wedelten mit dem Schwanz. Doch hinter dem zweiten Hund stand ein Mann in einem schwarzen Lederharnisch und mit einer Eisenmaske vor dem Gesicht. Er sah die Gefährten über einen Bessyhammer hinweg an, der auf einem langen Gestell ruhte. Die Worte, die er ihnen zurief, verloren sich in dem starken Wind.

Baru hob die Hände und rief etwas, um ihre friedlichen Absichten klarzumachen. Doch plötzlich fielen von oben Netze herab, in denen sich alle sieben Reiter verfingen. Ein Dutzend Soldaten in brauner Lederkleidung sprang auf sie zu und rang Aruthas Truppe rasch von ihren Pferden, um sie sodann zu fesseln.

Der Mann in dem schwarzen Harnisch klappte das Gestell zusammen und hängte ihn sich zusammen mit der Armbrust über die Schulter.

Er kam näher und tätschelte freundlich Blutark und seinen eigenen Hund.

Pferdegetrappel kündigte einen weiteren Trupp der Männer in Braun an. Einer der Männer sprach in der Sprache des Königreichs zu ihnen, allerdings mit einem starken Akzent. »Ihr kommt mit uns. Sprecht nicht, oder wir knebeln euch. Versucht nicht zu fliehen, oder wir töten euch.«

Baru nickte seinen Gefährten knapp zu, doch Roald wollte etwas sagen. Augenblicklich schob man ihm einen Knebel in den Mund und band ihm ein Tuch vor das Gesicht, um ihn zur Ruhe zu bringen.

Arutha sah sich um und nickte den anderen zu. Die Gefangenen wurden rau wieder in ihre Sättel gehievt und ihre Füße an die Steigbügel gebunden. Ohne weitere Worte wandten sich die Reiter wieder bergabwärts und führten Arutha und die anderen mit sich.

Einen Tag und eine Nacht ritten sie. Kurze Pausen wurden angeordnet, weil sich die Pferde erholen mussten. Während die Tiere versorgt wurden, lockerte man Arutha und seinen Gefährten die Fesseln, damit sie ihre verkrampften Gliedmaßen entspannen konnten.

Ein paar Stunden nach ihrem Aufbruch wurde Roald sehr zu seiner Erleichterung der Knebel aus dem Mund genommen, doch sie durften immer noch nicht sprechen.

Als es dämmerte, konnten sie sehen, dass sie die halbe Entfernung zwischen dem Weg auf dem Kamm und den Hügeln am Fuße der Berge zurückgelegt hatten. Sie kamen an einer kleinen Rinderherde vorbei, und die drei wachsamen und bewaffneten Hirten winkten ihnen zu. Kurz danach erreichten sie ein befestigtes Dorf.

Der äußere Wall war sehr robust. Schwere Baumstämme waren dicht aneinandergefügt und mit Lehm verschmiert worden. Die Reiter mussten wegen der tiefen Gräben vor der Mauer um das Dorf herumreiten und gelangten über eine Seitenstraße auf einen Hügel. Zu beiden Seiten des Weges standen in den Gräben feuergehärtete hölzerne Spieße, die jeden Reiter, der vom Weg abkam, aufspießten. Roald sah sich um und flüsterte: »Sie müssen sehr liebenswerte Nachbarn haben.«

Einer der Wächter ritt daraufhin sofort an seine Seite und

hielt den Knebel bereit, doch der Anführer winkte ihn zurück, da sie schon auf das Tor zuritten. Das Tor wurde geöffnet, und hinter der ersten Mauer entdeckten sie eine zweite. Es gab kein Außenwerk, dennoch schien der gesamte Bereich zwischen den Mauern ein geeigneter Schlachtgrund zu sein.

Als sie durch das zweite Tor kamen, bewunderte Arutha die einfache Kunstfertigkeit der Anlage. Eine moderne Armee konnte das Dorf zwar rasch einnehmen, jedoch nur unter großem Opfer. Banditen und Trolle konnten mit Leichtigkeit zurückgeschlagen werden.

Als sie innerhalb der Mauern waren, sah sich Arutha den Ort eingehend an. Es war ein kleines Dorf, kaum mehr als ein Dutzend Hütten, die alle aus lehmverschmiertem Flechtwerk errichtet waren. Im Hof spielten Kinder mit ernsten Augen. Sie trugen wamsähnliche Harnische und Dolche. Selbst die alten Männer waren bewaffnet, und einer hinkte, auf einen Speer anstatt einen Stock gestützt, an ihnen vorbei.

»Ihr dürft jetzt sprechen«, erklärte der Anführer des Trupps, »denn die Regeln des Weges gelten hier nicht.« Er benutzte weiterhin die Sprache des Königreichs.

Seine Männer durchschnitten die Seile, mit denen die Gefangenen an die Steigbügel gefesselt gewesen waren, und halfen ihnen abzusteigen. Daraufhin bedeutete ihnen der Anführer mit einer Geste, sie sollten in eine der Hütten gehen.

Drinnen wandten sich Arutha und die anderen wieder dem Kommandanten der Patrouille zu. Blutark, der die ganze Zeit an Barus Seite gelaufen war, legte sich zu Füßen des Hadati nieder. Seine große Zunge hing ihm aus dem Maul, während er hechelte.

»Dieser Hund gehört einer seltenen Rasse an, die für unser Volk sehr, sehr bedeutend ist«, erklärte der Kommandant der Patrouille. »Wie seid ihr zu ihm gekommen?«

Arutha nickte Baru zu. »Wir haben seinen Herrn gefunden, der von Trollen getötet wurde«, sagte der Hadati. »Wir haben daraufhin die Trolle getötet, und der Hund hat sich uns angeschlossen.«

Der Mann dachte nach. »Hättet ihr seinem Herrn etwas zuleide getan, hätte der Hund euch getötet oder wäre bei dem Versuch umgekommen. Also muss ich euch glauben. Doch diese Rasse wird besonders ausgebildet und gehorcht wenigen. Wie habt ihr ihm Befehle erteilt?«

Der Mann aus den Bergen sagte ein Wort, und der Hund setzte sich auf und spitzte die Ohren. Er sprach ein weiteres Wort, und der Hund legte sich wieder hin. »In meinem Dorf gab es eine ähnliche Rasse, obwohl die nicht so groß war wie diese.«

Der Kommandant kniff die Augen zusammen. »Wer bist du?«

»Ich bin Baru, genannt Schlangentöter, aus der Familie der Ordwinson des Eisenbergclans. Ich bin ein Hadati.« Baru sprach in der Mundart der Hadati, während er sein Bündel aufschnürte und seinen Tartan und seine Schwerter hervorholte.

Der Kommandant nickte. Er antwortete in einer Sprache, die der von Baru so ähnlich war, dass sogar die anderen sie verstehen konnten. Die beiden Sprachen unterschieden sich allein in der Aussprache. »Es ist schon viele Jahre her, dass einer aus dem Geschlecht der Hadati über die Berge gekommen ist, Baru Schlangentöter, fast schon eine Generation. Das erklärt viel. Doch die Männer aus dem Königreich kommen gewöhnlich nur hierher, um Unfrieden zu stiften, und in der letzten Zeit nehmen sie einfach überhand. Ich glaube nicht, dass ihr Männer dieses Schlages seid, doch das ist eine Sache, die der Protektor in seiner Weisheit entscheiden muss.« Er stand auf. »Wir werden heute Nacht hierbleiben, und morgen brechen wir wieder auf. Euch wird Essen gebracht werden. In der Ecke steht ein Eimer. Verlasst diese Hütte nicht. Solltet ihr das versuchen, werdet ihr wieder gefesselt, solltet ihr Widerstand leisten, werdet ihr getötet.«

Als er schon in der Tür stand, fragte Arutha: »Wohin bringst du uns?«

Der Mann sah sich noch einmal um. »Nach Armengar.«

Im ersten Tageslicht ritten sie los. Sie verließen das Hochland und gelangten in einen dunklen Wald. Blutark hielt sich ohne Probleme neben Barus Pferd. Die Männer hatten ihnen abermals verboten zu sprechen, doch sie hatten ihre Waffen zurückbekommen. Für Arutha sah es so aus, als würden ihre Wächter erwarten, dass sie sich wie Verbündete benahmen, falls es Schwierigkeiten geben sollte. Sollten sie auf Diener von Murmandamus stoßen, war diese Annahme ganz richtig. An einigen Stellen waren offensichtlich Bäume gefällt worden, und der Weg schien regelmäßig benutzt zu werden.

Dann ritten sie über eine Wiese, auf der eine kleine Herde Rinder graste. Drei Männer hielten bei den Tieren Wache. Es waren Hirten, doch mit Speer, Schwert und Schild bewaffnet.

Noch zwei weitere Male kamen sie an diesem Tag an Herden vorbei, einmal an Rindern, einmal an Schafen. Beide wurden von Kriegern bewacht, einige davon waren Frauen. Bei

Sonnenuntergang erreichten sie ein weiteres Dorf, und wieder wurden sie angewiesen, das Gebäude nicht zu verlassen.

Am Morgen des nächsten Tages, des vierten ihrer Gefangenschaft, gelangten sie in einen niedrigen Cañon, der einem Fluss aus den Bergen folgte. Sie ritten bis Mittag daran entlang, dann erreichten sie eine langgezogene Erhebung. Die Straße wand sich um den Berg, und sie verließen den Fluss, der sich seinen Weg durch das Gestein gegraben hatte. Fast eine Stunde lang konnten sie ihn nicht mehr sehen. Als sie den Berg umrundet hatten, warfen sich Arutha und seine Freunde überraschte Blicke zu.

Der Anführer der Gruppe, der, wie sie erfahren hatten, Dwyne hieß, wandte sich zu ihnen um und sagte: »Armengar.«

Sie konnten noch längst nicht alle Einzelheiten der Stadt erkennen, doch was sie sahen, erstaunte sie zutiefst. Die Stadtmauer war extrem hoch. In regelmäßigen Abständen gab es Erkertürme, von wo aus Bogenschützen den Bereich vor der Mauer mit Pfeilen bedecken konnten. Während sie näher kamen, entdeckten sie mehr und mehr Einzelheiten. Das Außenwerk war riesig und fast dreißig Meter lang. Die Tore erschienen eher wie bewegliche Teile der Mauer. Der Fluss aus den Bergen bildete den Stadtgraben und reichte bis an die Mauer heran; zwischen Wasser und Stein war kaum ein Fußbreit Platz.

Während sie auf die Stadt zuhielten, öffneten sich die Tore mit einer Schnelligkeit, die man bei ihrer Größe nicht erwartet hätte, und eine Gruppe Reiter kam aus dem Innern. Die Männer ritten Aruthas Begleitern zügig entgegen. Als die beiden Gruppen aneinander vorbeiritten, hoben die Reiter die

Hände zum Gruß. Arutha bemerkte, dass sie alle auf gleiche Weise gekleidet waren. Männer wie Frauen trugen Lederkappen, ihr Harnisch war jeweils aus Leder oder Metall. Alle trugen ein Schwert und einen Schild, die eine Hälfte dazu noch Lanzen, die andere Bögen. Die Schilde hatten keine Wappen oder Zeichen.

Die Truppe war schnell an ihnen vorbei, und Arutha richtete seine Aufmerksamkeit wieder auf die Stadt. Sie überquerten eine feste Brücke über den Stadtgraben, dann ritten sie durch das Stadttor, und Arutha erhaschte einen Blick auf ein Banner, das an der Ecke des Außenwerks im Wind flatterte. Er konnte nur die Farben erkennen, Gold und Schwarz, nicht die Zeichnung. Trotzdem beunruhigte ihn etwas an diesem Banner. Hinter ihnen schlossen sich die äußeren Tore. Sie schienen aus eigenem Antrieb zuzuschwingen, und Martin sagte: »Es muss einen Mechanismus geben, der sie aus den Mauern schiebt.« Arutha sah sich nur schweigend um. »Hier kann man mit hundert oder sogar hundertfünfzig Reitern einen Ausfall machen, ohne die inneren Tore öffnen zu müssen«, fuhr Martin fort, während er die Größe des Schlachtgrundes betrachtete.

Arutha nickte. So ein großes Außenwerk hatte er noch nie gesehen. Die Wände waren fast zehn Meter stark. Dann öffneten sich die inneren Tore, und sie ritten in Armengar ein.

Die Stadt war durch einen etwa hundert Meter breiten Burghof von der Mauer getrennt. Dann begannen die dicht gedrängten Gebäude, zwischen denen sich schmale Straßen wanden. Nichts erinnerte an die breiten Prachtstraßen in Krondor, und keine Schilder verrieten den jeweiligen Zweck der Häuser. Sie folgten ihrer Eskorte und bemerkten einige wenige Leute in den Straßen. Wenn hier Geschäfte betrieben wurden, so bekamen Arutha und seine Gefährten nichts davon mit. Überall, wo sie hinsahen, liefen die Menschen im Harnisch und mit Waffen herum. Sie sahen nur eine Ausnahme: eine Frau, die offensichtlich hochschwanger war. Dennoch steckte in der Schärpe um ihre Taille ein Dolch. Selbst Kinder, nicht älter als sieben oder acht, trugen Waffen.

Die Straßen kreuzten sich immer wieder mit anderen. »Diese Stadt scheint völlig planlos gebaut zu sein«, meinte Locklear.

Arutha schüttelte den Kopf. »Nein, sie wurde sogar nach einem genauen Plan und zu einem klaren Zweck gebaut. Gerade Straßen sind gut für Händler und sind einfach zu bauen, wenn das Gelände eben oder leicht zu bearbeiten ist. Gewundene Straßen findet man nur dort, wo es schwierig ist, gerade zu bauen, wie etwa in Rillanon, das auf felsigen Hügeln errichtet wurde. Diese Stadt liegt auf einer Hochebene, also wurden diese Straßen absichtlich so angelegt. Martin, was hältst du davon?«

»Ich denke, falls die Mauern durchbrochen werden, gerät man von hier bis zum anderen Ende der Stadt überall in einen Hinterhalt.« Er zeigte nach oben. »Seht mal, alle Gebäude haben die gleiche Höhe. Die Dächer sind flach, und ich bin sicher, man kann sie aus dem Inneren der Häuser erreichen. Perfekt für Bogenschützen. Und seht euch die unteren Stockwerke an.«

Jimmy und Locklear sahen sich um und verstanden, was der Herzog von Crydee meinte. Jedes Gebäude hatte im Erdgeschoss lediglich eine einzige Tür, die aus massivem Holz gefertigt und mit Metall verstärkt war. Es gab keine Fenster.

»Diese Stadt wurde nur zur Verteidigung gebaut«, war Martin überzeugt.

Dwyne drehte sich zu ihm um und sagte: »Du achtest auf viele Dinge.« Dann wandte er seine Aufmerksamkeit wieder dem Weg durch die Stadt zu. Gelegentlich sahen Bürger für einen Moment auf, als die Fremden vorbeiritten, und machten sich gleich darauf wieder an ihre Geschäfte.

Sie kamen aus den dicht gedrängten Gebäuden heraus auf einen Marktplatz. Überall, wohin sie sahen, standen Marktstände, an denen Leute kauften und verkauften. »Seht mal«, sagte Arutha und zeigte auf eine Zitadelle. Sie schien aus einer riesigen Klippe herauszuwachsen, gegen welche die Stadt gebaut war. Mindestens dreißig Stockwerke hoch erhob sich die Festung. Eine Mauer, an die zehn Meter hoch, umgab die Zitadelle, und um die Mauer floss ein Wassergraben. »Scheinbar erwarten sie unangenehme Gäste«, meinte Jimmy.

»Ihre Nachbarn sind ein lästiger Haufen«, bemerkte Roald.

Einige der Wachen, die die Sprache des Königreichs verstanden, lachten lauthals über diese Bemerkung und nickten zustimmend.

»Wenn die Marktstände abgebaut sind«, sagte Arutha, »reitet man hier über einen Burghof, und oben von der Mauer hat man freies Schussfeld. Wer diese Stadt einnehmen will, muss eine Unmenge Opfer in Kauf nehmen.«

»So war das auch gedacht«, bestätigte Dwyne.

Sie ritten in die Zitadelle, und ihnen wurde befohlen abzusteigen. Sie folgten Dwyne in einen Kerker, der allerdings geräumig und sauber war, und wurden zu einer großen, von einer Messinglaterne erleuchteten Gemeinschaftszelle geführt. Dwyne bedeutete ihnen einzutreten. »Ihr werdet hier warten.

Wenn ihr Alarm hört, kommt ihr auf den Hof und tut, wie euch gesagt wird. Ansonsten wartet ihr hier, bis der Protektor nach euch schickt. Ich werde euch Essen bringen lassen.« Daraufhin ging er.

Jimmy sah sich um. »Verschließen sie die Tür nicht? Und unsere Waffen, nehmen sie die uns nicht ab?«

»Weshalb machst du dir darum Sorgen?«, sagte Baru.

Laurie ließ sich auf eine alte Decke sinken, die über etwas Stroh ausgebreitet war. »Wir können so oder so nirgendwohin. Wir können nicht so tun, als wären wir Einheimische, und wo sollten wir uns verstecken? Außerdem habe ich keine Lust, mir den Weg nach draußen zu erkämpfen.«

Jimmy setzte sich neben Laurie nieder. »Du hast recht. Also, was machen wir jetzt?«

Arutha legte sein Schwert ab. »Wir warten.«

Sie warteten einige Stunden. Ihnen wurde Essen gebracht, und sie aßen. Als sie ihr Mahl beendet hatten, kehrte Dwyne zurück. »Der Protektor kommt. Ich brauche eure Namen und den Zweck eurer Reise.«

Alle Blicke richteten sich auf Arutha, und der meinte: »Ich denke, wir gewinnen nichts, wenn wir die Wahrheit verbergen, aber vielleicht gewinnen wir etwas, wenn wir offen antworten.« Dann sagte er zu Dwyne: »Ich bin Arutha, der Prinz von Krondor.«

»Ist das ein Titel?«

»Ja«, antwortete Arutha.

»Wir wissen nur noch wenig über das Königreich. Wir, die Menschen von Armengar, haben keine solchen Titel. Ist er wichtig?«

Roald platzte fast der Kragen. »Verdammt, Mann, er ist der Bruder des Königs und Herzog Martin auch! Er ist der zweitmächtigste Mann des Königreichs!«

Dwyne schien das wenig zu beeindrucken. Er ließ sich die anderen Namen geben, dann fragte er: »Und weshalb seid ihr hier?«

»Ich glaube, wir sagen das besser gleich deinem Protektor«, schlug Arutha vor.

Dwyne war von dieser Antwort offenbar keinesfalls gekränkt und verließ sie.

Eine weitere Stunde verging, dann flog die Tür auf. Dwyne trat wieder ein, doch einen Schritt hinter ihm folgte diesmal ein blonder Mann. Arutha sah erwartungsvoll auf. War das der Protektor? Es war der erste Mann, den er hier sah, der keinen braunen Harnisch trug. Über einem roten, bis zum Knie reichenden Wams trug er dafür ein langes Kettenhemd. Seine Kettenhaube hatte er zurückgeschoben, und sein Kopf war unbedeckt. Das Haar war kurz geschnitten, und er war sauber rasiert. Sein Gesicht hätten viele wahrscheinlich als offen und ehrlich bezeichnet, doch in seinen Augen lag eine ausgesprochene Härte, während er die Gefangenen betrachtete. Er sagte nichts, sah nur von einem zum anderen und studierte vor allem Martins Gesicht, als hätte er darin etwas Vertrautes entdeckt. Dann sah er Arutha an. Einen Moment lang blieb sein Blick auf den Prinzen gerichtet, wobei seine Augen kein Gefühl verrieten. Dann nickte er Dwyne zu, drehte sich um und verließ den Kerker.

»Irgendetwas an diesem Kerl stimmt nicht«, meinte Martin.

»Was genau meinst du?«, wollte Arutha wissen.

»Ich weiß nicht wieso, aber ich könnte schwören, ich habe

ihn schon einmal gesehen. Auf seiner Brust trug er ein Wappen, doch ich konnte es durch die Ketten nicht erkennen.«

Kurze Zeit später öffnete sich die Tür erneut. Wer auch immer davorstand, verharrte zunächst draußen, und nur seine Silhouette war zu sehen. Doch dann ließ sich plötzlich schallendes Gelächter vernehmen, und der Mann trat vor. »Ich will der Sohn eines Heiligen sein! Es ist tatsächlich wahr!«, rief er, und auf seinem Gesicht mit dem graumelierten Bart breitete sich ein feistes Grinsen aus.

Arutha, Martin und Jimmy saßen da und starrten den Mann ungläubig an. Arutha erhob sich langsam und wollte seinen Augen nicht trauen. Vor ihm stand derjenige, von dem er am wenigsten erwartet hätte, ihn hier zu finden.

Jimmy sprang auf und rief: »Amos!«

Amos Trask, ehemals Pirat und Kämpfer an Aruthas und Martins Seite im Spaltkrieg, betrat die Zelle. Der stämmige Kapitän umarmte Arutha wie ein Bär, dann wiederholte er das Gleiche bei Martin und Jimmy. Rasch wurde er den anderen vorgestellt, dann fragte Arutha: »Wie seid Ihr hierhergekommen?«

»Das ist eine lange Geschichte, mein Sohn, doch jetzt ist nicht der rechte Moment dafür. Der Protektor erwartet das Vergnügen Eurer Gesellschaft, und ihm fehlt jede Geduld. Wir können die Geschichten hinterher austauschen. Erst einmal müsst Ihr und Martin mit mir kommen. Die anderen werden hier warten.«

Martin und Arutha folgten Amos durch den Gang und die Treppen hinauf zum Hof. Er überquerte ihn rasch, schritt dabei auf das Hauptgebäude der Zitadelle zu und begann, noch schneller zu gehen. »Ich kann Euch nicht viel mehr sagen, außer dass wir uns beeilen müssen«, sagte er, als sie eine eigentümliche Plattform in einer Art Turm erreicht hatten. Er bedeutete den anderen, sich neben ihn zu stellen. Daraufhin zog er an einem Seil, und plötzlich hob sich die Plattform.

»Was ist das?«, erkundigte sich Martin.

»Eine Plattform zum Heben, ein Aufzug. Damit bringen wir schwere Geschosse zu den Katapulten auf dem Dach. Die Anlage wird von einigen Pferden betrieben, die unten an eine Winde geschirrt sind. Dieses Wunderding bewahrt einen alten Seemann davor, dass er siebenundzwanzig Stockwerke Treppen steigen muss. Meine Lunge ist nicht mehr das, was sie einmal war, Leute.« Seine Stimme wurde ernst. »Nun, hört zu. Ich weiß, Ihr habt hundert Fragen, doch die will im Moment niemand hören. Ich werde Euch alles erklären, nachdem Ihr mit Einauge gesprochen habt.«

»Ist das der Protektor?«, fragte Arutha.

»Das ist er. Nun, ich weiß nicht, wie ich es Euch sagen soll, aber es wird eine böse Überraschung für Euch werden. Reißt Euch zusammen, bis Ihr und ich uns setzen und reden können. Martin, behaltet auch Ihr diesen Kerl im Auge.« Er legte Arutha die Hand auf die Schulter und lehnte sich an ihn. »Schiffskamerad, denkt daran, hier seid Ihr kein Prinz. Ihr seid ein Fremder, und für diese Leute hier heißt das nichts Gutes. Fremde werden in Armengar selten willkommen geheißen.«

Der Aufzug hielt, und sie traten von der Plattform. Amos eilte einen langen Gang entlang. Auf der linken Seite gestattete eine Reihe gewölbter Fenster eine Aussicht über die Stadt und die Ebene dahinter. Martin und Arutha konnten nur einen kurzen Blick erhaschen, doch der war ausgesprochen beeindruckend. Sie beeilten sich, als sich Amos zu ihnen umdrehte und ihnen mit einer Geste zu verstehen gab, dass sie dicht bei ihm bleiben sollten.

Der blonde Mann wartete vor einer Tür auf sie. »Warum habt Ihr nichts gesagt?«, zischelte er Amos zu.

Amos deutete mit dem Daumen auf die Tür und meinte: »Er wollte einen vollständigen Bericht von Euch. Ihr wisst, wie er manchmal ist. Keine persönlichen Sachen, solange das Geschäftliche nicht abgeschlossen ist. Er zeigt es zwar nicht, aber er nimmt es sehr ernst.«

Der blonde Mann nickte mit grimmiger Miene. »Ich kann es kaum glauben – Gwynnath tot. Das ist ein harter Schlag für uns alle.« Er hatte das Kettenhemd abgelegt. Auf seinem Wams blinkte über dem Herzen ein Abzeichen in Rot und Gold, doch er war schon durch die Tür verschwunden, bevor Arutha die Einzelheiten des Wappens hatte erkennen können.

»Die Patrouille des Protektors wurde überfallen, und einige seiner Leute sind gefallen«, erklärte Amos. »Er ist in selten schlechter Laune, weil er sich selbst die Schuld daran gibt, also seid vorsichtig. Kommt, er schneidet mir die Ohren ab, wenn wir noch länger verweilen.«

Amos drückte die Tür auf und bedeutete den anderen, ihm zu folgen. Sie betraten eine Art Versammlungsraum, der von einem großen runden Tisch in der Mitte beherrscht wurde. An der gegenüberliegenden Wand spendete ein massiver Kamin Wärme und Licht. Viele Karten bedeckten die Wände – abgesehen von der linken, in der sich ebensolche Fenster wie auf dem Gang befanden –, und über dem Tisch leuchtete ein großer Kerzenleuchter, der von der Decke hing.

Vor dem Kamin stand der blonde Mann und sprach mit einem anderen, der ganz und gar in Schwarz gekleidet war, vom Rock über die Hose bis hin zum Kettenhemd, das er noch nicht abgelegt hatte. Seine Kleidung war über und über mit Staub bedeckt, und sein Gesicht wurde von einer großen schwarzen Augenklappe beherrscht. Das Haar war zu gleichen Teilen grau und schwarz, doch seine Körperhaltung ließ keine Rückschlüsse auf sein Alter zu.

Für einen Moment fühlte sich Arutha an eine bestimmte Person erinnert. Er warf Martin einen Blick zu, den dieser erwiderte. Es war eher das Auftreten als die Erscheinung, die sie beide an ihren Vater denken ließen.

Dann trat der Mann vor, und Arutha konnte das Abzeichen auf seinem Rock deutlich erkennen. Ein goldener Adler breitete die Flügel auf schwarzem Grund aus.

Arutha wusste jetzt, warum er sich so unbehaglich gefühlt hatte, als er das Banner am Tor gesehen hatte. Nur ein einziger Mann auf dieser Welt trug dieses Wappen. Einst hatte er zu den besten Generälen des Königreichs gezählt, dann war er vom König zum Verräter geworden, und er hatte Schuld am Tod von Anitas Vater.

Hier stand der Mann, der meistgehasste Feind ihres Vaters. Und dieser Mann, den die Leute von Armengar als Protektor bezeichneten, winkte sie zu zwei Stühlen. Seine tiefe Stimme klang kommandierend, obwohl er leise sprach.

»Wollt Ihr Euch nicht setzen … Cousins?«, fragte Guy du Bas-Tyra.

Aruthas Hand fasste den Griff seines Schwertes einen Moment lang fester, doch er sagte nichts, während er und Martin Platz nahmen. Hundert Fragen schossen ihm durch den Kopf. Schließlich begann er: »Wie …?«

Guy unterbrach ihn, während er sich setzte. »Das ist eine lange Geschichte. Ich überlasse es lieber Amos, sie Euch zu erzählen. Im Augenblick habe ich andere Sorgen.« Auf seinem Gesicht zeigte sich ein schmerzlicher Ausdruck. Er wandte sich kurz ab und dann wieder den beiden Brüdern zu, wobei er Martin eingehend betrachtete. »Ihr seht ein wenig so aus wie Borric in seinen jungen Jahren, wusstet Ihr das?«

Martin nickte.

Und zu Arutha sagte Guy: »Ihr seht ihm auch irgendwie ähnlich, doch Ihr kommt eher nach Eurer Mutter. Die Partie um die Augen ... Und vor allem ihre Farbe.« Das Letzte hatte er sehr leise gesagt. Dann veränderte sich seine Stimme, als ein Soldat Krüge und Bier brachte. »In Armengar gibt es keinen Wein, da das Klima für die Weinstöcke zu rau ist. Aber sie machen ein sehr gutes Stout hier, und ich habe Durst. Trinkt mit mir, wenn Ihr mögt.« Er schüttete sich einen Krug ein und überließ es Arutha und Martin, sich selbst zu bedienen. Guy leerte seinen Krug, und für einen Moment fiel die starre Maske von seinem Gesicht. »Götter, bin ich müde!«

Dann sah er die beiden Brüder wieder an. »Also, als Armand mir berichtete, wen Dwyne hierhergebracht hat, wollte ich zuerst nicht meinen Ohren trauen. Aber jetzt sehe ich es mit eigenen Augen.«

Aruthas Blick schweifte kurz zu dem hochgewachsenen blonden Mann, der vor dem Kamin kauerte. »Armand?« Er betrachtete das Wappen, ein nach rechts gebogener Schild mit einem roten Drachen auf goldenem Grund und einem aufrecht stehenden Löwen in Gold auf rotem Grund.

»Armand de Sevigny!«, sagte Martin, und der Mann deutete vor dem Herzog eine Verneigung an.

»Baron von Gyldenholt? Marschall der Ritter von Saint Günther?«, fragte Arutha.

Martin fluchte. »Ich bin ein Dummkopf. Ich wusste, ich hatte ihn schon einmal gesehen. Er war in Rillanon, in den Tagen, bevor du zu uns gestoßen bist, Arutha. Doch am Tag der Krönung, als du angekommen bist, war er weg.«

Der blonde Mann lächelte schwach. »Zu Euren Diensten, Hoheit.«

»Soweit ich mich erinnern kann, nicht. Ihr wart nicht unter denen, die Lyam die Lehenstreue geschworen haben.«

»Das stimmt.« Seine Miene drückte fast so etwas wie Bedauern aus.

»Nun ja, auch das gehört alles zu der Geschichte, wie wir hier gelandet sind«, sagte Guy. »Im Moment muss ich allerdings erst einmal Euch fragen, warum Ihr hier seid, um zu erfahren, ob Eure Anwesenheit für diese Stadt irgendeine Gefahr darstellt. Also, weshalb seid Ihr in den Norden gekommen?«

Arutha saß schweigend da, hatte die Arme vor der Brust verschränkt und betrachtete den Protektor mit zusammengekniffenen Augen. Es hatte ihn schon etwas aus dem Gleichgewicht gebracht, dass ausgerechnet Guy du Bas-Tyra über diese Stadt herrschte. Er zögerte mit der Antwort. Dass er unbedingt Murmandamus finden wollte, mochte den Interessen von Guy entgegenlaufen. Und Arutha stand allem, was Guy betraf, ausgesprochen misstrauisch gegenüber. Guy hatte versucht, nach der Krone zu greifen, und dabei das Land beinahe in einen Bürgerkrieg gestürzt. Anitas Vater war auf seinen Befehl hin eingekerkert worden und während der Gefangenschaft verstorben. Du Bas-Tyra verkörperte das, was für Baron Borric das Verabscheuungswürdigste gewesen war, und in diesem Sinne hatte er seinen Sohn erzogen. Er stellte das dar, was man von einem Herzog aus dem Osten erwartete: Er war scharfsinnig und gerissen und hatte jede Menge Erfahrungen in den Feinheiten von Intrige und Verrat.

Über de Sevigny wusste Arutha wenig. Man hatte ihn seinerzeit zu den fähigsten Herrschern im Osten gezählt, doch er war schon immer Guys Vasall gewesen. Und Amos Trask mochte und vertraute der Prinz zwar, allerdings war der früher ein Pirat gewesen, und er nahm das Gesetz immer noch nicht allzu genau. Nein, es gab ausreichend Gründe, vorsichtig zu sein.

Martin sah Arutha an und wartete auf seine Antwort. Das Benehmen des Prinzen trotzte allen äußeren Umständen, doch Martin wusste, wie sehr sein Bruder innerlich mit sich rang. Das unerwartete Treffen hatte ihn geschockt, doch den Prinzen verlangte danach, seine Mission ungehindert durchzuführen, nämlich Murmandamus zu finden und zu töten.

Martin sah sich um und bemerkte, dass auch Amos und Armand besorgt wirkten, weil die Antwort von Arutha auf sich warten ließ.

Schließlich schlug Guy mit der Hand auf den Tisch. »Strapaziert meine Geduld nicht zu lange, Arutha!« Er hob den Zeigefinger. »In dieser Stadt seid Ihr kein Prinz. In Armengar hat nur eine Stimme das Sagen, und das ist meine!« Er lehnte sich zurück, das Gesicht mit der Augenklappe hochrot. Mit gedämpfter Stimme fuhr er fort: »Ich … will nicht unverschämt sein. Doch ich habe noch andere Sorgen.«

Er verfiel in nachdenkliches Schweigen und starrte sie eine Weile lang an. Danach ergriff er wieder das Wort: »Ich habe keine Ahnung, Arutha, was Ihr hier macht, aber entweder lenkt etwas sehr Eigentümliches Eure Entscheidungen, oder, zum Teufel, Ihr habt nichts von Eurem Vater gelernt. Der Prinz von Krondor und zwei der mächtigsten Herzöge des Königreichs, von Salador und Crydee, reiten gemeinsam mit einem Söldner, einem Hadati-Krieger und zwei Jungen hinauf in die Nordlande? Entweder habt Ihr keinen Verstand, oder Ihr seid die gerissensten Kerle, die ich kenne.«

Arutha blieb still, doch schließlich sagte Martin: »Es hat sich einiges verändert, seit Ihr zuletzt im Königreich wart, Guy.«

»Dann erzählt. Ich glaube, dahinter steckt eine Geschichte, die ich erfahren sollte. Ich kann Euch meine Hilfe nicht versprechen, doch ich denke, unsere Ziele erweisen sich vielleicht als die gleichen.« An Amos gewandt, sagte er: »Sie sollen bessere Quartiere und Essen bekommen.« Und zu Arutha: »Ich gebe Euch Zeit bis zum Morgen. Wenn wir uns das nächste Mal unterhalten, solltet Ihr meine Geduld nicht wieder auf die Probe stellen. Ich muss wissen, was Euch hierhergeführt hat.« Seine Stimme verriet eine heftige Gefühlsbewegung, als er sagte: »Ich werde den größten Teil der Nacht hier zu finden sein.«

Mit einer Handbewegung befahl er Amos, sie hinauszuführen. Arutha und Martin folgten dem Seemann aus dem Saal. Amos blieb stehen, nachdem er die Tür geschlossen hatte. Er sah Arutha und Martin einen Moment lang an. »Für so helle Köpfe habt Ihr Euch ziemlich dumm verhalten.«

Amos wischte sich mit dem Handrücken über die Lippen. Er rülpste und stopfte sich dann noch ein Stück Brot mit Käse in den Mund. »Und dann?«

»Als wir zurückkamen«, antwortete Martin, »hatte Anita innerhalb einer Stunde Aruthas Wort, und Carline und Laurie verlobten sich nicht viel später.«

»Ha! Erinnert Ihr Euch noch an die erste Nacht außerhalb von Krondor an Bord der *Seetaube*? Ihr habt mir erzählt, dass Euer Bruder am Haken hängt.«

Arutha lächelte über die Bemerkung. Sie saßen um einen großen Korb voller Essen und einem Fass Bier, in einem geräumigen Zimmer, das zu den Gemächern gehörte, die man ihnen überlassen hatte. Es gab keine Diener; Soldaten hatten das Essen gebracht, und sie bedienten sich selbst. Baru kratzte Blutark abwesend hinter den Ohren, während der Hund auf einem Knochen herumkaute. Es hatte niemanden gekümmert, dass der Drachenhund bei dem Hadati blieb.

»Amos«, sagte Arutha, »jetzt haben wir schon eine halbe Stunde geschwatzt. Wirst du uns nun erzählen, was hier vor sich geht? Wie in aller Welt bist du an diesen Ort gekommen?«

Amos sah von einem zum anderen. »Was hier vor sich geht, ist, dass Ihr gewissermaßen Gefangene seid, und deshalb bleibt Ihr hier, bis Einauge seine Meinung ändert. Also, jedenfalls habe ich schon einige Kerkerzellen gesehen, und diese ist mit Abstand die bequemste von allen.« Er schwenkte seine Hand im großen Raum herum. »Nein, wenn Ihr schon im Gefängnis sitzen müsst, dann habt Ihr es hiermit gut getroffen.« Er kniff die Augen zusammen. »Nur solltet ihr nicht vergessen, dass es ein Gefängnis ist. Seht mal, Arutha. Ich habe mit Euch und Martin ausreichend Jahre verbracht, um Euch ein wenig zu kennen. Ich kann mich nicht daran erinnern, dass Ihr jemals ein so misstrauischer Haufen wart, also nehme ich natürlich an, irgendetwas in den letzten beiden Jahren hat Euch dazu gebracht, die Segel auf diese Weise zu setzen. Aber hier bestehen das Leben, das Atmen und das Essen aus Vertrauen, oder man ist ein toter Mann. Versteht Ihr mich?«

»Nein«, gestand der Prinz. »Was meint Ihr?«

Amos dachte eine Weile nach, dann sagte er: »Diese Stadt ist ausschließlich von Feinden umgeben. Vertrauen zum Nachbarn ist die einzige Art, sich hier am Atmen zu halten.« Er machte eine Pause. »Ich werde Euch erzählen, wie wir hierherkamen, und dann werdet Ihr vielleicht alles verstehen.«

Amos lehnte sich zurück, schüttete sich einen weiteren Krug Bier ein und begann mit seiner Geschichte. »Also, zum letzten Mal habe ich Euch gesehen, als ich an Bord des Schiffes Eures Bruders aus dem Hafen gesegelt bin.« Martin und Arutha mussten bei der Erinnerung daran beide lächeln. »Nun, damals habt Ihr jeden in der Stadt nach Guy suchen lassen. Und Ihr habt ihn nicht gefunden, weil er sich an einem Ort versteckt hatte, wo niemand ihn vermutet hat.«

Martin riss erstaunt die Augen auf, eine der wenigen unbedachten Gefühlsäußerungen, die jemals einer der Anwesenden bei ihm gesehen hatte. »Auf dem Schiff des Königs?«

»Als er hörte, König Rodric hätte Lyam zu seinem Nachfolger bestimmt, verließ Guy sofort Krondor und machte sich auf nach Rillanon. Er hatte die vage Hoffnung, wenigstens einen Teil seiner Pläne noch durchführen zu können, bis sich die Versammlung der Fürsten traf und die Nachfolge bestätigte. Zu der Zeit, als Lyam nach Rillanon kam, hatten sich bereits genügend Fürsten aus dem Osten versammelt, und Guy konnte die Lage im Lande beurteilen. Es war klar, dass Lyam zum König werden würde, und damit war auch für Guy klar, dass man ihn wegen Hochverrats anklagen würde. Dann, am Morgen der Versammlung und der Krönung, ging auf einmal das Gerücht um, Martin wäre von Borric als Sohn anerkannt worden, also wartete Guy ab, was später am Nachmittag geschehen würde.«

»Er wartete auf seine Gelegenheit«, bemerkte Arutha.

»Urteilt nicht so voreilig«, schnappte Amos, dann fuhr er leiser fort: »Er machte sich Sorgen. Es konnte zum Bürgerkrieg kommen, und für den Fall war er zum Kämpfen bereit. Doch während er abwartete, was geschehen würde, wusste er, dass Caldrics Männer herumschnüffelten. Er war ihnen mehrere Male knapp entkommen. Guy hatte immer noch Freunde in der Hauptstadt, und einige von ihnen hatten ihn an Bord der *Königlichen Schwalbe* geschmuggelt – meine Güte, was für ein schönes Schiff das war! –, gerade als die ishapianischen Priester den Palast erreichten und mit der Krönung begannen. Jedenfalls, als ich mir das Schiff ... auslieh, entdeckten wir, dass wir einen blinden Passagier hatten. Nun, zunächst wollte ich Guy und Armand einfach über Bord werfen oder umkehren und sie Euch gefesselt übergeben, aber Guy kann auf seine Art ein sehr überzeugender Bursche sein, und so stimmte ich zu, ihn nach Bas-Tyra zu bringen – natürlich zu einem entsprechenden Preis.«

»So konnte er also sein Komplott gegen Lyam schmieden!«, warf Arutha fassungslos ein.

»Verdammt, Junge!«, brüllte Amos. »Da hab ich Euch zwei verdammte Jahre aus den Augen gelassen, und Ihr habt nichts anderes zu tun, als dickköpfig und begriffsstutzig zu werden!« Er sah Martin an und meinte: »Muss an der Gesellschaft liegen, in der Ihr Euch bewegt.«

»Lass ihn zu Ende erzählen«, bat Martin seinen Bruder.

»Nein, er wollte keinen Verrat begehen«, erklärte Amos. »Er wollte nur seine Angelegenheiten in Ordnung bringen. Schließlich wusste er, dass Lyam seinen Kopf wollte. Er hatte vor, einige Dinge zu klären, und dann sollte ich ihn zurück nach Rillanon bringen, wo er sich stellen wollte.«

Arutha wirkte erstaunt.

»So ziemlich das Einzige, was er wirklich wollte, war Gnade für Armand und seine anderen Anhänger. Jedenfalls erreichten wir Bas-Tyra und blieben einige Tage. Dann erfuhren wir von dem Bann. Guy und ich waren uns zu der Zeit schon etwas nähergekommen, also besprachen wir uns und trafen eine andere Abmachung. Er beschloss, das Königreich zu verlassen und sich eine andere Heimat zu suchen. Er ist ein guter General, und viele hätten ihn sicherlich gern in ihren Diensten gesehen, besonders Kesh, doch er wollte an einen Ort gehen, an dem er niemals gegen die Soldaten des Königreichs antreten müsste. Wir wollten nach Osten gehen und uns dann südlich ins Kaiserreich Groß-Kesh begeben. Dort unten hätten wir uns vielleicht einen Namen machen können. Er wollte General werden, und ich wollte mich als Admiral versuchen. Wir hatten einen Haufen Ärger mit Armand, denn Guy wollte ihn nach Gyldenholt zurückschicken, doch Armand ist manchmal ein bisschen komisch. Er hatte Guy Jahre zuvor Treue geschworen, und weil er sich Lyam nicht verpflichtet hatte, wollte er die Dienste seines Lehnsherrn nicht verlassen. Das war die verfluchteste und dümmste Begründung, die ich je gehört habe. Jedenfalls war er weiterhin mit uns unterwegs, und wir setzten die Segel in Richtung des Kaiserreichs.

Doch drei Tage nachdem wir Bas-Tyra verlassen hatten,

verfolgte uns eine Flotte ceresischer Piratenschiffe. Mit zweien oder sogar dreien hätte ich es gern aufgenommen, doch mit fünf? Die *Schwalbe* war eine schnelle Dame, doch die Piraten blieben uns auf den Fersen. Vier Tage lang war der Himmel klar, die Sicht hervorragend und der Wind prächtig. Für Piraten auf der See des Königreichs waren sie ein gerissener Haufen. Sie verteilten sich in alle Himmelsrichtungen, und so konnte ich ihnen auch des Nachts nicht entkommen. Jede Nacht kreuzte ich herum, abwechselnd in diese Richtung oder in jene, und wenn der Morgen kam, waren wieder fünf Segel am Horizont. Sie waren wie Neunaugen. Ich konnte sie einfach nicht abschütteln. Dann änderte sich das Wetter. Ein heftiger Wind erhob sich aus dem Westen und trieb uns einen Tag und einen halben Richtung Osten. Schließlich kam Sturm auf, und wir wurden entlang einer unbekannten Küste geblasen. Das einzig Gute an diesem Sturm war, dass wir endlich die Cereser abschütteln konnten. Als wir schließlich in einen sicheren Hafen einliefen, waren wir in Gewässern, von denen wir noch nie gehört hatten, geschweige denn, dass sie einer von uns je erblickt hatte.

Wir legten an und nahmen Vorräte an Bord. Das Schiff brauchte dringend einige Reparaturen. Es wäre zwar nicht gesunken, jedoch machten die Beschädigungen das Segeln sehr unbequem. Ich brachte es einen großen Fluss hinauf, der irgendwo im Osten des Königreichs liegen musste.

Nun, in der zweiten Nacht, die wir vor Anker lagen, überfiel eine verfluchte Horde von Trollen das Schiff, tötete die Wachen und nahm den Rest von uns gefangen. Die Bastarde steckten die *Schwalbe* in Brand und versenkten sie, dann brachten sie uns in ein Lager im Wald, wo einige Brüder des Düsteren Pfades warteten. Mit ihnen und den Trollen marschierten wir Richtung Norden.

Die Kerle, die ich angeheuert hatte, waren ein rauer Haufen, doch die meisten von ihnen überlebten den Marsch nicht. Für die verfluchten Trolle waren wir kaum mehr als Ungeziefer, wir bekamen so gut wie nichts zu essen, und wenn ein Mann krank wurde und nicht mehr weiterkonnte, wurde er auf der Stelle erschlagen. Ich bekam Koliken, und Guy und Armand schleppten mich zwei Tage lang, und glaubt mir, für keinen von uns war das ein Vergnügen.

Wir zogen nach Nordwesten in die Berge hinauf und überquerten sie. Zum Glück für uns war Spätsommer, sonst wären wir alle erfroren. Trotzdem war es immer noch eine gefährliche Angelegenheit. Schließlich stießen wir auf einige andere Düstere Brüder, die noch mehr Gefangene hatten. Die meisten dieser Gefangenen sprachen eine seltsame Sprache, ähnlich wie Yabonesisch, doch ein paar waren der Sprachen des Königreichs oder der östlichen Reiche mächtig.

Noch zweimal begegneten wir Truppen von Brüdern mit menschlichen Gefangenen, die alle Richtung Westen marschierten. Ich verlor völlig das Zeitgefühl, doch wir mussten schon ungefähr zwei Monate unterwegs sein. Als wir uns schließlich dazu aufmachten, die Ebene zu überqueren – später erfuhr ich, dass es die Ebene von Isbandia war –, begann es bereits zu schneien. Heute weiß ich, was unser Ziel war, damals war es mir unbekannt. Murmandamus sammelte in Sar-Sargoth Sklaven, die seine Belagerungsmaschinen ziehen sollten.

Unsere Wächter trafen eines Nachts auf eine Kompanie hiesiger Reiter. Von den vielleicht zweihundert Sklaven überlebten gerade zwanzig, weil die Trolle und Düsteren Brüder sie hinschlachteten, als die Reiter das Lager überfielen. Guy erwürgte einen der Trolle mit den Ketten, die ihn fesselten, als das Scheusal mir das Schwert in den Leib stoßen wollte. Ich hob das Schwert auf und erschlug einen, der dem Protektor gerade das Auge herausgerissen hatte. Armand war zwar verwundet, doch nicht so schwer, und er würde seinen Verletzungen nicht erliegen. Er ist ein zäher Bastard. Nur wir drei und zwei weitere Männer der *Schwalbe* überlebten.

Und von dort aus wurden wir hierhergebracht.«

»Was für eine unglaubliche Geschichte.« Arutha lehnte sich gegen die Wand. »Nun ja, es sind schließlich auch unglaubliche Zeiten.«

»Und wie ist Guy als ein Fremder hier an die Macht gekommen?«, wunderte sich Martin.

Amos trank einen Schluck Bier. »Sie sind ein seltsames Volk, Martin. So ehrlich und nett sie auf der einen Seite sind, so fremdartig sind sie auf der anderen. Fast so wie die Tsurani. Sie haben hier keine Erbfolge für die Herrschaft. Stattdessen legen sie größten Wert auf die Fähigkeiten eines Mannes. Innerhalb weniger Monate wurde ihnen klar, dass Guy ein erstklassiger General war, also gaben sie ihm das Kommando über eine Kompanie. Und nach weiteren Monaten stellte sich heraus, dass Guy bei weitem der beste Kommandant war, den sie hatten. Sie haben hier nichts, was mit der Versammlung der Fürsten zu vergleichen wäre. Wenn etwas entschieden werden muss, werden alle zu einem Treffen auf dem großen Platz zusammengerufen, wo sonst der Markt stattfindet. Sie nennen diese Versammlung Volksryd, und alle dürfen mit abstimmen. Andererseits werden sonst alle Entscheidungen den

Gewählten überlassen. Sie beriefen also Guy zum neuen Protektor von Armengar. Das ist so etwas wie der Marschall des Königs, doch er ist ebenfalls für die Sicherheit der Stadt verantwortlich, so wie ein Sheriff, Wachtmeister, Vogt und Verwalter in einer Person.«

»Und was hat der vorherige Protektor dazu gesagt?«, fragte Arutha.

»Sie muss es für eine gute Idee gehalten haben, schließlich hatte sie ihn vorgeschlagen.«

»Sie?«, entfuhr es Jimmy.

»Das ist auch so eine Sache bei diesen Leuten, an die man sich erst gewöhnen muss«, fand Amos. »Frauen. Sie sind genauso wie Männer. Ich meine, wenn es darum geht, Befehle zu geben und entgegenzunehmen oder im Volksryd abzustimmen … oder bei anderen Dingen. Ihr werdet noch sehen.« Amos erschien auf einmal irgendwie abwesend. »Ihr Name war Gwynnath«, sprach er dann weiter. »Sie war eine der schönsten Frauen, die ich jemals kennengelernt habe. Ich war selbst auch ein bisschen in sie verliebt, und dessen schäme ich mich nicht, obwohl ich mich niemals irgendwo niederlassen werde.« Seine Stimme wurde etwas heller. »Wenn ich es jedoch tun würde, dann wäre sie genau die Richtige für mich … gewesen.« Er sah auf seinen Bierkrug. »Doch sie und Guy … Ich weiß einige Dinge über ihn, hab sie nach und nach während der letzten beiden Jahre erfahren, Arutha. Aber ich kann sein Vertrauen nicht enttäuschen. Wenn er es Euch selbst erzählt, schön. Ich will mal so sagen, sie waren sehr ineinander verliebt und am Ende so etwas wie Mann und Frau. Sie war diejenige, die ihren Platz frei machte und ihm die Stadt übergab. Sie wäre für ihn gestorben. Und er für sie. Sie ritt an seiner Seite und kämpfte wie eine Löwin.« Seine Stimme wurde leise. »Und gestern starb sie.«

Arutha und Martin wechselten Blicke mit den anderen. Baru und Roald blieben still. Laurie dachte an Carline und erbebte. Selbst die Jungen konnten nachempfinden, wie Amos bei diesem Verlust zumute war. Arutha erinnerte sich an das, was Amos zu Armand gesagt hatte, bevor sie Guy getroffen hatten. »Und Guy gibt sich selbst die Schuld.«

»Ja. Einauge hat viel von einem guten Kapitän: Wenn unter seinem Kommando etwas passiert, übernimmt er die Verantwortung.« Amos lehnte sich zurück, und sein Gesicht erstarrte zu einer nachdenklichen Maske. »Die Trolle und die Armengaren haben die Dinge lange Zeit sehr einfach gehandhabt. Einen Ausfall machen, ein paar Schädel einschlagen, sich wieder zurückziehen. Die Armengaren waren den Tsurani sehr ähnlich: furchteinflößende Krieger, doch ohne rechte Schlachtordnung. Doch als Murmandamus auftauchte, traten die Brüder geordneter auf. Jetzt können sie zwei-, dreitausend Krieger einem Kommandanten unterstellen. Bevor wir hier erschienen, schlug die Bruderschaft die Armengaren regelmäßig. Guy erwies sich für die Armengaren als der reinste Segen, da er sich in moderner Kriegsführung auskennt. Er bildete sie aus, und jetzt haben sie eine verflucht gute Kavallerie und ein ebenso gutes Fußvolk, obwohl es nicht leicht ist, einen Armengaren zu überreden, von seinem Pferd zu steigen. Dennoch macht Guy enorme Fortschritte. Sie behaupten sich wieder gegen die Bruderschaft. Doch gestern …« Eine Weile lang sagte niemand ein Wort.

Schließlich meinte Martin: »Wir haben einige ernste Angelegenheiten zu besprechen, Amos. Ihr wisst, wir wären nicht hier, wenn im Königreich nicht etwas von äußerster Bedeutung vorgefallen wäre.«

»Nun, Arutha, Martin, ich lasse Euch für eine Weile allein. Ihr wart gute Gefährten, und ich weiß, Ihr seid ehrenwerte Männer.« Er stand auf. »Nur noch eine Sache. Der Protektor ist der mächtigste Mann in der Stadt, doch selbst seine Macht endet dort, wo die Sicherheit von Armengar beeinträchtigt wird. Wenn ich sagte, Ihr hättet noch einen alten Handel auszutragen, würde niemand ein Duell Mann gegen Mann verwehren. Würdet Ihr gewinnen, könntet Ihr Eures Weges ziehen, und niemand in der Stadt würde die Hand gegen Euch erheben. Doch er braucht Euch nur als Spione zu bezeichnen, und Ihr alle wäret tot, bevor Ihr Euch noch umgedreht hättet. Arutha, Martin, ich weiß, zwischen Euch und Guy hat es böses Blut gegeben, wegen Eures Vaters und auch wegen Erland. Und ich weiß jetzt Einiges über das, was dahintersteckt. Ich überlasse es Guy, das zu gegebener Zeit mit Euch auszutragen. Doch Ihr sollt wissen, wie schnell sich das Wetter hier oben wandelt. Solange Ihr kein Gesetz brecht, dürft Ihr kommen und gehen, wie es Euch beliebt – oder zumindest solange, wie Guy nicht befiehlt, Euch in Ketten zu legen oder aufzuhängen oder was auch immer. Doch er übernimmt die Verantwortung. Er legt seine Hand für Euch ins Feuer, für alle von Euch. Wenn Ihr diese Stadt hintergeht, wird er mit Euch zusammen das Leben dafür geben. Wie ich schon sagte, diese Leute sind manchmal sehr sonderbar, und sie können sehr rau werden. Also versteht mich richtig, wenn ich Euch dies sage: Wenn Ihr Guys Vertrauen missbraucht, selbst wenn Ihr glaubt, es wäre zum Besten des Königreichs, werden diese Menschen Euch töten. Und ich bin mir nicht sicher, ob ich dann versuchen würde, sie aufzuhalten.«

»Amos, Ihr wisst, wir werden niemandes Vertrauen missbrauchen!«, entgegnete Martin entschieden.

»Ja, ich weiß das, doch Ihr sollt wissen, wie ich in dieser Hinsicht denke. Ich mag Euch beide sehr, und ich würde es gar nicht gern sehen, würde man Euch einen Kopf kürzer machen, genauso wenig wie Ihr selbst.« Ohne ein weiteres Wort verließ Amos ihr Quartier.

Arutha lehnte sich zurück und dachte über all das nach, was Amos ihnen erzählt hatte, und plötzlich merkte er, wie hundemüde er war. Er sah Martin an, und sein Bruder nickte. Es war nicht nötig, die Sache noch länger zu besprechen. Arutha wusste, am Morgen würde er Guy die ganze Geschichte erzählen.

Arutha und seine Gefährten wurden von dem Aufzug in die Höhe getragen, der schließlich auf dem Stockwerk hielt, wo sich das Versammlungszimmer des Protektors befand. Sie gingen ein Stück den Gang entlang und mussten dann stehen bleiben. Während die Wache, die sie begleitet hatte, auf irgendetwas wartete, sahen sie aus dem Fenster und bewunderten die Aussicht.

Armengar breitete sich vom großen Marktplatz bis zu der riesigen Stadtmauer aus. Hinter der Mauer sahen sie eine weite Ebene, die sich nach Nordosten erstreckte, wo sie der Nebel verschlang. Auf der anderen Seite der Stadt erhoben sich Berge hoch in den Himmel. Im Westen trieben weiße bauschige Wolken über einen tiefblauen Himmel, unter dem sonnenbeschienene Wiesen lagen. Es war eine unglaubliche Aussicht.

Jimmy sah zu Locklear hinüber und bemerkte einen seltsamen Ausdruck auf dessen Gesicht. »Was ist?«

»Ich habe nur gerade an all das Land gedacht«, meinte er und wies über die Ebene.

»Was ist damit?«, fragte Arutha.

»Man könnte eine Menge darauf anbauen.«

Martin ließ seinen Blick am Horizont entlangschweifen. »Genug Weizen, um das Westliche Königreich zu ernähren.«

»Ihr als Bauer?«, fragte Jimmy erstaunt.

Locklear grinste. »Was glaubst du, was ein Baron an so einem kleinen Ort wie Endland macht? Meistens schlichtet er irgendeinen Zank zwischen Bauern, oder er erlässt gnädige Steuern für Getreide. Du solltest solche Dinge eigentlich wissen.«

»Kommt, der Protektor wartet«, forderte sie die Wache auf.

Als Arutha und seine Gefährten eintraten, sah Guy auf. Bei ihm waren Amos, Dwyne, Armand de Sevigny und eine Frau. Arutha warf seinem Bruder einen Blick zu, weil der abrupt stehen geblieben war. Der Herzog von Crydee starrte die Frau in unverhohlener Bewunderung an. Arutha berührte Martin am Arm, der sich daraufhin wieder in Bewegung setzte und seinem Bruder folgte.

Arutha sah wieder die Frau an, und jetzt konnte er Martin verstehen. Auf den ersten Blick schien sie ganz normal auszusehen, doch ihre Bewegungen verliehen ihrem Auftreten eine völlig andere Erscheinung. Sie war umwerfend. Sie trug einen Lederharnisch, einen braunen Jagdrock und eine braune Hose wie die meisten anderen Leute in der Stadt. Doch das grobe Äußere konnte kaum ihre gute Figur verbergen, und ihre Haltung war aufrecht, fast königlich. Ihr Haar war dunkelbraun, nur an der Schläfe zeigte sich eine erschreckend graue Strähne. Sie trug das Haar mit einem grünen Tuch zusammengebunden, und ihre Augen waren ebenfalls grün. Die roten Ränder verrieten, dass sie geweint hatte.

Guy machte Arutha und seinen Gefährten eine Geste, sich zu setzen. Arutha stellte alle vor, und Guy sagte im Gegenzug: »Amos und Armand kennt Ihr ja. Dies ist Briana«, er zeigte auf die Frau, »eine meiner Kommandantinnen.«

Arutha nickte ihnen zum Gruß zu. Dann erzählte er kurz und knapp das Wichtigste seiner Geschichte. Er begann mit der Rückkehr von der langen Reise mit Lyam in den Osten, danach sprach er von der ersten Attacke der Nachtgreifer, was sie in der Abtei von Sarth erfahren hatten und von der Suche nach Silberdorn bis hin zum vorgetäuschten Tod des Prinzen von Krondor. Zum Schluss sagte er: »Um zum Ende zu kommen, wir sind hier, um Murmandamus zu töten.«

Bei diesen Worten schüttelte Guy ungläubig den Kopf. »Cousin, das ist ein verwegener Plan, aber …« Er wandte sich an Armand. »Wie oft haben wir Leute zu seinem Lager geschickt, die seine Truppe unterwandern sollten?«

»Sechs Mal?«

»Sieben Mal«, sagte Briana.

»Aber das waren keine Männer aus dem Königreich, oder?«, mischte sich Jimmy ein und holte einen schwarzen Greif an einer Kette hervor. »Und sie trugen auch sicherlich nicht den Talisman der Nachtgreifer, richtig?«

Guy sah Jimmy fast wütend an. »Armand?«

Der frühere Baron von Gyldenholt öffnete eine Schublade in einem Kabinett und holte einen kleinen Beutel hervor. Er löste das Band um den Beutel und schüttete ein halbes Dutzend Talismane auf den Tisch. »Auch das haben wir versucht, Junker. Und ja, einige waren Männer aus dem Königreich, denn die Armengaren haben immer wieder welche von ihnen gerettet, indem sie die Sklavenkarawanen der Düsteren Brüder überfielen. Der Feind durchschaut einfach, wer ein richtiger Halunke und wer ein Spion ist.«

»Höchstwahrscheinlich durch Magie«, vermutete Arutha.

»Vor dem Problem haben wir schon früher gestanden«, erklärte Guy. »In unserer Stadt gibt es keine Zauberer, weder Magier noch Priester. Es scheint, als würde der ständige Krieg, in dem von jedem erwartet wird, dass er kämpft, nicht die nötige Ruhe für solche Studien bieten.« Und nachdenklich fügte er hinzu: »Dennoch scheint Murmandamus aus irgendeinem Grunde seine Kräfte nicht gegen uns einzusetzen. Den Göttern sei Dank.«

Guy lehnte sich zurück. »Ihr und ich haben das gleiche Interesse, Cousin. Und um Euch etwas davon zu vermitteln, möchte ich Euch ein bisschen von diesem Ort erzählen. Ihr wisst, die Vorfahren der Armengaren kamen über die Berge, als das Königreich Yabon annektierte. Sie entdeckten ein reiches Land, allerdings war es schon bewohnt. Und die Bewohner betrachteten den Einfall der Armengaren nicht mit Wohlwollen. Briana, wer hat diese Stadt errichtet?«

Die Frau sprach mit einer leisen Altstimme. »Der Legende nach haben die Götter einem Volk von Riesen befohlen, diese Stadt zu erbauen, dann haben die sie jedoch verlassen. Wir haben sie so gelassen, wie wir sie vorgefunden haben.«

»Keiner weiß, wer hier einst gelebt hat«, sagte Guy. »Weiter im Norden gibt es noch eine Stadt, Sar-Sargoth, eine Zwillingsstadt von dieser und die Hauptstadt von Murmandamus.«

»Wenn wir ihn also finden wollen, müssen wir ihn dort suchen«, sagte Arutha.

»Versucht das, und er wird Eure Köpfe auf Lanzen stecken lassen«, schnaubte Amos.

»Wir müssen es anders anstellen, Arutha«, war auch Guy überzeugt. »Letztes Jahr ließ er eine Armee von über zwanzigtausend Mann aufmarschieren, so groß wie die Armeen des Nordens in Friedenszeiten. Wir stellten uns schon auf einen massiven Angriff ein, doch nichts dergleichen geschah. Nun, ich gehe davon aus, dass das Unternehmen wegen des Todes von Murmandamus' Lieblingsgeneral abgeblasen wurde.« Bei diesen Worten sah er Baru an. »Doch inzwischen ist seine Streitmacht noch stärker. Wir schätzen, dass er mehr als fünfundzwanzigtausend Trolle und Düstere Brüder unter seinem Banner versammelt hat, und jeden Tag werden es mehr. Ich glaube, es werden an die dreißigtausend sein, wenn er seinen Marsch beginnt.«

Arutha sah Guy an. »Und warum ist er noch nicht aufmarschiert?«

Guy breitete die Hände aus, womit er die Anwesenden um ihren Kommentar bat. »Er wartet auf Euren Tod, wisst Ihr denn nicht mehr?«, unterrichtete ihn Jimmy. »Das ist eine religiöse Angelegenheit.«

»Aber er hat die Nachricht inzwischen erhalten«, sagte Arutha ruhig. »Das hat er jedenfalls dem abtrünnigen Morgan Crowe gesagt.«

Guy kniff sein eines Auge zusammen. »Was bedeutet das?«

Arutha erzählte ihm die Geschichte mit dem Abtrünnigen in dem Wirtshaus an der Straße nach Tyr-Sog und von Murmandamus' Plan, Segersens Söldner anzuheuern.

»Darauf hat er gewartet«, sagte Guy und schlug sich mit der flachen Hand gegen die Stirn. »Er hat magische Kräfte, doch aus irgendeinem Grund will er sie gegen uns nicht anwenden. Ohne Segersens Mineure, Schanzer und Strategen kann er unsere Mauer nicht durchbrechen.« Als Arutha ihn darauf skeptisch anblickte, sagte Guy: »Wenn er Armengars Mauer auch ohne Segersen durchbrechen könnte, würde er ihn nicht anheuern. Niemand weiß, wer diese Mauern einst erbaut hat, Arutha, doch wer auch immer das getan hat, er hatte Fertigkeiten, die ich noch bei keinem anderen sah. Ich habe Befestigungsanlagen jeder Art gesehen, doch niemals eine wie Armengar. Segersens Mineure und Pioniere hätten die Mauer vielleicht nicht durchbrochen, doch sie sind die Einzigen, die dazu überhaupt in der Lage wären.«

»Wenn also Segersen nicht kommt, dürften wir uns verteidigen können.«

»Nun ja, da kommen auch noch andere Dinge zum Tragen.« Guy stand auf. »Wir haben noch mehr zu besprechen, und wir können später damit fortfahren. Jetzt habe ich eine Verabredung mit einem Stadtrat. In der Zwischenzeit könnt Ihr Euch in Armengar frei bewegen, ganz, wie Ihr wollt.« Er nahm Arutha zur Seite und sagte: »Ich muss mit Euch allein sprechen. Heute Abend, nach dem Essen.«

Die Versammlung löste sich auf, und Briana, Armand und Guy gingen davon. Amos und Dwyne blieben zurück. Amos kam zu Arutha und Martin hinüber, während der Herzog der Frau hinterherstarrte. »Wer ist sie?«, fragte Martin.

»Sie ist die Tochter einer der besten Kommandantinnen, Martin. Gwynnaths Tochter.«

»Jetzt verstehe ich ihren trauernden Blick«, murmelte der Herzog.

»Sie hat erst heute Morgen vom Tod ihrer Mutter erfahren. Ihre Patrouille war nach Westen geritten, an der Linie der Steadings und Kraals, und sie ist erst vor einigen Stunden zurückgekommen.« Martin sah ihn fragend an. »Die Ackerbaugemeinden nennen wir Steadings und die Viehzüchtergemeinden Kraals. Guy macht mir allerdings mehr Sorgen.«

»Er versteckt seine Trauer sehr gut.« Der Prinz von Krondor fühlte zwei Seelen in seiner Brust. Einerseits empfand er eine tiefe Abneigung gegen Bas-Tyra, andererseits auch Mitleid für den trauernden Mann. Er hatte damals Anita fast verloren, und er spürte diesen Schmerz jetzt wieder, als er über Guys Schicksalsschlag nachdachte. Und das, obwohl Guy Anitas Vater hatte ins Gefängnis werfen lassen, wo dieser gestorben war. Guy war ein Verräter.

Arutha schob diese Gefühle beiseite, weil sie ihn zu sehr quälten. Er ging neben Amos und Martin her, während der frühere Jagdmeister von Crydee den früheren Kapitän weiter über Briana ausquetschte.

Übereinkunft

Jimmy stupste Locklear in die Seite.

Sie trieben sich auf dem Markt herum und versuchten, das wenige Sehenswerte, das es in Armengar gab, zu besichtigen. Jungen in ihrem Alter waren eine Seltenheit, und die wenigen, die sie entdeckten, trugen Waffen und Rüstung. Jimmy interessierte sich am meisten für die Unterschiede zwischen dem hiesigen Markt und dem in Krondor.

»Wir sind schon seit über einer Stunde hier, und ich schwöre, ich habe auf dem ganzen Platz noch keinen Bettler und keinen Dieb gesehen«, meinte Jimmy.

»Logisch«, entgegnete Locklear. »Nach dem, was Amos erzählt hat, ist Vertrauen die Grundlage, auf der die Stadt besteht. Hier gibt's keine Diebe, weil hier alle Leute zusammenhalten, und wo wolltest du dich hier auch verstecken? Ich weiß nicht viel über Städte und so, doch dieser Ort kommt mir eher vor wie eine Kaserne, abgesehen vielleicht von der Größe.«

»Da hast du wohl recht.«

»Und es gibt hier womöglich deshalb keine Bettler, weil sie sich um jeden kümmern, so wie bei der Armee.«

»Messe und Krankenstube?«

»Ja«, stimmte Locklear zu.

Sie schlenderten an den Ständen vorbei, und Jimmy schätzte den Wert der ausgelegten Waren ab. »Siehst du vielleicht irgendwelche Luxusgüter?«

Locklear schüttelte den Kopf. An den Ständen wurden Nahrungsmittel, einfache Kleidung und Lederwaren sowie natürlich Waffen angeboten. Die Preise waren niedrig, und es wurde wenig gefeilscht, wenn überhaupt.

Nach kurzer Zeit setzte sich Jimmy in den Eingang eines Hauses am Rande des Marktes. »Das ist wirklich langweilig.«

»Ich sehe etwas, das überhaupt nicht langweilig ist.«

»Was?«, fragte Jimmy.

»Mädchen.« Locklear zeigte auf sie. Zwei Mädchen hatten sich aus dem Gedränge der Käufer gelöst und begutachteten Waren an einem Stand am Rande des Marktes. Sie schienen ungefähr im Alter der Jungen zu sein. Beide waren ähnlich gekleidet, Lederstiefel, Hosen, Wämse, Westen aus Leder, Gürtel mit Messer und Schwert. Zudem trug jedes der Mädchen ein zusammengerolltes Tuch als Stirnband um den Kopf, das das schulterlange dunkle Haar aus dem Gesicht hielt.

Das größere Mädchen bemerkte, dass Jimmy und Locklear sie beobachteten, und sagte etwas zu seiner Begleiterin. Sie steckten die Köpfe zusammen und flüsterten, während das zweite Mädchen die Jungen ansah. Das erste Mädchen legte die Ware zurück, die es in der Hand gehalten hatte, und beide kamen herüber zu Jimmy und Locklear.

»Also?«, fragte die Größere und sah die beiden offen an.

Jimmy stand auf und war überrascht, dass das Mädchen fast so groß war wie er. »Also was?«, fragte er in gebrochenem Armengarisch zurück.

»Ihr habt uns angestarrt.«

Jimmy sah zu Locklear hinunter, der daraufhin ebenfalls

aufstand. »Ist das vielleicht nicht in Ordnung?«, fragte der jüngere Junker, der die Sprache besser beherrschte als Jimmy.

Die beiden Mädchen wechselten einen Blick und kicherten, dann wurde die Größere wieder ernst. »Es ist unverschämt.«

»Wir sind Fremde«, versuchte sich Locklear herauszureden.

Die beiden Mädchen prusteten daraufhin los. »Das war uns klar. Wir haben von euch gehört. Jeder in Armengar hat von euch gehört.«

Locklear errötete. Man brauchte nur kurz hinzusehen, um zu bemerken, wie sehr sich er und Jimmy in der Erscheinung von allen anderen Leuten hier unterschieden.

Das zweite Mädchen betrachtete Locklear mit seinen dunklen Augen und sagte: »Dort, wo ihr herkommt, starrt ihr da die Mädchen auch so an?«

Locklear musste plötzlich grinsen und meinte: »Jedes Mal, wenn sich die Gelegenheit bietet.«

Alle vier lachten. Das größere Mädchen sagte: »Ich heiße Krista und das ist Bronwynn. Wir dienen in der Zehnten Kompanie, doch bis morgen Abend haben wir frei.«

Jimmy wusste nicht, was dieser Hinweis auf die Kompanie bedeuten sollte, doch er sagte: »Ich bin Junker James … Jimmy. Und das hier ist Junker Locklear.«

»Locky.«

»Ihr habt dieselben Vornamen?«, fragte Bronwynn überrascht.

»›Junker‹ ist ein Titel«, erklärte Locklear. »Wir stehen im Dienst des Prinzen.«

Die Mädchen sahen sich fragend an, und Krista sagte: »Ihr sprecht von Dingen, die wir nicht verstehen.«

Mit einer eleganten Bewegung hakte sich Jimmy bei ihr ein.

»Also dann, warum zeigt ihr uns nicht die Stadt, und wir erklären euch dabei, wie es bei uns zu Hause abläuft.«

Ungeschickt folgte Locklear dem Beispiel seines Freundes, doch es war nicht ganz deutlich, wer zuerst nach wessen Arm griff, er nach Bronwynns oder sie nach seinem.

Mit mädchenhaftem Gekicher nahmen Krista und Bronwynn die Jungen ins Schlepptau und zogen sie durch die Straßen der Stadt.

Martin aß schweigend und betrachtete Briana, während er dem Tischgespräch lauschte. Aruthas Truppe – außer Jimmy und Locklear – saß zusammen mit Guy, Amos und Briana an einem großen Tisch. Ein weiterer von Guys Kommandanten, Gareth, aß ebenfalls mit ihnen. Die Abwesenheit der Jungen war kein Grund zur Beunruhigung, hatte Amos ihnen versichert, denn es gab in der Stadt keinen Ärger, ohne dass der Protektor nicht sofort davon unterrichtet wurde. Und es gab auch keinen Weg aus der Stadt heraus, selbst nicht für jemanden, der so begabt war wie Jimmy. Arutha war sich dessen nicht so sicher wie Amos, verkniff sich jedoch einen Kommentar.

Arutha wusste, dass er und Guy sich schnell verständigen mussten, und er hatte so eine Ahnung, wie das vor sich gehen würde, doch er zögerte, bevor er nicht mit Guy allein gesprochen hatte.

Arutha betrachtete den Protektor eingehend. Guy befand sich offensichtlich in tiefer Trauer, und seltsamerweise erinnerte er den Prinzen dabei an seinen Vater, der in ähnlicher Stimmung genauso gewirkt hatte. Guy hatte nur wenig gegessen, doch seit einer Stunde ständig getrunken.

Arutha wandte seine Aufmerksamkeit seinem Bruder zu, der sich seit dem Morgen höchst ungewöhnlich benahm. Martin konnte lange Zeit schweigen, ein Charakterzug, den sie beide teilten, doch seit er Briana kennengelernt hatte, war er fast stumm geworden. Sie war mit Amos in Aruthas Gemächern zum Mittagessen erschienen, und seitdem hatte Martin kaum ein Dutzend Wörter hervorgebracht.

Doch während des Essens, so wie schon am Mittagstisch, sprachen seine Augen Bände, und wenn Arutha es richtig beurteilte, taten Brianas Augen desgleichen. Zumindest beachtete sie Martin mehr als jeden anderen am Tisch.

Guy hatte im Verlauf des Abends wenig gesagt. Wenn ihre Mutter Briana irgendwie ähnlich gewesen war, konnte Arutha begreifen, was Guy für einen Verlust erlitten hatte. Schon wenige Stunden nachdem er sie kennengelernt hatte, wusste er, dass sie eine außergewöhnliche Frau war. Er konnte auch verstehen, weshalb Martin sich von ihr angezogen fühlte. Sie war keine große Schönheit, doch ihre raue Entschlossenheit war ausgesprochen reizvoll. Sie benahm sich ungekünstelt, und Arutha fand, dass etwas in ihrer Art genau zu der seines Bruders passte. Aruthas Aufmerksamkeit hatte die meiste Zeit den recht ernsten Gesprächsthemen gegolten, doch manchmal hatte er sich auch köstlich amüsiert, denn anscheinend war Martin dabei, die Kontrolle über die Dinge zu verlieren.

Der Ablauf des Mahls war für Arutha und Martin ein wenig befremdlich, denn in Armengar gab es keine Diener. Soldaten brachten das Essen aus Höflichkeit in das Quartier des Protektors, doch er bediente sich selbst, und das taten auch seine Gäste. Amos hatte erwähnt, dass er und Armand das Geschirr an den meisten Abenden selbst in die Spülküche zurückbrachten und dort beim Abwasch zur Hand gingen. Jeder in der Stadt half.

Als das Essen beendet war, meinte Amos: »Gareth, Armand und ich werden noch eine Runde um die Mauer drehen. Wir sind heute Abend vom Küchendienst befreit, damit wir gute Gastgeber sein können. Möchtet Ihr uns vielleicht begleiten?« Es war eine Einladung an alle am Tisch. Roald, Laurie und Baru fragten, ob sie mitkommen dürften. Vor allem der Hadati wünschte mehr über seine entfernten Verwandten zu erfahren.

Martin erhob sich und sagte – für ihn fast eine heldenhafte Tat – zu Briana: »Vielleicht würde mir die Kommandantin die Stadt zeigen?« Er schien gleichermaßen begeistert und erschrocken zu sein, als sie sich dazu bereiterklärte.

Arutha gab ihm ein Zeichen, dass er mit der Frau gehen sollte, und bedeutete ihm gleichzeitig, dass er selbst hierbleiben und sich mit Guy besprechen würde. Martin ging, geführt von Briana, aus dem Saal.

In dem langen Korridor, der zu dem Aufzug führte, blieb Martin stehen und warf einen Blick auf die Lichter der Stadt unter ihnen. Tausend Lichtpunkte leuchteten in der schwarzen Dunkelheit. »Sooft ich hier auch entlangkomme«, meinte Briana, »dieser Anblick verliert nie seinen Reiz.« Martin nickte zustimmend. »Ist deine Heimat wie Armengar?«

Martin sah sie nicht an. »Crydee?«, dachte er laut. »Nein. Mit dieser Zitadelle verglichen ist meine Burg winzig, und die Stadt Crydee ist nur ein Zehntel so groß wie diese. Die Stadtmauer ist auch nicht so mächtig, und die Menschen stehen nicht dauernd unter Waffen. Es ist ein friedlicher Ort, zumindest ist er das jetzt. Früher habe ich mich, sooft es ging, davongemacht, blieb in den Wäldern und jagte und war allein mit meinen Gedanken. Jetzt steige ich manchmal in den höchsten Turm meiner Burg und sehe mir den Sonnenuntergang über dem Meer an. Das ist die schönste Zeit des Tages. Im Sommer kommt eine kühle Brise vom Wasser herüber und lindert die Hitze des Tages, während die Sonne prächtige Farbenspiele erzeugt. Im Winter sind die Türme weiß bedeckt, und alles wirkt wie ein sagenumwobener Ort. Mächtige Wolken ziehen dann vom Meer landeinwärts, und Blitze und grollender Donner liegen in der Luft, als wäre der Himmel lebendig geworden.«

Er bemerkte, wie sie sein Gesicht betrachtete. Plötzlich kam er sich dumm vor und lächelte schwach, das einzige Zeichen seiner Verlegenheit. »Aber ich schweife ab.«

»Amos hat mir viel vom Meer erzählt.« Sie legte den Kopf ein wenig schief, als würde sie über irgendetwas nachdenken. »Eine eigenartige Sache, dieses ganze Wasser.«

Martin lachte auf und spürte, wie seine Nervosität nachließ. »Wirklich eine eigenartige Sache, fremd und mächtig. Schiffe habe ich nie besonders gemocht, doch ich musste mit ihnen fahren, und nach einer Weile erlebt man, wie wundervoll das Meer sein kann. Es ist wie …« Er zögerte, die Worte fehlten ihm. »Das sollte dir lieber Laurie erzählen oder Amos. Beide haben etwas, das mir fehlt: die Gabe, mit Wörtern umzugehen.«

Sie legte ihm die Hand auf den Arm. »Ich würde es lieber von dir hören.« Sie drehte sich zum Fenster, der Fackelschein umspielte ihr Gesicht, und im Halbdunkel wirkte ihr Haar wie eine schwarze Krone auf ihrem Haupt. Sie schwieg eine Weile, dann sah sie Martin wieder an. »Bist du ein guter Jäger?«

Da musste Martin grinsen und kam sich wie ein Dummkopf vor. »Ja, ein sehr guter.« Beide wussten, es war keine übertriebene Prahlerei, so wie es zwischen ihnen auch keine falsche Bescheidenheit geben würde. »Ich wurde von Elben unterrichtet, und ich kenne nur einen einzigen Bogenschützen, der besser schießt als ich.«

»Ich mag die Jagd, doch ich habe leider nur selten Zeit dafür, seit ich Kommandantin bin. Vielleicht können wir uns irgendwann davonstehlen und Ausschau nach Wild halten. Es ist gefährlicher als im Königreich, denn während wir jagen, jagen uns vielleicht andere.«

»Ich habe schon früher mit den Moredhel zu tun gehabt«, erklärte Martin mit ruhiger Stimme.

Sie sah ihm offen ins Gesicht. »Du bist ein starker Mann, Martin.« Und indem sie ihm die Hand wieder auf den Arm legte, fuhr sie fort: »Und ich glaube, auch ein guter Mann. Ich bin Briana, die Tochter von Gwynnath und Gurtman, aus der Linie der Alwynne.« Diese Worte waren sehr förmlich, dennoch lag noch etwas anderes in ihnen, als wollte sie sich damit vor ihm enthüllen, als reiche sie ihm die Hand.

»Ich bin Martin, der Sohn von Margaret«, zum ersten Mal seit Jahren dachte er an seine Mutter, ein schönes Dienstmädchen am Hofe von Herzog Brucal, »und Borric, aus der Linie von Dannis, der Erstgeborene der conDoins. Man nennt mich Martin Langbogen.«

Sie sah ihm lange ins Gesicht, als wollte sie sich jeden einzelnen Zug einprägen. Dann änderte sich ihre Miene, und sie lächelte. »Der Name passt zu dir, Martin Langbogen. Du bist so groß und kräftig wie deine Waffen. Hast du eine Frau?«

Martin antwortete leise: »Nein. Ich … ich habe nie die

Richtige getroffen … Ich konnte nie besonders gut mit Worten und … mit Frauen umgehen. Ich habe noch nicht viele kennengelernt.«

Sie legte ihm den Finger auf die Lippen. »Ich verstehe.«

Plötzlich fand sich Martin in ihren Armen wieder, und ihr Kopf lag an seiner Brust. Er wusste nicht, wie ihm geschah. Vorsichtig hielt er sie fest, als könnte die leiseste Bewegung dazu führen, dass sie die Flucht ergriff.

»Ich weiß nicht, wie man die Dinge im Königreich handhabt, Martin, doch Amos hat mir erzählt, ihr würdet es vermeiden, über Sachen zu reden, die wir hier in Armengar offen aussprechen. Ich … ich möchte heute Nacht nicht allein sein.« Sie sah ihm wieder ins Gesicht, und er las darin das Verlangen und die Angst und verstand, was sie wollte. Leise, fast unhörbar, sagte sie: »Bist du so sanft, wie du stark bist, Martin Langbogen?«

Martin betrachtete sie und wusste, dass er nicht antworten musste. Schweigend hielt er sie lange Zeit fest, bis sie sich langsam von ihm löste, seine Hand nahm und ihn zu ihrem Gemach führte.

Lange Zeit saß Arutha nur da und beobachtete Guy. Der Protektor von Armengar war in Gedanken versunken und trank nur gelegentlich einen Schluck Bier. Endlich sagte Guy: »Was ich hier am meisten vermisse, ist Wein. Es gibt Zeiten, da passt er einfach zu einer gewissen Stimmung, findet Ihr nicht auch?«

Arutha nickte und kostete von seinem Bier. »Amos hat uns von Eurem Verlust erzählt.«

Guy machte eine wegwerfende Handbewegung, und Arutha bemerkte, dass der Protektor ein wenig betrunken war. Seine Bewegungen waren nicht ganz so sicher, nicht ganz so kontrolliert wie gewöhnlich. Doch wenn er sprach, war seine Stimme klar. Er seufzte tief. »Für Euch ist der Verlust noch größer, Arutha, denn Ihr habt sie nie kennengelernt.«

Arutha wusste nicht, was er sagen sollte. Plötzlich war er verwirrt, als wäre er Zeuge von etwas sehr Privatem, als würde er die Fesseln des Grames gemeinsam mit einem Mann tragen müssen, den er eigentlich hassen sollte. »Ihr sagtet, wir müssten uns unterhalten, Guy ...«

Der nickte und schob seinen Becher beiseite. Immer noch starrte er ins Leere. »Ich brauche Euch.« Er wandte Arutha das Gesicht zu. »Ich brauche zumindest das Königreich, und das bedeutet, ich brauche Lyam.« Arutha bedeutete Guy, er solle fortfahren. »Mir ist es egal, ob Ihr über mich persönlich eine gute Meinung habt oder nicht. Doch Ihr müsst mich als Anführer dieses Volkes anerkennen.« Er dachte nach, dann fuhr er fort: »Ich glaubte, Euer Bruder würde Anita heiraten. Es wäre die vernünftigste Sache der Welt gewesen, um seinen Anspruch zu festigen. Doch er war schon König, ehe er sich versah. Rodric hat uns allen einen Gefallen damit getan, dass er kurz vor seinem Tod noch einen lichten Moment hatte.« Er sah Arutha scharf an. »Anita ist eine schöne junge Frau. Ich hatte nie das Verlangen, sie zu heiraten, nur wäre mir diese Verbindung zu jener Zeit sehr gelegen gekommen. Doch so, wie sich die Dinge entwickelt haben, ist es besser.« Er lehnte sich zurück. »Ich bin betrunken. Meine Gedanken schweifen ab.« Er schloss das eine Auge, und einen Moment lang dachte Arutha, er würde einschlafen.

Doch dann sagte Guy: »Amos hat Euch erzählt, wie ich

nach Armengar gelangt bin, deshalb will ich die Geschichte nicht wiederholen. Aber ich glaube, von anderen Dingen hat er nichts erwähnt. Hat Euch Euer Vater jemals erzählt, wie es zu dieser erbitterten Feindschaft gekommen ist?«

Arutha bemühte sich, mit ruhiger Stimme zu sprechen. »Er sagte, Ihr wärt der Ausgangspunkt aller Intrigen gegen das Westliche Reich, und Ihr hättet Eure Stellung sowohl bei Rodric als auch bei seinem Vater ausgenutzt, um meines Vaters Position zu schwächen.«

Zu Aruthas Erstaunen sagte Guy: »Das ist zum größten Teil richtig. Man könnte meine Taten vielleicht in einem etwas besseren Licht darstellen, doch unter Rodric und auch seinem Vater habe ich niemals im Interesse des Westens gehandelt. Nein, ich meine etwas anderes.«

»Wenn er von Euch gesprochen hat, dann immer nur als Feind.« Arutha dachte nach und fügte hinzu: »Dulanic sagte einmal, Ihr und Vater wärt einst Freunde gewesen.«

Guy starrte ins Feuer. Er schien weit entfernt, als würde er sich an etwas erinnern. Leise sagte er: »Ja, sehr gute Freunde.« Wieder verfiel er in Schweigen, doch gerade als Arutha zu sprechen beginnen wollte, sagte er: »Als alles anfing, unter der Herrschaft von Rodric dem Dritten, waren wir junge Männer am Hof. Wir gehörten zu den allerersten Junkern, die an den Hof geschickt wurden. Das hatte Caldric eingeführt, um Regenten zu erziehen, die mehr Bildung hatten als ihre Väter.« Guy überlegte. »Ich möchte Euch erzählen, wie es war. Und wenn ich fertig bin, werdet Ihr verstehen, warum Ihr und Euer Bruder nie an den Hof geschickt wurdet.

Ich war drei Jahre jünger als Euer Vater, der gerade achtzehn geworden war, doch wir waren gleich groß und hatten das gleiche Temperament. Zuerst wurden wir zusammengesteckt, weil wir Cousins waren, und man erwartete von mir, dass ich diesem Sohn eines Herzogs vom Lande Manieren beibrachte. Die Zeit verging, und wir wurden Freunde. In all den Jahren spielten, hurten und kämpften wir zusammen.

Oh, natürlich hatten wir auch Meinungsverschiedenheiten. Borric war der Sohn eines Edlen aus den Grenzländern, und für ihn standen die alten Begriffe von Ehre und Pflicht über allem. Er verstand wenig von den eigentlichen Ursachen der Ereignisse, die sich um ihn herum abspielten. Ich ... nun ...« Er fuhr sich mit der Hand durchs Gesicht, als wollte er die Müdigkeit fortwischen, dann wurde seine Stimme lebhafter. »Ich wuchs an einem Hof im Osten auf, und von Kind an war ich daran gewöhnt zu befehlen. Meine Familie ist so alt und ehrwürdig wie jede andere des Königreichs, selbst wie Eure. Hätten Delong und seine Brüder etwas weniger begabte Generäle gehabt und meine Vorfahren etwas bessere, dann würden heute vielleicht die Bas-Tyras den König stellen und nicht die conDoins. Jedenfalls wurde mir schon als Kind beigebracht, wie das große Spiel der Politik im Königreich gespielt wird. Nein, Euer Vater und ich, wir waren ausgesprochen unterschiedlich, dennoch, in meinem ganzen Leben habe ich keinen Mann mehr geliebt als Borric.« Er sah Arutha scharf an. »Er war der Bruder, den ich nie hatte.«

Arutha war fasziniert. Zweifellos stellte Guy die Dinge in ihrem besten Licht dar, und Arutha vermutete sogar hinter der Trunkenheit nur eine Posse, doch er war neugierig auf die Jugend seines Vaters. »Und warum habt ihr euch schließlich entzweit?«

»Als junge Männer ergänzten wir uns prächtig, was die Jagd,

das Spiel und die Aufmerksamkeit der Damen anging. Unsere politischen Meinungsverschiedenheiten trugen wir zwar immer wieder mit scharfen Worten aus, doch wir fanden stets einen Weg, den Streit beizulegen und uns wieder zusammenzuraufen. Einmal kam es sogar zu einer Prügelei, weil ich einige gedankenlose Bemerkungen gemacht hatte. Ich hatte gesagt, Euer Urgroßvater wäre nichts weiter als der verärgerte dritte Sohn eines Königs, der mit der Macht der Waffen versuchte, etwas zu finden, das es im Königreich nicht gab. Borric hielt dagegen, er sei ein großer Mann, der das Banner des Königreichs nach Bosania gebracht habe. Ich entgegnete darauf, der Westen würde sowieso nichts zu den Mitteln des Königreichs beisteuern. Die Entfernungen seien einfach zu groß, um eine ordentliche Verwaltung zu gewährleisten. Ihr herrscht in Krondor. Und Ihr wisst, dass Ihr ein unabhängiges Reich regiert, das nur grobe politische Vorgaben aus Rillanon erhält. Na, jedenfalls stritten wir uns darüber, und dann schlugen wir uns. Später ließ der Zorn nach. Doch zum ersten Mal hatten wir gemerkt, wie sehr uns die Meinungen über die Politik im Reich voneinander trennten. Trotzdem, selbst diese Differenzen konnten die Freundschaft zwischen uns nicht erschüttern.«

»Ihr tut so, als hätte es lediglich zwischen zwei ehrenwerten Männern verständliche Auseinandersetzungen über Politik gegeben. Doch ich kannte Vater. Er hasste Euch, und dieser Hass saß tief. Da muss mehr vorgefallen sein.«

Guy starrte wieder einige Zeit ins Feuer. Leise sagte er: »Euer Vater und ich waren in vielerlei Hinsicht Konkurrenten, doch am weitesten gingen diese Rivalitäten, was Eure Mutter betraf.«

Arutha beugte sich vor. »Was?«

»Als Euer Onkel Malcom am Fieber starb, wurde Euer Vater nach Hause gerufen. Er war der älteste Sohn, und er sollte einst die Nachfolge antreten. Um dafür ausgebildet zu werden, war er schließlich an den Hof geschickt worden. Als Malcom starb, war Euer Großvater allein. Deshalb ließ er Euren Vater vom König zum Wächter des Westens ernennen, und Borric wurde zurück nach Crydee geschickt. Euer Großvater war zu jener Zeit schon ein alter Mann – und Eure Großmutter war bereits gestorben –, und nach Malcoms Tod schienen seine Kräfte rasch zu schwinden. Kaum zwei Jahre später starb er, und Borric wurde Herzog von Crydee. Zu der Zeit war Brucal nach Yabon zurückgekehrt, und ich war Erster Junker am Hofe des Königs. Ich freute mich auf Borrics Rückkehr – er musste sich schließlich dem König vorstellen und ihm als neuer Herzog die Treue schwören. Dazu sind alle Herzöge während des ersten Jahres ihrer Herrschaft verpflichtet.«

Arutha rechnete nach. Das musste zu der Zeit gewesen sein, als sein Vater auf dem Weg in die Hauptstadt Brucal in Yabon besucht hatte. Während dieses Besuches hatte sich Borric von einem schönen Dienstmädchen hinreißen lassen, und daraus war Martin hervorgegangen. Das hatte Borric jedoch erst fünf Jahre später erfahren.

Guy fuhr mit seiner Erzählung fort: »In dem Jahr, bevor Borric nach Rillanon zurückkehrte, kam Eure Mutter an den Hof als Hofdame von Königin Janica, der zweiten Frau des Königs, Prinz Rodrics Mutter. Da lernten Catherine und ich uns kennen. Abgesehen von Gwynnath war sie die einzige Frau, die ich jemals geliebt habe.«

Guy verfiel in Schweigen, und plötzlich überkam Arutha ein seltsames Gefühl der Scham, als wäre er schuld daran, dass

Guy die beiden schwersten Verluste seines Lebens noch einmal durchmachen musste.

»Catherine war außergewöhnlich, Arutha«, ergriff Guy wieder das Wort. »Ihr wisst das, schließlich war sie Eure Mutter. Als ich sie zum ersten Mal sah, war sie so erfrischend wie ein Frühlingsmorgen, ihre Wangen waren leicht gerötet, und in ihrem schüchternen Lächeln lag eine gewisse Verspieltheit. Sie hatte goldenes Haar. Vom ersten Augenblick an war ich in sie verliebt. Und Euer Vater ebenfalls. Unser Ringen um ihre Aufmerksamkeit wurde zu einem erbitterten Kampf. Zwei Monate lang machten wir ihr beide den Hof, und am Ende des zweiten redeten Euer Vater und ich kein Wort mehr miteinander, so tief ging unsere Rivalität. Borric schob seine Abreise nach Crydee immer wieder auf, weil er um Catherine werben wollte. Verzweifelt wetteiferten wir beide um ihre Gunst.

Eines Morgens wollte ich mit Catherine ausreiten, doch als ich in ihrem Gemach ankam, traf sie Vorbereitungen für eine Reise. Sie war eine Cousine ersten Grades von Königin Janica und damit eine Art Preis in den Intrigen des Hofes. Die Lektionen, die ich Eurem Vater Jahre zuvor erteilt hatte, zahlten sich für ihn aus, denn während ich mit Catherine ausritt und im Park spazieren ging, hatte er mit dem König gesprochen, und der legte Eurer Mutter ans Herz, Euren Vater zu heiraten, denn diese Heirat war politisch von enormem Vorteil. Der König hatte seine Zweifel an den Fähigkeiten seines Sohnes, aber seine drei Söhne aus erster Ehe waren gestorben, ehe sie das Mannesalter erreicht hatten, und ihren Tod wie auch den seiner geliebten Königin Beatrice hatte er nie verwunden. Und sein jüngerer Bruder Erland war ein kränklicher Nachkömmling, der an Lungenfieber litt und kaum zehn Jahre älter als Prinz Rodric war. Am Hof wussten alle, dass der König am liebsten Euren Vater als Nachfolger gesehen hätte, doch Janica hatte ihm noch einen Sohn geschenkt, den er jedoch verachtete. Ich glaube, er hat die Ehe zwischen Eurem Vater und Eurer Mutter nur deshalb angestrebt, um ihn eines Tages zum Thronfolger erklären zu können, und die nächsten zwölf Jahre verbrachte er mit dem Versuch, aus seinem Sohn einen Mann zu machen. Doch der König benannte vor seinem Tod keinen Erben, und deshalb blieb uns nur Rodric der Vierte, ein noch traurigerer und gebrochenerer Mann als sein Vater.«

Arutha sah mit rotem Gesicht auf. »Was meint Ihr damit, dass der König meiner Mutter die Heirat mit meinem Vater ans Herz legte?«

In Guys Auge blitzte es auf. »Wie ich schon andeutete, es war eine politische Heirat, Arutha.«

»Aber meine Mutter hat meinen Vater geliebt!«

»Bis zu der Zeit, als Ihr geboren wurdet, hatte sie *gelernt*, ihn zu lieben. Euer Vater war ein guter Mann und sie eine gütige Frau. Doch in jenen Tagen hat sie *mich* geliebt.« Guys Stimme war belegt, als er weitersprach. »Sie hat mich geliebt. Ich kannte sie schon ein Jahr, bevor Rodric zurückkehrte. Wir wollten heiraten, wenn meine Zeit als Junker um war, doch wir hatten niemandem davon erzählt. In einer Nacht haben wir uns beide wie Kinder gegenseitig unsere Liebe geschworen. Ich hatte meinem Vater geschrieben, damit er bei Königin Janica um Catherines Hand anhielt. Doch ich habe nicht daran gedacht, selbst mit dem König zu sprechen. Ich, der gerissene Sohn von einem Hof des Ostens, hatte mich vom Jungen eines Landadligen hereinlegen lassen. Zum Teufel, ich war erst neunzehn. Es war vor so langer Zeit.

Doch ich war außer mir vor Wut. In jenen Tagen war ich genauso temperamentvoll wie Euer Vater. An jenem Morgen stürmte ich aus dem Gemach Eurer Mutter und suchte Borric auf. Wir kämpften, duellierten uns im Palast des Königs und hätten uns beinahe gegenseitig getötet. Gewiss habt Ihr einmal die lange Narbe gesehen, die Euer Vater an der Seite trug, von kurz unter dem linken Arm bis über die Rippen. Die stammte von mir. Mich hat er ähnlich schwer verletzt. Fast wäre ich gestorben. Als ich mich erholt hatte, war Euer Vater schon eine Woche abgereist und hatte Catherine mit nach Crydee genommen. Ich wäre ihm gefolgt, doch der König verbot es mir bei Todesstrafe. Er hatte recht, denn die beiden waren verheiratet. Von da an trug ich nur noch Schwarz als Zeichen meiner Schmach. Dann wurde ich losgeschickt, um in Niederhohnheim gegen die Keshianer zu kämpfen.« Er lachte verbittert. »Mein guter Ruf als General rührt zum größten Teil von dieser Schlacht her. Ich verdanke Eurem Vater viel von meinem Erfolg, weil ich eigentlich die Keshianer dafür büßen ließ, dass er mir Catherine geraubt hatte. Ich tat Dinge, die kein General bei rechtem Verstand gewagt hätte, Angriff für Angriff. Vielleicht wollte ich insgeheim dabei sterben.« Seine Stimme wurde leise, und er lachte in sich hinein. »Ich war fast enttäuscht, als sie die Bedingungen für eine Kapitulation aushandeln wollten.«

Guy seufzte. »Vieles in meinem Leben rührt aus diesen Tagen. Ich war unter bestimmten Umständen bereit, meine Feindschaft mit Borric zu begraben, doch er … er zeigte mir die kalte Schulter, auch nachdem Eure Mutter gestorben war. Und er wies den Gedanken zurück, seine Söhne an den Hof des Königs zu schicken. Ich glaube, er hatte Angst, ich könnte an Euch und Lyam Rache nehmen.«

»Er liebte Mutter«, sagte Arutha. »Nach ihrem Tod ist er nie wieder glücklich geworden.« Er fühlte sich unbehaglich und ärgerte sich gleichzeitig über das, was er gesagt hatte. Schließlich brauchte er das Verhalten seines Vaters nicht vor dessen ärgstem Feind zu rechtfertigen.

Guy nickte. »Ich weiß. Wenn man jung ist, kann man nicht verstehen, dass die Gefühle eines anderen so tief sind wie die eigenen. Die Liebe fliegt hoch, und der Schmerz ist so viel heftiger. Als ich älter wurde, wurde mir klar, dass Borric Catherine genauso sehr geliebt hatte wie ich. Und ich glaube … ja, sie liebte ihn auch.« Guys eines Auge blickte ins Leere. Seine Stimme wurde leiser und klang nachdenklich. »Sie war eine wunderbare, großzügige Frau. Dennoch glaube ich, im Herzen Eures Vaters hatte sich für immer der Zweifel breitgemacht.« Guy sah Arutha mit einem Ausdruck des Schmerzes und des Bedauerns an. »Könnt Ihr Euch das vorstellen? Wie traurig muss er gewesen sein! Vielleicht war ich in gewisser Weise der Glücklichere, weil ich wusste, sie liebte mich. Ich hegte nie Zweifel daran.«

Arutha bemerkte einen feuchten Glanz in Guys gesundem Auge. Der Protektor wischte die Träne fort, lehnte sich zurück, schloss das Auge und fügte leise hinzu: »Manchmal gibt es im Leben keine Gerechtigkeit.«

Arutha grübelte darüber nach. »Warum habt Ihr mir das alles erzählt?«

Guy richtete sich auf. »Weil ich Euch brauche. Und ich darf nicht an Euch zweifeln. Für Euch bin ich ein Verräter, der die Herrschaft im Königreich zu seinem eigenen Nutzen an sich reißen wollte. Teilweise habt Ihr recht damit.«

Arutha war erneut von Guys Offenheit überrascht. »Aber

wie wollt Ihr das rechtfertigen, was Ihr Erland angetan habt?«

»Ich bin für seinen Tod verantwortlich, das kann ich nicht leugnen. Es war mein Hauptmann, der ihn nicht aus der Haft entließ, obwohl ich das angeordnet hatte. Radburn hatte seine Fähigkeiten, doch manchmal war er etwas übereifrig. Ich kann ihn verstehen, denn er wusste, ich würde ihn hart bestrafen, wenn er Euch und Anita entkommen ließ, was dann ja auch geschah. Ich brauchte sie, um in die Erbfolge zu gelangen, und Ihr wärt eine gute Geisel bei den Verhandlungen mit Eurem Vater gewesen.« Er sah die Überraschung auf Aruthas Gesicht und meinte: »O ja, meine Spione wussten sehr wohl, dass Ihr Euch in Krondor aufhieltet – sie berichteten es mir, als ich von dem kleinen Scharmützel mit den Keshianern bei Shamata zurückkam –, doch Radburn machte einen entscheidenden Fehler: Er glaubte, Ihr würdet ihn zu Anita führen. Es kam ihm nie in den Sinn, dass Ihr vielleicht gar nichts mit ihrer Flucht zu tun hattet. Dieser Dummkopf hätte Euch einfach einsperren und die Suche nach ihr fortsetzen sollen.«

Arutha spürte, wie sein Misstrauen zurückkehrte, und seine Sympathie für Guy schwand. Ungeachtet der offenen Rede des Protektors war da diese Kaltherzigkeit, mit der Guy Menschen benutzte.

»Aber ich habe Erlands Tod nicht gewollt«, fuhrt der frühere Herzog von Bas-Tyra fort. »Rodric hatte mich bereits als Vizekönig eingesetzt und mir das Kommando über den Westen übertragen. Ich brauchte Erland nicht unbedingt, ich brauchte nur eine Verbindung zum Thron. Ich brauchte Anita. Rodric der Vierte war wahnsinnig, und ich wusste das ebenso wie Caldric als einer der Ersten. Rodric durfte nicht mehr lange regieren. Die ersten acht Jahre des Krieges war es am Hof schwierig gewesen, doch in den letzten Jahren seiner Herrschaft hatte Rodric so gut wie keinen Verstand mehr. Kesh hatte immer schon begehrlich nach Norden geschielt und nach Zeichen der Schwäche Ausschau gehalten. Ich wollte die Last der Krone nicht tragen, doch ich hielt mich für fähiger als jeden anderen, das Land zu regieren. Fähiger selbst als Euer Vater, der in der Thronfolge hinter Erland stand.«

»Wozu aber die ganzen Intrigen? Ihr hattet einigen Rückhalt in der Versammlung der Fürsten und hättet andere Wege finden können.«

»Die Versammlung kann einen König wählen«, entgegnete Guy mit erhobenem Zeigefinger, »sie kann ihn jedoch nicht absetzen. Ich musste einen Weg finden, den Thron zu besteigen, ohne dabei einen Bürgerkrieg vom Zaun zu brechen. Der Krieg mit den Tsurani zog sich in die Länge, doch Rodric schickte Eurem Vater die Armeen des Ostens nicht zu Hilfe. Er wollte sie nicht einmal mir überlassen, und ich war der Einzige, dem er vertraute. Neun Jahre lang ein verlustreicher Krieg, neun Jahre lang unter einem wahnsinnigen König. Das Reich wäre ausgeblutet. Nein, das alles musste ein Ende finden, doch egal, wie viel Rückhalt ich hatte, es gab Leute wie Brucal und Euren Vater, die ohne Zögern gegen mich marschiert wären. Deshalb brauchte ich Anita zur Frau und Euch als Geisel. Ich wollte Borric ein Angebot unterbreiten.«

»Was für ein Angebot?«

»Er sollte im Westen herrschen, damit wäre das Königreich geteilt und jedes Reich seinem eigenen Schicksal überlassen gewesen. Nur wusste ich, keiner der Fürsten aus dem Westen hätte das zugelassen. Also wollte ich Borrics Namen in der

Erbfolge hinter meinen stellen und auch Lyams und Euren. Wen auch immer er ausgesucht hätte, ich hätte ihn zum Prinzen von Krondor gemacht. Ich hätte versichert, dass ich keine Söhne habe, die Anspruch auf die Krone erheben würden. Doch Euer Vater hätte mich als König in Rillanon anerkennen und mir Treue schwören müssen.«

Mit einem Mal verstand Arutha diesen Mann. Nachdem er Aruthas Mutter an Borric verloren hatte, war ihm seine persönliche Ehre nichts mehr wert gewesen, doch *eine* Ehre hatte er weiter über alles hochgehalten: die Ehre des Königreichs. Er war bereit gewesen, alles zu tun – selbst einen Königsmord zu begehen, der ihn als Thronräuber und Verräter in die Geschichte hätte eingehen lassen –, wenn er dadurch einen wahnsinnigen Tyrannen hätte vom Thron stürzen können. Arutha hatte auf einmal einen üblen Geschmack im Mund.

»Als Rodric starb und schließlich doch Lyam zum Thronfolger bestimmt wurde, hatte das alles keine Bedeutung mehr. Euer Bruder ist mir unbekannt, aber ich vermute, dass er in vielerlei Hinsicht seinem Vater ähnelt. In jedem Fall ist das Königreich jetzt in besseren Händen als zu Zeiten Rodrics.«

Arutha seufzte. »Ihr habt mir einiges zu denken gegeben, Guy. Ich heiße nicht alle Eure Überlegungen und Methoden gut, doch ich verstehe sie nun besser.«

»Ob Ihr sie gutheißt, ist nicht von Belang. Ich bereue nichts von dem, was ich getan habe, auch wenn ich zugebe, dass meine Entscheidung, den Thron für mich zu erobern, zum Teil der Boshaftigkeit gegen Euren Vater entsprang. Ich sollte Eure Mutter nicht bekommen und Borric nicht den Thron. Neben diesen selbstsüchtigen Überlegungen war ich jedoch der festen Überzeugung, ein besserer König als Euer Vater zu sein. Was ich am besten kann, ist herrschen. Dennoch habe ich mich bei dem, was ich tun musste, nicht gut gefühlt. Doch das ist egal, worum es mir geht, ist Euer Verständnis. Ihr müsst nicht so sein wie ich, doch Ihr müsst mich als den nehmen, der ich bin. Und Ihr müsst akzeptieren, was ich tue. Ich brauche Eure Akzeptanz, damit ich die Zukunft von Armengar sichern kann.«

Arutha schwieg und fühlte sich gar nicht wohl in seiner Haut. Nach einiger Zeit des Schweigens sagte er: »Ich bin nicht derjenige, der über Euch richten soll. Ich habe gerade an ein Gespräch mit Lyam in der Gruft meines Vaters vor zwei Jahren gedacht. Ich war bereit, eher Martins Leben zu opfern, als einen Bürgerkrieg zu riskieren. Meinen eigenen Bruder …«, fügte er leise hinzu.

»Solche Entscheidungen bringt die Herrschaft mit sich.« Guy lehnte sich zurück und fasste Arutha scharf ins Auge. »Und, wie habt Ihr Euch bei dieser Entscheidung gefühlt?«

Arutha zögerte, dieses Gefühl mit Guy zu teilen. Dann, nachdem er lange geschwiegen hatte, sah er dem Protektor direkt ins Gesicht. »Schmutzig. Ich habe mich schmutzig gefühlt.«

Guy streckte die Hand aus. »Ihr versteht es.« Zögernd ergriff Arutha seine Hand und schüttelte sie.

»Und nun zum Kern der Sache«, sagte Guy. »Als wir, Amos, Armand und ich, hier ankamen, waren wir krank, verletzt und halb verhungert. Diese Leute pflegten uns – uns, die Fremden aus einem fernen Land, und das ohne Fragen zu stellen. Schließlich waren wir wieder gesund und willig zu kämpfen, und wir machten die Erfahrung, dass das von allen, die dazu in der Lage waren, auch erwartet wurde und zudem ein bedingungsloser Gehorsam. Also nahmen wir unsere Posten in der Garnison an und lernten Armengar kennen.

Der Protektor vor Gwynnath war wie sie ein fähiger Kommandant gewesen, doch beide kannten sich in der modernen Kriegsführung wenig aus. Nichtsdestotrotz hielten sie die Bruderschaft und die Trolle in Schach. Es war ein blutiges Gleichgewicht von Sieg und Niederlage.

Dann erschien Murmandamus, und die Dinge veränderten sich. Als ich hier ankam, war die Bruderschaft bei drei von vier Gefechten siegreich. Die Armengaren verloren und drohten zum ersten Mal in ihrer Geschichte zu unterliegen. Ich brachte ihnen einiges über zeitgemäße Kriegsführung bei, und nun ist unsere Lage wieder stabil. Niemand kann sich der Stadt auf mehr als fünfundzwanzig Meilen nähern, ohne von unseren Vorposten und Patrouillen entdeckt zu werden. Doch trotzdem ist es zu spät.«

»Warum zu spät?«

»Selbst wenn Murmandamus nicht über uns herfiele, würde dieses Volk die nächsten beiden Generationen nicht überdauern. Die Stadt stirbt. Soweit ich es beurteilen kann, lebten vor zwei Jahrzehnten noch vielleicht fünfzehntausend Menschen in der Stadt und auf dem Land in der Umgebung. Vor zehn Jahren mögen es noch elf- oder zwölftausend gewesen sein. Jetzt sind es noch siebentausend, womöglich sogar weniger. Im ständigen Krieg werden Frauen im gebärfähigen Alter getötet, und bei den Verwüstungen der Steadings und Kraals sterben die Kinder. Das alles summiert sich, die Größe der Bevölkerung nimmt beständig ab, und das immer schneller. Und noch etwas anderes kommt hinzu. Es ist, als hätten die langen Jahre des Krieges den Menschen die Kraft entzogen. Bei allem

Willen zum Kampf sind sie den Dingen des täglichen Lebens gegenüber seltsam gleichgültig. Ihre Kultur ist verzerrt, Arutha. Sie haben nichts als den Kampf und letzten Endes den Tod. Ihre Poesie besteht nur aus Heldensagen, und ihre Musik sind einfache Schlachtlieder. Habt Ihr bemerkt, dass es in der Stadt keine Schilder gibt? Jeder weiß, wo jeder andere lebt und arbeitet. Wozu also Schilder? Arutha, niemand, der in Armengar geboren wurde, kann lesen oder schreiben. Sie haben nicht die Zeit zum Lernen. Dieses Volk versinkt unaufhaltbar in Barbarei. Selbst wenn Murmandamus nicht wäre, in zwei Jahrzehnten gäbe es dieses Volk nicht mehr. Sie würden sich zu dem entwickeln, was die Nomaden der Donnernden Hölle sind. Grund dafür ist das ewige Kämpfen.«

»Ich kann verstehen, wie das allem den Sinn entzieht. Nur wie kann ich Euch helfen?«

»Wir brauchen Unterstützung. Ich würde die Herrschaft der Stadt gern an Brucal …«

»Vandros. Brucal ist zurückgetreten.«

»… dann eben an Vandros übergeben. Macht Armengar zu einem Teil des Herzogtums von Yabon. Diese Leute sind einst vor dem Königreich geflohen. Doch das ist Jahrhunderte her. Heute würden sie nicht zögern, es zu umarmen, wenn ich es nur anordnen würde, so sehr haben sie sich geändert. Doch gebt mir zweitausend starke Fußsoldaten aus den Kasernen von Yabon und Tyr-Sog, und ich werde diese Stadt ein weiteres Jahr gegen Murmandamus verteidigen. Fügt noch einmal tausend Soldaten und zweitausend Pferde hinzu, und ich werde die Ebene von Isbandia von jedem Troll und jedem Düsteren Bruder säubern. Gebt mir die Armeen des Westens, und ich treibe Murmandamus nach Sar-Sargoth zurück und brenne die Stadt mitsamt ihm selbst nieder. Dann können wir Handel treiben, und Kinder können wieder Kinder sein, nicht kleine Kämpfer. Dichter werden wieder dichten, und Maler werden malen. Dann wird diese Stadt vielleicht wieder wachsen.«

»Und Ihr werdet weiterhin der Protektor bleiben wollen … oder vielleicht sogar der Graf von Armengar?«, fragte Arutha, der sein Misstrauen noch nicht ganz überwunden hatte.

»Zum Teufel!«, rief Guy und schlug mit der flachen Hand auf den Tisch. »Wenn Lyam den Verstand eines Weißbrots hat, dann ja.« Guy ließ sich zurücksinken. »Ich bin müde, Arutha. Ich bin betrunken und müde.« Sein gesundes Auge füllte sich mit Tränen. »Ich habe das einzige verloren, was mir seit langen Jahren etwas bedeutet hat, und alles, was mir bleibt, ist die Not dieser Menschen. Ich werde sie nicht im Stich lassen, doch wenn sie erst einmal in Sicherheit sind …«

Arutha war wie betäubt. Guy offenbarte ihm seine Seele, und alles, was er sah, war ein Mann, dem nichts mehr geblieben war, wofür es sich zu leben lohnte. Es war ernüchternd. »Ich glaube, ich kann Lyam überreden, doch Ihr werdet verstehen, wie er sich Euch gegenüber verhalten wird.«

»Es ist mir egal, was er über mich denkt, Arutha. Er kann sogar meinen Kopf haben.« Guys Stimme verriet seine Müdigkeit. »Das alles interessiert mich nicht mehr.«

»Ich werde ihm eine Botschaft schicken.«

Guy lachte bitter und niedergeschlagen. »Das ist das Problem, lieber Cousin. Ihr glaubt doch nicht etwa, ich hätte das ganze letzte Jahr hier gesessen und gehofft, dass sich vielleicht ein Prinz von Krondor nach Armengar verläuft? Ich habe ein Dutzend Botschaften verschickt, nach Yabon, nach Hohenburg, und darin in allen Einzelheiten geschildert, wie die Lage hier ist und was ich vorschlagen würde zu tun. Die Schwierigkeit ist nur, während Murmandamus alles und jeden in den Norden kommen lässt, kann nichts und niemand in den Süden gelangen. Der Drachenfänger, den Ihr gefunden habt, war der Letzte, der es versucht hat. Ich weiß nicht, was mit dem Gesandten passiert ist, den er begleitet hat, doch ich kann mir vorstellen …« Er brachte den Satz nicht zu Ende.

»Ihr seht also, Arutha, wir sind vom Königreich abgeschnitten. Vollständig und endgültig, solange Ihr nicht eine Idee habt, die uns noch nicht gekommen ist.«

Martin wachte prustend auf und spuckte einen Mundvoll Wasser aus. Brianas Lachen erfüllte das Zimmer. Sie warf ihm ein Handtuch zu und stellte den jetzt leeren Wasserkrug ab. »Dich bekommt man so schwer wach wie einen Bären im Winter.«

Er zwinkerte und trocknete sich ab. Dann sagte er: »Muss wohl so sein.« Er warf ihr einen bösen Blick zu, doch als er ihr lächelndes Gesicht sah, war seine Wut sofort verraucht. »Draußen in den Wäldern habe ich einen leichten Schlaf. Wenn ich drinnen schlafe, entspanne ich mich.«

Sie kniete sich auf das Bett und küsste ihn. Wie vorher trug sie einen Jagdrock und eine Hose. »Ich muss raus und zu einem unserer Steadings reiten. Willst du mitkommen? Es ist nur für einen Tag.«

Martin grinste. »Sicher.«

Sie küsste ihn wieder. »Danke.«

»Wofür?«, fragte er deutlich verwirrt.

»Dafür, dass du bei mir geblieben bist.«

Martin starrte sie an. »Du bedankst dich bei *mir?*«

»Natürlich, ich habe dich darum gebeten.«

»Ihr seid vielleicht ein seltsames Volk, Bree. Die meisten Männer würden mir mit Vergnügen die Kehle aufschlitzen, wenn sie in der letzten Nacht meine Stelle hätten einnehmen dürfen.«

Sie drehte den Kopf leicht zur Seite und sah ihn fragend an. »Wirklich? Wie komisch. Ich könnte das Gleiche über die meisten Frauen hier sagen. Obwohl niemand deswegen kämpfen würde. Jeder kann sich seinen Liebhaber frei wählen, und der kann Ja oder Nein sagen. Deshalb habe ich mich bei dir bedankt – weil du Ja gesagt hast.«

Martin umarmte sie und küsste sie leidenschaftlich. »In meinem Land halten wir diese Dinge anders.« Er ließ sie los, besorgt, weil er so rau war. Sie wirkte ein bisschen verunsichert, doch keinesfalls verängstigt. »Es tut mir leid. Es ist nur … Ich habe dir keinen Gefallen getan, Bree.«

Sie lehnte sich an ihn und legte den Kopf auf seine Schulter. »Du sprichst von etwas, das über das Schlafzimmer hinausgeht.«

»Ja.«

Sie schwieg eine Weile. »Martin, hier in Armengar planen wir nicht allzu weit im Voraus, und das hat sich stets als weise erwiesen.« Sie stockte, und ihre Augen glänzten auf einmal feucht. »Mein Vater ist schon seit elf Jahren tot, und meine Mutter stand kurz vor der Heirat mit dem Protektor. Es wäre eine fröhliche Ehe geworden.« Martin sah, wie ihr die Tränen über die Wangen liefen. »Ich war auch schon einmal verlobt. Er ritt los, ein Vergeltungsangriff wegen eines Überfalls der Trolle auf einen Kraal. Er kehrte nie zurück.« Sie sah ihm tief in die Augen. »Wir machen nicht gern Versprechungen. Eine gemeinsam verbrachte Nacht ist kein Treueschwur.«

»Ich bin kein leichtfertiger Mann.«

Sie sah ihm immer noch tief in die Augen. »Ich weiß«, sagte sie leise. »Und ich bin auch keine leichtfertige Frau. Ich wähle meine Liebhaber sorgsam aus. Zwischen uns passiert etwas, und das sehr schnell, Martin. Ich weiß das. Es wird … über uns kommen, so wie es die Zeit und die Umstände erlauben. Doch es macht wenig Sinn, sich jetzt schon darüber Gedanken zu machen.« Sie biss sich auf die Lippen, als würde sie gegen das ankämpfen, was sie als Nächstes sagen wollte. »Ich bin eine Kommandantin, und ich bin in Dinge eingeweiht, über die der Rest der Stadt nichts weiß. Im Moment kann ich dich nur bitten, nicht mehr zu erwarten, als ich dir freiwillig geben kann.« Sie merkte, wie sich seine Stimmung verschlechterte, also lächelte sie und küsste ihn. »Komm, lass uns losreiten.«

Martin zog sich rasch an. Er war verwirrt wegen dem, was geschehen war, obwohl es ihm gleichzeitig Sicherheit gab. Er fühlte sich sowohl erleichtert als auch besorgt. Erleichtert, weil er ihr seine Gefühle gestanden hatte, besorgt, weil er nicht deutlich genug geworden war und ihre Antwort ausweichend gewesen war. Doch schließlich war er von Elben aufgezogen worden, und wie Briana gesagt hatte, würden sich die Dinge zu ihrer Zeit finden.

Arutha beendete seinen Bericht von dem Gespräch des vorhergehenden Abends. Laurie, Baru und Roald saßen bei ihm. Die Jungen waren den ganzen Tag verschwunden gewesen. Martin war ebenfalls nicht in ihr Quartier zurückgekehrt, und Arutha glaubte zu wissen, wo er die Nacht verbracht hatte.

Laurie dachte lange über das nach, was Arutha gesagt hatte. »Die Bevölkerung wird also immer kleiner.«

»Das sagt Guy zumindest.«

»Er hat recht«, erklang eine Stimme an der Tür.

Sie sahen auf und entdeckten Jimmy und Locklear, die jeder mit einem hübschen Mädchen im Arm in der Tür standen. Locklear hatte seine Gesichtsmuskeln offensichtlich nicht unter Kontrolle. Wie sehr er auch versuchte, sich dagegen zu wehren, sein Mund blieb zu einem breiten Grinsen verzogen.

Jimmy stellte Krista und Bronwynn vor, dann sagte er: »Die Mädchen haben uns die Stadt gezeigt. Arutha, ganze Stadtteile stehen leer, Haus an Haus, niemand lebt dort.« Jimmy sah sich um und entdeckte einen Teller mit Obst. Er schnappte sich eine Birne. »Ich schätze, hier haben mal zwanzigtausend Menschen gelebt. Und jetzt sind es schätzungsweise kaum noch die Hälfte.«

»Ich habe mich eigentlich schon entschlossen, dass wir Armengar helfen müssen«, erklärte Arutha. »Doch das Problem besteht darin, eine Botschaft nach Yabon zu schicken. Murmandamus kümmert sich vielleicht nicht darum, ob jemand hierherkommt, doch er lässt nichts und niemanden hinaus.«

»Das macht durchaus Sinn«, bemerkte Roald. »Die meisten, die in den Norden kommen, wollen sowieso in sein Lager. Warum sollen ihn die wenigen stören, die hier in die Stadt gehen und helfen? Er sammelt seine Truppen, und er kann sie wahrscheinlich auch an der Stadt vorbeiführen, wenn er sich dazu entscheidet.«

»Ich glaube, ich würde durchkommen, wenn ich allein gehen könnte«, behauptete Baru. Arutha sah ihn neugierig an, und er fuhr fort: »Ich bin ein Mann aus den Bergen, und wenn diese Menschen hier auch zu meinem Geschlecht gehören, so sind sie doch Städter. Nur wenige aus den hochgelegenen

Steadings und Kraals mögen meine Fähigkeiten haben. Ich muss mich in der Nacht voranbewegen und mich am Tag verstecken, dann werde ich es schon bis zu den Bergen von Yabon schaffen. Und wenn ich erst einmal dort bin, wird kein Moredhel oder Troll mit mir Schritt halten können.«

»Aber es ist gerade die Schwierigkeit, in die Berge von Yabon zu gelangen«, wandte Laurie ein. »Weißt du noch, wie diese Trolle den Drachenfänger gejagt haben, vielleicht schon tagelang?«

»Ich werde es mir durch den Kopf gehen lassen, Baru«, sagte Arutha. »Womöglich müssen wir alles auf eine Karte setzen, aber vielleicht finden wir noch einen anderen Weg. Wir könnten jemanden mit Reitern auf den Berg hochbringen lassen, die dann umkehren und sich den Weg zurück freikämpfen, womit wir wem auch immer eine gute Ausgangsposition für den Weg nach Süden verschaffen. Es mag nicht möglich sein, doch das werde ich alles mit Guy besprechen. Wenn wir keine andere Wahl mehr haben, werde ich dir den Versuch gestatten. Obwohl ich glaube, dass es nicht unbedingt das Beste ist, wenn einer allein geht. Wir sind auch mit einer kleinen Gruppe zum Moraelin und wieder zurück gereist.« Er erhob sich. »Wenn jemand einen besseren Plan hat, ist der herzlich willkommen. Ich werde Guy begleiten, wenn er die Zinnen inspiziert. Falls wir hier festsitzen, wenn Murmandamus angreift, können wir uns wenigstens nützlich machen, indem wir kämpfen.«

Nach diesen Worten verließ er das Zimmer.

Guys Haar wurde vom Wind zerzaust, während sie beide auf die Ebene jenseits der Stadt hinaussahen. »Ich habe mir jeden

Zoll der Mauer angesehen, und ich kann immer noch nicht fassen, wie massiv sie gebaut ist.«

Arutha konnte nur zustimmen. Die Steine, die man benutzt hatte, waren mit einer Genauigkeit behauen, von der die Baumeister und Steinmetze im Königreich nur träumen konnten. Er fuhr mit der Hand über eine Fuge und konnte kaum spüren, wo der eine Stein endete und der andere anfing. »Diese Mauer hätte auch Segersens Leuten widerstanden, wenn sie gekommen wären.«

»Auch wir haben gute Leute in unserer Armee, Arutha. Ich sehe keine Möglichkeit, diese Mauer niederzubrechen, außer durch ein Wunder.« Er zog sein Schwert und schlug so hart auf den Stein, dass die Klinge sang, dann deutete er auf die Scharte, die die Waffe hinterlassen hatte. Arutha besah sich die Stelle und bemerkte nur einen leichten, etwas andersfarbigen Kratzer. »Es scheint blauer Granit zu sein, so etwas wie Eisenstein, doch noch härter. Dieser Stein kommt hier in den Bergen oft vor, doch er ist schwerer zu bearbeiten als alles andere, was ich je gesehen habe. Wie das hier vonstattenging, weiß niemand. Die Fundamente unter dem Sockel gehen sechs Meter tief in die Erde und sind neun Meter dick. Ich kann mir kaum vorstellen, wie sie die Blöcke aus den Steinbrüchen in den Bergen hierherbewegt haben. Wenn Ihr darunter einen Tunnel grabt, sinkt das ganze Mauerstück ab und erdrückt Euch. Und einen Tunnel zu graben, ist gar nicht möglich, denn die ganze Mauer ruht auf gewachsenem Fels.«

Arutha lehnte sich an die Mauer und sah hinunter auf die Stadt und die Zitadelle. »Das ist ohne Zweifel die am besten zu verteidigende Stadt, von der ich je gehört habe. Hier kann man wahrscheinlich einer zwanzigfachen Übermacht widerstehen.«

»Normalerweise braucht man eine zehnfache Übermacht, um eine Burg zu erstürmen, doch ich bin geneigt, Euch zuzustimmen. Allerdings darf man eine Sache nicht außer Acht lassen: Murmandamus' verdammte Magie. Er wird vielleicht nicht in der Lage sein, diese Mauern niederzureißen, aber ich garantiere Euch, er hat andere Mittel, mit denen er sie überwinden kann. Irgendwie. Sonst würde er nicht kommen.«

»Seid Ihr sicher? Warum sollte er Euch nicht mit einer kleinen Truppe belagern, sodass Ihr hier eingeschlossen seid, und seine Hauptstreitmacht Richtung Süden schicken?«

»Er kann es sich nicht leisten, dass wir ihm im Rücken sitzen. Er hätte in dem Jahr, bevor ich das Kommando übernommen habe, ganz gut mit uns fertigwerden können, und wir wären längst ausgeblutet, wenn ich nicht die Spielregeln ein wenig abgewandelt hätte. In den letzten beiden Jahren habe ich unsere Soldaten alles gelehrt, was ich weiß, und ihnen mit Armands und Amos' Unterstützung die moderne Kriegsführung beigebracht. Nein, Murmandamus ist sich bewusst, dass hier siebentausend Armengaren stehen, die ihm in den Nacken springen, sobald er ihnen den Rücken zukehrt. Er kann uns nicht hinter seinen Linien zurücklassen. Wir würden ihn handlungsunfähig machen.«

»Also muss er erst mit Euch fertigwerden, bevor er sich dem Königreich zuwendet.«

»Ja. Und er muss schnell machen, sonst verliert er ein weiteres Jahr. Hier oben kommt der Winter früh. Der erste Schnee fällt einige Wochen eher als im Königreich. Innerhalb von Tagen sind die Pässe zu, manchmal sogar innerhalb von Stunden. Und wenn er einmal in den Süden aufgebrochen ist, muss er Erfolg haben, denn bis zum Frühjahr kann er seine Truppen nicht wieder in den Norden zurückziehen. Die Zeit steht fest. Er muss innerhalb der nächsten zwei Wochen kommen.«

»Also müssen wir unsere Nachricht bald verschicken.«

Guy nickte. »Kommt, ich möchte Euch noch etwas zeigen.«

Arutha folgte ihm. Immer noch waren seine Gefühle gegenüber Guy zwiespältig. Er musste den Armengaren helfen, dennoch behagte es ihm gar nicht, damit mit Guy gemeinsame Sache machen zu müssen. Arutha hatte begriffen, warum Guy das hatte tun müssen, und auf seltsame Weise bewunderte er ihn sogar, wenn auch nur mit Widerwillen. Aber er mochte ihn nicht. Und er wusste ganz genau, warum er ihn nicht mochte: Guy hatte ihm bewusst gemacht, dass sie beide eine Eigenschaft teilten: Beide mussten sie sich willenlos dem beugen, was sie zu tun hatten, egal, wie viele Opfer es ihnen und anderen abverlangte. Bisher war Arutha nie so weit gegangen wie Guy, doch er war sich sicher, wäre er an seiner Stelle gewesen, hätte er sich gar nicht viel anders verhalten. Und diese Erkenntnis über sich selbst gefiel ihm nicht im Geringsten.

Sie gingen durch die Stadt, und Arutha fragte nach jenen Kleinigkeiten, die er bei ihrer Ankunft in der Stadt beobachtet hatte. »Ja«, bestätigte Guy, »es gibt hier keine geraden Wege, sodass hinter jeder Biegung ein Krieger lauern kann. In der Zitadelle habe ich eine Karte, und die Stadt ist tatsächlich viel eher durchgeplant als zufällig gewachsen. Wenn Ihr das Muster einmal gesehen habt, wisst Ihr leicht, wie man gehen muss, um einen bestimmten Punkt in der Stadt zu erreichen, doch ohne dieses Muster zu kennen, verirrt man sich leicht und kommt vielleicht sogar wieder an der Stadtmauer heraus.« Er zeigte auf ein Gebäude. »Kein Haus hat Fenster auf der Vorderseite, und auf jedem Dach ist eine Plattform für Bogenschützen. Diese Stadt ist so gebaut, dass jeder Gegner einen Angriff teuer bezahlen muss.«

Bald waren sie wieder in der Zitadelle. Sie sahen die Jungen über den Hof kommen. »Wo sind die Mädchen?«, fragte sie Arutha.

Locklear sah enttäuscht aus. »Sie mussten noch ein paar Sachen erledigen, bevor sie sich wieder zum Dienst melden.«

»Na, dann kommt doch mit uns, wenn ihr nichts Besseres zu tun habt«, schlug Guy den beiden Junkern vor.

Sie folgten Guy bis zum Aufzug. Guy zog an der Glocke und gab das Zeichen, dass man ihn bis zum höchsten Punkt hinaufziehen sollte. Als sie oben ankamen, sahen sie hinab auf die Stadt und die Ebene dahinter.

»Armengar.« Guys Hand deutete zum Horizont. »Dort liegt die Ebene von Isbandia, durchschnitten von einem Tal, das unsere Grenze im Norden und Nordwesten bildet. Die Ebene dahinter gehört Murmandamus. Im Osten liegt der Weidenwald, der fast so ausgedehnt ist wie der Dunkelhain oder das Grüne Herz. Wir wissen nicht viel darüber, außer dass wir an seinen Rändern sicher Holz schlagen können. Jeder, der sich weiter als ein paar Meilen hineinwagt, wird nie wieder gesehen.« Er zeigte Richtung Norden. »Hinter dem Tal liegt Sar-Sargoth. Wenn man besonders verwegen ist, kann man die Hügel am Nordrand des Tals hinaufklettern und über die Ebene hinweg die Lichter der Zwillingsstadt funkeln sehen.«

Jimmy betrachtete die Kriegsmaschinen auf dem Dach eingehend. »Ich verstehe nicht viel von solchen Dingen, aber reichen diese Katapulte über die Stadtmauer hinweg?«

»Nein«, sagte Guy nur. »Kommt mit.«

Sie gingen zurück zum Aufzug, und Guy zog an der Kordel. Mit verschiedenen Zeichen konnte man anzeigen, in welches Stockwerk man wollte.

Sie fuhren nach unten zum Erdgeschoss und dann noch tiefer, bis sie das unterste Stockwerk erreichten, tief unter der Erde. Guy führte sie von der Plattform herunter und an einer riesigen Winde vorbei. An einem großen Rad waren vier Pferde angebunden, die, wie Arutha vermutete, den Aufzug antrieben. Alles war ausgesprochen beeindruckend, die großen Zungen und die Räder mit Rillen, die Seile und die Zugvorrichtungen.

Doch Guy beachtete die Pferde und ihre Führer nicht, er ging einfach an ihnen vorbei und zeigte auf eine große, verbarrikadierte Tür. »Das ist ein geheimer Gang, durch den man hinausgelangen kann. Wir halten ihn verschlossen, weil es sonst hier unten dauernd Durchzug gibt, und das muss vermieden werden.«

Gegenüber dieser Tür gab es eine weitere. Guy öffnete sie und führte die Gruppe in einen natürlichen Stollen. Hinter der Tür nahm er sich eine Laterne, die schwächer leuchtete als erwartet. »Diese Laterne funktioniert mit Alchemie«, erklärte Guy. »Ich weiß nicht genau wie, doch wir wagen es nicht, normale Öllampen oder Fackeln zu benutzen. Ihr werdet noch sehen, weshalb.«

Jimmy hatte die Wände untersucht und eine weiße, flockige und wachsartige Masse abgekratzt. Er rieb sie zwischen den Fingern und roch daran. »Aha«, meinte er und schnitt eine Grimasse. »Naphtha.«

»Ja.« Guy blickte Arutha an. »Ein helles Köpfchen.«

»Das kann man wohl sagen. Woher hast du das gewusst?«

»Erinnert Ihr Euch nicht mehr an die Brücke südlich von Sarth im letzten Jahr? Die ich angesteckt habe, damit Murad und die Schwarzen Kämpfer sie nicht überqueren konnten? Da habe ich ein Destillat aus Naphtha benutzt.«

»Kommt«, sagte Guy und führte sie durch die nächste Tür.

Der Geruch von Teer drang ihnen in die Nase, als sie die Kammer dahinter betraten. Seltsame große Eimer hingen an Ketten herab. Ein Dutzend Männer mit freiem Oberkörper war damit beschäftigt, die Eimer in ein riesiges Becken mit einer schwarzen Flüssigkeit zu lavieren. In der ganzen Höhle brannten diese seltsamen Laternen, trotzdem lag der größte Teil des Raums in Dunkelheit.

»Der ganze Berg ist mit Höhlen durchzogen, und in den meisten findet man dieses Zeug«, erläuterte Guy. »Unter uns muss sich eine natürliche Quelle von Naphtha befinden. Wir müssen es ständig abschöpfen, sonst steigt es durch die Risse im Gestein bis hinauf in die Keller der Stadt. Würden wir diese Arbeit unterbrechen, wäre das Zeug innerhalb weniger Tage nach oben durchgesickert. Doch da die Armengaren es seit Jahren abschöpfen, besteht keine Gefahr.«

»Jetzt kann ich verstehen, warum Ihr hier kein Feuer macht«, meinte Locklear, dem man die Bewunderung ansehen konnte.

»Wir – oder besser, die Armengaren – haben eine Verwendungsmöglichkeit für dieses Zeug entdeckt, die wir im Königreich nicht kennen.« Guy brachte sie in den nächsten Raum, wo seltsame spiralförmige Rohre zwischen Bottichen verlegt waren. »Hier destillieren wir und mischen Substanzen. Ich verstehe kaum den zehnten Teil davon, doch der Alchemist kann es erklären. Sie produzieren alle möglichen Sachen aus diesem Naphtha, selbst eigentümliche Salben, die verhindern, dass Wunden eitern. Doch das Bedeutendste, was sie herausgefunden haben, ist das Geheimnis des Queganischen Feuers.«

»Queganisches Feuer!«, platzte Arutha heraus.

»Sie nennen es anders, doch es ist das Gleiche. Die Wände sind aus Kalkstein, und mit Kalksteinstaub kann man aus Naphtha Queganisches Feueröl herstellen. Wenn man das mit einem Katapult verschießt und es in Brand gerät, kann man es selbst mit Wasser nicht mehr löschen. Aus diesem Grund sind wir so vorsichtig.« Er sah Locklear an. »Die Dämpfe sind sehr schwer und sinken zu Boden, doch wenn sie mit viel Luft vermischt werden, dann genügt ein Funke, und es kommt zur Explosion.«

Er zeigte weiter in die Höhle hinein, wo eine riesige Menge Holzfässer aufgestapelt war. »Vor zehn Jahren gab es diese Vorratshöhle noch nicht. Wenn jetzt ein Fass leer ist, wird es sofort neu gefüllt, oder es kommt Wasser hinein, bis es wieder gebraucht wird. Irgendein Dummkopf ließ vor einiger Zeit drei Fässer leer herumstehen, und irgendwie gab es einen Funken und … Es genügt schon die kleine Menge, die in das Holz einzieht und wieder ausdünstet, um eine gewaltige Explosion auszulösen. Deshalb halten wir die Türen geschlossen. Der Wind aus den Bergen, der durch den Gang zieht, kann die Dämpfe in allen Höhlen hier verteilen. Und wenn das alles auf einmal in die Luft ginge …« Er überließ es ihrer Fantasie, sich das Bild auszumalen. »Ich lasse die Armengaren das Zeug seit zwei Jahren herstellen. Und wenn Murmandamus kommt, bereiten wir ihm einen heißen Empfang.«

»Wie viele Fässer sind es?«, fragte Arutha.

»Über fünfundzwanzigtausend.«

Arutha war verblüfft. Als er Amos kennengelernt hatte, waren an Bord seines Schiffes zweihundert Fässer gewesen. Davon hatten die Tsurani, die das Schiff in Brand gesetzt hatten, nichts gewusst. Das Schiff war in die Luft geflogen, und die Flammen waren fast hundert Meter hoch in die Höhe geschlagen, hatten das Schiff innerhalb eines Augenblicks eingehüllt und es binnen weniger Minuten verzehrt. Die Feuersäule war meilenweit die Küste hinauf zu sehen gewesen. Die Tsurani hatten bereits die halbe Stadt niedergebrannt, sonst wäre Crydee durch dieses Feuer verwüstet worden.

»Das ist genug …«, stammelte Arutha.

»… um die ganze Stadt in Brand zu setzen«, beendete Guy den Satz.

»Warum so viel?«, wollte Jimmy wissen.

»Eins müsst ihr verstehen, ihr alle. Die Armengaren haben noch nie daran gedacht, diesen Ort zu verlassen. Ihrer Meinung nach würden sie an keinem anderen Platz der Welt eine Zuflucht finden. Sie sind in den Norden gekommen, weil sie vor dem Königreich fliehen mussten, deshalb glauben sie, dass sie nicht nach Süden zurückkönnen. Auf allen anderen Seiten haben sie nur Feinde. Sollte es also zum Schlimmsten kommen, brennen sie diese Stadt eher nieder, bevor sie zulassen, dass sie erobert wird. Ich habe noch einen anderen Plan ausgearbeitet, auch bei ihm könnte sich viel Feuer als sehr nützlich erweisen.«

Er schlenderte zurück in den Gang, der zum Aufzug führte. Die anderen folgten ihm.

Martin saß auf der Erde gegen einen Baum gelehnt. Er küsste Brianas Haar, die sich noch enger an ihn schmiegte. Sie starrte ins Leere. Vor ihnen wand sich ein kleiner Bach durch den Wald, der ihnen kühle Schatten bot. Sie hatten ihre Patrouille für ein Mittagsmahl unterbrochen. Die Bauern der Gegend hatten sie mit Essen versorgt, und Martin und sie hatten sich von den anderen fortgeschlichen, um ein wenig Zeit zu zweit zu verbringen.

Hier im Wald fühlte sich Martin wohler, als er sich seit Monaten gefühlt hatte, und dennoch plagten ihn Sorgen. Sie hatten sich unter den Bäumen geliebt und genossen jetzt einfach nur die Gegenwart des anderen. Trotzdem fehlte Martin etwas.

»Bree, ich wünschte, es könnte immer so sein«, flüsterte er ihr ins Ohr.

Sie seufzte und zuckte leicht zusammen. »Ich auch, Martin. Du bist ein Mann wie … ich noch keinen gekannt habe. Ich glaube, mehr würde ich mir gar nicht wünschen.«

»Wenn das alles zu Ende ist …«

Sie unterbrach ihn. »Wenn es *jemals* zu Ende ist, dann können wir über diese Dinge reden. Komm, wir müssen zurück.«

Sie zog sich rasch an, und Martin bewunderte sie. Sie hatte nichts von dieser zarten Schönheit der Frauen, die er daheim kennengelernt hatte. Die Haut ihres Gesichts war wie Leder, und die Härte darin wurde nur durch die weiblichen Züge abgemildert. In keiner Weise war sie eine Schönheit, doch sie war bemerkenswert, und das Selbstbewusstsein und Selbstvertrauen, das Martin in ihr spürte, fesselten ihn. Sie war fantastisch und auf diese Weise … ja, wunderschön. Er fühlte sich ganz und gar von ihr gefangen.

Er hatte sich fertig angekleidet, und bevor sie sich davonmachen konnte, fasste er sie am Arm, drehte sie zu sich herum und zog sie an sich. Mit tiefer Leidenschaft küsste er sie, dann sagte er: »Ich brauche nicht darüber zu sprechen, denn du weißt, was ich will. Ich habe so lange auf dich gewartet.«

Sie sah ihm in die dunklen Augen, berührte mit den Fingerkuppen sein Gesicht. »Und ich auf dich.« Sie küsste ihn sanft. »Wir müssen zurück.«

Er ließ sich von ihr ins Dorf führen. Zwei Wächter kamen auf sie zu, als sie aus dem Wald traten. »Kommandantin, wir wollten dich schon holen.«

Sie blickte den zweiten Mann an, der nicht zu ihrer Truppe gehörte. »Was gibt es?«

»Der Protektor hat Befehl erlassen, dass alle Patrouillen zu den Steadings und Kraals hinausreiten und dafür sorgen, dass sie geräumt werden. Jedermann soll sich sofort zur Stadt begeben. Murmandamus' Armee ist im Anmarsch. In einer Woche wird sie vor den Mauern der Stadt stehen.«

»Befehl zum Aufbruch!«, sagte Briana. »Wir werden die Patrouille aufteilen. Grenlyn, du nimmst die Hälfte und reitest zu den Tieflandkraals und zu den Steadings am Fluss. Wenn du das erledigt hast, reitest du so schnell wie möglich zurück zur Stadt. Der Protektor wird jeden Kundschafter brauchen. Und jetzt los!« Sie sah Martin an. »Komm, wir haben viel zu tun!«

Entdeckung

Gamina setzte sich auf und schrie.

Innerhalb von Augenblicken war Katala im Kinderzimmer und nahm sie in die Arme. Gamina schluchzte noch eine Weile und beruhigte sich dann. William kam, gefolgt von einem mürrisch dreinblickenden, verschlafenen Feuerdrachen. Fantus tapste an William vorbei und legte seinen Kopf aufs Bett.

»Hast du schlecht geträumt, Kleine?«, fragte Katala.

Gamina nickte. »Ja, Mama.« Sie lernte endlich doch Sprechen und verließ sich nicht mehr nur auf die Gedankensprache, eine Gabe, über die sie schon von Geburt an verfügte.

Da ihre Familie tot war, hatte zunächst Rogen, der blinde Seher, Gamina aufgezogen, ehe er sie schließlich nach Stardock gebracht hatte. Dank Rogens Hilfe hatte Pug erkannt, dass der Feind hinter allem stand, was das Königreich in ständiger Sorge hielt, doch bei der Enthüllung dieses Geheimnisses hatte der Seher schweren Schaden genommen. Er und Gamina waren bei Pugs Familie geblieben, als dieser aufgebrochen war, und im Verlauf des letzten Jahres hatten sie sich so gut eingelebt, dass sie zu einem Teil der Familie geworden waren. Rogen war für William der Großvater gewesen, Katala war für Gamina wie eine Mutter, und William und

Gamina benahmen sich wie Bruder und Schwester. Der alte Mann war vor drei Monaten gestorben und in seinen letzten Augenblicken überaus glücklich gewesen, weil sein Mündel neben ihm noch andere gefunden hatte, die sie liebten und denen sie vertraute.

Katala umarmte das Mädchen und liebkoste es, derweil es wieder ruhig wurde.

Meecham, der hochgewachsene Freisasse, eilte ins Zimmer und suchte nach einer möglichen Gefahrenquelle. Er war mit Hochopepa und Elgahar von der Versammlung auf Kelewan zurückgekehrt, kurz nachdem sich Pug auf die Suche nach den Wächtern aufgemacht hatte. Ihr anderer Gefährte, Bruder Dominic, hatte sich wieder zum ishapianischen Kloster in Sarth begeben. Meecham hatte die Aufgabe übernommen, Pugs Familie zu beschützen, solange sich der Magier auf Kelewan aufhielt.

Trotz seines furchterregenden Äußeren und seiner stoischen Erscheinung war er einer von Gaminas Lieblingen. Sie nannte ihn »Onkel Meecham«. Jetzt stand er hinter Katala und schenkte dem kleinen Mädchen ein Lächeln, was bei ihm nur sehr selten vorkam.

Hochopepa und Kulgan betraten das Zimmer, zwei Magier aus verschiedenen Welten, die sich dennoch in vielen Dingen ähnlich waren. Beide beugten sich über das Mädchen.

»So spät noch bei der Arbeit?«, fragte Katala.

»Sicher, es ist doch noch früh.« Hochopepa sah auf. »Ist es doch, oder?«

»Eigentlich nicht«, entgegnete Meecham, »es sei denn, Ihr meint früh am Morgen. Es ist schon eine Stunde nach Mitternacht.«

»Oh«, sagte Kulgan, »wir waren in einen interessanten Diskurs vertieft und …«

»Ihr habt mal wieder gar nicht mitbekommen, wie die Zeit verging«, unterbrach ihn Katala, und sie klang halb missbilligend, halb belustigt. Pug war der führende Kopf in Stardock, und seit er sie verlassen hatte, führte Katala das Regiment über die kleine Gemeinde. Ihre ruhige Art, ihre Intelligenz und ihre Fähigkeit, mit Menschen umzugehen, hatten sie automatisch zur Anführerin dieser Gemeinde gemacht, obwohl man gelegentlich hörte, wie Hochopepa »Diese Tyrannin!« durch das Haus rief. Doch das nahm ihm niemand übel, denn alle wussten, er war voller Respekt und Zuneigung für die Frau von Pug.

»Wir haben gerade über einen Bericht gesprochen, den Shimone an die Versammlung gesandt hat«, erklärte Kulgan. Mit beiderseitigem Einverständnis wurde der Spalt zwischen den Welten regelmäßig geöffnet, sodass die Akademie in Stardock und die Versammlung der Magier auf Kelewan Nachrichten austauschen konnten.

Katala blickte ihn erwartungsvoll an, doch Hochopepa sagte: »Immer noch nichts von Pug.«

Katala seufzte. »Hocho, Kulgan, Ihr mögt bei Euren Forschungen tun, was Ihr wollt, doch der arme Elgahar steht kurz davor umzufallen. Er unterrichtet die neuen Magier des Erhabenen Pfades fast ganz allein, und dabei beschwert er sich nie. Ihr solltet ihn vielleicht ein bisschen mehr unterstützen.«

Kulgan holte seine Pfeife hervor und sagte: »Natürlich gestehen wir unseren Fehler ein.« Er wechselte einen Blick mit Hochopepa. Ihnen beiden war klar, warum sich Katala ihnen gegenüber so harsch benahm, schließlich war ihr Mann schon seit über einem Jahr abwesend.

»In der Tat.« Auch Hochopepa stopfte sich eine Pfeife, eine Angewohnheit, die er sich, seit er mit Kulgan zusammenarbeitete, angewöhnt hatte. Wie Meecham einmal bemerkt hatte, glichen sich die beiden wie ein Ei dem anderen.

»Falls Ihr wirklich vorhabt, diese stinkenden Dinger anzustecken«, warnte sie Katala, »dann bloß nicht hier, in Gaminas Schlafzimmer. Ich möchte nicht, dass Ihr hier die Luft auch noch verqualmt.«

Kulgan hatte seine Pfeife schon anzünden wollen, hielt jedoch inne. »Gut, gut. Wie geht es dem Kind?«

Gamina hatte aufgehört zu weinen und sagte leise: »Mir geht es gut.« Seit sie Sprechen gelernt hatte, hatte sie ihre Stimme nie lauter als zu einem kindlichen Flüstern erhoben, abgesehen von dem Schrei vor ein paar Minuten. »Ich … ich habe schlecht geträumt.«

»Was hast du denn geträumt?«, fragte Katala.

Gaminas Augen füllten sich mit Tränen. »Ich hab Papa gehört, wie er nach mir gerufen hat.«

Kulgan und Hochopepa sahen das Mädchen aufmerksam an. »Was hat er zu dir gesagt, Kind?«, fragte Kulgan mit sanfter Stimme, um das Mädchen nicht zu ängstigen.

Katala war aschfahl geworden, verbarg aber ihre Angst vor dem Kind. Sie stammte aus einer Familie von Kriegern, und sie konnte mit allem fertigwerden, mit allem, außer dieser Ungewissheit darüber, wie es ihrem Mann ergangen sein mochte. Ruhig fragte sie: »Was hat er gesagt, Gamina?«

»Er war …« Wie immer, wenn ihr etwas naheging, wechselte sie in die Gedankensprache. *Er war an einem seltsamen Ort, weit entfernt. Da war einer bei ihm … Einer oder vielleicht mehrere. Er sagte …*

»Was, Kind?«, drängte Hochopepa, als sie zögerte.

Er sagte, dass wir auf Nachricht warten sollen, und dann … wurde etwas anders. Er war … fort. An einem verlassenen Ort. Ich habe Angst bekommen. Ich hab mich so allein gefühlt.

Katala hielt das Mädchen fest. Es gelang ihr, ganz ruhig zu klingen, obwohl sie große Furcht verspürte. »Du bist nicht allein, Gamina.«

Aber die Gedanken des Mädchens hallten in ihr wider. Selbst damals, als Pug ihr von der Versammlung genommen worden war, weil er ein Erhabener hatte werden sollen, hatte sie sich nicht so allein gefühlt.

Pug schloss die Augen vor Erschöpfung. Er ließ den Kopf sinken. Tomas sah sich um. »Bist du durchgekommen?«

Pug seufzte tief. »Ja, aber es war schwieriger, als ich gedacht habe. Und ich habe dem Mädchen Angst gemacht.«

»Doch immerhin bist du durchgekommen. Kannst du es noch einmal versuchen?«

»Ich glaube schon. Dieses Mädchen ist einzigartig, und beim nächsten Mal werde ich es leichter erreichen. Ich weiß jetzt mehr darüber, wie das Ganze vor sich geht. Vorher hatte ich nur die Theorie. Nun habe ich es schon einmal selbst ausprobiert.«

»Gut. Vielleicht werden wir diese Fähigkeit noch brauchen.«

Sie schossen durch das Grau, das sie »Spaltraum« nannten, ein Ort zwischen den Strängen der Zeit und des physischen Universums. Tomas hatte Ryath angewiesen, sie solle in dem Moment, da Pug den Kontakt mit Stardock abbrach, in den Spaltraum eindringen. Nun sandte ihm die Drachendame eine Gedankenbotschaft. *Wohin wollt Ihr, dass ich Euch bringe, Valheru?*

Tomas sprach laut: »Zur Ewigen Stadt.«

Ryath schien zu erzittern, als sie die Kontrolle über das Nichts um sie herum übernahm und es für ihre Bedürfnisse zurechtbog. Das konturenlose Grau pulsierte, und irgendwie wechselten sie die Richtung in diesem Nicht-Ort. Dann riss das Grau um sie herum wieder auf, und sie waren an einem anderen Ort.

Ein eigentümlicher Punkt erschien vor ihnen in dem Grau, das erste Zeichen einer Realität hinter dem Spaltraum. Der Punkt wuchs rasch heran, während Ryath über eine graue Ebene darauf zuschoss, dann hatten sie ihn erreicht. Es war eine Stadt, ein Ort von schrecklicher und fremdartiger Schönheit. Türme von seltsamer Symmetrie erhoben sich in den Himmel, unglaublich schlanke Minarette, eigenartig entworfene Gebäude, die sich unter den gewölbten Bögen der Türme ausbreiteten. Fontänen spuckten silberne Flüssigkeiten in die Höhe, die sich in Kristalle verwandelten und Musik erklingen ließen, wenn sie auf die Fliesen des Brunnenbeckens niederprasselten, wo sie sich wieder in Flüssigkeit verwandelten.

Der Drache legte sich in die Kurve und ging tiefer, flog in der Mitte der Stadt über eine erhabene Prachtstraße, die fast hundert Meter breit war. Die ganze Straße war mit Steinen gepflastert, die in sanften Farbtönen glänzten. Jeder schimmerte ein wenig anders als der nächste, sodass das Pflaster aus der Entfernung beinahe wie ein Regenbogen wirkte, der sich nach und nach veränderte. Als der Schatten des Drachen über die Pflastersteine hinwegglitt, blitzten und glänzten sie, nahmen eine andere Farbe an, und Musik von majestätischer Erhabenheit erfüllte die Luft.

Pug schüttelte den Kopf, um ihn wieder klar zu bekommen, und unterdrückte die leise Melancholie, die er darüber empfand, dass dieser wunderbare Ort niemals entdeckt werden würde. Sie flogen unter Bögen hindurch, die sich Hunderte Meter über ihren Köpfen in den Himmel erhoben. Während sie zum Mittelpunkt der Stadt unterwegs waren, zogen unter ihnen winzige Blüten aus Weiß und Gold, Rosa und Zinnober, blassem Grün und Blau hinweg, und ein leichter Regen, der nach wilden Blumen duftete, fiel auf sie herab.

»Wer hat dieses Wunder geschaffen?«, fragte Pug.

»Niemand weiß, wer das war«, antwortete Tomas. »Ein unbekanntes Volk. Vielleicht die toten Götter.« Pug betrachtete die Stadt, als sie darüber hinwegflogen. »Vielleicht hat sie auch niemand gebaut.«

»Wie könnte das sein?«, fragte Pug.

»In einem unendlichen Universum sind zwar nicht alle Dinge möglich, doch vielleicht war diese Stadt im Augenblick der Schöpfung einfach da. Der Valheru, der sie einst als Erster entdeckte, sah genau das, was du jetzt siehst. Diese Stadt ist eins der größten Geheimnisse in den vielen Universen, die die Valheru erforscht haben. Niemand lebte hier, jedenfalls haben wir Valheru nie jemanden hier angetroffen. Manche sind hierhergekommen, um an diesem Ort eine Weile zu leben, doch keiner blieb lange. Diese Stadt verändert sich nie, weil es hier keine wirkliche Zeit gibt. Es heißt, dass die Ewige Stadt vielleicht das einzige wahrhaft Unsterbliche in den Universen ist.« Traurig fügte er hinzu: »Ein paar der Valheru versuchten, sie aus Ärger zu zerstören. Doch womöglich ist diese Stadt auch das Einzige, das ihrer Wut widerstehen kann.«

Eine Bewegung erregte Pugs Aufmerksamkeit, und plötzlich sprang ein Schwarm seltsamer geflügelter Kreaturen von der Spitze eines Gebäudes in der Ferne und flog in einem Bogen in ihre Richtung. Pug zeigte auf sie, und Tomas sagte: »Offenbar werden wir erwartet.«

Die Kreaturen kamen auf sie zugeschossen. Es waren rote Elementarwesen, größer als jene, die Pug am Ufer des Großen Sternensees im vergangenen Jahr vernichtet hatte. Sie hatten die Körper von Menschen und krebsrote Schwingen, die denen von Fledermäusen glichen.

»Sollen wir landen?«, fragte Pug gelassen.

»Das ist nichts als eine erste Probe. Es hat nicht viel zu bedeuten.«

Ryath stieß einen Schlachtruf aus, und der Schwarm der Dämonen wich erst zurück und griff dann an. Als sie das erste Mal anflogen, schwang Tomas seine goldene Klinge, und zwei der Kreaturen stürzten mit einem Todesschrei in die Tiefe.

Pug schleuderte ihnen einen blauen Energieblitz entgegen, der von einem zum anderen sprang. Vor Schmerz verrenkten die Kreaturen ihre Glieder und stürzten ab, unfähig, sich zu bewegen. Als sie auf den Grund schlugen, gingen sie in grüne Flammen auf und warfen silberne Funken.

Ryath spuckte Feuer, und alle, die in ihren brennenden Atem gerieten, verbrannten zu Asche. Innerhalb nur weniger Augenblicke waren die Kreaturen allesamt vernichtet.

Nun wendete der Drache und flog auf ein düsteres Gebäude aus schwarzem Stein zu, das wie das brütende Böse inmitten der Schönheit erschien. »Jemand zeigt uns in aller Deutlichkeit, wohin wir uns begeben sollen. Doch es wird mit Sicherheit eine Falle sein.«

»Werden wir Ryath beschützen müssen?«, fragte Pug.

Der Drache knurrte, aber Tomas sagte: »Nur gegen die mächtigste Magie, und sollten wir auf die treffen, werden wir beide sterben. Dann fliegst du zurück ins wirkliche Universum, Ryath, hörst du?«

Ich höre und verstehe, antwortete der Drache.

Sie stießen hinab auf einen mit Pflastersteinen belegten Hof. Während der Drache dicht über dem Boden verharrte, nutzte Tomas seine Kräfte und ließ sich und Pug von Ryaths Rücken schweben. »Kehre zu dem Brunnen zurück und ruhe dich aus. Sollte uns etwas zustoßen, dann brich auf, wenn du willst. Wenn wir dich brauchen, hier oder auf Midkemia, werde ich nach dir rufen.«

Ich werde antworten, Tomas.

Der Drache flog davon, und Tomas wandte sich an Pug. »Komm, wir haben sicherlich einen interessanten Empfang vor uns.«

Pug sah seinen Jugendfreund an. »Schon als Kind hatte bei dir das Wort ›interessant‹ eine ausgedehntere Bedeutung. Nun gut, wir haben keine Wahl. Werden wir Macros dort drinnen finden?«

»Wahrscheinlich nicht. Ich glaube kaum, dass es uns der Feind so leicht macht.«

Sie traten durch die einzige Tür in das riesige schwarze Gebäude, und in dem Augenblick, als sie das Portal hinter sich gelassen hatten, schlug hinter ihnen eine hohe steinerne Tür zu. Tomas blickte belustigt über die Schulter. »Das war also der leichte Rückweg.«

Pug maß den Stein mit seinen Blicken ab. »Ich werde damit schon fertig, falls es nötig wird, doch ich brauche dazu Zeit.«

Tomas nickte. »Das habe ich mir schon gedacht. Machen wir uns auf.«

Sie gingen durch einen langen Gang, und Pug erzeugte ein Licht, das rund um sie herum alles hell erleuchtete. Die Wände waren ohne Fugen, glatt und unzerkratzt, und ließen nur eine mögliche Richtung zu. Der Fußboden bestand offenbar aus dem gleichen Material wie die Wände.

Am Ende des Korridors war eine einzige Tür ohne Verzierungen und Klinke. Pug betrachtete sie, dann beschwor er einen Zauberspruch. Die Tür knarrte protestierend, als sie aufschwang. Sie betraten einen riesigen Saal, in dessen Wänden sich rundherum Türen befanden und …

Als sie eingetreten waren, flogen die Türen auf, und eine Horde von Kreaturen stolperte lauthals schreiend und kreischend heraus. Affen mit den Köpfen von Adlern, riesige Katzen mit Schildkrötenpanzern, Schlangen mit Armen und Beinen – eine Armee des Schreckens strömte auf sie zu.

Tomas zog das Schwert und hob den Schild. »Mach dich bereit, Pug!«

Pug beschwor einen Zauber, und ein Ring karmesinroter Flammen loderte um sie auf und erfasste die erste Reihe der Kreaturen, die in silbernen Blitzen explodierten.

Viele der Kreaturen wichen zurück, und jene, die den Flammen entkommen waren, fielen Tomas' goldenem Schwert zum Opfer. Wenn er sie traf, verschwanden sie in einem Regen aus silbernen Funken, begleitet von einem Gestank nach Verwesung.

Doch immer mehr Kreaturen kamen durch die Türen herein. Sie drängten nach vorn und schoben die vorderen in Pugs magische Flammen, wo sie für einen Augenblick in helles Licht aufgingen, ehe sie verschwanden.

»Der Andrang scheint kein Ende zu nehmen!«, rief Pug.

Tomas nickte, während er eine riesige Ratte mit Adlerflügeln niederschlug. »Kannst du die Türen schließen?«

Pug wob Magie, und ein lautes Jammern von knirschendem Metall und Stein erfüllte den Saal, als er die Türen zwang, sich zu schließen. Manche Kreatur, die gerade eintreten wollte, wurde zwischen Tür und Wand eingequetscht und starb mit lautem Geheul.

Tomas erledigte die restlichen, die die Flammen durchdrangen, und einen Augenblick später standen er und Pug allein im Zirkel des Feuers.

Tomas schnappte nach Luft. »Das war ziemlich anstrengend.«

»Ich kann dem Spuk ein Ende machen.« Der Flammenzirkel dehnte sich zu den Wänden hin aus, und jede Kreatur, die mit dem Feuer in Berührung kam, starb auf der Stelle. Bald hatte es die Wände erreicht, und als die letzte Kreatur verendet war, erloschen die Flammen.

Pug sah sich um. »Hinter jeder Tür lauert ein Dutzend dieser Bestien. Welchen Weg sollen wir nehmen?«

»Ich glaube, nach unten.«

Pug streckte die Hand aus, und Tomas hängte sich den Schild über die Schulter und nahm Pugs Hand, hielt sein Schwert jedoch immer noch umklammert. Wieder beschwor Pug einen Zauber, und Tomas sah, wie sein Freund durchsichtig wurde. Er blickte nach unten und konnte durch seinen eigenen Körper den Boden sehen. Pugs Stimme schien aus weiter Ferne zu kommen. »Lass meine Hand nicht los, bis ich es sage, ansonsten werde ich Probleme haben, dich zurückzuholen.«

Dann sah Tomas den Boden näher kommen, als sie darin versanken. Dunkelheit umfing sie, als sie in den Stein eintraten. Nach einer Weile wurde es wieder hell. Sie hatten eine Felsenkammer erreicht. Etwas sauste durch die Luft, und Tomas verspürte einen Schmerz an der Seite.

Er blickte nach unten. Dort stand ein Krieger mit breiten Schultern und dem Kopf eines Keilers, der einen grellblauen Plattenpanzer über Brust und Rücken trug. Die Kreatur brüllte, und Speichel troff von ihren Hauern.

Der Krieger schwang eine übel aussehende doppelschneidige Axt, und Tomas gelang es gerade noch, den Schlag mit dem Schwert zu parieren.

»Auf geht's!«, rief Pug.

Tomas ließ Pugs Hand los und hatte augenblicklich wieder einen festen Körper. Er fiel zu Boden und landete knapp vor dem Menschenkeiler, der wieder mit der Axt zuschlug.

Tomas konnte abermals parieren und versuchte, seinen Schild von der Schulter zu nehmen. Pug landete auf den Füßen und stieß einen Zauberspruch hervor. Der Keiler bewegte sich für ein so massiges Wesen ausgesprochen flink, und Tomas war zunächst nur in der Lage, die kräftigen Schläge abzufangen. Dann aber ging er zum Angriff über und fügte dem Ungetüm eine Verletzung zu. Es wich zurück und schrie vor Wut.

Pug schickte ihm ein sich langsam ausdehnendes Band pulsierenden Rauches, das sich wie eine Schlange bewegte. Es nahm an Geschwindigkeit zu, dann peitschte der Rauch durch das Gewölbe und traf den Keiler an den Beinen, wurde augenblicklich fest und fesselte das Monstrum. Das brüllte zornig, bis Tomas es ins Jenseits beförderte.

Der Valheru nickte Pug zu. »Danke für die Hilfe. Mir wurde schon fast langweilig.«

Pug lächelte. In manchen Dingen hatte sich sein Freund überhaupt nicht verändert. Zwar hätte Tomas die Kreatur letztlich sowieso getötet, doch sie hatten keine Zeit zu verlieren.

Tomas zuckte zusammen, als er seine Seite berührte. »Die Axt muss irgendeine geheime Kraft haben, denn sie traf mich, bevor mein Körper wieder stofflich wurde.«

»So etwas ist selten, doch man hat schon davon gehört«, meinte Pug.

Tomas schloss die Augen, und Pug sah, wie die Wunde heilte. Zuerst hörte sie auf zu bluten, dann zog sich die Haut von selbst zusammen. Eine rote Narbe bildete sich, doch sie verblasste mehr und mehr, bis die Haut wieder makellos war. Selbst das goldene Kettenhemd und der weiße Rock wuchsen wieder zusammen. Pug war beeindruckt.

Er sah sich um und fühlte sich unbehaglich. »Das erscheint mir alles zu leicht. Trotz des ganzen Lärms sind die Fallen erbärmlich.«

Tomas klopfte sich auf die Seite. »Nicht ganz so erbärmlich, doch im Prinzip hast du recht. Man will, dass wir übermütig werden und dann unserer eigenen Nachlässigkeit zum Opfer fallen.«

»Dann wollen wir lieber aufmerksam sein.«

»Und wohin als Nächstes?«

Pug sah sich erneut um. Die Kammer war aus dem Stein gehauen und diente offensichtlich keinem besonderen Zweck, außer dass sich an dieser Stelle etliche Gänge trafen. Wohin sie führten, war nicht zu erkennen.

Pug setzte sich. »Ich werde mich mal ein bisschen umsehen.« Er schloss die Augen, und wie schon auf der Ebene der Toten erschien um seinen Kopf ein weißer Dunst, der sich rasch drehte. Plötzlich aber schwebte der Dunst als leuchtende Kugel davon und verschwand in einem der Gänge. Einige Momente später war er zurück und fuhr in den nächsten Gang.

Nach fast einer Stunde rief Pug den Sehzauber zurück und beendete ihn mit einer Handbewegung. »Die Gänge sind alle leer und führen in sich selbst zurück.«

»Also ist das ein verlassener Ort?«

Pug erhob sich. »Ein Labyrinth. Eine Falle für uns, mehr nicht. Wir müssen weiter nach unten.«

Sie fassten sich an der Hand, und Pug ermöglichte ihnen wieder, den festen Felsen zu durchdringen. Lange Zeit bewegten sie sich durch die Dunkelheit. Dann kamen sie direkt unter der Decke einer weiten Höhle heraus. Unten lag in einiger Entfernung ein See. Er war von einem Ring aus Feuer umgeben, der die Höhle mit orangerotem Licht erhellte. Jenseits des Feuers schaukelte ein Boot am Ufer: eine eindeutige Einladung. In der Mitte des Sees sahen sie eine Insel, auf der eine Schar menschenähnlicher Wesen wartete, die Rüstungen aus Metall oder Leder trugen. Sie standen um einen Turm herum, der nur eine einzige Tür unten und ein Fenster an der Spitze hatte.

Pug ließ sie auf den Grund herab und machte sie wieder stofflich. Tomas betrachtete den brennenden Kreis und setzte sich. »Ich schätze, man erwartet von uns, dass wir uns durch das Feuer kämpfen, das Boot nehmen, allem ausweichen, was auch immer unter der Wasseroberfläche lauern mag, und schließlich die Krieger besiegen, damit wir den Turm erreichen.«

»Es scheint so, als würde man genau das von uns erwarten«, meinte Pug und klang gelangweilt. Er ging zum Rand des Feuers. »Aber ich habe da eine viel bessere Idee.« Er ließ seine Hand zweimal kreisen. Die Luft in der Höhle geriet in Bewegung, folgte den Kreisen, die Pugs Hand beschrieb, und zog an den runden Wänden des riesigen Felsendoms entlang. Zunächst war es nur ein Hauch, eine leichte Brise, doch die wuchs rasch zu einem sanften Wind.

Pug wiederholte die Bewegung. Schnell nahm der Wind an Geschwindigkeit zu, und die Flammen begannen zu tanzen und erleuchteten die Höhle. Ein weiteres Kreisen von Pugs Hand, und der Wind wurde noch stärker, wehte die Flammen zurück.

Tomas beobachtete das Ganze. Er konnte dem Wind ohne Weiteres standhalten. Die Flammen wurden kleiner, konnten unter dem Druck des Windes nicht länger auflodern. Pug machte eine ausladende Bewegung mit dem Arm, bei der er sich fast um sich selbst drehte. Das Wasser toste, und auf dem See erschienen weiße Schaumkronen. Windgepeitscht spritzte es hoch, bildete einen feinen Nebel aus Tröpfchen. Wellen rollten über den See und brachen sich am Ufer, das Boot kippte und versank. Pug schrie ein Wort, und weißes Licht erleuchtete nun die Höhle anstelle des Feuers.

Pug wirbelte seinen Arm herum wie ein Kind, das beim Spielen eine vom Sturm getriebene Windmühle imitiert. Die

Krieger auf der Insel begannen zu taumeln, so heftig war der Wind, und konnten sich kaum mehr auf den Beinen halten. Einer kam dem Rand der Insel zu nahe, trat ins Wasser, und etwas Grünes und Zähes erhob sich und schnappte nach dem Fuß, zog den schreienden Krieger in den See. Die Szene wiederholte sich Mal um Mal, immer mehr Krieger wurden von den unheimlichen Bewohnern des Sees gepackt und in die Fluten gezerrt.

Dann erreichte der Orkan den ohrenbetäubenden Höhepunkt, und Pug und Tomas sahen, wie die letzte Gestalt auf der Insel rückwärts in den See taumelte, wo sie von dem, was auch immer sich unter seiner schäumenden Oberfläche verbarg, hinabgezogen wurde.

Pug klatschte in die Hände, und der Sturm fiel regelrecht in sich zusammen. »Komm.«

Tomas benutzte seine Fähigkeit zu fliegen und brachte sich und Pug über den See hinweg zur Tür des Turms. Sie stießen sie auf und betraten das Bauwerk.

Pug und Tomas verbrachten volle fünf Minuten mit Mutmaßungen darüber, was sie wohl oben auf dem Turm finden würden. Die Treppe wand sich eng hinauf, und sie mussten hintereinander gehen.

Pug folgte seinem Freund in der weiß-goldenen Kleidung. Als sie fast oben waren, sah Pug nach unten: Bis zu den Steinen am Boden würde es ein ganz tiefer Fall sein.

Tomas erreichte die Falltür, die zur Spitze führte, stieß sie auf und verschwand durch die Öffnung. Pug folgte ihm.

Dort oben war ein einzelnes Zimmer, in dem sich nur ein Bett, ein Stuhl und ein Fenster befanden. Doch auf dem Stuhl saß ein Mann in einer braunen Kutte, die von einer Kordel zusammengehalten wurde. Er las in einem Buch, das er zuklappte, als Pug zu Tomas stieß. Langsam entstand ein Lächeln auf seinem Gesicht.

»Macros«, sagte Pug.

Und Tomas sagte: »Wir sind gekommen, um dich zurückzuholen.«

Der Zauberer stand auf, schwach auf den Beinen, als wäre er müde oder verletzt. Er schritt auf die beiden zu und stolperte. Pug wollte ihn auffangen, doch Tomas war schneller und legte den Arm um Macros' Hüfte.

Auf einmal brüllte der Zauberer auf fremdartige Weise, und es war, als würde man einen Donner durch einen entfernten Sturm hören. Seine Arme schlossen sich um Tomas' Brust, fest genug, um seine Rippen zu brechen, und die Falltür knallte zu.

Einen Moment lang warf Tomas den Kopf zurück und schrie in Todesangst. Macros warf ihn mit erstaunlicher Kraft gegen die Wand.

Pug war für einen Augenblick wie erstarrt, dann setzte er zu einem Zauberspruch an, doch der andere war zu schnell bei ihm. Die Gestalt in der braunen Kutte streckte die Hände aus, hob Pug mühelos in die Luft und schleuderte ihn an die Wand gegenüber. Pugs Knochen krachten, als er aufprallte und sein Kopf auf den Stein schlug, und er fiel hart auf den Boden. Betäubt sackte er in sich zusammen.

Tomas hatte sich wieder erhoben. Macros wirbelte herum. Urplötzlich war der Zauberer verschwunden, und an seiner Stelle stand ein albtraumhaftes Wesen, bereit zum Angriff. Man konnte nur die Umrisse sehen. Es war gut zwei Meter groß, hatte bestimmt das doppelte Gewicht von Tomas. Und große gefiederte Flügel wuchsen aus seinen Seiten. Am Kopf trug es kleine Hörner und große gebogene Ohren. Aus dem leeren nachtschwarzen Gesicht starrten den Valheru rubinrot glühende Augen an. Vollständig hinter einer nebeligen Dunkelheit verborgen, zeigte sich nur in den Augen und dem Mund ein rotoranges Glühen, als würde in dem Wesen ein höllisches Feuer brennen. Ansonsten bestand es aus schwarzen Schatten, und jede Einzelheit des Gesichtes und der Gestalt schien nichts als Einbildung zu sein.

Tomas hieb auf das Ding ein, doch die Klinge fuhr durch das Wesen hindurch, offenbar ohne irgendeinen Schaden anzurichten. Tomas wich zurück, als die Kreatur auf ihn zutrat.

»Armseliges Ding!«, hörte er eine flüsternde Stimme, die wie ein Hauch klang. »Habt Ihr wirklich geglaubt, dass der, der Euch entgegentritt, sich nicht mit allen Kräften auf Eure Vernichtung vorbereiten wird?«

Tomas duckte sich und hielt das Schwert bereit. Mit zusammengekniffenen Augen betrachtete er das Wesen. »Was für eine Kreatur bist du?«

»Ich, Krieger?«, flüsterte die Stimme. »Ich bin ein Kind des Nichts, ein Bruder der Geister und Erscheinungen. Ich bin ein Schreckensmeister.« Und mit entsetzlicher Schnelligkeit streckte das Wesen den Arm aus, packte Tomas' Schild und entriss ihn dem Valheru. Tomas schwang als Antwort das Schwert, doch die Kreatur ergriff seinen Schwertarm am Handgelenk, und Tomas heulte vor Schmerz auf.

»Ich bin berufen, Eure Existenz auszulöschen«, sagte das Schattenwesen – dann riss es mühelos Tomas' Arm aus der Schulter!

In einem Strom von Blut ging Tomas auf die Steine und schrie vor Todesangst.

»Ihr enttäuscht mich«, flüsterte das Wesen. »Ich wurde gewarnt, mich vor Euch in Acht zu nehmen. Doch Ihr seid ein jämmerlicher Krieger.«

Tomas' Gesicht war bleich und schweißüberströmt. Die Augen hatte er vor Schmerz und Schrecken weit aufgerissen. »Wer …«, keuchte er. »Wer hat dich gewarnt?«

»Die, welche Euer Wesen kennen, Menschending.« Die grauenerregende Kreatur stand vor ihm und hielt seinen Arm, dessen Hand noch immer das Schwert umklammerte. »Sie haben sogar gewusst, dass Ihr herkommen würdet, anstatt das wahre Gefängnis des Zauberers zu suchen.«

»Wo ist er?«, brachte Tomas stöhnend hervor.

Das Wesen antwortete ihm nicht, sondern zischelte ihm boshaft zu: »Ihr habt versagt.«

Dem Zusammenbruch nahe kämpfte Tomas gegen die Ohnmacht an. »Du weißt es nicht. Trotz all deines Getues bist du nur ein Lakai. Du weißt nur, was der Feind dir mitteilt.« Und mit Verachtung spuckte er ein weiteres Wort aus: »Sklave.«

Das grauenhafte Ding heulte vor Übermut auf. »Ich stehe weit oben. Ich weiß auch, wo der zaubernde Mensch versteckt gehalten wird. Ihr hättet selbst drauf kommen müssen, denn jener Ort ist das unwahrscheinlichste Gefängnis und deshalb auch das wahrscheinlichste: der Garten.«

Mit einem Mal sprang Tomas auf und grinste. Das Wesen begann zu taumeln, weil sich der Arm, den es in den Händen hielt, in Luft auflöste und stattdessen wieder an Tomas' Körper erschien. Der Schild bog sich mit einem metallischen Ächzen wieder gerade und flog durch den Raum zurück an den linken Arm des Valheru.

Die Kreatur bewegte sich auf Tomas zu, doch der Krieger in Weiß schlug mit seinem Schwert zu – und diesmal traf er. Die Berührung löste eine Explosion von goldenen Funken aus. Es zischte laut, beißender Qualm stieg auf, und die Kreatur schrie vor Schmerz.

»Und du bist auch nicht der einzige Meister, der Illusionen entstehen lassen kann«, erklärte Tomas, während er das Wesen mit wilden Schlägen zurücktrieb. »Du dummes Ding! Weißt du denn nicht, dass ich und meine Brüder es waren, die dich und die Deinen aus diesem Universum verbannt haben? Glaubst du denn, ich, Tomas, genannt Ashen-Shugar, hätte vor etwas wie dir Angst? Ich, der ich einst sogar die Schreckensherrscher niederwarf!«

Das Wesen zuckte vor Schreck und Wut zusammen, seine Schreie schienen aus weiter Ferne zu ihnen vorzudringen. Dann tauchten mit melodiösem Klingen durchsichtige Edelsteine über der Kreatur auf. Jeder Stein wurde rasch zu einem Stab, die alle ein transparentes Gitter um das Wesen bildeten. Tomas grinste, während Pug den magischen Käfig um das nachtschwarze Ding schloss. Das grauenhafte Wesen schlug um sich und stieß jedes Mal ein gellendes Heulen aus, wenn es einen der durchscheinenden Gitterstäbe berührte.

Pug erhob sich von der Stelle, wo er gelegen und so getan hatte, als wäre er bewusstlos, und stellte sich neben die Kreatur. Der Schreckensmeister versuchte, zwischen den glasähnlichen Stäben hindurchzufassen, doch immer wenn er einen berührte, zuckte er augenblicklich zurück. Er kreischte und heulte, und seine fremdartige Stimme klang dabei wie ein heiseres Zischeln.

»Was ist das für ein Ding?«, fragte Pug.

»Ein Schreckensmeister, einer der Nichtlebenden. Ein Wesen, dem das Leben und unser Dasein vollkommen fremd sind. Diese Kreatur stammt aus einem Universum, das an den am weitesten entfernten Grenzen der Zeit und des Raumes liegt. Nur wenige Lebende können dieses Wesen besiegen. Es frisst die Essenz des Lebens, so wie das alle seines Geschlechts tun, wenn sie dieses Universum betreten. Er ist eine Kreatur der reinen Zerstörung und steht direkt unter den Schreckensherrschern, und das wiederum sind Wesen, vor denen selbst die Valheru Respekt haben. Dass dieses Ding in die Ewige Stadt gebracht wurde, zeigt nur, wie gleichgültig dem Feind und Murmandamus die Zerstörungen sind, die sie damit entfesseln können.« Er hielt inne, und auf seinem Gesicht machte sich eine besorgte Miene breit. »Es verwundert mich allerdings, dass der Feind und Murmandamus solche Verbündeten haben, von denen wir bisher noch nichts wussten.« Er sah Pug an. »Wie geht es dir?«

Pug reckte sich. »Ich glaube, eine Rippe ist gebrochen.«

Tomas nickte. »Du hast Glück gehabt, dass nicht alle gebrochen sind. Tut mir leid, doch ich musste es irgendwie beschäftigen.«

»Was machen wir jetzt mit ihm?« Pug zeigte auf die leise heulende Kreatur.

»Wir können es zurück in sein eigenes Universum befördern, doch das würde uns zu viel Zeit kosten. Wie lange wird der Käfig halten?«

»Normalerweise Jahrhunderte. Hier vielleicht für immer.«

»Gut«, sagte Tomas und ging zur Tür.

Das Wesen der Dunkelheit stieß einen entsetzten Schrei aus. »Nein, Meister!«, brüllte es. »Lasst mich hier nicht zurück! Ich werde langsam verdorren, ehe ich sterbe! Ich werde ewige Qualen erleiden! Schon jetzt habe ich fürchterlichen Hunger! Befreit mich, und ich werde Euch dienen, Meister!«

»Können wir ihm trauen?«, fragte Pug.

Tomas schüttelte den Kopf. »Natürlich nicht.«

»Ich hasse es, jemanden solchen Martern auszusetzen.«

»Du hattest schon immer ein weiches Herz«, meinte Tomas und schritt voran die Treppen hinunter. »Diese Wesen sind die zerstörerischsten in allen Universen. Sie sind das Gegenteil vom Leben. Es ist schon schwierig genug, mit den einfachen Schreckenswesen fertigzuwerden; die Schreckensmeister kann man einfach nicht kontrollieren.«

Sie erreichten die Tür und gingen hinaus. »Fühlst du dich schon stark genug, um uns wieder nach oben zu bringen?«, fragte Thomas.

Pug reckte sich vorsichtig, doch der Schmerz hielt sich in Grenzen. »Ich werde es schon schaffen.«

Er wob einen Zauber, nahm Tomas' Hand und erhob sich in die Luft. Abermals unkörperlich durchdrangen sie die Felsdecke der Höhle. Ohne sie blieben in der riesigen Höhle nur die schwachen fremdartigen Schreie, die man von der Spitze des Turms auf der Insel hören konnte.

»Was ist der Garten?«, fragte Pug.

»Es ist ein Ort, der zur Stadt gehört und dennoch von ihr getrennt ist.« Tomas schloss die Augen, und kurze Zeit später stieß Ryath aus dem Himmel zu ihnen herab.

Sie stiegen auf, und Tomas sagte: »Ryath, zum Garten.«

Der Drache erhob sich in den Himmel, und bald sausten sie wieder über die eigentümliche Szenerie der Ewigen Stadt. Erneut zogen unter ihnen fremdartige Gebäude hinweg, die zwar den Zweck andeuteten, dem sie dienten, ihn jedoch nicht offen zeigten. In der Ferne – wenn man an diesem unmöglichen Ort von Ferne sprechen konnte – entdeckte Pug sieben Säulen, die aus der Stadt in die Höhe strebten. Zunächst erschienen sie schwarz, doch als sie näher kamen, konnte Pug winzige Lichtpunkte in ihnen erkennen.

Tomas bemerkte Pugs Interesse und erklärte: »Die Sternentürme, Pug.« Er sandte Ryath einen Gedankenbefehl, und die Drachendame legte sich in die Kurve und kam dicht an die Säulen heran. Die standen im Kreis um einen weiten offenen Platz, der einen Durchmesser von gut einer Meile hatte.

Sie flogen daran vorbei. Pug war erstaunt, denn die Säulen bestanden aus winzigen Sternen, Kometen und Planeten – Miniaturgalaxien, die innerhalb der Grenzen der Säulen kreisten und von einem Nichts umschlossen wurden, das so schwarz war wie der wirkliche Raum. Tomas lachte über den staunenden Pug. »Nein, ich weiß auch nicht, was diese Säulen wirklich sind. Das weiß niemand. Vielleicht ist es Kunst. Vielleicht ist es ein Hilfsmittel, um das Sein zu begreifen.« Er zögerte und setzte dann hinzu: »Und vielleicht ist es das wirkliche Universum, das diesen Säulen innewohnt.«

Als sie sich wieder entfernten, warf Pug noch einmal einen Blick zurück auf die Sternentürme. »Noch ein Geheimnis der Ewigen Stadt.«

»Ja, und nicht einmal das imposanteste«, meinte Tomas. »Sieh mal dort!« Er zeigte zum Horizont, wo sie ein rotes

Glühen ausmachen konnten. Sie rasten darauf zu, und es stellte sich als eine Mauer von Flammen heraus, über der die Luft flimmerte und alles dahinter verzerrte. Als sie über die Flammenwand hinwegflogen, erfasste sie sengende Hitze.

»Was war das?«

»Diese Flammenwand«, erklärte Tomas, »verläuft ungefähr eine Meile in gerader Linie. Sie hat keinen ersichtlichen Zweck und keinen Grund. Sie ist einfach nur da.«

Sie setzten ihren Flug fort, bis sie freies Land erreichten, auf dem keine Gebäude standen. Der Drache ging in den Sinkflug und hielt auf ein grünes Gebiet zu.

Während sie an Höhe verloren, konnte Pug ein dunkles kreisförmiges Gebilde ausmachen, das am Rand der Stadt schwebte und sich scharf gegen den sonst grauen Spaltraum abhob.

»Das ist das eigentümlichste Ding an diesem eigentümlichen Ort«, sagte Tomas. »Hätte ich deinen Verstand, hätte ich gleich an den Garten gedacht. Ein schwebender Ort, wo Pflanzen wachsen. Wenn man davon ausgeht, dass Macros seine Kräfte nicht benutzen kann, ist das der letzte Ort, von dem er entkommen könnte. Überall in der Ewigen Stadt gibt es viele unerwartete, verborgene Schätze. Neben Gold und anderen Reichtümern findet man hier fremdartige Maschinen, geheimnisvolle Gegenstände mit großer Macht, vielleicht auch Hilfsmittel, mit denen man in den wirklichen Raum zurückkehren kann. Aber selbst wenn die einen Weg nach Midkemia öffnen, kann Macros sie nicht erreichen.«

Pug blickte nach unten. Sie waren etwa tausend Fuß über der Stadt und sanken rasch. Jenseits der Grenzen der Ewigen Stadt konnte man das Grau des Spaltraums sehen. Während sie sich dem Garten näherten, erkannte Pug dunstumhüllte Wasserfälle, die an verschiedenen Stellen über den Rand stürzten. Der Garten war von etwas umgeben, das Pug an einen Wassergraben erinnerte. Doch darin floss kein Wasser, sondern buchstäblich nichts: das Nichts des Spaltraums.

Sie überflogen den Rand des Gartens, der wie eine große runde Fläche Land neben der Stadt schwebte. Eine üppige Vegetation bedeckte jeden Zoll, überall zogen sich Wasserläufe durch das Grün, die schließlich über den Rand flossen. Obstbäume jeder bekannten und unbekannten Art standen an den Ufern.

»Das ist wirklich der unwahrscheinlichste Ort der Welten«, murmelte Pug.

Tomas zeigte auf ein steinernes Fundament. »Dort soll einst eine Brücke gestanden haben.« Tatsächlich, einst musste sich ein Brückenbogen über den Graben gewölbt haben, denn Pug entdeckte auf der anderen Seite des Grabens ein weiteres Fundament. »Wenn dieser Ort jemals auf einer wirklichen Welt existiert hat, dann hat der- oder dasjenige, was ihn herbrachte, den Fluss, der um den Garten herumfloss, in dieser Welt gelassen, und da die Brücke zerstört ist, gibt es keinen Weg mehr, den Garten zu verlassen.«

Sie begannen mit ihrer Suche und glitten über die Bäume hinweg. Nicht nur Arten, die Pug von Midkemia bekannt waren, auch Pflanzen von Kelewan wuchsen hier. Sie standen zwischen riesigen Beeten mit Blumen und Sträuchern aus anderen Welten, die er nie zuvor gesehen hatte.

Sie flogen über ein Gebüsch von Rohrpflanzen. Der Wind, den die Flügelschläge des Drachen verursachten, erzeugte bei diesen Pflanzen ein fast melodisches, betörendes Flöten. Dann glitt der Drache über ein Beet von Blumen, deren Blüten aufplatzten und Samenkapseln in die Luft warfen.

Wie Pug nun sah, waren auch die anderen Brücken am Rand des Gartens zusammengebrochen.

Kleine Tiere huschten durch die Büsche und verbargen sich vor dem Räuber, der über ihnen durch die Luft flog. Dann tauchte auf einmal eine andere Gestalt am Himmel auf und schoss ihnen schneller als ein Pfeil entgegen. Einen Moment bevor das Wesen sie erreicht hatte, stieß Ryath einen markerschütternden Kampfschrei aus. Die Gestalt antwortete genauso.

Ein riesiger schwarzer Drache griff sie mit nach vorn gestreckten Klauen und vorgerecktem Kopf an. Aus seinem Maul loderte ein roter Feuerstrahl. Tomas errichtete eine Barriere, die Pug und ihn vor den Flammen schützte.

Ryath reagierte sofort auf den Angriff, und die beiden Kreaturen gingen aufeinander los. Sie schlugen mit den Klauen zu und schnappten mit den Zähnen. Tomas wirbelte mit seinem Schwert herum, konnte den anderen Drachen jedoch nicht erreichen. »Das ist eine uralte Bestie!«, schrie er. »Seine Art existiert auf Midkemia nicht mehr. Seit vielen Zeitaltern wurde dort kein Großer Schwarzer mehr gesichtet.«

»Wo ist er hergekommen?«, schrie Pug zurück, doch Tomas konnte die Frage offensichtlich nicht verstehen. Pug spürte das wilde Schlagen der schwarzen Flügel, aber Tomas hielt sie mit seinen Zauberkräften fest auf Ryaths Rücken. Sollte Ryath den Kampf nicht gewinnen, würden sie in ernsthafte Schwierigkeiten geraten.

Obwohl Pug eine ungefähre Vorstellung davon hatte, wie man zwischen den Welten reiste, hatte er kaum Lust, seine

Theorien unbedingt in der Praxis erproben zu müssen. Wenn Ryath fiel, waren sie hier womöglich gestrandet.

Doch der goldene Drache war genauso stark wie der schwarze, und jedes Mal, wenn dieser sich genügend näherte, verpasste ihm Tomas einen Streich mit dem Schwert. Pug griff so auf seine Weise an, indem er einen Zauber wirkte. Als seine Energieblitze den gegnerischen Drachen trafen, warf der den Kopf zurück und schrie vor Wut und Schmerz laut auf.

Ryath nutzte die Lücke in der Verteidigung und biss dem schwarzen in den Hals, zugleich riss sie ihm mit den Klauen den weniger geschützten Bauch auf. Zwar konnten die Zähne des goldenen Drachen die harten Schuppen am Hals des Gegners nichts durchdringen, doch am Unterleib des schwarzen hatten Ryaths Klauen beträchtlichen Schaden angerichtet.

Gegeneinander ringend, trieben die beiden mächtigen Drachen aus der Mitte des Gartens fort und schwebten in der Nähe des Grabens.

Der schwarze Drache versuchte zu entkommen, doch Ryaths Kiefer gaben nicht nach. Pug und Tomas spürten, wie der goldene taumelte und von dem anderen nach unten gezogen wurde. Dann plötzlich ging es wieder aufwärts. Der schwarze hatte sich nicht mehr in der Luft halten können und aufgehört, mit den Flügeln zu schlagen. Sein zusätzliches Gewicht hatte Ryath nach unten gezerrt, doch sie hatte ihn rechtzeitig losgelassen, damit sie nicht alle in die Tiefe gezogen wurden.

Pug beobachtete, wie der schwarze am Rand des Gartens vorbeifiel und im Graben zwischen ihnen und der Stadt verschwand. Der schwarze Drache hörte auch unter der Stadt nicht auf zu sinken, bis er nur noch ein kleiner Punkt im Grau und schließlich ganz außer Sicht war.

»Gut gekämpft, Ryath«, hörte Pug seinen Gefährten sagen. »Ich habe noch nie einen so prächtigen Drachen geritten. Selbst der mächtige Shuruga würde da nicht mithalten können.«

Pug bemerkte, wie der Drache vor Stolz strahlte. *Ihr habt freundlich gesprochen, Tomas. Dank Euch für Eure guten Worte. Doch es war nur ein alter Drache, einer, der an meine Kräfte kaum heranreichte. Hättet Ihr und Pug nicht auf meinem Rücken gesessen, wäre ich keineswegs so rücksichtsvoll vorgegangen. Dennoch, Eure und Pugs Hilfe haben das ihrige zum Sieg beigetragen.*

Sie kreisten über der Insel am Himmel und nahmen ihre Suche wieder auf. Das Gebiet war groß und das Unterholz dicht, doch schließlich zeigte Pug auf etwas und rief: »Dort!«

Tomas folgte der von seinem Freund gewiesenen Richtung mit dem Blick. In der Mitte einer Lichtung sprang eine Gestalt auf und ab und winkte wild mit den Armen. Sie winkten zurück, und Tomas gab dem Drachen die Anweisung, er solle sinken. Die Gestalt taumelte zurück und bedeckte wegen des Windes, den die großen Flügel verursachten, die Augen. Der Mann hielt einen Stab und trug eine schlichte braune Kutte. Es war Macros. Er hörte nicht auf zu winken, während sie landeten.

Sein Gesicht drückte Niedergeschlagenheit aus, als der Drache auf dem Boden aufkam. Einen Moment lang herrschte seltsame Stille, und sie hörten den Zauberer seufzen. Dann sagte er: »Ich wünschte, ihr hättet das nicht getan.«

Das Universum brach zusammen und kam auf sie nieder …

Es fühlte sich an, als gäbe der Grund unter ihren Füßen nach. Pug, der vom Drachenrücken gestiegen war, taumelte, aber er fing sich wieder und sah, dass es Tomas ebenso ergangen war. Macros stützte sich auf seinen Stab, sah sich um und setzte sich schließlich auf einen Felsen.

Die Fallbewegung des Gartens wurde langsamer und hörte auf, doch der Himmel über ihnen veränderte sich. Das Grau des Spaltraums wurde durch eine verwirrende Vielzahl von Sternen vor einem pechschwarzen Nichts ersetzt.

»Du solltest etwas wegen der Luft auf dieser Insel unternehmen, Pug«, sagte Macros. »In Kürze werden wir keine mehr haben.«

Pug zögerte nicht, schloss die Augen und wirkte sofort einen Zauberspruch. Über ihnen erschien ein schwach glühender Himmel. Pug öffnete die Augen wieder.

»Nun, ihr konntet es nicht wissen ...« Macros kniff die Augen zusammen und hob die Stimme vor Wut. »Aber ihr hättet schlau genug sein sollen, um nicht in diese Falle zu tappen.«

Pug und Tomas fühlten sich auf der Stelle so schuldig wie die kleinen Jungen, die einst für ein dummes Versehen in der Küche von Tomas' Vater gescholten worden waren. »Wir dachten«, erklärte Pug, »es wäre alles in Ordnung, als wir Euch winken sahen.«

Macros lehnte den Kopf an den Stab und seufzte tief. »Eins der Probleme, die man in meinem Alter bekommt, liegt darin, dass man jeden Jüngeren als Kind betrachtet. Und da alle um einen herum jünger sind, glaubt man in einem Universum der Kinder zu leben. Daher schimpft man mehr, als eigentlich angebracht wäre.« Er schüttelte den Kopf. »Es tut mit leid, wenn ich zu barsch war. Ich wollte euch nur warnen. Hättet ihr daran gedacht, eine der Fähigkeiten zu benutzen, die Euch die

Eldar gelehrt haben, hätten wir uns trotz des Lärms des Drachen verständigen können. Dann hätte Tomas mich einfach mit seinen Kräften in die Höhe geholt, und wir würden nicht in dieser Patsche sitzen.«

Pug und Tomas warfen sich abermals schuldbewusste Blicke zu. »Trotzdem«, fuhr Macros fort, »wir gewinnen nichts, wenn wir uns weiter Vorwürfe machen. Zumindest seid ihr pünktlich hier angekommen.«

Tomas kniff die Augen zusammen. »Pünktlich? Ihr wusstet, dass wir kommen würden?«

»In Eurer Botschaft an Kulgan und mich stand, Ihr könntet nicht länger in der Zukunft lesen«, erinnerte sich Pug.

Macros lächelte. »Ich habe gelogen.«

Pug und Tomas waren beide stumm vor Staunen. Macros stand auf und schritt auf und ab. »Die Wahrheit ist, als ich meine letzte Botschaft an euch verfasste, konnte ich noch in die Zukunft sehen, doch jetzt kann ich das wirklich nicht mehr. Ich habe die Fähigkeit, das zu wissen, was sein wird, verloren, als mir meine Kräfte genommen wurden.«

»Ihr habt Eure Kräfte verloren?«, fragte Pug. Vor allen anderen war Macros der größte Meister der magischen Künste, und Pug konnte sich vorstellen, wie er sich für ihn fühlen musste, dass ihm plötzlich genommen worden war, was sein Leben, seine Existenz und sein Wesen ausmachte. Ein Magier ohne Magie war wie ein Vogel ohne Flügel. Pug sah Macros tief in die Augen, und beide wussten, dass zwischen ihnen ein Band des Verstehens bestand.

In freundlicherem Ton sagte Macros: »Die mich an diesen Ort gebracht haben, konnten mich nicht vernichten – ich bin immer noch die gleiche harte alte Walnuss –, doch sie konnten mich außer Gefecht setzen. Jetzt bin ich machtlos.« Er zeigte auf seinen Kopf. »Doch ich habe immer noch mein Wissen, und du hast deine Fähigkeiten. Ich kann dich wie kein anderer im Universum herumführen, Pug.« Er holte tief Luft. »Ich kann die Lage aufgrund deines gegenwärtigen Wissens beurteilen. Ich weiß besser als jeder andere im Universum, was auf uns zukommt, Dank den Göttern. Ich kann euch helfen.«

»Wie seid Ihr an diesen Ort gelangt?«, fragte Pug.

Macros bedeutete ihnen, sich zu setzen, und tat es dann auch. Zu Ryath sagte der Magier: »Tochter von Rhuagh, es gibt auf dieser Insel der Pflanzen auch Wild, wenngleich nur kleines. Solltest du dich nicht dumm anstellen, brauchst du nicht zu hungern.«

»So werde ich jagen«, sagte der Drache.

»Beachte die Grenzen der schützenden Hülle, die ich um den Garten herum errichtet habe«, warnte Pug.

»Ich werde sie beachten«, erwiderte der Drache und erhob sich in die Luft.

Macros betrachtete die beiden und sagte: »Als du und ich den Spalt geschlossen haben, Pug, hast du die zerstörerischen Kräfte für mich gelenkt. Doch ein weiteres Ergebnis dieses Unternehmens war, dass ich plötzlich für die, die die Grenzen zwischen den Welten durchlässig machen wollten, wie ein Leuchtfeuer in der Schwärze erschien.«

»Der Feind«, sagte Pug.

Macros nickte. »Sie fanden mich, und es kam zum Kampf. Glücklicherweise, trotz der Macht, der ich mich gegenübersah, bin ich … war ich selbst auch nicht ohne Möglichkeiten.«

»Ich kann mich daran erinnern, Euch in meiner Vision auf

dem Turm der Prüfung gesehen zu haben. Ihr habt den verzerrten Spalt zusammengeschoben, durch den der Feind unser Universum zurückerobern wollte.«

Macros zuckte mit den Schultern. »Du hast lange genug gelebt, um ein paar Dinge zu lernen. Und vielleicht kann man mich nicht töten.« In den letzten Worten schwang seltsamerweise eine Spur Bedauern mit. »Auf jeden Fall kämpften wir einige Zeit. Wie lange, kann ich kaum schätzen, weil, wie ihr ohne Zweifel bemerkt habt, zwischen den Welten die Zeit so gut wie keine Bedeutung hat. Doch zuletzt wurde ich gezwungen, mich hierher in den Garten zurückzuziehen, und meine Kräfte wurden begrenzt. Ich konnte noch nicht einmal die Stadt erreichen, denn dort hätte ich Mittel gefunden, mit denen ich meine Kräfte wieder hätte stärken können. Der Kampf wurde also unterbrochen, meine Kräfte wurden mir genommen, und die Falle schlug zu, denn der Feind zerstörte die Brücke und ließ mich allein. So war ich gezwungen, auf Eure Ankunft zu warten.«

»Aber warum habt Ihr mir das nicht in Eurer letzten Nachricht mitgeteilt?«, fragte Pug. »Wir hätten früher kommen können.«

»Ihr durftet mir nicht folgen, bis ihr beide reif dafür wart. Tomas, du musstest zunächst mit dir selbst ins Reine kommen, und du, Pug, brauchtest den Unterricht der Eldar. Und ich habe die Zeit auch gut genutzt. Ich habe meine Wunden auskuriert und«, er deutete auf seinen Stab, »einige Fertigkeiten im Schnitzen erworben. Alles musste seinen Gang gehen. Jetzt seid ihr eine gute Waffe in der Schlacht, die uns bevorsteht.« Macros sah sich um. »Wenn es uns gelingt, aus dieser Falle herauszukommen.«

Pug betrachtete die glühende Hülle über ihren Köpfen. Durch sie konnten sie die Sterne sehen, doch sie erschienen eigentümlich, als flackerten sie in einem seltsamen Rhythmus. »Und in was für eine Falle sind wir geraten?«

»Eine der schlauesten«, sagte Macros. »Eine Zeitfalle. In dem Moment, als ihr den Fuß in den Garten gesetzt habt, wurde sie ausgelöst. Diejenigen, die sie aufgestellt haben, schicken uns in der Zeit rückwärts, und zwar für jeden Tag, der wirklich vergeht, einen Tag zurück. Gerade jetzt sitzt ihr auf dem Rücken des Drachen und haltet nach mir Ausschau. In ungefähr fünf Minuten werdet ihr mit dem schwarzen Drachen kämpfen. Und so weiter und so fort.«

»Und was müssen wir tun?«, fragte Tomas.

Macros schien die Frage zu amüsieren. »Tun? Gegenwärtig sind wir erst einmal auf uns allein gestellt und hilflos, weil wir unseren Gegner in der Vergangenheit nie besiegt haben. Die Natur lässt kein Paradoxon zu, und deshalb können wir nur darauf hoffen, dass wir uns irgendwie befreien und unseren richtigen Platz in der Zeit wieder einnehmen können – ehe es zu spät ist.«

»Wie sollen wir das anstellen?«, fragte Pug.

Macros setzte sich wieder auf den Felsen und strich sich durch den Bart. »Das ist die Frage. Ich weiß es nicht, Pug. Ich weiß es einfach nicht.«

Boten

Arutha beobachtete den Horizont.

Gruppen von Reitern galoppierten durch das Tor, während weit hinter ihnen Staub in den Himmel gewirbelt wurde. Murmandamus' Truppen marschierten auf Armengar zu. Die letzten Flüchtlinge aus den Kraals und Steadings erreichten die Tore, und mit ihnen kamen Herden von Rindern und Schafen sowie mit Getreide beladene Wagen. Da die Bevölkerungszahl der Stadt seit Jahren abnahm, war genug Platz für alle, selbst für das Vieh.

In den letzten Tagen hatten Guy, Amos, Armand de Sevigny und die anderen Kommandanten immer wieder kleinere Gefechte geführt. Der Anmarsch des feindlichen Heeres war verlangsamt worden, sodass die Flüchtlinge die Stadt erreichen konnten. Arutha und die anderen waren von Zeit zu Zeit mit den Patrouillen geritten und hatten wenn möglich Hilfe geleistet.

An Aruthas Seite beobachteten nun Baru und Roald, wie die letzte Truppe von armengarischen Reitern das Feld räumte, ehe das Heer von Murmandamus angedonnert kam.

»Der Protektor«, sagte Baru.

»Einauge macht es dieses Mal spannend«, meinte Roald. Den dahinjagenden Reitern folgte dicht auf die Kavallerie der Moredhel und dahinter Trolle zu Fuß. Die Dunkelelben ließen die Verbündeten rasch hinter sich und hetzten Guys Truppe. Doch als sie den hintersten Mann einholten, drehten sich die Bogenschützen einer anderen Truppe um und ließen über Guys Männer hinweg Pfeile auf die Moredhel regnen. Diese brachen die Verfolgung ab und zogen sich zurück. Die beiden Gruppen der Armengaren hielten eilig auf das Tor zu.

»Martin war bei ihnen«, sagte Arutha leise.

Jimmy und Locklear kamen herbeigelaufen, und Amos folgte ihnen im kurzen Abstand. Der frühere Kapitän sagte: »De Sevigny meint, wenn irgendjemand es nach Yabon schaffen soll, dann muss er heute Nacht aufbrechen. Später werden sich die Patrouillen aus den Bergen in ihre Schanzen zurückziehen. Von morgen Mittag an werden sich dort oben nur noch Düstere Brüder und Trolle herumtreiben.«

Arutha hatte schließlich Barus Plan doch zugestimmt. »Gut, aber ich möchte noch einmal mit Guy sprechen, bevor wir jemanden losschicken.«

»So wie ich Einauge kenne«, sagte Amos, »und ich kenne ihn ganz gut, wird er Augenblicke, nachdem das Tor geschlossen ist, neben Euch stehen.«

Und wie Amos vorausgesagt hatte, erschien Guy auf der Mauer, sobald der letzte der versprengten Soldaten sicher innerhalb der Mauern war, und betrachtete die vorrückende Armee.

Er gab ein Zeichen, und die Brücke über dem Wassergraben wurde eingezogen und verschwand langsam in den Fundamenten der Mauer.

»Ich fürchte, wir haben uns verrechnet«, grummelte Guy.

»Ich dachte, wir würden fünfundzwanzigtausend oder vielleicht dreißigtausend Soldaten gegenüberstehen.«

»Und was schätzt Ihr jetzt, wie viele es sind?«, fragte Arutha.

»Eher an die fünfzigtausend«, schätzte Guy, während Martin und Briana die Treppe heraufkamen.

Arutha sah seinen Bruder an. »Ja, ich habe noch nie so viele Trolle und Moredhel auf einem Haufen gesehen«, bestätigte dieser. »Sie kommen wie eine Flut von den Bergen und aus den Wäldern. Und das ist nicht alles. Goblins sind auch unter ihnen, ganze Kompanien. Und Riesen.«

Locklear riss die Augen auf. »Riesen!«

»Wie viele?«, fragte Amos.

»Es scheinen mehrere Hundert zu sein«, meinte Guy. »Sie sind gute eineinhalb Meter größer als die anderen. Wenn sie sich in der Armee ähnlich zerstreut haben wie die anderen, müssen sich unter dem Banner von Murmandamus mehrere Tausend versammelt haben. Und dabei befindet sich der größte Teil seiner Truppen noch in dem Lager nördlich des Tals von Isbandia, mindestens eine Woche entfernt. Was jetzt auf uns zukommt, ist nur die erste Welle. Bis heute Abend werden zehntausend ihr Lager vor den Mauern errichtet haben. Und innerhalb von zehn Tagen werden es fünf Mal so viele sein.«

Arutha sah eine Weile schweigend hinaus auf die Ebene, dann sagte er: »Meint Ihr denn, Ihr könnt sie so lange aufhalten, bis Verstärkung aus Yabon kommt?«

»Wäre das eine normale Armee, würde ich sagen, wir können«, antwortete Guy. »Doch die jüngsten Erfahrungen zeigen, dass Murmandamus einige Tricks auf Lager hat. Selbst wenn ich großzügig schätze, wird Murmandamus die Stadt in vier Wochen erstürmt haben. Das muss er, denn anderenfalls wird er es nicht mehr über die Berge schaffen. Er muss seine Truppen über ein Dutzend kleinerer Pässe schicken, seine Armee auf der anderen Seite neu formieren und dann direkt auf Tyr-Sog zumarschieren. Nach Westen Richtung Inclindel kann er nicht ziehen, weil es zu lange dauern würde, bis er die Garnisonen auf dem Weg nach Tyr-Sog beseitigt und die Stadt erreicht hätte und weil zwischenzeitlich Verstärkung aus Yabon und aus Loriél eintreffen würde. Er muss sich schnellstens im Königreich festsetzen, damit er sich auf den großen Angriff im Frühjahr vorbereiten kann. Wenn er hier nur eine Woche hinter seinem Zeitplan zurückbleibt, riskiert er, in den Bergen vom ersten Schnee überrascht zu werden. Die Zeit ist momentan sein ärgster Feind.«

»Die Zwerge!«, sagte Martin.

Arutha und Guy wandten sich dem Herzog von Crydee zu. »Dolgan und Harthorn halten bei Bergenstein eine Versammlung mit allen Mitgliedern ihrer Sippe ab«, erklärte Martin. »Das müssen zwei- bis dreitausend Zwerge sein.«

»Zweitausend Zwergenkrieger könnten uns durchhalten lassen, bis Vandros' schwere Fußsoldaten von Yabon aus die Berge überquert haben«, meinte Guy. »Selbst wenn wir Murmandamus nur zwei Wochen zusätzlich aufhalten können, bricht er den Angriff ab. Anderenfalls bleibt seine Armee in den winterlichen Bergen von Yabon stecken.«

Baru sah von Arutha zu Guy. »Wir werden eine Stunde nach Einbruch der Dunkelheit aufbrechen.«

»Ich gehe mit Baru und mache mich auf den Weg nach Bergenstein«, erklärte Martin. »Dolgan kennt mich.« Und mit einem schiefen Lächeln auf den Lippen fügte er hinzu: »Ich bin überzeugt, dass er sich diese Schlacht nicht entgehen lassen wird. Und anschließend ziehe ich weiter nach Yabon.«

»Könnt Ihr Bergenstein innerhalb von zwei Wochen erreichen?«, fragte Guy.

»Das ist schwierig, aber nicht unmöglich«, meinte der Hadati. »Eine kleine Gruppe, die schnell vorankommt … Ja, es ist möglich.« Niemand musste dem noch ein »eventuell« hinzufügen. Die Boten müssten mehr als dreißig Meilen am Tag zurücklegen, dessen waren sich alle bewusst.

»Ich würde es auch gern versuchen«, sagte Roald. »Nur für den Fall.« Für den Fall, dass weder Martin noch Baru durchkamen, meinte er, doch das brauchte er nicht laut auszusprechen.

Arutha hatte zugestimmt, dass Martin mit Baru ging, weil der Herzog von Crydee fast so gut wie der Hadati für die Reise durch die Berge geeignet war. Was Roald betraf, war er sich nicht so sicher. Er wollte schon widersprechen, als sich Laurie einmischte: »Ich sollte auch besser mitkommen. Vandros und seine Kommandanten kennen mich, und falls die Nachricht mit dem Siegel verloren geht, müssen wir sie irgendwie überzeugen. Vergiss nicht, Arutha, alle denken, du wärst tot.« Als sich Aruthas Miene verdüsterte, fügte Laurie hinzu: »Wir haben es alle bis zum Moraelin und zurück geschafft, Arutha. Wir haben Erfahrung in den Bergen.«

Endlich meinte der Prinz: »Ich bin mir nicht sicher, ob das eine gute Idee ist, nur leider habe ich auch keine bessere.« Er sah hinaus auf die anmarschierende Armee. »Ich kenne mich nicht besonders gut mit Prophezeiungen aus, aber wenn ich der Tod des Bösen bin, dann muss ich hierbleiben und mich Murmandamus stellen.« Er bemerkte, wie Jimmy und Locklear einen Blick wechselten, und sagte zu den beiden Jungen:

»Ihr beide werdet auch hierbleiben. In einigen Tagen wird das zwar nicht mehr der sicherste Ort sein, aber immer noch besser, als wenn ihr euch nachts zwischen den Truppen von Murmandamus durch die Berge schleicht.«

»Ich werde Euch für die erste Zeit Deckung verschaffen«, versprach ihm Guy. »Wir werden einiges auf den Bergkämmen unternehmen. Unsere Posten über der Stadt kontrollieren immer noch einen großen Teil der Berge hinter Armengar, und Murmandamus' Halsabschneider werden dort während der nächsten Tage noch lange nicht ihre volle Stärke entfalten. Sie werden davon ausgehen, dass alle in die Stadt wollen, und nicht besonders aufmerksam darauf achten, ob sich jemand in die andere Richtung aufmacht.«

»Wir brechen zu Fuß auf«, erklärte Martin. »Wenn wir die Patrouillen hinter uns haben, besorgen wir uns Pferde.« Er lächelte Arutha an. »Wir werden es schon schaffen.«

Arutha nickte. Martin nahm Briana in den Arm und verließ zusammen mit ihr die Mauer. Arutha konnte sich vorstellen, wie viel diese Frau Martin bedeutete, und natürlich wollte sein Bruder die letzten Stunden in Armengar mit ihr verbringen.

Ohne nachzudenken, legte er Jimmy die Hand auf die Schulter. Jimmy sah den Prinzen an und folgte seinem Blick über die Ebene vor der Stadt, wo unter aufsteigenden Staubwolken eine Armee im Anmarsch war.

Martin hielt Briana fest an sich gedrückt. Sie hatten sich den ganzen Nachmittag über in ihr Zimmer zurückgezogen. Ihrem stellvertretenden Kommandanten hatte sie zukommen lassen, dass sie nur im äußersten Notfall gestört werden wollte. Zuerst hatten sie sich wie rasend geliebt, dann zärtlicher.

Zum Schluss hielten sie sich nur noch in den Armen und ließen die Zeit verstreichen.

Endlich sagte Martin: »Ich werde bald gehen müssen. Die anderen versammeln sich sicher schon vor der Tür zum Tunnel in die Berge.«

»Martin«, flüsterte sie.

»Ja?«

»Ich wollte nur deinen Namen sagen.« Sie betrachtete sein Gesicht. »Martin.«

Er küsste sie und schmeckte das Salz der Tränen auf ihren Lippen. Sie klammerte sich an ihn und sagte: »Erzähl mir etwas über morgen.«

»Morgen?« Martin war verwirrt. Er hatte sich Mühe gegeben, nicht über die Zukunft zu sprechen, weil sie ihn darum gebeten hatte. Vom Leben bei den Elben geprägt, verfügte Martin über eine schier unendliche Geduld. Doch seine Gefühle für Briana drängten ihn zu einer festen Bindung. Er hatte diesen Konflikt beiseitegeschoben und nur im Augenblick gelebt. Leise sagte er: »Du hast gesagt, wir dürften nicht an morgen denken.«

Sie schüttelte den Kopf. »Ich weiß, aber jetzt will ich trotzdem darüber sprechen.« Sie schloss die Augen und sagte leise: »Ich habe dir einmal gesagt, dass ich als Kommandantin Zugang zu Wissen habe, von dem der größte Teil der Stadt nichts ahnt. Ich weiß zum Beispiel, dass wir diese Stadt höchstwahrscheinlich nicht halten können und in die Berge fliehen müssen.« Sie schwieg einen Moment, dann fuhr sie fort: »Versteh mich richtig, Martin. Wir kennen nichts außer Armengar. Bis der Protektor zu uns kam, ist uns der Gedanke, dass wir eines Tages woanders leben könnten, niemals in den Sinn gekommen. Jetzt habe ich nur noch eine schwache Hoffnung, dass es nicht so kommen wird. Erzähl mir, was morgen sein wird und am Tag danach. Und an dem Tag, der darauf folgt. Erzähl mir etwas über die Zukunft. Erzähl mir, wie es sein wird.«

Er drückte sie wieder fest an sich. »Ich werde es durch die Berge schaffen, Bree. Niemand kann mich aufhalten. Ich werde Dolgan und seine Sippe hierherführen. Dieser alte Zwerg würde es mir ziemlich übel nehmen, würde ich ihn nicht zu dieser Schlacht einladen. Wir werden Murmandamus in die Enge treiben und seinen Angriff zum zweiten Mal zurückschlagen. Seine Armee wird davonrennen, und wir werden ihn wie einen Hasen jagen und vernichten. Vandros wird seine Truppen von Yabon aus losschicken und euch den Rücken stärken. Dann werdet ihr in Sicherheit sein, und die Zeit wird kommen, da eure Kinder wieder Kinder sein dürfen.«

»Und was wird aus uns?«

Er beachtete die Tränen nicht, die ihr über die Wangen liefen, und sagte: »Du wirst Armengar verlassen und nach Crydee gehen. Dort wirst du mit mir leben, und wir werden glücklich sein.«

Sie weinte. »Ich möchte das gern glauben.«

Er schob sie zärtlich etwas von sich und legte ihr zwei Finger seiner Rechten unter das Kinn, sodass sie den Kopf hob. Dann küsste er sie und sagte anschließend: »Glaub mir, Bree.« Seine Stimme war belegt. Er hatte immer gedacht, nie im Leben ein so bittersüßes Glück empfinden zu können. Jetzt, da er doch noch die große Liebe gefunden hatte, wurde dieses Gefühl von dem heraufziehenden Wahnsinn und der drohenden Vernichtung überschattet.

Sie betrachtete sein Gesicht, dann schloss sie die Augen. »Ich möchte dich so in Erinnerung behalten. Geh, Martin. Sag nichts mehr.«

Er zog sich an und verbarg nach Elbenart seine Gefühle, während er sich innerlich auf die Gefahren des Weges vorbereitete. Er sah sie noch einmal lange an, dann verließ er sie. Als sie hörte, wie die Tür ins Schloss fiel, weinte sie wieder.

Die Patrouille bewegte sich auf den Cañon zu. Sie war ausgeritten, als wollte sie noch einen letzten Schlag gegen den nahenden Feind führen, bevor sie sich in die höher gelegenen Schanzen zurückzog, die die Felshänge über der Stadt schützten.

Martin und seine drei Gefährten duckten sich hinter einer großen Felsformation und warteten. Sie hatten die Stadt durch einen geheimen Gang verlassen, der vom Bergfried aus durch den Berg hinter Armengar führte. Sie hatten die Route der Patrouille erreicht und verbargen sich in einem schmalen, vom Regen ausgewaschenen tiefen Graben in der Nähe des Cañons. Blutark lag still da, und Baru hatte ihm die Hand auf den Kopf gelegt. Der Hadati hatte herausbekommen, warum die Armengaren nichts dagegen hatten, dass er den Hund behielt. Zum ersten Mal, soweit sich die Bewohner der Stadt zurückerinnern konnten, hatte ein Drachenhund seinen Herrn überlebt, und da der Hund Baru als neuen Herrn anzuerkennen schien, hatte niemand etwas einzuwenden.

»Wartet«, flüsterte Martin.

Langsam verstrichen die Minuten, dann hörten sie leise Fußtritte aus der Dunkelheit. Eine Gruppe Goblins eilte vorbei, ohne Licht und ohne Lärm zu verursachen. Offenbar beschatteten sie die Patrouille. Martin wartete, bis sie in der Schlucht verschwunden waren, dann gab er ein Zeichen.

Sofort waren Baru und Blutark auf den Beinen und rannten durch den Graben. Der Hadati sprang auf die obere Kante des Grabens, griff nach unten, als Blutark einen Satz machte, und mit der Hilfe des Mannes aus den Bergen überwand der riesige Drachenhund den Höhenunterschied. Laurie und Roald sprangen ebenfalls, und Martin folgte einen Moment später.

Dann führte Baru sie über den kahlen Berggrat. Für einen unendlich lang scheinenden Moment rannten sie, allen Blicken ausgesetzt, geduckt über offenes Gelände, bis sie sich in eine kleine Spalte werfen konnten.

Baru sah sich um, seine Gefährten landeten neben ihm. Er nickte ihnen kurz zu und führte sie dann in Richtung Bergenstein nach Westen.

Drei Nächte lang zogen sie ohne Zwischenfälle weiter, schlugen beim ersten Tageslicht ein Lager ohne Feuer auf, verbargen sich bis zur Dunkelheit in einer Höhle oder einer Felsspalte und brachen dann wieder auf. Dass sie den Weg bereits von der Hinreise kannten, erwies sich als hilfreich, weil sie keine langen Umwege machen mussten. Trotzdem mussten sie vorsichtig sein, denn die Armee von Murmandamus streifte durch die Berge und suchte nach den letzten versprengten Armengaren. Fünfmal in diesen letzten drei Tagen waren berittene Patrouillen oder Fußsoldaten an ihnen vorbeigezogen, während sie in ihrem Versteck gelegen hatten. Jedes Mal waren sie nur deshalb nicht entdeckt worden, weil sie sich verbargen und nicht in Richtung Armengar flohen.

Arutha hatte recht gehabt. Die Patrouillen suchten ausschließlich nach solchen, die Armengar noch erreichen wollten, und nicht nach Boten auf dem Weg nach Süden. Es würde nicht immer so gut laufen, darüber war sich Martin im Klaren.

Bereits am nächsten Tag bewahrheiteten sich Martins Befürchtungen, als sie einen schmalen, von Moredhel bewachten Pass erreichten, den sie unmöglich umgehen konnten. Ein halbes Dutzend Dunkelelben der Bergclans saß an einem Lagerfeuer, während zwei weitere bei den Pferden Wache hielten. Baru hatte gerade noch verhindern können, dass sie entdeckt wurden, und nur weil Blutark gewarnt hatte, waren sie den Moredhel nicht in die Arme gelaufen. Der Hadati hatte sich an einen großen Felsen gedrückt und acht Finger gehoben. Dann wies er mit zwei Fingern auf einen Felsen, wo zwei der Dunkelelben Wache hielten. Er hielt sechs Finger hoch, hockte sich hin und ahmte die Bewegung des Essens nach. Er zeigte um den Felsen herum und schüttelte den Kopf.

Martin nahm den Bogen vom Rücken, holte zwei Pfeile hervor, nahm den einen zwischen die Zähne und legte den anderen an die Sehne. Er hielt zwei Finger hoch und deutete auf sich selbst, dann zeigte er auf die anderen und nickte. Baru hielt sechs Finger hoch und deutete an, dass er verstanden hatte.

Martin schlich sich in Sichtweite und ließ den ersten Pfeil fliegen. Einer der Dunkelelben fiel rückwärts von seinem steinernen Sockel, woraufhin der andere von seinem höher liegenden Posten herunterspringen wollte. Ehe er unten ankam, hatte er einen Pfeil in der Brust.

Baru und die anderen waren schon mit gezogenen Waffen an Martin vorbei. Barus Klinge pfiff durch die Luft und streckte den nächsten Moredhel nieder, bevor der ihn erreichen konnte. Blutark warf ebenfalls einen zu Boden. Roald und Laurie übernahmen jeweils einen weiteren, und Martin ließ den Bogen fallen und zog das Schwert.

Der Kampf wurde hart, denn die Moredhel erholten sich schnell von der Überraschung. Während sich Martin auf den Nächsten stürzte, hörten sie plötzlich Hufschläge. Einer der Moredhel war ohne Gegner geblieben und hatte die Flucht ergriffen. Er spornte sein Pferd an und war an den Angreifern vorbei, ehe die etwas dagegen unternehmen konnten.

In Kürze hatten sich Martin und seine Gefährten der anderen Moredhel entledigt, und es wurde still im Lager. »Verdammt!«, fluchte Martin.

»Wir konnten nichts dagegen machen«, beschwichtigte ihn Baru.

»Hätte ich meinen Bogen nicht fallen lassen, hätte ich ihn erwischt, aber ich war zu ungeduldig«, sagte Martin, als hätte er den schlimmstmöglichen Fehler begangen. »Nun, wir können nichts mehr daran ändern. Zumindest haben wir jetzt Pferde, und die können wir gut gebrauchen. Ich weiß nicht, ob noch mehr Lager vor uns liegen, doch wir sollten uns beeilen und uns nicht weiter um Heimlichkeit bemühen. Dieser Moredhel wird bald mit seinen Freunden zurückkommen.«

»Seiner Art von Freunden«, fügte Laurie hinzu, während er aufsaß.

Roald und Baru stiegen ebenfalls auf die Pferde, und Martin schnitt die Sattelgurte der drei verbleibenden Tiere durch. »Sie können die Gäule haben, aber dann sollen sie wenigstens auf deren nackten Rücken reiten.«

Die anderen sagten nichts, doch dieser Akt der bloßen Zerstörungswut machte ihnen klar, wie sehr sich Martin wegen der Flucht des Moredhel über sich selbst ärgerte.

Der Herzog von Crydee gab das Zeichen zum Aufbruch, und Baru schickte Blutark an die Spitze. Der Hund lief voraus, und die Reiter folgten ihm auf den Fersen.

Der Riese wandte den Kopf, doch in dem Augenblick steckte bereits ein Pfeil zwischen seinen Schultern. Die über drei Meter große Kreatur taumelte, und schon erwischte ihn ein zweiter Pfeil im Hals.

Seine beiden Genossen stapften auf Martin zu, der rasch den dritten Pfeil auf den angeschlagenen Riesen abschoss.

Baru hatte Blutark befohlen, stehen zu bleiben, weil die hünenhaften Menschenähnlichen Schwerter schwangen, die so groß waren wie normalerweise Langschwerter, und sie hätten den Hund leicht in zwei Hälften geteilt. Trotz ihrer wankenden Bewegungen handhabten die behaarten Kreaturen ihre Waffen mit erstaunlicher Schnelligkeit und waren auch ansonsten ausgesprochen gefährlich.

Baru ging in die Hocke, und eins der Schwerter sauste über seinen Kopf hinweg, dann sprang er vor und schlug auf seinen gewaltigen Gegner ein. Mit einem einzigen Streich machte er den Riesen kampfunfähig, und dieser ging zu Boden.

Laurie und Roald hatten den dritten Riesen zwischen sich genommen und beschäftigten ihn, bis Martin ihn ebenfalls mit einem Pfeil töten konnte.

Als alle drei leblos am Boden lagen, holten Laurie und Roald die Pferde. Blutark schnüffelte an den Leichen und knurrte böse. Die Riesen sahen fast aus wie Menschen, doch waren ihre Körper wesentlich stämmiger, und mit ihren schwarzen Haaren und Bärten sahen sie sich sehr ähnlich.

»Die Riesen halten sich für gewöhnlich von Menschen

fern«, sagte der Hadati. »Was für eine Macht mag Murmandamus über sie haben?«

Martin schüttelte den Kopf. »Ich weiß es nicht. Ich habe zwar Geschichten über sie gehört, und es soll sogar in den Bergen bei den Freien Städten welche geben. Doch sie meiden den Kontakt mit allen anderen Wesen und machen eigentlich nie Schwierigkeiten, so berichten die natalesischen Waldläufer. Vielleicht sind sie heutzutage genauso empfänglich für die Verführungen von Macht und Reichtum wie andere Kreaturen.«

»Der Legende nach waren sie einst Menschen wie du und ich, aber irgendetwas hat sie verwandelt«, bemerkte Baru.

Während sie aufsaßen, meinte Roald: »Ich kann das kaum glauben.«

Martin gab das Zeichen zum Aufbruch, und sie ritten weiter. Auch das zweite Gefecht mit Murmandamus' Wachen hatten sie erfolgreich überstanden.

Blutark knurrte. Vor ihnen auf dem Weg musste etwas sein. Sie hatten eine Stelle oberhalb der Schlucht am Inclindel erreicht, wo sie den Weg am Berghang verlassen und in das Land Yabon hinunterreiten würden.

In den letzten drei Tagen waren sie so schnell geritten, wie es ihnen möglich war. Die Anstrengung steckte ihnen in den Knochen, manchmal schliefen sie fast im Sattel ein, doch sie gönnten sich keine Rast. Die Pferde brauchten nicht mehr so schwer zu tragen, denn das Getreide, das die Moredhel bei sich gehabt hatten, war vor zwei Tagen zu Ende gegangen, und seitdem hatten sie kaum noch Futter für die Tiere gefunden. Sobald sie zu einer Wiese kamen, müssten sie die Pferde weiden lassen, doch Martin wusste, bei der Leistung, die sie den Tieren abverlangten, würden diese mehr als Gras brauchen, damit sie bis ans Ziel ihrer Reise durchhielten.

Dennoch war er dankbar für die Pferde. Zwei Tagesritte noch, dann würden sie Bergenstein noch zur rechten Zeit erreichen, auch wenn die Tiere dann eingehen würden.

Baru gab den anderen das Zeichen, stehen zu bleiben. Er schlich sich auf dem schmalen Weg vorwärts und verschwand hinter einer Biegung. Martin verharrte regungslos mit schussbereitem Bogen, während Laurie und Roald die Reittiere hielten.

Baru erschien wieder und bedeutete ihnen, den Weg ein Stück zurückzugehen. »Trolle«, flüsterte er.

»Wie viele?«, fragte Laurie.

»Ein ganzes Dutzend.«

Martin fluchte. »Können wir sie irgendwie umgehen?«

»Wenn wir die Pferde zurücklassen und oberhalb des Weges entlangschleichen, wäre das vielleicht möglich, aber ich bin mir nicht sicher.«

»Und ein Überraschungsangriff?«, fragte Roald, obwohl er wusste, wie die Antwort lauten würde.

»Zu viele«, meinte Martin. »Drei gegen einen auf einem so schmalen Weg … Bergtrolle … Selbst wenn sie keine Waffen haben, können sie einem immer noch den Arm abbeißen. Nein, wir umgehen sie besser. Holt euch was ihr braucht von den Pferden, lasst sie dann weiter oben laufen.«

Sie nahmen das, was sie an Ausrüstung benötigten, und Laurie und Roald brachten die Tiere fort, während Baru und Martin aufmerksam wachten, ob die Trolle den Weg hinaufkamen. Plötzlich kamen Laurie und Roald herangelaufen. »Düstere Brüder«, sagte Roald.

»Wie nah?«, fragte Martin.

»Zu nah, um hier herumzustehen und darüber zu reden.« Roald kletterte den Hang am Wegrand hinauf.

Sie stiegen auf die Felsen, wobei der Hund mithielt, und begaben sich auf die andere Seite des Kammes. Dort, so hofften sie, konnten sie sich an den Trollen vorbeischleichen.

Sie erreichten eine Stelle, an welcher der Weg eine Kehre machte. Baru, der ganz vorn war, konnte beide Richtungen überblicken. Er gab ihnen ein Zeichen, und sie gingen näher an die Böschung zum Weg heran und sprangen hinunter.

Plötzlich hörten sie aus der Ferne Geschrei.

»Die Moredhel müssen bei den Trollen angekommen sein«, flüsterte Martin, »und wahrscheinlich haben sie auch unsere Tiere entdeckt.« Sie begannen, den Weg hinunterzurennen.

Sie liefen, bis ihre Lungen brannten, doch hinter sich konnten sie immer noch Pferdegetrappel hören. Martin wich einem hohen Felsenturm an der Seite des Weges aus und rief: »Hier!« Als die anderen zum Stehen gekommen waren, fragte er: »Kannst du dort hochgehen und die Felsen herunterstoßen?«

Baru sprang und kletterte die Böschung hoch, duckte sich hinter dem wackeligen Felsenhaufen und winkte Laurie und Roald zu, sie sollten ihm folgen.

Die Reiter kamen in Sicht, und der erste gab seinem Pferd die Sporen, als er Martin und den Hund entdeckte. Die anderen Reiter tauchten einen Moment später auf.

Der Herzog von Crydee visierte den angreifenden Anführer ruhig an. Er ließ den Pfeil erst fliegen, als der Reiter den engsten Teil des Weges erreicht hatte, und dann ragte aus der Brust des heranstürmenden Pferdes ein Schaft. Das Tier ging wie vom Blitz getroffen zu Boden, und der Moredhel flog über den Kopf des Pferdes, schlug hart auf dem Weg auf und brach sich dabei das Genick.

Das zweite Pferd stolperte über das gestürzte und warf seinen Reiter ebenfalls ab. Martin tötete den Reiter mit einem weiteren Pfeil. Unter den anderen Reitern kam es zu einer ziemlichen Verwirrung, als ihre Tiere auf die Straßensperre aus toten Pferden und Reitern zustürmten. Zwei weitere Pferde schienen sich verletzt zu haben, doch Martin war sich dessen nicht sicher. Da rief Baru etwas, und Blutark lief in großen Sätzen den Weg hinab.

Martin folgte ihm, und im gleichen Moment erfüllte das Gepolter herabstürzender Felsen die Luft. Lawinenartig rauschten die Steine hinab. Martin konnte die Flüche und Rufe seiner Gefährten hören, als neben ihm ein Regen von kleineren Felsbrocken niederging.

Er blieb stehen und beobachtete, wie die Steine herunterkamen. Die Luft war voller Staub, und er konnte kaum noch etwas erkennen. Dann, als sich der Staub senkte, hörte er Laurie seinen Namen rufen. Er rannte zurück und kletterte den Hang hoch. Oben griffen Hände nach ihm, und durch die Tränen, die ihm der Staub in die Augen getrieben hatte, erkannte er Laurie. »Roald«, sagte der und zeigte nach unten.

Der Söldner hatte den Halt verloren, war hinuntergerutscht und dabei leider auf der falschen Seite der Barriere gelandet. Dort saß er mit dem Rücken zu den Felsen und überblickte den Weg, wo sich weiter hinten die Moredhel und Trolle neu formierten.

»Wir geben dir Deckung!«, entschied Martin.

Roald drehte sich um und schrie mit einem grimmigen Lächeln auf den Lippen zurück: »Kann nicht laufen! Meine Beine sind gebrochen.« Er deutete auf seine ausgestreckten Beine, und Martin und Laurie sahen, wie das Blut langsam durch den Stoff sickerte. Der Knochen hatte sich deutlich sichtbar durch das eine Hosenbein gebohrt.

Roald saß da, das Schwert auf dem Schoß, die Dolche bereit zum Werfen. »Los, haut schon ab! Ich halte sie noch eine Weile auf. Los, macht schon!«

Baru trat zu Laurie und Martin. »Wir müssen verschwinden!«

Laurie jedoch rief: »Wir werden dich nicht im Stich lassen!«

Roald hielt seinen Blick weiter auf den Weg gerichtet, wo sich schemenhafte Gestalten im Staub bewegten, und rief: »Ich wollte immer wie ein Held sterben. Die ganze Sache darf nicht wegen mir scheitern, Laurie. Dichte ein Lied über mich – aber ein gutes. Und jetzt verschwindet!«

Baru und Martin zerrten Laurie die Felsen hinunter, und nach einem Moment kam er endlich widerwillig mit. Als sie die Stelle erreichten, wo Blutark wartete, begann Laurie als Erster zu rennen. Sein Gesicht war grimmig verzerrt, doch in seinen Augen standen keine Tränen. Hinter sich konnten sie die Rufe der Trolle und Moredhel hören, die von Schmerzensschreien begleitet wurden, und sie wussten, Roald verkaufte sich nicht unter Wert.

Dann verstummte der Lärm des Kampfes …

Erstes Blut

Trompeten erschollen.

Die Bogenschützen von Armengar sahen herab auf das Heer, das dort unten bereitstand, die Stadt zu erstürmen. Sechs Tage lang hatten sie auf den Angriff gewartet, und nun brach er los. Wieder gab einer der Goblin-Trompeter das Signal zur Attacke, das auf der ganzen Front von anderen Hörnern beantwortet wurde. Trommeln schlugen, und das Heer hatte seine Aufstellung zur Attacke eingenommen. Die Angreifer rückten vor – eine lebende Welle, die sich an den Mauern der Stadt brechen würde.

Zuerst kamen sie nur langsam, dann, als die ersten Reihen zu rennen begannen, drängte das Heer vor. Guy hob die Hand und gab das Zeichen, damit die Katapulte ihre tödlichen Geschosse auf die Feinde jenseits der Mauern schleuderten. Steine gingen im hohen Bogen auf die Angreifer nieder. Goblins und Trolle sprangen über die Leichen ihrer gefallenen Kameraden. Seit der Dämmerung war dies der dritte Vorstoß gegen die Stadt. Der erste Angriff war bereits zum Stillstand gekommen, ehe der Gegner überhaupt die Nähe der Mauern erreicht hatte. Im zweiten waren die Angreifer immerhin bis zum Wassergraben vorgedrungen, ehe sich die Schlachtordnung aufgelöst hatte und die Soldaten davongerannt waren.

Sie stürmten vorwärts und kamen in die Reichweite der Bogenschützen. Guy gab den Befehl zum Schießen. Ein Hagel von Pfeilen regnete auf die Goblins, Trolle und Moredhel nieder. Hunderte fielen, manche tot, manche nur verletzt, doch alle wurden unter den Stiefeln der Nachdrängenden zertrampelt.

Immer weiter drangen sie nach vorn. Befehle wurden gegeben, und Sturmleitern wurden auf schweren Plattformen aufgerichtet, die über den Wassergraben geworfen worden waren. Doch die Leitern waren kaum aufgerichtet, da wurden sie mit langen Stangen bereits wieder umgestoßen. Wieder und wieder unternahmen die Trolle und Goblins den aussichtslosen Versuch, die Leitern hinaufzuklettern, während von oben Tod auf sie niederprasselte.

Guy gab ein Signal, und aus Eimern und großen Kellen wurde siedendes Öl auf die Angreifer gegossen. Der Regen von Steinen, Pfeilen, Öl und Flammen war zu stark, als dass ihn die Anstürmenden überleben konnten. Schon nach wenigen Minuten erschollen hinter den Angriffslinien Trompetensignale, und die Truppen von Murmandamus zogen sich vollständig zurück. Guy befahl, den Beschuss einzustellen.

Er sah hinab auf die Berge von Körpern vor der Stadt; Hunderte von Toten und Verletzten. Er wandte sich an Amos und Arutha und sagte: »Ihr Kommandant hat keine Fantasie. Er vergeudet Leben.«

Amos zeigte auf die Spitze eines kleinen Hügels, wo sich eine Kompanie von Moredhel niedergelassen und den Angriff beobachtet hatte. »Er lässt aber unsere Bogenschützen zählen.«

Guy fluchte. »Wie konnte mir dieser Fehler unterlaufen? Ich habe sie überhaupt nicht gesehen.«

»Ihr habt schon seit zwei Tagen nicht mehr geschlafen«, sagte Arutha. »Ihr müsst müde sein.«

»Und ich bin auch nicht mehr der Jüngste.«

Amos lachte. »Der wart Ihr nie.«

Armand de Sevigny trat zu ihnen. »Im Moment gibt es nirgends irgendwelche Angriffsaktivitäten, und die Schanzen an der Rückseite der Felshänge melden, dass hinter uns auch nichts Bemerkenswertes vor sich geht.«

Guy starrte in die untergehende Sonne. »Für heute sind wir sicherlich mit ihnen fertig. Gebt Befehl zur Ablösung der Truppen und sorgt dafür, dass sie etwas zu essen bekommen. Nur einer von fünfen soll als Wache oben bleiben. Wir sind alle müde.«

Guy ging die Mauer entlang zu der Treppe, die nach unten führte, und die anderen folgten ihm. Jimmy und Locklear kamen die Treppe heraufgerannt. Sie trugen lederne Harnische, und Arutha fragte: »Übernehmt ihr die erste Wache?«

»Ja«, antwortete Jimmy. »Wir haben mit zwei Burschen getauscht, die wir kennengelernt haben.«

»Die Mädchen haben auch die erste Wache«, ergänzte Locklear.

Arutha wuschelte dem grinsenden Jungen durchs wilde Haar und schob ihn Jimmy hinterher. Als er unten an der Treppe angekommen war, sagte er: »Wir haben hier einen ausgewachsenen Krieg vor der Tür, und er denkt an Mädchen.«

Amos nickte. »Na ja, wir waren auch mal jung, obwohl ich mich daran kaum noch erinnern kann. Trotzdem, das lässt mich an die Zeit denken, als ich durch das untere keshianische Delta gefahren bin, in der Nähe der Drachenlande …«

Arutha lächelte, während sie sich auf den Weg zur Gemeinschaftsküche machten. Manche Dinge änderten sich nie, und Amos' Geschichtenerzählerei gehörte dazu – was Arutha dieses Mal aber ganz willkommen war.

Am zweiten Tag griff das Heer der Moredhel, Trolle und Goblins am Morgen an und wurde ohne Schwierigkeiten zurückgeschlagen. Jedes Mal machte es nur einen Vorstoß und zog sich dann wieder zurück. Am späten Nachmittag brachen die Belagerer den Angriff für den Tag ab.

Kurz vor Sonnenuntergang hielten Arutha und Guy von der Mauer Ausschau, als Amos auf sie zugerannt kam. »Der Posten auf der Spitze der Zitadelle hat auf der Ebene Bewegungen hinter diesen Kerlen ausgemacht. Es sieht so aus, als wäre der größte Teil von Murmandamus' Truppen im Anmarsch. Sie werden morgen Mittag hier eintreffen.«

Guy sah seine beiden Gefährten an. »Sie werden einen ganzen Tag brauchen, um ihre Aufstellung einzunehmen. Damit gewinnen wir zwei weitere Tage. Aber übermorgen, sobald es dämmert, wird er uns mit allem angreifen, was er hat.«

Der dritte Tag verstrich langsam, während die Verteidiger zusahen, wie Tausende von Moredhel-Soldaten und ihre Verbündeten um die Stadt herum Stellung bezogen. Auch nach Sonnenuntergang kamen weiterhin Soldaten an, wie die langen Reihen der Fackeln zeigten. Die ganze Nacht lang hörten sie den Lärm von marschierenden Soldaten, und Guy, Amos, Arutha und Armand stiegen wiederholt nach oben und beobachteten das Meer der Lagerfeuer auf der Ebene von Armengar.

Doch der vierte Tag kam, und die belagernde Armee richtete sich scheinbar immer noch ein und vertrieb sich die Zeit. Den ganzen Tag über verließen die Verteidiger ihre Posten auf der Mauer nicht und warteten auf einen Angriff. Als die Sonne unterging, meinte Arutha zu Amos: »Glaubt Ihr vielleicht, sie werden diesen Trick der Tsurani anwenden und nachts angreifen, um uns von ihren Mineuren abzulenken?«

Amos schüttelte den Kopf. »So schlau sind sie nicht. Sie warten auf Segersens Männer, weil sie keine Pioniere haben. Wenn sie Mineure hätten, die unter diesen Mauern einen Tunnel graben könnten, würde ich diese Kerle gern mal kennenlernen. Die müssten ja Steine fressen können. Nein, sie haben etwas anderes vor, allerdings bestimmt nichts Gutes. Ich denke eher, Seine Majestät, der große Bastard, hatte keine Ahnung davon, auf welche Schwierigkeiten er hier treffen würde. Dieser arrogante Schweinehirt dachte, uns in einer einzigen Attacke zu überrennen. Das hatte er vor.«

Guy hörte zu, hielt jedoch sein eines gesundes Auge auf die Massen von Soldaten gerichtet, die auf der Ebene lagerten. Schließlich sagte er: »Damit gewinnen wir einen weiteren Tag, und Euer Bruder kann Bergenstein womöglich rechtzeitig erreichen, Arutha.« Martin und die anderen waren vor nunmehr zehn Tagen aufgebrochen.

»Das stimmt natürlich«, räumte Amos ein. Schweigend sahen sie zu, wie die Sonne hinter den Bergen verschwand. Sie blieben und beobachteten die feindlichen Truppen, bis die Dunkelheit sich vollständig über das Land gesenkt hatte. Dann endlich stiegen sie von der Mauer, um zu essen und – wenn möglich – zu schlafen.

In der Dämmerung erhob sich unter der belagernden Armee ein lauter Jubel, ein Gemisch aus Schreien, Johlen, Trommelwirbeln und Hornstößen. Doch statt des erwarteten Angriffs teilte sich die vorderste Reihe der Armee, und eine riesige Plattform wurde nach vorn gerollt. Sie wurde von einem Dutzend Riesen gezogen, und die behaarten Kreaturen erledigten diese Arbeit ohne Anstrengung.

Auf der Plattform stand ein goldverzierter Thron, auf dem ein Moredhel in einem kurzen weißen Umhang saß. Hinter ihm stand eine Gestalt, deren Gesichtszüge von einer Kapuze verborgen wurden.

Guy stützte sich mit den Händen auf die blauen Steine der Mauer und lehnte sich vor, während Arutha mit verschränkten Armen neben ihm stand. Amos hatte die Hände an die Stirn gelegt, um seine Augen vor der aufgehenden Sonne zu schützen. Der Seemann spuckte über die Mauer. »Ich schätze, jetzt lernen wir endlich Ihre Majestät, den königlichen Bastard, persönlich kennen.«

Guy nickte nur. Eine Truppe Unteroffiziere kam herauf. »Protektor, die feindliche Armee nimmt an allen Seiten der Mauer Aufstellung.«

»Hat es irgendwelche Versuche gegeben, die Bergschanzen zu erreichen?« Guy zeigte auf die Felshänge hinter der Zitadelle.

»Armand berichtet von einigen schwachen Vorstößen auf die Außenposten in den Felsen. Sie scheinen nicht gleichzeitig klettern und kämpfen zu wollen.«

Guy nickte und wandte seine Aufmerksamkeit wieder dem Feld vor den Mauern zu. Die Plattform kam zum Stillstand, und die Gestalt auf dem Thron erhob sich. Durch irgendeine Art von Magie erfüllte ihre Stimme die Luft und konnte von allen auf der Mauer gehört werden, als wäre sie nur wenige Meter entfernt.

»Oh, meine Kinder«, sagte der Moredhel, »hört meine Worte.« Arutha warf Amos und Guy verwunderte Blicke zu, weil Murmandamus so wohlklingend sprach. Seine Stimme hatte die Wärme einer Laute. »Wir teilen das Schicksal der Zukunft. Doch wer sich diesem Schicksal in den Weg stellt, riskiert die völlige Vernichtung. Kommt, kommt. Lasst uns die alten Streitigkeiten begraben.«

Er gab ein Zeichen, und eine Truppe menschlicher Reiter kam heran und nahm neben ihm Aufstellung. »Hier, könnt ihr sehen? Bei mir befinden sich schon jene von eurer Art, die unser gemeinsames Schicksal erkannt haben. Willkommen sind mir alle, die mir dienen wollen. Mit mir werdet ihr zu ungekannter Größe heranwachsen. Kommt, kommt, wir wollen die Vergangenheit vergessen, seid ihr doch nicht mehr denn fehlgeleitete Kinder.«

Amos schnaubte. »Mein alter Vater war ja wirklich ein ziemlicher Halunke, aber dieses Gefasel von fehlgeleiteten Kindern ist ja direkt eine Beleidigung.«

»Gesellt euch zu mir, und ich werde jeden willkommen heißen, der mit mir geht.« Die Worte der Moredhel waren süß, verführerisch, und die Soldaten oben auf der Mauer wechselten Blicke, in denen unausgesprochene Fragen lagen.

Guy und Arutha sahen sich um, und du Bas-Tyra sagte: »In seiner Stimme liegen Magie und Macht. Selbst meine eigenen Soldaten glauben, dass sie vielleicht nicht kämpfen müssen.«

»Die Katapulte bereit!«, ordnete Amos an.

Arutha trat neben ihn. »Wartet!«

»Worauf?«, fragte Guy. »So untergräbt er doch nur die Entschlossenheit meiner Leute.«

»Zeit schinden. Die Zeit ist unser Verbündeter und sein ärgster Gegner.«

»Doch die, die gegen meinen Willen handeln«, rief Murmandamus, »die, die sich nicht in unsere Armee einreihen, die, die unserem schicksalhaften Marsch im Wege stehen, die sollen mit allen Mitteln niedergeschlagen werden!« Dabei schwang in seiner Stimme eine deutliche Warnung mit, und die Menschen auf der Mauer wurden von einem Gefühl der Aussichtslosigkeit ergriffen. »Ich überlasse die Wahl euch!« Murmandamus streckte die Arme aus, und sein weißer Umhang fiel herunter und enthüllte einen Körper von unglaublicher Stärke, auf dem das Mal des purpurnen Drachen deutlich sichtbar war. Er trug nur einen weißen Lendenschurz. »Ihr könnt Frieden haben, wenn ihr nur dem Schicksal dient.«

Diener liefen herbei und legten ihm rasch seine Rüstung an: Eisenplatten und Beinschienen, Kettenhemd und Leder, ein schwarzer Helm mit den ausgebreiteten Flügeln eines Drachen.

Die Menschen auf den Pferden verschwanden hinter ihm, und eine Kompanie Schwarzer Kämpfer erschien. Sie ritten nach vorn und nahmen ihre Position neben Murmandamus ein. Murmandamus hob sein Schwert und richtete es auf die Mauer. »Doch widersetzt ihr euch, werdet ihr ausgelöscht. Also wählt!«

Arutha flüsterte Guy etwas ins Ohr. Schließlich schrie der Protektor zurück: »Ich werde niemandem erlauben, die Stadt zu verlassen. Wir müssen einen Volksryd einberufen. Wir werden das heute Abend entscheiden.«

Murmandamus hielt inne, als hätte er diese Antwort nicht erwartet. Er wollte weitersprechen, doch der Schlangenpriester redete auf ihn ein. Mit einer knappen Geste befahl er dem Priester zu schweigen. Er wandte sich wieder der Mauer zu, und Arutha meinte, ein Lächeln unter dem Visier von Murmandamus' Helm auszumachen. »Ich werde warten. Beim ersten Tageslicht des morgigen Tages werdet ihr die Tore der Stadt öffnen und herauskommen. Ihr werdet als heimkehrende Brüder empfangen werden, oh, meine Kinder.«

Auf ein Zeichen hin zogen die Riesen die Plattform zurück, und nach wenigen Augenblicken war Murmandamus inmitten seines riesigen Heers verschwunden.

Guy schüttelte den Kopf. »Der Volksryd wird gar nichts unternehmen. Ich werde jeden Dummkopf niederschlagen, der glaubt, von dem, was dieses Ungeheuer gesagt hat, wäre auch nur ein einziges Wort wahr.«

»Aber wir gewinnen einen weiteren Tag«, murmelte Amos.

Arutha lehnte sich an die Wand. »Und Martin und die anderen sind auf ihrem Weg nach Bergenstein einen Tag weiter.«

Guy sagte nichts mehr und beobachtete nur, wie die morgendliche Sonne höher stieg und sich die feindliche Armee in ihr Lager zurückzog. Die Stadt blieb jedoch weiter von der Außenwelt abgeschlossen. Stundenlang sahen der Protektor und seine Kommandanten auf die Ebene hinaus.

Um die ganze Mauer herum brannten helle Fackeln. Soldaten hielten unter dem Befehl von Armand de Sevigny an allen Fronten Wache. Die Bevölkerung versammelte sich auf dem großen Marktplatz.

Jimmy und Locklear drängten sich durch die Menge. Sie entdeckten Krista und Bronwynn und gesellten sich zu den Mädchen. Jimmy wollte etwas sagen, doch Krista brachte ihn mit einer Geste zum Schweigen, als Guy, Arutha und Amos das Podest betraten. Mit ihnen kam ein alter Mann in einem braunen Mantel, und das Kleidungsstück sah noch älter aus als sein Träger. Er hielt einen Stab, der über die gesamte Länge mit Schneckenmustern und verschiedenen Runensymbolen verziert war.

»Wer ist das?«, fragte Locklear.

»Der Hüter der Gesetze«, flüsterte Bronwynn. »Psst.«

Der alte Mann hob die freie Hand, und die Menge verstummte. »Der Volksryd hat sich versammelt. Hört also das Gesetz. Was gesprochen wird, ist wahr. Was beraten wird, soll Beachtung finden. Und was beschlossen wird, ist der Wille des Volkes.«

Guy hob die Arme. »Ihr habt diese Stadt der Fürsorge meiner Hände überantwortet. Ich bin euer Protektor. Und ich gebe nun Folgendes bekannt: Unser Widersacher wartet draußen vor der Stadt und sucht mit wohlklingenden Worten das zu erreichen, was ihm mit Waffengewalt nicht gelingen wird. Wer möchte seine Meinung zu dieser Angelegenheit kundtun?«

Eine Stimme aus der Menge sagte: »Lange Zeit waren die Moredhel unsere erbittertsten Feinde. Was können wir schon von ihnen erwarten?«

Eine andere antwortete: »Dennoch, sollten wir diesen Murmandamus nicht noch einmal anhören? Er redet gut.«

Alle Blicke richteten sich auf den Hüter der Gesetze. Der schloss die Augen und schwieg einen Moment, dann sagte er: »Das Gesetz bestimmt, dass die Moredhel außerhalb der Regeln der Menschen leben. Sie haben kein Bündnis mit den Menschen. Doch im fünfzehnten Jahr hat sich der Protektor

Bekinsmaan mit einem Moredhel namens Turanalor, dem Anführer des Dachsclans aus dem Tal von Isbandia, getroffen, und für das Banapisfest wurde eine Waffenruhe vereinbart, die drei Jahre währte. Als Turanalor während des neunzehnten Jahres im Weidenwald verschwand, wurde sein Bruder, Ulmslascor, der Anführer des Dachsclans. Er brach die Waffenruhe und tötete alle Bewohner von Dibrias Kraal.« Er schien die mündlichen Überlieferungen abzuwägen, derweil er sie erzählte. »Es ist also nicht ohne Beispiel, dass man den Worten des Moredhel lauscht, doch Vorsicht ist geboten, weil sie verräterisch sind.«

Guy stellte sich neben Arutha. »Diesen Mann habt ihr schon kennengelernt. Es ist Arutha, der Prinz des Königreichs, gegen das ihr einst gekämpft habt. Heute ist er euer Freund. Und er ist ein entfernter Verwandter von mir. Er hatte schon früher mit Murmandamus zu tun. Wollt ihr ihm das Wort im Volksryd erteilen?«

Der Hüter der Gesetze hob fragend die Arme. Zustimmung wurde laut, und der Hüter der Gesetze bedeutete dem Prinzen, dass er sprechen dürfe.

Arutha trat vor. »Ja, ich habe bereits früher gegen diesen Günstling des Teufels gekämpft.« In einfachen Worten erzählte er von den Nachtgreifern, von Anitas Verwundung und die Reise zum Moraelin. Er erzählte von Murad, dem Anführer der Moredhel, der von Baru getötet worden war. Und er erzählte von den Schrecken und dem Unheil, die er gesehen und welche Murmandamus angerichtet hatte.

Als er fertig war, hob Amos die Hand und sagte: »Ich bin krank und verletzt zu euch gekommen. Ihr habt für mich, den Fremden, gesorgt. Und jetzt bin ich einer von euch. Ich möchte euch etwas über diesen Mann hier, Arutha, mitteilen. Ich habe an seiner Seite gelebt, mit ihm gekämpft und ihn als Freund gewonnen. Er ist ohne Falschheit. Er hat ein großzügiges Herz, und er ist ein Mann des Wortes. Was er sagt, ist immer die Wahrheit.«

»Wie lautet also eure Antwort?«, rief Guy.

Schwerter wurden in die Luft gereckt und Fackeln hin und her geschwungen, während der Schrei der Menge über den Marktplatz hallte: »Nein!«

Guy wartete ab, bis die Menge ihre Verachtung für Murmandamus herausgebrüllt hatte. Er stand da, die Hände in schwarzen Handschuhen hoch über dem Kopf zu Fäusten geballt, derweil der Lärm Tausender Armengaren über ihn hinwegdröhnte. Sein eines Auge strahlte, und sein Gesicht wirkte frisch, als hätte das Volk der Stadt seine Müdigkeit und seine Sorgen beiseitegefegt. Auf Jimmy machte er den Eindruck eines ganz und gar erneuerten Mannes.

Der Hüter der Gesetze wartete, bis das Getöse nachließ, dann sagte er: »Der Volksryd hat das Gesetz erlassen, das da lautet: Kein Bürger wird die Stadt verlassen, um Murmandamus zu dienen. Kein Bürger soll dieses Gesetz verletzen.«

»Kehrt zurück auf eure Posten«, befahl Guy. »Morgen wird es ernst werden mit der Schlacht.«

Die Menge zerstreute sich nach und nach, und Jimmy sagte: »Ich habe keinen Moment daran gezweifelt, wie die Sache ausgehen wird.«

Locklear erwiderte: »Dennoch kann dieser Dunkelelb mit dem Drachenmal wunderbar mit Worten umgehen.«

»Das ist wahr«, sagte Bronwynn, »doch wir haben schon seit unseren Anfängen in Armengar immer mit den Moredhel gekämpft. Zwischen uns kann es keinen Frieden geben.« Ihr schönes junges Gesicht trug einen ernsten Ausdruck, als sie Locklear ansah. »Wann müsst ihr euch zurückmelden?«

»Jimmy und ich haben erst wieder beim ersten Tageslicht Dienst.«

Sie und Krista wechselten einen Blick und nickten sich zu. Bronwynn nahm Locklear bei der Hand. »Kommt mit.«

»Wohin?«

»Ich kenne ein Haus, wo wir heute Nacht bleiben können.« Fest entschlossen zog sie ihn von seinem Freund durch das auseinanderströmende Gedränge fort.

Jimmy sah Krista an. »Er hat noch nie …«

»Bronwynn auch nicht. Doch falls sie morgen sterben sollte, will sie zumindest einen Mann gehabt haben.«

Jimmy überlegte einen Moment. »Na ja, zumindest hat sie sich einen netten Kerl ausgesucht. Sie werden gut miteinander auskommen.«

Jimmy wollte losgehen, doch Krista hielt ihn mit der Hand zurück. Er blickte sich um, und da stand sie und betrachtete sein Gesicht im Licht der Fackeln. »Ich habe die Freuden des Bettes auch noch nicht kennengelernt«, sagte sie.

Jimmy spürte, wie ihm plötzlich das Blut in den Kopf schoss. Während der ganzen Zeit, die sie miteinander verbracht hatten, war es Jimmy nie gelungen, mit Krista allein zu sein. Die vier waren viel zusammen gewesen und hatten sich auch mit ein wenig lächerlicher Leidenschaft in dunklen Hauseingängen herumgetrieben, doch die Mädchen hatten die Junker immer auf Abstand gehalten. Dauernd hatte er das Gefühl gehabt, alles wäre nur ein Spiel. Doch was lag vor ihnen? Jenseits der Mauern zog eine unermessliche Dunkelheit auf, und das Verlangen, wirklich gelebt zu haben, und sei es für eine Nacht, wurde wach.

Schließlich sagte er: »Ich hab schon mal … aber nur zweimal.«

Sie nahm seine Hand. »Ich kenne auch ein Haus, wo wir hingehen können.«

Schweigend führte sie Jimmy davon. Und während er ihr folgte, verspürte er ein für ihn neues Gefühl. Er fühlte, wie unausweichlich der Tod war. Und damit kam die Angst.

Jimmy drückte Kristas Hand fester, während er neben ihr ging.

Kuriere liefen an der Mauer entlang und überbrachten Nachrichten. Die armengarische Taktik war einfach: Die Verteidiger warteten ab. Als die Dämmerung anbrach, sahen sie Murmandamus heranreiten. Sein weißes Pferd tänzelte vor seinem versammelten Heer hin und her. Er wartete eindeutig auf eine Antwort. Doch die einzige Antwort war Schweigen.

Arutha hatte Guy davon überzeugt, nichts zu unternehmen. Jede Stunde, die sie gewannen, bis der Angriff begann, war eine Stunde, in der die Verstärkung näher rückte. Wenn Murmandamus erwartete, dass sich die Tore öffnen würden oder dass sie ihm trotzig den Kampf ansagten, so wurde er enttäuscht. Allein der Anblick der schweigenden Reihen armengarischer Verteidiger auf der Mauer begrüßte ihn. Endlich ritt er vorwärts, bis er in der Mitte zwischen seinem Heer und den Mauern stand. Wieder war seine Stimme durch magische Kräfte überall zu hören.

»Oh, meine widerwilligen Kinder, warum zögert ihr? Habt ihr euch nicht beraten? Habt ihr nicht darüber nachgedacht, wie töricht euer Widerstand ist? Was ist also eure Antwort?«

Die Antwort war abermals Schweigen. Guy hatte die Soldaten angewiesen, nicht laut zu sprechen und allenfalls zu flüstern, und jeder, der der Versuchung erlag, spöttische Bemerkungen zu rufen, sollte zurückgehalten werden. Er wollte Murmandamus keinen Grund liefern, den Angriff früher als notwendig zu befehlen.

Wieder tänzelte das Pferd umher. »Ich muss es wissen!«, kreischte Murmandamus. »Wenn ihr mir nicht geantwortet habt, bis ich zu meinen Reihen zurückgeritten bin, werden Tod und Verderben über euch kommen!«

Guy schlug mit der behandschuhten Faust gegen die Mauer. »Ich will verflucht sein, wenn ich noch weitere fünf Minuten warte. Katapulte!«

Auf sein Zeichen wurden die Katapulte abgeschossen. Ein Hagel von Steinen, so groß wie Melonen, flog im hohen Bogen über ihre Köpfe und kam bei Murmandamus herunter. Der weiße Hengst wurde getroffen und brach blutüberströmt zusammen. Murmandamus rollte sich zur Seite, wobei auch er mehrmals von Steinen getroffen wurde. Auf der Mauer erklang wilder Jubel.

Doch der erstarb, als Murmandamus wieder auf die Beine kam. Ohne Anzeichen einer Verletzung schritt er auf die Mauern zu, bis er in der Reichweite der Bogenschützen war. »Ihr verschmäht meine Großzügigkeit und Gnade. Ihr unterwerft euch nicht meiner Herrschaft. Dann sollt ihr lernen, was Zerstörung heißt!«

Die Bogenschützen schossen, doch die Pfeile prallten von dem Moredhel ab, als wäre er mit einem Schutzschild umgeben. Er richtete sein Schwert auf die Mauer, und eine seltsame dumpfe Explosion war zu hören, während scharlachrote Feuerstöße aus der Waffe schossen. Der erste Stoß schlug in die Mauerbrüstung ein, und drei Bogenschützen begannen gellend zu schreien, als ihre Körper in Flammen aufgingen. Andere kauerten sich hinter die Mauer, während Stoß um Stoß einschlug.

Wütend wandte sich Murmandamus seiner Armee zu und kreischte: »Vernichtet sie!«

Guy sah über die Mauer und beobachtete, wie der Moredhel zur Seite schritt und seine Armee an ihm vorbei auf dem Platz vor der Stadt aufmarschierte. Murmandamus ging zurück zu seiner bereitgestellten Plattform und stand dort wie ein Fels in der Brandung.

Guy befahl, die Kriegsmaschinen in Betrieb zu nehmen, und ein zerstörerischer Regen ging jenseits der Mauer nieder. Die angreifenden Truppen schwankten, doch sie erlangten neue Kraft, als sie die Mauern erreichten. Der Wassergraben war längst mit Schutt zugeworfen worden, und wieder wurden Plattformen über das Wasser geworfen. Sturmleitern wurden aufgerichtet, und die Angreifer schwärmten nach oben.

Riesen rannten nach vorn und schoben seltsame Kisten, von denen manche sechs Meter breit und drei Meter hoch waren. Sie wurden auf Plattformen mit Rädern gerollt, und lange Balken ragten vorn und hinten an den Seiten heraus. Vor der Mauer wurde ein Mechanismus ausgelöst, und die Balken klappten nach unten ein, bis sie sich senkrecht unter der Kiste befanden und diese wie Stelzen bis zur Mauerbrüstung hoben. Dort öffneten sich die Vorderseiten der Kisten, und Goblins schwärmten heraus und standen mit einem Mal auf den Mauern von Armengar, während von den Belagerungstürmen Strickleitern herabgelassen wurden, an denen noch mehr Angreifer hinaufkletterten. An einem Dutzend Stellen der Mauer wurde diese Taktik wiederholt, und Hunderte von Moredhel, Goblins und Trollen kämpften von Angesicht zu Angesicht gegen die Verteidiger der Stadt.

Arutha wehrte den Hieb eines Goblins ab und durchbohrte die grünhäutige Kreatur mit dem Schwert, die daraufhin schreiend auf die Steine des Hofes hinter der Mauer herabfiel. Armengarische Kinder rannten mit gezogenen Dolchen los und sorgten dafür, dass die Kreatur wirklich tot war. Jeder, der eine Waffe halten konnte, beteiligte sich an der Schlacht.

Der Prinz von Krondor lief an Amos vorbei, der mit einem Moredhel rang. Jeder hielt das Handgelenk des anderen umklammert. Arutha schlug dem Moredhel mit dem Heft auf den Kopf und lief weiter die Mauer entlang. Der Dunkelelb stolperte, und Amos fasste ihn am Hals und im Schritt, hob ihn an und warf ihn über die Mauer, wo er noch einige andere auf einer Leiter mit in die Tiefe riss. Gemeinsam mit einem weiteren Verteidiger stieß Amos die Leiter von der Mauer weg.

Jimmy und Locklear jagten über die Mauer und teilten, wenn notwendig, Streiche gegen die Angreifer aus, die sie auf ihrem Weg aufzuhalten versuchten. Sie erreichten die Stelle, von der aus Guy seine Befehle erteilte, und Jimmy berichtete: »Sir, Armand lässt mitteilen, dass eine zweite Welle dieser Kisten im Anmarsch ist!«

Guy warf einen Blick auf die Verteidigungsanlage. Die Mauern waren von Angreifern gesäubert und fast alle Leitern umgestoßen worden. »Stangen und brennendes Öl!«, rief er, und der Befehl wurde an der Mauer entlang weitergegeben.

Als sich die zweite Welle der Kisten vor der Mauer erhob, wurden lange Stangen und Speere angesetzt, damit die Vorderseiten nicht aufgeklappt werden konnten. Bei einigen Kisten schlug dieser Versuch fehl. Doch bei den anderen schleuderten starke Armengaren Ledersäcke mit Öl auf die Seitenwände der Kisten, und das Öl wurde mit brennenden Pfeilen angezündet. Brüllende Angreifer sprangen lieber hinunter in den Tod, als in den Kisten bei lebendigem Leib zu verbrennen.

Die wenigen Gruppen der Moredhel, die es auf die Mauern schafften, wurden rasch niedergemacht, und bereits eine Stunde nach dem ersten Angriff wurde zum Rückzug geblasen.

Arutha sah sich um und wandte sich an Guy. Der Protektor keuchte, jedoch eher wegen der Anspannung als wegen der Anstrengung des Kampfes. Sein Befehlsstand war hartnäckig verteidigt worden, und er hatte seine Anordnungen zu beiden Seiten der Mauer ausschicken können.

Er erwiderte den Blick des Prinzen. »Wir hatten Glück.« Er rieb sich über das Gesicht und fuhr fort: »Hätte der Narr beide Wellen gleichzeitig losgeschickt, hätte er einen Bereich der Mauer einnehmen können, ehe wir überhaupt gewusst hätten, was los ist. Und wir hätten uns in die Straßen zurückziehen müssen.«

»Vielleicht«, sagte Arutha, »aber Ihr habt hier eine gute Armee, und sie hat tapfer gekämpft.«

Guy klang verärgert. »Ja, meine Leute haben tapfer gekämpft, und sie sind tapfer gestorben. Das Problem besteht eher darin, sie am Leben zu erhalten.« Er wandte sich an Jimmy und Locklear und einige andere Kuriere. »Ruft die

Offiziere zum vorderen Kommandoposten. In zehn Minuten.« Und wieder an Arutha gerichtet, sagte er: »Ich sähe es gern, wenn Ihr mich begleiten würdet.«

Arutha wusch sich mit Wasser das Blut von den Armen. Ein alter Mann, der einen Karren mit Eimern zog, hatte es ihm gebracht. »Natürlich.«

Sie verließen die Mauer, stiegen die Treppe hinunter und gingen zu einem Haus, das Guy als vorderen Kommandoposten hatte einrichten lassen. Innerhalb von Minuten hatten sich sowohl alle Kommandanten als auch Amos und Armand eingefunden.

Als alle versammelt waren, erklärte Guy: »Zwei Dinge. Erstens – ich weiß nicht, wie viele solcher Angriffe wir noch zurückschlagen können oder ob sie überhaupt die Kraft haben, noch einen weiteren zu starten. Wären sie mit ihren verfluchten Kisten etwas schlauer umgegangen, müssten wir sie jetzt schon in den Straßen bekämpfen. Vielleicht können wir noch ein Dutzend solcher Versuche abwehren, aber genauso gut könnten wir schon nach dem nächsten erledigt sein. Ich möchte, dass sofort mit der Räumung der Stadt begonnen wird. Die ersten beiden Stufen der Räumung sollten bis Mitternacht beendet sein. Pferde und Proviant werden in die Cañons gebracht, und die Kinder müssen versorgt werden. Und ich wünsche, dass die beiden letzten Stufen jederzeit auf meinen Befehl hin ausgeführt werden. Zweitens, sollte mir irgendetwas zustoßen, so geht der Befehl auf Amos Trask, Armand de Sevigny und Prinz Arutha über.«

Arutha hatte von den armengarischen Kommandanten zumindest ansatzweise Protest erwartet, doch ohne weitere Worte brachen sie einfach auf, um ihre Befehle auszuführen.

Arutha wollte etwas zu Guy sagen, doch der kam ihm zuvor: »Ihr seid ein besserer Kriegsherr als alle anderen Männer in der Stadt, Arutha. Und falls wir die Stadt aufgeben müssen, werdet Ihr womöglich für den einen oder anderen Teil der Bevölkerung die Verantwortung übernehmen müssen. Ich wollte nur sichergehen, dass Euch dann auch Gehorsam entgegengebracht wird. Auf diese Weise werden Eure Befehle, solange einer der hiesigen Kommandanten bei Euch ist, befolgt werden.«

»Wozu?«

Guy war bereits auf dem Weg zur Tür. »Vielleicht schaffen es dann ein paar mehr meines Volkes lebend bis nach Yabon. Kommt mit. Nur für den Fall der Fälle solltet Ihr wissen, was wir geplant haben.«

Guy zeigte Arutha gerade die Aufstellung der Einheiten in der Zitadelle, für den Fall, dass die äußere Stadt aufgegeben werden musste, als der zweite große Angriff begann. Sie eilten zurück zur Mauer, während alte Männer und Frauen Fässer durch die Straßen rollten. Als sie den Hof vor der Stadtmauer erreichten, sah Arutha, wie Dutzende von Fässern an jeder Ecke aufgebaut wurden.

Oben auf der Mauer wurde auf jedem Fußbreit heftig gekämpft. Brennende Kisten schwankten knapp vor der Mauer im Wind, doch keine Kompanie von Moredhel, Goblins oder Trollen hatte die Zinnen erreicht.

Guy nahm seinen Posten wieder ein, wo Amos gerade den Aufmarsch der Reservekompanien überwachte. Ohne Guys Frage abzuwarten, erklärte Amos: »Sie haben noch einmal zwei Dutzend dieser komischen Kisten herangerollt. Diesmal haben wir zuerst die brennenden Pfeile draufgeschossen und erst dann das Öl hinterhergeworfen, deshalb sind sie nicht so nah an die Mauer herangekommen. Unsere Leute haben ihnen kräftig eingeheizt – und das im wahrsten Sinne des Wortes –, und es scheint so, als hätten wir endlich das richtige Mittel gegen die Kisten gefunden. Seiner unheiligen Majestät dem Bastard sind zunächst einmal die Hände gebunden.« Er zeigte auf einen entfernten Hügel, wo Murmandamus auf seinem Thron saß.

Man konnte es nur ahnen, doch der Anführer der Moredhel schien mit dem Ausgang des Angriffs nicht sehr zufrieden zu sein. Arutha wünschte sich, er hätte Martins scharfe Augen gehabt, weil er kaum erkennen konnte, was Murmandamus tat.

Auf einmal rief Amos: »Runter! Alle runter!«

Arutha duckte sich hinter die Mauer, während Amos' Warnung von anderen weitergegeben wurde. Wieder explodierte scharlachrotes Feuer über ihren Köpfen. Ein zweiter Stoß folgte, dann ein dritter. In der Ferne konnte man Trompetensignale hören, und Arutha wagte einen Blick über die Mauer. Die Armee um sie herum zog sich zurück hinter die eigenen Linien. Guy stand auf. »Seht nur.«

Unter ihnen lagen überall verbrannte Leichen, die noch von Murmandamus' Feuerstößen qualmten. Amos verschaffte sich einen Überblick und meinte: »Er nimmt die Niederlage nicht ganz so freundlich auf, was?«

Arutha sah sich die Mauer prüfend an. »Er hat seine eigenen Soldaten getötet und unter unseren so gut wie keinen Schaden angerichtet. Was für einen Gegner haben wir da vor uns?«

Amos legte Arutha die Hand auf die Schulter. »Einen der übelsten Sorte. Einen Wahnsinnigen.«

Rauch hüllte das Schlachtfeld ein, und die Verteidiger standen kurz vor dem Zusammenbruch, weil es ihnen sowohl an Schlaf als auch an sauberer Luft mangelte. Riesige Haufen von Holz und Buschwerk waren mit Wagen herangekarrt, aufgeschichtet und in Brand gesteckt worden, sodass schwerer schwarzer Qualm aufgestiegen war.

Auch war ein neuer Versuch unternommen worden, die Mauer zu stürmen. Der Gegner hatte auf Rampen lange Leitern herangebracht; Kompanien von Goblins hatten diese im Laufschritt getragen. Den Verteidigern hatte die dichte Wand aus schwarzem Rauch die Sicht genommen, und plötzlich war eine Leiter direkt vor ihnen aus dem Qualm aufgetaucht. Während sie vergeblich versucht hatten, die befestigten Leitern umzustürzen, waren die Angreifer hinaufgeklettert. Die feindlichen Soldaten hatten vor Mund und Nase in Kräuteröle getränkte Tücher getragen, die den beißenden Qualm gefiltert hatten. An mehreren Stellen war die Mauer erstürmt worden, doch Arutha hatte dort sofort mit Verstärkung bereitgestanden, und die Angreifer waren rasch zurückgeschlagen worden.

Guy hatte angeordnet, auf die Feuer unter der Mauer Naphtha zu schütten. Daraufhin hatte es überall Explosionen gegeben, und die feindlichen Soldaten waren nicht mehr in der Lage gewesen, die von ihnen gelegten Brände zu kontrollieren. Bald tobte am Fuß der Mauer das reinste Inferno, und die Männer auf den Leitern waren einen qualvollen Tod in den Flammen gestorben.

Schließlich waren die Feuer niedergebrannt, und keine der Leitern war noch zu gebrauchen.

Er war später Nachmittag, und die Sonne sank hinter der Zitadelle. Guy winkte Arutha zu sich. »Ich glaube, für heute haben sie genug.«

»Ich weiß nicht recht«, meinte Arutha. »Seht nur, wie sie sich aufgestellt haben.«

Auch Guy erkannte nun, dass sich das feindliche Heer nicht wie nach den vorherigen Angriffen ins Lager zurückgezogen hatte. Vielmehr ordneten sie ihre Angriffsstellungen neu, und die Kommandanten gestikulierten vor ihren Truppen herum und befahlen Reserven in die Lücken. »Sie werden doch wohl nicht bei Nacht angreifen wollen?«

Amos und Armand waren dazugekommen. »Warum nicht?«, meinte Amos. »So, wie sie ihre Leute auf uns hetzen, macht es ihnen scheinbar wenig aus, ob sie einander erkennen können oder sich gegenseitig abschlachten. Diesem verrückten Schweinehirten ist das Leben seiner Untertanen so viel wert wie mir das Schwarze unter den Fingernägeln. Es ist ihm egal, ob das die reinste Schlachterei wird, solange es uns nur zermürbt.«

Armand sah sich auf der Mauer um. Verwundete und Tote wurden zu den Lazaretten in der Stadt gebracht. »Wir haben heute einen Verlust von insgesamt dreihundertzwanzig Soldaten hinnehmen müssen. Vielleicht wird die Zahl noch größer, wenn alle Berichte überprüft wurden. Das heißt, unsere Truppenstärke beträgt nunmehr ungefähr sechstausendzweihundertundfünfundzwanzig.«

Guy fluchte. »Selbst wenn Martin und die anderen Bergenstein in kürzester Zeit erreichen sollten und genauso schnell wieder zurückkämen, wäre das nicht schnell genug. Und so, wie es aussieht, hat unser Freund noch etwas für die Nacht geplant.«

Arutha lehnte sich an die Mauer. »Aber sie scheinen sich nicht auf einen weiteren Angriff vorzubereiten.«

Guy blickte sich zur Zitadelle um. Die Sonne war hinter den Bergen verschwunden, doch der Himmel war noch immer hell. Von der Mauer aus sahen sie sowohl Banner als auch Fackeln auf der Ebene vor der Stadt. »Offensichtlich warten sie.«

»Die Truppe kann für heute wegtreten«, sagte Guy, »doch die Leute sollen ihr Essen in der Nähe der Mauer einnehmen.« Er und de Sevigny verließen die anderen, ohne eine Verstärkung der Wachen anzuordnen. Dafür gab es keinen Anlass.

Arutha blieb mit Amos auf der Mauer. Er hatte ein seltsames Gefühl der Vorahnung, als nahe die Zeit, in der er seine vorgesehene Rolle in diesem Spiel einnehmen musste – wie auch immer die aussehen würde. Traf die alte Prophezeiung zu, die ihm bei den Ishapianern in Sarth geweissagt worden war, dann war er der Tod des Bösen, und es würde seine Aufgabe sein, Murmandamus zu besiegen.

Er legte das Kinn auf die verschränkten Arme, die auf den kalten Steinen einer Zinne ruhten. Amos holte seine Pfeife hervor, stopfte sie mit Tabak und summte dabei ein Seemannslied vor sich hin.

Während sie so warteten, verhüllte die Dunkelheit die Armee vor ihnen.

»Locky, nein!«, rief Bronwynn und schob den Jungen zur Seite.

Der verwirrte Junker sagte: »Aber wir haben doch dienstfrei.«

Das müde Mädchen erwiderte: »Ich bin den ganzen Tag rumgelaufen und habe Nachrichten hin und her gebracht, genauso wie du. Jetzt fühle ich mich verschwitzt, bin dreckig und völlig verrußt, und du willst dich zu mir legen.«

Locklears Stimme verriet eine Spur Verletztheit. »Aber ... letzte Nacht ...«

»... war letzte Nacht«, vollendete das Mädchen sanft. »Das war etwas, was ich mir gewünscht habe, und ich danke dir dafür. Aber jetzt bin ich müde und verdreckt und nicht in der Stimmung.«

Doch der Junge ließ nicht locker. »Du dankst mir? Hab ich dir damit nur irgendeinen Gefallen getan?« Sein verletzter Stolz brach durch, und seine Stimme war von jugendlichen Gefühlen bewegt. »Ich liebe dich, Bronwynn. Wenn das alles hier vorbei ist, musst du mit mir nach Krondor kommen. Ich werde eines Tages ein reicher Mann sein. Wir können heiraten und ...«

Halb ungeduldig, halb zärtlich sagte das Mädchen: »Locky, du redest von Dingen, die ich nicht verstehe. Die Freuden des Bettes sind doch keine Verlobung. So, und jetzt will ich mich noch ein bisschen hinlegen, ehe ich wieder zum Dienst muss. Geh. Vielleicht ein andermal.«

Verletzt wich der Junge zurück. Seine Wangen brannten. »Was meinst du mit *ein andermal*?« Sein Gesicht wurde fast rot, und er schrie: »Du denkst, das wäre so eine Art Spiel, was? Du denkst, ich wäre noch ein kleiner Junge.«

Bronwynn sah ihn traurig an. »Ja, Locky. Du bist noch ein kleiner Junge. Und jetzt geh.«

Voller Wut schrie Locklear: »Ich bin überhaupt kein kleiner Junge mehr, Bronwynn! Du wirst schon sehen. Außerdem bist du nicht das einzige Mädchen in Armengar. Ich komme auch ohne dich aus!«

Gedemütigt und verärgert verließ er das Zimmer und knallte die Tür hinter sich zu. Tränen rannen ihm über die Wangen. Sein Magen krampfte sich zusammen, und sein Herz klopfte wild. Nie in seinem Leben war er so verwirrt gewesen, und nie hatte er solchen Schmerz ertragen müssen.

Da hörte er, wie Bronwynn seinen Namen rief. Er zögerte einen Moment, weil er dachte, das Mädchen wollte sich entschuldigen. Vielleicht wollte sie ihn aber auch nur um einen Gefallen bitten.

Dann schrie sie.

Locklear stieß die Tür auf und sah, wie sich Bronwynn mit der einen Hand die Rippen hielt, während sie mit der anderen ihren Dolch umklammerte. Ihren Arm hinunter über ihre Seite und den Oberschenkel lief Blut.

Vor ihr duckte sich ein Bergtroll mit gezogenem Schwert. Locklears Hand flog zu seinem Rapier. »Bronwynn!«

Der Troll wich zurück, als der Junge auf ihn lossprang, doch obwohl Locklear mit erhobener Waffe näher kam, senkte sich die Klinge des Trolls.

In blinder Wut holte Locklear aus und schlug dem Troll in den Nacken. Die Kreatur taumelte und versuchte sich umzudrehen, doch der Junge rammte ihm das Rapier unter den Arm, wo keine Rüstung den Oberkörper der Kreatur schützte, in die Seite. Der Troll erbebte, sein Schwert fiel ihm aus den taub werdenden Fingern, und er sackte zu Boden.

Locklear stach noch einmal zu, dann wandte er sich zu Bronwynn um. Das Mädchen lag in einer Blutlache, und Locklear wusste augenblicklich, dass sie tot war.

Tränen liefen ihm über die Wangen, während er sie an sich drückte und ihren Kopf wiegte. »Es tut mir so leid, Bronwynn. Es tut mir so leid, ich muss verrückt gewesen sein«, flüsterte er dem toten Mädchen ins Ohr. »Sei nicht tot. Ich werde immer dein Freund sein. Ich wollte nicht schreien. Verflucht.« Er schaukelte hin und her, und Bronwynns Blut lief über seine Arme. »Verflucht, verflucht, verflucht.«

Locklear schluchzte laut, der Schmerz brannte wie glühendes Eisen in seiner Brust, sein Herz pochte, und seine Muskeln verkrampften sich. Seine Haut wurde rot, als wollten sich Hass und Zorn einen Weg durch die Poren suchen, seine Augen wurden plötzlich heiß und trocken, und die Tränen versiegten.

Schließlich riss ihn der Alarm aus seiner Trauer. Er stand auf und legte das Mädchen vorsichtig auf das Bett, in dem sie die letzte Nacht zusammen verbracht hatten. Dann zog er sein Rapier und öffnete die Tür. Er holte tief Luft, und in ihm gefror plötzlich etwas zu Eis, als wäre ein Gletscher anstelle der brennenden Schmerzen getreten, die ihn noch vor einem Augenblick gequält hatten.

Vor ihm hielt eine Frau ein Kind, während ein Goblin mit erhobenem Schwert auf sie zulief. Locklear schritt gelassen vor, stach dem Goblin das Schwert seitlich in den Hals und riss es so heftig herum, dass der Kreatur der Kopf abgetrennt wurde.

Locklear sah sich um und entdeckte ein leichtes Schimmern in der Nachtluft. Plötzlich stand ein Moredhel-Krieger vor ihm. Ohne zu zögern, griff Locklear ihn an. Der Moredhel musste eine Wunde in der Seite hinnehmen. Die Verletzung war ernst, und Locklear war ein überdurchschnittlich guter Fechter. Er hatte eine kalte, kontrollierte Wut in sich. Seine eigene Sicherheit war ihm gleichgültig geworden, und das machte ihn zu einem fürchterlichen Gegner, der jedes Risiko einging, denn er scherte sich nicht mehr darum, ob er überlebte oder nicht.

Mit erstaunlicher Heftigkeit trieb er den Moredhel an die Wand des Gebäudes zurück und durchbohrte ihn.

Locklear wirbelte herum und sah sich nach einem neuen Gegner um. Er entdeckte eine Gestalt ein paar Häuser die Straße hinunter und lief auf den Goblin zu.

Überall in der Stadt tauchten urplötzlich Eindringlinge auf. Nachdem Alarm gegeben worden war, kümmerten sich die Verteidiger um sie, doch einige der Goblins und Moredhel hatten sich zusammengeschlossen und an verschiedenen Stellen in der Stadt festgesetzt.

Während die Invasion der mit Magie transportierten Krieger ihren Höhepunkt erreichte, begann die Armee vor der Mauer ihren Angriff. Die Gefahr bestand, dass zu viele Soldaten von der Mauer abgezogen wurden, um die teleportierten Krieger zu bekämpfen. Womöglich fand der Feind draußen eine Stelle in der Befestigung, wo er durchbrechen konnte.

Guy befahl eine Kompanie als Verstärkung dorthin, wo der Angriff auf die Mauer am heftigsten tobte, und eine weitere hinunter in die Straßen, um in der Stadt zu helfen. Heißes Öl und Pfeile drängten die Angreifer vor der Mauer rasch zurück, doch immer wieder erschienen neue Gegner in der Stadt.

Arutha unterdrückte seine betäubende Müdigkeit und beobachtete den ärgsten Rivalen seines Vaters. Er fragte sich, woher dieser Mann die Kraft zum Durchhalten nahm. Er war viel älter als Arutha, dennoch beneidete er Guy um seine Energie. Und die Schnelligkeit seiner Entscheidungen verriet, dass Guy immer wusste, wo jede Einheit seiner Aufstellung zu welcher Zeit war.

Arutha konnte sich immer noch nicht überwinden, diesen Mann zu mögen, doch er respektierte ihn, und – was er sich selbst kaum eingestehen mochte – er bewunderte ihn.

Guy sah hinüber zu dem Hügel in der Ferne, auf dem Murmandamus thronte und seine Armee überblickte. Ein Licht blitzte auf, dann noch eines und dann ein drittes. Arutha folgte Guys Blick, und nachdem sie die Lichter eine Weile betrachtet hatten, sagte er: »Daher kommen sie?«

»Darauf würde ich wetten. Da stecken bestimmt dieser Hexenkönig und sein Schlangenpriester dahinter.«

»Das ist selbst für Martins Bogen zu weit entfernt«, sagte Arutha. »Keiner unserer Bogenschützen kann bis dorthin schießen. Und das schaffen auch die Katapulte nicht.«

»Ja, der Bastard ist außer Reichweite.«

Amos kam die Mauer entlang und berichtete: »Die Dinge scheinen wieder unter Kontrolle, doch diese Angreifer tauchen immer noch hier und dort auf, als würden sie aus dem Erdboden wachsen. Ich habe von dreien in der Zitadelle gehört, und einer ist im Wassergraben aufgetaucht und wie ein Stein gesunken, also … Wo starrt Ihr eigentlich hin?«

Arutha wies zum Hügel, und Amos sah sich die Sache eine Weile an. »Unsere Katapulte können die Stelle nicht erreichen. Verflucht.« Doch dann verzog der alte Seemann den Mund zu einem breiten Grinsen. »Ich hab eine Idee.«

Guy deutete in den Hof vor der Mauer, wo plötzlich ein erstaunt dreinschauender Troll erschienen war und von drei

Soldaten überwältigt wurde. Während er noch starb, tauchte bereits der nächste auf und jagte die Straße hinunter. »Früher oder später werden sie sich irgendwo zu einer Gruppe zusammenrotten«, befürchtete Guy, »die groß genug ist, um uns ernstliche Schwierigkeiten zu bereiten.«

Amos eilte in Richtung der Katapultrampe davon. Er erteilte Anweisungen, und kurz danach wurde unter einem großen Kessel Feuer gemacht. Amos warf einen letzten Blick auf die Vorbereitungen und kehrte zurück. Er lehnte sich an die Mauer und sagte: »Kann jeden Moment losgehen.«

»Was?«, fragte Guy.

»Der Wind wird drehen. Das macht er immer zu dieser Zeit in der Nacht.«

Arutha schüttelte den Kopf. Er war müde, und mit einem Mal hatte er eine absurde Idee. »Sollen wir näher heransegeln, Käpt'n?«

Auf einmal stand ein Troll vor ihnen auf der Brustwehr und blinzelte verwirrt. Guy schlug ihm den Handrücken ins Gesicht und stieß ihn hinunter auf die Pflastersteine. Er landete unten mit einem sehr endgültigen Klatschen. »Scheinbar können sie sich einen oder zwei Augenblicke nicht richtig orientieren, was für uns verflucht von Vorteil ist«, sagte der Protektor. »Sonst hätte der hier Eure Beine als Mahlzeit verspeist, Amos.«

Amos steckte den Finger in den Mund und hielt ihn dann in die Luft. »Ah!«, rief er. »Katapult! Abschuss!«

Die mächtige Kriegsmaschine wurde ausgelöst und schleuderte ihr Geschoss mit solcher Wucht los, als wollte sie einen Satz auf die Mauer machen. Das Geschoss pfiff durch die Dunkelheit.

Einen Moment lang war keine Wirkung zu sehen, dann hörten sie aus der Ferne Geschrei. Amos stieß ein zufriedenes Freudengeheul aus. Arutha sah einen Augenblick lang hinaus auf die Ebene und bemerkte keine neuen Blitze mehr. »Amos, was habt Ihr gemacht?«

»Das war ein Trick, den ich von Euren alten Freunden, den Keshianern, gelernt habe, Einauge. Ich war mal in Durbin, als sich ein Stamm der Wüstenmenschen erhob und die Stadt einnehmen wollte. Der Generalgouverneur, dieser alte Fuchs Hazara-Khan, sah, wie die Mauern von den niederhagelnden Pfeilen leergefegt wurden, also ließ er heißen Sand hinaufbringen und auf die Schützen schleudern.«

»Heißen Sand?«, fragte Arutha.

»Ja, man muss ihn nur erhitzen, bis er rot glüht, und ihn dann auf den Gegner schleudern. Der Wind trägt ihn weit hinaus, und falls er sich noch nicht zu sehr abgekühlt hat, brennt er wie Höllenfeuer, wenn er runtergeht. Er kriecht in die Rüstungen, unter die Jacken, in die Stiefel, ins Haar, überallhin. Sollte Murmandamus zufällig in diese Richtung geguckt haben, haben wir diesen unfähigen Sohn einer syphillitischen Ratte vielleicht sogar geblendet. Jedenfalls wird er sich das mit diesen Zaubertricks für die nächsten Stunden überlegen.«

Arutha lachte. »Ich fürchte, allerdings nur eine Zeitlang.«

Amos holte eine Pfeife aus seinem Überrock und dann eine kleine Kerze, die er an einer Fackel anzündete. »Gut, das wäre das.« Seine Stimme klang ernst.

Die drei sahen wieder hinaus in die Dunkelheit und suchten nach Anzeichen für das, was als Nächstes kommen würde.

Zerstörung

Der Wind trieb Staub über die Mauer.

Arutha sah, wie Männer auf Pferden die Linie des versammelten Heeres entlangritten. Ihr Ziel war Murmandamus' Banner. Die Angriffe waren drei Tage ununterbrochen weitergegangen, ehe sie eingestellt worden waren. Im Lager von Murmandamus wurde nun Rat gehalten, so jedenfalls erschien es Arutha.

Die letzten Angriffe waren heftig gewesen, genau wie die davor. Doch ihnen hatte der Schrecken gefehlt, weil die feindlichen Krieger nicht mehr durch Magie ins Innere der Stadt gebracht worden waren. Es war Arutha ein Rätsel, warum diese magischen Angriffe aufgehört hatten. Er ging davon aus, dass Murmandamus einen schwerwiegenden Grund haben musste, wenn er seine Künste nicht mehr anwendete. Vielleicht hatte auch seine Macht Grenzen, vielleicht konnte er in einer bestimmten Zeit nur ein bestimmtes Maß an Magie freisetzen. Doch Arutha vermutete, dass etwas Ernstes der Grund dafür war, schon deshalb, weil Murmandamus seine Anführer zusammengeholt hatte.

Amos schlenderte an der Mauer entlang und inspizierte die diensthabenden Soldaten. Es war spät am Tag, und manche Männer lehnten sich schon zurück, da wahrscheinlich vor dem Morgen keine weitere Attacke erfolgen würde. Die Truppen des Feindes hatten keine Angriffsaufstellung eingenommen, und es würde Stunden dauern, sie antreten zu lassen.

Amos trat neben Arutha und fragte: »Also dann, wenn Ihr das Kommando hättet, was würdet Ihr tun?«

»Wenn ich die Männer dazu hätte, würde ich die Brücke ausfahren lassen und einen Ausfall wagen, um ihn zu erwischen, ehe er seine Truppen in Aufstellung gebracht hat. Murmandamus hat seinen Kommandoposten viel zu dicht an der Frontlinie aufgeschlagen, und scheinbar völlig gedankenlos wurde eine Kompanie Goblins verlegt, sodass man jetzt fast völlig ungestört bis zu seinem Pavillon reiten könnte. Mit berittenen Bogenschützen an der Spitze und mit ein bisschen Glück wären etliche seiner Hauptmänner tot, ehe sie überhaupt Widerstand leisten könnten. Bis sie sich erhoben hätten, wäre ich längst wieder in der Stadt.«

Amos grinste. »Was für ein helles Köpfchen Ihr seid, Hoheit. Wenn Ihr wollt, könnt Ihr mit uns spielen kommen.«

Arutha sah Amos fragend an, und der Seemann legte den Kopf schief. Arutha blickte an ihm vorbei in den Hof und sah, dass sich vor dem inneren Tor des Außenwerks Reiter in Aufstellung gebracht hatten.

»Kommt mit. Ich habe für Euch auch ein Pferd satteln lassen«, forderte Amos ihn auf, und Arutha folgte ihm die Stufen hinunter.

»Und wenn Murmandamus noch einen magischen Trick auf Lager hat, den er uns entgegenschleudert?«

»Dann werden wir alle sterben, und Guy wird um die beste Gesellschaft trauern, die er in den letzten zwanzig Jahren hatte – mich.« Amos stieg auf. »Ihr macht Euch zu viele Sorgen, hab ich Euch das schon einmal gesagt?«

Arutha lächelte zweifelnd, während er ebenfalls aufsaß. Guy, der bei den Toren wartete, sagte: »Gebt doppelt acht. Wenn ihr sie erwischen könnt, gut, aber ich will keine heldenhaften Selbstmordattacken nur der schwachen Möglichkeit wegen, an Murmandamus heranzukommen. Wir brauchen euch hier wieder zurück.«

Amos lachte. »Einauge, ich bin der letzte Kandidat, der sich für irgendwelche Heldentaten melden würde.« Er gab das Zeichen, und das innere Tor wurde geöffnet. Als es sich wieder schloss, konnte man das Rumpeln hören, mit dem die Brücke ausgefahren wurde. Das äußere Tor schwang auf, und Amos führte die Kompanie nach draußen. Vorreiter nahmen ihre Positionen an den Flanken ein, während der Haupttrupp auf die Belagerungsarmee zuritt.

Zuerst war es, als würde der Feind überhaupt nicht begreifen, dass ein Ausfall stattfand, nicht einmal Alarm wurde gegeben. Sie waren schon fast bei den Vorposten von Murmandamus' Armee, als die Trompeten erschollen. Und während die Goblins und Trolle noch nach ihren Waffen suchten, jagten Amos und seine Reiter auf sie zu.

Arutha ritt geradewegs auf den Hügel zu, wo Murmandamus und seine Kommandanten ihre Besprechung abhielten. An seiner Seite befanden sich drei armengarische Bogenschützen. Er wusste nicht, was ihn antrieb, doch plötzlich spürte er das dringende Bedürfnis, diesen Fürsten der Dunkelheit kennenzulernen.

Ein Trupp gegnerischer Reiter preschte los und versuchte, Arutha von den anderen abzuschneiden, und Arutha hatte auf einmal einen menschlichen Abtrünnigen neben sich, der ihn angrinste und mit dem Schwert nach ihm schlug. Arutha tötete ihn rasch. Dann ging der Kampf richtig los.

Arutha sah den Pavillon vor sich und hatte freie Sicht auf Murmandamus und den Schlangenpriester an seiner Seite. Etliche der Armengaren wollten sich dem Pavillon nähern, doch sie wurden von berittenen Abtrünnigen und Moredhel abgefangen. Einer der Bogenschützen zügelte sein Pferd und schoss einen Pfeil auf den Pavillon. Da er wusste, dass Murmandamus unverletzbar war, hatte er sich ein anderes Ziel ausgesucht. Schnell waren andere Bogenschützen bei ihm, und plötzlich lagen zwei von Murmandamus' Anführern am Boden, von denen einer mit Sicherheit tot war, weil ihm ein Schaft aus dem Auge ragte.

Eine weitere Truppe Fußsoldaten rannte dorthin, wo sich Arutha einen Weg durch die Goblins, Trolle und Moredhel schlug, um die Bogenschützen zu decken, die weitere Pfeile auf die Anführer abschossen. Für eine endlos erscheinende Zeit war das Klingen von Stahl in seinen Ohren alles, was Arutha hörte. Dann schrie Amos: »Beginnt mit dem Rückzug!«

Der Ruf wurde von anderen Reitern weitergegeben, bis jeder ihn gehört hatte.

Arutha warf einen Blick zurück dorthin, wo Amos auf seinem Pferd saß, und sah einen weiteren Trupp Reiter auf sie zuhalten. Arutha schwang sein Schwert, holte den nächsten Abtrünnigen aus dem Sattel und hielt auf Trask zu.

Der Nachschub der Abtrünnigen griff Amos' Reiter an und verhinderte deren Rückzug. Daraufhin fuhren die Truppen aus Armengar wie ein Mann herum und attackierten Murmandamus' Kavallerie. Langsam erkämpften sich die Reiter ihren

Weg aus dem Lager heraus, töteten jeden, der sie daran hindern wollte, und flüchteten. In den Massen vor ihnen klaffte eine Lücke, und der Weg zu den Toren zurück war frei.

Arutha trieb sein Pferd an und gesellte sich zu den anderen, die in Richtung Stadt preschten. Er sah über die Schulter zurück. Ein Trupp schwarz gekleideter Reiter schoss an Murmandamus' Pavillon vorbei und verfolgte sie in wilder Jagd. Arutha schrie Amos zu: »Schwarze Kämpfer!«

Amos gab ein Zeichen, und mehrere Reiter scherten aus und wandten sich den Schwarzen Kämpfern zu. Sie griffen an, und bei dem Waffengang wurden einige Reiter beider Seiten aus dem Sattel geworfen. Dann entstand ein Handgemenge, aus dem sich die Armengaren befreiten, während ein weiterer Trupp Moredhel hinzukam. Nicht alle Armengaren, die gestürzt waren, schafften es wieder in die Sättel. Ein gutes Dutzend lag erschlagen auf dem sandigen Boden der Ebene.

Als Amos Kompanie die Mauer erreichte, wurden die Tore geöffnet und sofort wieder geschlossen, und die Reiter wendeten, sobald sie im Außenwerk waren. Hinter ihnen eilte die Nachhut heran, noch immer in Kämpfe mit den Schwarzen Kämpfern und anderen Moredhel verwickelt. Ein Dutzend Armengaren versuchte, mehr als dreißig Verfolgern zu entkommen.

Amos stand neben Arutha, während die Schwarzen Kämpfer zwei Reiter niederschlugen. »Zehn«, sagte Amos, indem er die verbleibenden Reiter zählte. Diese jagten auf das Tor zu. »Neun, acht … sieben.« Auf der staubigen Ebene überwältigten schwarz gerüstete Reiter ein halbes Dutzend fliehender Soldaten, und Amos sagte: »Sechs, fünf, vier …« Voller Zorn und Hass befahl er: »Schließt das Tor!«

Das Tor schwang langsam zu, und Amos zählte weiter. »Drei, zwei …« Die beiden letzten Reiter wurden niedergemetzelt.

Von oben hörten sie das Zischen der ausgelösten Katapulte. Im nächsten Moment erfüllte das Geschrei sterbender Moredhel die Luft. Die inneren Tore öffneten sich, und Amos trieb sein Pferd an und zischte: »Zumindest haben diese Bastarde dafür bezahlt. Wenigstens vier der Anführer habe ich am Boden liegen sehen, und zwei von ihnen waren mit Sicherheit tot.« Amos wandte sich noch einmal um, als könnte er durch die massiven Tore hindurchblicken. »Aber warum hat dieser Bastard keine Magie eingesetzt? Das kann ich mir beim besten Willen nicht erklären. Er hätte uns doch alle erledigen können.«

Arutha nickte nur. Genau das fragte er sich auch. Er übergab sein Pferd einem Jungen, der für die Reittiere sorgen sollte, und eilte die Treppe zu Guys Kommandostand hoch. Ein »Verflucht!« begrüßte ihn, als er sich zum Protektor gesellte.

Mehrere der im Staub liegenden Gestalten mit schwarzen Rüstungen erhoben sich. Mit zuckenden Bewegungen machten sie sich auf den Rückweg hinter ihre eigenen Reihen. Schnell wurden ihre Bewegungen flüssiger, und bald liefen sie, als wären sie nie verletzt gewesen.

»Als Ihr mir davon erzählt habt …«, setzte Guy an.

»… konntet Ihr es nicht glauben«, beendete Arutha den Satz. »Ich weiß, man muss es mit eigenen Augen sehen.«

»Wie habt Ihr sie getötet?«

»Feuer, Magie, oder wir haben ihnen das Herz aus dem Leibe geschnitten. Ansonsten, selbst wenn man sie in Stücke schneidet, finden die Einzelteile wieder zueinander und werden von Minute zu Minute stärker. Mit anderen Mitteln als den erwähnten kann man sie nicht aufhalten.«

Guy beobachtete die sich zurückziehenden Schwarzen Kämpfer. »Ich war von diesen magischen Dingen nie so fasziniert wie Euer Vater, Arutha, doch jetzt würde ich mein halbes Herzogtum – mein früheres Herzogtum – darum geben, wenn ich einen einzigen begabten Magier hier hätte.«

Arutha dachte nach. »Es gibt etwas, das mir Sorgen bereitet. Ich kenne mich mit diesen Dingen nicht besonders gut aus, aber es kommt mir so vor, als würde uns Murmandamus bei all seiner Macht ausgesprochen wenig Schwierigkeiten machen. Pug – ein mir bekannter Magier – hat mir von Dingen erzählt, die dieser Murmandamus mit seiner Magie bewirkt hat, die übertreffen alles, was wir bisher gesehen haben. Ich glaube, selbst Pug könnte einfach die Tore aus den Mauern reißen, wenn ihm der Sinn danach stünde.«

»Ich verstehe nichts von solchen Sachen«, gestand Guy.

Amos war hinzugekommen und stand jetzt hinter ihnen. »Vielleicht möchte dieser König der Schweine nicht, dass sich seine Armee zu sehr auf ihn verlässt. Es könnte eine Frage der Kampfmoral sein.«

Guy schüttelte den Kopf. »Nein, so einfach ist es nicht.«

Arutha betrachtete die Verwirrung im Lager des Feindes. »Was es auch sein mag, wir werden es wahrscheinlich bald erfahren.«

Amos lehnte sich an die Mauer. »Euer Bruder und die anderen sind jetzt vor zwei Wochen aufgebrochen. Wenn alles so verläuft wie geplant, erreicht Martin heute den Bergenstein.«

Arutha nickte. »Ja, *wenn* es so verläuft wie geplant.«

Martin duckte sich und drückte den Rücken gegen den nassen Granit. Das Scharren der Stiefel auf dem Fels über ihm verriet, dass dort oben Verfolger waren, die nach seinen Spuren suchten. Er hielt den Bogen vor sich und sah sich die gerissene Sehne an. In seinem Bündel hatte er noch eine zweite, doch es war keine Zeit, sie aufzuziehen. Wenn sie ihn entdeckten, würde er den Bogen fallen lassen und das Schwert benutzen.

Er atmete langsam und versuchte, ruhig zu bleiben. Derweil fragte er sich, ob sich das Schicksal gegenüber Baru und Laurie freundlich gezeigt hatte. Zwei Tage zuvor hatten sie eine Gegend erreicht, die die Hügel von Yabon zu sein schienen. Und bis zu diesem Tag, kurz nach Sonnenaufgang, hatten sie die Verfolger nicht bemerkt. Dann aber waren sie von einer berittenen Patrouille Murmandamus' eingeholt worden. Um sich von ihnen nicht bis zur Erschöpfung hetzen zu lassen, waren sie die Felsen am Rande des Weges hinaufgeklettert, doch die Moredhel waren abgestiegen und ihnen gefolgt. Durch reinen Zufall waren Martin und die anderen auf verschiedenen Seiten des Weges gelandet, und deshalb hatten Laurie und Baru nach Süden fliehen müssen, während Martin nach Westen gerannt war. Hoffentlich hatten sie genug Verstand und zogen weiter nach Süden in Richtung Yabon, statt den Versuch zu unternehmen, sich wieder mit ihm zu treffen.

Sie hatten ihn den ganzen Tag gejagt. Martin blickte nach oben und sah die Sonne bereits hinter den Bergen verschwinden. Er schätzte, dass er vielleicht noch zwei Stunden Tageslicht haben würde. Wenn er ihnen bis zur Dunkelheit nicht in die Hände fiel, war er in Sicherheit.

Die Stiefeltritte wurden leiser, und Martin verließ den Schutz der Felsen. Halb geduckt hastete er einen kleinen

Bachlauf hinauf. Er ging davon aus, dass er sich bereits in der Nähe von Bergenstein befand, obwohl er sich der Gegend noch nie aus nordöstlicher Richtung genähert hatte. Doch einige Merkmale der Landschaft erschienen ihm vertraut, und hätten jetzt nicht andere Sorgen seine Aufmerksamkeit beansprucht, hätte er die Zwerge leicht gefunden.

Martin umrundete einen Felsvorsprung und …

Plötzlich tauchte ein Moredhel-Krieger vor ihm auf. Ohne Zögern schlug Martin mit dem Bogen zu und erwischte den Dunkelelben mit dem schweren Eibenholz. Der überraschte Moredhel geriet ins Wanken, und ehe er das Gleichgewicht zurückerlangte, hatte Martin das Schwert gezogen und streckte den Moredhel nieder.

Martin drehte sich um und suchte nach Spuren der Gefährten des Moredhel. In der Ferne glaubte er eine Bewegung auszumachen, doch er war sich nicht sicher. Rasch eilte er weiter nach oben und gelangte zum nächsten Vorsprung.

Er spähte an ihm vorbei und entdeckte ein halbes Dutzend Pferde, die dort angebunden waren. Irgendwie war es ihm gelungen, sich hinter seine Verfolger zu schleichen, und nun hatte er sogar noch ihre Pferde gefunden.

Martin rannte los, und schon saß er im Sattel. Mit dem Schwert zerschnitt er die Zügel der anderen Pferde, schlug ihnen mit der flachen Klinge auf die Flanken und trieb sie davon. Er riss das Pferd, auf dem er saß, herum und jagte durch die kleine Schlucht hinunter zum Weg. Dort würde er den Moredhel entkommen und nach Bergenstein gelangen.

Ein dunkler Schatten löste sich von einem Felsen, an dem Martin vorbeiritt, und zerrte ihn aus dem Sattel. Martin rollte sich ab, kam auf die Beine und nahm geduckte Kampfhaltung an. Er und der Moredhel zogen ihre Schwerter. Die beiden Kämpfer standen sich gegenüber, und der Moredhel schrie etwas in einem rauen Elben-Dialekt.

Martin griff an, doch sein Gegner war ein gewandter Fechter und hielt Martin auf Abstand. Martin wusste, dass sein Gegner ihm die Klinge in den Rücken rammen würde, wenn er sich umdrehte, um zu fliehen. Wenn er jedoch blieb, würde er bald fünf Moredhel gegenüberstehen.

Martin trat Steine und Kiesel in die Richtung des Moredhel, doch der hatte genügend Erfahrung und wich zur Seite aus, damit er keinen Staub in die Augen bekam.

Martin hörte aus beiden Richtungen der kleinen Schlucht Stiefeltritte, die sich über die Felsen näherten. Der Moredhel schrie wieder etwas, und links von Martin – aus südlicher Richtung – antwortete jemand, während von rechts das Gerassel einer Rüstung lauter wurde. Der Moredhel schielte kurz in die Richtung – und Martin griff an. Der Dunkelelb konnte den Schlag nicht ganz abwehren; die Klinge schnitt ihm leicht in den Arm. Martin nutzte den kleinen Vorteil und wagte einen riskanten Stoß, der ihn im Falle des Misserfolgs einer Riposte aussetzen würde. Doch dazu kam es nicht, denn er traf genau und versenkte die Klinge in der Brust des Moredhel. Der wurde steif und brach dann zusammen.

Martin sprang zu den Felsen und versuchte hinaufzuklettern, während vom südlichen Ende der Schlucht Moredhel-Krieger heranliefen. Einer schlug mit dem Schwert nach Martin. Der trat nach dem Moredhel, und der Krieger duckte sich.

Völlig unerwartet griff eine Hand von oben nach Martins Jagdrock. Ein kräftiges Paar Arme zog den Herzog von Crydee herauf und zerrte ihn über den Rand der kleinen Schlucht.

Martin hob den Kopf und sah in ein grinsendes Gesicht mit einem vollen roten Bart. »Tut mir leid wegen dieser rauen Behandlung, aber da unten scheint es ein wenig unangenehm zu werden.«

Der Zwerg zeigte an Martin vorbei, der drehte sich um und entdeckte, wie aus dem Norden des tiefen Grabens ein Dutzend Zwerge heranstürmte. Die Moredhel erkannten die zahlenmäßige Überlegenheit der Zwerge und versuchten zu flüchten, doch die Zwerge hatten sie schon gestellt, bevor sie nur zehn Meter weit gekommen waren. Der Kampf war schnell vorüber.

Ein anderer Zwerg trat an Martin heran, während der erste Martin eine Wasserflasche reichte. Der Herzog von Crydee stand auf und nahm einen Schluck. Er sah auf die beiden Zwerge hinab, von denen der größere vielleicht eins fünfzig groß war, und sagte: »Besten Dank an Euch.«

»Keine Ursache. Die Düsteren Brüder treiben sich hier in der letzten Zeit vermehrt herum, und deshalb haben wir unsere Patrouillen verstärkt. Und da wir Gäste haben«, er zeigte auf ein paar Zwerge, die zu ihnen heraufkletterten, »mangelte es uns auch nicht an Burschen, die gern ausziehen und sich mit ihnen schlagen. Normalerweise rennen diese Feiglinge immer davon, weil sie wissen, was passiert, wenn sie uns zu dicht auf die Pelle rücken, doch diesmal waren sie ein bisschen zu langsam. Also, wenn ich vielleicht fragen darf, wer Ihr seid und was Ihr hier bei Bergenstein macht?«

Martin fragte: »Das hier ist Bergenstein?«

Der Zwerg deutete auf einen Punkt hinter Martin, und der Herzog drehte sich um. Über den Rand der kleinen Schlucht hinweg sah er einen Wald. Und über dem Wald erhob sich die kahle Seite eines hohen Berges, der bis in die Wolken ragte. In den letzten Tagen hatte Martin seine Aufmerksamkeit allein auf die Flucht und auf Verstecke gerichtet und nur auf Felsen und Schluchten geachtet. Jetzt erkannte er den Gipfel. Martin war nur noch einen halben Tagesmarsch vom Bergenstein entfernt.

Er musterte die versammelten Zwerge. Dann zog er seinen rechten Handschuh aus und zeigte das Wappen. »Ich bin Martin, Herzog von Crydee. Ich muss mit Dolgan sprechen!«

Die Zwerge sahen ihn misstrauisch an, als wäre es unmöglich, dass ein Herzog des Königreiches auf diese Weise zu ihren Minen kommen würde. »Ich bin Paxton. Mein Vater ist Harthorn, der Sohn des Kriegsherrn des Bergenstein-Clans und der Oberste des Dorfes Delmoria. Kommt mit, Fürst Martin, wir werden Euch zum König bringen.«

Martin lachte. »Also hat er die Krone angenommen.«

»In gewisser Weise, ja.« Paxton grinste. »Nachdem wir ihm ein paar Jahre lang zugeredet haben, hat er gesagt, er würde die Aufgaben des Königs, nicht aber die Krone übernehmen. Und nun sitzt er in der langen Halle. Kommt, Eure Hoheit. Bis zum Einbruch der Dunkelheit können wir dort sein.«

Die Zwerge machten sich auf, und Martin gesellte sich zu ihnen. Zum ersten Mal seit Wochen fühlte er sich sicher, doch nun kamen ihm auch sein Bruder und die anderen wieder in den Sinn. Wie lange würden sie aushalten können, fragte er sich.

Das Lager hallte wider von einer Kakophonie aus Trommeln, Trompeten und Rufen. Aus jeder Ecke wurde der Befehl zum Antreten erwidert. Guy betrachtete die Aufstellung, als die trügerische Dämmerung dem Licht des Morgens wich. Zu Arutha sagte er: »Bevor die Sonne den Zenit erreicht hat, wird er mit allem kommen, was er hat. Murmandamus hat vielleicht gedacht, er müsste Truppen für den Angriff auf Yabon in Reserve halten, doch er kann sich keinen einzigen Tag Verzögerung mehr leisten.«

Arutha nickte und sah zu, wie jede Kompanie auf dem Schlachtfeld vor der Stadt ihre Kampfaufstellung einnahm. Er hatte sich noch nie so müde gefühlt. Nach dem Tod von Murmandamus' Hauptmännern hatte im feindlichen Lager für zwei Tage großer Aufruhr geherrscht, dann war wieder Ruhe eingekehrt. Arutha hatte keine Ahnung, welche Abmachungen getroffen und welche Versprechungen gemacht worden waren, doch schließlich, drei Tage nach dem Ausfall, waren sie wiedergekommen.

Die Angriffe hatten die folgende Woche angedauert, und jedes Mal hatten mehr Angreifer die Mauern erreicht. Der letzte Angriff am gestrigen Tag war nur zurückgeschlagen worden, weil sämtliche Reservetruppen dorthin geschickt worden waren, wo der Feind dem Durchbruch nahe gewesen war. Es hatten nur noch wenige Minuten gefehlt, dann hätten die Angreifer eine Stelle auf der Mauer gesichert, und daraufhin hätten immer mehr Krieger die Sturmleitern ohne Gefahr hinaufklettern können. Eine Flut – wahrlich eine tödliche Flut – von Eindringlingen hätte dann in die Stadt drängen können. Seit Martins Aufbruch waren siebenundzwanzig Tage vergangen. Selbst wenn die Hilfe unterwegs war, würde sie unweigerlich zu spät kommen.

Jimmy und Locklear warteten in der Nähe, bereit für ihre Kurierdienste. Jimmy betrachtete seinen Freund. Seit Bronwynns Tod kämpfte Locklear wie besessen. Er wich keinem Kampf aus und missachtete oft den Befehl, als Kurier weiter hinten zu bleiben. Dreimal hatte Jimmy gesehen, wie sich der Junge in ein Gefecht stürzte, dem er aus dem Weg hätte gehen sollen. Seine Fechtkünste und seine Schnelligkeit waren dabei viel wert gewesen, und Locklear hatte überlebt, doch Jimmy war sich nicht sicher, wie lange Locklear das noch gelingen würde … oder ob der Junker sich das überhaupt wünschte. Er hatte versucht, mit ihm über das Mädchen zu reden, doch der Jüngere war ihm ausgewichen und seither aus dem Weg gegangen. Jimmy hatte schon – noch ehe er sechzehn geworden war – zu viele Tote und zu viel Zerstörung gesehen. Vielen Dingen gegenüber war er abgestumpft. Selbst als er geglaubt hatte, Arutha oder Anita wären gestorben, hatte er sich nicht so tief in sich zurückgezogen, wie Locklear es nun getan hatte. Jimmy machte sich Sorgen um seinen Freund und wünschte, er hätte von solchen Dingen mehr verstanden.

Guy schätzte die Stärke der Armee vor sich ab und meinte schließlich mit leiser Stimme: »Wir können sie an der Mauer nicht mehr aufhalten.«

»Das habe ich auch schon gedacht«, murmelte Arutha. In den vier Wochen seit Martins Aufbruch hatten sie die Stadt gehalten, und die Soldaten von Armengar hatten Dinge geleistet, die selbst Aruthas optimistischste Annahmen übertrafen. Sie hatten alles gegeben, doch auch die Reservetruppen waren inzwischen zermürbt. In der letzten Woche waren weitere tausend Soldaten gestorben oder so schwer verletzt worden, dass sie nicht mehr kämpfen konnten. Nun waren es zu wenige Verteidiger, um es mit der vollen Macht der Angreifer aufzunehmen, und die Sorgfalt, mit der Murmandamus mittlerweile vorging, ließ keinen Zweifel: An diesem Tag wollte er seine ganzen Kräfte in diesen letzten alles beendenden Angriff werfen.

Guy nickte Amos zu, und der Seemann sagte zu Jimmy: »Unterrichte alle Kommandanten, dass mit der dritten Stufe der Räumung begonnen werden soll.«

Jimmy stupste Locklear an, der wie geistig abwesend vor sich hinstarrte, und führte seinen Freund davon. Sie liefen über die Mauer und suchten die Kommandanten. Arutha sah, wie einige ausgewählte Soldaten von der Mauer stiegen, nachdem der Befehl die Runde gemacht hatte. Sie eilten die Stufen zum Hof hinter der Mauer hinunter und rannten auf die Zitadelle zu.

»Wie habt Ihr die Gruppen zusammengestellt?«, fragte Arutha.

Guy antwortete: »Je ein gesunder Kämpfer, zwei bewaffnete alte Männer oder Frauen, drei ältere Kinder und fünf kleine.« Innerhalb weniger Minuten würden Dutzende solcher Gruppen durch lange Tunnel flüchten, die von der großen Höhle unter der Stadt durch die Berge führten. Sie würden sich nach Süden voranarbeiten und in Yabon Zuflucht suchen. Man hoffte, dass auf diesem Weg wenigstens einige der Kinder von Armengar überleben konnten. Der jeweilige Soldat, der jede Gruppe anführte, hatte Befehl, die Kleinen zu beschützen oder sie eigenhändig zu töten, bevor sie in die Gefangenschaft der Moredhel gerieten.

Langsam stieg die Sonne höher und nahm ungerührt von den Kämpfen unter ihr ihre gewohnte Bahn. Als sie den Zenit erreichte, war das Signal zum Angriff immer noch nicht erfolgt. Guy fragte sich laut: »Worauf warten sie?«

Fast zwei volle Stunden später ertönten über die unbewegte Armee hinweg schwache dumpfe Schläge, die die Verteidiger kaum hören konnten. Die Schläge dauerten eine halbe Stunde an, dann erschollen entlang der gesamten Angriffsreihe die Trompeten.

Hinter den Linien tauchten eigentümliche Gestalten vor dem hellen blauen Himmel auf. Sie erschienen wie riesige schwarze Spinnen. Langsam und imposant bewegten sie sich durch das Heer. Schließlich ließen sie die Angriffsreihen hinter sich und kamen auf die Stadt zu. Während sie näher rückten, beobachtete Arutha sie eingehend. Fragende Rufe wurden überall auf der Mauer laut, und Guy murmelte: »Götter, was ist das?«

»Es sind … Maschinen«, erklärte Arutha. »Bewegliche Belagerungstürme.« Es schienen riesige Kisten zu sein, drei- oder viermal so groß wie die, die in der vergangenen Woche vor der Mauer eingesetzt worden waren. Sie rollten auf großen Rädern, allerdings konnte man nicht erkennen, was sie antrieb, denn weder Riesen, Sklaven noch Lasttiere waren zu sehen. Sie bewegten sich aus eigener Kraft, durch irgendwelche magischen Mittel. Ihre immensen Räder holperten laut über die Unebenheiten des Geländes.

»Katapulte!«, rief Guy und zog die erhobene Hand nach unten.

Steine wurden über ihre Köpfe hinweggeschleudert und krachten in die Kisten. Die Stütze einer der Kisten wurde zerschmettert, und das ganze Ding begann zu wanken und knallte mit lautem Krachen zu Boden. Wenigstens hundert tote Goblins, Moredhel und Menschen ergossen sich dabei ins Freie.

»In jedem dieser Dinger müssen mindestens zwei- bis dreihundert Soldaten stecken«, staunte Arutha.

Guy zählte schnell durch. »Es kommen noch neunzehn andere. Wenn nur ein Drittel davon die Mauer erreicht, sind das über fünfzehnhundert Angreifer auf einen Schlag. Öl und brennende Pfeile!«, rief er.

Die Verteidiger versuchten, die Kisten in Brand zu setzen, während diese auf die Mauer zurumpelten, doch das Holz war behandelt worden, und das Öl, das auf einigen der riesigen Kisten brannte, verkohlte es nur. Schreie von innen verrieten zwar, dass ein paar der Insassen litten und sich erhebliche Verbrennungen zuzogen, doch die Kisten kamen nicht zum Stillstand.

»Alle Reservetruppen auf die Mauer! Bogenschützen auf die Dächer um den Hof hinter der Mauer! Die berittenen Kompanien auf ihre Posten!«

Guys Befehle wurden rasch überbracht, während die Verteidiger auf die heranrückenden Kisten warteten. Die magischen Belagerungstürme erfüllten die Luft mit einem lauten Knirschen, das von den sich schwerfällig drehenden Rädern herrührte.

Dann erreichte die erste Kiste die Mauerkante. Die Vorderseite klappte auf, und Dutzende von Goblins und Moredhel sprangen heraus und stürzten sich auf die Verteidiger. Bald waren auf jedem Fußbreit der Mauer heftige Gefechte entbrannt. Die Armee hinter den Belagerungstürmen flutete über die Ebene. Auch die Rückwände der Kisten klappten auf, lange Strickleitern wurden ausgeworfen, und die Angreifer am Boden kletterten hinauf, um über die Belagerungstürme in die Stadt einzudringen. Dabei wurden lange lederne Schürzen direkt über den Strickleitern heruntergelassen, um die Kletternden vor dem Pfeilhagel von den Mauern zu schützen.

Die Kommandanten an den Katapulten schossen weiter, und viele von Murmandamus' Soldaten starben unter den Steinen. Doch die Bogenschützen waren bereits zur ersten Reihe der Häuser abkommandiert worden, und die Verteidiger auf der Mauer waren mit den Angreifern aus den Türmen beschäftigt, und so gab es keine nennenswerte Gegenwehr, als das feindliche Heer wieder Sturmleitern an der Mauer aufrichtete.

Arutha war in einen Kampf mit einem Moredhel verwickelt, der über den Leichnam eines gefallenen armengarischen Soldaten gesprungen war. Der Prinz von Krondor drängte den Dunkelelb zurück. Der Moredhel stolperte und fiel über die Brüstung auf die Steine unter ihnen hinab.

Der Prinz fuhr herum und sah, wie Guy einen weiteren Dunkelelben tötete. Der Protektor blickte sich um und schrie: »Wir können sie hier nicht mehr aufhalten. Wir ziehen uns in die Zitadelle zurück! Gebt das weiter!«

Der Befehl wurde weitergegeben, und plötzlich hasteten die Verteidiger vor den Angreifern, die die Mauer von außen überfluteten, davon. Ein ausgewählter Trupp Soldaten hielt die Treppen solange frei, bis ihre Kampfgefährten in die Stadt geflüchtet waren. Diese Gruppen bestanden nur aus Freiwilligen, die sich auf den Tod vorbereitet hatten und zum Sterben bereit waren.

Arutha rannte über den Hof vor der Mauer und beobachtete, wie die letzten Verteidiger dort oben überwältigt wurden. Als er den halben Weg über den großen offenen Hof zurückgelegt hatte, sprangen die ersten Angreifer bereits die Treppen hinunter und liefen zum Tor. Auf einmal regnete es Pfeile von den Dächern der Häuser, und die Angreifer starben bis zum letzten Mann.

Guy begab sich an Aruthas Seite, und Amos rannte an ihnen vorbei. »Wir können sie so lange von den Toren fernhalten, bis sie ihre eigenen Bogenschützen auf der Mauer in Stellung gebracht haben. Dann müssen sich unsere Leute zurückziehen.«

Arutha sah nach oben. Zwischen den Häusern führten Bohlen von Dach zu Dach. Wenn sich die Bogenschützen aus den ersten Hausdächern zurückziehen mussten, würden sie auch die Bohlen mitnehmen. Die Feinde mussten dann erst die Türen einrammen, die Treppen hinaufsteigen und Mann gegen Mann gegen die Bogenschützen kämpfen. Ständig würden diese jedoch ihre Pfeile in die Straße hinunterschicken, und so würden die Eindringlinge jeden Zoll, den sie vorankamen, mit Blut bezahlen.

Im Verlauf des letzten Monats waren überall auf den Dächern in Wachstuch gehüllte Köcher mit Pfeilen sowie weitere Bögen und Bogensehnen als Ersatz verteilt worden. So wie Arutha es einschätzte, würde Murmandamus noch einmal etwa zweitausend Opfer erbringen müssen, um seine Armee vom Hof hinter der Mauer auf den Hof vor der Zitadelle zu bringen.

Auf den ersten Hof kam jetzt eine Gruppe Männer mit Holzhämmern zugerannt. Sie warteten hinter den schweren Fässern, die an den Ecken standen, auf ihren Befehl. Einen Moment lang schien es, als könnten sie überwältigt werden, weil sich eine Flut von Goblins und Trollen in die Straßen ergoss. Dann fegte eine Kompanie Reiter aus einer Seitenstraße heraus und trieb die Eindringlinge zurück.

An Guy und Arutha flogen Pfeile vorbei, und der Protektor sagte: »Sie haben ihre Bogenschützen in Stellung gebracht. Blast zum Rückzug!«

Ein Trompetenstoß ertönte aus der Gruppe der Bogenschützen, die auf halber Strecke die Straße hinauf postiert waren, und die Männer mit den Hämmern schlugen Löcher in die Fässer. Als die Fässer ausliefen, vermischte sich der Gestank von Öl mit dem rostigen Geruch von Blut, der in der Luft hing. Dann rannten die Hammer schwingenden Soldaten die Straße hinauf, wo an jeder Ecke weitere Fässer warteten.

Guy umklammerte Aruthas Arm. »Auf zur Zitadelle!«

Arutha folgte Guy. Um sie herum brach der blutige Häuserkampf los.

Zwei Stunden lang dauerte der fürchterliche Kampf, den Guy und Arutha vom vorderen Kommandoposten der Zitadelle aus beobachteten. Überall aus der Stadt konnte man das Geschrei kämpfender Männer hören, und es kam allmählich näher. An jeder Straßenbiegung in der Stadt lauerten Bogenschützen, und jeder Häuserblock, den die Eindringlinge nahmen, lag voll von ihren toten Kameraden. Murmandamus würde die äußere Stadt einnehmen, doch dafür musste er einen hohen Preis entrichten.

Arutha berichtigte seine Schätzung über die Opfer der anderen Seite: über drei- oder viertausend Tote, bis der Feind den inneren Hof und den Wassergraben um die Zitadelle erreicht hätte. Und dann stände er erst vor der inneren Befestigungsanlage von Armengar.

Arutha sah gefesselt zu. Allmählich wurde es schwierig, alles klar zu erkennen, denn die Sonne war inzwischen hinter die Berge gesunken, und die Stadt lag im Schatten. In ungefähr einer Stunde würde die Nacht anbrechen. Dennoch konnte Arutha noch das meiste ausmachen, was vor sich ging. Die geschickten Bogenschützen, die keine Harnische trugen, bewegten sich mithilfe der langen Bohlen von Dach zu Dach und zogen sie hinter sich fort. Einige Goblins hatten den Versuch unternommen, an den Außenseiten der Gebäude hochzuklettern, doch sie waren von Schützen auf anderen Häusern mit Pfeilen bespickt worden. Guy beobachtete die fortschreitende Schlacht mit wachsamem Auge, und Arutha sagte: »Diese Stadt ist genau für diese Art Kampf angelegt worden.«

Guy nickte. »Wenn ich eine Stadt bauen müsste, in der eine feindliche Armee so bluten sollte, könnte ich es nicht besser machen.« Er sah Arutha scharf an. »Armengar wird fallen, wenn nicht bald Hilfe kommt. Wir können uns höchstens bis morgen früh halten. Doch wir werden es diesem Bastard zeigen. Wir werden ihn hart treffen. Wenn er seinen Marsch auf Tyr-Sog beginnt, wird er ein Drittel seiner Armee verloren haben.«

»Ein Drittel?«, zweifelte Arutha. »Ich würde sagen, ein Zehntel.«

Mit einem humorlosen Grinsen auf den Lippen sagte Guy: »Passt auf, und Ihr werdet staunen.« Der Protektor von Armengar rief einem Signalgeber zu: »Wie lange noch?«

Der Mann winkte mit einem weißen und einem blauen Tuch zur Spitze der Zitadelle hinauf. Arutha blickte dorthin und sah, wie als Antwort ein gelbes Tuch geschwenkt wurde. Dann kam die Antwort des Soldaten: »Nicht mehr länger als zehn Minuten.«

Guy dachte nach, dann sagte er: »Ich möchte einen weiteren Angriff mit Katapulten auf den Hof vor der Mauer.« Der Befehl wurde weitergegeben, und ein Hagel von Steinen ging über dem anderen Ende der Stadt nieder. Leise, wie zu sich selbst, sagte Guy: »Sollen sie ruhig denken, wir hätten unsere Reichweite überschätzt, damit sie sich beeilen, in die Stadt zu kommen.«

Die Zeit strich langsam dahin, und Arutha sah weiter zu, wie sich die Bogenschützen von Dach zu Dach zurückzogen. Als das Tageslicht in Dämmerung überging, jagte eine Gruppe von Soldaten die Straße entlang und strebte auf die Zugbrücke zu. Die erste Kompanie erreichte die herabgelassene Brücke, dann kamen eine zweite und eine dritte in Sicht. Arutha beobachtete, wie der Kommandant am Tor Befehl gab, die Brücke einziehen zu lassen. Der letzte Soldat hatte gerade seinen Fuß darauf gesetzt, als sie sich über den Wassergraben bewegte. Von den Dächern der Stadt schossen weitere armengarische Bogenschützen auf die Eindringlinge.

»Sind sie so tapfer und bleiben zurück?«, fragte Arutha.

»Tapfer, ja«, antwortete Guy. »Doch sie haben nicht vor zu sterben.« In dem Moment, als er das sagte, erreichten die Bogenschützen die letzte Häuserreihe. Sie ließen Seile hinunter und kletterten daran zur Straße hinab. Dann rannten sie auf die Zitadelle zu, wobei sie ihre Waffen achtlos fallen ließen. Die Angreifer setzten ihnen nach. Als diese die Mitte des offenen Platzes erreichten, der vormals als Marktplatz gedient hatte, schossen die Bogenschützen auf den Mauern der Zitadelle ihre Pfeile ab, während die fliehenden Armengaren zum Rand des Wassergrabens rannten und hineinsprangen.

»Sie werden erschossen, wenn sie die Mauer hochklettern«, prophezeite Arutha, doch …

… die Soldaten tauchten nicht wieder auf.

Guy lächelte. »Unter Wasser gibt es Kanäle, die ins Torhaus und in andere Räume innerhalb der Mauer führen. Unsere Männer und Frauen werden herauskommen, und dann werden die Eingänge versiegelt.«

Ein besonders verwegener Trupp Goblins rannte ihnen nach und sprang ins Wasser.

»Selbst wenn diese Dummköpfe die Kanäle finden, werden sie die Falltüren nicht öffnen können«, erklärte Guy. »Sie wären besser als Fische zur Welt gekommen.«

Amos kam aus dem Inneren der Zitadelle. »Wir haben alles vorbereitet.«

»Gut.« Guy sah hoch zur Spitze der Zitadelle, wo Armand die Kämpfe in der Stadt beobachtete.

Jemand winkte mit einem gelben Tuch. »Katapulte fertig!«, schrie Guy. Lange Zeit passierte nichts, und Guy fragte sich laut: »Worauf wartet Armand?«

Amos lachte. »Wenn wir Glück haben, sieht er zu, wie Murmandamus seine Armee durch die Tore führt, oder er wartet ab, ob noch weitere tausend Dunkelelben, Trolle und Gnome in die Stadt strömen.«

Arutha betrachtete das nächststehende Katapult, ein riesiges Ding, das nun mit Fässern geladen wurde, die locker aneinandergebunden waren. Sie fassten nicht mehr als vielleicht vier Liter und glichen solchen, die in Gasthäusern und Schenken zum Ausschank kleiner Mengen Branntwein benutzt wurden. Jedes Bündel bestand aus zwanzig oder dreißig dieser Fässchen.

Amos sagte: »Das Signal.«

Arutha sah, dass oben eine rote Flagge geschwenkt wurde, und Guy rief: »Katapulte los!«

An der ganzen Mauer entlang schleuderte ein Dutzend dieser riesigen Katapulte ihre Ladung in hohem Bogen über die Dächer der Stadt. Die Fässer verteilten sich flächendeckend über dem Hof vor der Mauer. Die Mannschaften luden mit einer Geschwindigkeit nach, die Arutha erstaunte; nach kaum einer Minute konnte der nächste Befehl zum Abschuss gegeben werden, und wieder flogen Unmengen kleiner Fässer durch die Luft. Während die dritte Ladung vorbereitet wurde, bemerkte Arutha, dass aus einem Stadtviertel Rauch aufstieg.

Amos sah es ebenfalls und sagte: »Die kleinen Schätzchen nehmen uns einige Arbeit ab. Sie müssen Feuer gelegt haben, um uns zu bestrafen, weil wir nicht willens waren zu sterben. Sie werden einen ganz schönen Schreck bekommen, wenn sie neben so einem Feuerchen stehen und es plötzlich Naphtha regnet.«

Da begriff Arutha. Der Rauch nahm schnell zu und breitete sich über den ganzen Hof vor der Mauer aus. »Und diese Fässer an allen Straßenecken?«

Amos nickte. »Zwei Hektoliter in jedem. Im ersten Häuserblock haben wir die Fässer angestochen, damit sich das Zeug über die ganzen Böden bis zur Mauer verteilt. Eine Menge dieser Mörder ist darin herumgetrampelt und hat sich vermutlich die Füße und Beine damit bekleckert. Außerdem stehen auf jedem Dach und in jedem Haus Fässer. Als wir die Pferde aus der Stadt gebracht haben, im zweiten Abschnitt der Räumung, haben wir aufgehört, das Öl abzuschöpfen, das aus der Erde aufsteigt. Jeder Keller der Stadt kann jetzt explodieren. Die Stadt wird Murmandamus einen heißen Empfang bereiten.«

Guy gab das Signal, und die dritte Ladung Fässer wurde losgeschleudert. Die beiden mittleren waren mit Steinen bestückt, die in ölgetränkte Lumpen gewickelt waren, und die wiederum waren angezündet worden. In einem glühenden Bogen schossen sie durch den dunklen Himmel.

Plötzlich war der gesamte Bereich um das Außenwerk hell erleuchtet. Ein Flammenturm loderte auf und züngelte höher und höher. Einen Moment später knallte es dumpf, und ein heißer Wind folgte. Die Flammen stiegen noch weiter in die Höhe, und lange Zeit schien es, als wollten sie endlos wachsen, doch schließlich fielen sie wieder in sich zusammen. Dafür erhob sich jetzt schwarzer Rauch, breitete sich wie ein Schirm über der Stadt aus und bedeckte das orangefarbene Glühen der Hölle unter sich.

»Das war einmal das Außenwerk«, erklärte Amos. »Wir haben Hunderte von Fässern unter dem Tor verstaut und für ausreichend Luftzufuhr gesorgt. Sie sind alle mit einem großen Knall hochgegangen. Wenn wir nur halb so dicht dran gewesen wären wie hier, würden uns jetzt die Ohren klingeln.«

Schreie und Flüche erschollen aus der Stadt, während sich die Flammen ausbreiteten. Die Katapulte schleuderten weiterhin ihre explosive Fracht in das Feuer. »Verkürzt die Reichweite!«, befahl Guy.

»Wir treiben sie bis auf den Platz vor der Zitadelle«, erklärte Amos, »dann haben unsere Bogenschützen wieder ein paar Ziele zum Üben, damit sie nicht einrosten.«

Arutha spürte, wie die Hitze zunahm. Wieder folgte eine Explosion, dann noch eine, und jedes Mal hörte man kurz darauf einen dumpfen Knall. Heiße Böen wehten auf die Zitadelle zu, während in der äußeren Stadt Flammensäulen in die Luft schossen. Erneut gab es Explosionen, und aus der zunächst verwirrenden Anordnung wurde deutlich, dass besonders an strategisch wichtigen Punkten viele Fässer gelagert worden waren.

Das dumpfe Rumpeln der Explosionen ließ nun auch ihnen die Ohren klingeln, während der lodernde Tod von der Mauer auf die Zitadelle zuraste. Bald konnte Arutha allein am Klang unterscheiden, ob eine Ladung Fässer oder ein Keller explodierte. Es war, wie Guy gesagt hatte, ein heißer Empfang für Murmandamus.

»Signal!«, meldete ein Soldat, und Guy sah nach oben. Jemand winkte mit zwei roten Flaggen, die man deutlich erkennen konnte, obwohl die Sonne längst untergegangen war, so hell brannten die Feuer.

»Armand signalisiert, dass die gesamte äußere Stadt in Flammen steht«, sagte Amos zu Arutha. »Unpassierbar. Selbst die Schwarzen Kämpfer werden verbrennen, wenn sie darin gefangen sind.« Er grinste bösartig und strich sich über das Kinn. »Ich hoffe nur, das Hohe Arschloch persönlich konnte nicht eilig genug an der Spitze seiner Armee in die Stadt einreiten.«

Aus der Stadt hörte man sowohl Schreckens-, Schmerzens- als auch Todesschreie. Die Flammen bewegten sich stetig auf den Platz vor der Zitadelle zu, und ihre Ausbreitung wurde von den Explosionen der Fässer an den Straßenecken begleitet. Nun konnte man selbst auf der Mauer der Zitadelle die Hitze spüren.

»Der Feuersturm wird ihnen die Luft aus den Lungen saugen«, sagte Arutha.

Amos nickte. »Wollen wir doch hoffen.«

Guy sah sich das Ganze noch einen Augenblick lang an. Man konnte deutlich sehen, wie erschöpft er war. »Armand hat sich diesen Plan ausgedacht. Er ist verdammt genial, vielleicht der beste Kommandant, den ich je hatte. Er hat so lange gewartet, bis so viele Feinde wie möglich in der Stadt waren. Wir müssen dem Feind durch die Berge entkommen, und deshalb war es notwendig, ihn jetzt und hier so hart zu treffen, wie wir nur konnten.«

Arutha entdeckte hinter diesen Worten die Erschöpfung des besiegten Kommandanten, der seine Stellung nicht hatte halten können. »Ihr habt diese Stadt meisterhaft verteidigt, Guy.«

Guy nickte nur, und Arutha und Amos wussten beide, was er dachte: *Es war nicht meisterhaft genug.*

In diesem Moment rannten die ersten Eindringlinge auf die Zitadelle zu, doch sie blieben stehen, als ihnen klar wurde, dass sie dann den Schützen auf der Mauer schutzlos ausgeliefert waren. So verblieben sie im Schutz der letzten Häuser, als würden sie dort auf ein Wunder warten. Die Anzahl von Murmandamus' Soldaten, die vor den Flammen flüchteten, wuchs stetig, doch auch das Feuer kroch immer näher. Die Katapulte schossen weiterhin Naphtha in die Stadt, und die Verteidiger auf der Mauer sahen, wie Flammen aus den Dächern loderten, die nur noch ein paar Häuser vom Marktplatz entfernt waren. Schreiende Moredhel, Goblins und Menschen und ein paar verstreute Trolle und Riesen begannen, gegeneinander zu kämpfen, weil durch das zunehmende Drängen der Fliehenden aus der Stadt immer mehr von ihnen auf den offenen Platz gedrückt wurden.

»Gebt den Bogenschützen den Befehl zum Schießen«, sagte Guy zu Amos.

Amos brüllte den Befehl, und die armengarischen Bogenschützen schossen ihre Pfeile ab. Arutha beobachtete das Geschehen wie betäubt. »Das ist kein Krieg mehr«, sagte er leise. »Das ist ein Massaker.«

Die Eindringlinge drängelten sich am Rand des Marktplatzes dicht aneinander, und jeder Pfeil, der bis dorthin flog, traf einen von ihnen. Die Angreifer stolperten über die Leichen und stürzten, da von hinten immer weitergeschoben wurde. Weitere Fässer mit Öl wurden in die Stadt geschleudert, und die Flammen wanderten unerbittlich auf die Zitadelle zu.

Arutha hob die Hand vor die Augen, denn das Feuer loderte so hell, dass es ihn blendete, und auch die Hitze wurde immer schlimmer. Für diese Kreaturen am Rande des Marktplatzes musste sie unerträglich sein, da sie hundert Meter näher dran waren.

Immer mehr Fässer explodierten, und schreiend und kreischend brachen plötzlich alle zur Zitadelle durch. Viele von ihnen wurden auf dem Weg über den Platz erschossen, eine Anzahl sprang jedoch in den Wassergraben. Diejenigen, die Kettenharnische trugen, gingen unter, während sie noch verzweifelt versuchten, sich ihrer Rüstung zu entledigen. Selbst einige in Lederharnischen versanken. Doch die meisten kamen wieder an die Oberfläche und paddelten wie Hunde.

Arutha schätzte, dass etwa zweitausend Tote vor ihnen lagen. Weitere vier- bis fünftausend Mann waren vermutlich in der Stadt umgekommen. Die armengarischen Bogenschützen ermüdeten allmählich, und sie trafen ihre Ziele, obwohl die sich deutlich gegen das Feuer abhoben, kaum noch.

»Öffnet die Rohre«, befahl Guy.

Ein seltsames, pfeifendes Geräusch ertönte, als das Öl ins Wasser des Grabens gelassen wurde, auf dem es sich verteilte. Schreckensschreie erfüllten die Luft. Die Wesen im Wasser begriffen, was auf sie zukam. Brennende Ballen wurden über die Mauer in den Wassergraben geworfen, und blau-weiße Flammen breiteten sich über der Wasseroberfläche aus. Bald verstummten die Schreie, und schließlich war alles vorbei.

Arutha und die anderen mussten sich zurückziehen, als die Hitze vom Wassergraben her zu stark wurde. Nachdem das Feuer niedergebrannt war, warf der Prinz von Krondor einen Blick nach unten und sah verkohlte Körper auf dem Wasser treiben. Ihm wurde übel, und Guy schien es nicht besser zu gehen, wie man an seinem Gesicht sehen konnte. Amos hingegen wirkte nur grimmig. »Ich glaube, ich würde gern etwas trinken«, murmelte Guy. »Kommt, wir haben nur noch ein paar Stunden.«

Ohne Worte folgten Amos und Arutha dem Protektor von der sterbenden Stadt fort ins Innere der Zitadelle.

Guy leerte seinen Krug und zeigte auf die Karte auf dem Tisch. Arutha sah zur Seite, wo die rußverschmierte Briana mit den anderen Kommandanten auf Guys letzte Befehle wartete. Jimmy und Locklear waren von ihrem Posten gekommen und hatten sich neben Arutha gestellt. Selbst im Ratszimmer konnten sie die Hitze des immer noch brennenden Feuers spüren. Die Katapulte schleuderten immer noch Ölfässer in die Flammen. Wie viele von Murmandamus' Leuten der Falle auch entkommen waren, jetzt mussten sie wegen des Infernos vor der Stadt warten.

»Hier«, sagte der Protektor und deutete auf etliche grüne

Punkte auf der Karte, »sind die Pferde versteckt.« Zu Arutha sagte er: »Sie wurden während des zweiten Abschnitts der Räumung aus der Stadt gebracht.« Er wandte sich wieder an die ganze Gesellschaft. »Wir wissen nicht, ob die Goblins über das eine oder andere Versteck gestolpert sind oder ob sie sogar alle entdeckt haben. Doch hoffentlich sind zumindest einige verborgen geblieben. Ich denke, sie sind davon ausgegangen, dass wir uns hier oben hinter unsere Schanzen zurückziehen, wenn es zum Ende kommt. Und deshalb haben sie es vielleicht nicht für notwendig erachtet, besonders wachsam zu sein. Der Geheimgang aus der Stadt wurde von ihnen jedenfalls nicht entdeckt, lediglich eine einzige Patrouille wurde in der Nähe des Ausgangs gesichtet und wieder abgezogen, ohne das Gelände genauer zu untersuchen. Der Befehl lautet also wie folgt: Die Kompanien verlassen die Stadt nacheinander, von der Ersten bis zur Zwölften, doch der Tunnel darf nur verlassen werden, wenn das Gelände vor dem Ausgang sicher ist. Ich will, dass die Erste Kompanie die Umgebung sichert, bis sie von der Zweiten abgelöst wird und so fort. Wenn die Zwölfte aus dem Tunnel kommt, wird also die Elfte aufbrechen. Nur jene Soldaten bleiben hier, die als Rückendeckung vorgesehen sind. Ich wünsche jetzt in den letzten Minuten keine Heldentaten, die die Evakuierung gefährden. Und ich wünsche ebenfalls nicht, dass es irgendwelche Missverständnisse gibt. Hat jeder verstanden, was er zu tun hat?«

Niemand machte eine Bemerkung, also sagte Guy: »Gut. Eines sollte allen klar sein: Sobald die Männer außerhalb der Stadt sind, sind sie auf sich selbst gestellt. Ich möchte, dass so viele wie möglich Yabon erreichen.« Kalte Wut schwang in seiner Stimme, als er hinzufügte: »Eines Tages werden wir Armengar wieder aufbauen.« Dann zögerte er; die folgenden Worte schienen ihm nicht leichtzufallen. »Also, beginnt den letzten Abschnitt der Evakuierung.«

Die Kommandanten verließen den Saal, und Arutha fragte: »Wann werdet Ihr gehen?«

»Selbstverständlich als Letzter«, antwortete Guy.

Arutha sah Amos an, und der nickte. »Hättet Ihr etwas dagegen, wenn ich bei Euch bliebe?«

Guy wirkte überrascht. »Ich wollte Euch gerade vorschlagen, dass Ihr Euch der Zweiten Kompanie anschließt. Die Erste stößt womöglich auf Überraschungen, den späteren kommt vielleicht die Verstärkung aus den Bergen zu Hilfe. Die letzte läuft am meisten Gefahr, überwältigt zu werden.«

»Ich weiß nicht, ob ich wirklich daran glaube, dass ich der Krieger bin, der Murmandamus vernichten wird«, sagte Arutha. »Doch falls ich es bin, sollte ich vielleicht bleiben.«

Guy dachte einen Moment lang darüber nach. »Nun, warum nicht? Ihr könnt nicht mehr tun, als Ihr schon getan habt. Hilfe ist entweder unterwegs oder nicht. Auf jeden Fall kommt sie zu spät, um die Stadt zu retten.«

Arutha blickte zu Jimmy und Locklear hinüber. Jimmy wollte offensichtlich gerade eine spöttische Bemerkung machen, doch Locklear meinte einfach: »Wir bleiben auch.«

Arutha sah den seltsamen Ausdruck auf dem Gesicht des Junkers aus Endland, und er verkniff sich das, was er sagen wollte. Die jungenhafte Unsicherheit, die immer hinter Locklears breitem Lächeln gelauert hatte, war verschwunden. Seine Augen blickten reifer und ohne Zweifel mit einer inneren Härte. Arutha nickte.

Sie warteten einige Zeit und tranken Bier, um den Geschmack des Feuers hinunterzuspülen und sich von der Hitze abzukühlen. Gelegentlich traf ein Bote ein und berichtete, dass die nächste Kompanie die Zitadelle verlassen hatte. Die Stunden zogen sich dahin, nur unterbrochen von den vereinzelten dumpfen Explosionen, wenn wieder ein Keller in die Luft gegangen war. Arutha fragte sich, wie es immer noch weitere Brände geben konnte, doch jedes Mal, wenn er glaubte, die Feuer würden keine neue Nahrung mehr finden, folgte die nächste Explosion.

Nachdem der erfolgreiche Aufbruch der Siebten Kompanie gemeldet wurde, betrat ein Soldat den Saal. Er war in Leder gekleidet, doch er gehörte eindeutig zur Reserve, die aus Hirten und Bauern bestand. Er hatte das rote Haar, das ihm auf die Schultern fiel, nach hinten gebunden, und in seinem Gesicht wuchs ein roter Vollbart. »Protektor! Kommt, seht Euch das an!«

Guy und die anderen eilten hinter dem Krieger zu den Fenstern in dem langen Flur vor dem Saal und sahen hinaus auf die brennende Stadt. Das wilde Inferno hatte sich etwas gelegt, doch überall loderten noch unkontrollierbare Brände. Sie hatten angenommen, dass es noch eine weitere Stunde dauern würde, bis Murmandamus neue Soldaten durch die zerstörten Straßen schicken konnte. Doch offenbar hatten sie sich getäuscht, denn zwischen den immer noch brennenden Gebäuden in der Nähe des Marktplatzes schlichen Gestalten auf die Zitadelle zu.

Guy verließ den Balkon und eilte zur Mauer. Von dort konnte er im Feuerschein die Silhouetten einer Truppe Soldaten ausmachen. Sie bewegten sich langsam voran, als wollten sie innerhalb eines bestimmten Bereichs bleiben.

Während Guy und die anderen dies beobachteten, meldete ein Kurier den Aufbruch der Achten Kompanie.

Die heranrückenden Gestalten erreichten den äußeren Hof, und Guy fluchte. Kompanien von Goblins standen dort unter schützenden Schilden.

»Was ist das?«, fragte Jimmy.

Ohne Schwierigkeiten und ohne Schutz ritt der Anführer der Moredhel durch die immer noch starke Hitze, und die Bestie unter ihm war fürchterlich anzuschauen. Sie hatte die Gestalt eines Pferdes, war jedoch mit rot glühenden Schuppen bedeckt, als wäre eine Schlangenhaut bis zum Schmelzpunkt erhitzt worden. Die Mähne und der Schweif der Kreatur bestanden aus tanzenden Flammen, und die Augen leuchteten wie glühende Kohlen. Sie atmete heißen Dampf aus.

»Ein Dämonenross«, sagte Arutha. »Ein Reittier, auf dem der Legende nach nur ein Dämon reiten kann.«

Die Kreatur bäumte sich auf, und Murmandamus zog das Schwert. Er schwang es nach vorn, und vor den ersten Kompanien seiner Armee erwachte ein pechschwarzes Etwas zum Leben, das jedes Licht aufsaugte. Es zerfloss auf den Steinen des Platzes wie Quecksilber zu einem Rechteck. Nach einem Moment wurde den Beobachtern auf der Zitadelle klar, dass es eine gut drei Meter breite schwarze Plattform bildete. Dann erhob sich das seltsame Etwas langsam und wurde zu einer dunklen Rampe über den Wassergraben. Ein Stück des schwarzen Etwas brach aus der Rampe und schwebte von der sich erhebenden Brücke fort. Es verfestigte sich zu einem Block und wuchs. Der Block formte eine weitere Brücke. Nach einer Weile spalteten sich noch ein dritter und dann ein vierter Block ab und nahm neue Form an.

»Verflucht!«, knurrte Guy. »Er baut Brücken zur Mauer.« Dann rief er: »Die Evakuierung soll beschleunigt werden!«

Die schwarzen Brücken hatten bereits die Mitte des Wassergrabens erreicht, und die ersten Kompanien der Goblins betraten sie und bewegten sich langsam auf die Kante zu.

Meter um Meter schoben sich die schwarzen Brücken auf die Verteidiger zu. Guy befahl den Bogenschützen zu schießen.

Die Pfeile sausten los, prallten jedoch ab, als wären sie gegen eine Wand geflogen. Was auch immer die Angreifer vor der Hitze geschützt hatte, schützte sie auch vor den Pfeilen. Die Feuer in der äußeren Stadt brannten herunter, und immer mehr Angreifer drangen in Armengar ein, wie die Wache von der Spitze der Zitadelle meldete.

Guy schrie: »Von der Mauer runter! Die Nachhut auf die Balkone. Alle anderen Einheiten räumen sofort die Zitadelle! Niemand bleibt zurück!«

Die noch immer geordnete Räumung würde bald zu einer hastigen Flucht werden. Die Eindringlinge würden die letzten Befestigungen etwa eine Stunde früher überwinden, als Guy es für möglich gehalten hatte. Arutha wusste, dass es innerhalb der Zitadelle zu einem Kampf kommen konnte, und im Geiste machte er sich schon darauf gefasst, in diesem Fall solange zu warten, bis er Murmandamus gegenübertreten konnte.

Sie jagten über den Hof und eilten zu der inneren Treppe zum ersten der drei Balkone. Überall wurden Fenster und Türen zugeschlagen und verrammelt. Als sie die lange Eingangshalle verließen, bemerkte Arutha, wie ein Stapel Fässer vor dem Aufzug platziert wurde. Weitere Fässer wurden vor alle Türen gestellt, und alle wurden geöffnet. Guy du Bas-Tyras letzte Tat würde es sein, die Zitadelle in Brand zu stecken, um noch mehr von Murmandamus' Soldaten zu vernichten. Für das Wohl des Königreichs hoffte Arutha, dass Murmandamus' Fähigkeit, seine Soldaten vor dem Feuer zu schützen, an irgendwelche Grenzen stoßen würde.

Soldaten rannten durch die Halle und zerschlugen seltsame Abdeckungen in der Wand, die von einfachen Tafeln in der Farbe des weißen Steins verborgen gewesen waren. Dahinter wurden schwarze Löcher sichtbar, aus denen der schwache Geruch von Naphtha drang. Als sie hinaus auf den Balkon gingen, bemerkte Amos Aruthas neugierigen Blick und sagte: »Die Lüftungsschächte verlaufen vom Keller bis zum Dach. Damit das Feuer mehr Luft bekommt.«

Arutha nickte und sah zu, wie die erste Welle von Murmandamus' Soldaten die Brüstung der Mauer erklomm. Sobald sie die Mauer betreten hatten, verschwand das sie schützende Feld, und sie schwärmten aus und suchten nach Deckung, als die Bogenschützen auf den Balkonen zu schießen begannen. Die Katapulte waren jetzt nutzlos, denn die Entfernung war zu kurz. Doch ein Dutzend Wurfmaschinen, die wie gigantische Armbrüste aussahen, schossen große speerähnliche Geschosse auf die Feinde ab. Guy gab den Mannschaften der Wurfmaschinen den Befehl, den Balkon zu verlassen.

Der Protektor sah zu, wie seine Bogenschützen die Eindringlinge in die Enge trieben. Arutha wusste, dass jeder Moment zählte, weil dann wieder einigen die Flucht aus der Stadt gelingen konnte.

Hinter den näher kommenden Goblins stürmten weitere die Mauern, wie man hören konnte. Murmandamus' Truppen übernahmen das Torhaus, ließen die Brücke hinunter und öffneten das Tor, und eine Armee flutete herein. Die Brände in der Stadt waren so gut wie ausgebrannt, und mehr Kompanien der Eindringlinge marschierten auf die Zitadelle zu. Schließlich schrie Guy: »Es ist vorbei! Alle in den Tunnel!«

Jeder der Bogenschützen ließ einen letzten Pfeil fliegen, dann wandten sich alle um und flohen ins Innere. Getreu seinem Wort wartete Guy, bis alle anderen drinnen waren, bevor auch er hereinkam und die letzte Tür verrammelte. Fensterläden schützten sämtliche Fenster auf dem Balkon. Von unten hörte man harte Schläge, als die Eindringlinge versuchten, die verrammelten Türen aufzubrechen.

»Der Aufzug ist ganz nach oben gezogen«, rief Amos. »Wir müssen die Treppe nehmen.«

Sie umrundeten eine Ecke und gelangten in einen anderen Flur, schlugen die Tür zu, verrammelten sie und rannten eine enge Treppenflucht hinunter. Unten erreichten sie die riesige Höhle. Jede der speziellen Laternen brannte, und die Höhle war von einem geisterhaften Licht erhellt. Aruthas Augen schmerzten von den Öldünsten, die durch die Brise aus dem Tunnel geblasen wurden. Die letzte Reservekompanie betrat gerade den Fluchtgang. Guy und die anderen rannten auf die Tür zu und mussten warten, weil im Tunnel immer nur Platz für zwei Leute nebeneinander war. Von oben her hörten sie Rufe und Schläge gegen die Türen.

Wieder bestand Guy darauf, der Letzte zu sein. Er schloss die Tür und versperrte sie mit einem großen Eisenriegel. »Dafür brauchen sie sicher ein paar Minuten.« Als er sich zur Flucht wandte, meinte er zu Arutha: »Betet, dass keiner dieser Bastarde eine Fackel in die Höhle bringt, ehe wir den Tunnel verlassen haben.«

Sie eilten los und schlugen immer wieder Zwischentüren zu, die der Protektor verriegelte. Endlich erreichten sie das Ende des Tunnels, und Arutha betrat eine große Höhle. Nicht weit vor ihnen konnte man durch den riesigen Ausgang in die Nacht hinaussehen. Ein Dutzend Bogenschützen der Nachhut hielten sich schussbereit, für den Fall, dass Guy angegriffen wurde, solange er noch die letzte Tür verschloss. Weitere drei oder vier Dutzend standen kurz vor dem Aufbruch. Sie warteten nur noch einen Moment, damit sie nicht direkt hinter der vor ihnen gestarteten Gruppe der Flüchtlinge losliefen. Den Geräuschen nach, die aus der Dunkelheit zu ihnen drangen, waren bereits einige der Armengaren in Gefechte mit feindlichen Einheiten verwickelt. Arutha wusste, höchstwahrscheinlich würden sich die meisten Flüchtlinge bis zur Morgendämmerung weit in den Hügeln verteilt haben.

Guy scheuchte die Bogenschützen mit einer Handbewegung aus der Höhle, und bald waren alle außer der Nachhut sowie Locklear, Jimmy, Arutha, Amos und Guy verschwunden. Guy schickte schließlich auch die Nachhut fort, und die fünf waren allein.

Aus der Dunkelheit tauchte eine Gestalt auf, und Arutha erkannte ihn als den Krieger, der die Nachricht gebracht hatte, dass Murmandamus durch die Flammen anmarschierte.

»Flieh!«, befahl Guy.

Der Soldat zuckte mit den Schultern und schien den Befehl überhaupt nicht zu beachten. »Ihr habt gesagt, jeder Mann muss auf sich selbst achten, Protektor. Demnach kann ich auch hierbleiben.«

Guy nickte. »Dein Name?«

»Shigga.«

»Ich habe von dir gehört, Shigga der Speer«, sagte Amos. »Hast die Mittsommerspiele letztes Jahr gewonnen.« Der Mann zuckte mit den Achseln.

»Hast du de Sevigny gesehen?«, fragte Guy.

Shigga deutete mit dem Kinn auf den Ausgang der Höhle. »Er und einige andere sind gerade losgezogen, bevor Ihr eingetroffen seid. Sie sind sicherlich schon an den obersten Schanzen vorbei, die etwa hundert Meter von hier liegen.«

Aus dem Tunnel drang schwach das Krachen von brechendem Holz.

»Sie haben die letzte Tür erreicht.« Guy griff nach einer Kette, die unter der Schwelle der Tür hindurchgezogen war. »Helft mir.« Alle packten die Kette und zogen daran, bis sie sie an einer Wurfmaschine befestigen konnten, die von der Tür fortwies. Die Wurfmaschine war im Felsboden der Höhle verankert. Sie war nicht geladen, doch sobald die Kette daran befestigt war, erkannte Arutha den Sinn der Kriegsmaschine.

»Ihr löst die Wurfmaschine aus, und sie bringt den Tunnel zum Einsturz?«

Amos nickte. »Die Kette verbindet die Stützen des Tunnels bis zur Höhle miteinander. Die Tunneldecke wird über Hunderte dieser verdammten Ratten niederbrechen. Aber das ist noch nicht alles.«

»Lauft jetzt los«, sagte Guy, »und wenn Ihr den Ausgang erreicht, löse ich sie aus.«

An der letzten Tür war jetzt ein rhythmisches Pochen zu hören. Sie mussten eine Ramme zum Einsatz gebracht haben. Arutha und die anderen eilten aus der Höhle und blieben stehen, um das Geschehen zu beobachten. Guy löste die Wurfmaschine aus. Sie schien erst zu klemmen, dann riss sie die

Kette mit einem Ruck nur ein paar Zoll vorwärts. Das reichte. Die Tür brach abrupt nach vorn heraus, und Guy rannte zum Höhlenausgang. Hinter ihm breitete sich eine Staubwolke aus. Einige blutige, erschlagene Goblins kamen zum Vorschein, und Felsen kullerten aus dem Tunnel.

Sie alle, Guy eingeschlossen, liefen davon. Der Protektor zeigte nach oben, wo ein Pfad auf den Berg über der Höhle führte. »Ich werde für eine Weile dort hinaufgehen. Wenn Ihr aufbrechen wollt, geht, doch ich muss mir das ansehen.«

»Das möchte ich auch nicht verpassen«, sagte Amos und folgte ihm. Arutha blickte ihnen hinterher und kam dann nach.

Während sie neben dem Höhleneingang hochkletterten, konnten sie plötzlich unter ihren Füßen ein Rumpeln spüren, dem eine Serie von dumpfen Explosionen folgte. Amos sagte: »Der Aufzug war so eingerichtet, dass er heruntergestürzt ist, als der Tunnel zusammenbrach. Das wird die Fässer auf allen Stockwerken zur Explosion gebracht haben, bis unten in die Höhle.« Wieder hörten sie eine Reihe von Explosionen. »Scheint, als würde es funktionieren.«

Plötzlich bebte der Boden unter ihren Füßen. Ein Lärm, als würde der Himmel aufreißen, rauschte in ihren Ohren, und sie wurden von den Beinen geworfen. Eine enorme Erschütterung ließ sie einen Moment lang wie betäubt daliegen. Über dem Grat der Erhebung, die sie hinaufgeklettert waren, sahen sie einen Feuerball in den Himmel steigen. Er schoss weiter nach oben und breitete sich aus, und in der schrecklichen Schönheit seines Glühens sahen sie, wie Trümmer in die Höhe geschleudert wurden.

Dumpfes Grollen ließ den Boden erzittern, als sich die letzten Reserven an Naphtha entzündeten und den Bergfried auseinanderrissen. Steine, zerfetzte Reste von Holz und Leichen wurden in die Luft geworfen, als hätte sie ein Wirbelsturm erfasst.

Arutha lag am Boden, sprachlos von diesem Anblick. Ein scharfer Wind strich über ihn hinweg, und dem folgte eine starke Hitze. Die Luft brannte in der Nase und stach in die Gesichter, als ständen sie nur wenige Meter vor einem riesigen Kamin. Amos musste schreien, um sich in dem Lärm verständlich zu machen. »Das Lager unter der Zitadelle ist hochgegangen. Wir haben dort den ganzen Tag und die ganze Nacht gelüftet, damit es ein schön explosives Luftgemisch gibt.«

Seine Worte waren bei dem Getöse kaum zu hören, und sie alle wurden von einer weiteren Explosion von ungeheurer Wucht zu Boden gedrückt. Der Grund unter ihnen hob und senkte sich. Eine Reihe kleinerer Explosionen folgte, und die Erschütterungen hämmerten auf sie ein wie Faustschläge. Sie waren noch immer zweihundert Meter von dem Abgrund entfernt, von dem aus man die Stadt überblicken konnte, doch die Hitze war selbst im Liegen nahezu unerträglich.

Guy schüttelte den Kopf, damit er wieder ganz zu sich kam. »Es war … noch stärker, als wir vermutet haben.«

Locklear sagte: »Wenn wir den Rand der Felswand vor uns erreicht hätten, wären wir gegrillt worden.«

Jimmy warf einen Blick über die Schulter. »Und es war auch nicht verkehrt, dass wir die Höhle verlassen haben.«

Alle reckten die Hälse und sahen zurück in die Richtung, in die der Junker zeigte. Der Boden schwankte immer noch, und weitere Explosionen folgten. Schutt rollte an ihnen vorbei den Hang hinab. Unter ihnen hatte sich die Gestalt des

Berges verändert. Durch die erste große Explosion war der gesamte Inhalt des Tunnels ins Freie geblasen worden. Der Hang vor der Höhle war bedeckt mit Trümmern und Leichenteilen. Dann bebte der Boden bei einer weiteren Explosion noch einmal. Wieder erhob sich über ihnen ein Feuerball, wenn auch nicht ganz so riesig wie der letzte.

Eine dritte gewaltige Explosion folgte, woraufhin es noch einmal etwas schwächer bebte. Alle lagen still da, denn wer versucht hätte aufzustehen, wäre durch das Zittern der Erde gleich wieder umgeworfen worden. Nach einer Zeit vibrierte der Grund unter ihnen nur noch leicht, und sie konnten sich wieder erheben.

Noch immer gute zweihundert Meter vom Abgrund über der Stadt entfernt, versammelten sie sich und beobachteten, wie die endgültige Zerstörung von Armengar ihrem Ende zuging. In nur einigen wenigen schrecklichen Augenblicken war die Heimat eines Volkes, der Mittelpunkt seiner Kultur, hinweggefegt worden. Diese Vernichtung war in der Geschichte der Kriege auf Midkemia unübertroffen. Guy starrte hoch in den glühenden Himmel. Er wollte näher an die Kante der Klippe heran, doch die Gluthitze erhob sich wie ein fast sichtbarer Vorhang vor dem Abgrund und trieb ihn zurück. Einen Moment lang stand er da, als wollte er dem Inferno die Stirn bieten und trotzdem einen Blick auf die Überreste seiner Stadt werfen, dann gab er auf.

»Nichts kann diese Explosion überlebt haben«, bemerkte Arutha. »Jeder Goblin, Troll und jeder Düstere Bruder zwischen der Zitadelle und der Stadtmauer müssen getötet worden sein.«

»Vielleicht hat es Seine Hoheit, den königlichen Bastard,

ja ebenfalls erwischt«, sagte Amos. »Ich würde gern glauben, dass seine Magie an ihre Grenzen gestoßen wäre.«

»Seine Soldaten mögen gefallen sein«, meinte Arutha, »doch ich glaube, er selbst ist entkommen. Der Bestie, die er geritten hat, kann das Feuer kaum etwas ausgemacht haben.«

»Seht!«, rief Jimmy und wies hoch in den Himmel.

Die Rauchwolke über ihnen glühte rot vom Feuerschein, während sich immer noch eine Flammensäule in den Himmel erhob. Vor dem wütenden Hintergrund war eine einsame Gestalt zu sehen, die auf dem Rücken eines glühenden Rosses durch die Luft schoss. Es sah aus, als würde sie in Schlangenlinien einen Berg hinunterreiten, und sie strebte offensichtlich auf das Zentrum von Murmandamus' Lager zu.

»Dieser Sohn einer räudigen Hündin!«, schimpfte Amos. »Kann denn nichts diesen Fliegenfresser umbringen?«

Guy sah sich um. »Ich weiß es nicht, doch wir haben jetzt andere Sorgen.«

Sie entdeckten, dass die gesamte Höhle unter ihnen eingestürzt war. Wo der Eingang gewesen war, ergoss sich nur noch Schutt ins Tal. Sie suchten sich ihren Weg durch die Trümmer und kamen an etlichen zusammengebrochenen Schanzen vorbei, die die Stadt gegen Angriffe von oben hatten schützen sollen. Schließlich erreichten sie einen Graben, der sie hinunter in den Cañon führte. Dort waren Pferde versteckt.

»In den vorderen vier oder fünf Cañons werden sich die ersten Flüchtlinge die Pferde genommen haben«, sagte Guy. »Wenn wir also Reittiere suchen wollen, müssen wir weiter nach draußen.«

Arutha nickte. »Dennoch müssen wir zuerst eine Entscheidung treffen: Sollen wir uns westwärts nach Yabon oder ostwärts nach Hohenburg wenden?«

»Nach Yabon«, entschied Guy. »Sollte Hilfe unterwegs sein, haben wir die Chance, ihr auf der Straße zu begegnen.« Er ließ den Blick schweifen, um festzustellen, welches die Richtung war, die sie am besten einschlagen sollten. »Was auch immer Murmandamus für Einheiten hier stationiert hatte, sie werden mittlerweile wohl aufgerieben sein. Vielleicht haben wir Ruhe.«

Amos lachte in sich hinein. »Selbst seine großen Kompanien werden sich nicht gern einer fliehenden Armee in den Weg stellen wollen. Das ist nicht gerade der Gesundheit dienlich.«

»Trotzdem«, sagte Guy, »wenn es um ihr Leben geht, kämpfen sie wie die Ratten, die sie sind. Und beim ersten Tageslicht werden Tausende als Verstärkung hier heraufkommen. Wir haben bestenfalls noch ein paar Stunden zur Flucht.«

Aus dem Cañon war ein Geräusch zu hören, und alle zogen ihre Waffen und verbargen sich im kargen Schutz, den ihnen die herabgestürzten Felsen boten. Guy gab ein Zeichen, damit sie sich bereithielten.

Schweigend warteten sie, und hinter einer Ecke kam eine Gestalt hervor. Guy sprang vorwärts und …

Er hielt mitten im Schlag inne. »Briana!«

Die Kommandantin der Dritten Kompanie sah leicht benommen aus und hatte eine blutende Schnittwunde an der Stirn. Als sie Guy erkannte, entspannte sie sich. »Protektor«, sagte sie erleichtert. »Wir wurden gezwungen umzukehren. Eine Patrouille von Trollen tauchte am unteren Ende des Cañons auf. Sie versuchten offenbar, zu ihren eigenen Truppen zu fliehen. Während wir kämpften, um aneinander vorbeizukommen, gab es diese Explosion. Wir wurden mit Steinen überschüttet. Ich weiß nicht, was mit den Trollen passiert ist. Ich glaube, sie sind geflohen …« Sie deutete auf ihre blutende Stirn. »Einige von uns wurden verletzt.«

»Wer ist bei dir?«, fragte Guy.

Arutha machte einen Schritt auf sie zu, während Briana den Kopf schüttelte, um ihre Gedanken zu klären, dann gab sie ein Zeichen, und im Feuerschein der brennenden Stadt tauchten zwei weitere Wachen, von denen eine offensichtlich verwundet war, und etwa ein Dutzend Kinder auf. Die Augen vor Schreck weit aufgerissen, musterten sie Arutha, Guy und die anderen.

»Sie sind einigen Düsteren Brüdern in die Falle gegangen«, erklärte Briana. »Meine Soldaten töteten die Düsteren Brüder, doch wir wurden voneinander getrennt. In der ganzen letzten Stunde sind wir immer wieder auf Versprengte gestoßen.«

Guy zählte. »Sechzehn.« Er wandte sich an Arutha. »Was sollen wir jetzt machen?«

Arutha erwiderte: »Ob sich jeder Mann nun selbst durchschlagen soll oder nicht, wir können sie jedenfalls nicht allein hier zurücklassen.«

Amos drehte sich um. Ein Geräusch hatte seine Aufmerksamkeit erregt. »Was auch immer wir tun, es wäre besser, wir täten es irgendwo anders. Also, kommt mit.«

Guy zeigte auf den Rand der Schlucht, und er und die anderen halfen den Kindern hinaufzuklettern. Bald standen alle oben an der Kante des Cañons und machten sich auf in Richtung Westen.

Arutha erreichte den oberen Rand des Cañons als Letzter,

und während die anderen bereits außer Sicht waren, ließ er sich hinter einem Felsvorsprung auf die Knie nieder.

Eine Kompanie Goblins erschien. Sie bewegte sich vorsichtig voran, als würde sie hinter jeder Biegung einen Angriff erwarten. Offenbar versuchten sie, ungeschoren wieder zu ihren eigenen Reihen zurückzugelangen. Einige von ihnen bluteten. Sie hatten wohl schon ein Gefecht mit armengarischen Flüchtlingen hinter sich.

Arutha wartete, bis er sicher war, dass die Kinder weg waren, dann nahm er einen Stein und schleuderte ihn so weit wie möglich an den Goblins vorbei. Der Stein flog unsichtbar durch die Nacht und schlug polternd hinter ihnen auf. Die Goblins fuhren herum und eilten davon, offenbar aus Angst vor einem Angriff von hinten. Arutha lief geduckt los, dann sprang er auf den anderen Weg.

Bald holte er den hintersten Mann seiner Truppe ein. Es war Shigga, der die Rückendeckung übernommen hatte.

Shigga machte eine Geste mit dem Kopf. Arutha flüsterte: »Goblins.«

Der Speerwerfer nickte, und die beiden liefen den Weg entlang und folgten den kleinen Flüchtlingen.

Flucht

Arutha gab das Zeichen zum Halten.

Alle, auch die Kinder, duckten sich in die tiefe Furche, der sie die ganze Nacht lang gefolgt waren. Der Tag dämmerte herauf, und nach der furchtbaren Zerstörung von Armengar war das Land hinter der Stadt zum Niemandsland geworden.

Der Fall der Stadt war für Murmandamus ein Sieg gewesen, der ihn jedoch wesentlich mehr gekostet hatte als erwartet. In den Bergen hinter Armengar herrschte das reinste Chaos. Die wild aus der Stadt fliehenden Truppen hatten die umherziehenden Einheiten überrannt. Eine große Anzahl Trolle und Goblins hatte die Berge verlassen und war in das Lager von Murmandamus zurückgekehrt.

In den ersten Stunden nach der Vernichtung der Stadt hatte Aruthas Gesellschaft nur wenige Goblins, Trolle oder Düstere Brüder gesehen. Offenbar hatte Murmandamus nicht viele Einheiten in die Berge abkommandiert.

Zuerst hatten Murmandamus' Truppen zwischen den Felsen keinen Vorteil erzielen können. Die Kommandanten hatten sich untereinander nicht abgesprochen, und es waren auch noch nicht genügend Soldaten in die Berge vorgedrungen, um die Unterlegenheit der Armengaren ausnutzen zu können. Gruppen von Goblins und Moredhel wagten sich in die kleinen Cañons und Schluchten hinter der Stadt und versuchten, die Flüchtlinge in der Dunkelheit zu überfallen, doch viele kehrten von diesen Raubzügen nicht wieder zurück. Nach und nach wurde das Gleichgewicht allerdings ins Wanken gebracht. Bald würde sich das gesamte Gebiet in der Gewalt des Feindes befinden.

Arutha betrachtete die zusammengekauerten Kinder. Etliche von den kleineren waren wegen der schlaflosen Nacht und der ständigen Angst am Rande des Zusammenbruchs. Das Problem, einen sicheren Durchschlupf nach Süden zu finden, wurde durch die jüngsten Kinder noch erschwert, denn die bewegten sich nur sehr langsam. Und hinter jeder Wegbiegung konnten sie in ein Gefecht mit dem Feind verwickelt werden. Zweimal waren sie auf weitere Flüchtlinge aus der Stadt gestoßen, doch Guy hatte sie vorbeiziehen lassen, damit die Gruppe nicht noch größer wurde. Und ebenfalls zweimal hatten sie Leichen entdeckt – Soldaten von beiden Seiten.

Die Stiefeltritte wurden lauter, und da es offensichtlich eine größere Anzahl war, die kaum den Versuch unternahm, sich versteckt zu halten, schloss Arutha auf Feinde. Er gab ein Zeichen, und alle zogen sich weiter in den tiefen Graben zurück, bis Guy, Amos, Briana und Shigga vor den kauernden Kindern geduckt im Schatten standen. Jimmy und Locklear blieben zwischen den Kleinen und hielten sie ruhig.

Die Patrouille, die von einem Moredhel angeführt wurde, bestand aus Trollen und Goblins. Die Trolle schnüffelten herum, doch der schwere Geruch des Rauchs machte es ihren Nasen nicht leicht. Sie marschierten an dem Graben vorbei und verschwanden in einem anderen Hohlweg. Als sie vorbei waren, gab Arutha ein Zeichen, und die Truppe bewegte sich vorsichtig weiter voran, entgegen der Richtung, in die sich die Patrouille aufgemacht hatte.

Plötzlich schrien die Kinder vor Angst auf, und Arutha und die anderen wirbelten herum. Jimmy sprang an den Kindern vorbei, Locklear war an seiner Seite, und beide hatten die Waffen gezogen. Trolle griffen an. Ob sie die Flüchtlinge nun entdeckt hatten oder sich einfach dazu entschlossen hatten, den Rückweg durch den Graben anzutreten, konnte Arutha nicht sagen, doch er wusste, sie mussten sich dieser Patrouille schnellstens entledigen, anderenfalls würde sie noch weitere alarmieren.

Arutha stieß über Locklears Schulter hinweg zu und tötete einen Troll, der den Jungen von hinten angreifen wollte. Amos und Guy kamen herbei, und schon war die ganze Truppe in den Kampf verstrickt.

Shigga warf seinen Speer und tötete einen weiteren Troll, während sich der Moredhel Guy entgegenstellte. Der Dunkelelb erkannte den Protektor von Armengar und rief: »Einauge!« Er attackierte du Bas-Tyra mit wilder Wut und drängte Guy zurück, doch Locklear wiederholte Aruthas Trick, stieß an Guy vorbei zu und tötete den Moredhel.

Dann war es vorbei. Fünf Trolle, eine gleiche Anzahl Goblins und der Moredhel waren tot. Arutha keuchte und sagte: »Dieser schmale Graben hat doch seine Vorteile. Wenn sie uns hätten umzingeln können, hätten wir niemals überlebt.«

Guy sah in den Himmel, an dem der Morgen graute. »Wir müssen einen Ort finden, wo wir uns verstecken können. Die Kinder schlafen fast im Stehen ein, und hier in der Nähe gibt es keine Stelle, an der wir über die Berge kommen können.«

»Mein Kraal ist nicht weit von hier, deshalb bin ich hier

viel herumgekommen, Protektor«, sagte Shigga. »Etwa eine Meile weiter im Westen gibt es einen Weg, der nicht häufig benutzt wird. Er führt zu einer kleinen Höhle. Vielleicht können wir deren Eingang tarnen. Allerdings ist der Weg dorthin mit beschwerlicher Kletterei verbunden …«

»Wir haben keine andere Wahl«, meinte Amos.

»Führ uns hin«, sagte Guy.

Shigga trabte in schnellem Schritt los und wurde nur langsamer, wenn er um Wegbiegungen spähte. Nachdem er die Felsen am Rande des Hohlwegs hochgeklettert war, begannen sie, die Kinder hinaufzureichen. Das letzte Kind war gerade hochgehoben worden, und Briana war hinterhergeklettert, da hörten sie von Westen her einen Ruf. Ein halbes Dutzend armengarischer Soldaten lieferte sich ein Rückzugsgefecht mit einer größeren Anzahl Goblins, die sie in Richtung von Arutha und seinen Gefährten drängten.

Guy rief Briana zu: »Bring die Kinder weg von hier!«

Shigga duckte sich und hielt den Speer wurfbereit, während Briana mit den Kindern in die Höhle eilte.

Arutha und die anderen stießen zu den Armengaren, blockierten den Hohlweg und wichen vor den Goblins nicht zurück. Die Goblins kämpften mit wilder Entschlossenheit, und plötzlich rief Arutha: »Sie fliehen vor etwas hinter ihnen!«

Der Druck der Goblins auf die Armengaren nahm noch zu. Guy befahl einen langsamen Rückzug, und Schritt für Schritt ließen sie sich von den Goblins durch den Hohlweg zurückdrängen.

Während Briana die Kleinen voranscheuchte, stand Shigga noch immer geduckt am oberen Rand, um den engen Weg zur Höhle gegen Trolle oder Goblins zu verteidigen, die versuchen könnten, zu den Kindern hochzuklettern. Doch die Goblins ignorierten sie; sie wollten einfach nur an Guys Abteilung vorbeikommen.

Dann ertönte ein Schrei von der anderen Seite, die Arutha nicht sehen konnte, und etliche der hinteren Goblins kämpften auf einmal gegen einen neuen Feind. Die Goblins kamen zum Stillstand, weil sie zwischen den beiden Gruppen der Angreifer in der Falle saßen.

Ein aufgeregter Ruf brachte Arutha dazu, sich umzudrehen. Jimmy und Locklear hatten ihnen den Rücken gesichert. Jetzt aber tauchte am gegenüberliegenden Ende des Hohlwegs ein weiterer Trupp Goblins auf. Ohne Zögern schrie Arutha: »Klettert! Raus hier!«

Er und die Jungen sprangen auf die Felsen zu, stachen dabei aber immer wieder nach unten, damit auch Amos und Guy die Gelegenheit bekamen, nach oben zu klettern.

Dann sah Arutha, was die Goblins in die Flucht geschlagen hatte. Sie wurden von einer Kompanie wütender Zwerge attackiert. Hinter den Zwergen entdeckte er zwei Elben, die ihre Bögen im Anschlag hatten und über die Köpfe ihrer kleineren Kampfgenossen hinwegschossen. Arutha erkannte einen der beiden Elben und schrie: »Galain!«

Der Elb sah auf und winkte. Er schulterte seinen Bogen, sprang auf den Grat und umging das Kampfgeschehen in dem Hohlweg. Mit einem langen Schritt setzte er über eine weitere tiefe Furche hinweg und landete auf der Seite des Grabens, auf der Arutha stand. »Martin ist weiter unterwegs nach Yabon! Ist mit Euch alles in Ordnung?«

Arutha nickte und holte tief Luft. »Ja, doch die Stadt ist gefallen.«

»Das wissen wir«, antwortete der Elb. »Die Explosion war noch viele Meilen entfernt zu sehen. Die ganze Nacht über sind wir immer wieder auf Flüchtlinge gestoßen. Die meisten von Dolgans Zwergen haben einen losen Korridor entlang des hohen Wegs gebildet.« Er zeigte zur Hauptstraße zurück, die sie benutzt hatten, als sie nach Armengar gekommen waren. »Der größte Teil der Flüchtlinge wird es dort hindurch schaffen.«

»Da oben in der Höhle sind noch Kinder.« Guy machte eine Handbewegung in Shiggas Richtung, der auf der anderen Seite des Hohlwegs kauerte.

»Arian!«, rief Galain. »Dort oben sind Kinder!« Er zeigte zu der Höhle.

Die zweite Abteilung der Goblins mischte sich ins Kampfgetümmel, und jede weitere Verständigung war unmöglich. Einige Goblins versuchten, die Felsen hochzuklettern, doch Amos trat einem ins Gesicht, und Jimmy rammte einem zweiten das Schwert in den Leib, woraufhin sich die anderen die Sache noch einmal überlegten.

Arian, der zweite Elb, rief: »Wir bringen sie hier raus!« Er schoss weitere Pfeile auf die Goblins ab.

Zwei Zwerge kletterten den schmalen Weg hoch und halfen Shigga, Briana und zwei anderen armengarischen Soldaten, die Kinder sicher nach unten zu bringen.

»Calin hat eine Truppe von uns nach Bergenstein gesandt, damit wir Dolgan unsere Ehrerbietung zollen, wenn er die Krone annimmt«, erklärte Galain. »Als Martin ankam und berichtete, was hier oben vor sich geht, ist Dolgan sofort aufgebrochen. Arian und ich entschlossen uns, ihn zu begleiten, während der Rest von uns mit der Nachricht von Murmandamus' Vormarsch nach Elvandar zurückgekehrt ist. Calin kann den Wald nicht unbeschützt lassen, seit Tomas verschwunden ist, doch ich vermute, er entsendet eine Kompanie Bogenschützen, um die Zwerge dabei zu unterstützen, die Überlebenden über die Berge zu bringen. Der Korridor der Zwerge durch die Berge erstreckt sich von der Inclindel-Schlucht bis etwa eine Meile westlich von hier. Dolgans Krieger schwärmen überall in den Bergen umher, und in der nächsten Zeit wird es hier ziemlich lebendig sein.«

Die Zwerge griffen hinter einer Wand aus Schilden an, während die Männer oben die Kinder auf der Rückseite des Kampfgeschehens an zwei Zwerge hinunterreichten, die sie rasch in Sicherheit brachten. Jimmy zog Guy am Ärmel und deutete auf eine Stelle, an der ein Trupp Trolle versuchte, nach oben zu klettern. Guy sah sich um und bemerkte zwischen sich und den Zwergen noch ein gutes Dutzend Goblins, dann gab er Briana und Shigga mit der Hand ein Zeichen, dass sie mit den Kindern fliehen sollten. Rasch kletterten Guy und die anderen hinter die Goblins und sprangen hinab. Sie rannten bis zur letzten Weggabelung zurück und bogen in eine flache Furche ein. Sie duckten sich in die gleiche Deckung, die ihnen schon vor Minuten Schutz gewährt hatte. »Diese Trolle, die von dort oben kommen«, sagte Guy, »machen es uns unmöglich, die Zwerge zu erreichen. Vielleicht können wir noch tiefer kommen und weiterlaufen, bis wir sie umgangen haben.«

»Hier oben ist alles ziemlich durcheinander«, befand Galain. »Ich war an den vordersten Reihen von Dolgans Armee, und sie sind so weit vorgedrungen, wie sie konnten. Jetzt beginnen sie mit dem Rückzug. Wenn wir sie nicht bald einholen, bleiben wir hier allein zurück.«

Schreie von oben unterbrachen ihre Unterredung. Noch mehr von Murmandamus' Soldaten rannten auf die Zwerge zu. Guy gab ein Zeichen, und sie machten sich in geduckter Haltung davon und krochen tiefer in den Graben hinein. Als sie einige hundert Meter hinter sich gebracht hatten, fragte Guy: »Wo sind wir?«

Sie sahen sich um und erkannten, dass sie nicht den gleichen Weg wie auf dem Hinweg genommen hatten und jetzt irgendwo im Westen der Höhle waren, durch die sie aus der Stadt gekommen waren. Jimmy wollte sich erheben, duckte sich aber gleich wieder und zeigte nach vorn. »Da glüht der Himmel immer noch, also muss dort die Stadt sein.«

Guy fluchte leise. »Wir sind nicht so weit östlich, wie ich gedacht hatte. Ich weiß nicht, wohin dieser Graben führt.«

Arutha sah zum erleuchteten Himmel hinauf. »Wir sollten lieber weiterziehen.«

Sie eilten davon, nicht sicher, wohin es sie eigentlich verschlug, doch mit der Gewissheit, dass sie, falls sie erwischt wurden, sterben würden.

»Reiter«, flüsterte Galain, der den Weg ausgekundschaftet hatte und zu Arutha und Guy zurückkehrte. »Abtrünnige. Ein halbes Dutzend. Diese Kerle machen es sich an einem Lagerfeuer gemütlich.«

»Irgendwelche Anzeichen von weiteren Feinden?«, fragte Guy.

»Nichts. Ich habe weiter im Westen Bewegungen gesehen, doch ich glaube, wir sind hinter Murmandamus' Linien geraten. So wie die dort am Feuer herumlungern, muss es hier oben ziemlich ruhig sein.«

Guy zog mit dem Daumen eine Linie über seine Kehle. Arutha nickte. Amos zog ein Messer aus dem Gürtel und bedeutete den zwei Jungen, um das Lager herumzuschleichen. Geduckt marschierten die beiden weiter, bis Jimmy ein Zeichen gab, und er und Locklear kletterten auf den Weg. Die Junker bewegten sich rasch und lautlos, während Arutha, Amos, Galain und Guy warteten. Schließlich hörten sie einen erstickten Schrei und stürmten herbei.

Die beiden Junker hatten auf der gegenüberliegenden Seite des Lagers eine Wache angesprungen, und die fünf anderen Abtrünnigen wandten den Hinzukommenden die Rücken zu. Drei starben, ohne zu erfahren, dass sich jemand näherte, und die beiden anderen folgten augenblicklich.

Guy sah sich um. »Zieht euch ihre Mäntel über. Wenn wir angerufen werden, entdecken sie die Täuschung wahrscheinlich schnell, doch solange wir von den Wegen fernbleiben, denken ihre Wachposten vielleicht, wir wären nur ein weiterer Trupp, der nach Versprengten sucht.«

Die Jungen zogen die blauen Mäntel über ihre armengarische Lederkluft. Arutha behielt seinen eigenen blauen Mantel an, während sich Amos in einen grünen hüllte; Guy blieb in seinem schwarzen. Bis auf einen Mann trugen alle Armengaren Braun, und indem sie diese Farbe ablegten, konnten sich die Flüchtlinge vielleicht für eine Weile tarnen.

Arutha warf Galain einen grauen Mantel zu und meinte: »Da, versuch so auszusehen wie ein Düsterer Bruder.«

Der Elb entgegnete trocken: »Arutha, Ihr seid Euch, glaube ich, nicht darüber im Klaren, auf was für eine Probe diese Bemerkung unsere Freundschaft stellt. Ich muss Martin bitten, dass er Euch diese Dinge einmal erklärt.«

»Bestimmt, aber erst wenn wir wieder daheim bei unseren Familien sind.«

Die Leichen wurden in einen Graben gerollt. Jimmy sprang auf einen schmalen Grat über dem Lager und kletterte zu einem weiteren Grat hinauf. Von dort oben konnte er einigermaßen gut ausmachen, wo sie sich befanden.

»Verdammt!«, fluchte er und sprang gleich wieder herunter. »Eine Patrouille, noch etwa eine halbe Meile entfernt. Sie sind zwar nicht in Eile, doch sie kommen in diese Richtung. Dreißig oder mehr Reiter.«

»Wir brechen sofort auf«, entschied Guy, und sie bestiegen die Pferde der Abtrünnigen.

Während sie davonritten, sagte Arutha: »Galain, ich habe noch gar keine Zeit gehabt, nach den anderen zu fragen, die mit Martin losgezogen sind.«

»Martin hat Bergenstein als Einziger erreicht.« Galain zuckte mit den Schultern. »Wir wissen nur, dass der Jugendfreund von Laurie tot ist«, erklärte er, ohne den Namen von Roald, dem Gefallenen, zu nennen, ganz so, wie es bei den Elben Sitte war. »Von Laurie und Baru Schlangentöter wissen wir nichts.«

Arutha bedauerte den Tod von Roald. Der Söldner hatte sich als treuer Gefährte erwiesen. Doch noch mehr erschütterte ihn Lauries ungewisses Schicksal. Er dachte an Carline. Um ihretwillen hoffte er, dass es Laurie gutging. Dann schob er diese Sorgen beiseite und gab Galain mit einem Wink zu verstehen, er solle die Führung übernehmen.

Sie machten sich nach Osten auf. Galain ritt voran, und sie glichen tatsächlich einer Truppe Abtrünniger, die von einem Moredhel geführt wurden.

An einer Stelle, wo sich zwei Wege trafen, konnten sie wieder die Stadt sehen. Inmitten der Berge lag ein rauchender Trümmerhaufen. Der Krater an der Stelle, wo der Bergfried gestanden hatte, spuckte immer noch schwarzen Rauch. Die Felsen der Klippe schienen in der frühen Morgendämmerung rot zu glühen.

»Ist denn überhaupt nichts vom Bergfried übrig geblieben?«, fragte sich Guy mit stiller Verwunderung.

Amos sah mit versteinertem Gesicht nach unten. »Er war dort«, erwiderte er und zeigte auf einen Punkt am Fuße der Felswand. Sie konnten nur noch ein Inferno von brennendem Naphtha in der tiefen Grube sehen, die aus den Steinen gesprengt worden war. Nichts erinnerte mehr an die Zitadelle oder die innere Mauer, den Wassergraben oder das erste Dutzend Häuserblocks der Stadt. Jene Gebäude, die am nächsten an der Zitadelle gestanden hatten, waren nur noch Schutthaufen. Nur die äußere Mauer war noch intakt, abgesehen von der Stelle, an der das Außenwerk explodiert war. Alles war zerstört, schwarz verkohlt oder glühte rot. Kein Gebäude war unversehrt geblieben, und die Berge ringsum wurden von einem blauschwarzen Rauchschleier verhüllt. Selbst außerhalb der Mauer waren die Leichenberge entsetzlich hoch.

Murmandamus hatte einen fürchterlichen Schlag hinnehmen müssen, als er die Stadt erobert hatte, dennoch beherrschte sein Heer unverändert die Ebene vor der Stadt. Banner flatterten im Wind, und Kompanien zogen voran. Der Kriegsherr der Moredhel hatte seiner Armee den Abmarsch befohlen.

Amos spuckte aus. »Seht euch das an, er hat immer noch eine größere Armee in Reserve als die, mit der er uns angegriffen hat.«

Arutha sagte mit müder Stimme: »Ihr habt ihn fast fünfzehntausend Tote gekostet und …«

Guy unterbrach ihn. »Und er kann trotzdem mit mehr als fünfunddreißigtausend Mann gegen Tyr-Sog marschieren.« Teile der Truppen hatten sich bereits in Bewegung gesetzt, und die Späher und die Reiter der Vorhut galoppierten zu ihren angewiesenen Posten entlang der Marschroute. Guy beobachtete das Ganze einen Moment, dann fuhr er auf: »Verdammt! Er marschiert nicht nach Süden! Er lässt seine Armee nach Osten ziehen!«

Arutha sah erst Amos, dann Guy an. »Aber das macht doch keinen Sinn. Er kann die Zwerge westlich von sich halten und sie zurückdrängen, bis er Yabon erreicht.«

Jimmy sagte: »Im Osten …«

»… liegt Hohenburg«, beendete Arutha den Satz.

Guy nickte. »Er lässt seine Armee hinunter zur Hauerschlucht marschieren, direkt zur Garnison von Hohenburg.«

»Aber warum?«, fragte sich Arutha. »Er kann Hohenburg innerhalb von Tagen überrennen, doch dann steht er mitten im Hogewald, ungeschützt nach jeder Seite. Er hat davon keinen offensichtlichen Vorteil.«

»Wenn er von dort aus weiter nach Süden vorstößt«, sagte Guy, »kann er innerhalb eines Monats im Düsterwald sein.«

»Sethanon«, sagte Arutha.

»Ich verstehe es nicht«, gestand Guy. »Er kann Sethanon nehmen. In der Garnison dort ist kaum mehr als eine Ehrenkompanie stationiert. Doch wenn er dort ist, was dann? Er kann dort überwintern, mit der Nahrung, die der Düsterwald bietet, und den Vorräten, die er in der Stadt vorfindet. Doch im Frühling wird ihn Lyam von Osten und Eure Streitkräfte von Westen angreifen. Dann steht er zwischen Hammer und Amboss und hat fünfhundert Meilen vor sich, falls er sich in die Berge zurückziehen will. Das würde die völlige Vernichtung bedeuten.«

»Wollen wir diesen Bastard lieber nicht unterschätzen«, knurrte Amos. »Er hat irgendetwas vor.«

Galain sah sich um. »Wir ziehen am besten weiter. Wenn er nach Osten marschiert, werden wir es nie schaffen, uns wieder zum Inclindel zurückzuziehen. Diese Patrouille, die wir gesehen haben, wird ein Teil der Vorhut sein. Sie wird die ganze Zeit auf dieser Seite der Marschroute und immer hinter uns bleiben.«

Guy nickte. »Dann müssen wir die Hauerschlucht vor seiner Vorhut erreichen.«

Arutha trieb sein Pferd an, und sie ritten nach Osten.

Für den Rest des Tages gelang es ihnen, sich vor allen Soldaten von Murmandamus versteckt zu halten. Gelegentlich sahen sie die flankierenden Reiter des Hauptheeres weiter unten auf der Ebene, und es gab Anzeichen von Truppenbewegungen hinter ihnen. Allerdings führte der Weg ins Tal, und kurz vor Sonnenuntergang stellte Arutha fest: »Wir werden direkt mit ihrer Vorhut zusammentreffen, wenn wir weiter auf die Ebene zureiten.«

»Wenn wir nach Einbruch der Dunkelheit weiterreiten, könnten wir in die Wälder oben auf den Hügeln schlüpfen«, schlug Guy vor. »Wenn wir den Fuß der Berge umrunden und die ganze Nacht durchreiten, dringen wir tiefer in den Wald ein. Ich bezweifle, dass sich Murmandamus traut, größere Truppen in den Weidenwald zu schicken. Außerdem kann er ihn einfach umgehen. Der Weidenwald ist sicherlich nicht der Ort, an dem ich mich am liebsten aufhalte, aber dort haben wir wenigstens Deckung. Wenn wir die ganze Nacht reiten, haben wir vielleicht genug Vorsprung, dass wir vor ihnen sicher sind.«

Jimmy und Locklear warfen sich fragende Blicke zu, dann fragte Jimmy: »Amos, was meint er?«

Amos sah Guy an, und der nickte. »Der Weidenwald ist ein übler Ort, Junge. Wir können … *konnten* den Wald auf einem Streifen von etwa drei Meilen entlang des Randes bewirtschaften. Und noch ein bisschen tiefer hinein konnte man jagen. Doch dahinter … Wir wissen nicht, was sich darin verbirgt. Selbst Trolle und die Düsteren Brüder umgehen ihn. Wer auch immer zu tief in den Wald eindringt, kehrt nicht zurück. Wir wissen einfach nicht, was darin haust. Der Weidenwald ist verdammt groß, also könnte sich so gut wie alles darin verbergen.«

»Dann kommen wir sozusagen vom Regen in die Traufe«, meinte Arutha.

»Vielleicht«, erwiderte Guy. »Im Gegensatz dazu wissen wir genau, was uns auf der Ebene erwartet.«

Jimmy meinte: »Vielleicht könnten wir mit unserer Tarnung einfach durchschlüpfen.«

Es war Galain, der darauf antwortete. »Jeder Moredhel kann einen Eledhel auf den ersten Blick erkennen. Das ist eine Sache, über die wir nicht sprechen, aber du kannst es mir glauben. Es ist eine Art angeborener Instinkt.«

Amos trieb sein Tier an. »Dann haben wir keine andere Wahl. Auf in den Wald, Leute.«

Sie ritten so leise wie möglich durch die düstere, unheimliche Baumlandschaft. Aus der Ferne hörten sie Rufe von Murmandamus' Armee, die weiter im Norden auf der Ebene ihr Nachtlager aufgeschlagen hatte. Wenn sie die ganze Nacht durchritten, würden sie bei Sonnenaufgang einen ordentlichen Vorsprung haben, so jedenfalls beurteilte Arutha die Lage. Gegen Mittag würden sie den Wald verlassen und dann schneller vorankommen. Und dann, falls sie die Hauerschlucht durchqueren und zu Brian, dem Baron von Hohenburg, stoßen konnten, würden sie Murmandamus auf seinem Weg durch den Hogewald zum Düsterwald einige Zeit aufhalten können.

Jimmy spornte sein Pferd an und zog mit Galain gleich. »Ich habe ein wirklich ungutes Gefühl.«

Leise erwiderte der Elb: »Geht mir auch so. Ich spüre allerdings auch etwas Vertrautes in diesem Wald. Aber ich könnte nicht sagen, was.« Dann fügte er mit elbischem Humor hinzu: »Allerdings bin ich auch noch ein junger Spund, ich bin gerade mal vierzig Jahre alt.«

Darauf meinte Jimmy trocken: »Sozusagen noch ein Kind.«

Guy, der neben Arutha ritt, sagte: »Wir könnten Hohenburg gerade rechtzeitig erreichen.« Dann schwieg er einen Augenblick, bevor er fortfuhr: »Arutha, ich werde einige Probleme bekommen, wenn ich ins Königreich zurückkehre.«

Arutha verstand, worauf Guy anspielte, und nickte, obwohl der andere seine Geste in der Dunkelheit nicht sehen konnte. »Ich werde mit Lyam sprechen. Ich kann verhindern, dass Ihr in Hohenburg in Haft genommen werdet. Bis wir diese Sache hinter uns gebracht haben, steht Ihr unter meinem Schutz.«

»Es geht nicht um mich«, sagte Guy. »Seht, da ist dieser versprengte Rest eines kleinen Volks, der hinunter nach Yabon flieht. Ich möchte bloß … Ich möchte sicher sein, dass man sich anständig um diese Menschen kümmert.« Seine Stimme verriet, wie verzweifelt er war. »Ich habe gelobt, Armengar wieder aufzubauen. Aber wir wissen beide, dass es dazu nicht kommen wird.«

»Wir werden sehen, wie wir Eure Leute am besten im Königreich aufnehmen, Guy.« Arutha sah zu der Gestalt hinüber, die im Dunkeln neben ihm ritt. »Aber was ist mit Euch?«

»Ich mache mir keine Sorgen um mich. Doch … wenn Ihr Euch vielleicht auch zugunsten von Armand bei Lyam verwenden könntet. Er ist ein guter General und ein fähiger Anführer. Hätte ich die Krone errungen, wäre er der nächste Herzog von Bas-Tyra geworden. Da ich keinen Sohn habe, hätte ich kaum eine bessere Wahl treffen können. Ihr werdet solche Leute brauchen, Arutha, wenn Ihr den Stürmen trotzen wollt, die auf Euch zukommen. Sein einziger Fehler ist sein übertriebener Sinn für Treue und Ehre.«

Arutha versprach, darüber nachzudenken, und sie verfielen in Schweigen. Bis nach Mitternacht ritten sie so weiter, dann beschlossen Guy und Arutha, eine Rast einzulegen.

Während sie den Pferden eine Pause gönnten, ging Guy hinüber zu Galain und sagte: »Wir sind jetzt tiefer in diesen Wald eingedrungen, als sich jemals ein Armengare hineingewagt hat.«

»Ich werde weiterhin wachsam sein.« Galain betrachtete Guys Gesicht. »Ich habe von Euch gehört, Guy du Bas-Tyra. Nach dem, was über Euch erzählt wird, dürfte man Euch eigentlich nicht trauen. Doch die Dinge scheinen sich geändert zu haben.« Er deutete mit dem Kopf auf Arutha.

Guy lächelte grimmig. »Im Moment jedenfalls. Das Schicksal und die Umstände schmieden manchmal ungewöhnliche Bündnisse.«

Der Elb grinste. »Das ist wahr. Ihr seid aufgeschlossen wie ein Elb. Eines Tages würde ich gern einmal die ganze Geschichte hören.«

Guy nickte.

Amos kam heran und meinte: »Ich glaube, ich habe etwas gehört.«

Guy blickte in die Richtung, in die der alte Seemann zeigte. Dann bemerkten beide, dass Galain verschwunden war.

Arutha stieß zu ihnen. »Ich habe das Geräusch auch gehört. Und Galain ebenfalls. Er wird gleich zurückkehren.«

Guy kauerte sich hin, blieb jedoch wachsam. »Hoffentlich kann er das.«

Jimmy und Locklear brachten die Pferde zur Ruhe. Jimmy betrachtete seinen Freund. In der Dunkelheit konnte er die Miene des Jungen kaum erkennen, doch er wusste, dass Locklear immer noch nicht über den Tod von Bronwynn hinweg war.

Jimmy fühlte plötzlich ein seltsames Schuldgefühl in sich aufsteigen. Er hatte, seitdem sie sich von der Stadtmauer zurückgezogen hatten, kein einziges Mal mehr an Krista gedacht. Er versuchte, dieses verwirrende Gefühl abzutun. Hatten sie sich denn irgendetwas versprochen? Doch er ärgerte sich über sich selbst, weil er sich so wenig Gedanken um sie gemacht hatte. Natürlich wollte er nicht, dass Krista etwas zustieß, aber es half nichts, wenn er sich um sie sorgte. Sie war gut in der Lage, auf sich aufzupassen, so wie jede andere Frau, die Jimmy in Armengar kennengelernt hatte. Schließlich war sie von Kindesbeinen an zur Soldatin ausgebildet worden.

Nein, Jimmy stieß auf, dass er sich schlichtweg überhaupt keine Sorgen um sie machte. Irgendetwas fehlte, das spürte er vage. Und das verwirrte ihn. Er hatte sich genug um andere Leute gesorgt, beispielsweise als Anita so schwer verwundet gewesen war oder als Arutha seinen Tod vorgetäuscht hatte. Es konnte ungemein lästig werden, wenn man sich zu sehr mit anderen Menschen einließ. Schließlich merkte er, wie sich seine Verwirrung in Wut verwandelte.

Er ging zu Locklear, packte seinen Freund und schüttelte ihn rau. »Hör endlich damit auf«, zischte er.

Locklear riss überrascht die Augen auf. »Womit soll ich aufhören?«

»Mit diesem verfluchten, verdammten … Schweigen. Bronwynn ist tot, doch es war nicht deine Schuld.«

Locklears Miene veränderte sich nicht, doch langsam wurden seine Augen feucht, und dann rannen Tränen über seine Wangen. Er löste sich aus Jimmys Griff, zuckte mit den Schultern und sagte leise: »Die Pferde.« Er ging davon, weiter weinend.

Jimmy seufzte. Er wusste nicht, was in ihn gefahren war und weshalb er sich so benommen hatte, doch mit einem Mal kam er sich dumm und gedankenlos vor. Er fragte sich, wie es Krista wohl ergehen mochte, falls sie noch lebte.

Galain kam fast unhörbar angelaufen. »Ein seltsames Licht, tief im Wald. Ich habe mich nahe herangewagt und Bewegungen gehört. Sie sind fast nicht zu bemerken, doch den Anzeichen nach kommen sie in diese Richtung.«

Guy machte sich zu seinem Pferd auf, und die anderen taten es ihm nach. Galain stieg auf, und als alle bereit waren, zeigte er in die entsprechende Richtung und flüsterte: »Wir müssen uns am Rand des Waldes halten, so weit von dem Licht entfernt wie nur möglich. Allerdings dürfen wir uns auch nicht von Murmandamus' Spähern erwischen lassen.«

Er ritt los und war kaum ein paar Schritte vorangekommen, als aus dem Baum über ihm eine Gestalt herunterfiel und ihn aus dem Sattel riss.

Weitere Angreifer sprangen aus den Bäumen, und alle Reiter wurden von ihren Pferden gezerrt. Arutha stürzte zu Boden, rollte sich ab und kam mit dem Schwert in der Hand wieder auf die Beine und sah in ein elbenähnliches, vor Hass verzerrtes Gesicht. Dann sah er Bogenschützen hinter seinem Gegner, die auf ihn zielten, und dachte: *So geht jetzt alles zu Ende? War die Prophezeiung doch falsch?*

Derjenige, der auf Galain hockte, zerrte den Elben am Jagdrock auf die Beine, während er in der anderen Hand ein Messer hielt, bereit, seinem Feind die Kehle durchzuschneiden. Er zögerte und rief: »Eledhel!« Darauf folgte ein Satz in einer Sprache, die Arutha nicht verstand.

Plötzlich verharrten die Angreifer. Aruthas Gefährten wurden festgehalten, während Galains Gegner dem Elben auf die Beine half. Sie sprachen schnell in der fremden Sprache, dann zeigte Galain auf Arutha und schließlich auf die anderen. Die übrigen Gegner, die in graue Kapuzenmäntel gehüllt waren, nickten und zeigten in Richtung Osten.

Galain sagte: »Wir müssen mit ihnen gehen.«

Leise fragte Arutha: »Halten sie uns für Abtrünnige und Euch für einen der ihren?«

Das sonst so undurchschaubare Gesicht des Elben offenbarte plötzlich Verwirrung. »Ich weiß zwar nicht, was für einem Wunder wir hier gegenüberstehen, doch dies sind keine

Moredhel. Es sind Elben.« Er sah sich auf der Lichtung um. »Und ich habe in meinem ganzen Leben noch keinen von ihnen gesehen.«

Sie wurden vor einen alten Elben gebracht, der auf einem hölzernen Thron auf einem kleinen Podest saß. Die Lichtung war vielleicht fünfundzwanzig Meter breit, und an allen Seiten hockten oder standen Elben.

Sie befanden sich mitten in ihrem Dorf, das aus Hütten und kleinen Holzhäusern bestand, denen jedoch die Schönheit und die Eleganz der Orte in Elvandar fehlte. Arutha sah sich um. Für Elben trugen sie eine recht ungewöhnliche Kleidung. Die meisten trugen graue Umhänge, so wie man sie von den Moredhel kannte, und die Krieger eine Mischung aus Lederharnischen und Fell. An ihren Hälsen hing ein eigenartiges Geschmeide aus Kupfer und Bronze, in das ungeschliffene Steine eingearbeitet waren. Die Waffen sahen gefährlich aus, ihnen fehlte jedoch jene Kunstfertigkeit, die Arutha von den Waffen der Elben gewohnt war. Der Prinz hörte zu, während der Anführer der Gruppe, die sie gefangen genommen hatte, zu dem Elben auf dem Thron sprach.

»*Aron Earanorn*«, flüsterte Galain Arutha zu. »Das heißt: König Rotbaum. Sie nennen ihn ihren König.«

Der König gab ein Zeichen, woraufhin die Gefangenen nach vorn gebracht wurden, und er sprach mit Galain. Arutha fragte: »Was hat er gesagt?«

Der König antwortete ihm: »Ich habe gesagt, wenn man Euren Freund nicht erkannt hätte, wäret Ihr jetzt alle tot.«

»Ihr sprecht die Sprache des Königreichs?«

Der alte Elb nickte. »Und ebenfalls Armengarisch. Wir

sprechen die Sprachen der Menschen, obwohl wir mit ihnen nichts zu schaffen haben. Wir haben sie im Laufe der Jahre von denen gelernt, die wir gefangen genommen haben.«

Guy wurde wütend. »Ihr wart es also, der meine Leute getötet hat!«

»Und wer seid Ihr?«, fragte der König.

»Ich bin Guy du Bas-Tyra, der Protektor von Armengar.«

Der König nickte. »Einauge, auch von Euch haben wir gehört. Wir töten jeden, der in unseren Wald eindringt, ob Mensch, Goblin oder Troll, selbst die vom düsteren Geschlecht. Außerhalb des Tauredder, des Weidenwaldes, haben wir nur Feinde. Doch dies«, er deutete auf Galain, »ist für uns etwas Neues.« Er betrachtete den Elben. »Ich würde gern deinen Namen erfahren.«

»Ich heiße Galain und bin der Sohn von einem, dessen Bruder einst regiert hat«, sagte er, und wie bei den Elben üblich, vermied er die Namen der Toten. »Mein Vater stammt von dem ab, der die Moredhel aus unserer Heimat vertrieben hat. Ich bin ein Cousin von Prinz Calin und ein Neffe von Königin Aglaranna.«

Der alte Elb kniff die Augen zusammen, während er Galain eingehend betrachtete. »Du sprichst von einem Prinzen, obwohl mein Sohn schon vor siebzig Wintern von den Trollen erschlagen wurde. Du sprichst von einer Königin, obwohl die Mutter meines Sohnes in der Schlacht von Neldarlod fiel, als die Düsteren Brüder den letzten Versuch unternahmen, uns zu unterwerfen. Du sprichst von Dingen, die ich nicht verstehe.«

»So wie Ihr, König Earanorn. Ich weiß nicht, wo dieses Neldarlod liegt, von dem Ihr gesprochen habt, und es ist mir neu, dass Angehörige unseres Volkes nördlich der großen

Berge leben. Ich rede von jenen unseres Geschlechts, die in Elvandar leben.«

Etliche Elben sagten: »Barmalindar!«

»Was bedeutet dieses Wort?«, fragte Arutha.

»Goldene Heimat … goldener Ort … goldenes Land …«, sagte Galain. »Das ist ein Land der Sagen. Sie glauben, Elvandar sei ein Ort der Legende.«

»Elvandar! Barmalindar!«, sagte der König. »Unsere alte Heimat wurde in den Tagen der Wütenden Götter zerstört.«

Galain schwieg eine Weile, als würde er angestrengt über etwas nachdenken. Schließlich wandte er sich an Arutha und Guy. »Ich werde ihn bitten, Euch an einen anderen Ort zu bringen. Ich muss mit ihm über Dinge sprechen, von denen ich nicht sicher bin, ob Ihr sie hören dürft. Ich muss mit ihm über jene reden, die sich zu den Gesegneten Inseln aufgemacht haben, und über die Schande unseres Volkes. Ich hoffe, ihr versteht mich.« An den König gewandt, sagte er: »Ich würde mit Euch über diese Dinge reden, doch sie sind nur für die Ohren der Eledhel bestimmt. Werdet Ihr meine Freunde an einem sicheren Ort unterbringen, während ich mit Euch spreche?«

Der König nickte und winkte zwei Wachen heran, die die fünf Menschen zu einer anderen Lichtung führten. Dort gab es außer dem Boden keine Sitzgelegenheiten, also hockten sie sich auf die feuchte Erde. Sie konnten zwar schwach Galains Stimme hören, doch sie verstanden nicht, was er sagte. Stundenlang hielten die Elben Rat, und Arutha fiel in einen leichten Schlummer.

Plötzlich war Galain da und bedeutete ihnen aufzustehen. »Ich habe über Dinge gesprochen, von denen ich glaubte, ich hätte sie vergessen, die alte Kunde, die mich die Zauberer gelehrt haben. Ich denke, sie glauben mir jetzt, obwohl sie ausgesprochen verwirrt sind.«

Arutha blickte zu den beiden Wachen, die in einiger Entfernung warteten, weil sie Galain nicht durch Aufdringlichkeit verletzen wollten. »Wer sind diese Elben?«

»Ich weiß, dass Tathar dir und Martin von der Schande unseres Volkes, dem vernichtenden Krieg der Moredhel gegen die Glamredhel, erzählt hat, als Ihr Elvandar auf dem Weg zum Moraelin durchquert habt. Ich glaube, dies hier sind die Abkömmlinge der überlebenden Glamredhel. Sie sind anständige Elben und haben nichts mit den Moredhel zu tun, doch sie kennen keine Zauberer und Kundige des Wissens. Sie sind fast zu Primitiven geworden, kaum mehr als Wilde. Viele Künste unseres Volkes sind bei ihnen verloren gegangen. Als die Moredhel mit Murmandamus die letzte Schlacht gewonnen haben, sind die Überlebenden hierhergekommen und haben hier eine Zuflucht gefunden. Der König sagte, sie hätten eine lange Zeit in Neldarlod gelebt, was so viel wie ›Ort der Buchen‹ heißt. Sie sind also erst in jüngster Zeit in den Weidenwald gekommen.«

»Jedenfalls sind sie schon lange genug hier, um den Armengaren jede Jagd oder das Holzschlagen tiefer im Wald unmöglich zu machen«, sagte Guy. »Mindestens seit drei Generationen.«

»Ich spreche von Angelegenheiten der Elben und vom Zeitgefühl der Elben«, entgegnete Galain. »Sie leben hier seit über zweihundert Jahren.« Er betrachtete die beiden Wachen. »Und ich glaube nicht, dass sie das gesamte Erbe der Glamredhel verloren haben. Sie sind viel kriegerischer und angriffslustiger als wir in Elvandar, fast so wie die Moredhel. Dieser König scheint unsicher darüber zu sein, was nun getan werden muss. Er hält jetzt Rat mit seinen Ältesten, und ich erwarte ihre Entscheidung in ein oder zwei Tagen.«

Arutha wurde jetzt hellhörig. »In ein oder zwei Tagen wird Murmandamus zwischen uns und der Hauerschlucht stehen. Wir müssen noch heute aufbrechen.«

»Ich werde wieder zum Rat gehen«, entschied Galain. »Vielleicht kann ich ihnen einige Dinge erklären, und vielleicht verstehen sie dann, was in der Welt draußen vor sich geht.«

Er verließ sie, und sie setzten sich wieder, niedergeschlagen, weil sie nichts tun konnten als warten.

Fast der halbe Tag war vergangen, als Galain zurückkam. »Der König lässt uns gehen. Er wird uns sogar eine Eskorte mitgeben, die uns über einen Weg zur Hauerschlucht bringt, bevor Murmandamus' Armee dort ankommt. Während sie um den Wald herumziehen müssen, können wir geradeaus hindurch.«

»Ich war besorgt, dass wir vielleicht Schwierigkeiten bekommen würden«, sagte Arutha.

»So war es auch. Ihr solltet eigentlich getötet werden, und sie wussten noch nicht genau, was sie mit mir anfangen sollten.«

»Und was hat ihren Sinneswandel herbeigeführt?«, fragte Amos.

»Murmandamus. Als ich den Namen fallen ließ, war es, als hätte ich mit einem Stock in ein Wespennest gestochen. Sie haben viel von dem alten Wissen verloren, doch an diesen Namen können sie sich immer noch sehr gut erinnern. Es besteht überhaupt kein Zweifel, wir haben es hier mit den Nachfahren der Glamredhel zu tun. Ich schätze, der Zahl im Rat nach gibt es hier in der unmittelbaren Umgebung etwa drei- bis vierhundert Elben. In den entfernteren Siedlungen leben noch mehr, in jedem Fall genug, dass es sich kaum lohnt, sie zu belästigen.«

»Werden sie uns im Kampf unterstützen?«, fragte Guy.

Galain schüttelte den Kopf. »Ich weiß es nicht. Earanorn ist ziemlich durchtrieben. Würde er sein Volk nach Elvandar führen, wäre er dort willkommen, doch man würde ihm nicht unbedingt vertrauen. Es würden Jahre vergehen, bis sich beide Seiten miteinander angefreundet hätten. Außerdem ist ihm klar, dass er im Rat der wahren Elbenkönigin nur eine untergeordnete Rolle spielen würde, da er noch nicht einmal ein Zauberer ist. Natürlich würde er mit einbezogen, einmal als Geste an sein Volk und auch, weil er einer der ältesten Elben ist, die hier im Weidenwald leben. Hier jedoch ist er ein König, ein armer König zwar, aber immerhin ein König. Nein, dieses Problem wird nicht leicht zu lösen sein. Allerdings ist dies eine jener Angelegenheiten, die wir Elben gern über Jahre hinweg abwägen. Ich habe Earanorn ausführlich den Weg nach Elvandar beschrieben, und falls sie zu unserem Mutterwald aufbrechen wollen, haben sie dazu die Möglichkeit. Sie werden gehen oder nicht, wie es ihnen gefällt, wir müssen uns jedoch nach Hohenburg aufmachen.«

Arutha erhob sich. »Gut, zumindest haben wir ein Problem weniger.«

Die Pferde waren bis an die Grenze ihrer Kräfte erschöpft, denn Arutha und seine Gefährten waren fast eine Woche lang scharf geritten. Die müden Tiere waren lahm und langsam, und Arutha wusste, dass es ihnen nur knapp gelungen war, der Armee von Murmandamus zu entkommen. Am gestrigen Tag hatten sie hinter sich Rauch entdeckt, offensichtlich hatten dort Murmandamus' vorderste Späher ihr Lager aufgeschlagen. Dieser Mangel an Vorsicht verriet, wie wenig Respekt sie vor der Garnison hatten, die zwischen ihrer Armee und dem Königreich lag.

Die Hauerschlucht schnitt sich am südlichen Ende eines weiten Tals durch die Zähne der Welt. Auf der ganzen Länge war der Weg mit Felsbrocken übersät und fast durchgehend mit dichtem Buschwerk bewachsen. Anschließend wurde das Tal breiter und bot nicht mehr die geringste Deckung. Vor ihnen gab es nur noch nackten Boden.

Jimmy und Locklear sahen sich um, und Guy bemerkte: »Wir haben die Grenze des Gebiets erreicht, bis wohin die Patrouillen von Hohenburg Wache halten. Vermutlich wird das Gelände hier jedes Jahr einmal abgebrannt, damit es keine Deckung gibt und sich niemand ungesehen nähern kann.«

Während der sechste Tag, seit sie den Weidenwald verlassen hatten, seinem Ende zuging, wurde das Tal wieder enger, und sie kamen zu der eigentlichen Schlucht. Arutha zügelte sein Pferd und sah sich um. »Erinnert ihr euch noch? Roald erzählte, fünfzig Söldner hätten an dieser Stelle zweihundert Trolle aufgehalten.«

Jimmy nickte und dachte an den Söldner, der stets zu jedem Spaß bereit gewesen war. Schweigend ritten sie in die Schlucht.

»Haltet an und gebt euch zu erkennen!«, rief jemand von den Felsen herab.

Arutha und die anderen zügelten die Pferde und warteten, bis sich der Sprecher zeigte. Von einem Felsen am oberen Rand der Schlucht kam ein Mann herunter. Er trug einen weißen Heroldsrock, auf dem ein Wappen mit einem roten Turm angebracht war. Selbst im abendlichen Zwielicht konnte man es noch erkennen. Eine Kompanie Reiter erschien am anderen Ende des schmalen Cañons, während sich oben auf allen Seiten Bogenschützen postierten.

Arutha hob langsam die Hände. »Ich bin Arutha, der Prinz von Krondor.«

Einige der Männer lachten, und der befehlshabende Offizier sagte: »Und ich bin Euer Bruder, der König. Ganz schön frech, Abtrünniger, doch leider liegt der Prinz von Krondor tot in seiner Familiengruft in Rillanon. Davon hättet Ihr vielleicht gehört, wäret Ihr nicht den Goblins und Trollen mit Euren Waffen zu Hilfe gelaufen.«

Arutha rief zurück: »Bringt mich zu Brian von Hohenburg.«

Der Anführer der Reiter ritt zum Prinzen. »Die Hände auf den Rücken, seid so freundlich.«

Arutha zog den rechten Handschuh aus und hielt ihm den Siegelring entgegen. Der Mann sah ihn sich genau an, dann rief er: »Hauptmann, habt Ihr schon einmal das fürstliche Wappen von Krondor gesehen?«

»Ein Adler, der über eine Bergspitze fliegt.«

»Nun, ob er der Prinz ist oder nicht, jedenfalls trägt er dessen Ring.« Der Mann sah sich die Gefährten an. »Und er hat auch einen Elben bei sich.«

»Einen Elben? Ihr meint, einen Düsteren Bruder?«

Der Soldat war verwirrt. »Ihr solltet vielleicht mal herkommen, Sir.« Zu Arutha gewandt, sagte er: »Wir werden das sofort geklärt haben …« Und leise fügte er für alle Fälle hinzu: »Euer Hoheit.«

Der Hauptmann brauchte einige Zeit, bis er den Grund der Schlucht erreicht hatte, dann stand er neben Arutha. Er betrachtete das Gesicht des Prinzen eingehend. »Die Ähnlichkeit ist schon verblüffend, darauf möchte ich schwören, doch der Prinz hat nie einen Bart getragen.«

»So halsstarrig wie Ihr Euch benehmt, ist es kein Wunder, dass Armand Euch nach Hohenburg geschickt hat, Walter von Gyldenholt«, sagte Guy.

Der Mann betrachtete Guy einen Moment lang, dann rief er: »Zur Hölle! Der Herzog von Bas-Tyra!«

»Und dies hier ist der Prinz von Krondor.«

Der Mann namens Walter blickte zwischen den beiden Gesichtern hin und her. Dann sagte er: »Aber Ihr seid doch tot! Zumindest wurde Euer Tod öffentlich verkündet!« Er wandte sich an Guy: »Und Ihr habt die Stirn, ins Königreich zurückzukehren, Euer Gnaden?«

»Bringt uns zu Brian«, verlangte Arutha, »und wir werden die Sache klären. Seine Gnaden steht unter meinem Schutz, genauso wie die anderen. Also, können wir jetzt mit diesen Spielereien aufhören und weiterreiten? Kaum einen Tag hinter uns nähert sich eine Armee von Düsteren Brüdern und Goblins, und wir glauben, Brian würde davon gern erfahren.«

Walter von Gyldenholt gab dem Anführer der Reiter ein Zeichen, und sie wendeten die Pferde. »Bringt sie zum Baron von Hohenburg. Und wenn die Dinge sich geklärt haben, kommt Ihr zurück und erzählt mir, was zum Teufel hier eigentlich vor sich geht!«

Arutha legte das Rasiermesser zur Seite und fuhr mit der Hand über sein glattes Gesicht. »Also haben wir die Elben hinter uns gelassen und sind direkt hierhergeritten.«

Brian, der Baron von Hohenburg, Kommandant der Abteilung der Hauerschlucht, sagte: »Eine unglaubliche Geschichte, Hoheit. Sähe ich Euch nicht mit eigenen Augen hier vor mir stehen und du Bas-Tyra gleich neben Euch, würde ich kein Wort glauben. Das ganze Königreich denkt, Ihr wärt tot. Wir haben Euch zu Ehren auf Gesuch des Königs einen Feiertag abgehalten.« Er saß da und beobachtete, wie sich die erschöpften Reisenden in dem Raum der Kaserne, den er Arutha und seinen Gefährten überlassen hatte, frisch machten und wie sie etwas aßen. Der alte Kommandant hatte Haltung angenommen, als wäre er nicht der befehlshabende Offizier an der Front, sondern stände als Soldat auf dem Kasernenhof.

Amos, der sich an einer Karaffe Wein gütlich tat, lachte. »Wenn Ihr Euch noch einen von diesem guten Tropfen genehmigen wollt, dann solltet Ihr das besser tun, bevor Ihr tot seid, sonst könnt Ihr es wahrscheinlich nicht mehr genießen. Schande über Euch, dass Ihr ihn nicht gekostet habt, Arutha.«

»Habt Ihr viele meiner Männer hier?«, fragte Guy.

Von Hohenburg antwortete: »Die meisten Eurer ehemaligen Offiziere wurden zum Eisenpass oder zu den Wächtern des Nordens geschickt, doch zwei Eurer besten sind hier bei mir: Baldwin de la Troville und Anthony du Masigny. Und einige wenige sind in Bas-Tyra geblieben. Guiles Martine-Reems regiert Eure Stadt nun unter dem Namen Baron du Corvis.«

»Ohne Zweifel würde er gern Herzog werden«, erwiderte Guy.

»Brian, ich würde die Truppe von hier am liebsten nach Sethanon zurückziehen«, sagte Arutha. »Das scheint das offensichtliche Ziel von Murmandamus zu sein, und die Stadt könnte Eure Soldaten sicher gut gebrauchen. Die Stellung hier ist nicht zu halten.«

Von Hohenburg sagte eine Weile gar nichts, dann meinte er: »Nein, Hoheit.«

»Sagt er doch glatt Nein zum Prinzen!« Amos tat erschüttert. »Ha!«

Der Baron warf Amos einen Seitenblick zu und wandte sich wieder an Arutha. »Ich kenne meine Rechte und meine Pflichten. Als Vasall Eures Bruders bin ich ihm unterstellt und sonst niemandem. Mir wurde die Verantwortung für die Sicherheit dieses Passes übertragen. Und die kann ich nicht einfach vernachlässigen.«

»Bei den Göttern, Mensch!«, rief Guy. »Habt Ihr denn nicht begriffen, welche Nachrichten wir mitgebracht haben? Eine Armee von mehr als dreißigtausend Mann ist im Anmarsch, und Ihr habt hier vielleicht … wartet, zweitausend Soldaten. Und die sind irgendwo in den Bergen verteilt, vom halben Weg zu den Wächtern des Nordens bis fast nach Tyr-Sog. Der Feind wird Euch an einem halben Tag überrennen.«

»Das behauptet Ihr, Guy. Ich weiß allerdings nicht aus erster Hand, ob das, was Ihr sagt, wahr ist.«

Arutha war wie gelähmt, während Amos sagte: »Und jetzt nennt Ihr den Prinzen auch noch einen Lügner!«

Brian ignorierte Amos. »Sicherlich habt Ihr im Norden große Ansammlungen von Düsteren Brüdern gesehen, doch dreißigtausend kommt mir doch höchst unwahrscheinlich vor. Wir haben seit Jahren mit ihnen zu tun, und unseres Wissens haben sich nie mehr als zweitausend von ihnen unter einem Kommandanten zusammengefunden. Und mit dieser Stärke kommen wir ohne Probleme zurecht.«

Guy konnte seine Wut gerade noch kontrollieren. »Habt Ihr geträumt, während Arutha berichtet hat, Brian? Hat er nicht gesagt, dass wir eine Stadt aufgeben mussten, die von einer fast zwanzig Meter hohen Mauer umgeben war, die man nur von einer Seite angreifen konnte und die von siebentausend kampferprobten Soldaten unter meinem Kommando verteidigt wurde?«

»Und wer hat lange Zeit als der beste Stratege im Königreich gegolten?«, fragte Arutha.

Von Hohenburg erwiderte: »Ich kenne Euren Ruf wohl, Guy, und gegen Kesh habt Ihr Euch tapfer geschlagen. Doch wir Grenzbarone stehen solchen ungewöhnlichen Situationen Tag für Tag gegenüber. Mit diesen Düsteren Brüdern werden wir schon zurechtkommen, da bin ich mir ganz sicher.« Der Baron stützte sich auf den Tisch, erhob sich und ging zur Tür. »Nun, wenn Ihr mich entschuldigen würdet, ich habe noch einige Pflichten, denen ich nachkommen muss. Wie Ihr wisst, bin ich hier so lange der oberste Befehlshaber, bis der König eine andere Entscheidung trifft. Und ich würde sagen, Ihr braucht erst einmal Ruhe. Wenn es Euch gefällt, erscheint doch bitte in zwei Stunden zum Abendessen mit mir und meinen Offizieren. Ich werde Euch eine Wache schicken, die Euch weckt.«

Arutha setzte sich an den Tisch. Nachdem von Hohenburg gegangen war, meinte Amos: »Der Mann ist ein Trottel.«

Guy beugte sich vor und stützte das Kinn in die Hand. »Nein, Brian erfüllt nur seine Pflicht, und das so gut er kann.

Unglücklicherweise ist er kein General. Er hat seine Privilegien von Rodric erhalten, und das war fast ein Witz. Er stammt von einem Hof im Süden, und dort hat man praktisch keine Erfahrung mit dem Kriegsgeschäft. Und bisher hat er hier oben mit Goblins und Trollen nur wenig Ärger gehabt.«

»Als ich noch ein Junge war, ist er einmal nach Crydee gekommen«, erzählte Arutha. »Damals habe ich ihn für einen verwegenen Burschen gehalten. Die Grenzbarone.« Das Letzte sagte er mit einem bissigen Unterton.

»Er wird tun, was er will«, meinte Guy. »Und er hat fast nur solche Unruhestifter wie Walter von Gyldenholt in seinen Diensten. Armand hat ihn vor fünf Jahren hierhergeschickt, weil er sich an den Geldern der Kompanie bereichert hat. Vorher war er Oberleutnant. Allerdings«, fuhr Guy fort, »sind aus politischen Gründen auch einige sehr gute Männer hier. Baldwin de la Troville und Anthony du Masigny sind beide Offiziere ersten Ranges. Sie hatten nur das Pech, mir gegenüber loyal zu sein. Ich bin mir sicher, es war Caldric, der Lyam vorgeschlagen hat, sie an die Grenze zu schicken.«

»Trotzdem, was bringt uns das?«, fragte Amos. »Sollen wir hier vielleicht eine Meuterei anzetteln?«

»Nein, doch zumindest werden die Trottel zusammen mit der Garnison unter einigen fähigen Offizieren untergehen, wenn das Schlachten beginnt.«

Arutha lehnte sich in seinem Stuhl zurück und spürte, wie sich die Erschöpfung in seinem Körper breitmachte. Er wusste, dass sie etwas tun mussten, doch was? Seine Gedanken drehten sich im Kreis, und dafür waren gleichermaßen der Schlafmangel und die Anspannung verantwortlich. Keiner im Zimmer sagte etwas.

Nach einem Augenblick stand Locklear auf, ging zu einem der Betten und legte sich hinein. Ohne ein weiteres Wort an die anderen war er sofort eingeschlafen.

Amos ging ebenfalls zu einem Bett, und mit einem zutiefst befriedigten Grunzen wickelte er sich in die Decke ein. »Ich seh Euch beim Essen.«

Die anderen folgten seinem Beispiel.

Bald schliefen alle, abgesehen von Arutha, der sich hin und her warf und dessen Gedanken zu dem Heer der Goblins und Moredhel wanderten, das über seine Heimat herfiel, Menschen tötete und Städte niederbrannte. Seine Augen wollten nicht geschlossen bleiben, und schließlich setzte er sich auf. Seine Haut war nass von kaltem Schweiß. Er sah sich um; die anderen schliefen. Er legte sich wieder hin und wartete auf den Schlaf, doch als sie zum Essen gerufen wurden, war er immer noch wach.

Schöpfung

Macros öffnete die Augen.

Der Zauberer hatte sich wenige Minuten, nachdem sie gemerkt hatten, dass sie in einer Zeitfalle gefangen waren, in eine geistige Versenkung begeben, und von da an hatte er sich nicht mehr bewegt. Pug und Tomas hatten ihn stundenlang beobachtet, bis es ihnen langweilig geworden war und sie ihre Aufmerksamkeit anderen Dingen zugewendet hatten. Sie hatten den Garten, so gut es ging, erforscht, doch da er fast nur fremdartige Pflanzen und Tiere beherbergte, war vieles von dem, was sie entdeckten, schwer zu verstehen. Es schien ihnen, als wären sie schon tagelang auf Erkundung gewesen, während der Zauberer sich nicht rührte, und schließlich hatten sie sich mit der Warterei abgefunden.

»Ich habe über eine Lösung nachgedacht«, sagte Macros und reckte sich. »Wie lange war ich weg?«

Tomas, der neben ihm auf einem großen Felsen saß, erwiderte: »Ich schätze, ungefähr eine Woche.«

Pug verließ die Stelle an Ryaths Seite, wo er etwas beobachtet hatte, und gesellte sich zu ihnen: »Es könnte auch länger gewesen sein.«

Macros blinzelte und stand auf. »Wenn man sich rückwärts durch die Zeit bewegt, ist die Zeit schwer abzuschätzen. Aber ich hatte keine Ahnung, dass ich so lange nachgedacht habe.«

»Ihr habt uns bisher wenig darüber erzählt, was hier eigentlich los ist«, sagte Pug. »Ich habe mehrmals versucht, es herauszubekommen, doch ich habe kaum begriffen, wie diese Zeitfalle funktioniert.«

»Was habt Ihr über diese Falle erfahren?«

Pug runzelte die Stirn. »Es scheint so, als würde der Zauber in einem Bereich um uns herum die Zeit umkehren. Solange wir uns in diesem Feld befinden, stehen wir unter seinem Einfluss und können nichts daran ändern. Wir werden mit dem Garten mitgerissen und schreiten gemächlich Schritt für Schritt in der Zeit zurück.« Aus seiner Stimme sprach deutlich seine Niedergeschlagenheit. »Macros, wir haben genug Obst und Nüsse, doch Ryath hat ebenfalls Hunger. Sie hat einiges von dem kleinen Wild hier erlegen können, und sie hat sogar einige Nüsse gegessen, doch sie hält das nicht mehr lange aus. Innerhalb kürzester Zeit wird sie alles Wild gejagt haben, und dann wird sie uns verhungern.«

Macros sah zu der großen Drachendame hinüber, die am Boden lag und döste, um Kraft zu sparen. »Nun, dann müssen wir wohl mit allen Mitteln einen Weg finden, hier herauszukommen.«

»Nur wie?«, fragte Tomas.

»Es wird schwierig, doch ich schätze, ihr beide werdet dazu fähig sein.« Dem Zauberer gelang ein Lächeln, und gleich kehrte etwas von dem Selbstvertrauen zurück, das er früher ausgestrahlt hatte. »Jede Falle hat irgendeine Schwäche. Selbst so etwas wie ein einfacher Stein, der von oben herunterfällt, hat seinen schwachen Punkt: Er kann einen verfehlen. Und ich glaube, ich habe den schwachen Punkt dieser Falle entdeckt.«

»Das wäre allerdings recht erfreulich«, witzelte Pug. »Ich habe mir schon ein Dutzend Möglichkeiten ausgedacht, doch dazu müsste man immer außerhalb der Falle sein. Ryath wollte mich nach draußen bringen, doch das ist ihr nicht gelungen. Was können wir hier drinnen unternehmen, um wieder in die richtige Zeit zu gelangen?«

»Der Trick, mein lieber Pug, liegt woanders. Wir müssen uns nicht wieder nach vorn in die Zeit kämpfen, sondern unseren Weg zurück durch die Zeit beschleunigen. Wir müssen schneller und schneller reisen, in einer Geschwindigkeit, von der noch kein Mensch geträumt hat.«

»Und wo führt das hin?«, fragte Tomas. »Wir würden uns dann noch weiter von unserer eigenen Zeit wegbewegen, oder?«

»Denkt doch einmal nach, Milamber von der Versammlung«, sprach Macros Pug mit seinem Tsurani-Namen an. »Wenn wir weit genug zurückgehen …«

Pug sagte einen Augenblick lang nichts, dann dämmerte es ihm. »Wir gehen zurück zum Anfang aller Zeit.«

»Und davor … davor hatte die Zeit keine Bedeutung.«

»Ist das denn möglich?«

Macros zuckte mit den Schultern. »Ich weiß es nicht, aber da mir nichts anderes einfällt, werde ich es ausprobieren. Ich werde Eure Hilfe brauchen. Ich habe zwar das Wissen, doch mir fehlt die Macht.«

Pug nickte. »Sagt mir, was ich tun soll.«

Macros bedeutete ihm, dass er sich setzen sollte, und nahm ihm gegenüber Platz. Tomas stand hinter seinem Freund und beobachtete ihn interessiert. Macros streckte seine Hände aus und legte sie Pug auf den Kopf. »So gehe mein Wissen auf dich über.«

Pug spürte, wie sich seine Gedanken mit Bildern füllten …

… und das Universum, wie er es bisher gekannt hat, erzittert. Nur ein einziges Mal zuvor hat er dieses Gefühl des allumfassenden Bewusstseins erfahren: auf dem Turm der Prüfung, als er den Titel eines Erhabenen errungen hat. Jetzt ist er ein so viel reiferer, so viel wissender Beobachter, und er versteht so viel mehr von dem, was er sieht: die Symmetrie, die Ordnung, die erstaunliche Herrlichkeit, die sich um ihn herum dreht, nach einem Plan konstruiert, den ganz zu verstehen seine Fähigkeiten der Wahrnehmung nicht zulassen. In Ehrfurcht steht er da.

Er lässt sein Bewusstsein umherwandern, und wieder erstaunen ihn die Wunder des Universums, das ihn umgibt. Und wieder schwimmt er zwischen den Sternen, wieder nimmt er die magischen Kraftlinien wahr, die alle Dinge des Universums verbinden, und er sieht, wie etwas danach strebt, von einem anderen Universum in dieses einzudringen. Es ist etwas Fauliges, ein Geschwür, und es verzerrt die Ordnung von allem, was ist. Es ist eine Dunkelheit, die alles auslöscht. Es ist der Feind. Doch es ist schwach, und es ist vorsichtig. Er sinnt darüber nach, während es sich seinem Verstand entzieht. Er bewegt sich in der Zeit zurück.

Er beobachtet den Garten. Er sieht sich selbst vor dem Zauberer sitzen, und sein Jugendfreund steht hinter ihm. Er weiß, was er zu tun hat. Die Zeit im Garten fließt dahin, schwimmt in einem Rhythmus, der identisch ist mit dem Puls der Zeit in jenem Raum, der den Garten umgibt, doch in die entgegengesetzte Richtung. Für jede Sekunde, die draußen verstreicht, schreitet die Zeit im Garten eine Sekunde zurück.

Er greift zu, und sein Geist nimmt den Schlüssel zum Fluss der Zeit. Die Berührung ist für ihn so gegenständlich, als würde seine Hand einen Stein umklammern. Er streichelt ihn, und er fühlt den Herzschlag des Universums, das Geheimnis dieser vorgetäuschten Dimension. Er sieht, und er weiß. Er versteht diesen Fluss, er dreht den Schlüssel, und jetzt vergehen für jede Sekunde der Zeit im Universum zwei Sekunden im Garten. Er verspürt eine stille Freude, weil er etwas vollbracht hat, von dem er geglaubt hat, es läge jenseits aller Möglichkeiten eines sterblichen Zauberers. Er vergisst seinen Stolz und konzentriert sich auf die Aufgabe, die vor ihm liegt.

Wieder verändert er den Fluss der Zeit, und für jede wirkliche Sekunde vergehen für ihn, Tomas und Macros nun vier. Wieder und wieder dreht er den Schlüssel herum, und sie fliegen für jede Stunde im Universum mehr als einen Tag in der Zeit zurück, dann mehr als zwei Tage, dann vier, dann mehr als eine Woche. Dreimal mehr gedreht, und für jede wirkliche Stunde vergeht mehr als ein Monat. Und wieder und wieder und wieder – ein Jahr für die Stunde. Er hält inne und schickt sein Bewusstsein voraus.

Sein Geist schwebt durch den Kosmos wie ein Adler auf seinen Schwingen, rauscht zwischen den Sternen hindurch wie der mächtige Raubvogel zwischen den Spitzen der Grauen Türme. Er erspäht den heißen grünen Stern, der ihm so bekannt vorkommt, und für einen kurzen Moment versteht er.

Er ist auf Kelewan, und er entdeckt das verlorene Wissen der Eldar. Sie haben sich mehr als ein Jahr in der Zeit zurückbewegt. In Gedankenschnelle bringt er sein Bewusstsein zu seinem Körper zurück.

Und wieder dreht er den Schlüssel herum; zwei Jahre zurück für jede Stunde, dann vier, acht, sechzehn. Erneut hält er inne und betrachtet das Universum.

Die Sterne ziehen ihre Bahnen. Sie rauschen durch einen Kosmos, der so riesig ist, dass ihre rasende Geschwindigkeit wie ein Kriechen wirkt. Doch sie bewegen sich nach einem seltsamen Muster – umgekehrt, entgegengesetzt. Er denkt nach, und erneut dreht er den Schlüssel der Zeit. Nunmehr beherrscht er diese Kunst, und er besitzt Fähigkeiten, die selbst das ehrgeizigste und arroganteste Mitglied der Versammlung als Winzling dastehen lassen. Er ist sich jetzt seiner eigenen Natur bewusst – vielleicht mehr, als er geglaubt hatte – und dreht den Schlüssel mit Leichtigkeit herum.

Ein wilder Gedanke schießt ihm durch den Kopf: *So bin ich den Göttern gleich!* Dann erinnert er sich an die Jahre des Lernens, und eine Warnung überdeckt alles: *Hüte dich vor dem Stolz! Vergiss nicht, du bist nur ein Sterblicher, und die oberste Pflicht ist der Dienst am Kaiserreich!*

Seine Lehrer in der Versammlung haben ihre Aufgabe gut erfüllt. Er ignoriert den Rausch der Macht, konzentriert sich wieder auf sein Tun, auf die Mitte seines Seins, und abermals dreht er den Schlüssel der Zeit herum.

Ein Jahr vergeht für jede Sekunde im wirklichen Universum. Wieder und wieder setzt er seine Geschicklichkeit gegen die Zeitfalle des Feindes ein, beschleunigt die Zeit, entgegen allen Erwartungen derer, die ihm diese Falle gestellt haben. Eine Dekade für jede Sekunde, und er weiß, nun lebt er vor der Zeit seiner Geburt. Mit dem nächsten Atemzug erreicht er die Zeit, in der Herzog Borrics Großvater in Crydee einmarschiert ist. Er dreht den Schlüssel noch einmal, und nun hat das Königreich erst die Hälfte seiner späteren Größe, und die Besitztümer des Barons von Düstermoor bilden die westliche Grenze.

Noch zweimal beschleunigt er den Ablauf der Zeit, und die Länder, die er aus seinem Leben kennt, sind kaum mehr als kleine Dörfer, von Menschen bevölkert, die einfacher sind als jene, die die Länder einst zu dem machen werden, was sie zu seiner Zeit sind. Und wieder und wieder dreht er den Schlüssel.

Dann beginnt das Universum zu schwanken. Das Gebilde der Wirklichkeit zerreißt. Energien, deren Ursprung nicht zu ergründen ist, toben um ihn her, Gewalten jenseits seines Begriffsvermögens, und er …

Pug öffnete die Augen. Er fühlte eine seltsame Verschiebung, und einen Moment lang verschwamm die Welt vor seinem Blick. Tomas stellte sich neben ihn und fragte: »Alles in Ordnung mit dir?«

Pug blinzelte und antwortete: »Etwas da draußen hat sich … verändert.«

Tomas sah nach oben. »Irgendetwas geht dort vor sich.«

Macros betrachtete den Himmel. Alte Muster von Energien wirbelten wie wahnsinnig am Firmament, die Sterne nahmen schwankend ihren Lauf. »Wenn wir weiter zusehen, werden wir bald erkennen, wie sich die Dinge beruhigen. Schließlich werden wir alles verkehrt herum sehen, daran müsst ihr denken.«

»Was sehen wir?«

»Die Chaoskriege.« In Tomas' Augen lag ein gehetzter Blick, als hätte ihn diese Erscheinung auf eine Art und Weise getroffen, die er nicht erwartet hatte. Doch sein Gesicht blieb versteinert, während er den verrückten Himmel über sich beobachtete.

Macros nickte. Er stand auf und zeigte nach oben. »Seht, gerade jetzt treten wir in das Zeitalter vor den Chaoskriegen ein, die Tage der Wütenden Götter, die Zeit des Sternentods und welche Namen die Mythen und die Kundigen noch für diese Epoche haben.«

Pug schloss die Augen. Sein Verstand war kalt und stumpf, und in seinem Kopf pochte ein dumpfer Schmerz.

»Es scheint, als würden wir in jeder Sekunde drei-, vierhundert Jahre zurückrasen«, sagte Macros, woraufhin Pug nickte. »Also vergeht alle drei Sekunden ein Jahrtausend«, rechnete Macros. »Das ist ein guter Anfang.«

»Anfang?«, fragte Pug. »Wie schnell müssen wir denn noch rasen?«

»Meiner Rechnung nach Milliarden von Jahren. Bei tausend Jahren in einer Sekunde würden wir den Anfang aller Zeit gerade noch in unserem Leben erreichen. Wir müssen also schneller werden.«

Pug wirkte erschöpft und schloss die Augen. Tomas sah in den Himmel. Er konnte jetzt erkennen, wie sich die Sterne bewegten, wenn auch langsam in Anbetracht der Entfernungen. Ihre Geschwindigkeit schien zuzunehmen und wurde immer schneller.

Schließlich schlug Pug wieder die Augen auf. »Ich habe innerhalb der Strukturen der Zeitfalle einen zweiten Zauber aufgebaut. Jetzt verdoppelt sich die Rate jeweils nach einer

Minute ohne mein Zutun. Im Moment bewegen wir uns mit zweitausend Jahren pro Sekunde. In einer Minute werden es viertausend sein. Dann achttausend, sechzehntausend und so weiter.«

Macros' Miene hellte sich merklich auf. »Gut. Das gibt uns einige Stunden.«

»Ich glaube, es ist an der Zeit für ein paar Fragen«, bemerkte Tomas.

Macros lächelte, als er erwiderte: »Ich würde sagen, es ist Zeit für ein paar Antworten.«

»Ja, genau das habe ich gemeint. Vor Jahren habt Ihr mich gedrängt, den Frieden mit den Tsurani zu brechen, und in jener Nacht habt Ihr mir auch erzählt, Ihr wäret der Urheber meines gegenwärtigen Daseins. Überall, wohin ich auch blicke, habt Ihr Eure Finger im Spiel. Ich möchte gern mehr wissen, Macros.«

Macros setzte sich wieder. »Also gut, da wir noch einige Zeit totzuschlagen haben, warum nicht. Im Fortgang dieses Dramas haben wir jetzt einen Punkt erreicht, an dem euch das Wissen nicht länger verletzen wird. Also, was möchtet ihr wissen?« Er sah von Tomas zu Pug.

Pug sah seinen Freund an, dann blickte er dem Zauberer scharf ins Gesicht. »Wer seid Ihr?«

»Ich?« Die Frage schien Macros zu amüsieren. »Ich bin … nun, wer bin ich? Ich habe so viele Namen getragen, ich kann mich kaum an alle erinnern.« Er seufzte, als er daran dachte. »Doch derjenige, den man mir bei meiner Geburt gegeben hat, lautet in der Sprache des Königreichs einfach Falke.« Und mit einem Lächeln fuhr er fort: »Das Volk, dem meine Mutter angehörte, war ein wenig primitiv.« Er dachte nach.

»Nun, ich weiß nicht recht, wo ich anfangen soll. Vielleicht am besten mit dem Ort und der Zeit meiner Geburt. Auf einer fernen Welt gab es einst ein riesiges Reich, das zu seinen besten Zeiten an Groß-Kesh und sogar an das der Tsurani heranreichte. Dieses Reich war in vielerlei Hinsicht sehr durchschnittlich. Es gab keine genialen Künstler, Philosophen oder Anführer, von dem einen oder anderen einmal abgesehen, doch das Reich hatte Bestand. Und das einzige Bemerkenswerte daran war der Frieden, den das Reich jenen Ländern, über die es herrschte, aufgezwungen hatte.

Mein Vater war ein Kaufmann, durch und durch ein einfacher Mann, dazu äußerst sparsam, und er besaß Schuldscheine von den meisten mächtigen Männern seines Ortes. Ich erzähle euch das nur, damit Ihr versteht, dass mein Vater sicherlich nicht aus dem Stoff war, aus dem große Sagen entstehen. Er war ausgesprochen unauffällig und einfach.

Dann tauchte in dem Land, in dem mein Vater geboren war, ein weiterer einfacher Mann auf, jedoch einer, der zauberhaft reden konnte und die irritierende Gabe hatte, die Menschen zum Nachdenken zu bringen. Er stellte Fragen, die die Mächtigen nervös machten, doch weil er ein friedlicher Mann war, fand er viele Anhänger, von denen einige allerdings zu Gewalt neigten. Aus diesem Grund erhoben die Herrschenden eine falsche Anklage gegen ihn. Er wurde vor Gericht gestellt, und niemandem wurde die Gelegenheit gegeben, seine Stimme zu seinen Gunsten zu erheben. Er wurde für verräterische Reden, die er gar nicht gehalten hatte, zum Tode verurteilt.

Seine Hinrichtung sollte in der Öffentlichkeit stattfinden, ganz so, wie es zu jener Zeit üblich war, und deshalb hatte sich viel Volk versammelt, darunter auch mein Vater. Der arme, unbedarfte Kaufmann stand dort zusammen mit einigen hochrangigeren Landsleuten, und um den Herrschern zu gefallen, die ihm Geld schuldeten, beteiligte er sich an der Spötterei, die der verdammte Mann auf dem Weg in seinen Tod über sich ergehen lassen musste.

Aus welchem Grunde auch immer, ob es nur ein Wink des Schicksals oder der nicht nachvollziehbare Humor eines Gottes war, blieb der Verurteilte stehen und blickte meinem Vater ins Gesicht. Bei so vielen, die ihn quälten und verspotteten, richtete er seinen Blick ausgerechnet auf diesen einfachen Kaufmann. Vielleicht war er ein Zauberer, vielleicht war es auch nur der Fluch eines sterbenden Mannes. Doch von all jenen auf der Prachtstraße verfluchte er ausgerechnet meinen Vater. Es war ein seltsamer Fluch, den mein Vater als Fantasterei eines Mannes abtat, der vor Angst wahnsinnig geworden war.

Der Mann starb, und die Jahre vergingen, und eines Tages bemerkte mein Vater, dass er nicht mehr älter wurde. Seine Nachbarn und seine Geschäftsfreunde zeigten nach und nach die Spuren der Zeit, doch mein Vater sah immer noch aus wie ein Kaufmann von ungefähr vierzig Jahren. Als der Unterschied auffällig wurde, verließ mein Vater seine Heimat, bevor man ihn als Diener der dunklen Mächte gebrandmarkt hätte. Jahrelang reiste er umher. Zunächst verwendete er seine Zeit für gute Zwecke und wurde zu einem Gelehrten und weisen Mann. Dann erst erfuhr er, worin der Fluch wirklich bestand. Er hatte einen schweren Unfall und musste den größten Teil eines Jahres im Bett verbringen. Er erkannte, ihm war der Tod versagt. Selbst wenn er eine tödliche Verletzung erlitt, würde er schließlich wieder genesen.

Er fing an, sich nach dem Tod zu sehnen, den er nach seinen zahllosen Lebensjahren als Erlösung empfand. Er kehrte zurück in seine Heimat, um etwas über diesen Mann, der ihn verflucht hatte, in Erfahrung zu bringen.

Dabei entdeckte er, wie der Mythos die Wahrheit verschleierte. Der Mann stand nunmehr im Mittelpunkt religiöser Auseinandersetzungen. Für die einen war er ein Scharlatan, für die anderen ein Bote der Götter, für wieder andere ein Gott, und dann gab es noch welche, die ihn für einen dämonischen Herold der Verdammnis hielten. Diese unterschiedlichen Ansichten führten zu Kämpfen im Reich, zu Religionskriegen.

Angeblich gab es drei magische Reliquien, welche die Macht haben sollten zu heilen, Frieden zu stiften und sogar Flüche rückgängig zu machen. Bei diesen Reliquien handelt es sich, soweit ich weiß, um einen Stab, einen Mantel und einen Kelch. Mein Vater machte sich auf die Suche nach den drei Gegenständen.

Die Jahrhunderte vergingen, und schließlich kam mein Vater in ein kleines Land an der Grenze des Reichs, wo die letzte der drei Reliquien vermutet wurde – die anderen beiden waren angeblich unwiederbringlich verloren gegangen. Das Reich befand sich in Auflösung, so wie es allen Reichen eines Tages widerfährt, und das Land war eine wilde Gegend. Auf dem Weg dorthin wurde mein Vater von Räubern überfallen, die ihn schwer verwundeten und scheinbar tot zurückließen.

Er wurde von einer Frau gefunden. Ihr Ehemann war durch einen Unfall beim Fischen ums Leben gekommen und hatte sie unversorgt zurückgelassen. Mein Vater stammte von einem alten Volk mit großer Kultur und Geschichte ab, doch das Volk meiner Mutter – es wurde das Volk der Eidechse genannt – bestand sozusagen noch aus Wilden. Von einer Witwe musste man sich dortzulande fernhalten, denn jeder, der ihr etwas gab, übernahm die Verantwortung für sie. Diese Frau, die fast nichts besaß, pflegte meinen Vater gesund, und dann legte sie sich zu ihm, weil sie keinen Mann mehr hatte und weil mein Vater zu jener Zeit ein offensichtlich wohlgebildeter und möglicherweise wichtiger Mann war. Langer Rede, kurzer Sinn – ich wurde gezeugt.

Mein Vater erklärte meiner Mutter seine Absichten, doch sie wusste nichts über die Reliquien, die er suchte, obwohl die Legende auch in ihrem fernen Land sehr verbreitet war. Ich vermute eher, sie wollte ihren zweiten Ehemann nicht allzu weit von zu Hause fortlassen.

Also blieb mein Vater eine Zeitlang bei ihr. In dem Land, aus dem er kam, hieß es, das Kind erbe die Sünden seines Vaters, doch wie auch immer, ich verdanke es diesem Erbe, dass ich noch lebe. Mein Vater blieb lange genug, um mir seine Sprache und die Geschichte seines Landes beizubringen, dazu die Grundkenntnisse des Lesens und des Schreibens. Ein Gerücht trieb ihn schließlich wieder in die Welt hinaus: Es gab einen Hinweis auf eine der verlorenen Reliquien, und er setzte seine Suche fort und machte sich nach Westen über das riesige Meer auf. Ich habe ihn nie wiedergesehen. Nach allem, was ich weiß, sucht er immer noch nach einer der Reliquien. Meine Mutter kehrte mit mir in das Dorf zurück, in dem sie geboren war.

Da saß meine Mutter also, allein mit einem Sohn und keiner vernünftigen Erklärung, wo er herstammte. Also dachte sie sich eine Geschichte aus, laut der sie sich mit einem

Dämon zusammengetan habe. Durch den Unterricht meines Vaters war ich weit gebildeter als die weisesten der Älteren, und mein Wissen verlieh ihrer Geschichte einige Glaubwürdigkeit. In Kürze gewann meine Mutter bedeutenden Einfluss im Dorf. Sie wurde eine Seherin, obwohl sie wesentlich besser schauspielern konnte als weissagen. Doch ich hatte schon als Kind Visionen.

Als ich vierzehn war, verließ ich meine Mutter und wanderte dorthin, wo ein alter Orden von Priestern lebte, in einem Land, das mir zu jener Zeit weit entfernt von meiner Heimat zu liegen schien. Eigentlich war es jedoch nur ein Katzensprung, verglichen mit den Reisen, die ich seitdem unternommen habe. Sie unterrichteten mich und gaben mir ein Wissen, das in Vergessenheit zu geraten drohte. Als ich meinen Platz in jener Bruderschaft einnahm, wurde ich geistig zu einem fernen Ort geschickt.

Ich wurde … irgendwohin gebracht, und eine Kraft, vielleicht sogar ein Gott selbst, sprach zu mir. Ich wurde unter vielen auserwählt, ich wurde als ein besonderes Werkzeug seltener Kräfte angesehen. Doch ich hatte einen Preis dafür zu zahlen, wenn ich diese Kräfte für mich selbst gebrauchen wollte. Man ließ mir die Wahl. Entweder konnte ich einfach nur Gebete murmeln, ohne besonders bedeutsam für die Ordnung der Welten zu werden – dafür hätte ich ein sicheres und bequemes Leben geführt –, oder die wahren magischen Künste lernen. Es war klar, dass mich auf diesem Weg Schmerzen und Gefahren erwarten würden. Darum zögerte ich, doch sosehr ich mir das friedliche Dasein eines klösterlichen Lebens wünschte, die Verlockung, derart enormes Wissen zu erlangen, war zu stark, und ich konnte nicht widerstehen. Ich wählte die Macht und wurde dazu verdammt, wie mein Vater ohne Hoffnung auf die Erlösung durch den Tod zu leben, und mir wurde gleichzeitig die Gabe – oder der Fluch – des Vorauswissens verliehen. Diese Gabe erhielt ich, damit ich meine Rolle in diesem Spiel einnehmen konnte. Und seit jenem Tag habe ich mein Leben in Einklang mit diesem Vorauswissen gebracht. Ich bin dazu bestimmt, den Kräften zu dienen, welche die Ordnung im Universum erhalten wollen, und den gleichstarken Mächten der Zerstörung gegenüberzutreten.«

Macros lehnte sich zurück. »Kurz gesagt, ich bin ein Mann, der einen Fluch geerbt und einige Gaben dazugewonnen hat.«

Sie schwiegen eine Weile, bevor Pug schließlich das Wort ergriff und sagte: »Wir haben schon darüber spekuliert, ob Ihr nicht der Drahtzieher eines bösen Spiels seid, doch die Wahrheit ist, Ihr seid nur der wichtigste Bauer auf dem Schachfeld.«

Macros nickte. »Ich allein hätte nie den Willen oder gar den Mut gehabt, mein Vorauswissen herauszufordern. Seit dem Tag, an dem ich meine Priesterschaft niederlegte, war mir bewusst, dass ich jahrhundertelang leben und viele Male über das Schicksal anderer würde bestimmen müssen, bevor ich überhaupt nur anfangen würde zu verstehen, worauf das alles hinausläuft.«

»Was meint Ihr damit?«, fragte Tomas.

Macros sah sich um. »Wenn es so läuft, wie ich vermute, werden wir Zeugen von etwas werden, das kein anderes sterbliches Wesen je gesehen hat, nicht mal die Götter. Wenn wir überleben, werden wir einige Zeit für unsere Rückkehr nach Hause brauchen. Ich bin müde und Pug ebenfalls. Ich glaube, ich werde etwas schlafen. Weck mich.«

»Wann?«, fragte Tomas.

Macros lächelte geheimnisvoll. »Du wirst schon wissen, wann.«

»Macros!«

Macros öffnete die Augen und sah in die Richtung, in die Tomas zeigte. Er streckte sich und stand auf. »Ja, es ist an der Zeit.«

Pug erwachte ebenfalls und machte große Augen. Über ihnen schossen die Sterne mit rasender Geschwindigkeit durch den Kosmos, entgegen ihrem eigentlichen Kurs, da die Zeit rückwärts verlief. Der Himmel stand in Flammen, ein Anblick von erschreckender Schönheit. Die aufeinandertreffenden Kräfte setzten Farben von enormer Intensität frei. Das Licht war konzentriert, und alles über ihnen zog sich immer mehr zusammen.

In der Mitte tauchte eine völlige Leere auf. Es schien so, als würden sie durch einen langen gestreiften Tunnel auf das dunkelste Loch zurauschen.

»Das könnte sehr interessant werden«, bemerkte der Zauberer. »Ich weiß, ihr haltet mich nicht für ganz richtig im Kopf, doch ich finde es sehr erfrischend, dass wir nicht wissen, was als Nächstes kommt. Ich meine, ich weiß, was wahrscheinlich passieren wird, aber ich habe es noch nie gesehen.«

»Es ist sehr schön«, sagte Pug. »Nur … was ist es?«

»Der Anfang, Pug.«

Während sie sprachen, bewegten sie sich immer schneller und schneller auf die völlige Schwärze zu. Die Farben schmolzen zu einem reinen weißen Licht zusammen, das in den Augen schmerzte.

»Seht nur hinter uns!«, sagte Tomas.

Dort, wo wirklicher Raum gewesen war, erstreckte sich nun das gleichmäßige Grau des Spaltraumes. Macros klatschte in die Hände, offensichtlich verzückt.

»Wunderschön! Es ist genauso, wie ich dachte. Wir werden dieser Falle entkommen, Freunde. Wir nähern uns jenem Ort, an dem Zeit keine Bedeutung hat. Passt auf!«

In einem letzten Aufbäumen erstaunlicher Erhabenheit brach alles um sie herum zusammen, als würde es in den Schlund dieses schwarzen Nichts gesaugt. »Pug, du musst unsere Bewegung stoppen, ehe wir dort hineingezogen werden.«

Pug schloss die Augen und konzentrierte sich. Schneller und schneller wurden die letzten Reste dieses Universums von dem gigantischen Etwas vor ihnen verschlungen, bis das letzte Stäubchen, die letzte Spur eines Gegenstands, verschwunden war.

Pug umklammerte seinen Kopf und schrie vor Schmerz auf. Die Beine wollten unter ihm nachgeben, und Macros und Tomas eilten zu ihm und setzten ihn hin. Einen Augenblick später sagte er: »Mir geht es gut.« Seine Haut war aschfahl, und auf seiner Stirn perlte Schweiß. »Es war nur das Ende des Beschleunigungszaubers, als wir der Zeitfalle entkommen sind – das war schmerzhaft.«

»Tut mir leid«, sagte Macros. »Das hätte ich ahnen müssen.« Und fast zu sich selbst fügte er hinzu: »Doch das, was wir wissen, hat im Hier und Jetzt nur wenig Wert.«

Macros zeigte nach oben, wo es nichts anderes mehr gab als eine unermessliche völlige Dunkelheit. Sie schien sich in einer grenzenlosen, gekrümmten Linie zu erstrecken, die vom

Auge kaum mehr zu erfassen war. Der Garten und die Ewige Stadt schwebten an ihrer Grenze.

»Faszinierend«, sagte Macros. »Jetzt wissen wir, dass die Ewige Stadt außerhalb der eigentlichen Ordnung des Universums existiert.«

»Was ist das?«, fragte Tomas und zeigte auf das unvorstellbar schwarze Gestirn am Himmel.

»Die Gesamtheit aller Universen, Tomas«, erwiderte der Zauberer. »Die Urmaterie, von der alles andere abstammt. Sie ist alles – abgesehen von dem Fleckchen Erde, auf dem wir selbst und die Ewige Stadt stehen. Dort draußen gibt es so viel, dass Größe und Entfernung keine Rolle spielen. Wir sind Millionen Mal weiter davon entfernt als Midkemia von seiner Sonne. Doch seht nur, wie riesig es ist und fast den halben Himmel verdeckt. Es ist verblüffend, wenn man darüber nachdenkt. Selbst das Licht kann von dort nicht entkommen, weil es noch nicht entstanden ist. Wir befinden uns vor aller Zeit, vor dem Ursprung. Wir sind die Zeugen des Anfangs. Ryath, sieh dir das an!«

Der Drache erwachte aus seinem Dämmerzustand und räkelte sich. Er kam näher und stellte sich hinter die drei Menschen.

Macros sagte: »Sei wachsam.«

Alle wandten sich der völligen Dunkelheit zu und beobachteten sie. Einige Minuten lang geschah nichts. Da sich im Garten kein Lüftchen regte, herrschte vollkommene Stille. Die Beobachter waren sich ihres eigenen Seins bewusst und nahmen alles genau wahr, bis hin zum pochenden Rhythmus des Blutes, das in ihren Adern floss. Und außer dem Geräusch ihres eigenen Atems war nichts zu hören.

Dann war da der Ton.

Eine Freude erfüllte sie, ein tief reichendes Gefühl, dass alles absolut richtig war und stimme, schlug wie eine Welle über ihnen zusammen, eine Schönheit, zu schrecklich, um sie zu verstehen. Ein einziger, makelloser Ton schien zu erklingen, doch man konnte ihn eher fühlen als hören. Farben, kräftiger als alles, was sie je gesehen hatten, tauchten vor ihnen auf, obwohl immer noch das schwarze Nichts über ihnen hing. Dieses unbeschreibliche Wunder, das zugleich ein unbeschreiblicher Schrecken war, wollte sie fast erdrücken. Innerhalb eines Augenblicks wurden sie alle zur Bedeutungslosigkeit verdammt, jeder von ihnen fühlte sich verzweifelt und allein, obwohl sie alle in diesem Moment auch eine Erhabenheit verspürten, die ihnen Freudentränen in die Augen trieb.

Es war unmöglich zu verstehen. Es flackerte, als würden sich Millionen von Kraftlinien über der Oberfläche des Nichts ausbreiten, doch sie bewegten sich so schnell, dass man ihnen kaum mit dem Auge folgen konnte. Im einen Moment war alles schwarz und formlos, im nächsten zog sich ein Gitterwerk unzähliger glühender Linien über das riesige Nichts, und der Himmel wurde von Licht erfüllt, das in Stärke und Reinheit schwankte.

Sie mussten die Augen vor diesem blendenden Anblick schützen. Ein Sturm unermesslicher Energien schoss hervor, so wie sie ihn vorhin schon gesehen hatten, doch nun breitete er sich aus. Ein seltsames Gefühl überkam Pug und seine Gefährten, das Gefühl von Vollkommenheit, als wäre das, was sie soeben erfahren hatten, nun zum Ende gekommen. Sie weinten über die Schönheit dieses Anblicks.

»Macros, was war das?«, fragte Tomas leise und voller Ehrfurcht.

»Die Hand Gottes«, flüsterte Macros mit vor Bewunderung weit aufgerissenen Augen. »Der ursprüngliche Drang. Der erste Grund. Das Endgültige. Ich weiß nicht, wie ich es nennen soll. Ich weiß nur dies: Im einen Moment gab es nichts, im nächsten war alles da. Das ist das große Geheimnis, und selbst jetzt, nachdem ich es gesehen habe, kann ich nicht behaupten, ich hätte es verstanden.« Der Zauberer lachte laut und freudig und tanzte sogar ein wenig herum.

Pug und Tomas wechselten fragende Blicke, und Macros bemerkte, dass er ihre Aufmerksamkeit auf sich zog. Ausgesprochen heiter sagte er: »Wir sind nicht nur aus dem einen Grund hier, das ist mir gerade klar geworden.« Als ihre Mienen Unverständnis verrieten, fuhr er fort: »Warum sollte nicht auch ein Gott eitel sein? Wäre ich der Endgültige, würde ich mir auch Publikum für eine Vorstellung wie diese wünschen.«

Sowohl Pug als auch Tomas begannen zu lachen. Macros machte weitere Freudensprünge, wobei er eine fröhliche Melodie summte. »Götter, ich liebe Fragen, die ich nicht beantworten kann. Das hält die Dinge interessant, auch noch nach so vielen Jahren!« Macros hielt in seinem Tanz inne, sein Gesicht nahm einen konzentrierten Ausdruck an. Dann sagte er: »Einige meiner Kräfte sind zurückgekehrt.«

Pug hörte auf zu lachen. »Einige?«

»Genug, damit ich deine Kräfte wirksamer einsetzen kann, wenn wir sie brauchen.« Er nickte leicht. »Und ich kann sogar etwas zum Ganzen dazugeben.«

Pug sah nach oben und betrachtete die Pracht eines neugeborenen Universums, das sich am Himmel ausbreitete. »Damit verglichen, kommen mir unsere Sorgen nichtig vor.«

»Nun, das mögen sie sein«, erwiderte der Zauberer und benahm sich wieder wie sonst. »Doch auf eurer Heimatwelt mag es Leute geben, die darüber anders denken, während sie Murmandamus' Armee ins Königreich ziehen sehen. Vielleicht ist es nur ein kleiner Planet, es ist jedoch der einzige, den wir haben.«

Sie bewegten sich in der Zeit wieder vorwärts, das spürte Pug, obwohl er nicht wusste, wie.

»Wir sind der Zeitfalle entkommen«, stellte Macros fest.

Pug saß da und schwieg vor Verwunderung. Er hatte gefühlt, wie etwas in ihm vorgegangen war, während er der Schöpfung als Zeuge beigewohnt hatte. Jetzt tat er diese Überzeugung kund. Er sah Macros an und sagte: »Ich bin wie Ihr.«

Macros nickte und sah ihn milde an. »Ja, Pug, du bist wie ich. Ich weiß nicht, was das Schicksal für dich bereithält, doch du bist nicht wie die anderen. Du gehörst weder zum Niederen noch zum Erhabenen Pfad. Du bist ein Zauberer, der weiß, dass es keine Pfade gibt, sondern nur Magie. Und Magie stößt nur dort an die Grenzen, wo die eigene Begabung endet.«

»Kannst du in die Zukunft sehen?«, fragte Tomas.

»Nein, davon wurde ich verschont«, antwortete Pug.

»Das mit dem Vorauswissen ist keine Sache, die mich nur unglücklich macht«, erklärte Macros, »denn es ist auch eine machtvolle Fähigkeit. So, und jetzt müssen wir fort von hier.«

Er betrachtete den Wahnsinn über ihnen, wo die Materie aus dem Ursprung herausschoss und den Himmel mit Schönheit erfüllte. Grüne und blaue Wirbel von Gasen, rote Gestirne in wütender Pracht, weiße und gelbe Lichtstreifen, all das sauste vorbei, vertilgte das Grau des Spaltraumes und drängte die Grenzen des Nichts zurück.

Plötzlich zeigte Macros auf etwas: »Da!«

Sie sahen auf und entdeckten, was Macros meinte: ein winziges Band, das sich in weiter Entfernung von ihnen am Himmel erstreckte.

»Dorthin müssen wir gehen, und zwar rasch. Beeilt euch, steigt auf Ryath, und sie wird uns dorthin bringen. Schnell, schnell!«

Sie stiegen auf den Rücken des Drachen, und obwohl sich Ryath von der mageren Kost ein wenig geschwächt fühlte, war sie dennoch auf ihre Aufgabe erpicht. Sie hob ab, und mit einem Mal schossen sie durch das Grau des Spaltraumes. Dann drangen sie wieder in den normalen Raum ein und fanden sich über dem schmalen Streifen der Materie wieder.

Macros befahl Ryath, sie solle darüber schweben, und Tomas ließ sie auf den Pfad hinunter. Sie standen auf einer gelbweißen Bahn, die vielleicht alle zwanzig Meter mit schimmernden silbernen Rechtecken markiert war. Pug betrachtete den kaum sechs Meter breiten Streifen und meinte: »Macros, wir können möglicherweise darauf stehen, doch für Ryath wird das ein Problem.«

Der Zauberer sah nach oben und sagte schnell: »Ryath, wir haben wenig Zeit. Das Verborgene Wissen. Du kannst es entweder enthüllen, wenn du Pug und Tomas vertraust, oder du wirst bei dem Versuch, es zu verbergen, zugrunde gehen. Ich würde dir raten, vertraue ihnen. Aber das musst du selbst entscheiden, nur schnell.«

Der Drache kniff die großen rubinroten Augen zusammen und betrachtete den Zauberer. »Hat denn mein Vater in seiner Großzügigkeit das verbotene Wissen mit Euch, dem Menschen, geteilt?«

»Ich weiß alles, denn ich wurde einst zu euren Freunden gezählt.«

Der Drache fasste Tomas und Pug ins Auge. »Ihr, Valheru, und Euer Gefährte sollt mir denn einen Eid ablegen: Enthüllet niemals jemandem das, wovon Ihr nun Zeugen werdet.«

»Bei meinem Leben«, sagte Tomas.

Pug nickte. »Ich schwöre es.«

Daraufhin umgab den Drachen ein goldenes Schimmern, zuerst nur schwach, doch dann immer stärker. Bald schmerzte es, wenn man hineinsah. Das Licht wurde heller und heller, bis es die Einzelheiten von Ryaths Gestalt verhüllte. Ihre Umrisse begannen sich zu verändern, sie schmolzen und zerflossen und zogen sich zusammen, während der Drache auf die Straße herunterschwebte. Der Drache wurde immer kleiner, bis er die Größe eines Menschen erreicht hatte. Daraufhin verblasste das Glühen.

Was einst eine Drachendame gewesen war, stand nun als eine wunderschöne Frau mit rotgoldenem Haar und blauen Augen vor ihnen. Ihr Körper war vollkommen, wie sie ohne Probleme erkennen konnten, denn sie war unbekleidet.

»Eine Gestaltwandlerin«, sagte Pug.

Ryath näherte sich ihnen und sagte mit singender Stimme: »Es ist den Menschen bekannt, dass wir, wenn wir wollen, uns unbemerkt unter ihnen bewegen können. Doch nur die Großen Drachen beherrschen diese Kunst. Und das ist der Grund, warum Euer Volk glaubt, unsere Art wäre dahingeschwunden. Denn wir wissen, den Menschen begegnet man besser in dieser Gestalt.«

»Obwohl mich der Anblick deiner Schönheit erfreut«, sagte Tomas, »wird sie wohl einige Aufregung hervorrufen, wenn wir nach Hause zurückkehren, ohne zuvor Kleidung für dich gefunden zu haben.«

Ryath hob ihren schlanken weißen Arm, und plötzlich stand sie in gelben und goldenen Reisegewändern vor ihnen. »Ich kann mich bedienen, so ich nur will, Valheru. Meine Künste sind weitaus größer, als Ihr ahnen mögt.«

»Das ist wahr«, stimmte Macros zu. »Als ich mit Rhuagh zusammen war, lehrte er mich Zauberkünste, die zuvor kein anderer Sterblicher kannte. Unterschätze nie Ryaths Fähigkeiten. Sie verfügt über mehr als nur Fänge, Flammen und Klauen, um einem Feind entgegenzutreten.«

Pug betrachtete die wunderschöne Frau, und er konnte es kaum glauben, dass sie Augenblicke zuvor noch in Drachengestalt vor ihnen gestanden hatte. Er sah Macros kühl an. »Gathis hat einmal gesagt, Ihr hättet Euch immer darüber beschwert, wie viel es zu lernen gibt und wie wenig Zeit man dafür hat. So langsam fange ich an zu verstehen.«

Macros lächelte. »Dann stehst du endlich am Beginn deiner Lehrzeit, Pug.« Macros sah sich um. In seinem Gesicht spiegelte sich Triumph, und seine Augen funkelten.

»Was ist los?«, fragte Pug.

»Wir saßen in der Falle, und wir hatten keine Hoffnung auf den Sieg. Und noch immer können wir versagen, Pug, aber zumindest können wir jetzt wieder in das Spiel einsteigen – wir haben sogar eine kleine Aussicht auf einen Sieg. Kommt, wir haben eine weitere Reise vor uns.«

Der Zauberer führte sie den Weg entlang, und sie gingen an den schimmernden Rechtecken vorbei. Dazwischen sahen sie die schnell zurückkehrenden Sterne der neuerlichen Schöpfung. Langsam kroch das Grau des Spaltraumes davon.

»Macros«, fragte Pug, »was ist das für ein Ort?«

»Es ist der seltsamste Ort von allen, selbst verglichen mit der Ewigen Stadt. Er wird die Halle des Universums genannt, Sternengang, Torweg oder meistens der Gang zwischen den Welten. Für die Mehrheit jener, die hierherkommen, ist es einfach der Gang. Wir haben viel Zeit, uns zu unterhalten, während wir unterwegs sind. Denn wir werden nach Midkemia zurückkehren. Doch vorher muss ich euch noch einige Dinge erzählen.«

»Zum Beispiel?«, fragte Tomas.

»Zum Beispiel etwas über die wahre Natur des Feindes«, sagte Pug.

»Das auch«, stimmte Macros zu. »Ich habe euch damit bis zum Schluss verschont, denn falls wir der Zeitfalle nicht entkommen wären, warum hätte ich euch damit belasten sollen? Doch jetzt müssen wir uns auf den letzten Kampf vorbereiten, und deshalb müsst ihr den Rest der Geschichte kennen.«

Die beiden Zauberer sahen Tomas an, und der sagte: »Ich verstehe nicht, was Ihr meint.«

»Viele Dinge der Vergangenheit sind dir bisher verborgen geblieben, Tomas. Es ist an der Zeit, dass der Schleier gelüftet wird.«

Macros blieb stehen, streckte die Hand aus, und während er sie Tomas auf die Augen legte, sagte er ein fremdartiges Wort.

Tomas erstarrte, als er spürte, wie die Erinnerung zurückkehrte.

Eine Welt drehte sich durch das Nichts und umkreiste einen Leben spendenden Stern. Auf dieser Welt blühte das Leben in Hülle und Fülle. Zwei Wesen standen mit weit gespreizten Beinen darüber, und jedes hatte seine besondere Aufgabe.

Rathar hielt die vielfältigen Stränge von Leben und Macht in den Händen, und mit Sorgfalt verwob sie diese zu einem komplizierten Geflecht der Ordnung, verband sie zu einem starken breiten Band.

Gegenüber von Rathar stand Mythar, der nach dem Band griff, es mit wilder Besessenheit wieder in seine einzelnen Stränge zerpflückte und sie durcheinanderwirbeln ließ, bis Rathar sie abermals aufnahm und zusammenwob. Beide folgten dem Trieb ihrer jeweiligen Natur, und beiden waren alle anderen Lebewesen gleichgültig.

Sie waren die Zwei Blinden Götter des Anfangs.

Solcher Art war die Beschaffenheit des Universums in seinen Kindertagen. Endlos arbeiteten die beiden Gottheiten vor sich hin, und die winzigen Faserstränge, die Rathar entgingen, fielen auf den Boden der Welt unter ihnen. Und daraus entstand das größte Wunder der Schöpfung: Leben.

Ashen-Shugar wurde von den unsanften Händen der Hebamme, einer Moredhel, aus dem Leib seiner Mutter gezerrt. Hali-Marmora nahm das Schwert und durchtrennte die Nabelschnur, die den Sohn mit ihr verband. Mit vor Schmerz verzogenem Gesicht fauchte sie: »Das ist das Letzte, was du von mir ohne Kampf bekommst.«

Die Moredhel lief mit dem neugeborenen Valheru los

und übergab ihn einem Elben, der draußen vor der Berghalle wartete.

Der Elb kannte seine Pflicht. Kein Valheru lebte ohne Kampf. So war der Lauf der Dinge. Der Elb trug das stille Kind, das seit seiner Geburt noch keinen Laut von sich gegeben hatte. Das Kind war ohne Wissen geboren worden, ein winziges Ding, doch nicht ohne Macht.

Der Elb erreichte den Ort, den er ausgesucht hatte, und ließ das Kind allein auf einem Felsen zurück, wo es ohne Kleidung und ohne Schutz in der untergehenden Sonne lag.

Das Kind Ashen-Shugar betrachtete seine Umgebung, und mit jeder vergehenden Minute nahm es mehr Wissen über die Namen und Beschaffenheit der Dinge auf. Ein Aasfresser näherte sich schnüffelnd dem Säugling, und mit einem geistigen Schrei der Wut schlug ihn der winzige Valheru in die Flucht.

Gegen Abend glitt hoch über ihm ein Wesen auf seinen breiten Schwingen dahin. Es entdeckte das Ding auf dem Felsen und fragte sich, ob es eine gute Mahlzeit abgeben würde. Da wurde es plötzlich von dem Säugling gerufen.

Ashen-Shugar entdeckte den riesigen Adler, der über ihm seine Kreise zog, und im gleichen Moment wusste er, dass dies seine Kreatur war. In einfachen Bildern befahl er dem Adler zu landen, dann zu jagen. Innerhalb von Minuten war der Vogel mit einem zuckenden Fisch im Maul zurück und zerlegte mit Schnabel und Krallen die Beute, die zweimal so groß wie der Säugling war. Wie bei allen seines Geschlechts bestand Ashen-Shugars erstes Mahl aus rohem Fleisch.

In der ersten Nacht deckte das große Adlerweibchen das Kind mit seinen Flügeln zu, so wie es der Vogel auch bei seinen eigenen Jungen getan hätte. Und nach wenigen Tagen kümmerte sich ein Dutzend Vögel um den Säugling.

Der Valheru wuchs rasch, viel schneller als andere Kinder. Als der Sommer vergangen war, konnte er schon Wild erlegen, indem er es mit der erstaunlichen Kraft seiner Gedanken tötete. Er riss das Fleisch mit bloßen Händen von den Knochen und aß es roh.

Manchmal berührten andere Gedanken die des Kindes, doch es zog sich dann einfach zurück. Instinktiv wusste es, dass es sich vor seinem eigenen Geschlecht am meisten fürchten musste, solange es nicht die Macht hatte, sich in der Gesellschaft einen Platz zu erkämpfen.

Als der Valheru das erste Jahr mit den großen Adlern hinter sich gebracht hatte, kam es zu seinem ersten Kampf. Ein anderer Junge, Lowris-Takara, der sogenannte König der Fledermäuse, erschien gegen Ende der Nacht. Er hatte sich von seinen Dienern zu Ashen-Shugar führen lassen. Sie kämpften, und jeder versuchte, die Macht des anderen aufzusaugen, doch Ashen-Shugar gewann schließlich die Oberhand.

Nachdem er die Kraft von Lowris-Takara zu der seinen hinzugewonnen hatte, machte er sich auf die Suche nach stärkeren Gegnern. Er jagte andere junge Valheru, so wie Lowris-Takara ihn gejagt hatte, und sieben fielen ihm zum Opfer. Seine Kraft und seine Macht wuchsen, und er nahm den Titel Herrscher des Adlerreichs an. Auf der Jagd saß er stets auf dem Rücken eines der riesigen Vögel. Er zähmte den ersten der mächtigen Drachen, auf denen er ritt, und nachdem er seine Mutter im Kampf getötet hatte, übernahm er ihre Höhle. Jahrelang wuchs und wuchs er, und bald war er als einer der Mächtigsten seines Geschlechts bekannt.

Er jagte und vertrieb sich die Zeit mit seiner Moredhel-Frau, und gelegentlich kam er mit einer seines eigenen Geschlechts zusammen, wenn die Hitze über ihn hereinbrach und seine Kampflust, die er seiner eigenen Art gegenüber verspürte, verdrängte. Aus diesen Vereinigungen entstammten zwei Kinder, die überlebten. Das erste, Alma-Lodaka, zeugte er in den frühen Tagen, das zweite, Draken-Korin, wurde von Alma-Lodaka geboren. Doch verwandtschaftliche Beziehungen bedeuteten bei den Valheru nichts.

Er jagte mit seinen Brüdern durch den Himmel, wann immer sie der Drang zum Plündern überkam, der ihnen von Natur aus mitgegeben war. Er nahm seine Eldar-Diener mit sich, die hinter ihm auf dem Rücken seines Drachen ritten, damit sie sich um seine Beute kümmerten. Er kannte das Universum, und es erzitterte unter dem donnernden Flügelschlag des Drachenheeres, wenn sich dieses in die Lüfte erhob. Andere sternenreisende Geschlechter forderten die Valheru heraus, doch keines von ihnen überlebte.

Die Denker von Per, welche die Materie des Lebens beeinflussen konnten, wurden niedergeworfen, und mit ihnen gingen auch ihre Geheimnisse verloren. Der Tyrann des Kormoran-Reichs schickte die Macht von tausend Welten los. Schiffe so groß wie Städte schossen durch die Leere und brachten riesige Kriegsmaschinen gegen die Eindringlinge in Stellung. Die Drachenherrscher vernichteten sie ohne Zögern, und der Tyrann starb schreiend im tiefsten Kerker seines Palastes, während seine Welt über ihm in Schutt und Asche gelegt wurde.

Die Meister der Majinor wurden mitsamt ihrer dunklen Magie ebenfalls vom Drachenheer hinweggefegt. Das Große

Bündnis, die Marschälle der Dämmerung, die Bruderschaft der Siar, sie alle versuchten, den Valheru zu widerstehen. Von allen, die den Drachenherrschern im Weg standen, konnten nur die Götter der Weisheit von Aal, die man für die ersten Lebewesen hielt, der Zerstörung entgehen, doch auch sie hatten dem Drachenheer nichts entgegenzusetzen. Unter den vielen Bewohnern des Universums waren die Valheru die Herrscher.

Lange Zeit lebte Ashen-Shugar so, wie sein Geschlecht immer gelebt hatte: Sie fürchteten niemanden und führten nur Krieg mit Rathar, »Die Man Die Ordnung Nennt«, und Mythar, »Den Man Das Chaos Nennt«, den Zwei Blinden Göttern des Anfangs.

Dann erscholl der Ruf, und Ashen-Shugar brach auf, um sich mit seinen Brüdern zu treffen. Es war ein eigentümlicher Ruf, anders als jeder zuvor, denn in ihm schwang nicht der gewohnte Blutdurst. Stattdessen war es ein Ruf zu einem Treffen, denn die Valheru wollten sich versammeln und miteinander sprechen. Es war eine seltsame Idee.

Auf einer Ebene im Süden der Berge und des Großen Waldes standen sie im Kreis, die Hunderte ihres Geschlechts. In der Mitte stand Draken-Korin, der sich selbst Herr der Tiger nannte. Zu beiden Seiten von ihm wartete jeweils eine seiner Kreaturen, die Waffen gekreuzt und die Tigergesichter zu grimmigen Mienen verzogen. Sie hätten als Leibgarde nichts gegen einen der Valheru ausrichten können, sie standen nur dort, damit niemand vergaß, dass Draken-Korin als der Seltsamste seines Geschlechts galt. Er hatte neue Ideen.

»Die Ordnung des Universums verändert sich«, sagte er und zeigte in den Himmel. »Rathar und Mythar sind geflohen, oder sie wurden entthront. Wie auch immer, jedenfalls haben Ordnung und Chaos keinerlei Bedeutung mehr. Mythar hat die Stränge der Macht fallen gelassen, und daraus haben sich neue Götter erhoben. Ohne Rathar, die die Stränge der Macht zusammenflicht, werden diese Wesen die Macht ergreifen und eine neue Ordnung einführen. Dieser Ordnung müssen wir uns entgegenstellen. Die Götter sind wissend, und sie fordern uns heraus.«

»Wenn einer erscheint, töte ihn«, forderte Ashen-Shugar, den die Worte von Draken-Korin kaltließen.

»Sie sind genauso mächtig wie wir. Im Augenblick streiten sie sich noch untereinander, und jeder versucht, die Herrschaft über die anderen zu erringen, jeder strebt danach, der Meister der Macht zu werden, die die Zwei Blinden Götter des Anfangs zurückgelassen haben. Doch dieser Streit wird zu Ende gehen, und dann werden wir bedroht sein. Sie werden sich uns mit ihrer ganzen Macht zuwenden.«

»Warum sollte uns das bedrücken?«, entgegnete Ashen-Shugar. »Wir werden kämpfen, so wie wir schon immer gekämpft haben. Das ist die einzige Antwort.«

»Nein, wir brauchen mehr. Diesmal müssen wir gemeinsam kämpfen, sonst werden sie uns überwältigen.«

Eine seltsame Stimme sprach zu Ashen-Shugar, eine Stimme, die einen Namen hatte. Den Namen hatte er vergessen, doch die Stimme sprach: *Du musst dich von ihnen trennen.*

Der Herrscher des Adlerreichs sagte: »Tu, was du willst. Ich werde mich an keine Abmachung halten.« Er befahl seinem goldenen Drachen Shuruga, in den Himmel aufzusteigen, und flog davon.

Die Zeit verging, und manchmal sah Ashen-Shugar zu, wie seine Brüder arbeiteten. Ein seltsames Ding, so etwas wie die Städte in anderen Welten, wurde mithilfe magischer Künste und der Arbeit von Sklaven errichtet. Darin residierten die Valheru bereits, während noch daran gebaut wurde. Wie niemals zuvor in ihrer Geschichte wurden sie eine Gemeinschaft, und ihre kämpferische Natur sollte sich einem Abkommen, einer Waffenruhe unterwerfen. Das befremdete Ashen-Shugar sehr.

Ein Brüllen von oben verlangte von Shuruga eine Antwort. *Kämpfen wir?*, fragte der goldene Drache.

»Nein. Wir warten.«

Ashen-Shugar beachtete Shurugas Enttäuschung nicht. Ein weiterer Drache, schwarz wie die Nacht, landete und näherte sich zögerlich Ashen-Shugar.

»Hat sich der Herrscher des Adlerreichs endlich doch dazu durchgerungen, sich uns anzuschließen?«, fragte Draken-Korin, dessen schwarz-orange gestreifte Rüstung im schwachen Licht glänzte, und stieg von seinem Drachen.

»Nein. Ich sehe einfach nur zu«, antwortete Ashen-Shugar, der ebenfalls abstieg.

»Du hast als Einziger nicht zugestimmt.«

»Wenn wir uns zur Jagd durch den Kosmos zusammentun, ist das eine Sache, Draken-Korin. Dieser … dieser Plan von dir ist wahnsinnig.«

»Warum ist es wahnsinnig? Ich weiß nicht, was du meinst. Wir sind. Wir handeln. Was gibt es mehr?«

»Aber das ist nicht unsere Art!«

»Es ist auch nicht unsere Art, dass sich andere gegen unseren Willen erheben. Diese neuen Wesen suchen den Streit mit uns.«

Ashen-Shugar sah in den Himmel und betrachtete die Zeichen, anhand derer Draken-Korin ihm beweisen wollte, dass die neuen Götter mit ihnen um die Macht kämpften. »Ja, so ist es.« Er erinnerte sich an die Wesen von anderen Sternen, denen sie gegenübergestanden hatten, diese Sterblichen, die das Drachenheer besiegt hatte. »Aber sie sind nicht wie die anderen. Sie sind genau wie wir aus dem Stoff gemacht, aus dem diese Welt besteht.«

»Was macht das schon aus? Wie viele unseres Geschlechts hast du getötet? Wie viel Blut ist geflossen? Wer auch immer sich gegen dich stellt, muss getötet werden, oder er tötet dich. Das ist alles.«

»Was ist mit denen, die du zurücklässt, die Moredhel und die Elben?« Er benutzte die Begriffe, die die Sklaven des Hauses von den Sklaven der Felder und der Wälder unterschieden.

»Was soll mit ihnen sein? Sie sind nichts.«

»Sie sind die unsrigen.« Ashen-Shugar fühlte etwas Fremdes in sich, und er wusste, der andere, dessen Name ihm immer wieder entfiel, bereitete ihm bisher unbekannte Sorgen.

»Du bist seltsam geworden, dort unter den Bergen, Ashen-Shugar. Sie sind unsere Diener. Sie besitzen keine wirkliche Macht. Es gibt sie nur zu unserem Vergnügen, mehr nicht. Warum machst du dir Sorgen um sie?«

»Ich weiß es nicht. Es ist etwas …«, er unterbrach sich, als hörte er einen Ruf zu einem anderen Ort, »etwas falsch daran, wie die Ereignisse vonstattengehen. Ich glaube, wir riskieren nicht nur uns selbst, sondern die Beschaffenheit des ganzen Universums.«

Draken-Korin zuckte mit den Schultern und ging zurück zu seinem Drachen. »Was macht das schon? Wenn wir versagen, dann sind wir tot. Warum sollte das Universum nicht mit uns untergehen?« Draken-Korin stieg auf seinen Drachen. »Du zerbrichst dir den Kopf über Dinge, die nicht von Bedeutung sind.«

Draken-Korin flog davon, und Ashen-Shugar blieb sich selbst und seinen neuen Gefühlen überlassen.

Die Zeit verstrich, und der Herrscher des Adlerreichs beobachtete, wie die Arbeit an Draken-Korins Stadt ihrem Ende zuging. Als sie fertig war, kam Ashen-Shugar und überraschte sein Volk bei einer neuerlichen Ratsversammlung. Er ging eine breite Prachtstraße entlang, die mit hohen Säulen gesäumt war, jede von ihnen mit einem aus Stein gehauenen Tigerkopf verziert. Draken-Korins Eitelkeit amüsierte ihn.

Er schritt eine lange Rampe hinunter und erreichte die große Kammer unter der Erde. In der riesigen Halle hatten sich die Valheru versammelt. Alma-Lodaka, die sich selbst die Smaragdgrüne Herrin der Schlangen nannte, sagte: »Bist du gekommen, um zu uns zu stoßen, Vater-Mann?« Sie wurde an jeder Seite von einem ihrer Diener begleitet. Die Schlangen hatten Arme und Beine und waren etwa so hochgewachsen wie Moredhel. Bernsteinfarbene Augen blinzelten Ashen-Shugar an, als sie ihre Blicke auf ihn richteten.

»Ich bin gekommen, weil ich Zeuge eurer Torheit werden wollte.«

Draken-Korin zog sein schwarzes Schwert, doch ein anderer, Alrin-Stolda, der Monarch des Schwarzen Sees, rief: »Vergieß das Blut eines Valheru, und das Abkommen ist nichtig!«

Der Herr der Tiger schob sein Schwert zurück in die Scheide. »Es ist besser, dass du erst jetzt kommst, sonst hätte ich deiner Spötterei schon längst ein Ende bereitet.«

»Ich habe keine Angst vor dir«, behauptete Ashen-Shugar.

»Ich möchte nur sehen, was ihr hier gebaut habt. Dies ist meine Welt, und das, was mir gehört, soll nicht bedroht werden.«

Die anderen bedachten ihn mit kalten Blicken, und Alrin-Stolda sagte: »Tu, was du willst, doch wir lassen unsere Pläne nicht von dir durchkreuzen. So mächtig du auch bist, Herrscher des Adlerreichs, du kannst dich nicht gegen uns alle stellen. Pass nur auf, sonst tun wir, was sich nicht vermeiden lässt.«

Gemeinsam und unter Führung von Draken-Korin wirkten sie große Magie. Einen Augenblick lang verspürte Ashen-Shugar einen mörderischen Schmerz. Vor ihm auf dem Boden der Halle erschien ein riesiger runder, geschliffener Stein, der oben abgeflacht war, ein grünes Ding, das von einem inneren Feuer wie ein Smaragd glühte.

Draken-Korin stellte sich davor und legte die Hand darauf. Der Stein flackerte, als der Drachenherrscher sagte: »Das letzte Werkzeug. Der Stein des Lebens.«

Ohne ein weiteres Wort verließ Ashen-Shugar die Halle und ging zurück zu Shuruga. Hinter sich hörte er eine Stimme, und er drehte sich noch einmal um.

Alma-Lodaka eilte ihm nach. »Vater-Mann, willst du dich nicht uns anschließen?«

Er spürte, wie ihn etwas seltsam zu ihr drängte. Er verstand dieses eigentümliche Gefühl nicht. *Das ist Zuneigung,* sagte die Stimme des anderen.

Er ignorierte die Worte und antwortete ihr: »Tochter-Weib, unser Bruder-Sohn hat das begonnen, was in der endgültigen Zerstörung enden wird. Er ist wahnsinnig.«

Sie sah ihn merkwürdig an. »Ich weiß nicht, was du meinst. Ich kenne das Wort nicht. Wir tun, was wir tun müssen. Ich hätte dich gern an meiner Seite gesehen, denn du bist mächtiger als jeder andere von uns. Doch tu, was du willst. Stellst du dich uns entgegen, ist das dein eigenes Risiko.«

Sie drehte sich um und kehrte in die Halle zurück, wo weiter große Magie gewirkt wurde.

Ashen-Shugar stieg auf seinen Drachen und flog zu seinem Adlerreich.

Als Ashen-Shugar sein Domizil in den Bergen betrat, hallte am Himmel aus weiter Ferne Donner wider. Und er wusste, das Drachenheer flog abermals zwischen den Welten.

Wochenlang tobte der Himmel. Der Wahnsinn kannte keine Grenzen mehr, als sich die Valheru erhoben und die neuen Götter herausforderten. Zeit hatte keine Bedeutung, und die Wirklichkeit floss dahin. In der Mitte seiner Halle brütete Ashen-Shugar vor sich hin.

Dann rief er Shuruga und flog zu jenem seltsamen Ort in der Ebene, dieser Stadt, die Draken-Korin erbaut hatte. Dort wartete er.

Unermessliche Energien wirbelten durch den Himmel. Ashen-Shugar konnte sehen, wie die Strukturen von Zeit und Raum zerrissen und sich zusammenfalteten. Er wusste, der Moment war fast gekommen. Er saß schweigend auf Shurugas Rücken und wartete.

Eine Trompete erscholl, das Alarmzeichen seiner Welt. Der Moment, auf den er gewartet hatte, war da. Er drängte Shuruga nach oben und suchte nach dem, was nun bald in dem verrückten Himmel vor ihm auftauchen musste. Der Drache unter ihm versteifte sich, und Ashen-Shugar entdeckte seine Beute. Die Gestalt von Draken-Korin wuchs, während er seinen schwarzen Drachen zügelte. Ein seltsames Funkeln blitzte in Draken-Korins Augen, etwas Fremdes. Die andere Stimme sagte: *Das ist das Grauen.*

Shuruga schoss vorwärts. Der große Drache brüllte seine Herausforderung, die von Draken-Korins schwarzem Geschöpf erwidert wurde. Dann trafen die beiden in der Luft aufeinander.

Es war schnell vorbei, denn Draken-Korin hatte zu viel von seinem Wesen aufgegeben, um diesen Wahnsinn zu inszenieren, der sich am Himmel abspielte.

Ashen-Shugar landete in der Nähe seines Widersachers und stellte sich über ihn. Der gestürzte Valheru sah auf und flüsterte: »Warum?«

Ashen-Shugar deutete nach oben und sagte: »Diese Widerlichkeit hätte niemals erlaubt werden dürfen. Du bringst allem, was wir kennen, das Ende.«

Draken-Korin sah in den Himmel, wo seine Brüder gegen die Götter kämpften. »Sie waren so stark. Das haben wir nicht vermutet.« Sein Gesicht verriet Schrecken und Hass, als Ashen-Shugar seine goldene Klinge hob, um seinem Leben ein Ende zu bereiten. »Aber ich hatte das Recht!«, schrie er.

Ashen-Shugar trennte Draken-Korins Kopf vom Rumpf, und Kopf und Körper lösten sich mit lautem Zischen in Rauch auf. Der gefallene Valheru hinterließ nicht die geringste Spur, denn er kehrte in den Himmel zurück, um sich mit gedankenlosem Zorn in die Schlacht mit den Göttern zu werfen.

Verbittert sagte Ashen-Shugar: »Es gibt kein Recht. Es gibt nur Macht.« Jetzt, von allen seines Geschlechts verlassen, spürte er die spöttische Ironie in diesen Worten. Er zog sich zu seiner Höhle zurück und wartete dort auf den endgültigen Ausbruch der Chaoskriege.

Zeit hatte keine Bedeutung, denn die Zeit selbst wurde in der Schlacht als Waffe benutzt, doch auf irgendeine Art verstrich sie, während die Götter ihren Krieg gegen das führten, was von dem Drachenheer übrig geblieben war. Dann taten sich die Götter zusammen, die den gegenseitigen Vernichtungskrieg überlebt hatten, und jeder fand seinen Platz in der Hierarchie der Dinge.

Danach richteten sie ihre Aufmerksamkeit vereint auf die Valheru. Sie waren eine so starke Macht geworden, wie es Draken-Korin nie für möglich gehalten hätte, und wie ein Mann vertrieben sie die Valheru aus dem Universum. Sie jagten sie in eine andere Dimension von Raum und Zeit, und sie wollten die Valheru nicht wieder in ihre alte Heimat lassen.

In ihrer überschäumenden Wut versuchten die Valheru, sich den Heimweg zu erkämpfen, weil sie jenen Ort erreichen wollten, den sie für diesen Tag gebaut hatten, jenen Ort, der ihnen von einem der ihren verweigert worden war. Ashen-Shugar hatte ihren Sieg verhindert. In ihrem Zorn richteten sie ihre Macht gegen die niederen Wesen des neuen Universums. Sie zogen von Welt zu Welt, wüteten und zerstörten alles, was auf ihrem Weg lag. Und aus jeder Welt saugten sie die Materie des Lebens, die Geheimnisse der Magie und die Kraft der Sonnen. Vor ihnen lagen warme grüne Welten, die sich um strahlende Sonnen drehten; hinter ihnen blieben kalte, leblose Gestirne zurück, um ausgebrannte Sterne kreisend. Bei ihren zornigen Versuchen, auf die Welt ihrer Herkunft zurückzukehren, zerstörten sie alles, womit sie in Berührung kamen.

Niedere Arten schlossen sich zusammen, wollten dieser tobenden Macht entgegentreten. Zuerst wurden sie einfach hinweggefegt, dann konnten sie die Raserei zumindest verlangsamen, bis sie schließlich einen Weg zur Flucht fanden. Eine der niederen Arten, die Menschen genannt wurde, richtete ihre ganze Aufmerksamkeit auf die Flucht, und tatsächlich fanden sie einen Weg. Tore zu anderen Welten wurden geöffnet, und sie alle flohen und verstreuten sich in Raum und Zeit.

In den Strukturen des Universums entstanden große Löcher. Zwerge und Menschen, Goblins und Trolle, alle strömten durch diese Risse in der Wirklichkeit, durch den Spalt zwischen einer Welt und der nächsten. Neue Arten, neue Kreaturen wanderten nach Midkemia und suchten auf dieser Welt nach einem Platz.

Dann verschlossen die Götter die Welt Midkemia auf alle Zeiten für die Drachenherrscher. Sie versiegelten die Spalten, deren Öffnung sie zugelassen hatten. Plötzlich war der letzte Weg zwischen den Sternen versperrt. Eine Barriere wurde errichtet. Das Drachenheer versuchte vergeblich, dieses Hindernis zu überwinden. Die Rückkehr in die Welt von Midkemia wurde ihnen verwehrt, doch sie schworen sich gegenseitig, dass sie ein Mittel finden würden, diese Welt wieder zu betreten.

Schließlich war alles vorbei. Die Chaoskriege, die Tage der Wütenden Götter, die Zeit des Sternentods … wie man es auch nennen mochte, die Auseinandersetzung zwischen dem, was war, und dem, was kommen sollte, war beendet. Und als der Himmel von allem Wahnsinn befreit war, verließ Ashen-Shugar seine Höhle. Er kehrte zu der Ebene vor der Stadt von Draken-Korin zurück und beobachtete, was nach dem wütendsten Krieg aller Zeiten geschehen würde. Er ließ Shuruga landen und erlaubte dem Drachen zu jagen.

Lange Zeit wartete er auf etwas, er war sich nur nicht sicher, auf was.

Die Stunden verstrichen, dann endlich sagte die andere Stimme: *Was für ein Ort ist dies?*

»Die Einöde der Chaoskriege. Draken-Korins Denkmal, eine leblose Tundra, die einst Weideland war. Hier leben nur noch wenige Lebewesen. Die meisten sind in den Süden oder in gastlichere Gegenden geflohen.«

Wer bist du?

Ashen-Shugar war amüsiert. Lachend erwiderte er: »Ich bin, was du werden wirst. Wir sind eins. Das hast du viele Male gesagt.«

Das Lachen verstummte. Er war der erste seines Geschlechts, der gelacht hatte. In diesem Lachen hatte auch Traurigkeit gelegen, denn nun, da Ashen-Shugar Humor verstand, hatte er die Grenzen des Valheru-Seins überschritten, und er begriff, dass er Zeuge des Anfangs eines neuen Zeitalters war.

Ich hatte das vergessen.

Ashen-Shugar, der letzte Valheru, rief Shuruga von der Jagd zurück. Er bestieg sein Drachenross und warf einen Blick auf die Stelle, an der er Draken-Korin geschlagen hatte, doch daran erinnerte jetzt nur noch seine Asche. Shuruga schnellte in den Himmel empor, hoch über die Hinterlassenschaften der Zerstörung.

Es ist würdig, betrauert zu werden.

»Ich denke, nicht«, sagte der Valheru. »Es ist nur eine Lektion, obwohl ich es selbst nicht glauben kann. Dennoch spüre ich, dass du es begreifen wirst.«

Ashen-Shugar schloss für einen Augenblick die Augen,

während das Blut in seinen Schläfen pochte. Die andere Stimme war wieder verstummt. Er beachtete diese seltsame Persönlichkeit nicht, die ihn seit Jahren zu beeinflussen suchte, und wandte sich seiner Aufgabe zu.

Der Valheru flog über die Berge hinweg und suchte nach jenen, die sein Geschlecht versklavt hatte. In den Wäldern des südlichen Kontinents entdeckte er die Festung der Tigermenschen. Mit lauter Stimme, die man überall vernehmen konnte, rief er: »So höret denn! Von diesem Tage an seid ihr ein freies Volk.«

Der Anführer der Tigermenschen rief zurück: »Was ist mit unserem Meister?«

»Er ist fort. Euer Schicksal liegt nun in euren eigenen Händen. Ich, Ashen-Shugar, sage dies!«

Dann ging es tiefer in den Süden, dorthin, wo die Schlangenmenschen lebten, die Alma-Lodaka geschaffen hatte. Und dort wurden seine Worte mit dem Zischen der Angst und des Schreckens aufgenommen. »Wie sollen wir ohne unsere Herrin überleben, ohne unsere göttliche Mutter?«

»Das müsst ihr selbst entscheiden. Ihr seid ein freies Volk.«

Den Schlangen gefiel dieser Gedanke nicht, und sie suchten nach Mitteln, wie sie ihre Herrin zurückholen konnten. Das ganze Volk schwor, bis ans Ende aller Zeit danach zu streben, Alma-Lodaka, die ihre Mutter und Göttin war, in ihre Heimat zurückzuholen. Von diesem Tag an hatte im pantathianischen Schlangenvolk nur noch die Priesterschaft die Macht.

Ashen-Shugar flog um die ganze Welt, und überall, wo er hinkam, sprach er die Worte: »Euer Schicksal ist das eurige! Alle Völker sind frei!«

Endlich erreichte er wieder den seltsamen Ort, den Draken-Korin und die anderen erbaut hatten. Dort hatten sich die Elben niedergelassen. Der Valheru landete auf der Ebene und sagte: »Macht die Nachricht überall bekannt. Von diesem Augenblick an seid ihr frei.«

Die Elben sahen sich gegenseitig an, und einer von ihnen sagte: »Was meint Ihr?«

»Ihr seid frei zu tun, was ihr mögt. Niemand wird sich mehr um euch sorgen oder euer Leben bestimmen.«

Der, der gesprochen hatte, sagte: »Aber Meister, die Weisesten unter uns sind mit Euren Brüdern gegangen, und mit ihnen ging das Wissen und die Macht. Ohne die Eldar sind wir schwach. Wie sollen wir also überleben?«

»Euer Schicksal liegt nun in euren eigenen Händen, und ihr müsst es so gut gestalten, wie ihr könnt. Wenn ihr schwach seid, werdet ihr untergehen. Wenn ihr stark seid, werdet ihr überleben. Und merkt euch gut, im Lande gibt es neue Mächte. Kreaturen fremder Natur sind gekommen, und mit ihnen müsst ihr streiten oder Frieden halten, wie ihr wollt, denn auch sie suchen nach ihrem Schicksal. Doch es wird eine neue Ordnung geben, und darin müsst ihr euren Platz finden. Es mag sein, dass ihr euch über andere erheben und herrschen müsst, es mag auch sein, dass sie euch vernichten. Vielleicht ist Frieden möglich. Diese Entscheidung liegt bei euch. Ich habe euch nichts mehr zu sagen außer dies: Dieser Ort ist bei meinem heiligen Zorn für alle verboten. Niemand darf ihn je wieder betreten!« Mit einer einzigen Handbewegung beschwor er starke Magie, und die kleine Stadt versank langsam in der Erde. »Der Staub der Jahrhunderte soll sie begraben, und niemand soll sich an sie erinnern. Das ist mein Wille.«

Die Elben verbeugten sich und sagten: »Wenn Ihr befehlt, Meister, so werden wir gehorchen.« Der älteste der Elben wandte sich an seine Brüder und sprach: »Keiner soll diesen Ort betreten, lasst keinen in seine Nähe. Er wird für die Augen der Sterblichen verschwinden; niemand wird sich an ihn erinnern.«

Ashen-Shugar sagte: »Jetzt seid ihr ein freies Volk.«

Die Elben, die am meisten entfernt von ihrem Meister gelebt hatten, sagten: »Dann werden wir also gehen und einen Ort finden, an dem wir in Frieden leben können.« Sie zogen nach Westen und suchten einen Ort, an dem sie in Eintracht leben konnten.

Andere Elben sagten: »Wir müssen diesen neuen Wesen gegenüber wachsam sein, weil wir jene sind, die das Recht haben, die Erben der Macht zu sein.«

Ashen-Shugar wandte sich ab und sagte: »Armselige Kreaturen, habt ihr denn nicht gesehen, wie bedeutungslos Macht ist? Findet einen anderen Weg.«

Doch die Worte verhallten ungehört, die Moredhel waren bereits davongezogen und träumten den Traum von der Macht. Sie hatten den Düsteren Pfad schon betreten, noch während sie ihren Brüdern in den Westen folgten. Bald würden ihre Brüder sie vertreiben, doch noch waren sie wie ein Volk.

Andere gingen schweigend davon, bereit, jeden zu vernichten, der sich ihnen in den Weg stellte, nicht zufrieden damit, die Macht ihrer Meister anzustreben, überzeugt, sich alles, was sie wollten, mit Waffengewalt nehmen zu können. Diese Elben waren gebrochen durch die Mächte, die man während der Chaoskriege auf sie losgelassen hatte, und sie hatten sich bereits von ihren Brüdern abgewandt. Sie würden einst Glamredhel, die verrückten Elben, genannt werden, und derweil sie sich auf den Weg nach Norden machten, warfen sie misstrauische Blicke auf jene, die nach Westen zogen. Sie würden sich verstecken, sie würden das Wissen und die Zauberei, die Beute von fremden Welten, benutzen, um – wie ihre Meister vor ihnen – riesige Städte zu bauen, damit sie sicher waren vor ihren Brüdern, während sie selbst Pläne für einen Krieg gegen sie schmiedeten.

Enttäuscht über ihr Ansinnen kehrte Ashen-Shugar zu seiner Halle zurück, um dort solange zu leben, bis er dieses Dasein würde verlassen müssen und um den Weg für den anderen vorzubereiten. Das Universum hatte sich verändert, und in seiner Halle fühlte sich Ashen-Shugar wie ein Fremder seiner eigenen Ordnung gegenüber. Als würde die Wirklichkeit seine Natur ablehnen, verfiel er in Apathie, in einen einer Ohnmacht ähnlichen Schlaf, in dem sein eigenes Wesen verwischt wurde und in seine Rüstung floss. Die Macht ging auf die Reliquien über. Und er wartete auf den, der kommen und seine Rüstung tragen und sein Schwert führen würde.

Schließlich bewegte er sich doch noch einmal und sprach: »Habe ich mich geirrt?«

Nun zweifelst du?

»Diese seltsame Ruhe in mir, was ist das?«

Das ist der Tod.

Der letzte Valheru schloss die Augen und sagte: »Ich habe mir das schon gedacht. Nur wenige meiner Art lebten ohne Kampf. Das war selten. Ich bin der Letzte. Dennoch würde ich Shuruga gern noch einmal fliegen.«

Er ist dahingegangen, schon seit Jahren tot.

Ashen-Shugar kämpfte mit schwachen Erinnerungen. Kraftlos sagte er: »Aber ich habe ihn heute Morgen geflogen.«

Es war ein Traum. So wie dies hier.

»Dann bin ich also verrückt?« Der Gedanke an das, was er in Draken-Korins Augen gesehen hatte, erschreckte Ashen-Shugar.

Du bist nur eine Erinnerung, sagte der Andere. *Dies ist nichts, nur ein Traum.*

»Dann werde ich das tun, was geplant war. Ich nehme das Unausweichliche an. Es wird jemand kommen und meinen Platz einnehmen.«

Das ist bereits geschehen, denn ich bin derjenige, der kam, und ich habe dein Schwert und deine Rüstung genommen. Deine Sache ist jetzt die meine. Ich bin aufgestanden gegen die, die diese Welt plündern wollen, sagte der Andere.

Der Andere, der Tomas hieß.

Tomas schlug die Augen auf und schloss sie sofort wieder. Er schüttelte den Kopf, um ihn klarzubekommen. Für Pug war er nur einen Moment still gewesen, doch der Magier vermutete, dass Tomas in diesem einen Augenblick auf geistiger Ebene viele Jahre erlebt hatte. Schließlich sagte Tomas: »Ich kann mich erinnern. Jetzt verstehe ich, was vor sich geht.«

Macros nickte. Zu Pug sagte er: »Das Schwierigste an diesem Paradoxon Ashen-Shugar/Tomas war, wie viel Wissen ich Tomas zugestehen durfte. Jetzt ist er bereit, sich der größten Herausforderung seines Lebens zu stellen. Und du ebenfalls, obwohl ich vermute, dass du dir denken kannst, was er gerade erfahren hat.«

»Zunächst war ich verwirrt, als der Feind in Rogens Vision

die alte Sprache der Tsuani sprach«, erwiderte Pug leise. »Doch jetzt habe ich verstanden: Es war einfach die Sprache, die die Menschen zurzeit der Großen Flucht über die goldene Brücke benutzten. Ich ahnte bereits, dass der Feind auf irgendeine Weise mit den Tsuani verbunden sein musste, und als ich über die Gegenwart der Eldar auf Kelewan nachdachte, wurde mir alles klar. Ich wusste, wem wir gegenüberstanden und warum Tomas die Wahrheit versagt war. Es war der schlimmste Albtraum, der lebendig werden konnte.«

Macros sah Tomas an. Tomas blickte zu Pug, und in seinen Augen stand tiefer Schmerz geschrieben. Dennoch sagte er ganz ruhig: »Als ich mich zum ersten Mal an die Zeiten von Ashen-Shugar erinnerte, dachte ich … Ich dachte, ich müsste mein Erbe allein der Invasion der Tsuani wegen antreten. Doch das war nur ein kleiner Teil des Ganzen.«

»Ja«, stimmte Macros ihm zu. »Da ist noch mehr. Nun kennst du auch den Grund, warum mich ein Drache – ein schwarzer Drache, den man seit Generationen für ausgestorben hielt – bewachte.«

In Tomas' Gesicht konnte man deutlich Zweifel und auch Sorge ablesen. »Ich weiß jetzt auch, welches Ziel die Meister von Murmandamus verfolgen.« Er deutete mit der Hand in die Runde. »Die Falle war weniger dazu gedacht, Macros' Rückkehr nach Midkemia zu vereiteln. Vielmehr sollten wir herkommen, weil wir nicht im Königreich sein sollten.«

»Warum das?«, fragte Pug.

»Weil Murmandamus in unserer Zeit gerade ein riesiges Heer versammelt hat und einen Feldzug gegen unsere Heimat führt«, erklärte Macros. »Während ihr in der Ewigen Stadt nach mir gesucht habt, hat er die Garnison von Hohenburg überrannt. Und nun will er ins Königreich ziehen. Er muss Sethanon erreichen.«

»Warum Sethanon?«, fragte Pug.

»Weil es zufällig über den Ruinen von Draken-Korins alter Stadt erbaut wurde«, antwortete Tomas. »Und in dieser Stadt liegt der Stein des Lebens.«

»Wir sollten besser weitergehen, während wir diese Dinge besprechen, Pug«, erklärte Macros. »Wir müssen nach Midkemia und in unsere eigene Zeit zurückkehren. Tomas und ich werden dir von Draken-Korins Stadt und dem Stein des Lebens erzählen. Das ist der Teil der Geschichte, den du noch nicht kennst, obwohl du den Rest schon weißt. Der Feind, über den du auf Kelewan so viel erfahren hast, ist nicht ein einziges Wesen. Es ist die versammelte Macht aller Valheru. Die Drachenherrscher sind auf dem Weg nach Midkemia. Sie wollen ihre alte Welt zurück.« Mit einem humorlosen Grinsen fügte er hinzu: »Und das müssen wir verhindern.«

Rückzug

Arutha betrachtete den Cañon.

Noch vor dem ersten Tageslicht war er mit Guy und Baron von Hohenburg hinausgeritten, um die vordersten Abteilungen von Murmandamus' Armee zu beobachten. Von der Stelle aus, an der Brians Männer ihn und seine Gefährten aufgehalten hatten, konnte man in der Ferne Lagerfeuer ausmachen.

Arutha zeigte darauf. »Seht Ihr das, Brian? Das müssen ungefähr tausend Feuer sein. Das heißt fünf-, sechstausend Soldaten. Und das sind nur die ersten Abteilungen. Morgen um diese Zeit werden es doppelt so viele sein. Und in drei Tagen wird Murmandamus dreißigtausend Männer gegen Euch werfen.«

Von Hohenburg ignorierte Aruthas Worte und beugte sich über den Hals seines Pferdes, als könnte er so besser sehen. »Ich sehe nur Feuer, Hoheit. Ihr wisst, dieser Trick, mehr Lagerfeuer anzuzünden, ist sehr verbreitet, damit der Gegner weder die genaue Stärke noch die genaue Lage der Truppe einschätzen kann.«

Guy fluchte in sich hinein und wendete sein Pferd. »Ich habe genug davon, einem Dummkopf das Offensichtliche zu erklären.«

»Und ich habe genug davon, mich von einem Verräter beleidigen zu lassen«, entgegnete von Hohenburg scharf.

Arutha lenkte sein Pferd zwischen die beiden. »Guy, Ihr habt mir keinen Treueid geleistet, doch in diesem Moment seid Ihr nur deshalb noch am Leben, weil ich Euren Worten geglaubt habe. Ich möchte nicht, dass Ihr nun aus dieser Sache einen Ehrenhandel macht. Wir können zurzeit keine Duelle gebrauchen. Ich brauche Euch.«

Guy kniff sein eines Auge zusammen. »Ich möchte mich entschuldigen … *mein Fürst.* Die Anstrengungen einer langen Reise. Ich bin sicher, Ihr versteht.« Dann spornte er sein Pferd an und ritt in Richtung der Garnison davon.

Brian von Hohenburg sagte: »Dieser Mann war schon als Herzog ein unerträgliches Schwein, und es scheint, als hätten die beiden Jahre, in denen er sich in den Nordlanden herumgetrieben hat, nichts daran geändert.«

Arutha wendete sein Pferd und sah Baron von Hohenburg ins Gesicht. Seine Geduld war allmählich am Ende. »Er ist aber gleichzeitig der beste General, den ich jemals kennenlernte. Er musste zusehen, wie seine Burg gestürmt wurde, und seine Stadt wurde vollkommen in Schutt und Asche gelegt. Tausende seiner Leute laufen verstreut durch die Berge, und er weiß nicht einmal, wie viele von ihnen überlebt haben. Ich denke, nun könnt Ihr einschätzen, wieso er so gereizt ist.« Der beißende Spott dieser Bemerkung enthüllte seine eigene Niedergeschlagenheit.

Baron von Hohenburg schwieg. Er wandte sich ab und beobachtete das feindliche Lager, über dem die Morgendämmerung aufzog.

Arutha kümmerte sich um sein Pferd, das er den Abtrünnigen in den Bergen abgenommen hatte. Die braune Stute erholte sich allmählich und nahm wieder an Gewicht zu. An diesem Morgen hatte sich Arutha ein Pferd vom Baron geliehen. Noch einen Tag, und die Stute wäre wieder in der Lage, den Ritt in den Süden durchzustehen.

Arutha hatte erwartet, der Baron würde ihm zumindest einen Wechsel der Tiere anbieten, doch Brian, Baron von Hohenburg, ließ keine Gelegenheit aus, Arutha voller Genugtuung deutlich zu machen, dass er sich als Vasall von Lyam dem Prinzen von Krondor gegenüber in keiner Weise verpflichtet sah. Arutha war sich nicht einmal sicher, ob Brian ihnen wenigstens eine Eskorte zur Seite stellen würde. Dieser Mann hatte ein unerträglich übertriebenes Geltungsbedürfnis, und dazu war er nicht gerade besonders scharfsinnig, dafür allerdings verdammt stur – Eigenschaften, die bei einem Mann, der an die Grenze versetzt worden war, nicht überraschend waren, denn hier sollte er eine kleine Garnison lediglich gegen einen Haufen schlecht organisierter Goblins halten und nicht gegen eine schlachterprobte und gut geführte riesige Armee antreten.

Die Stalltür öffnete sich, und Locklear und Jimmy kamen herein. Sie zögerten, als sie Arutha sahen, dann näherte sich Jimmy. »Wir wollten mal nach den Pferden sehen.«

»Ich wollte deine Dienste keinesfalls herabwürdigen«, erklärte Arutha. »Doch ich erledige solche Dinge lieber selbst, wenn ich die Zeit dafür erübrigen kann. Außerdem gibt mir das die Gelegenheit, ein wenig nachzudenken.«

Locklear setzte sich auf einen Heuballen zwischen Aruthas Tier und der Wand, streckte die Hand aus und tätschelte das Maul der Stute. »Hoheit, warum geschieht das alles eigentlich?«

»Du meinst den Krieg?«

»Nein, ich kann mir schon vorstellen, warum jemand einen Eroberungsfeldzug führt, zumindest habe ich aus der Geschichte sehr viel über solche Kriege gelernt. Nein, ich meine den Ort. Warum ausgerechnet hier? Amos hat uns oben Karten vom Königreich gezeigt und … Es ergibt einfach keinen Sinn.«

Arutha hörte auf, das Pferd zu striegeln. »Damit hast du genau den Punkt angesprochen, der mir selbst die größte Sorge bereitet. Guy und ich haben uns auch schon darüber unterhalten. Wir wissen es nicht. Doch einer Sache kann man sich sicher sein: Wenn der Feind etwas Unerwartetes unternimmt, dann hat er dafür seine Gründe. Und diese sollte man am besten so schnell wie möglich herausfinden, Junker, denn sonst ist das vermutlich der Anfang vom Ende.« Er kniff die Augen zusammen. »Es muss einen Grund geben, warum Murmandamus diesen Weg eingeschlagen hat. Wenn man in Betracht zieht, was er bis zum Einbruch des Winters noch erreichen kann, dann muss Sethanon sein Ziel sein. Doch warum? Es gibt keinen offensichtlichen Beweggrund dafür, der ihn ausgerechnet dorthin treiben würde, denn ist er einmal dort, muss er bis zum Frühjahr abwarten. Und wenn das Frühjahr beginnt, werden Lyam und ich ihn zermalmen.«

Jimmy zog einen Apfel aus seiner Jacke und schnitt ihn in zwei Hälften, wovon er die eine dem Pferd gab. »Außer er rechnet damit, die Sache bereits vor dem Frühjahr erledigt zu haben.«

Arutha sah Jimmy an. »Was meinst du damit?«

Jimmy zuckte mit den Schultern und wischte sich den Mund ab. »Ich weiß auch nichts Genaues, außer dem, was Ihr gesagt habt. Man muss überlegen, worauf der Feind hinauswill. Wenn man voraussetzt, dass die Stadt nicht zu verteidigen ist, dann geht er vielleicht davon aus, dass Ihr alle Truppen aus der Stadt abzieht. Wie Ihr gesagt habt, könnt Ihr ihn zermalmen, sobald das Frühjahr kommt. Ich denke, das weiß er auch. Nun, falls ich mich also zu einem Ort aufmache, an dem ich im nächsten Frühjahr geschlagen werden kann, dann nur, weil ich plane, zu der Zeit nicht mehr dort zu sein. Oder es gibt da etwas, das mir einen Vorteil verschafft – was mich also sehr mächtig macht. Dann brauche ich mich nicht mehr darum zu sorgen, ob ich zwischen zwei Armeen gerate. Oder vielleicht marschieren die Armeen dann gar nicht erst gegen mich. So etwas in der Art.«

Arutha stützte das Kinn auf seinen Arm, der auf dem Rücken des Pferdes ruhte, und dachte nach. »Aber was?«

Locklear meinte: »Etwas Magisches?«

Jimmy lachte. »Mit Magie haben wir nicht wenig zu tun gehabt, seit dieser ganze Schlamassel angefangen hat.«

Arutha fuhr mit dem Finger über die Kette mit dem Talisman, den er von den ishapianischen Mönchen in Sarth erhalten hatte. »Etwas Magisches«, murmelte er. »Aber was?«

Ruhig sagte Jimmy: »Es muss etwas sehr Großes sein, vermute ich.«

Arutha versuchte, seine zunehmend verwirrten Gedanken zu ordnen. Jimmy hatte recht, das fühlte er. Und seine Niedergeschlagenheit, weil er nicht wusste, welches Geheimnis hinter Murmandamus' verrückter Strategie stand, verwandelte sich nach und nach in Wut.

Plötzlich erschollen die Trompeten, und unmittelbar darauf hörte man Stiefeltritte auf dem Steinpflaster, als die Soldaten auf ihre Posten eilten. Arutha verließ sofort den Stall, und die Jungen folgten ihm auf dem Fuße.

Galain zeigte nach unten. »Dort!«

Guy und Arutha standen auf dem höchsten Turm der Festung und sahen hinunter auf das Außenwerk. Jenseits davon konnte man in der Hauerschlucht die ersten Truppenteile von Murmandamus' Armee sehen. »Wo ist von Hohenburg?«, fragte Arutha.

»Unten auf der Mauer bei seinen Männern«, antwortete Amos. »Er ist vor Kurzem eingeritten, und seine Leute sahen blutig und geschlagen aus. Wahrscheinlich haben die Düsteren Brüder in den Hügeln auf sie gelauert und sie umzingelt. Sieht so aus, als hätte er den größten Teil seiner Abteilung da draußen verloren.«

Guy fluchte. »Dieser Trottel!«

Der Elb stimmte ihm zu. »Es war dumm, die Berg-Moredhel zu unterschätzen. Wenn die einmal in den Felsen sind … Er hat es schließlich nicht mit einfachen Goblins zu tun.«

»Ich werde sehen, ob ich mit ihm reden kann«, murmelte Arutha und eilte den Hauptturm hinunter.

Nach einigen Minuten stand er neben Baron von Hohenburg auf der Mauer. Der Baron blutete aus einer Kopfwunde. Die hatte er erlitten, als man ihm den Helm heruntergeschlagen hatte. Er hatte keinen neuen aufgesetzt, und sein Haar war mit trockenem Blut verklebt. Der Mann war leichenblass und stand wackelig auf den Beinen, doch er führte sein Kommando immer noch, ohne zu zaudern.

»Brian«, sagte Arutha, »glaubt Ihr nun, was ich Euch erzählt habe?«

»Wir werden sie hier einschließen!« Der Baron zeigte auf eine schmale Stelle der Schlucht kurz vor der Burg. »Dort können sie keine Rampen aufstellen. Wir werden sie niedermähen wie Weizen mit der Sense.«

»Brian, er lässt eine Armee von dreißigtausend Mann gegen Euch aufmarschieren. Wie viele habt Ihr hier? Zweitausend? Er schert sich nicht um Verluste! Er wird seine Soldaten solange vor die Mauern treiben, bis sie über die Leichen in die Burg eindringen können. Ihr könnt die Festung noch einen, höchstens zwei Tage halten.«

Der Baron durchbohrte Arutha mit seinen Blicken. »Mein Auftrag besteht darin, diese Stellung zu halten. Ich werde sie ohne Erlaubnis des Königs nicht aufgeben. Ich habe den Befehl, die Festung um jeden Preis zu verteidigen. Nun, Ihr gehört nicht zu meinem Offiziersstab. Bitte verlasst die Mauer.«

Arutha stand einen Moment lang wie erstarrt da, und das Blut schoss ihm ins Gesicht. Dann stieg er von der Mauer und eilte zum Wohnturm zurück. Als er bei den anderen eingetroffen war, sagte er zu Jimmy: »Geh, sattle die Pferde und such alles zusammen, was wir für einen langen Ritt brauchen. Stiehl aus der Küche, was du nur kriegen kannst. Wir werden wahrscheinlich übereilt aufbrechen müssen.«

Jimmy nickte und zog Locklear mit sich. Arutha, Guy, Galain und Amos beobachteten, wie sich die vorderste Front der angreifenden Armee immer weiter nach vorn schob und sich wie eine langsam anrollende Flutwelle über die Schlucht ergoss.

Es kam so, wie Arutha es vorausgesagt hatte: Eine Woge von Soldaten schwappte durch den engen Durchlass. Die Festung war als Stützpunkt für die Garnison gebaut worden, und niemand hatte daran gedacht, dass sie eines Tages dem massiven Ansturm einer geordneten Armee würde standhalten müssen. Doch nun war eine solche Armee auf dem Vormarsch.

Arutha trat zu seinen Gefährten auf dem Turm, die beobachteten, wie von Hohenburgs Bogenschützen die vordersten Teile von Murmandamus' Heer niedermetzelten. Dann teilte sich die Frontlinie, und Goblins mit Sturmwänden eilten geduckt voran und bildeten einen Schutzwall. Bogenschützen der Moredhel rannten herbei, suchten dahinter Deckung und beantworteten den Pfeilhagel von der Mauer. Die erste Salve fegte gleich ein Dutzend Männer des Barons vom Wehrgang, und die Angreifer stürmten weiter vor. Wieder und wieder gingen die Pfeilsalven zwischen beiden Seiten hin und her, und die Verteidiger hielten stand. Doch die Angreifer kamen der Mauer immer näher.

Das Blut floss in Strömen, und die Goblins stiegen über die Leichen der Gefallenen hinweg. In Wellen preschten sie vor und zogen sich wieder zurück, und mit jedem Mal näherten sie sich der Mauer etwas mehr. Fiel ein Bogenschütze, rannte der nächste nach vorn und nahm seinen Platz ein. Dann, als die Sonne über der hohen Wand der Schlucht stand, hatten die Angreifer den halben Weg bis zur Mauer hinter sich gebracht. Und in der Zeit, die die Sonne brauchte, um über den schmalen Cañon zu wandern, war die Entfernung auf weniger als fünfzig Meter zusammengeschmolzen, und die nächste Welle wogte heran.

Sturmleitern wurden nach vorn geschleppt, und die Verteidiger trieben einen hohen Blutzoll unter denen ein, die sie trugen, doch jeder Goblin oder Troll, der fiel, wurde augenblicklich durch einen anderen ersetzt. Schließlich lehnten die Sturmleitern an der Mauer. Mit langen Stangen wurden sie von der Mauer aus umgeworfen, doch gleich wurden neue aufgerichtet. Goblins kletterten hinauf und wurden von Stahl und Feuer begrüßt.

Und dann ging die Schlacht um Hohenburg erst richtig los.

Arutha beobachtete, wie sich die Verteidiger neu formierten. Die letzte Welle war im Süden über die Mauer des Außenwerks geschwappt, doch die Verstärkung hatte die Bresche schließen können und die Angreifer vertrieben. Bei Sonnenuntergang verkündeten die Trompeten den Rückzug, und Murmandamus' Heer verschwand im Cañon.

Guy fluchte. »Ich habe noch nie ein solches Blutbad und eine solche Verschwendung von Menschenleben im Namen der Pflicht gesehen.«

Arutha konnte nur zustimmen, und Amos sagte: »Verdammte Hölle! Diese Grenzkerle mögen ja der Abschaum Eurer Armee sein, Arutha, aber sie sind hart und haben es in sich. Ich habe selten Männer gesehen, die ihre Aufgabe so sauber erledigt haben.«

Wiederum stimmte Arutha zu. »Wenn man an der Grenze dient, dann dauert es nicht lange, bis man abgehärtet ist. Selten erlebt man eine große Schlacht, doch dauernd kämpft man in kleineren Gefechten. Trotzdem sind sie verloren, falls Brian so weitermacht.«

»Sollten wir nicht lieber vor der Morgendämmerung aufbrechen, wenn wir sowieso losmüssen, Arutha«, fragte Galain.

Der Prinz nickte. »Ich werde noch ein letztes Mal mit Brian sprechen. Sollte er sich immer noch jeder Vernunft widersetzen, bitte ich ihn um die Erlaubnis, die Garnison zu verlassen.«

»Und wenn wir die nicht bekommen?«, fragte Amos.

»Jimmy hat schon Proviant gesammelt und für uns einen Weg nach draußen erkundet. Schlimmstenfalls brechen wir zu Fuß auf.«

Arutha verließ den Turm und eilte dorthin, wo er von Hohenburg zuletzt gesehen hatte. Er sah sich um, entdeckte jedoch keine Spur von dem Baron. Also fragte er eine Wache und erhielt als Antwort: »Ich habe den Baron zum letzten Mal vor einer Stunde gesehen. Er könnte unten im Hof bei den Verwundeten und Toten sein, Hoheit.«

Die Worte des Soldaten erwiesen sich als Prophezeiung, denn tatsächlich fand Arutha den Baron von Hohenburg unter den Toten und Verwundeten. Der Arzt kniete gerade bei ihm, und als Arutha dazukam, sah er auf und schüttelte den Kopf: »Er ist tot.«

Arutha wandte sich an einen Soldaten, der neben der Leiche stand. »Wer ist der Stellvertreter?«

»Walter von Gyldenholt, doch ich glaube, der ist während des Sturms auf das Außenwerk gefallen.«

»Und nach ihm?«

»Baldwin de la Troville und ich, Hoheit, wir haben beide den nächsthöchsten Rang nach Walter inne. Wir sind sogar am selben Tag hier angekommen, deshalb weiß ich nicht, wer jetzt das Kommando hat.«

»Wer seid Ihr?«

»Anthony du Masigny, der frühere Baron von Calry, Hoheit.«

Arutha kannte den Mann von Lyams Krönung her. Er war einer der Gefolgsleute von Guy gewesen. Er war auch nach zwei Jahren an der Grenze noch eine gepflegte Erscheinung, obwohl er nicht mehr ganz der Höfling war, den er in Rillanon abgegeben hatte.

»Wenn Ihr nichts dagegen habt, dann schickt nach de la Troville und Guy du Bas-Tyra. Wir werden uns in den Gemächern des Barons treffen.«

»Ich habe nichts dagegen«, erwiderte du Masigny und ließ den Blick an der Mauer entlang und über den Hof schweifen. »Wirklich, ich würde ein wenig gesunden Menschenverstand und etwas Ordnung schätzen.«

Baldwin de la Troville war ein schlanker Mann, dessen Gesicht an einen Habicht erinnerte, genau das Gegenteil von du Masignys gepflegter und weicher Erscheinung. Als beide Offiziere vor ihm standen, sagte Arutha: »Falls einer von Euch eine unsinnige Bemerkung machen möchte wie beispielsweise, er sei ein Vasall des Königs und werde diese Festung bis zum Tode verteidigen, dann bitte jetzt gleich.«

Die beiden wechselten einen Blick, und du Masigny lachte. »Hoheit, wir sind auf Befehl Eures Bruders hier, und zwar wegen«, er sah zu Guy, »früherer politischer Fehler. Wir sind nicht hier, um unser Leben nutzlos zu verschwenden.«

»Von Hohenburg war ein Trottel«, setzte de la Troville hinzu. »Ein tapferer Mann, fast ein Held, doch trotzdem ein Trottel.«

»Ihr werdet also von mir Befehle entgegennehmen?«

»Gern«, sagten beide.

»Dann wird von nun an du Bas-Tyra mein Stellvertretender Kommandant sein. Ihr werdet ihn als Vorgesetzten akzeptieren.«

Du Masigny grinste. »Das ist kaum etwas Neues für uns zwei.«

Guy nickte und erwiderte das Lächeln. »Sie sind gute Soldaten, Arutha. Sie tun, was getan werden muss.«

Arutha riss eine Karte von der Wand und legte sie auf den Tisch. »Die Hälfte der Garnison soll in einer Stunde im Sattel sitzen, doch alle Befehle werden nur im Flüsterton ausgegeben. Keine Trompeten, keine Trommeln, keine Rufe. So bald wie möglich sollen sie in Gruppen von einem Dutzend Männer durch die Einlasstore hinausschlüpfen, und zwar im Abstand von einer Minute. Sie sollen nach Sethanon reiten. Ich glaube, noch während wir uns hier unterhalten, schleichen Murmandamus' Soldaten auf jeder Seite des Passes durch die Berge und versuchen, uns den Rückzug abzuschneiden. Ich schätze, wir haben kaum mehr als ein paar Stunden, auf keinen Fall länger als bis zur Dämmerung.«

Guy tippte mit dem Finger auf die Karte. »Wenn wir zu diesem Punkt hier eine Patrouille schicken und dann noch hierher, nur der Täuschung halber, würde das den Gegner behindern und außerdem etwas von dem Lärm in der Festung überdecken.«

Arutha nickte. »De la Troville, Ihr führt die Patrouille, doch lasst Euch nicht auf ein Gefecht mit dem Feind ein und seid auf alle Fälle vor der Dämmerung zurück. Bei Sonnenaufgang wird diese Garnison geräumt sein, dann wird sich hier kein lebender Mann mehr aufhalten. Die ersten Gruppen, die aufbrechen, bestehen jeweils aus sechs gesunden und sechs verwundeten Soldaten. Bindet die Verwundeten auf die Pferde, wenn es notwendig ist. Nach dem Gemetzel heute werden genug Reittiere zu Verfügung stehen, sodass jede Gruppe noch zwei oder drei Pferde mitnehmen kann, auf denen so viel Getreide wie eben möglich befördert werden muss. Nicht alle Pferde werden es bis nach Sethanon schaffen, doch wenn man sie abwechselnd als Last- und Reittiere einsetzt, sollten die meisten dort ankommen.«

»Viele der Verwundeten werden diesen Ritt nicht überleben, Hoheit«, sagte du Masigny.

»Der Ritt wird sicherlich mörderisch, doch alle sollen die Festung verlassen. Egal, wie schwer jemand verletzt ist, ich möchte keinen Mann für die Schlachter zurücklassen. Du Masigny, lasst alle toten Soldaten auf die Mauer schaffen. Sie sollen in die Schießscharten gelehnt werden, dann wird Murmandamus denken, er hätte eine besetzte Garnison vor sich.« Er wandte sich an Guy. »Das könnte ihn ein wenig aufhalten. Und jetzt bereitet Botschaften für die Wächter des Nordens vor, in denen ihnen die Ereignisse hier geschildert werden. Wenn mich mein Gedächtnis nicht im Stich lässt, ist Michael, der Fürst der Wächter des Nordens, ein wenig heller im Kopf als der alte Baron von Hohenburg. Vielleicht kann Michael ein paar Soldaten losschicken, die die Flanken von Murmandamus' Heer angreifen. Ich will, dass Botschaften nach Sethanon …«

»Wir haben nicht genug Tauben hier, Hoheit«, unterbrach ihn de la Troville. »Wir erwarten welche, doch die kommen erst mit dem Wagenzug in einem Monat.« Der Fehler seines früheren Kommandanten machte ihn verlegen. »Es wurde übersehen.«

»Wie viele Tauben sind noch in den Käfigen?«

»Ein Dutzend. Drei zu den Wächtern des Nordens, jeweils zwei nach Tyr-Sog und Loriél und fünf nach Romney.«

»Dann können wir die Nachricht wenigstens verbreiten.

Bittet Herzog Talwyn von Romney, dass er eine Nachricht zu Lyam nach Rillanon entsendet. Die Armeen des Ostens müssen nach Sethanon marschieren. Martin wird dort sicherlich bald mit Vandros' Heer eintreffen. Und sobald er mit den Flüchtlingen aus Armengar zusammentrifft und die Route erfährt, die Murmandamus eingeschlagen hat, wird er mit seinen Truppen umkehren und die Armee von Yabon nach Falkenhöhe schicken, wo sie sich durch die Berge schlagen und diesen Weg nehmen kann. Wir schicken ebenfalls Botschaften nach Tyr-Sog, und von dort können ihm berittene Kuriere mitteilen, wo genau wir uns aufhalten. Die Garnison von Krondor wird losmarschieren, sobald Gardan eine Nachricht von Martin erhält. Und unterwegs wird er in Düstermoor weitere Truppen sammeln.« Arutha erschien fast zuversichtlich. »Vielleicht können wir Sethanon halten.«

»Wo ist Jimmy?«

»Er hat gemeint, er habe noch etwas zu erledigen und sei sofort zurück«, antwortete Locklear.

Arutha sah sich um. »Was ist das wieder für ein Unfug?« Bald würde es hell werden, und die letzte Abteilung Soldaten war bereits dabei, die Garnison zu verlassen. Aruthas Gefährten, die letzten fünfzig Soldaten und zwei Dutzend weitere Pferde warteten bereits am Tor, und jetzt war Jimmy irgendwo verschwunden.

Da kam der Junge angestürmt und winkte, dass es losgehen könne. Er sprang in den Sattel, und Arutha gab das Zeichen zum Öffnen der Einlasstore. Die Tore wurden weit aufgestoßen, und Arutha führte die Kolonne hinaus. Als Jimmy ihn einholte, fragte Arutha: »Was hat dich aufgehalten?«

»Eine kleine Überraschung für Murmandamus.«

»Was?«

»Ich habe eine Kerze auf ein kleines Ölfass gestellt, das ich gefunden habe. Die Kerze steht auf Stroh und Lumpen. Das Fass geht in gut einer halben Stunde in die Luft. Wird nicht viel kaputtmachen, doch es wird einige Stunden brennen und jede Menge Qualm erzeugen.«

Amos lachte. »Und nach Armengar werden sie nicht mehr so schnell voranstürmen, wenn sie ein Feuer sehen.«

»Ein helles Kerlchen, Arutha«, sagte Guy.

Jimmy freute sich über das Lob. Arutha meinte jedoch nur trocken: »Manchmal ein wenig zu hell.«

Jimmy zog eine beleidigte Miene, während Locklear grinste.

Ein Tag war vergangen. Von dem Zeitpunkt, an dem sie aufgebrochen waren, bis zum Sonnenuntergang sahen sie kein Zeichen der Verfolger. Murmandamus hatte anscheinend die leere Festung durchsuchen lassen und seine Armee dann für den langen Marsch durch den Hogewald neu formiert. Sie hatten sich vor den Angreifern geschickt davongestohlen, dachte Arutha, und würden nun wahrscheinlich ihren Vorsprung halten können, es sei denn, der Feind verfügte über eine wirklich schnelle Kavallerie.

Sie trieben die Pferde an, benutzten sie abwechselnd als Last- und Reittiere und legten fünfunddreißig bis vierzig Meilen am Tag zurück. Einige Pferde würden sicherlich bald lahmen, doch mit etwas Glück hätten sie den Hogewald in einer Woche durchquert. Waren sie erst im Düsterwald, würden sie zwar langsamer vorankommen, doch die Gefahr, eingeholt zu werden, wäre ebenfalls geringer, weil sich die Verfolger zwischen den hohen Bäumen vor Hinterhalten in Acht nehmen mussten.

Am zweiten Tag stießen sie auf die ersten Leichen, Verwundete, die den harten Ritt nicht überstanden hatten. Ihre Kameraden hatten den Befehl befolgt, die Toten von den Sätteln loszuschneiden und keine Zeit mit einem Begräbnis zu verschwenden, und sie hatten ihnen nicht einmal die Rüstungen und Waffen abgenommen.

Am dritten Tag gegen Sonnenuntergang entdeckten sie die ersten Anzeichen der Verfolger, vage Schemen am Horizont. Arutha ließ die Truppe noch eine Stunde länger reiten, und als die Dämmerung anbrach, konnten sie die Verfolger hinter ihnen nicht mehr sehen.

Am vierten Tag kamen sie durch das erste Dorf. Die Soldaten, die vor ihnen dort gewesen waren, hatten alle vor der drohenden Gefahr gewarnt, sodass der Ort völlig verlassen war. Nur aus einem einzigen Schornstein stieg noch Rauch auf, und Arutha schickte einen Soldaten hin, der nachsehen sollte. In dem Haus schwelte allerdings nur noch das Feuer im Kamin, zurückgeblieben war niemand. Ein wenig Saatgetreide fanden sie noch, alle anderen Vorräte waren verschwunden. Es gab nichts, was dem Feind in irgendeiner Art noch genützt hätte, deshalb ließ Arutha das Dorf stehen. Hätten die Bewohner nicht schon alles beiseitegeschafft, hätte er den Ort niederbrennen lassen. Murmandamus' Soldaten würden das sowieso tun, doch er fühlte sich besser, wenn er das Dorf so zurückließ, wie er es vorgefunden hatte.

Gegen Ende des fünften Tages sahen sie, wie sich ihnen von hinten ein Trupp Reiter näherte. Arutha gab den Befehl zum Halten, und sie machten sich bereit. Die Reiter kamen nahe genug, dass man sie als Späher der Moredhel erkennen konnte, doch sie kehrten schließlich um und ritten zu ihrer Hauptarmee zurück, anstatt sich auf einen Kampf mit einer größeren Truppe einzulassen.

Am sechsten Tag überholten sie einen Zug Wagen, der schon von den ersten Einheiten der Garnison vor der drohenden Gefahr gewarnt worden war und nach Süden fuhr. Die Wagenführer kamen nur langsam voran und würden am nächsten Tag sicher von Murmandamus' vordersten Einheiten eingeholt werden. Arutha ritt zu dem Kaufmann, dem die Wagen gehörten, und rief ihm zu: »Spannt die Pferde aus und reitet auf ihnen! Sonst könnt ihr den Düsteren Brüdern nicht entkommen, die hinter uns her sind!«

»Aber mein Getreide!«, jammerte der Kaufmann. »Ich verliere alles!«

Arutha gab das Zeichen zum Halten. Als die Wagen zum Stehen gekommen waren, ordnete er an: »Jeder Mann nimmt einen Sack vom Getreide des Kaufmanns. Wir brauchen es für den Düsterwald. Der Rest wird verbrannt.«

Der Kaufmann protestierte, doch die von ihm angeheuerten Söldner machten den fünfzig Soldaten von Hohenburg Platz, damit sie das Getreide verteilen konnten.

»Spannt die Pferde aus!«, befahl Guy.

Die Soldaten taten wie geheißen und führten die Tiere davon. In wenigen Minuten wurden die Getreidesäcke vom ersten Wagen auf die Reiter des Kaufmanns verteilt. Der Rest des Getreides auf den anderen Wagen wurde angezündet.

»Es sind dreißigtausend Düstere Brüder, Trolle und Goblins unterwegs«, sagte Arutha zu dem Kaufmann, »und sie nehmen diesen Weg. Falls du denkst, ich hätte dir ein Unrecht angetan, dann denk einmal darüber nach, was dir widerfahren wäre, wenn du deine Wagen inmitten einer solchen Gesellschaft durch den Düsterwald geführt hättest. Jetzt nimm das Getreide für deine Reittiere und mach dich nach Süden auf. Wir werden Sethanon halten, doch wenn es um meine Haut ginge, würde ich an der Stadt vorbeireiten und nach Malacs Kreuz ziehen. Solltest du für dein Getreide Geld haben wollen, dann bleib in Sethanon, und falls wir diesen Krieg überleben, werde ich dich entschädigen. Das musst du selbst entscheiden. Ich habe jedenfalls keine Zeit mehr zu verlieren.«

Arutha gab den Befehl weiterzuziehen, und er war nicht überrascht, als er Minuten später sah, dass der Kaufmann und seine Söldner ihnen folgten, doch ihre Tiere wirkten erschöpft. Nach einer Weile rief Arutha Amos zu: »Wenn wir Rast machen, gebt ihnen neue Pferde. Ich will sie nicht zurücklassen.«

Amos grinste. »Inzwischen sind sie reichlich verängstigt, und sie werden sich anständig benehmen. Lasst sie ein bisschen zurückfallen, dann werden sie uns heute Abend einholen und sich freudig und verständig zeigen.«

Arutha schüttelte den Kopf. Selbst bei einem so mörderischen Ritt verlor der alte Kapitän nicht seinen Sinn für Humor.

Am siebten Tag erreichten sie den Düsterwald.

Kampfgeräusche ließen sie anhalten. Arutha gab Galain ein Zeichen, und der Elb ritt mit einem der Soldaten auf die Quelle des Lärms zu. Ein paar Minuten später kehrten sie zurück, und Galain meldete: »Es ist vorbei.«

Sie ritten ostwärts und trafen auf einer Lichtung auf Soldaten von Hohenburg. Ein Dutzend toter Moredhel lag am Boden. Der befehlsführende Feldwebel salutierte, als er Arutha erkannte. »Wir haben unsere Tiere ein wenig ausruhen lassen, als sie uns angriffen, Hoheit. Glücklicherweise war noch eine Gruppe von uns in der Nähe und kam uns zu Hilfe.«

Arutha blickte Guy und Galain fragend an. »Wie, zum Teufel, konnten sie uns überholen?«

»Das haben sie gar nicht. Sie sind den ganzen Sommer hier gewesen und haben gewartet.« Galain sah sich um. »Dort drüben, glaube ich.« Er führte Arutha zum Eingang einer kleinen Hütte, sehr schlau mit Buschwerk getarnt. In der Hütte fanden sie ein Lager mit Getreide, Waffen, getrocknetem Fleisch, Sätteln und anderen Ausrüstungsgegenständen.

Arutha untersuchte rasch alles, dann sagte er: »Dieses Unternehmen wurde schon lange im Voraus geplant. Jetzt ist jedenfalls sicher, dass Sethanon immer Murmandamus' Ziel war.«

»Aber wir wissen immer noch nicht, warum«, bemerkte Guy.

»Nun, wir müssen eben weiterziehen, ohne es zu wissen. Nehmt alles mit, was wir gebrauchen können, und zerstört den Rest.« Den Feldwebel fragte er: »Habt Ihr noch weitere Gruppen gesichtet?«

»Ja, Hoheit. De la Troville hatte sein Lager letzte Nacht eine Meile weiter im Nordosten. Wir sind auf eine seiner Wachen gestoßen, und er beschied uns, wir sollten weiterziehen, damit sich nicht zu viele Leute an einem Punkt sammeln.«

»Und Düstere Brüder?«, fragte Guy.

Der Feldwebel nickte. »Der Wald wimmelt von ihnen, Euer Gnaden. Wenn wir an ihnen vorbeireiten, machen sie uns wenig Ärger. Nur wenn wir halten, bekommen wir es mit ihren

Heckenschützen zu tun. Glücklicherweise tauchen sie meist nur in kleinen Gruppen auf, so groß wie diese. Trotzdem ist es besser für uns, wenn wir in Bewegung bleiben.«

»Nehmt Euch fünf von meinen Männern und macht Euch auf nach Osten«, ordnete Arutha an. »Alle sollen auf diese Lager von Murmandamus achten. Wahrscheinlich sind sie bewacht, deshalb haltet nach Stellen Ausschau, wo die Düsteren Brüder sich gegen Eure Übergriffe zur Wehr setzen könnten. Alles, was ihnen hilfreich sein kann, muss zerstört werden. Und jetzt solltet Ihr besser losreiten.«

Dann befahl Arutha einem weiteren Dutzend Männer, sie sollten einen halben Tag nach Westen reiten und dann nach Süden abbiegen, wobei sie ebenfalls die Nachricht von den geheimen Lagern verbreiten sollten. Zu Guy sagte er: »Dann wollen wir uns mal wieder auf den Weg machen. Ich kann regelrecht spüren, dass uns seine Vorhut im Nacken sitzt.«

Du Bas-Tyra nickte. »Dennoch könnten wir ihnen die Reise noch ein bisschen erschweren.«

Arutha sah sich um. »Ich habe schon die ganze Zeit auf einen geeigneten Ort für einen Hinterhalt gewartet. Oder eine Brücke, die wir hinter uns zerstören könnten. Oder eine Wegenge, die wir mit einem Baum versperren könnten. Allerdings habe ich nichts entdeckt.«

Amos stimmte dem zu. »Dies ist der verdammt zuvorkommendste Wald, durch den ich je geritten bin. Man könnte hier mit zwanzig Mann nebeneinander marschieren, und nicht einer würde aus dem Glied geraten, weil er einem Baum ausweichen müsste.«

»Also nehmen wir, was wir kriegen können«, sagte Guy. »Machen wir uns auf.«

Der Düsterwald war kein richtiger Forst wie der Weidenwald oder das Grüne Herz, sondern bestand aus lose miteinander verbundenen Waldstücken. Nach drei Tagen kamen sie durch eine Wiesenlandschaft, dann erreichten sie eine wirklich dunkle und unheimliche Gegend. Einige Male warteten sie, bis Galain Wegzeichen der Moredhel vernichtet hatte. Bis die Moredhel-Späher merkten, dass sie auf dem falschen Weg waren, würden sie noch ein wenig weitermarschieren müssen.

Noch dreimal stießen sie auf Vorratslager von Murmandamus. Die Leichen von Moredhel und Soldaten lagen umher, die Schwerter waren ins Feuer geworfen worden, damit sie die Schärfe verloren, das Getreide war auf dem Boden verstreut oder verbrannt worden, Kleidung, selbst die Säcke für das Getreide waren ein Raub der Flammen geworden.

Als sich die zweite Woche im Wald dem Ende näherte, rochen sie Rauch und mussten vor einem Waldbrand fliehen. Die Ursache war offensichtlich Übereifer bei der Vernichtung von Murmandamus' Vorratslagern. Dabei hatten die Flammen auf den Wald übergegriffen, der nach dem Sommer trocken und ausgedörrt war. Während sie vor der Feuersbrunst davonritten, rief Amos: »Das sollten wir tun. Wir sollten warten, bis Seine Hoheit, der Bastard, sich in den Wald begibt, und ihn dann abfackeln. Ha!«

Als sie den Düsterwald schließlich verlassen hatten und wieder in bewohnte Gegenden kamen, hatte Arutha sechs Pferde verloren, doch nicht einen Mann, den Kaufmann und seine Söldner einbezogen. Nach Sonnenuntergang konnten sie am Horizont im Süden ein schwaches Glühen ausmachen.

Amos zeigte darauf und sagte zu den Jungen: »Sethanon.«

Sie erreichten die Stadt und wurden am Tor von den Soldaten der Garnison angehalten. »Wer von euch führt den Befehl?«, bellte der diensthabende Feldwebel. Deutlich war sein Rangabzeichen auf dem grünweißen Waffenrock der Baronie von Sethanon zu sehen.

Arutha gab ihm ein Zeichen, und der Feldwebel fuhr fort: »Seit einem halben Tag kommen aus den Wäldern Soldaten von Hohenburg hier an. Wir haben ihnen einen Lagerplatz auf dem Kasernenhof zugewiesen. Der Baron will denjenigen sehen, der für diesen Haufen verantwortlich ist.«

»Sagt ihm, dass ich komme, sobald diese Männer hier untergebracht sind.«

»Und wen soll ich ihm melden?«

»Arutha von Krondor.«

Dem Mann fiel die Kinnlade herunter. »Aber ...«

»Ich weiß, ich bin tot. Teilt Baron Humphry dennoch mit, dass ich in einer Stunde bei ihm im Wohnturm erscheine. Und sagt ihm, ich würde Guy du Bas-Tyra mitbringen. Und schickt schnell einen Mann in den Kasernenhof und lasst ihn fragen, ob Baldwin de la Troville und Anthony du Masigny sicher hier gelandet sind. Sollte das der Fall sein, lasst sie zu mir bringen.«

Der Feldwebel stand einen Moment lang wie erstarrt da, dann salutierte er. »Ja, Hoheit.«

Arutha gab seiner Truppe ein Zeichen, und sie ritten in die Stadt hinein. Zum ersten Mal seit Monaten sahen sie wieder das alltägliche Leben im Königreich, in einer Stadt, in der die Bürger ihren Geschäften nachgingen und sich von ihrem gnädigen Fürsten wohlbehütet fühlten. Die Straßen waren voller Bürger, die auf dem Markt einkauften, feilschten und auch feierten. Überall sah Arutha das gewohnte und zu erwartende Bild. Wie bald sich das ändern würde.

Arutha ordnete an, die Tore zu schließen. In den letzten Wochen war denen, die ihr Glück wagen und in den Süden fliehen wollten, das Verlassen der Stadt erlaubt worden. Jetzt sollte die Stadt geschlossen werden. Weitere Botschaften waren zu den Garnisonen bei Malacs Kreuz, denen im Süden und im Finstermoor geschickt worden – sowohl per Taube als auch per Kurier –, falls die anderen Botschaften ihr Ziel nicht erreicht hatten. Alles, was getan werden konnte, war erledigt, und nun konnten sie nur noch warten.

Die Späher, die in den Norden geschickt worden waren, hatten berichtet, dass Murmandamus' Armee den Düsterwald nun vollkommen unter Kontrolle hatte. Jeder Bauernhof zwischen dem Waldrand im Norden und der Stadt im Süden war verlassen, die Bewohner hatten die Sicherheit der Mauern aufgesucht. Der Prinz hatte einen strengen Plan für die Räumung ausgearbeitet. Alle Lebensmittel sollten nach Sethanon gebracht werden, und dort, wo die Zeit nicht ausreichte, wurden einfach alle Höfe abgebrannt. Die Herbsternte an Getreide, die noch nicht eingebracht worden war, wurde auf den Feldern angesteckt, nicht gepflücktes Gemüse wurde umgegraben oder vergiftet, und die Herden, die zu weit entfernt waren, um sie zur Stadt zu treiben, wurden nach Süden oder Osten davongescheucht. Nichts, was dem heranziehenden Heer irgendwie nützen konnte, wurde zurückgelassen. Nach Berichten von Soldaten, die Sethanon erreichten, waren noch mindestens dreißig von Murmandamus' geheimen Vorratslagern entdeckt und geplündert oder zerstört worden.

Arutha machte sich keine falschen Hoffnungen. Bestenfalls hatte er den Angreifern wehgetan, doch echten Schaden hatte er damit nicht angerichtet.

Arutha saß zusammen mit Amos, Guy, den Offizieren aus Hohenburg und Baron Humphry zu Rate. Humphry trug seine volle Rüstung – er fühlte sich darin ziemlich unbehaglich, denn es war eine Prunkrüstung mit überflüssigem Pomp, die eher für die Parade als für die Schlacht geeignet war –, den goldenen, mit Federn geschmückten Helm hielt er unter dem Arm geklemmt. Er hatte Arutha bereitwillig den Befehl überlassen, weil es des Standorts wegen in der Garnison von Sethanon fast keine schlachterprobten Offiziere gab.

Arutha hatte Schlüsselpositionen mit Guy, Amos, de la Troville und du Masigny besetzt. Jetzt saßen sie zusammen und gingen die Aufstellung der Truppen und die Listen der Vorräte noch einmal durch.

»Wir können einer Armee, die so groß ist wie die von Murmandamus, bis zu zwei Monaten widerstehen, unter normalen Umständen«, sagte Arutha. »Bei dem allerdings, was wir in Armengar und Hohenburg gesehen haben, kann man kaum von normalen Umständen ausgehen. Murmandamus muss in zwei Wochen die Stadt erreicht haben, spätestens in drei. Anderenfalls läuft er Gefahr, von den ersten Frosteinbrüchen überrascht zu werden. Der regnerische Herbst steht vor der Tür, und das wird seinen Sturm verlangsamen, und ist erst einmal Winter, befehligt er nur noch eine verhungernde Armee. Nein, er muss Sethanon rasch einnehmen und verhindern, dass wir unsere Vorräte aufbrauchen oder vernichten.«

Er sah sich unter seinen Befehlshabern und Offizieren um, bevor er fortfuhr: »Wenn die Dinge für uns gut laufen, hat

Martin die Ausläufer des Calastiusgebirges unterhalb von Falkenhöhe schon verlassen und ist mit der Armee von Yabon auf dem Weg hierher, mit mindestens sechstausend Soldaten also. Doch er ist auf jeden Fall noch zwei Wochen entfernt. Ungefähr zur gleichen Zeit könnten die Soldaten von den Wächtern des Nordens und aus Süden hier eintreffen. Wenn alles klappt, müssen wir die Stadt nur zwei Wochen lang allein halten, wenn nicht, höchstens vier. Sollte es länger dauern, kommt vermutlich alle Hilfe zu spät.«

Er erhob sich. »Meine Herren, jetzt können wir nur noch eines tun – auf den Feind warten. Ich schlage vor, wir ruhen uns aus und beten.«

Arutha verließ den Ratssaal, und Guy und Amos folgten ihm. Alle anderen zögerten einen Moment, als dächten sie über das nach, was sie bisher durchgemacht hatten, dann ging jeder seines Weges.

Heimwärts

Sie gingen durch den Gang zwischen den Welten.

Es war wie auf einer großen, gelblich weißen Landstraße, an deren Seiten im Abstand von zwanzig Metern glühend silberne Türme standen. Macros machte eine alles umfassende Geste. »Ihr befindet euch mitten in einem Geheimnis, das mit jenem der Ewigen Stadt vergleichbar ist – im Gang zwischen den Welten. Wenn man den Weg kennt, kann man hier von Welt zu Welt gelangen.« Er zeigte auf eins der silbernen Rechtecke. »Ein Portal, durch das man in eine Welt hinein- und wieder herauskommen kann. Nur wenige Auserwählte können sie entdecken. Manche enthüllen dieses Mysterium durch intensives Studium, andere stolpern durch Zufall darüber. Wenn die eigene Wahrnehmungsfähigkeit ausreicht, kann man die Türen auf jeder Welt finden. Hinter dieser«, er deutete auf die Tür, an der sie gerade vorbeigingen, »dreht sich eine verbrannte Welt spiralförmig immer näher an ihre Sonne heran.« Dann zeigte er auf eine Tür auf der anderen Seite des Ganges. »Und dort liegt eine Welt, auf der es von Lebewesen nur so wimmelt, doch nur eine einzige intelligente Art.« Er blieb einen Moment stehen. »Zumindest wird es dort in unserer Zeit so sein.«

Er ging weiter. »In der Zeit, in der wir uns jetzt befinden, glaube ich, gibt es hinter diesen Türen nur heiße Gaswirbel, die langsam dichter und dichter werden. In der Zukunft jedoch wird der Gang sehr belebt sein, und viele werden zwischen den Welten hin- und herreisen und Handel treiben, obwohl es immer noch Welten geben wird, auf denen niemand etwas von diesem Ort weiß.«

»Ich wusste auch nichts von diesem Ort«, sagte Tomas.

»Die Valheru verfügten über andere Möglichkeiten des Reisens«, antwortete Macros und wies mit einem Kopfnicken in Ryaths Richtung. »Da sie es nicht nötig hatten, haben die Valheru die Existenz dieses Ganges nie wahrgenommen, obwohl sie dazu sicherlich in der Lage waren. Glück? Ich weiß es nicht, doch durch ihre Unkenntnis wurde vieles nicht zerstört, was ihnen sonst zum Opfer gefallen wäre.«

»Und wie weit dehnt sich dieser Gang aus?«, fragte Pug.

»Endlos. Keiner weiß es. Der Gang erscheint gerade, doch er ist gekrümmt, und ginge ich nur ein kurzes Stück voraus, würdet ihr mich nicht mehr sehen. Entfernung und Zeit haben zwischen den Welten wenig Bedeutung.«

Und er führte sie weiter durch den Gang zwischen den Welten.

Pug folgte Macros' Anweisungen, und es gelang ihm, sie wieder in der Zeit nach vorn zu bringen, bis ungefähr in ihre eigene Epoche. Nachdem sie der Zeitfalle der Drachenherrscher durch Beschleunigung entkommen waren, hatte Pug keine Schwierigkeiten mehr. Die Wirkungsweisen der benötigten Zaubersprüche waren lediglich logische Weiterentwicklungen des einen, mit dem Pug die Zeit beschleunigt hatte. Pug konnte nur ahnen, wann die richtige Zeitspanne verstrichen war, doch Macros hatte ihm versichert, spätestens, wenn sie nach Midkemia eindringen würden, würde er genau wissen, wie viel Zeit noch fehlte.

»Macros, was würde passieren, wenn jemand zwischen den Türen danebentritt?«, fragte Pug.

Sie waren weitergegangen, und Pug hatte jede der Türen eingehend betrachtet. Nach einer Weile entdeckte er, dass sich alle Türen ein wenig voneinander unterschieden, allerdings nur in einer leichten Abstufung des geisterhaft schimmernden silbrigen Lichtes, das verriet, zu welcher Welt die jeweilige Tür führte.

»Ich vermute, du würdest sehr schnell sterben, wenn du das unvorbereitet tätest«, antwortete ihm der Zauberer. »Du würdest durch den Spaltraum schweben, und das ohne Ryaths Fähigkeit, darin zu navigieren.«

Er blieb vor einer Tür stehen. »Wir müssen diese Abkürzung über einen Planeten nehmen, dadurch sparen wir fast die Hälfte unseres Weges nach Midkemia. Die Entfernung zwischen dieser und der nächsten Tür beträgt nur hundert Meter, doch gebt acht: Die Atmosphäre dieser Welt ist tödlich. Haltet die Luft an. Magie hat auf dieser Welt keine Macht und kann uns dort nicht schützen.« Er atmete tief durch, holte dann noch einmal Luft und stürmte durch die Tür.

Tomas folgte als Nächster, dann Pug, danach Ryath. Pug blinzelte und hätte fast ausgeatmet, als ihm scharfer Rauch in den Augen brannte und ihn sein unerwartetes Gewicht zu Boden zog. Sie hasteten über eine öde Ebene mit purpurfarbenen Felsen, während über ihnen in einem orangefarbenen Himmel dichter Dunst hing. Die Erde bebte, und aus Vulkanen brachen leuchtende Lavaströme hervor, deren Glühen von schwarzen Rauchwolken reflektiert wurde. Das heiße Innere dieser Welt floss an den Seiten der Berge herunter. Macros wies ihnen den Weg. Sie rannten auf einen Felsen zu und waren wieder in dem Gang.

Macros hatte seit Stunden in Gedanken versunken geschwiegen. Als er aus seiner geistigen Versenkung erwachte, verlangsamte er seinen Schritt und blieb vor einer der Türen stehen. »Wir müssen durch diese Welt hier. Das wird allerdings ein Vergnügen.«

Er führte sie durch das Tor auf eine grüne Lichtung. Durch die Bäume konnten sie den Tang des Meeres riechen und Wellen gegen die Klippen branden hören. Macros führte sie auf ein Steilufer, von dem aus sie einen überwältigenden Blick auf ein weites Meer hatten.

Pug betrachtete die Bäume um sie herum und bemerkte, dass sie denen auf Midkemia ähnlich waren. »Hier ist es fast so wie in Crydee.«

»Wärmer«, meinte Macros und sog den Duft des Ozeans durch die Nase ein. »Es ist eine wunderbare Welt, auf der niemand lebt.« Mit Sehnsucht in den Augen fügte er hinzu: »Vielleicht werde ich mich eines Tages hierhin zurückziehen.« Er schüttelte die melancholische Stimmung ab. »Pug, wir sind jetzt unserer eigenen Epoche nah, haben sie jedoch immer noch nicht ganz erreicht.« Er sah sich um. »Wir sind etwa ein Jahr vor deiner Geburt. Deshalb müssen wir die Zeit noch einmal kurz beschleunigen.«

Pug schloss die Augen und begann mit einem langen Zauberspruch, der keinen sofort wahrnehmbaren Effekt hatte – nur die Schatten bewegten sich schneller über den Boden, weil die Sonne über den Himmel raste. Bald waren sie in Dunkelheit gehüllt, als die Nacht hereinbrach, dann folgte schon die Morgendämmerung. Die Geschwindigkeit der Zeitreise nahm noch zu, und aus dem Wechsel von Tag und Nacht wurde ein Flackern, das sich schließlich in ein gleichmäßiges Grau auflöste.

Pug machte eine Pause und sagte: »Wir müssen warten.« Sie setzten sich, und zum ersten Mal begriffen sie die ganze Schönheit der Welt um sich herum. Diese nüchterne Pracht war eine Bezugsgröße, an der sie die seltsamen und großartigen Orte messen konnten, die sie kennengelernt hatten. Tomas jedoch schien zutiefst beunruhigt. »Bei alldem, was wir gesehen haben, frage ich mich, was jetzt auf uns zukommt.« Er schwieg eine Zeitlang. »Die Universen sind … so unfassbar, so riesig.« Er betrachtete Macros. »Welches Schicksal wird über dieses Universum hereinbrechen, wenn ein einziger kleiner Planet den Valheru erliegt? Haben meine Brüder nicht auch schon früher dort geherrscht?«

Macros sah Tomas mit einem Ausdruck tiefer Besorgnis an, und er entdeckte den Zweifel im Blick des Menschen, der ein Valheru geworden war. Endlich nickte er und sagte: »Die Natur des Universums hat sich nach den Chaoskriegen verändert. Die Ankunft der Götter brachte eine neue vielschichtige Ordnung der Dinge mit sich, wo vorher nur die beiden Urgesetze von Chaos und Ordnung galten. Die Valheru haben in diesem gegenwärtigen Schema der Dinge keinen Platz. Es wäre einfacher gewesen, Ashen-Shugar in unsere Zeit zu holen. Ich brauchte seine Macht, aber genauso brauchte ich dahinter einen Kopf, der die gleichen Ziele verfolgte wie wir. Ohne die Zeitverschränkung zwischen Ashen-Shugar und dir,

Tomas, wäre Ashen-Shugar wie seine Brüder gewesen. Doch selbst mit dieser Verbindung wäre Ashen-Shugar nicht zu überwachen gewesen.«

Tomas dachte daran zurück. »Niemand kann sich den Wahnsinn vorstellen, den ich während des Krieges gegen die Tsuani durchmachen musste.« Seine Stimme klang ganz ruhig, doch man konnte den Schmerz heraushören, als er sagte: »Ich wurde zum Mörder. Ich habe Wehrlose umgebracht. Martin hätte mich fast getötet, so wild war ich geworden.« Er machte eine Pause, dann erklärte er: »Dabei hatte ich erst den zehnten Teil meiner Macht. An dem Tag, als ich meine ... geistige Gesundheit zurückerlangte, hätte Martin mir seinen Pfeil durchs Herz jagen können.« Er deutete auf einen Stein, der einige Meter entfernt lag, und machte eine greifende Bewegung mit der Hand. Der Stein zerkrümelte zu Staub, als hätte Tomas ihn zerdrückt. »Hätte ich damals die Kraft gehabt, die ich heute besitze, hätte ich Martin getötet, ehe er den Pfeil losschicken konnte – nur durch meinen Willen.«

Macros nickte. »Du verstehst jetzt, welche Risiken bestanden. Ein Valheru allein kann eine genauso große Gefahr wie ein ganzes Drachenheer sein. Er hätte im Kosmos uneingeschränkte Macht.« Seine Stimme klang beunruhigt. »Es gibt kein einziges Wesen außer den Göttern, das den Valheru entgegentreten könnte.« Macros lächelte kaum merklich. »Außer mir selbst natürlich, doch auch mit meinen gesamten Kräften würde ich zwar einen Kampf mit ihnen überleben, aber ich könnte sie nicht besiegen. Ohne meine Kräfte ...«Er beendete den Satz nicht.

»Aber warum«, fragte Pug, »haben die Götter nichts unternommen?«

Macros lachte bitter. »Was glaubst du, was *wir* hier tun? Das ist *ihr* Spiel. Und wir sind ihre Figuren.«

Pug schloss die Augen, und mit einem Mal wurde das graue Licht von normalem Tageslicht abgelöst. »Ich glaube, wir sind zurück.«

Macros ergriff Pugs Hand, schloss die Augen und fühlte den Fluss der Zeit durch die Wahrnehmung des jüngeren Zauberers. Nach einem Augenblick sagte er: »Pug, wir sind nahe genug an Midkemia, und du kannst jetzt eine Nachricht nach Hause schicken. Ich schlage vor, du versuchst es.«

Pug hatte Macros von dem Kind und dem gelungenen Versuch, es zu erreichen, erzählt. Er schloss die Augen und versuchte, einen Kontakt mit Gambia herzustellen.

Katala sah von ihrer Stickerei auf. Gamina saß mit starren Augen da, als betrachtete sie etwas in weiter Ferne. Dann neigte sie den Kopf und schien zuzuhören.

William las in einem alten, verstaubten Wälzer, den Kulgan ihm gegeben hatte, doch jetzt legte er ihn vor sich hin, sah seine Pflegeschwester an und sagte leise: »Mama …«

Vorsichtig tat Katala ihr Stickzeug zur Seite und fragte: »Was ist, William?«

Der Junge sah seine Mutter mit großen Augen an und sagte flüsternd: »Es ist … Papa.«

Katala ging zu ihm, kniete sich neben ihn und legte ihm den Arm um die Schulter. »Was ist mit deinem Vater?«

»Er spricht mit Gamina.«

Katala betrachtete das Mädchen, das völlig verzückt dasaß und alles um sich herum vergessen hatte. Langsam erhob sich Katala, ging hinüber zur Tür des Esszimmers der Familie und öffnete sie leise. Sobald sie aus dem Zimmer war, begann sie zu laufen.

Kulgan und Elgahar saßen über einem Schachbrett, während Hochopepa zusah und den beiden unverlangte Ratschläge aufdrängte. Das Zimmer war völlig verqualmt, weil die beiden kleinen Zauberer wie immer nach dem Essen genussvoll ihre großen Pfeifen schmauchten, egal, was die anderen dazu meinten. Meecham saß in der Nähe und schliff sein Jagdmesser mit einem Wetzstein.

Katala stürzte herein. »Kommt schnell! Alle!«

So dringlich, wie sie klang, wagte es niemand, nach dem Warum zu fragen, sondern sie folgten ihr einfach durch den Flur in das Zimmer, wo William die kleine Gamina beobachtete.

Katala kniete sich vor dem Mädchen hin und fuhr mit der Hand vor seinen glasigen Augen hin und her. Gamina reagierte nicht. Sie war in eine Art geistige Versenkung verfallen.

»Was ist das?«, fragte Kulgan mit Flüsterstimme.

»William sagt, sie redet mit Pug.«

Elgahar, der sonst so zurückhaltende Magier des Erhabenen Pfades, drängte sich an Kulgan vorbei. »Vielleicht kann ich etwas in Erfahrung bringen.« Er kniete sich vor William hin. »Würdest du etwas mit mir zusammen tun?«

William zuckte unverbindlich mit den Schultern, und der Magier erklärte: »Ich weiß, du kannst Gamina manchmal verstehen, genauso wie sie dich verstehen kann, wenn du mit den Tieren sprichst. Vielleicht kannst du mich mithören lassen, was sie sagt.«

»Wie?«, fragte William.

»Ich habe mir genau angesehen, wie Gamina das macht

und was sie macht, und ich glaube, ich könnte das auch tun.« Und mit einem Seitenblick auf Katala fügte Elgahar hinzu: »Es ist ungefährlich.«

Katala nickte, und William antwortete: »Sicher. Habe nichts dagegen.«

Elgahar schloss die Augen und legte William die Hand auf die Schulter. Einen Moment später sagte er: »Ich kann nur etwas … hören.« Er öffnete die Augen. »Sie spricht mit jemandem. Ich glaube, es ist Milamber«, sagte er, wobei er Pugs Tsuani-Namen benutzte.

»Ich wünschte, Dominic wäre noch nicht in sein Kloster zurückgekehrt«, sagte Hochopepa. »Er könnte vielleicht an der Unterhaltung teilhaben.«

Kulgan hob die Hand und brachte so Hochopepa zum Schweigen. Das Mädchen seufzte schwer und schloss die Augen. Katala wollte sie halten, weil sie glaubte, Gamina würde in Ohnmacht fallen, doch stattdessen riss das Mädchen die Augen weit auf, lächelte breit und sprang auf.

Sie tanzte fast im Zimmer herum, so aufgeregt war sie, und in Gedankensprache rief sie: *Es war Papa! Er hat mit mir gesprochen! Er kommt zurück!*

Katala legte dem Mädchen die Hand auf die Schulter. »Ruhig, Tochter. Jetzt hör auf herumzuspringen und sag uns, was er gesagt hat, aber sprich richtig, Gamina.«

Zum ersten Mal in ihrem Leben sprach Gamina richtig laut – aufgeregt, wie sie war, schrie sie fast und lachte zwischendurch immer wieder. »Ich habe mit Papa gesprochen! Er hatte mich von irgendwoher gerufen!«

»Von wo?«, fragte Kulgan.

Das Mädchen hielt in seinem aufgeregten Getanze inne

und neigte den Kopf, als würde es nachdenken. »Es war ... irgendwo. Dort war ein Strand, und es war wunderschön. Er hat nicht gesagt, wo es ist.« Sie lief wieder hin und her und zerrte schließlich an Kulgans Bein. »Wir müssen gehen!«

»Wohin?«

»Papa will sich mit uns treffen. An einem Ort.«

»Wo denn, Kleine?«, fragte Katala.

Gamina zuckte leicht zusammen. »Sethanon.«

»Das ist eine Stadt in der Nähe des Düsterwaldes«, erklärte Meecham, »in der Mitte des Königreiches.«

Kulgan warf ihm einen finsteren Blick zu. »Das wissen wir.«

Meecham zeigte unverfroren auf die beiden Tsuani-Zauberer. »Aber sie nicht.«

Katala versuchte, das Mädchen zu beruhigen. »Jetzt mal langsam. Wer soll Pug in Sethanon treffen?«

»Wir alle. Wir sollen alle dorthin. Sofort.«

»Warum?«, fragte William, der sich vernachlässigt fühlte.

Plötzlich änderte sich die Stimmung des Mädchens, und es wurde still. Dann riss es die Augen auf und sagte: »Dieses böse Ding, Onkel Kulgan! Dieses böse Ding aus Rogens Vision! Es ist dort!« Sie umklammerte Kulgans Bein.

Kulgan sah die anderen an, und schließlich fragte Hochopepa: »Der Feind?«

Kulgan nickte und drückte das Mädchen an sich. »Wann, Kind?«

»Sofort, Kulgan. Er sagt, wir sollen sofort gehen.«

Katala sagte zu Meecham: »Sagt im Dorf Bescheid. Alle Magier sollen sich zur Abreise fertigmachen. Wir müssen nach Landreth aufbrechen. Dort besorgen wir uns Pferde und reiten nach Norden.«

»Keine Tochter der Magie würde auf so eine weltliche Form des Reisens verfallen.« Kulgan fühlte sich plötzlich so unbeschwert, dass er Witze machte, um die Spannung zu brechen. »Pug hätte eine Magierin heiraten sollen.«

Katala kniff die Augen zusammen, weil sie nicht in der Stimmung für Neckereien war. »Was schlagt Ihr vor?«

»Ich kann mich und Hocho mit meinem Sichtgrenz-Wanderungszauber in Sprüngen von bis zu drei Meilen fortbewegen. Das braucht zwar auch seine Zeit, doch es ist viel schneller als mit dem Pferd. Am Ende können wir dann in der Nähe von Sethanon ein Portal öffnen, und Ihr und die anderen könnt von hier aus hindurchgehen.« Er wandte sich an Elgahar. »Dann habt Ihr genug Zeit für die Vorbereitungen.«

»Ich werde auch mitkommen«, sagte Meecham, »nur für den Fall, dass Ihr irgendwo zwischen Wegelagerern landet oder andere Schwierigkeiten bekommt.«

»Papa hat gesagt, ihr sollt noch andere mitbringen«, mischte sich Gamina ein.

»Wen?«, fragte Hochopepa und legte dem Kind die Hand auf die zarte Schulter.

»Andere Magier, Onkel Hocho.«

»Die Versammlung«, sagte Elgahar. »Danach würde er wirklich nur fragen, wenn der Feind tatsächlich über uns kommt.«

»Und die Armee.«

Kulgan blickte in das kleine Gesicht. »Die Armee? Welche Armee?«

»Eben die Armee.« Das Mädchen schien am Ende seiner Geduld und stemmte die kleinen Fäuste in die Hüften.

»Wir schicken der Garnison in Landreth eine Nachricht«,

sagte Kulgan, »und der in Shamata auch eine.« Er sah Katala an. »Da Ihr durch Heirat schließlich als Prinzessin dem Königlichen Haus angehört, wäre jetzt der richtige Moment, den Siegelring auszugraben, den Ihr normalerweise immer verlegt. Wir brauchen ihn, damit wir die Botschaften mit dem königlichen Siegel versehen können.«

Katala nickte. Sie drückte Gamina an sich, die sich wieder beruhigte. »Bleib hier bei deinem Bruder.« Dann verließ sie eilig das Zimmer.

Kulgan blickte seine Kollegen aus Tsuani an. Hochopepa sagte: »Nun ist es so weit. Die Dunkelheit kommt.«

Kulgan nickte. »Nach Sethanon.«

Pug schlug die Augen auf. Er fühlte sich wieder erschöpft, doch nicht so sehr wie beim ersten Mal, als er mit dem Mädchen gesprochen hatte. Tomas, Macros und Ryath hatten den jüngeren Zauberer beobachtet und gewartet. »Ich glaube, ich konnte ihr genug mitteilen, und sie wird die Anweisungen an die anderen weitergeben.«

Macros nickte zufrieden. »Die Versammlung wird sich mit den Drachenherrschern kaum messen können, falls es denen gelingen sollte, in diese Raumzeit einzudringen. Doch vielleicht können sie Murmandamus in die Enge treiben und bekommen den Stein des Lebens vor ihm in die Hände.«

»Falls sie rechtzeitig in Sethanon eintreffen«, bemerkte Pug. »Ich weiß nicht, wie viel Zeit wir noch haben.«

»Das«, stimmte Macros zu, »ist ein Problem. Wir sind mittlerweile wieder in unserer eigenen Epoche, so viel weiß ich, aber aller Logik nach müssen wir in die Zeit nach deinem Aufbruch zurückkehren, denn sonst riskieren wir ein schwieriges

Paradoxon. Nur, wie viel Zeit ist verstrichen, seit du aufgebrochen bist? Ein Monat? Eine Woche? Eine Stunde? Nun, wir werden es wissen, wenn wir dort angekommen sind.«

Tomas fügte hinzu: »Falls wir rechtzeitig da sind.«

»Ryath«, wandte sich Macros an die Drachendame, »wir müssen einige Entfernung bis zum nächsten Tor zurücklegen. Hier auf dieser Welt gibt es keine Sterblichen, die dich bei der Verwandlung beobachten können. Würdest du uns tragen?«

Sofort begann Ryaths Körper hell zu glühen und nahm wieder seine Drachengestalt an. Die drei stiegen auf, und der Drache erhob sich in den Himmel. »Flieg nach Nordosten«, rief Macros, und Ryath machte sich in die angegebene Richtung auf.

Eine Weile lang schwiegen sie, während sie dahinflogen, denn niemand verspürte ein Bedürfnis zu sprechen. Sie schossen über die Klippen und den Strand, über gewellte Plateaus mit riesigen Büschen hinweg. Über ihnen strahlte eine warme Sonne.

Pug ging noch einmal alles durch, was Macros in den letzten vierundzwanzig Stunden gesagt hatte. Er benutzte einen Zauberspruch, damit er sprechen konnte, ohne zu schreien. »Macros, Ihr habt erzählt, selbst ein einziger Valheru wäre eine zu große Macht in diesem Universum. Ich verstehe nicht ganz, was Ihr damit meint.«

»Es geht um mehr als um *eine* Welt.« Macros sah nach unten, während sie über einen riesigen Cañon flogen, der in südwestlicher Richtung verlief und dann im Meer endete. »Dieser wundervolle Planet ist genauso bedroht wie Midkemia und Kelewan und früher oder später alle anderen Welten. Sollten die Diener der Valheru diesen Krieg gewinnen, werden ihre Meister zurückkehren, und abermals wird im Kosmos das Chaos ausbrechen. Jede Welt wird dem Drachenheer zur Plünderung offenstehen, nichts wird ihrer mutwilligen Zerstörung standhalten, und niemand wird ihrer Macht etwas entgegensetzen können. Die Rückkehr in diese Raumzeit wird ihnen eine Quelle magischer Macht verschaffen, von der nie zuvor jemand auch nur geträumt hat, eine Macht, bei der selbst die Götter vor einem einzelnen Valheru zittern müssten.«

»Wie ist so etwas möglich?«, fragte Pug.

»Der Stein des Lebens«, antwortete Tomas. »Er wurde für die letzte Schlacht gegen die Götter zurückgelassen. Wenn er eingesetzt wird …« Er beendete den Satz nicht.

Sie flogen über hohe Berge und über eine Seenplatte, die im Norden von einer hügeligen Ebene begrenzt wurde. Im Westen ging gerade die Sonne unter. Pug fand es paradox, dass sie über die zerstörerischen Absichten der Valheru nachdachten, während diese faszinierende Landschaft unter ihm dahinzog.

Macros zeigte auf einen Punkt. »Ryath! Dort, diese große Insel mit den beiden Buchten!«

Der Drache begann zu sinken und landete. Sie sprangen vom Rücken der Drachendame und warteten, bis Ryath wieder ihre menschliche Gestalt angenommen hatte. Dann führte Macros sie alle zu einem großen Haufen Felsen neben einer Gruppe kiefernähnlicher Bäume. Sie standen vor einer weiteren Tür, die sich in einem großen Findling befand. Macros schritt hindurch. Tomas folgte, dann Pug. Als Pug in den Gang trat, hörte er das wütende, geisterhafte Flüstern einer grauenhaften Erscheinung und sah, wie dieses Wesen Macros zu Boden schlug.

Tomas zog seine Klinge und stürmte vorwärts, während der Lebensdieb noch mit Macros beschäftigt war. Er duckte sich, weil ihn ein weiteres dieser grauenerregenden Wesen von hinten packen wollte. Pug wurde von Ryath zur Seite gestoßen, als diese durch die Tür trat. Ein drittes Wesen griff nach dem Drachen in menschlicher Gestalt und packte Ryath oberhalb des Ellbogens. Sie schrie vor Schmerz.

Da holte Tomas mit der Klinge aus, und der getroffene Schreckensherrscher kreischte und zischte wütend. Er fuhr herum, um seinen Gegner ins Auge zu fassen. Dabei heulte er und schlug mit seinen Klauen um sich. Goldene Funken sprangen von Tomas' Schild, als er den Angriff abwehrte.

Ryaths blaue Augen glühten und wurden vor Ärger rot, und mit einem Mal begann der Schreckensherrscher, der ihren Arm hielt, zu kreischen. Stinkender grauer Rauch stieg von der Hand des Untoten auf, doch er konnte Ryath scheinbar nicht loslassen. Die Augen der Drachenfrau glühten immer noch, während sie bewegungslos dastand, nur ihr Körper bebte leicht. Der Schreckensherrscher schien zu schrumpfen, und seine gezischten Schreie waren kaum mehr als ein schrilles Pfeifen.

Pug beendete einen Zauberspruch, und der dritte Schreckensherrscher bekam eine Art Anfall. Er stolperte zurück, seine schwarzen Flügel zitterten, schließlich brach er auf den Steinen des Gangs zusammen. Dann schwebte er nach oben. Pug machte eine weitere Handbewegung und stieß die Kreatur in einen Ort zwischen den Welten, wo sie im grauen Nichts verschwand.

Tomas schlug wieder und wieder zu, und der Schreckensherrscher vor ihm wich zurück. Jedes Mal, wenn sein goldenes Schwert in das schwarze Nichts traf, entwich der Kreatur zischend Lebenskraft. Schließlich war das Wesen derart geschwächt, dass es die Flucht ergreifen wollte. Tomas' Klinge erwischte das Ding und spießte es auf.

Während Pug zusah, vernichteten Ryath und Tomas die beiden anderen Kreaturen, indem sie ihnen die Lebenskräfte entzogen, welche die Schreckensherrscher anderen Lebenden geraubt hatten.

Pug begab sich zu Macros, der wie betäubt am Boden lag. Er half dem Zauberer auf und fragte: »Seid Ihr verletzt?«

Macros schüttelte den Kopf, um wieder klarzuwerden, und erwiderte: »Nicht ein bisschen. Diese Kreaturen können einem Sterblichen gefährlich werden, doch ich habe schon früher mit ihnen zu tun gehabt. Dass diese Ungeheuer vor dieser Tür postiert waren, zeigt nur, wie sehr die Valheru die Hilfe fürchten, die wir nach Midkemia bringen. Wenn Murmandamus die Stadt Sethanon erreicht und den Stein des Lebens findet … nun, dann werden diese Untoten nur ein schwaches Abbild der Zerstörungswut sein, die entfesselt wird.«

»Wie weit ist es noch bis Midkemia?«, fragte Tomas.

»Dort hindurch.« Macros zeigte auf die Tür gegenüber jener, durch die sie eingetreten waren. »Dann sind wir zu Hause.«

Sie betraten eine riesige, kalte und leere Halle. Sie war aus massiven Steinen erbaut, die von meisterlichen Handwerkern zusammengefügt worden waren. Auf einem Podest am anderen Ende der Halle erhob sich ein Thron, und an beiden Wänden waren überall Nischen eingelassen, als hätten dort Statuen aufgestellt werden sollen.

Die vier gingen weiter, und Pug fragte: »Es ist sehr kühl hier. Wo auf Midkemia sind wir?«

Macros war scheinbar amüsiert. »Wir sind in der Festung von Sar-Sargoth.«

Tomas fuhr herum und blickte den Zauberer an. »Seid Ihr verrückt? Das ist die alte Hauptstadt des ursprünglichen Murmandamus. So viel weiß ich auch über die Geschichte der Moredhel.«

»Beruhige dich«, mahnte Macros. »Sie sind alle unterwegs, auf dem Marsch ins Königreich. Sollten uns hier noch irgendwelche Moredhel oder Goblins begegnen, so sind das Deserteure. Nein, hier können wir jedes Hindernis leicht aus dem Weg räumen. Erst in Sethanon müssen wir mit der letzten Herausforderung rechnen.«

Er führte sie nach draußen, und Pug taumelte vor dem Anblick, der sich ihnen bot. In alle Richtungen waren drei Meter hohe Pfähle errichtet worden, und auf jedem Pfahl steckte der Kopf eines Menschen. Es waren ungefähr tausend in jede Richtung. »Bei den Göttern«, flüsterte Pug. »Wie kann etwas so Böses existieren?«

»Es gab eine Zeit, in der Ashen-Shugar dies als notwendige Lektion abgetan hätte«, erwiderte Macros.

Tomas ließ seinen Blick umherschweifen und nickte abwesend.

»Tomas, also auch Ashen-Shugar, kann sich an eine Zeit erinnern, als es im Universum noch keine moralischen Standpunkte gab«, erklärte Macros. »Die Frage, was richtig und was falsch ist, war noch nicht gestellt, es ging nur um die Macht. Im Universum hatten alle Arten die gleiche Einstellung, abgesehen derer von Aal, denn ihre Ansichten waren schon für die damalige Zeit eigenartig. Murmandamus ist nur ein Werkzeug, und er ähnelt seinem Meister. Wesen, die viel weniger bösartig als Murmandamus waren, haben viel schlimmere Dinge begangen als diesen Akt der Barbarei. Die Valheru wissen nichts von Gut und Böse. Sie sind amoralisch, doch so zerstörerisch, dass wir sie als die Ausgeburt des Bösen betrachten müssen. Und Murmandamus ist ihr Diener, also ist auch er böse. Doch im Vergleich zu ihrer Dunkelheit ist er nur ein schwacher Schatten.« Macros seufzte. »Vielleicht ist es nur Eitelkeit, doch der Gedanke, gegen so etwas Böses zu kämpfen … Er macht mir die Last, die ich tragen muss, leichter.«

Pug holte tief Luft nach diesem Einblick in die gequälte Seele desjenigen, der die Welt beschützen wollte, die Pug lieb und teuer war. Schließlich fragte er: »Wohin jetzt? Nach Sethanon?«

»Ja. Wir müssen erfahren, was geschehen ist, und mit etwas Glück werden wir helfen können. Egal, was passiert, Murmandamus darf auf keinen Fall den Stein des Lebens in seinen Besitz bringen. Ryath?«

Die Drachenfrau schimmerte und hatte bald wieder ihre eigentliche Gestalt angenommen. Sie stiegen auf, und Ryath erhob sich in den Himmel, flog nach Südwesten, und Macros bat sie darum, über Armengar zu kreisen, damit sie die Ausmaße der Zerstörung ausmachen konnten.

Immer noch stieg aus dem Krater, wo sich früher die Zitadelle befunden hatte, schwarzer Rauch auf. »Was ist das für ein Ort?«, fragte Pug.

»Einst hieß er Sar-Isbandia, doch in letzter Zeit wurde die Stadt Armengar genannt. Sie wurde von den Glamredhel erbaut, genauso wie Sar-Sargoth. Beide wurden nach dem Vorbild der Stadt von Draken-Korin errichtet, mit Wissen, das in fremden Welten erbeutet wurde. Es waren pompöse Bauten, die von den Moredhel nach verlustreichen Schlachten erobert wurden, zuerst Sar-Sargoth, das die Hauptstadt von Murmandamus wurde, dann Sar-Isbandia. Doch Murmandamus fiel in der Schlacht von Sar-Isbandia, in der die Glamredhel angeblich ausgelöscht wurden. Die Moredhel verließen beide Städte nach seinem Tod. Erst kürzlich sind sie wieder nach Sar-Sargoth zurückgekehrt. In Armengar lebten Menschen.«

»Es ist nichts übrig geblieben«, bemerkte Tomas.

»Der wiedergeborene Murmandamus hat einen hohen Preis gezahlt, um die Stadt einzunehmen«, sagte Macros. »Die Menschen, die hier lebten, waren zäher und schlauer, als ich gedacht habe. Vielleicht haben sie ihn so hart getroffen, dass Sethanon noch steht, denn inzwischen muss er längst die Berge überquert haben. Also, Ryath – auf nach Süden! Auf nach Sethanon!«

Sethanon

Plötzlich stand die Stadt unter Belagerung.

In der Woche, nachdem Arutha die Tore von Sethanon hatte schließen lassen, war nichts passiert, dann, am achten Tag, hatten Wachen den Anmarsch von Murmandamus' Truppen gemeldet.

»Er wird sich nichts Besonderes einfallen lassen«, sagte Guy nach einer Weile. »Er wird uns einfach von allen Seiten zugleich angreifen. Dieses belanglose, kleine Mäuerchen wird kaum standhalten. Wenn uns nicht etwas einfällt, wird er mit der ersten oder zweiten Angriffswelle in die Stadt eindringen.«

»Die Verteidigungsbarrieren, die wir errichtet haben, werden etwas bringen, doch nicht viel«, meinte Arutha. »Wir müssen uns auf unsere Männer verlassen.«

»Diejenigen, die wir mitgebracht haben, sind eine harte Truppe«, bemerkte Amos. »Und vielleicht lernen die hiesigen Paradesoldaten noch das eine oder andere dazu.«

»Deshalb habe ich die Leute aus Hohenburg auch zwischen den Soldaten von Sethanon verteilt. Dann können sie den anderen womöglich etwas zeigen.« Doch Arutha klang nicht gerade hoffnungsvoll.

Guy schüttelte den Kopf, dann stützte er die Ellbogen auf die Mauer und legte das Kinn auf die ineinander verschränkten Hände. »Zwölfhundert erfahrene Männer, darunter auch die Verwundeten, haben die Stadt erreicht. Dreitausend Soldaten der Garnison, ein paar Mann Bürgerwehr und die Stadtwache – und die meisten haben noch nie etwas Schlimmeres als eine Wirtshausschlägerei erlebt. Wenn siebentausend Armengaren hinter zwanzig Meter hohen Mauern ihre Stadt nicht halten konnten, was kann dieser Haufen dann schon ausrichten?«

»Was sie eben ausrichten müssen.« Arutha sagte nichts weiter und richtete seine Aufmerksamkeit wieder auf die Feuer, die überall auf der Ebene brannten.

Der nächste Morgen dämmerte, der Tag wurde wieder zur Nacht, und Murmandamus formierte noch immer seine Armee. Jimmy saß mit Locklear auf einem Strohballen in der Nähe einer Katapultstellung. Die beiden hatten zusammen mit den Junkern von Lord Humphry den ganzen Tag über Eimer mit Wasser und Sand zu den Belagerungsmaschinen geschleppt, damit ausreichend Mittel zum Löschen vorhanden waren, sollten sie in Brand geraten. Sie waren vollkommen erschöpft.

Locklear beobachtete das Meer der Fackeln und Lagerfeuer jenseits der Mauer. »Es sieht noch größer aus als das Heer vor Armengar. Als hätten wir überhaupt nichts bewirkt.«

Jimmy nickte. »Wir haben ihn hart getroffen. Er ist jetzt nur näher dran. Ich habe gehört, wie du Bas-Tyra gesagt hat, sie kämen alle in einer großen Welle.« Er schwieg einen Augenblick, dann sagte er: »Locky, du hast in letzter Zeit gar nichts mehr über Bronwynn gesagt.«

Locklear betrachtete die Feuer auf der Ebene. »Was soll ich

schon sagen? Sie ist tot, und ich habe um sie geweint. Es ist vorbei. Es macht keinen Sinn, länger darüber nachzudenken. In ein paar Tagen bin ich vielleicht selbst tot.«

Jimmy seufzte, lehnte sich an die innere Mauer und sah durch die Mauerzinnen hinaus auf das Heer vor der Stadt. Sein Freund hatte seinen Frohsinn verloren, seine Jugend und seine Unschuld, und Jimmy trauerte um diesen Verlust. Doch er fragte sich, ob er selbst diese Jugend und diese Unschuld überhaupt jemals gekannt hatte.

Bei Anbruch der Dämmerung waren die Verteidiger bereit, sich den Angreifern entgegenzustellen. Doch wie er es auch in Armengar getan hatte, trat Murmandamus zuerst vor die Mauern. Reihen von Soldaten trugen die Banner der Verbündeten und Clans, die aufmarschiert waren, und dann öffneten sich die Linien, um den obersten Feldherrn durchzulassen.

Er saß auf einem riesigen schwarzen Hengst, der von gleicher Pracht war wie das weiße Ross, welches er beim letzten Mal geritten hatte. Sein Helm war aus geätztem Silber, und er hielt ein schwarzes Schwert in der Hand. Sein Äußeres war nicht gerade beruhigend, doch er sprach mit leiser Stimme, die durch seine Künste überall zu hören war.

»O meine Kinder, haben sich auch manche von euch mir schon in den Weg gestellt, so bin ich noch immer bereit zu vergeben. Öffnet die Tore, dann gilt mein feierliches Gelöbnis: Jeder, der will, darf die Stadt verlassen. Nehmt mit, was euch gefällt, Nahrung, Vieh, Reichtümer.« Er winkte nach hinten, und ein Dutzend Moredhel-Krieger ritten heran und hielten hinter ihm. »Ich werde euch sogar Geiseln bieten. Dies hier sind meine treuesten Anführer. Sie werden ohne

Waffen und ohne Rüstung mit euch kommen, bis ihr euch sicher in den Mauern jener Stadt befindet, die ihr als Ziel eurer Flucht erwählt. Ich verlange nur das eine: Öffnet mir die Tore. Sethanon muss mein werden!«

Auf der Mauer hatten die Kommandanten das Schauspiel mit angesehen. Amos murmelte: »Der Königliche Schweinepriester hat es schwer darauf abgesehen, die Stadt in seine schmutzigen Finger zu bekommen. Ich will verflucht sein, wenn ich ihm nicht fast glauben würde. Vielleicht lässt er uns tatsächlich davonreiten, wenn wir ihm diese verdammte Stadt überlassen.«

Arutha sah Guy an. »Auch ich stehe kurz davor, ihm zu glauben. Ich habe noch nie gehört, dass die Düsteren Brüder Geiseln anbieten.«

Guy fuhr sich mit der Hand durchs Gesicht. Er wirkte besorgt und erschöpft, doch diese Müdigkeit rührte nicht vom Schlafmangel her, das lange Leiden rief sie hervor. »Hier gibt es etwas, das er unbedingt haben will.«

»Hoheit«, fragte Lord Humphry, »kann man mit dieser Kreatur verhandeln?«

»Das ist Eure Stadt, Baron, doch sie gehört zum Königreich meines Bruders«, erwiderte Arutha. »Ich bin mir sicher, es würde ihn wenig erfreuen, wenn wir einfach Teile davon weggäben. So süß Murmandamus' Worte auch klingen, ich glaube nicht, dass er zu seinem Gelöbnis steht. Er würde diese Anführer ohne Weiteres opfern. Er hat sich noch nie um Verluste geschert. Manchmal denke ich sogar, er mag Blut und Gemetzel. Nein, Guy hat recht. Er will nur, so schnell es geht, in die Stadt hinein. Doch ich würde die Steuern eines ganzen Jahres geben, wenn ich wüsste, warum.«

»Es scheint, seine Anführer sind mit dem Angebot auch

nicht besonders glücklich«, meinte Amos. »Jedenfalls sehen sie nicht so aus.« Tatsächlich wechselten einige Offiziere der Moredhel hinter Murmandamus' Rücken ein paar schnelle Sätze miteinander. »Ich finde auch, das Verhältnis zwischen den Düsteren Brüdern ist nicht das allerbeste.«

»Wollen wir es hoffen«, meinte Guy trocken.

Murmandamus' Pferd tänzelte herum, und der Kriegsherr rief: »Was also ist eure Antwort?«

Arutha stellte sich auf eine Kiste, damit man ihn jenseits der Mauer besser sehen konnte. »Ich sage euch, kehrt zurück in den Norden!«, rief er. »Ihr habt Länder erobert, die euch nicht wollen, und in diesem Moment sind Armeen gegen euch im Anmarsch. Geht also in den Norden zurück, ehe die Pässe vom Schnee versperrt sind und ihr einen kalten und einsamen Tod fern eurer Heimat sterben müsst.«

Murmandamus fragte mit erhobener Stimme: »Wer spricht da für die Stadt?«

Einen Moment lang herrschte Stille, dann rief Arutha: »Ich, Arutha conDoin, Prinz von Krondor, Thronfolger von Rillanon!« Und dann fügte er einen Titel hinzu, den er eigentlich gar nicht innehatte: »Fürst des Westens.«

Murmandamus stieß einen unmenschlichen Wutschrei aus, in dem noch etwas anderes – vielleicht Angst – mitschwang. Jimmy stieß Amos an. »Jetzt ist es raus. Und es gefällt diesem Murmandamus offensichtlich überhaupt nicht.«

Amos grinste und klopfte dem jungen Mann auf die Schulter. In den Reihen von Murmandamus erhob sich Gemurmel, und Amos meinte: »Hört sich an, als gefiele es der Armee auch nicht. Ein schlechtes Omen kann einen abergläubischen Haufen wie diesen ziemlich unterhöhlen.«

Murmandamus schrie: »Lügner! Falscher Prinz! Der Prinz von Krondor wurde ermordet, das ist allgemein bekannt. Weshalb verdreht Ihr die Wahrheit? Was wollt Ihr damit bezwecken?«

Arutha stellte sich noch höher, sodass seine Gesichtszüge deutlich zu sehen waren. Die Anführer ritten wirr umher und besprachen aufgeregt die neue Lage. Arutha hielt den Talisman hoch, den er vom Abt in Sarth erhalten hatte. »Mit diesem Talisman werde ich vor Euren Künsten geschützt, Murmandamus!« Er reichte ihn Jimmy. »Jetzt kennt Ihr die Wahrheit.«

Murmandamus' ständiger Begleiter, der Schlangenpriester Cathos, rannte watschelnd nach vorn. Er zog am Steigbügel seines Meisters, zeigte auf Arutha und sprach ungeheuer schnell in der zischenden Sprache seines Volkes. Mit einem Wutschrei trat ihn Murmandamus zur Seite, und der Priester ging zu Boden. Amos spähte über die Mauer. »Ich glaube, das hat sie überzeugt.«

Die Anführer der Moredhel wirkten ärgerlich und gingen gemeinsam auf Murmandamus zu. Er schien zu begreifen, dass ihm die Sache aus den Händen glitt. Er drehte sich mit dem Pferd einmal im Kreis, wobei die Hufe des Schlachtrosses den am Boden liegenden Schlangenpriester am Kopf trafen, sodass er reglos liegen blieb. Murmandamus ignorierte den verletzten Verbündeten und die herankommenden Anführer der Moredhel. »Dann, du stinkender Hund«, schrie er in Richtung Mauer, »soll dich der Tod endlich in seine Arme nehmen!« Er drehte sich zu seiner Armee um und zeigte auf die Stadt. »Zum Angriff!«

Die Armee stand schon bereit, und jetzt marschierte sie

vor. Die Anführer der Moredhel konnten den Befehl nicht mehr rückgängig machen. Ihnen blieb nur noch, zu ihren Clans zu reiten und dort das Kommando zu übernehmen. Langsam trabten die Reiter hinter der vorderen Reihe des Fußvolks voran, bereit, die Tore zu stürmen.

Murmandamus ritt zu seinem Kommandoposten zurück, während die erste Reihe der Goblins über den reglos daliegenden Schlangenpriester hinwegmarschierte. Es war nicht zu erkennen, ob der Priester an dem Hufschlag gestorben war oder nicht, aber als die letzte Reihe über ihn getrampelt war, befand sich in seiner Robe nur noch ein blutiger Leichnam.

Arutha hob die Hand und zog sie wieder nach unten, als die erste Angriffsreihe in Reichweite der Katapulte war. »Hier«, sagte Jimmy und gab ihm den Talisman zurück. »Könnte sich noch als nützlich erweisen.«

Die Geschosse schlugen in das feindliche Heer ein, und die Soldaten taumelten, doch sie marschierten weiter. Bald rannten sie auf die Mauer zu, während ihnen Bogenschützen hinter Sturmwänden Deckung boten. Dann stürzten die ersten Krieger in die mit gespanntem Tuch und Dreck getarnten Gräben und wurden von feuergehärteten, angespitzten Pfählen aufgespießt.

Andere warfen Schilde über ihre gestürzten Kameraden und rannten über die durchbohrten Leiber. Die zweite und dritte Reihe war ebenfalls dezimiert, doch andere drängten nach vorn, und Sturmleitern wurden an die Mauern gelehnt.

Die Schlacht um Sethanon hatte begonnen.

Die erste Welle wogte die Leitern hinauf und bekam das Feuer und den Stahl der Verteidiger zu spüren. Die Männer aus Hohenburg übernahmen die Führung, sonst wären die unerfahrenen Soldaten der Stadt einfach hinweggefegt worden. Amos, de la Troville, du Masigny und Guy ordneten die Verteidiger und tauchten überall dort auf, wo sie gebraucht wurden.

Schon eine Stunde tobte die Schlacht und hielt sich immer auf Messers Schneide. Die Angreifer konnten kaum einen Fuß auf die Zinnen setzen, da wurden sie schon wieder zurückgestoßen. War eine Welle abgewehrt, brandete aus einer anderen Ecke die nächste heran, und offensichtlich schien der Ausgang der Schlacht allein vom Schicksal abzuhängen, da beide Armeen gleich stark waren.

Dann wurde eine riesige Ramme, die auf einer Lichtung im Düsterwald gebaut worden war, herangerollt und auf das Südtor der Stadt ausgerichtet. Auch dort gab es Fallgruben und die flachen, mit Pfählen gespickten Gräben, doch es wurden rasch Bohlen über die Gefallenen geworfen. Kein Wassergraben würde die Ramme aufhalten. Sie bestand aus einem Baumstamm, der gut drei Meter Durchmesser hatte, und sie rollte auf sechs riesigen Rädern. Vorne zog ein Dutzend Reiter, und hinten schoben zehn Riesen an langen Stangen.

Die Ramme gewann immer mehr an Geschwindigkeit und rumpelte auf das Tor zu. Bald fielen die Pferde in scharfen Galopp, und die Reiter sprangen ab und suchten Schutz vor dem Pfeilhagel, der sie von der Mauer begrüßte. Die trägen Riesen wurden von Goblins abgelöst, deren Aufgabe nur darin bestand, das Gefährt auf Geschwindigkeit und dem richtigen Kurs zu halten. Es rollte auf das Außentor des Vorwerks zu, und die Verteidiger hatten keine Möglichkeit mehr, es aufzuhalten.

Mit lautem Knall donnerte die Ramme in das Tor, und das

Splittern des Holzes und das Knirschen der Angeln verkündete, dass in die Verteidigungsanlage eine Bresche geschlagen war. Die Flügel des Tores wurden in das Vorwerk hineingestoßen und zermalmt, als die Ramme darüber hinwegrollte. Dabei wurde die Spitze der Ramme abgelenkt, sie richtete sich auf und kam vor der rechten Wand des Vorwerks zum Stehen.

Nun hatten die Angreifer eine Möglichkeit, in die Stadt einzudringen. Goblins schwärmten über die schwankende Ramme und erklommen die Mauer des Vorwerks. Mit einem Mal verschob sich das Gleichgewicht der Kräfte.

Die Verteidiger auf dem Vorwerk wurden zurückgedrängt. Die Eindringlinge konnten auf das innere Tor klettern, und immer mehr Goblins und Moredhel schwärmten über die zufällig entstandene Rampe nach oben.

Arutha befahl eine Kompanie zur Verstärkung an die Stelle. Sie eilten dorthin, wo die ersten Goblins bereits den Hof vor dem Tor, welches ein schwerer Riegel verschloss, erreicht hatten. Vor dem Tor entbrannte nun ein grausamer Kampf, doch bald vertrieben die Bogenschützen der Moredhel die Verteidiger, trotz aller Unterstützung von den anderen Teilen der Mauer. Der Riegel wurde zur Seite geschoben.

Doch in dem Moment erhob sich draußen vor der Stadt ein lautes Geschrei. Der Druck ließ nach, denn die Kämpfer spürten, dass etwas Eigenartiges im Anmarsch war. Dann richteten sich alle Augen auf den Himmel.

Ein Drache – seine Schuppen blitzten in der Sonne – senkte sich herab. Auf seinem Rücken konnte man drei Gestalten ausmachen. Das riesige Tier stieß mit lautem Gebrüll hinab, als wollte es über die Angreifer vor dem Tor herfallen.

Die Goblins stoben nach allen Seiten auseinander.

Ryath breitete ihre Flügel aus und ging im Gleitflug auf die Angreifer nieder. Tomas schwang das goldene Schwert. Die Drachendame stieß ihren Schlachtruf aus, und die Goblins unter ihr ergriffen die Flucht.

Tomas sah sich nach Murmandamus um, doch er sah nur ein Meer von Reitern. Dann umschwirrten ihn Pfeile. Sie prallten von den Schuppen des Drachen ab und richteten keinen Schaden an, doch der Prinzgemahl von Elvandar wusste, ein gut gezielter Schuss zwischen die überlappenden Schuppen oder ins Auge konnte den Drachen schwer verwunden.

Er befahl Ryath, in die Stadt zu fliegen, und der Drache landete auf dem Marktplatz in einiger Entfernung vom Tor. Arutha kam schon auf sie zugerannt, Galain folgte ihm. Pug und Tomas sprangen leichtfüßig zu Boden, während Macros etwas gelassener hinunterkletterte.

Arutha ergriff Pugs Hand. »Wie schön, dich endlich wiederzusehen, vor allem zu diesem Zeitpunkt!«

»Wir haben uns beeilt, doch wir wurden unterwegs aufgehalten.«

Tomas wurde zuerst von Galain begrüßt, und danach schüttelte Arutha ihm die Hand. Dann erblickte Arutha den Zauberer Macros. »So, Ihr lebt also auch noch?«

»Scheinbar. Es freut mich, Euch wieder einmal zu sehen, Prinz Arutha. Viel mehr, als Ihr Euch vielleicht vorstellen könnt.«

Arutha warf einen Blick auf die Spuren des Kampfes um sie herum. Aus den entfernteren Stadtteilen hörte man noch den Lärm der Schlacht, doch der Sturm auf das Tor war fürs Erste beendet. »Ich weiß nicht, wie lange sie warten werden, bis sie das Vorwerk wieder angreifen.« Er sah die Straße hinunter zum Tor. »Ihr habt sie ziemlich erschreckt, und ich schätze, Murmandamus wird einigen Ärger mit seinen Offizieren haben, doch nicht genug, um ihn länger zu beschäftigen, fürchte ich.«

»Wir können Euch helfen«, sagte Pug.

»Nein«, bestimmte Macros.

Alle Augen richteten sich auf den Zauberer. Arutha sagte: »Pugs Magie könnte die von Murmandamus abwehren.«

»Hat Murmandamus denn bisher irgendwelche Magie eingesetzt?«

Arutha dachte nach. »Nein, nicht seit Armengar.«

»Er wird es auch nicht tun. Er muss sie sich bis zu dem Moment aufsparen, in dem er die Stadt erobert hat. Hier gibt es etwas, das er haben möchte, und wir müssen verhindern, dass er es bekommt.«

Ein Bote kam auf sie zugerannt. »Hoheit! Der Feind rüstet sich für den nächsten Angriff auf das Tor!«

»Wer ist Euer Stellvertreter?«, fragte Macros.

»Guy du Bas-Tyra.«

Pug schien diese Mitteilung zu entsetzen, er sagte jedoch nichts, während Macros verlauten ließ: »Murmandamus wird keine Magie einsetzen, es sei denn gegen Euch, Arutha, und deshalb müsst Ihr das Kommando über die Stadt an du Bas-Tyra abgeben und mit uns kommen.«

»Wohin geht Ihr?«

»An einen Ort hier in der Nähe. Wenn auch alles andere hier in Sethanon fällt, darf Murmandamus dennoch nicht Euer ganzes Reich zerstören. Das müssen wir verhindern. Diesen Triumph dürfen wir ihm nicht gönnen.«

Arutha dachte einen Augenblick nach. Dann sagte er zu Galain: »Überbringt diesen Befehl du Bas-Tyra. Er soll das Kommando übernehmen. Amos Trask wird sein Stellvertreter.«

»Wohin wird Eure Hoheit gehen?«, fragte der Soldat.

Macros nahm Arutha beim Arm. »Er wird an einem Ort sein, wo ihn niemand erreichen kann. Wenn wir siegreich sind, werden wir uns alle wiedersehen.« Er machte sich nicht die Mühe zu erklären, was geschah, wenn sie nicht siegreich sein würden.

Sie eilten die Straße entlang, an verrammelten Türen vorbei, hinter denen die Bürger in der Sicherheit ihrer Häuser saßen. Ein vorwitziger Junge warf einen Blick aus einem Fenster im ersten Stock, doch als er Ryath in Drachengestalt durch die Straße eilen sah, riss er die Augen weit auf und warf das Fenster zu.

Von den Mauern hörten sie Kampflärm. Macros drehte sich um und sah den Prinzen an. »Was Ihr jetzt sehen, hören und erfahren werdet, muss für immer ein Geheimnis bleiben. Außer Euch dürfen nur der König und Euer Bruder Martin von den Dingen wissen, die ich Euch zeigen werde – und Eure Erben.« Trocken fügte er hinzu: »Wenn Ihr welche habt. Schwört es!« Das klang nicht wie eine Bitte.

»Ich schwöre.«

Macros nickte. »Gut. Tomas, du musst die Stelle finden, wo der Stein des Lebens liegt, und Pug, du musst uns dorthin bringen.«

Tomas sah sich um. »Zeitalter sind seitdem vergangen. Nichts ähnelt mehr …« Er schloss die Augen und schien in eine Art geistige Entrückung zu verfallen. »Ich spüre ihn. Pug, du musst uns … *dorthin* bringen!« Er zeigte nach unten, unter die Mitte der Stadt, dann schlug er die Augen auf. »Er ist unter der Festung.«

»Kommt«, sagte Pug, »fasst euch an den Händen.«

Tomas sah den Drachen an. »Du hast alles getan, was du konntest. Ich danke dir.«

»Ich werde auch diesmal mit euch kommen.« Sie warf dem Zauberer einen Blick zu. »Ich spüre sehr wohl das Schicksal, das mir beschieden ist. Ich spüre nun nicht das Verlangen, ihm auszuweichen.«

Pug blickte seine Gefährten an. »Was meint sie?« Arutha sah genauso verwirrt aus.

Macros antwortete nicht. Tomas sagte: »Du hast es uns noch nicht erzählt.«

»Es gab keinen Grund dafür, mein Freund Tomas.«

Macros unterbrach das Gespräch. »Wir können darüber sprechen, wenn wir erst den Ort unserer Bestimmung erreicht haben. Ryath, wenn wir stehen geblieben sind, komm zu uns.«

»Die Halle ist groß genug für einen Drachen«, entsann sich Tomas.

»So werde ich kommen.«

Pug verdrängte seine Verwirrung und nahm Aruthas Hand. Mit der anderen ergriff er die von Tomas, und Macros vervollständigte den Kreis. Dann wurden sie durchsichtig.

Sie sanken, und einige Zeit gab es kein Licht. Tomas wies Pug den Weg per Gedankenkontakt. Nach langen Minuten in der Dunkelheit sagte er laut: »Wir sind in einem Raum.«

Sie wurden wieder fest, und unter ihren Füßen spürten sie kalten Stein. Pug sorgte mittels Magie für Licht. Arutha sah auf. Sie waren in einer riesigen Halle, die mehr als dreißig Meter in jede Richtung maß, und die Decke war zweimal so hoch. Um sie herum erhoben sich Säulen, und neben den Ankömmlingen stand ein hohes Podest.

Dann erschien plötzlich der Drache an der Decke und brachte die Luft in der Halle in Bewegung. »Es ist fast Zeit.«

»Wovon redet der Drache?« In den beiden letzten Jahren war Arutha so vielen Wundern begegnet, dass ihn der Anblick eines sprechenden Drachen kaum beeindruckte.

»Wie alle Großen Drachen kennt Ryath den Zeitpunkt, an dem sie sterben muss«, erklärte Tomas. »Und der ist nicht mehr fern.«

»Während wir zwischen den Welten reisten«, sagte der Drache, »war es mir unmöglich zu sterben, aus Gründen, die mit Euch und Euren Freunden zusammenhängen. Doch die Rolle, die ich in diesem Spiele innehatte, muss ich nun zu Ende spielen, denn das Schicksal Eures Volkes, Valheru, ist untrennbar mit dem des unseren verbunden.«

Tomas nickte nur.

Pug sah sich in der Halle um. »Wo ist der Stein des Lebens?«

Macros zeigte auf das Podest. »Dort.«

»Dort ist nichts.«

»Für gewöhnliche Augen«, sagte Tomas. Und Macros fragte er: »Wo sollen wir warten?«

Macros schwieg einen Moment, dann antwortete er: »Jeder auf seinem Platz. Pug, Arutha und ich müssen hier warten. Ihr und Ryath müsst Euch einen anderen Ort suchen.«

Tomas nickte. Er hatte verstanden und benutzte seine Magie, um sich auf den Rücken des Drachen zu heben. Dann verschwanden die beiden mit einem Donnerschlag.

»Wo sind sie hin?«, fragte Arutha.

»Er ist noch hier«, antwortete Macros. »Doch er befindet sich ein wenig in der Zeit versetzt. Genauso wie der Stein des Lebens. Tomas bewacht ihn, und sollten wir versagen, kann nur noch er allein die völlige Zerstörung von Midkemia verhindern.«

Arutha sah zuerst Macros an, dann Pug. Anschließend ging er zu dem Podest und setzte sich. »Ich glaube, Ihr solltet mir lieber ein paar Dinge erzählen.«

Guy gab das Zeichen, und auf die Goblins, die das Tor stürmten, ging ein Hagel von Pfeilen nieder. In einem Augenblick starben ganze hundert. Doch die entfesselte Flut war nicht mehr aufzuhalten.

»Bereit machen zum Rückzug!«, rief du Bas-Tyra Amos zu. »Ich möchte anständige Rückzugsgefechte bis zur Festung. Jeder, der davonrennt, soll vom befehlshabenden Feldwebel getötet werden.«

»Verdammt hart«, sagte Amos, doch die Verteidigung war kurz davor zusammenzubrechen, und die unerfahrenen Soldaten waren am Rande einer Panik. Zu einem geordneten Rückzug konnte man sie nur bewegen, wenn man ihnen mehr Angst einflößte, als sie vor dem Feind hatten.

Amos warf einen Blick hinter sich: Die Bevölkerung der Stadt floh zur Festung. Die ganze Zeit über hatte man sie von den Straßen ferngehalten, damit diese für die Truppen, die sich in der Stadt schnell hin und her bewegen mussten, frei waren. Jetzt hatte man ihnen den Befehl erteilt, ihre Häuser zu verlassen. Amos hoffte, dass sie aus dem Weg sein würden, ehe der Rückzug von der Mauer begann.

Jimmy rannte durch das Kampfgetümmel dorthin, wo Galain, Amos und Guy standen, und schrie: »De la Troville braucht Verstärkung. Er wird an der rechten Flanke hart bedrängt.«

»Er wird keine bekommen«, antwortete Guy. »Wenn ich hier jemanden abziehe, werden sie die Stadt überrennen.«

Die Goblins waren erneut durch die Bresche im Außentor eingedrungen und hatten die Mauern des Vorwerks erklommen. Die Moredhel-Bogenschützen gaben ihnen Deckung.

Jimmy wollte wieder loslaufen, doch Guy hielt ihn fest. »Es ist schon ein Kurier unterwegs mit dem Befehl zum Rückzug, sobald das Kommando erteilt wird. Du wirst de la Troville nicht mehr rechtzeitig erreichen. Bleib hier.«

Jimmy nickte und hielt sein Schwert kampfbereit umklammert. Dann hatte er plötzlich einen Goblin vor sich.

Er schlug zu, die blauhäutige Kreatur fiel, doch gleich darauf nahm der nächste Goblin ihren Platz ein.

Tomas sah nach unten. Seine Freunde waren verschwunden, doch er wusste, dass sie noch immer am selben Ort waren, nur durch eine leichte Zeitverschiebung von ihm getrennt. Ashen-Shugar hatte versucht, die Stadt von Draken-Korin zu verstecken, und dazu gehörte auch, dass er sie in eine andere Zeit verfrachtet hatte.

Tomas betrachtete die weite Halle, in der die Valheru ihren letzten Rat abgehalten hatten, dann sah er sich den riesigen, grün glühenden Stein an, der mit jedem Lebewesen auf diesem Planeten in Kontakt stand. Er dachte über die Wichtigkeit seines Tuns nach und beruhigte sich.

Er spürte die Stimmung des Drachen, seinen Widerwillen gegen das, was das Schicksal brachte, doch keine Niedergeschlagenheit, keine Selbstaufgabe. Der Tod mochte kommen, aber er konnte auch den Sieg bedeuten. Tomas fühlte sich bei diesem Gedanken sicherer.

Arutha nickte. »Ihr habt mir gesagt, er sei wichtig. Jetzt sagt mir, warum.«

»Er wurde für den Tag zurückgelassen, an dem die Valheru zurückkehren. Sie hatten begriffen, dass die Götter aus der Materie der Welt gemacht waren, zum Teil aus der von Midkemia. Draken-Korin war der Schlaueste seines Geschlechts. Er wusste, dass die Macht der Götter von der Art ihrer Beziehung zu anderen Lebewesen abhing. Der Stein des Lebens ist die wirkungsvollste Reliquie auf dieser Welt. Wenn er benutzt wird, kann er jeder Kreatur die Kraft entziehen und sie seinem Besitzer zuführen. Damit können die Valheru wieder in diese Zeit und diesen Raum eindringen. Der Stein würde sie mit einer Kraft versorgen, der niemand widerstehen kann, und gleichzeitig würde er den Göttern die Quelle ihrer Macht entziehen. Unglücklicherweise wäre dann auch alles Leben auf diesem Planeten vernichtet. In einem einzigen Augenblick wäre alles tot, was geht, fliegt, schwimmt, kriecht … Insekten, Fische, Pflanzen, alle Lebewesen auf Midkemia, egal, wie klein oder groß.«

Arutha war verblüfft. »Aber was wollen die Valheru auf einem toten Planeten?«

»Sind sie erst einmal wieder in diesem Universum, können sie mit anderen Welten Krieg führen und Sklaven, Vieh und Pflanzen, Leben in allen Formen, auf diese Welt bringen. Sie kümmern sich nicht um die Lebewesen hier, sie denken nur an sich selbst. Alles kann zerstört werden, wenn dies ihren Zwecken dient.«

»Dann werden Murmandamus und die angreifenden Moredhel also auch sterben«, sagte Arutha.

Macros dachte nach. »Das ist eine der Sachen, die mich verwirren, denn damit Murmandamus den Stein des Lebens benutzen kann, muss er in sehr geheimes Wissen eingeweiht sein. Vielleicht weiß er nicht, dass er sterben muss, wenn er das Portal öffnet. Die pantathianischen Schlangenpriester kann ich noch verstehen. Seit den Chaoskriegen waren sie nur darauf bedacht, ihre Herrscherin zurückzuholen, die Smaragdgrüne Herrin der Schlangen, die sie als Göttin verehren. Sie pflegen einen Kult des Todes und glauben, mit ihrer Rückkehr würden sie zu einer Art Halbgötter. Sie gehen freiwillig in den Tod. Doch solch ein Verhalten ist für einen Moredhel ungewöhnlich. Deshalb verstehe ich die Beweggründe von Murmandamus nicht, es sei denn, er hätte andere Garantien erhalten. Doch ich kann mir nicht vorstellen, welche das sein könnten, und ich weiß auch nicht, warum diese Schreckenswesen eingesetzt werden, weil die schließlich nicht mit den anderen verschwinden. Wenn die Valheru sie auf dieser Welt nicht mehr haben wollen, wird es ihnen schwerfallen, sie loszuwerden. Die Schreckensherrscher sind mächtig, und aus diesem Grund wundere ich mich über dieses Bündnis.« Macros seufzte. »Es gibt noch so viele Dinge, die wir nicht wissen. Und jedes davon könnte unseren Untergang bedeuten.«

»Bei alldem gibt es noch etwas, das ich nicht verstehe«, gestand Arutha. »Dieser Murmandamus ist doch wohl eine Art Erzmagier. Wenn er hierherkommen muss, warum nimmt er nicht einfach die Gestalt eines Menschen an und schleicht sich unbemerkt nach Sethanon hinein? Warum lässt er seine ganze Armee aufmarschieren? Warum diese Zerstörung?«

»Das liegt in der Natur des Steins des Lebens«, erklärte Macros. »Damit Murmandamus die richtige Zeit erreichen und den Valheru das Tor öffnen kann, braucht er eine riesige magische Kraft. Murmandamus ernährt sich vom Tod.«

Arutha nickte. Er erinnerte sich an eine Bemerkung von Murmandamus, als dieser bei ihrer ersten Begegnung in Krondor durch einen Toten mit Arutha gesprochen hatte.

»Er saugt Kraft aus den Toten«, fuhr Macros fort. »Tausende, ob sie nun in seinen Diensten standen oder nicht, sind gestorben. Bräuchte er diese Kraft nicht zum Öffnen des Portals, hätte er die Mauern der Stadt einfach niederpusten können. Aber es kostet ihn schon eine Menge Kraft, nur sich selbst gegen Verwundungen zu schützen. Nein, er braucht den Krieg, um die Valheru zurückzuholen. Solange er diese Halle erreicht, ist es ihm egal, ob alle seine Soldaten bis auf den letzten Mann sterben. Jetzt müssen wir den Eintritt seiner Meister in dieses Universum verhindern.«

Er stand auf. »Arutha, Ihr müsst Euch gegen weltliche Angriffe schützen.« Er wandte sich an Pug und sagte: »Wir müssen ihm helfen, denn sein Gegner wird sich als überaus mächtig erweisen. Höchstwahrscheinlich wird Murmandamus persönlich in diese Halle kommen.«

Pug nahm Macros an der Hand und sah zu, wie der Zauberer den ishapianischen Talisman ergriff. Arutha nickte, und Macros nahm ihn dem Prinzen vom Hals. Er schloss die Augen, und Pug fühlte, wie seine eigenen Kräfte von einem anderen benutzt wurden, ein abermals neues und erschreckendes Gefühl. Was auch immer für Fähigkeiten er hatte, im Vergleich zu denen von Macros waren sie nichts.

Dann sahen Arutha und Pug, wie der Talisman zu glühen

begann. Leise sagte Macros: »Hier ist Macht.« Er öffnete die Augen. »Streckt mir Euer Schwert entgegen.«

Arutha tat wie ihm geheißen, und Macros ließ Pugs Hand los und hielt den Talisman, einen kleinen Hammer, so, dass er die Seite der Klinge berührte. Dann schloss er vorsichtig die Hand um Klinge und Hammer. »Pug, ich habe die Fähigkeit, aber ich brauche deine Kraft.«

Pug nahm Macros' freie Hand, und der Zauberer benutzte abermals die Magie des Jüngeren, um seine verminderte Macht zu stärken. Macros' Hand um Talisman und Klinge begann in einem warmen gelb-orangenen Licht zu glühen, und sie hörten ein Zischen, während von der Hand des Zauberers Rauch aufstieg. Arutha spürte, wie sich das Metall des Schwertes erwärmte.

Nach wenigen Augenblicken verschwand das Glühen, und Macros' Hand öffnete sich. Arutha betrachtete die Klinge. Der Talisman war damit verschmolzen und erschien nun wie eine hammerförmige Gravur auf der Seite. Der Prinz blickte erst Macros und dann Pug an.

»Diese Klinge besitzt jetzt die Kraft des Talismans. Sie wird dich vor allen Angriffen magischer Natur schützen. Sie kann die Kreaturen der Finsternis verwunden und töten und selbst die Schutzzauber von Murmandamus durchdringen. Doch die Kraft des Schwertes ist nur so groß wie die Willensstärke des Mannes, der es führt. Mangelt es Euch an Entschlossenheit, werdet Ihr fallen. Bleibt standhaft, und Ihr werdet siegen. Daran denkt stets.« Und zu Pug sagte er: »Komm, wir sollten uns bereitmachen.«

Arutha beobachtete die beiden Zauberer, den alten in der braunen Robe und den jungen in der schwarzen Robe der Erhabenen von Tsuani. Die beiden nahmen einander gegenüber neben dem Podest Aufstellung, ergriffen sich bei den Händen und schlossen die Augen. Eine beunruhigende Stille breitete sich in der Halle aus.

Arutha wandte seine Aufmerksamkeit von den beiden Magiern ab und sah sich im Raum genauer um. Die Halle war in keiner Weise verziert. Eine Tür, die in Hüfthöhe in die Wand eingelassen war, schien der einzige Eingang zu sein. Er zog sie auf und schaute hinein: In der benachbarten Kammer lagen Gold und Edelsteine. Er lachte in sich hinein. Alte Schätze, Reichtümer der Valheru. Sie waren für ihn ohne Bedeutung. Wichtig war nur, dass Lyams Armee endlich auftauchen würde.

Er setzte sich und wartete. Dabei warf er einen Rubin von der Größe einer Pflaume in die Luft, fing ihn wieder auf und wünschte sich, er hätte eine Ahnung, wie es seinen Gefährten in der Schlacht um Sethanon erging.

»Jetzt!«, rief Guy, und die Kompanie, die sich bei ihm befand, begann sofort mit dem Rückzug vom Vorwerk, während die Trompeter hinter ihm noch das Signal bliesen. Es wurde in allen Teilen der Stadt beantwortet, und die Mauer wurde so geordnet wie möglich den Angreifern überlassen. Schnell suchten die Verteidiger hinter den ersten Häusern Deckung, während die Bogenschützen der Moredhel ihren Blutzoll eintrieben.

Kompanien von Bogenschützen aus Sethanon erwiderten die Salven über die Köpfe der Soldaten hinweg, die sich rückwärts kämpften; eine wilde Flucht wurde nur durch den außergewöhnlichen Gehorsam aller verhindert.

Guy zog Jimmy und Amos mit sich und beobachtete über die Schulter, wie seine Abteilung weiter zurückwich. Galain und drei weitere Bogenschützen boten ihnen Deckung. Als die erste Reihe der Angreifer die nächstgelegene größere Kreuzung erreicht hatte, brach aus einer Seitenstraße eine Kompanie Reiter hervor. Die Kavallerie von Sethanon unter dem Befehl von Baron Humphry trampelte die Eindringlinge nieder. Einige Minuten lang wurden die Angreifer hingemetzelt, bis sie sich auf dem Weg, den sie gekommen waren, zurückzogen.

Guy winkte Humphry zu sich.

»Sollen wir sie jagen?«, fragte dieser.

»Nein, sie werden sich bald wieder ordnen. Befehlt Euren Männern, sie sollen zum Stadtrand reiten und denjenigen, die es nötig haben, Schutz bieten. Ansonsten sollen sich alle so schnell wie möglich zur Festung zurückziehen. Ich wünsche keine Heldentaten.«

Der Baron bestätigte die Befehle, und Guy fügte hinzu: »Humphry, sagt Euren Männern, sie hätten gute Arbeit geleistet. Sehr gute!«

Der stämmige kleine Baron schien neu aufzuleben und salutierte zackig, dann ritt er davon, um seinen Reitern die Befehle zu überbringen.

»Das kleine Eichhörnchen zeigt Zähne«, sagte Amos.

»Er ist tapferer, als er aussieht«, entgegnete Guy. Er überblickte rasch die Lage und winkte seine Leute zurück. Einen Moment später rannten alle auf die Festung der Stadt zu.

Sie erreichten den Platz vor der Festung und liefen zum Tor. Der äußere Zaun diente allenfalls der Zierde, war er doch nur ein Gitter aus Eisenstäben, das der Feind sofort reißen würde. Die alte Festung jedoch sah nicht so aus, als wäre sie leicht zu erstürmen. Zumindest hoffte Guy das. Von der ersten Brustwehr aus verschafften sie sich einen Überblick über das Kampfgetümmel, und Guy schickte Galain los, um in Erfahrung zu bringen, ob alle Kommandanten in Sicherheit waren. Als der Elb gegangen war, sagte er: »Nun, wenn ich nur wüsste, wohin Arutha verschwunden ist.«

Auch Jimmy fragte sich das. Und er fragte sich ebenso, wo Locklear war.

Locklear duckte sich hinter der Mauer, bis ihm der Troll den Rücken zuwandte. Das schreiende Mädchen, das den Troll abgelenkt hatte, war nicht älter als sechzehn, und die anderen beiden Kinder waren noch jünger. Der Troll langte nach dem Mädchen, und Locklear sprang vor und rammte ihm von hinten das Schwert durch den Leib. Ohne ein Wort zu sagen, fasste er das Mädchen am Handgelenk, und die beiden anderen Kinder folgten.

Sie eilten auf die Festung zu, doch der Junker blieb stehen, als quer zu ihrem Weg eine Gruppe Reiter zum Rückzug gezwungen wurde. Locklear sah, dass Baron Humphry als Letzter das Kampfgetümmel verließ. Das Pferd des Barons stolperte, und ein Troll riss Humphry aus dem Sattel.

Der stämmige kleine Herrscher von Sethanon schlug mit dem Schwert zu und machte zwei seiner Gegner nieder, ehe er schließlich von den Goblins überwältigt wurde.

Locklear zog das verängstigte Mädchen und seine Freunde in ein verlassenes Wirtshaus. Drinnen suchte er so lange, bis er die Falltür in den Keller gefunden hatte. Er öffnete sie und sagte: »Schnell! Und seid leise!«

Die Kinder gehorchten, und er folgte ihnen nach unten. Er tapste in der Dunkelheit umher, bis er eine Lampe und Zündhölzer gefunden hatte. Kurze Zeit später hatten sie Licht. Er sah sich um, während der Kampflärm von der Straße gedämpft zu ihnen herabdrang. Locklear zeigte auf zwei große Fässer, und die Kinder duckten sich eilig dahinter. Er rollte noch ein Fass davor. Dann nahm er sein Schwert und die Lampe, kletterte über die Fässer und setzte sich zu den anderen.

»Warum seid ihr auf der Straße herumgelaufen?«, flüsterte er vorwurfsvoll. »Der Befehl für die Bürger wurde schon vor einer halben Stunde erteilt.«

Das Mädchen sah völlig verängstigt aus. »Meine Mutter hat uns im Keller versteckt.«

Locklear starrte sie ungläubig an. »Wieso?«

Das Mädchen blickte ihn verwirrt an und meinte: »Die Soldaten.«

Locklear fluchte. Die Sorge einer Mutter um die Unschuld ihrer Tochter konnte ihre drei Kinder jetzt das Leben kosten. »Sie will dich wohl lieber tot als entehrt sehen.«

Das Mädchen fuhr zusammen. »Sie ist tot. Die Trolle haben sie umgebracht. Sie hat mit ihnen gekämpft, während wir weggelaufen sind.«

Locklear schüttelte den Kopf und wischte sich mit dem Handrücken über die schweißnasse Stirn. »Tut mir leid.« Er betrachtete ihr Gesicht einen Moment lang und bemerkte, wie schön sie war. »Tut mir wirklich leid.« Er schwieg, dann fügte er hinzu: »Ich habe auch jemanden verloren.«

Aus dem Raum über ihnen hörten sie ein Krachen, und das Mädchen erstarrte, riss die Augen vor Angst weit auf und biss sich in den Handballen, um nicht schreien zu müssen. Die beiden kleineren Kinder drückten sich aneinander, und Locklear flüsterte: »Keinen Ton!«

Er legte dem Mädchen den Arm um die Schulter und blies die Lampe aus.

Der Keller versank in Dunkelheit.

Guy befahl, das innere Tor der Festung zu schließen, und musste zusehen, wie jene, die zu langsam zurückwichen, um es noch zu erreichen, von der heranstürmenden Horde niedergemacht wurden. Bogenschützen schossen von der Brustwehr, und alles, was vorhanden war, wurde den Angreifern entgegengeschleudert: kochendes Wasser, heißes Öl, Steine, schwere Möbel – ein letzter, verzweifelter Versuch, den Ansturm aufzuhalten.

Dann hörte man hinter den Angreifern einen Ruf, und Murmandamus preschte heran, wobei er keine Rücksicht darauf nahm, ob er seine eigenen Soldaten niederritt.

Amos, Guy und Jimmy warteten darauf, dass die ersten Sturmleitern angesetzt wurden. Guy beobachtete solange den Anführer der Moredhel, der sich rücksichtslos seinen Weg bahnte, und meinte: »Der Mistkerl will anscheinend keine Zeit mehr verlieren. Er ist nicht gerade nett zu den Kerlen, die ihm im Weg stehen.« Dann rief er: »Bogenschützen, schießt auf dieses Monstrum auf dem Pferd!«

Ein Hagel von Pfeilen ging über dem breitschultrigen Moredhel nieder. Mit lautem Wiehern brach das Pferd zusammen, und der Reiter kugelte über den Boden. Doch er sprang unverletzt auf die Füße und zeigte auf die Tore der Festung. Ein Dutzend Moredhel und Goblins rannte vor und starb, die Leiber mit Pfeilen gespickt. Die meisten Bogenschützen konzentrierten sich danach wieder auf den Anführer der Moredhel, doch die Pfeile prallten von einer unsichtbaren Barriere ab.

Ein Rammbock wurde herbeigeschleppt, und Dutzende von Angreifern ließen ihr Leben, während er in Stellung gebracht wurde. Bogenschützen der Moredhel gaben Deckung, und ein rhythmisches Pochen begann.

Guy hatte sich mit dem Rücken an die Mauer gelehnt, während die Pfeile der Moredhel ohne Ende über ihn hinwegflogen. »Junker«, sagte er zu Jimmy, »lauf nach unten und sieh nach, ob de la Troville seine Kompanie gesammelt hat. Er soll sich am inneren Tor bereithalten. Ich glaube, wir haben kaum mehr zehn Minuten, bis der Feind die Stadt stürmt.«

Jimmy lief davon, und Guy sagte zu Amos: »Nun, alter Pirat, wir haben ihnen einen anständigen Kampf geliefert, nicht wahr?«

Amos hockte sich neben Guy und nickte. »Keine Frage. Wenn man genau drüber nachdenkt, haben wir alles genau richtig gemacht. Mit ein bisschen mehr Glück hier und da hätten wir ihn erwischt.« Amos seufzte. »Nun, man soll sich nicht mit den Sachen von gestern aufhalten, sage ich immer. Kommt, wir wollen noch ein paar von diesen elenden Landratten die Schwänze abschneiden.«

Er sprang auf und schnappte sich einen der Goblins, die gerade auf die Mauer stiegen, an der Kehle. Von unten hatte der Angreifer keine Verteidiger mehr gesehen, und plötzlich war Amos da und drückte ihm die Kehle zu. Mit einem Ruck zermalmte der kräftige ehemalige Seemann den Kehlkopf der hässlichen Kreatur und warf den Goblin über die Mauer zurück nach unten, wobei der noch drei seiner Kameraden mit sich riss.

Amos stieß die Leiter von der Mauer ab, während Guy den nächsten Goblin, der durch eine Mauerzinne stieg, mit dem Schwert erschlug.

Amos erstarrte und keuchte, dann sah er an sich hinunter und entdeckte einen Pfeil in seiner Seite. »Verdammt!«, fluchte er, eher so, als wäre er nur erstaunt. Der nächste Goblin kletterte auf die Mauer und schlug mit dem Schwert zu. Die Knie des früheren Kapitäns zitterten, und er sank auf die Steine.

Guy trennte dem Goblin mit einem einzigen gewaltigen Schlag den Kopf vom Rumpf. Er kniete neben Amos nieder. »Habe ich Euch nicht gesagt, Ihr sollt Euren verdammten Kopf einziehen.«

Amos grinste ihn an. »Nächstes Mal – höre ich besser zu …« Dann schloss er die Augen.

Guy fuhr herum. Der nächste Goblin war auf der Mauer erschienen, und mit einem aufwärts geführten Hieb schlitzte Guy der Kreatur den Bauch auf.

Der Protektor von Armengar, einst Herzog von Bas-Tyra, schlug nach rechts und links und brachte jedem Goblin, Troll und Moredhel, der in seine Nähe kam, den Tod. Doch in die äußere Mauer der Festung war eine Bresche geschlagen, und mehr und mehr Angreifer drängten hindurch. Guy begriff, dass er immer stärker bedrängt wurde. Die anderen hörten den Befehl zum Rückzug und eilten die Treppe hinunter, um sich in die große Halle zurückzuziehen, doch Guy stand mit blutbesudeltem Schwert neben seinem gefallenen Freund und wich keinen Fußbreit zurück.

Murmandamus schritt über die Leiber seiner eigenen Soldaten hinweg. Die Schreie der Sterbenden und Verwundeten um ihn herum kümmerten ihn nicht. Er betrat das Vorwerk der Festung, wofür er durch das aufgebrochene äußere Tor schritt. Mit einer knappen Kopfbewegung befahl er seinen Soldaten, den Rammbock weiterzuschieben und mit dem Sturm auf das innere Tor zu beginnen.

Er stand an der Seite, während sie das Tor bearbeiteten und ihre Kameraden die Bogenschützen von Sethanon von den Mauern vertrieben. Dann trat Murmandamus weiter zurück, wurde von den Schatten verschluckt und lachte still über die Torheit der anderen Kreaturen. Mit jedem Toten hatte er mehr Kraft gewonnen, und jetzt war er bereit.

Ein Anführer der Moredhel kam angelaufen und suchte seinen Meister. Er brachte Nachrichten über die Kämpfe in der Stadt. Zwei rivalisierende Clans der Moredhel waren bei der Plünderung in Streit geraten, und eine Gruppe Verteidiger war deshalb der eigentlich sicheren Vernichtung entgangen. Die Anwesenheit des Meisters wurde gebraucht, um wieder Ordnung herzustellen.

Der Moredhel schnappte sich einen Untergebenen und fragte ihn, wo Murmandamus stecke. Der Goblin deutete dorthin, wo er ihn eben noch hatte stehen sehen, und der Moredhel stieß den Goblin zornig fort, denn die dunkle Ecke, in die der Soldat gezeigt hatte, war leer. Der Goblin rannte davon, um am Rammbock einen Gefallenen zu ersetzen, während der Moredhel weiter nach seinem Meister suchte. Er fragte herum, und alle sagten, dass Murmandamus verschwunden sei.

Der Moredhel fluchte und eilte zurück in das Stadtviertel, wo sein Clan kämpfte. Er musste ihnen neue Befehle erteilen.

Pug hörte in seinen Gedanken Macros' Stimme. *Sie versuchen durchzubrechen.*

Pugs und Macros' Denken war so fest miteinander verbunden, wie es Pug in seinem Leben noch nicht erlebt hatte. Er kannte den Zauberer, er verstand ihn, er war eins mit ihm. Er erinnerte sich an Dinge aus Macros' langem Leben, an ferne Länder mit fremdartigen Bewohnern und die Historien von Welten in anderen Universen. All das war auf einmal in ihm. Und zudem Macros' gesamtes Wissen über Magie.

Vor seinem inneren Auge konnte er den Ort sehen, in den der Feind eindringen wollte. Er existierte zwischen ihrer körperlichen Welt und jenem Ort, an dem Tomas wartete. Es war der Saum zwischen zwei Zeitebenen.

So etwas wie ein Geräusch wurde lauter, etwas, das Pug nicht wirklich hören, aber fühlen konnte. Er spürte eine Art Druck, als die, die in diese Welt eindringen wollten, zum letzten Sturm bliesen.

Arutha erstarrte. Gerade hatte er noch Pug und Macros beobachtet, die wie Statuen dastanden, dann war plötzlich noch jemand in der großen Halle. Aus dem Schatten löste sich die Gestalt des riesigen Moredhel, der seinen schwarzen Drachenhelm abnahm. Darunter kam ein Gesicht von grenzenloser Schönheit zum Vorschein, das zugleich tiefsten Schrecken hervorrief.

In der Hand hielt er ein schwarzes Schwert. Er richtete den Blick auf Pug und Macros und ging langsam auf sie zu.

Arutha trat hinter einer Säule hervor zwischen Murmandamus und den beiden regungslosen Magiern, wobei er sein Schwert zog. »Nun, Kindermörder, so treffen wir uns!«

Murmandamus riss die Augen weit auf. »Wie …?« Dann grinste er. »Ich danke dem Schicksal, Fürst des Westens. Jetzt gehört Ihr mir.« Er zeigte mit dem Finger auf Arutha, und von der Spitze löste sich ein silberner Blitz, der jedoch vom Schwert des Prinzen angezogen wurde. Wie weiß glühendes Feuer tanzte die magische Entladung auf der Klinge. Arutha berührte mit der Schwertspitze den Boden, und das Feuer erlosch.

Abermals riss der Moredhel die Augen weit auf, und mit einem Wutschrei sprang er auf Arutha zu.

Arutha konnte erstaunlich knapp einem Hieb ausweichen, und die schwarze Klinge schlug funkenstiebend gegen die Steine. Während er einen Schritt zurück machte, schlug Arutha selbst zu und erwischte den Moredhel am Arm. Murmandamus kreischte, als hätte er eine schwere Verwundung erlitten, und taumelte kurz zurück. Als Arutha den nächsten Schlag folgen ließ, parierte er ihn.

Mit Wahnsinn in den Augen umklammerte Murmandamus die Wunde und sah, wie Blut zwischen seinen Fingern hindurchsickerte. »Das ist unmöglich.«

Flink wie eine Katze schlug Arutha nochmals zu, und diesmal zog sich ein roter Strich über die nackte Brust seines Gegenübers. Arutha lächelte seinen Gegner kalt an, genauso grimmig, wie der Moredhel ihn zuvor angestarrt hatte. »Doch, es ist möglich, Sprössling des Wahnsinns«, sagte er. »Ich bin der Fürst des Westens. Ich bin der Tod des Bösen. Ich bin dein Ende, Sklave der Valheru.«

Murmandamus knurrte vor Wut und ging zum Angriff über. Arutha wich nicht zurück, und der Zweikampf begann erst richtig.

Pug.

Ich weiß.

Sie bewegten sich in Harmonie, woben ein Muster der Macht, errichteten ein Gitterwerk der Kraft gegen den Eindringling.

Es war nicht so mächtig wie jenes, mit dem der große Spalt zu Zeiten der goldenen Brücke geschlossen worden war. Doch der Spalt war auch noch nicht wieder geöffnet worden.

Aber der Druck war zu spüren, und sie wurden geprüft.

Das Pochen am Tor ließ nicht nach, und das Holz splitterte bereits.

Plötzlich hörte man ein entferntes Donnern, das immer lauter wurde. Das Pochen brach für einen Augenblick ab, dann wurde es fortgesetzt. Zweimal mehr erhob sich das Dröhnen, als käme es näher, und der Kampflärm schien ebenfalls stärker zu werden.

Dann erschollen draußen überraschte Schreie, und das Pochen des Rammbocks am Tor verstummte. Eine Explosion ließ die Halle erbeben.

Jimmy sprang vor. Er schob die Klappe vor dem Guckloch zur Seite und rief de la Troville zu: »Lasst das Tor öffnen!«

Der Kommandant der Kompanie winkte seine Männer heran, und es brauchte einige Kraftanstrengung, um das halb zerstörte Tor zu bewegen, dann schlüpften de la Troville und Jimmy hindurch.

In den Straßen vor ihnen kämpften Männer in hellen, bunten Rüstungen mit den Moredhel und Goblins. »Tsuani!«, rief Jimmy. »Zum Teufel, es ist eine Armee der Tsuani.«

»Ist das wirklich wahr?«, fragte de la Troville.

»Ich habe die Geschichten von Herzog Laurie oft genug gehört, und ich weiß, wie sie aussehen. Kleine Kerle, aber zäh, und sie tragen helle, bunte Rüstungen.«

Eine Gruppe Goblins vor der Festung drehte sich um und wich vor der größeren Kompanie der Tsuani zurück, und de la Troville führte seine Männer nach draußen und ging die Angreifer von hinten an. Jimmy eilte an ihnen vorbei und hörte erneut eine laute Explosion. Am Ende einer breiten Straße entdeckte er einen Magier in schwarzer Robe vor einem rauchenden Stapel Fässer und einem umgeworfenen Wagen, die eine Barrikade gebildet hatten. Der Magier begann mit einer Beschwörung. Einen Moment später löste sich ein Energiestrom von seiner Hand, der ein Ziel außerhalb von Jimmys Sicht traf und eine Explosion hervorrief.

Dann ritt eine Kompanie Reiter heran, und Jimmy erkannte das Wappen von Landreth. Bei ihnen waren Kulgan, Meecham und zwei Magier in schwarzen Roben. Sie zügelten die Pferde, und Kulgan stieg für einen so stämmigen Mann sehr flink ab. Er kam auf Jimmy zu, der ihn begrüßte: »Kulgan! Ich habe mich noch nie über jemanden so gefreut wie über Euch!«

»Sind wir noch rechtzeitig gekommen?«, fragte Hochopepa.

Jimmy hatte den Mann in der schwarzen Robe noch nicht kennengelernt, aber da er mit Kulgan zusammen erschienen war, ging er davon aus, dass er einigen Einfluss hatte. »Ich weiß nicht. Arutha ist vor einigen Stunden mit Pug, Macros,

Tomas und einem Drachen verschwunden, wenn man Galains Bericht an du Bas-Tyra Glauben schenken darf. Guy und Amos Trask sind irgendwo dort.« Er zeigte auf ein Kampfgetümmel in der Ferne, dann wies er in eine andere Richtung und sagte: »Du Masigny und die anderen sind dort drüben, glaube ich.« Er sah sich um. Die Erschöpfung und die Müdigkeit standen ihm ins Gesicht geschrieben. »Ich weiß nicht, wer noch alles am Leben ist.«

Kulgan legte Jimmy die Hand auf die Schulter und erkannte, dass der Junge kurz vor dem Zusammenbruch stand. »Es ist gut«, sagte er. Mit einem Blick auf Hochopepa und Elgahar fügte er hinzu: »Du solltest besser nach drinnen gehen. Die Schlacht ist noch nicht zu Ende, fürchte ich.«

»Wo sind die ganzen Düsteren Brüder?«, fragte Jimmy. »Vor einigen Minuten … waren hier noch Tausende.«

Kulgan führte den Jungen fort, während die beiden Magier in den schwarzen Roben einer Gruppe von Tsuani-Soldaten befahlen, sie in die Festung zu geleiten, von wo immer noch Kampflärm zu hören war. Der Magier in der grünen Robe sagte zu Jimmy: »Zehn Magier der Versammlung haben sich zu uns gesellt, und der Kaiser hat einen Teil seiner Armee gesandt, so sehr fürchten sie das Eindringen des Feindes in unsere Welt. Wir haben ein Tor geöffnet, durch das man von Stardock hierherkommen kann, eine Meile vor der Stadt, wo Murmandamus es nicht sehen kann. Wir haben dreitausend Tsuani und fünfzehnhundert Reiter von Landreth und Shamata mitgebracht, und weitere kommen.«

Jimmy musste sich setzen. »Dreitausend? Fünfzehnhundert? Davor laufen sie fort?«

Kulgan setzte sich neben ihn. »Und vor den Schwarzen

Roben, deren Magie sie nicht widerstehen können. Hinzu kommt noch die Nachricht, dass Martin mit der viertausend Mann starken Armee von Yabon weniger als eine Stunde entfernt im Nordwesten auf der Ebene steht. Und ich bin sicher, ihre Späher haben auch schon entdeckt, dass im Nordwesten die Soldaten von Finstermoor und Malacs Kreuz zusammen anmarschieren. Ihnen folgen Gardans Regimenter von Krondor. Und alle können die Banner der Wächter des Nordens im Nordosten sehen, und im Osten steht der König mit seiner Armee noch ein oder zwei Tage entfernt. Sie sind umzingelt, und sie wissen es.« Kulgans Stimme klang plötzlich nachdenklich. »Aber es muss noch etwas anderes geben, was sie entsetzt hat, denn schon während wir uns noch näherten, haben wir schon Haufen von Düsteren Brüdern gesehen, die in den Düsterwald flüchteten. Mindestens drei- oder viertausend sind uns entgangen. Viele von denen zwischen den Toren und hier kämpften ohne jede Ordnung, und andere fielen offensichtlich sogar unter den Klingen ihrer eigenen Bundesgenossen. Irgendetwas muss geschehen sein, was diese Armee im Moment ihres vermeintlichen Sieges hat zusammenbrechen lassen.«

Eine Abteilung keshianischer Hundesoldaten erschien, die eilig auf den Kampflärm zurannten. Jimmy blickte den Magier an und lachte laut, während er auf die Hundesoldaten zeigte. »Anscheinend hat sich sogar Hazara-Khan angemeldet, was?«

Kulgan lächelte. »Er hat angeblich zufällig in der Nähe von Shamata sein Lager aufgeschlagen. Er behauptet, seine Gegenwart in Landreth, als Katalas Nachricht eintraf, der zufolge die Garnison sofort nach Stardock kommen sollte, sei reiner Zufall gewesen, weil er mit dem Gouverneur von Shamata eine Verabredung zum Essen gehabt hätte. Und natürlich war es auch Zufall, dass seine Soldaten, angeblich nur Beobachter, innerhalb einer Stunde marschbereit waren.«

»Wie viele Beobachter?«

»Fünfhundert, alle bis an die Zähne bewaffnet.«

»Arutha wird als unglücklicher Mann sterben, wenn er Abdur nicht dazu bringt zuzugeben, dass das Kaiserreich eine Geheimpolizei hat.«

»Ich kann mir allerdings nicht vorstellen, wie er herausbekommen hat, was in Stardock vor sich geht«, gestand Kulgan.

Jimmy lachte belustigt. »Ihr macht Witze. Die Hälfte Eurer Magier kommt aus Kesh.« Er seufzte und lehnte sich zurück. »Aber es muss noch mehr dran sein, nicht wahr?« Er schloss die Augen, und Tränen der Erschöpfung liefen ihm über die Wangen.

»Und Murmandamus haben wir immer noch nicht gefunden.« Kulgan betrachtete die Tsuani-Soldaten, die auf der Straße herumeilten. »Solange das nicht passiert ist, wird es nicht vorbei sein.«

Arutha duckte sich vor einem rasenden Rückhandstreich und schlug selbst zu, doch der Moredhel sprang zurück. Arutha keuchte bereits, denn er hatte es mit dem geschicktesten und gefährlichsten Gegner zu tun, dem er in seinem Leben gegenübergetreten war. Er war unglaublich stark und nur wenig langsamer als Arutha.

Murmandamus blutete aus einem halben Dutzend kleinerer Wunden, Schnitte, die einen normalen Gegner geschwächt hätten, ihm jedoch nur wenig auszumachen schienen. Arutha konnte daraus keinen Vorteil ziehen, denn die Schlacht und dieser Zweikampf hatten ihn an den Rand der Erschöpfung gebracht.

Der Prinz musste seine ganze Geschicklichkeit und Schnelligkeit einsetzen, um sein Leben zu schützen. Und er wurde zusätzlich dadurch eingeschränkt, dass er stets zwischen Murmandamus und den beiden Zauberern bleiben musste, die mit ihren magischen Aufgaben beschäftigt waren. Der Moredhel brauchte sich darüber keine Gedanken zu machen.

Der Zweikampf war an einen Punkt angelangt, wo jeder der beiden Duellanten den anderen einschätzen konnte. Sie bewegten sich fast in Harmonie zueinander, jedem Hieb folgte eine Parade, jeder Reposte ein Zurückweichen. Beide waren schweißüberströmt, ihre Hände wurden rutschig, und das einzige Geräusch neben dem Klirren der Schwerter war das angestrengte Ächzen der beiden Todfeinde. Derjenige, der den ersten Fehler machte, würde sterben.

Da erfüllte ein Schimmern die Luft, und für einen Augenblick wandte Arutha den Blick zur Seite. Murmandamus sah seine Gelegenheit gekommen und landete einen Schlag quer über die Rippen des Prinzen. Arutha keuchte vor Schmerz.

Der Moredhel holte aus, um nach Aruthas Kopf zu schlagen, doch als seine Hand nach vorn fuhr, traf sie auf ein unsichtbares Hindernis. Murmandamus riss die Augen weit auf, als Arutha vorwärtstaumelte …

… und den Leib seines Gegners durchbohrte!

Der Moredhel heulte vor Schmerz auf, wankte, stolperte rückwärts und riss Arutha dabei das Schwert aus der müden Hand.

Arutha stürzte nach vorn, doch zwei schwarz gekleidete Männer stürmten zu ihm und hielten ihn fest. Vor Aruthas

Augen verschwamm alles, dann sah er wieder deutlich, erneut trübte sich sein Blick, und schließlich war alles wieder so klar wie zuvor.

Er sah, wie Murmandamus ihn anlächelte, während er mit flüsternder Stimme sagte: »Ich bin ein Geschöpf des Todes, Fürst des Westens. Ich bin der ewige Diener der Dunkelheit.« Er lachte schwach, von seinem Kinn tropfte Blut und lief über seine Brust. »Ich bin nicht das, was ich zu sein scheine. Mit meinem Tod vollendet Ihr Eure eigene Vernichtung.«

Er schloss die Augen und fiel zu Boden. Sein Todesröcheln erfüllte den Raum, und aus Murmandamus' Körper entwich ein seltsam scharfes Geräusch. Die Gestalt auf den Steinen blähte sich auf, als würde sie plötzlich mit Luft aufgepumpt. Wie eine überreife Frucht platzte die Hülle auf, von der Stirn bis zum Schritt, und enthüllte einen grün geschuppten Körper.

Dicke schwarze Flüssigkeit und rotes Blut, Fleischklumpen und Eiter brachen aus der Hülse hervor, aus der Murmandamus bestanden hatte, während der grün geschuppte Körper auf dem Boden zuckte wie ein Fisch auf dem Trockenen.

In diesem schrecklichen Anblick erschien eine hellrot flackernde Flamme, und die Halle füllte sich mit dem Gestank der Fäulnis. Dann verschwand die Flamme, und an ihrer Stelle öffnete sich das Universum.

Macros und Pug taumelten, beide waren sich der neuen Entwicklung des Kampfes neben ihnen bewusst. Ihre ganze Aufmerksamkeit war jedoch auf jene Stelle zwischen den Universen gerichtet, wo der Spalt begann.

Jedes Mal, wenn aus dem anderen Universum ein Schlag erfolgte, hielten sie ihre Energien dagegen. Der Kampf hatte vor einem Moment seinen Höhepunkt überschritten, und jetzt wurden die Schläge schwächer. Doch immer noch bestand große Gefahr, denn Pug und Macros waren erschöpft. Sie mussten ihre ganze Kraft aufwenden, um den Spalt zwischen den Universen geschlossen zu halten.

Da erfüllte Schmerz ihren Verstand, ein kreischendes Pfeifen ertönte und gab ein Signal. Aus einer anderen Richtung kam ein völlig unerwarteter Angriff, und Pug konnte nichts dagegenhalten. Ein Wesen aus gefangenen Leben, die einen schrecklichen Tod gestorben und für diesen Augenblick aufbewahrt worden waren, flog auf den Spalt zu und tanzte dabei wie eine Flamme des Wahnsinns. Das Ding schlug gegen die Barrieren, die Pug errichtet hatte, und zerschmetterte sie. Es riss den Spalt auf und drang irgendwie in Pugs Wahrnehmung und in den Ort, wo der Kampf tobte.

Pug fühlte sich benebelt. Er hörte Macros' warnenden Ruf und richtete seine Aufmerksamkeit wieder auf den Spalt, der nun offen stand. Pug arbeitete verzweifelt, und aus einer tief verborgenen Quelle zog er die letzte Kraft, um die zerfetzten Säume des Stoffes zu greifen, der die Universen trennte. Der Spalt wurde mit Gewalt geschlossen. Wieder folgte ein Schlag, und Pug konnte ihn kaum abfangen, doch der Spalt hielt.

Dann hörte er Macros' Warnung: *Es kommt etwas durch.*

Es ist etwas durchgekommen, hörte er Ryaths Warnung.

Tomas sprang vom Rücken des Drachen und wartete hinter dem Stein des Lebens. In der Halle erhob sich eine tiefe und mächtige Dunkelheit, als wollte ein Albtraum feste Gestalt annehmen. Dann stand es vor ihm.

Es war schwarz, zeigte weder Gesichtszüge noch feste Konturen, aber es war gegenwärtig, ein Wesen der Hoffnungslosigkeit. Seine Umrisse ähnelten denen eines Menschen, doch es war fast so groß wie Ryath.

Es breitete seine schattenhaften Flügel aus und legte die Halle in eine Dunkelheit, die wie schwarzes Licht von ihm abstrahlte. Um seinen Kopf brannte wie eine Krone ein Kreis aus Flammen, ohne jedoch irgendein Licht abzugeben.

Tomas schrie Ryath zu: »Es ist ein Schreckensherrscher! Pass auf! Es stiehlt Seelen und frisst den Verstand!«

Der Drache bellte vor Wut und griff das riesige Albtraumwesen an, wobei er sowohl seine Magie als auch seine Zähne und Krallen benutzte. Tomas sprang vor, doch ein weiteres Wesen betrat diesen Rahmen der Zeit.

Tomas zog sich in den Schatten zurück, während eine Gestalt, die er leibhaftig noch nie gesehen hatte, die er aber genauso gut kannte wie Pug, in das Licht des Steins trat. Der Neuankömmling wich dem Kampf, der in der Halle tobte, aus. Mit schnellen Schritten bewegte sich die Gestalt auf den Stein des Lebens zu.

Tomas kam aus dem Schatten hervor und stand – jetzt sichtbar – vor dem Stein. Die Gestalt zögerte und stieß ein wütendes Fauchen aus.

Der Herr der Tiger, Draken-Korin, stand in seiner prächtigen schwarz-orangenen Rüstung vor einer Erscheinung, die er nicht begreifen konnte. Der Valheru schrie: »Nein! Das ist unmöglich! Du kannst nicht immer noch leben!«

Tomas' Stimme klang wie die von Ashen-Shugar, als er erwiderte: »Also bist du gekommen, um das Ende zu sehen.«

Der zurückgekehrte Drachenherrscher fauchte wie ein

Tiger – was allerdings in den wütenden Kampfschreien von Ryath und dem Schreckensherrscher unterging –, zog das schwarze Schwert und sprang vorwärts.

Zum ersten Mal in seinem Leben trat Tomas einem Feind entgegen, der die Macht hatte, ihn zu vernichten.

Die Schlacht neigte sich dem Ende zu, das Heer von Murmandamus strömte aus der Stadt und floh auf den Düsterwald zu. Die Nachricht von Murmandamus' Verschwinden hatte sich wie ein Lauffeuer in Sethanon verbreitet. Dann waren – ohne vorherige Anzeichen und egal, wo sie sich aufhielten – die Schwarzen Kämpfer zusammengebrochen, als hätte ihnen jemand das Leben aus dem Leib gesaugt. Diese Tatsache hatte in Verbindung mit der Ankunft der Tsuani und ihren Zauberern und den Berichten über weitere Armeen am Horizont den Angriff zum Erliegen gebracht. Ein Anführer der Moredhel nach dem anderen hatte seinen Clan zum Rückzug befohlen und die Schlacht verlassen. Ohne Führung wurden die Goblins und Trolle hingemetzelt, bis sich ihre immer noch größere Armee in Auflösung befand.

Jimmy eilte durch die Säle der Festung und suchte unter den Toten nach Bekannten. Er rannte die Treppe zur Mauer hinauf, von wo er den Hof vor der Festung überblicken konnte, und traf auf eine Gruppe von Tsuani, die den Weg versperrten. Er schlüpfte zwischen ihnen hindurch und sah, wie ein Heiler aus Landreth bei zwei blutenden Menschen stand, die an der Mauer lehnten.

Amos stak noch immer ein Pfeil aus der Seite, doch er grinste. Guy war über und über mit geronnenem Blut bedeckt, und am Kopf hatte er eine bösartig aussehende Wunde. Bei dem

Schlag war auch das Band durchtrennt worden, das seine Augenklappe hielt, und man konnte die leere Augenhöhle sehen.

Amos lachte und hustete zugleich. »Hey, Junge! Schön, dich zu sehen.« Er sah sich auf der Mauer um. »Schau dir diese kleinen Pfaue an.« Er deutete mit der Hand schwach auf die prachtvoll gekleideten Tsuani-Soldaten. »Verdammt, verdammt, sie sind das Schönste, was ich je gesehen habe.«

Dann hörte man von unten ein Knirschen, auf das ein donnerndes Brüllen folgte, als wollte ein schreckliches Heer des Wahnsinns der Hölle entfliehen. Jimmy sah sich verstört um, selbst bei den Tsuani war die Überraschung zu bemerken. Ein Zittern erfasste die Festung, und die Mauern begannen zu beben.

»Was ist das?«, schrie Jimmy.

»Ich weiß es nicht, aber ich werde hier nicht warten, bis ich es herausgefunden habe!« Guy winkte Hilfe herbei, nahm die ausgestreckte Hand eines Tsuani-Kriegers und erhob sich, während ein Offizier der Tsuani einigen Männern befahl, Amos aufzuheben. Guy sagte zu Jimmy: »Befiehl allen, die noch am Leben sind, sie sollen die Festung verlassen.« Das Beben unter ihnen nahm zu, und Guy taumelte, während das Heulen immer mehr anschwoll. »Nein, sag jedem, der noch lebt, er soll die Stadt verlassen.«

Jimmy rannte über den Wehrgang und machte sich zur Treppe auf.

Nachwirkungen

Wieder wankte und bebte die Halle.

Arutha hielt sich die blutende Seite und lauschte. Es klang wie entfernter Schlachtenlärm, als wären titanische Mächte entfesselt worden. Er ging zu Pug und Macros, neben denen die beiden Magier in schwarzen Roben standen. »Ich bin Prinz Arutha«, sagte er.

Hochopepa und Elgahar stellten sich vor, und Elgahar sagte: »Diese zwei versuchen, eine grauenvolle Macht in ihren Grenzen zu halten. Wir müssen ihnen helfen.«

Die beiden Magier in den schwarzen Roben legten Macros und Pug die Hände auf die Schultern und schlossen die Augen.

Arutha betrachtete die Hülle von Murmandamus, die grotesk verrenkt in der Ecke lag. Er ging hinüber und zog sein Schwert aus dem Schlangenmann. Arutha sah sich die schleimbedeckte Gestalt des Schlangenpriesters an und lachte bitter. Der wiedergeborene Anführer der Moredhel war ein Pantathianer! Alles war nur eine List gewesen – die jahrhundertealte Prophezeiung, die Angriffe auf Armengar und Sethanon. Die Pantathianer hatten die Moredhel, die den Befehlen der Drachenherrscher blind folgten, schlichtweg ausgenutzt, hatten die Magie der gestohlenen Leben benutzt, um den Stein des Lebens zu erreichen und für ihre Ziele einzusetzen.

So ironisch konnte das Schicksal sein!

Müde sah Arutha sich in der Halle um, als wollte er jemanden entdecken, mit dem er dieses neu enthüllte Wissen teilen konnte. Plötzlich riss die Wand mit der kleinen Tür auf, und Gold, Edelsteine und andere Schätze ergossen sich über den Boden. Vollkommen erschöpft wunderte sich Arutha kaum mehr darüber, wie das geschehen konnte, obwohl er nicht gehört hatte, dass das Mauerwerk gebrochen war.

Arutha ließ die Schwertspitze sinken, wandte sich um und ging zu den Magiern zurück. Da er keinen Ausgang aus dem Gewölbe kannte, setzte er sich auf das Podest und betrachtete die vier regungslosen Zauberer. Er untersuchte seine Wunde und stellte fest, dass der Blutfluss nachgelassen hatte. Die Verletzung war schmerzhaft, doch nicht ernst.

Er lehnte sich zurück, machte es sich so bequem wie möglich. Er konnte nichts anderes mehr tun als abwarten.

Das Mauerwerk wurde zu Staub zermalmt, als Ryaths Schweif durch die Halle fegte. Sie schrie vor Schmerz und Wut, während sie ihre Magie gegen den Schreckensherrscher richtete und ihre Krallen und Zähne zupackten. Doch der Schreckensherrscher erwies sich als mächtiger Gegner, und der Drache musste einiges hinnehmen.

Tomas schlug zu, wobei er sich weiterhin zwischen dem Stein des Lebens und Draken-Korin hielt. Der Valheru war fauchend auf ihn losgegangen wie der Tiger auf seinem Wappen. Tomas hatte eine solch wilde Wut nicht mehr erlebt, seit er während des Spaltkriegs selbst dem Wahnsinn verfallen war. Allerdings war Draken-Korin ein erfahrener Krieger und behielt einen klaren Verstand.

»Du kannst dich nicht gegen uns stellen, Ashen-Shugar!«, fauchte Draken-Korin. »Wir sind die Herren der Welt. Und wir kehren nun zurück!«

Tomas parierte und holte aus. Seine Klinge schlug auf der Rüstung von Draken-Korin Funken und zerfetzte den Wappenrock. »Du bist nur ein verfaulter Überrest eines früheren Zeitalters!«, entgegnete er grimmig. »Ein Wesen, das nicht zugeben will, dass es längst tot ist. Du würdest alle vernichten, nur um einen Planeten ohne Leben zu erobern.«

Draken-Korin holte weit aus und zielte auf Tomas' Kopf, doch der duckte sich, stach zu, und die Spitze seines Schwerts traf den Valheru in den Bauch. Draken-Korin taumelte zurück, und Tomas sprang auf ihn zu wie die Katze auf eine Ratte. Hieb auf Hieb ging auf den Herrn der Tiger nieder, und immer mehr erlangte Tomas die Oberhand.

»Wir werden uns nicht fortjagen lassen!«, kreischte Draken-Korin, und mit doppelter Wut trieb er Tomas wieder zurück. Im nächsten Augenblick flimmerte es an der Stelle, wo Draken-Korin gestanden hatte, und Tomas hatte Alma-Lodaka vor sich, deren Angriff nicht weniger heftig war.

»Du unterschätzt uns, Vater-Mann! Wir sind alle Valheru zusammen, und du bist nur einer!« Damit verwandelten sich ihr Gesicht und ihr Körper, und ein weiterer Valheru stand Tomas gegenüber, dann noch einer.

In rascher Folge erschienen nacheinander die nebelhaften Gesichter aller Valheru vor Tomas, dann war Draken-Korin wieder da. »Du siehst, wir sind viele, eine ganze Legion! Wir sind die Macht!«

»Du bist der Tod und das Böse, und du bist zugleich auch der Vater der Lügen!«, entgegnete Tomas geringschätzig. Er schlug erneut zu, doch wieder parierte Draken-Korin. »Würdest du die Macht unseres ganzen Geschlechts besitzen, hättest du mich in einem einzigen Augenblick zerschmettert. Du magst deine Gestalt verwandeln können, doch ich weiß, du bist ganz allein hier, nur ein kleiner Teil des Ganzen!«

Draken-Korins einzige Antwort war ein erneuter Angriff. Tomas wehrte die schwarze Klinge mit seiner goldenen ab und schlug sie zur Seite. Am anderen Ende der Halle näherte sich der Kampf zwischen dem Drachen und dem Schreckensherrscher anscheinend seinem Ende, denn der Kampflärm wurde schwächer. In dem Moment spürte Tomas, wie sich von hinten etwas Grauenhaftes näherte.

Da wusste er, dass Ryath gefallen war. Als Ashen-Shugar hatte er dem Schreckensherrscher früher schon gegenübergestanden, und er hätte diesen eigentlich nicht gefürchtet. Doch wenn er ihm nun entgegentrat, hätte Draken-Korin freie Hand, und kümmerte sich Tomas nicht um ihn, würde der Schreckensherrscher ihn erledigen.

Tomas wehrte Draken-Korins nächsten Schlag ab und sprang unerwartet vor. Die schwarze Klinge fuhr nach vorn, und Tomas biss die Zähne aufeinander, als die schwarze Klinge durch die goldene Rüstung schnitt und ihn in der Seite traf. Dann aber packte er Draken-Korins Arm, und mit einer schwungvollen Drehung schob er den Herrn der Tiger dem Schreckensherrscher direkt in den Weg.

Der Schreckensherrscher wollte innehalten, doch er war vom Kampf gegen den Drachen verletzt und benebelt. Sein Schlag traf Draken-Korin von hinten, und der schrie in Todesangst auf, denn er hatte keinen Schutz gegen die Leben aufsaugende Berührung des Schreckensherrschers aufgebaut.

Tomas schlug zu und riss dem schwarz-orangenen Valheru eine klaffende Wunde in den Leib, was diesen noch mehr schwächte. Draken-Korin stolperte und fiel gegen den Schreckensherrscher, der ihn daraufhin zur Seite schleuderte. Dadurch aber stolperte Draken-Korin auf den Stein des Lebens zu.

»Nein!«, schrie Tomas und sprang vor. Der Schreckensherrscher packte zu und hielt Tomas einen Moment lang fest. Schmerz flutete durch Tomas' Körper, und er schlug mit dem Schwert zu. Funken stoben von dort auf, wo er die nachtschwarze Kreatur getroffen hatte. Sie schrie und ließ los. Schnell trieb Tomas der untoten Kreatur die Klinge ins Herz, eine fast tödliche Wunde, die den Schreckensherrscher zurücktaumeln ließ.

Tomas fuhr zu Draken-Korin herum, der mit allen Mitteln sein Ziel zu erreichen suchte.

Der Valheru stolperte auf den Stein des Lebens zu, als wollte er ihn umarmen. Er lachte, obwohl er spürte, wie die Kraft aus ihm herausgesaugt wurde. Doch er hatte noch genügend Zeit für einen Zauber, der seinem Geschlecht ein Tor öffnen würde, durch das es in die Welt ihrer Schöpfung zurückkehren konnte. Danach würde er wieder genesen.

Mit einem gewaltigen Satz sprang Tomas auf ihn zu, und das Schwert in beiden Händen, die Spitze nach unten, legte er seine ganze verbliebene Kraft in diesen einen Stoß. Draken-Korin brüllte ohrenbetäubend und krümmte sich. Das Schwert durchbohrte ihn und drang in den Stein des Lebens ein.

Da kam Wind auf, blies aus allen Richtungen in den Stein des Lebens. Der tödlich verletzte Schreckensherrscher erbebte, als ihn der Wind berührte – und löste sich in Rauch auf, der in den Stein gesaugt wurde.

Der Körper des Herrn der Tiger erzitterte und wurde brutal geschüttelt, als von Tomas' magischer Klinge ein goldenes Glühen ausging und Draken-Korin einhüllte. Dann löste auch er sich wie der Schreckensherrscher auf und verschwand im Stein des Lebens.

Pug taumelte, als hätte ihm jemand einen heftigen Stoß verpasst. Der Spalt wurde aufgerissen, doch nicht von außen. Eine riesige Hand schien ausgestreckt worden zu sein, schien seine magische Barriere zur Seite gedrückt und etwas durch den Spalt nach innen gezogen zu haben.

Pug spürte Macros' Gedanken und auch, dass Hochopepa und Elgahar da waren. Dann explodierte der Spalt nach innen, und sie wurden in ihren normalen Zustand versetzt.

Der Raum um Tomas herum verwandelte sich. Plötzlich waren Macros, Pug, zwei Männer in schwarzen Roben und Arutha zugegen.

Er sah sich um und entdeckte Ryath, die zusammengekrümmt dalag und deren Leib von rauchenden Wunden bedeckt war. Der Drache schien tot zu sein. Ryath war dem Schicksal, das sie vorhergesagt hatte, nicht entgangen. Hinter ihr war die Schatzkammer der Valheru beim Kampf zwischen Drachen und Schreckensherrscher aufgebrochen, und ihr Inhalt – Gold und Edelsteine, Bücher und Reliquien – hatte sich über den Fußboden ergossen.

Arutha erhob sich. »Was ist geschehen?«

»Ich glaube, es ist fast vorüber«, sagte Tomas und sprang von dem Podest.

Macros taumelte, während das Kreischen des Windes zunahm und schmerzhaft in den Ohren heulte. Auf einmal riss eine gewaltige Erschütterung das gesamte Dach der Halle auf und zerstörte die Keller und unteren Stockwerke der Gebäude darüber. Steine und Ziegelwerk, die Trümmer zweier Gebäude, wurden hoch in die Luft geschleudert und über der ganzen Stadt verstreut.

Weit über ihnen öffnete sich im blauen Himmel ein graues Nichts. Und mitten darin sahen sie ein in vielen Farben loderndes Feuer.

Pug, Hochopepa und Elgahar hatten das alles schon einmal erlebt, als sie vor langer Zeit in der Stadt der Magier auf dem Turm der Prüfung gestanden hatten. Es war die Vision des Feindes, wie sie ihn zur Zeit der goldenen Brücke gesehen hatten, als die Völker während der Chaoskriege nach Kelewan geflohen waren.

»Es kommt durch!«, schrie Hochopepa.

Macros rief durch das schreckliche Heulen hindurch: »Der Stein des Lebens! Er wurde aktiviert!«

Pug sah sich verwirrt um. »Aber wir leben noch!«

Tomas zeigte dorthin, wo sein goldenes Schwert immer noch aufrecht im Stein des Lebens steckte. »Ich habe Draken-Korin getötet, bevor er sein Werk zu Ende bringen konnte. Der Stein wurde nur teilweise aktiviert.«

»Was wird jetzt geschehen?«, schrie Pug durch den ohrenbetäubenden Lärm.

»Ich weiß es nicht«, rief Macros zurück. »Wir müssen eine Barriere errichten!«

Sofort wusste Pug, was sie zu tun hatten, und er begann, einen Zauber zu wirken, der sie vor der Vernichtung bewahren sollte. »Hocho, Elgahar – helft mir!«

Er beschwor einen Zauber, um eine schützende Barriere um sie zu schaffen. Das Heulen wurde schriller, und Arutha biss vor Schmerz die Zähne aufeinander, wehrte sich gegen den Drang zu schreien, wobei er sich bang fragte, ob die Magier ihre Beschwörung zu Ende bringen konnten.

Das Licht des Steins des Lebens wurde heller und zu einem grellen, blendenden reinen Weiß mit silbernen Flämmchen an den Rändern. Der Stein stand kurz davor, eine fürchterliche Zerstörungskraft freizusetzen.

Vor Erschöpfung fühlten sich die Glieder des Prinzen halb taub an. Dann konnte er den Schmerz nicht länger aushalten, und er schrie …

… während Pug den Zauberspruch vollendete und der Raum explodierte.

Der Boden zitterte wie bei einem Erdbeben, und Guy wandte sich um und betrachtete die Stadt. Die Soldaten aus Shamata, Landreth und die Tsuani flohen Seite an Seite mit denen von Sethanon und Hohenburg. Zwischen ihnen rannten Goblins und Trolle und einige zurückgebliebene Düstere Brüder. Der Kampf war vergessen. Alle flohen nur noch vor der drohenden Dunkelheit, diesem Grauen, das jede Kreatur bis in die letzte Faser ihres Daseins spürte. Schwarze Gefühle, dunkler Schrecken und Verzweiflung hatten jedes Lebewesen ergriffen und den Drang zu kämpfen beiseitegedrängt. Jeder wollte nur noch so viel Distanz wie möglich zwischen sich und die Quelle dieser entsetzlichen Angst bringen.

Ein grollendes, betäubendes Knirschen erhob sich. Alle, die sich in Hörweite dieses Geräusches befanden, fielen auf die Knie. Männer übergaben sich, Augen begannen zu tränen, Ohren schmerzten. Es war, als würden sie für einen Moment schweben und wie von einer riesigen Hand zu Boden geworfen.

Dann folgte die Explosion.

Jeder, der sich gerade auf die Beine gekämpft hatte, wurde abermals zu Boden geschleudert. Ein unermesslich grelles Licht erstrahlte aus der Mitte der Stadt nach oben, als wäre dort eine Sonne explodiert. Steine, Erde und Holz wurden himmelwärts geschleudert.

Hoch über Sethanon schwebte ein roter Funke, ein blendendes Licht, das sich bald in einen Punkt von grauem Nichts verwandelte. Eine unerwartete Stille folgte, während Kraftwirbel in diesem Grau tanzten. Der Himmel schien aufgerissen worden zu sein, die Ränder dieses Risses wurden zur Seite gezogen und enthüllten den Blick in ein anderes Universum.

Die herabstürzenden Farben waren die Macht, die Kraft, das wahre Leben der Drachenherrscher, und sie flimmerten und drängten vorwärts und wollten die letzte Barriere zwischen sich und ihrem großen Ziel überwinden.

Der Ton einer silbernen Trompete erscholl mit unglaublicher Lautstärke und traf in einem Umkreis von Meilen um die Stadt herum jedes Lebewesen, als würde ein Wind aus Nadeln durch ihre Körper wehen. Die Todesangst, eine endgültige Hoffnungslosigkeit überwältigte sie alle. Plötzlich wussten sie, dass ihre Existenz untrennbar mit dem verbunden war, was sich dort vor ihren Augen abspielte. Panik erfüllte die Beobachter, selbst die kampferprobtesten Soldaten. Bis zum letzten Mann fingen sie an zu schluchzen, denn alle sahen ihren letzten Moment gekommen.

Und dann hörte der Lärm auf.

In dieser unheimlichen Stille formte sich etwas in den lodernden Farben des Himmels. Das graue Nichts hatte sich ausgebreitet und überdeckte den ganzen Himmel, und in der Mitte dieses wahnsinnigen Anblicks erschien der Feind!

Zuerst waren nur matte, flackernde Farbflecken auszumachen, als er sich durch die Lücke zwischen den Welten schob. Doch dann drang er ein, und alles löste sich in kleinere Punkte von helleren Farben auf, eine Energie, die sich zu festen Formen verhärten wollte. Bald waren menschenähnliche Kreaturen zu erkennen, die auf dem Rücken von Drachen in der Mitte des Spaltes schwebten.

Mit einer Explosion, die alle vorherigen an Wucht noch übertraf, sprang das Drachenheer durch den Spalt in den Himmel und donnerte in die Welt seiner Schöpfung hinein. Hunderte von Wesen, jedes auf magische Weise mit dem anderen verbunden, drangen durch den Spalt und schrien ihren Schlachtruf.

Sie waren Wesen von schauerlicher Schönheit, erstaunlicher Macht, in Rüstungen von hellen Farben und prachtvollen Formen, und sie ritten auf den Rücken ihrer uralten Drachen, diesen unglaublichen Bestien, die Midkemia in einem lange vergangenen Zeitalter verlassen hatten und nun mit ihren gewaltigen Flügeln durch den Himmel flogen. Große schwarze, grüne und blaue Drachen, die auf ihrer Heimatwelt längst ausgestorben waren, erhoben sich neben golden- und bronzefarbenen, deren Nachkommen auch dort noch immer lebten. Rote glitten neben silberfarbenen Drachen dahin, die man in Midkemia seit Menschengedenken nicht mehr erblickt hatte.

In den Gesichtern der Valheru spiegelte sich die Freude wider, weil sie den Sieg errungen hatten, und sie kosteten ihn genüsslich aus. Jeder schien über unendliche Kraft zu verfügen, jeder war der unumschränkte Herrscher dessen, was ihm gehörte. Sie waren die Macht. Als sie am Himmel auftauchten, verspürte jedes andere Lebewesen einen kaum auszuhaltenden Schmerz, als würde ihm das Leben aus dem Leib und aus der Seele gesaugt.

Dann, in der Sekunde des schlimmsten Schreckens, als alle Hoffnung vergeblich zu sein schien, erhob sich eine andere Macht. Von tief unten, aus dem Krater unter der Festung, drängte eine Welle von Energie nach oben, wirbelte konfus umher und sprang über die Dächer. Die Energie tanzte eine wilde Pirouette, bis grünes Feuer heraussprühte und sich in weiter werdenden Kreisen ausbreitete. Mit einem dumpfen Knall, der zwar laut war, doch nicht in den Ohren schmerzte, wurde eine riesige Staubwolke in den Himmel geschleudert, und aller Lärm verstummte.

Etwas hielt dem Chaos im Himmel stand. Man konnte es nicht sehen, doch deutlich spüren, etwas von titanischen Ausmaßen, etwas, das diese völlige Verzweiflung, die alle noch Augenblicke zuvor verspürt hatten, zurückwies. Als hätten sich die Liebe und die Wunder der Schöpfung gemeinsam erhoben, traten sie dem Drachenheer entgegen und forderten es heraus.

Ein grünes Licht, so gleißend wie das rote zuvor, schoss aus dem Krater und in den Spalt. Diejenigen an der Spitze des Drachenheeres wurden von dem grünen Licht eingehüllt, und jeder Valheru, der davon berührt wurde, verlor seine Substanz und wurde zum Gespenst einer vergangenen Epoche, zum Schatten eines früheren Zeitalters. Die Drachenherrscher wurden zu Wolken aus buntem Rauch, zu Wesen aus Nebel, zu Erinnerung. Sie zitterten und tanzten, wurden von einer Macht, die ihnen mit gleicher Stärke entgegentrat, in den Bann geschlagen, bis sie plötzlich wie von einem nicht zu widerstehenden Wind nach unten gezogen wurden.

Die reiterlosen Drachen schrien und drehten sich im Kreise, flogen zornig vor dem Wind davon, trieben in alle Richtungen auseinander. Unter jenen, die in entsetztem Erstaunen all das mit ansahen, erbebte die Erde, und das Heulen des Windes war sowohl furchterregend als auch wunderschön anzuhören. Waren es die Götter selbst, die ein Lied des Todes sangen?

Innerhalb eines einzigen Augenblicks schloss sich der Riss im Himmel, und nichts erinnerte mehr daran, dass es ihn je gegeben hatte. Der Wind legte sich.

Und die Stille war betäubend.

Jimmy sah sich um. Er merkte, dass er weinte, dann lachte er und weinte schließlich wieder. Der Schrecken und der Schmerz, beide waren verschwunden. Plötzlich fühlte er sich selbst bis in die ganze Tiefe seines Wesens. Er fühlte sich mit allen anderen Lebewesen auf diesem Planeten verbunden. Er fühlte, wie sein Wesen mit Leben und mit Liebe erfüllt war. Und er wusste, sie hatten schließlich doch gewonnen. Irgendwie waren die Valheru im Augenblick ihres Triumphs überwunden und geschlagen worden.

Der junge Junker stand auf wackeligen Beinen und lachte vor Freude, während ihm die Tränen übers Gesicht rannen.

Er fand sich in den Armen eines Tsuani-Soldaten wieder, der genau wie er gleichzeitig lachte und weinte.

Guy wurde abermals auf die Füße geholfen, und er betrachtete die Szene um sich herum. Goblins, Trolle, Düstere Brüder und gelegentlich sogar ein Riese taumelten in Richtung Norden, doch keiner von ihnen wurde gejagt. Die Soldaten des Königreichs und die Tsuani genossen einfach nur den Anblick der Stadt, denn über Sethanon glühte eine Kuppel grünen Lichtes, so hell, dass sie selbst im Sonnenlicht eines klaren Herbsttages deutlich zu sehen war, und so schön, dass es jeden überwältigte. Ein Lied der Freude erklang in den Herzen aller, welche die Kuppel betrachteten, ein Lied, das sie eher fühlten als hörten.

Überall weinten Männer, ohne es verbergen zu wollen, während sie diese Vollkommenheit betrachteten, die sie mit einer Freude jenseits jeder Beschreibung erfüllte. Die grüne Kuppel schien zu flackern, doch das konnte auch von dem Staub herrühren, der in Wolken herabschwebte. Guy konnte sein eines Auge nicht davon abwenden. Selbst die Goblins und Trolle, die an ihm vorbeistapften, hatten sich verändert. Keinen schien es mehr nach einem Kampf zu verlangen.

Guy seufzte und spürte, wie die Freude langsam dahinschwand, und er wusste, in seinem Leben würde er so ein vollkommenes Gefühl des Glücks nicht noch einmal erleben. Armand de Sevigny eilte auf seinen alten Verbündeten zu, und Martin und ein Zwerg folgten ihm.

»Guy!«, rief Armand und nahm den Platz jenes Tsuani ein, der seinen Freund und früheren Kommandanten stützte. Beide Männer wankten, einander in den Armen liegend, lachten und weinten.

Leise sagte Guy du Bas-Tyra: »Irgendwie haben wir gewonnen.«

Armand nickte, dann fragte er: »Arutha?«

Guy schüttelte traurig den Kopf. »Dort unten kann keiner überlebt haben. Niemand.«

Martin und Dolgan kamen an der Spitze eines Haufens Zwergenkrieger herbei. Der König der Zwerge des Westens stellte sich neben Guy und Armand und sagte leise: »Was für ein Ding von schrecklicher und endgültiger Schönheit.«

Jetzt nahm die Lichtkuppel die Gestalt eines riesigen sechseckigen Edelsteins an. Jede Facette glühte hell, doch ein wenig unterschiedlich, was der Kuppel ein Funkeln verlieh. Das Gefühl der Vollkommenheit ließ nach und damit auch die wogende Freude, doch immer noch konnten sie das stille Wunder spüren.

Martin riss seinen Blick von dem Anblick los und fragte: »Arutha?«

»Er ist darin mit drei Männern verschwunden«, sagte Guy, »die auf dem Rücken eines Drachen angeflogen kamen. Der Elb kennt ihre Namen.«

Während die Erscheinung vor ihnen zu flackern begann, richtete Guy seine Aufmerksamkeit wieder auf weltliche Belange. »Götter, was für eine Bescherung! Martin, Ihr solltet lieber ein paar Männer losschicken, die diese Düsteren Brüder nach Hause jagen, bevor sie sich neu formieren und nochmals angreifen.«

Dolgan holte in aller Ruhe eine Pfeife aus seiner Tasche am Gürtel. »Meine Jungs sind bereits damit beschäftigt, doch ein wenig Gesellschaft wird sie nicht stören. Obwohl ich kaum glaube, dass die Moredhel und ihre Diener noch besonders zur Flucht gedrängt werden müssen. Heute wird wohl kaum noch jemand Lust auf einen Kampf verspüren, nicht einmal wir Zwerge.«

Mit einem Mal hoben sich die Silhouetten von sechs Männern gegen die glühende grüne Kuppel ab, die teils hinkend durch den Staub auf sie zukamen. Sie waren kaum zu erkennen, so dick waren sie mit Staub bedeckt. Als sie die Hälfte des Weges zurückgelegt hatten, rief Martin: »Arutha!«

Sofort eilten Männer auf sie zu und halfen Arutha und seinen Gefährten. Auf jeden von ihnen stürzten sich zwei Soldaten, die ihnen Hilfe anboten, doch Arutha blieb einfach stehen und umarmte seinen Bruder, und Martin weinte vor Erleichterung.

Nach einer Weile lösten sich die beiden voneinander und betrachteten die glühende Kuppel über der Stadt.

Noch einmal erneuerte sich das Gefühl von Liebe und Harmonie mit allem Leben, ein wunderbares Gefühl einzigartiger Vollkommenheit. Dann verschwand es.

Das grüne Licht der Kuppel verblasste, und der Staub begann sich zu senken.

Macros krächzte heiser: »Endlich ist es vorbei.«

Lyam schritt durch das Lager und inspizierte die Reste der Truppen von Sethanon und Hohenburg. Arutha ging an seiner Seite, immer noch vom Kampf erschöpft.

»Die Geschichte ist erstaunlich«, sagte der König. »Ich kann sie wirklich nur deshalb glauben, weil ich die Beweise hier mit eigenen Augen sehe.«

»Ich habe sie selbst erlebt«, erwiderte Arutha, »und kann sie trotzdem kaum glauben.«

Lyam sah sich um. »Dennoch, nach allem, was du mir erzählt hast, können wir uns glücklich schätzen, dass wir uns überhaupt wiedersehen dürfen. Ich denke, wir müssen sehr dankbar sein.« Er seufzte. »Weißt du, als wir noch Kinder waren, dachte ich immer, es wäre eine großartige Sache, König zu sein.« Er sah Arutha nachdenklich an. »Genauso, wie ich immer dachte, ich wäre so gerissen wie du und Martin.« Mit einem kläglichen Lächeln fügte er hinzu: »Aber das bin ich wohl nicht, sonst hätte ich die Krone wie Martin abgelehnt. Nichts als Ärger hat sie mir gebracht. Jetzt schleicht auch noch Hazara-Khan hier herum und plaudert mit diesem und jenem Adligen, wobei er jede Menge Staatsgeheimnisse in Erfahrung bringt, als sammle er Muscheln am Strand. Und wo nun der Spalt abermals geöffnet ist, muss ich mich wieder mit dem Kaiser auseinandersetzen und verhandeln, ob wir nicht Gefangene austauschen können. Dabei haben wir nicht einmal Gefangene, denn wir haben ihnen allen die Freiheit geschenkt, und Kasumi und Hokanu werden mir möglicherweise sagen, dass ich die unsrigen zurückkaufen muss, und dazu müsste ich die Steuern erhöhen. Dann fliegen hier jetzt plötzlich auch noch Hunderte von Drachen herum, und diese Bestien werden sich niederlassen, wo immer sie wollen, und sie werden Hunger haben. Dazu noch das Problem mit dieser Stadt, die vollkommen in Schutt und Asche liegt und …«

»Denk doch nur, was sonst gewesen wäre«, unterbrach ihn Arutha.

»Und als wäre das noch nicht genug«, fuhr der König unbeirrt fort, »ist du Bas-Tyra wieder da, und du behauptest, er sei ein Held. Die Hälfte der Fürsten wird von mir erwarten, dass ich ihn am höchsten Baum des Königreichs aufhänge, und die andere Hälfte wird mich an diesem Baum aufknüpfen, wenn Guy ihnen das befiehlt.« Er betrachtete seinen Bruder zweifelnd. »Ich glaube, als Martin die Krone ablehnte, hätte ich sie besser an dich weitergegeben. Wenn ich eine anständige Pension bekomme, wäre ich dazu immer noch bereit.«

Arutha machte eine böse Miene, weil ihm sein Bruder offenbar noch mehr Verantwortung aufbürden wollte.

»Nun ja«, meinte der König zu Arutha, »ich glaube, ich weiß letztlich doch, was ich zu tun habe.« Lyam winkte Martin zu, und der eilte herbei. »Hast du sie gefunden?«

Der Herzog von Crydee grinste. »Ja, sie war bei einer Hilfstruppe aus Tyr-Sog, und sie ist einen halben Tag hinter mir hermarschiert, bei denen, die mit Kasumis Leuten aus LaMut und Dolgans Zwergen kamen.«

Lyam hatte sich seit seiner Ankunft anderthalb Tage lang zusammen mit Arutha den Schauplatz der Schlacht angesehen. Seine Armee hatte das Schlachtfeld als letzte erreicht, da die Winde zwischen Rillanon und Salador ungünstig gestanden hatten.

Er zeigte mit dem Daumen über die Schulter, dorthin, wo die Edlen des Königreiches ihr Lager in der Nähe seines Pavillons aufgeschlagen hatten. »Gut«, sagte er, »sie wollen unbedingt wissen, was wir jetzt machen.«

»Hast du dich schon entschieden?«, wandte sich Arutha an Martin. Der Prinz hatte die ganze Nacht mit Lyam, Pug, Tomas, Macros und Laurie Rat gehalten, während Martin das Lager nach Briana abgesucht hatte. Sie hatten viele Angelegenheiten zu besprechen gehabt.

Martin sah überglücklich aus. »Ja, wir werden so schnell

wie möglich heiraten. Wenn es hier irgendwo noch einen Priester gibt, dann morgen.«

»Ich glaube, du solltest deine Leidenschaft noch so lange im Zaum halten, bis eine standesgemäße Hochzeit ausgerichtet werden kann«, sagte Lyam.

Martin verzog das Gesicht. Das gefiel ihm ganz und gar nicht.

Lyam brach in Gelächter aus. »Zum Teufel, nun siehst du genauso aus wie er«, sagte der König und zeigte auf Arutha. Plötzlich ergriff ihn ein tiefes Gefühl für seine beiden Brüder, und er legte ihnen die Arme um die Schultern. »Ich bin so stolz auf euch beide. Und ich weiß, Vater wäre es auch. Kommt, wollen wir mal die Ordnung im Königreich wiederherstellen. Und danach gibt es eine richtige Feier. Verdammt, wenn wir keinen Grund zum Feiern haben, wer sonst?«

Lachend machten sie sich zu seinem Pavillon auf.

Pug sah, wie Lyam und seine Brüder eintraten. Macros hatte sich neben Kulgan auf seinen Stock gestützt, und die anderen Magier aus Stardock und der Versammlung drängten sich hinter den beiden. Katala hing an ihrem Ehemann, als wollte sie ihn nie wieder loslassen, während William und Gamina sich an seine Robe klammerten. Er strich dem Mädchen durchs Haar – der Gedanke, dass er in seiner Abwesenheit eine Tochter dazubekommen hatte, gefiel ihm.

Etwas abseits sprach Kasumi leise mit seinem jüngeren Bruder. Zum ersten Mal seit drei Jahren sahen sie sich wieder. Hokanu und die dem Kaiser am treuesten ergebenen Soldaten waren den Schwarzen Roben der Versammlung zur Seite gestellt worden. Mit den beiden Brüdern vom Clan der Shinzawai hatte sich Lyam schon früher am Tag unterhalten, denn der neuerliche Spalt zwischen den Welten hatte einige ungeklärte Fragen aufgeworfen.

Laurie und Baru traten zu Martin, der Briana den Arm um die Taille gelegt hatte. Hinter ihnen lehnte der rothaarige Krieger Shigga auf seiner Lanze und beobachtete schweigend die Vorgänge, obwohl er kein Wort von dem verstand, was gesagt wurde. Laurie und Baru waren mit Briana und anderen Flüchtlingen aus Armengar gekommen und mit der Armee von Yabon unter Vandros' Kommando marschiert. Die meisten der armengarischen Soldaten jagten draußen mit den Zwergen die Reste von Murmandamus' Heer in den Norden.

Neben Laurie und Baru standen Dolgan und Galain. Der Zwerg schien nicht einen Tag gealtert zu sein, seit sie sich das letzte Mal gesehen hatten. Und nur am Hammer des Tholin, der an seinem Gürtel hing, konnte man erkennen, dass er die Königswürde angenommen hatte. Ansonsten sah er noch genauso aus, wie Pug ihn aus der Zeit kannte, als sie sich gemeinsam durch die Minen unter den Grauen Türmen geschlagen hatten. Dolgan erspähte Pug auf der anderen Seite des Zeltes, winkte ihm zu und lächelte.

Lyam hob die Hand. »Viele Dinge sind Uns seit Unserer Ankunft zugetragen worden, wundersame Geschichten von Tapferkeit und von Heldentum, von Pflichterfüllung und von Aufopferung. Wir haben mit vielen von Euch gesprochen und gute Ratschläge erhalten, und nun wollen Wir einige Beschlüsse bekannt geben. Zum ersten: Obwohl das Volk der Stadt Armengar Unserem Volke gänzlich unbekannt war, sind sie doch Brüder der Menschen von Yabon. Wir heißen sie also willkommen und bieten ihnen einen Platz unter ihren

Brüdern. Mögen sie sich von nun an zu den Bürgern des Königreichs zählen. Wenn jemand von ihnen in den Norden zurückkehren und das Land dort oben wieder besiedeln möchte, werden Wir ihm, so weit es Uns möglich ist, dabei zur Seite stehen, doch Wir hoffen, dass sie bei Uns bleiben. Zum zweiten möchten Wir König Dolgan und seinen Gefolgsleuten für ihre rechtzeitige Hilfe Unseren tiefsten Dank aussprechen. Des Weiteren soll bekannt werden, dass der Prinz von Krondor sowie die Herzöge von Crydee und Salador dem Königreich über alle Maßen hinaus treu gedient haben. Die Krone steht tief in ihrer Schuld. Kein König könnte von seinen Untertanen jemals das verlangen, was sie aus freien Stücken gegeben haben.«

Der König bot einen nie zuvor gesehenen Anblick, als er die Hochrufe für Arutha, Laurie und Martin dirigierte. Der Pavillon hallte vom Jubel der versammelten Adligen wider. »Nun lasst Graf Kasumi von LaMut und seinen Bruder, Hokanu von den Shinzawai, vortreten.«

Als die beiden Tsuani vor ihm standen, sagte Lyam: »Kasumi, gebt Folgendes zunächst an Euren Bruder und durch ihn an den Kaiser und seine Soldaten weiter: Unsterblich wird Unser Dank sein für die großzügige und tapfere Hilfe bei der Rettung dieses Reiches vor dem sicheren Untergang.« Kasumi übersetzte seinem Bruder, was der König gesagt hatte.

Pug spürte eine Hand auf seiner Schulter, drehte sich um und sah Macros hinter sich, der ihm mit dem Kopf ein Zeichen gab. Pug küsste Katala und flüsterte: »Ich bin sofort zurück.«

Katala nickte und nahm die Kinder an die Hand. Sie sah, wie Macros ihren Gatten und Tomas ein wenig zur Seite nahm.

»Nun, wo der Weg wieder offen ist«, fuhr Lyam unterdessen fort, »wollen Wir den Soldaten von LaMut die Rückkehr in ihre Heimat nicht versagen und entlassen jeden von ihnen, der es wünscht, aus seinem Lehnseid.«

Kasumi verneigte sich. »Mein Herr, ich bin erfreut, Euch mitteilen zu können, dass sich die meisten unserer Männer dazu entschlossen haben hierzubleiben, denn von Eurer Großzügigkeit überwältigt, betrachten sie sich nunmehr als Männer des Königreiches, die ihre Frauen, Familien und Bande hier haben. Und auch ich werde das Königreich nicht verlassen.«

»Das gefällt Uns sehr, Kasumi. Wirklich sehr.«

Die beiden Tsuani zogen sich zurück, und Lyam gebot: »Nun lasst Armand de Sevigny, Baldwin de la Troville und Anthony du Masigny vortreten.«

Die drei Männer kamen nach vorn und verbeugten sich.

»Kniet nieder.« Und als sie auch dem Folge leisteten, sagte Lyam mit feierlicher Stimme: »Anthony du Masigny, hiermit erhaltet Ihr sowohl Euren Titel als auch Eure Ländereien in der Baronie von Calry zurück, die Euch genommen wurden, als Ihr in den Norden geschickt wurdet, und ihnen hinzu füge ich den Titel, den zuvor Baldwin de la Troville bekleidete, sowie das dazugehörige Land. Baldwin de la Troville, Wir benötigen weiterhin auch Eure Dienste. Da Wir Euer Amt, die Junkerschaft von Marlsbourough, soeben an du Masigny vergeben haben, möchten Wir Euch in ein anderes Amt einsetzen. Werdet Ihr die Stelle als Kommandant in Hohenburg annehmen?«

»Ja, Herr«, sagte de la Troville hocherfreut, »obwohl ich, wenn es der Krone gefiele, den Winter gern im Süden verbringen würde, sowohl in diesem als auch in den folgenden Jahren.«

Die Menge lachte, und Lyam sagte: »Das sei Euch gestattet, denn Wir verleihen Euch zudem die Titel, die einst Armand de Sevigny innehatte. Erhebt Euch, Baldwin, Baron von Hohenburg und Gyldenholt.« Er wandte sich Armand de Sevigny zu. »Für Euch haben Wir andere Pläne, mein Freund. Der frühere Herzog von Bas-Tyra soll nach vorn gebracht werden.«

Wachen in den Farben des Königs kamen mit Guy du Bas-Tyra, den sie halb eskortierten und halb aus dem Pavillon des Königs hereintrugen, wo er zusammen mit Amos Trask im Krankenbett gelegen hatte. Als Guy neben dem knienden Armand stand, sagte der König: »Guy du Bas-Tyra, Ihr wurdet als Verräter verfolgt und aus dem Reich verbannt, auf dass Ihr bei Todesstrafe dieses Land nie wieder betreten solltet. Wir sehen ein, der Grund Eurer Rückkehr ließ Euch keine andere Wahl.« Er warf Arutha einen Blick zu, und der lächelte kläglich. »Wir heben hiermit das Urteil der Verbannung auf. Nun, so gibt es immer noch das Problem mit dem Titel. Wir verleihen das Amt des Herzogs von Bas-Tyra an jenen Mann, den unser Bruder Arutha für den fähigsten hält. Armand de Sevigny, Wir ernennen Euch hiermit zum Herzog von Bas-Tyra, mit allen Rechten und Pflichten, die dieses Amt beinhaltet. Erhebt Euch, Herzog Armand de Sevigny.«

Lyam wandte sich Guy zu. »Auch ohne Euer ererbtes Amt glauben Wir, dass wir Euch weiterhin beschäftigen müssen. Kniet nieder!« Armand half Guy auf die Knie. »Guy du Bas-Tyra, in Anbetracht Eurer tiefen Sorge um das Königreich, aus dem Ihr verbannt wurdet, und in Anbetracht Eurer Tapferkeit bei der Verteidigung von Armengar und des Königreichs bieten wir Euch das Amt des Königlichen Kanzlers und Ersten Ratgebers des Königs an. Wollt Ihr dieses Amt annehmen?«

Guy machte große Augen, dann lachte er. »Das ist doch ein Witz, Lyam. Euer Vater wird sich in seiner Gruft umdrehen.« Und schnell fügte er hinzu: »Ja, ich nehme an!«

Der König schüttelte den Kopf, lächelte und dachte an seinen Vater. »Nein, ich glaube, er würde das verstehen. Erhebt Euch, Guy, Herzog von Rillanon.«

Als Nächstes sagte Lyam: »Baru von den Hadati.« Baru ließ Laurie, Martin und Briana stehen und kniete vor dem König nieder. »Eure Tapferkeit ist ohnegleichen, und Ihr stelltet dies unter Beweis, sowohl bei der Vernichtung des Moredhel Murad als auch bei der Führung unseres Bruders Martin und des Herzogs Laurie durch die Berge, sodass Wir vor Murmandamus' Überfall gewarnt wurden. Wir haben lange darüber nachgedacht, welche Belohnung Wir Euch anbieten dürfen. Was können Wir tun, um unseren Gefallen an Euren Diensten zum Ausdruck zu bringen?«

»Majestät«, sagte Baru, »ich verlange keine Belohnung. Jetzt, da so viele neue Angehörige meines Volkes nach Yabon kommen, möchte ich mich dorthin zurückziehen, wenn ich darf.«

»Dann geht mit unserem Segen«, entgegnete Lyam, »und sollte irgendetwas in Unserer Macht stehen, womit Wir die Wiederansiedlung Eurer Brüder unterstützen können, müsst Ihr nur danach fragen.«

Baru erhob sich und ging zurück zu seinen Freunden, die ihn allesamt anstrahlten. Baru hatte eine neue Heimat, und sein Leben hatte nun einen neuen Sinn.

Weitere Belohnungen wurden vergeben, und die Audienz dauerte an. Arutha war nicht ganz bei der Sache. Er dachte an Anita und wünschte sich, sie wäre nun bei ihm, doch er wusste, dass er sie in einigen Tagen wiedersehen würde. Er sah Macros mit Pug und Tomas sprechen und fragte sich, was die drei Männer zu bereden hatten.

»Das versteht ihr also?«, fragte Macros.

»Ja, aber es ist trotzdem schwierig.« Pug brauchte nicht mehr zu sagen. Er hatte all das Wissen von Macros in sich aufgenommen, als er mit dem Zauberer verbunden gewesen war. Jetzt war er Macros ebenbürtig. Doch er würde den Zauberer vermissen, nun, da er dessen Schicksal kannte.

»Alle Dinge enden irgendwann, Pug. Und nun endet meine Zeit auf dieser Welt. Nachdem wir die Valheru besiegt haben, habe ich all meine Kräfte zurückgewonnen. Gathis wird mich begleiten, und für die anderen auf meiner Insel werde ich sorgen, sodass ich keinerlei Verpflichtungen mehr in dieser Welt habe. Ich muss weiterziehen, so wie du hierbleiben musst. Könige werden deinen Rat brauchen, kleine Jungen deinen Unterricht, alte Männer werden sich mit dir streiten wollen, und Kriege müssen verhindert oder ausgetragen werden.« Er seufzte, doch als er weitersprach, klang er erleichtert. »Trotzdem, es wird niemals langweilig. Sei sicher, der König weiß, was wir hier geleistet haben.«

Er betrachtete Tomas. Der Mensch, der zum Valheru geworden war, sah seit dem letzten Kampf irgendwie anders aus, und Macros sagte leise: »Tomas, die Eldar werden schließlich ihr selbst gewähltes Exil in Elvardein verlassen und nach Hause zurückkehren. Die Königin wird dich brauchen, wenn sie das neue Elvandar regieren soll. Viele der Glamredhel werden kommen, nun, da sie wissen, dass Elvandar existiert, und auch viele Moredhel werden wiederkehren, so vermute ich. Nachdem die Valheru in ihre Grenzen verwiesen wurden, wird der Düstere Pfad nicht mehr so stark sein. Zumindest dürfen wir das hoffen. Gehe in dich, denn ich glaube, auch du wirst von deiner Macht verloren haben, nachdem das Geschlecht von Ashen-Shugar gegangen ist. Du wirst immer noch zu dem mächtigsten Sterblichen gehören, doch an deiner Stelle würde ich nicht versuchen, die Drachen zu beherrschen. Ich glaube, sie würden dich erschrecken.«

Tomas sagte: »Ich habe die Veränderung selbst bemerkt … letztlich. Bin ich nun wieder ein Sterblicher?«

Macros nickte. »Das warst du immer. Die Macht des Valheru hat dich verändert, und diese Veränderung kann nicht wieder rückgängig gemacht werden. Doch unsterblich warst du nie. Du warst nur nahe daran. Aber mach dir keine Sorgen, vom Erbe des Valheru hast du einen großen Teil behalten. Du wirst lange an der Seite deiner Königin leben, zumindest solange, wie es den Elben vom Schicksal her zugebilligt ist.« Bei diesen Worten schien Tomas wieder Mut zu fassen.

»Bleibt wachsam, alle beide, denn die Pantathianer haben diese Unternehmung über Jahrhunderte geplant, bis in die kleinste Einzelheit hinein. Und die Mächte, die jener innehatte, der sich als Murmandamus ausgab, waren nicht die Illusionen eines Geisterbeschwörers. Er hatte wirkliche Macht. Es bedarf viel, will man ein so dunkles Volk wie die Moredhel für sich einnehmen. Vielleicht werden die Schlangenmenschen ohne den Einfluss der Valheru durch Zeit und Raum lediglich eine intelligente Art unter vielen bleiben.« Er sah in die Ferne. »Vielleicht auch nicht. Hütet euch vor ihnen.«

»Macros …«, sagte Pug leise. »Am Ende war ich mir sicher, wir hätten verloren.«

Macros lächelte rätselhaft. »Das war ich auch. Vielleicht konnte der Stein des Lebens seine Aufgabe nicht richtig erfüllen, weil Tomas sein Schwert hineingerammt hatte. Ich weiß es nicht. Der Spalt war geöffnet, und das Drachenheer hätte eindringen können, doch …« Die Augen des alten Zauberers leuchteten. »Irgendein Wunder oder etwas anderes geschah. Etwas, was sich meinem Verständnis entzieht, mischte sich schließlich ein.« Er sah zu Boden. »Es war das Leben an sich, die Seelen aller, die auf dieser Welt leben. Sie alle zusammen haben die Valheru am Ende zurückgeschlagen. Der Stein des Lebens hat uns geholfen, nicht dem Feind. Von ihm habe ich meine Kraft genommen. Und damit habe ich das Drachenheer und den Schreckensherrscher gebannt und den Spalt geschlossen. Das war es, was uns beschützt und unser Leben gerettet hat.« Er lächelte. »Du solltest den Stein des Lebens erforschen, jedoch mit aller Vorsicht. Er stellt ein größeres Wunder dar, als irgendjemand je geahnt hat.«

Macros schwieg eine Weile, dann blickte er Pug an. »Du warst immer wie ein Sohn für mich, und nun bist du der Erbe all meines Wissens, das ich angehäuft habe, seit ich zum ersten Mal nach Midkemia kam. Meine letzte Kiste mit Büchern und Pergamenten, die ich noch auf meiner Insel zurückhielt, wird bald in Stardock ankommen. Doch das solltest du Kulgan und Hochopepa erst mitteilen, nachdem du sie selbst durchgeschaut hast. Einiges davon sollte auf dieser Welt niemandem in die Hände fallen außer dir und demjenigen, der dir folgen wird. Sei ein guter Lehrer, Pug. Mach deine Schüler zu mächtigen Zauberern, doch erziehe sie auch zu liebenden und gutherzigen Menschen.«

Er hielt inne und sah die beiden Jungen an, die zu Männern

geworden waren, diese Jungs, mit deren Erziehung zu Rettern der Welt er zwölf Jahre zuvor begonnen hatte. Endlich sagte er: »Ich habe euch beide benutzt und manchmal für nicht besonders schöne Aufgaben. Doch am Ende hat es sich als notwendig erwiesen. Welches Leid ihr auch immer aushalten musstet, es wurde, so möchte ich meinen, durch das Gewonnene ausgeglichen. Ihr habt etwas erreicht, von dem ihr als Jungen nicht einmal zu träumen wagtet. Ihr seid nun die Beschützer von Midkemia. Und dazu habt ihr meinen Segen.«

Seine Stimme wollte fast versagen, als er fortfuhr: »Auf Wiedersehen, und ich danke euch.« Dann ging er davon. Weder Pug noch Tomas waren in der Lage, sich zu verabschieden.

Macros wanderte in Richtung Westen davon, geradewegs in den Sonnenuntergang hinein. Er entfernte sich von ihnen, doch mit jedem Schritt schien er auch durchsichtiger zu werden, bis er bald nur noch wie ein Nebel erschien. Dann war er verschwunden.

Sie sahen ihm hinterher und schwiegen eine Zeitlang. Dann fragte Tomas: »Ob er jemals Frieden finden wird?«

»Ich weiß es nicht«, erwiderte Pug. »Vielleicht wird er eines Tages seine Gesegneten Inseln finden.«

Die Feier war in vollem Gange. Martin und Briana hatten ihre Heiratspläne bekannt gegeben, und alle hatten sie dazu beglückwünscht. Während nun die anderen ausgelassen ihr Überleben feierten, suchten sich Arutha, Lyam, Tomas und Pug einen Weg durch die Ruinen von Sethanon. Die Bevölkerung war im westlichen Teil der Stadt untergebracht worden, und man hörte die Menschen nur schwach aus der Ferne.

Dennoch bewegten sie sich vorsichtig, um nicht von jemandem entdeckt oder beobachtet zu werden.

Tomas führte sie durch einen breiten Spalt in der Erde zwischen dem Schutt der Festung in etwas hinein, das wie ein Höhleneingang aussah. »Hier«, sagte er, »hat sich eine Spalte aufgetan, die in die darunterliegende Kammer führt, in die Mitte der alten Stadt. Seid vorsichtig.«

Langsam stiegen sie nach unten, wobei sie trotz des Lichts, das Pug magisch erzeugte, nur wenig sehen konnten. Bald aber erreichten sie die Halle. Pug machte eine Geste mit der Hand, und es wurde heller. Daraufhin bedeutete Tomas dem König, er solle vorgehen.

Aus dem Schatten traten Gestalten in langen Roben, und Arutha zog sein Schwert.

Eine Frauenstimme erklang aus der Dunkelheit. »Senkt Euer Schwert, Prinz des Königreichs.«

Tomas nickte, und Arutha schob das magische Schwert in die Scheide zurück. Aus der Dunkelheit kam eine riesige Gestalt auf sie zu, und das Licht, das Pug erzeugt hatte, tanzte glitzernd über Myriaden von Juwelen und Brillanten. Es war ein Drache, doch einer, wie ihn noch nie jemand gesehen hatte, denn anstelle seiner einst goldenen Schuppen glänzten Tausende von Edelsteinen. Jede Bewegung dieses gigantischen Wesens rief einen Regenbogen von atemberaubender Schönheit hervor.

»Wer seid Ihr?«, fragte der König ruhig.

»Ich bin das Orakel von Aal«, entgegnete die leise Stimme des Drachen.

»Wir haben eine Abmachung getroffen«, erklärte Pug. »Schließlich mussten wir einen geeigneten Körper finden.«

Tomas ergänzte: »Ryath blieb bewusstlos zurück, denn der Schreckensherrscher hatte ihr die Seele gestohlen. Doch ihr Körper lebte noch, obwohl sie schwer verletzt und dem Tode nahe war. Macros hat sie geheilt und die zerstörten Schuppen mit den Edelsteinen aus dem Schatz ersetzt, der hier versteckt war, und er benötigte auch einen großen Teil vom Stein des Lebens. Als sie so weit wiederhergestellt war, haben wir das Orakel und seine Diener hergeholt. Und nun kann das Orakel in diesem Körper wohnen, der keine Seele mehr hatte.«

»Dieser Körper ist mir nicht nur sehr angenehm«, sagte das Orakel, »er wird zudem noch viele Jahrhunderte leben. Und er hat die verschiedensten Kräfte.«

»Und«, fügte Pug hinzu, »das Orakel wird für alle Zeiten über den Stein des Lebens wachen.«

Lyam betrachtete den Stein des Lebens. In dem grünen Edelstein schien ein warmes Licht zu pulsieren. Aus seiner Mitte stak das goldene Schwert hervor.

»Wir wissen nicht, ob dieses Schwert die Drachenherrscher vernichtet oder zumindest gebannt hat«, sagte Pug. »Selbst mit all der Magie, die ich von Macros gelernt habe, kann ich dieses Geheimnis nicht ergründen. Wir haben Angst davor, Tomas' Schwert wieder herauszuziehen, denn es könnte alles entfesseln, was in diesem Stein gefangen ist.«

Lyam erschauerte. Er hatte schon viel gesehen, doch dem Stein des Lebens und seiner Macht gegenüber fühlte er sich hilflos. Er trat an ihn heran und streckte zögerlich die Hand aus. Der Stein war warm und strahlte etwas angenehm Entspannendes aus. Als er ihn berührte, erfüllte den König ein Gefühl der Wahrheit. Er wandte den Blick der mächtigen, juwelenbesetzten Gestalt des Drachen zu. »Es ist mir nur recht, wenn Ihr über ihn wacht, meine Dame.« Er dachte nach, dann sagte er zu Arutha: »Verbreitet das Gerücht, die Stadt wäre verflucht. Der tapfere kleine Humphry ist tot, und er hat keine Erben. Ich werde die verbliebene Bevölkerung anderswo ansiedeln und ihr eine angemessene Entschädigung zahlen. Die Stadt ist sowieso schon mehr als zur Hälfte zerstört. Verlassen wir sie also lieber, damit niemand mehr das Orakel stört. Und nun wollen wir zurückgehen, bevor wir bei der Feier vermisst werden und jemand nach uns sucht.«

Zu dem Drachen sagte er: »Meine Dame, ich wünsche Euch alles Gute in Eurem Amt. Solltet Ihr irgendetwas bedürfen, so sendet mir eine Nachricht, sei sie magischer oder weltlicher Art, und ich werde Eure Bitte zu erfüllen suchen. Nur wir vier und mein Bruder Martin kennen die Wahrheit über Euch und eines Tages vielleicht unsere Erben.«

»Ihr seid sehr großzügig, Majestät«, antwortete das Orakel.

Tomas führte sie aus der Höhle und wieder nach oben an die Oberfläche.

Arutha betrat sein Zelt und ärgerte sich bei dem Anblick, den er vorfand: Jimmy schlief in seinem Bett. Er schüttelte den Jungen sanft. »Was hat das zu bedeuten? Ich dachte, du hättest ein eigenes Quartier?«

Jimmy sah den Prinzen an. »Es ist wegen Locky. Die ganze Welt bricht über uns zusammen, und er findet ein neues Mädchen. Allmählich wird das bei ihm zur Gewohnheit. Letzte Nacht habe ich auf dem Boden geschlafen. Ich konnte mir gerade noch eine Decke schnappen. Na ja, ich werde schon ein anderes Plätzchen zum Schlafen finden.«

Arutha lachte und schob den Jungen, der gerade aufstehen

wollte, ins Bett zurück. »Bleib hier. Ich schlafe im Pavillon des Königs. Lyam hat heute Abend fleißig Belohnungen verteilt, während du geschlafen hast und Locky … was auch immer er gemacht hat. In der ganzen Aufregung habe ich euch beide vollkommen vergessen. Wie kann ich euch zwei Halunken belohnen?«

Jimmy grinste. »Ihr könntet Locky zum Ersten Junker machen, dann würde ich mich wieder in mein sicheres und ruhiges Leben als Dieb zurückziehen.« Er gähnte. »Im Moment kann ich allerdings an nichts anderes denken als an eine Woche Schlaf.«

Arutha lächelte. »Gut. Schlaf dich aus. Mir wird schon etwas für euch einfallen.«

Er ließ Jimmy allein und machte sich zu Lyams Zelt auf.

Als er sich dem Eingang näherte, fuhr gerade, von einem Trompetenstoß begleitet, ein staubbedeckter Wagen mit dem fürstlichen Wappen heran. Rasch stiegen Anita und Carline aus.

Arutha war verblüfft, als seine Frau und seine Schwester auf ihn zurannten. »Was ist jetzt los?«

»Wir sind Lyam hinterhergefahren«, sagte Anita unter Tränen. »Wir konnten es in Rillanon nicht mehr aushalten, ohne zu wissen, ob du und Laurie noch am Leben seid. Sobald die Nachricht eintraf, dass es euch gutgeht, sind wir sofort aufgebrochen und hierher geeilt.«

Arutha umarmte sie, während Carline einer Stimme lauschte, die ein Lied sang. »Entweder ist das eine Nachtigall, oder mein Gatte hat vergessen, dass er neuerdings ein Herzog ist.« Sie küsste Arutha auf die Wange. »Du wirst bald wieder Onkel.«

Arutha lachte und umarmte seine Schwester. »Viel Liebe und Glück, Carline. Ja, es ist Laurie, der da singt. Er und Baru sind heute mit Vandros angekommen.«

Sie lächelte. »Ich werde mal gehen und dafür sorgen, dass er ein paar graue Haare bekommt.«

Arutha fragte: »Was meint sie mit ›wieder‹?«

Anita blickte ihren Gatten glücklich strahlend an. »Die Königin trägt ein Kind unter dem Herzen – das wurde erst verkündet, als du schon fortgezogen warst –, und Pater Tully lässt Lyam ausrichten, dass alle Anzeichen auf einen Prinzen hindeuteten. Tully meinte, er sei zu alt für eine beschwerliche Reise. Doch seine Gebete haben euch die ganze Zeit begleitet.«

Arutha grinste. »Dann bin ich also meinen Prinzentitel bald los.«

»So bald nun auch nicht. Das Kind wird erst in vier Monaten geboren.«

Carline hatte ihrem Mann offensichtlich die Nachricht ihrer Schwangerschaft überbracht, das verriet ein plötzlicher Jubelschrei, und ein zweiter verkündete, dass auch Tullys Nachricht angekommen war.

Anita nahm ihren Gatten in die Arme und flüsterte: »Deinen Söhnen geht es gut, und sie werden immer größer. Sie vermissen ihren Vater. Und ich auch. Können wir uns nicht einfach verdrücken?«

Arutha lachte. »Sobald wir Lyam unsere Aufwartung gemacht haben. Nur leider habe ich mein Bett Jimmy überlassen. Es scheint, als hätte Locklear eine amouröse Ader entwickelt, und Jimmy wusste nicht, wo er sonst hin sollte. Also werden wir wohl eines der Zelte für die Gäste nehmen müssen.«

Er ging mit seiner Frau in Lyams Pavillon, und die versammelten Adligen erhoben sich und entboten dem Prinzen und der Prinzessin von Krondor ihren Gruß.

Der keshianische Botschafter, Fürst Hazara-Khan, verneigte sich, und Arutha streckte ihm die Hand entgegen. »Ich danke Euch, Abdur.« Er stellte Anita Hokanu vor und dankte auch ihm.

Dolgan unterhielt sich mit Galain, und Arutha gratulierte dem Zwerg, der seit Kurzem König der Zwerge des Westens war. Dolgan zwinkerte ihm zu und lächelte, dann schwiegen alle, als Laurie zu spielen begann.

Alle hörten aufmerksam zu, während Laurie sang. Es war ein trauriges Lied, eine Ballade, die er zur Ehre seines Freundes Roald geschrieben hatte. Das Lied erzählte von dem Kummer, den Laurie beim Tod seines Freundes verspürt hatte, doch am Ende wechselte es nach Dur, verkündete seinen letztlichen Triumph, und bei der kleinen neckischen Koda mussten alle lachen, die Roald gekannt hatten, denn Laurie hatte wunderbar auf seine manchmal etwas rüpelhafte Art angespielt.

Dann kamen Gardan und Volney nach vorn, und der Graf von Landreth fragte: »Wenn ich Euch vielleicht Euren Gemahl kurz entführen dürfte, Hoheit?«

Anita nickte zustimmend, und Arutha führte die beiden Männer, die in seiner Abwesenheit für ihn regiert hatten, in einen Raum neben der Kammer des Königs. Auf dem Bett lag eine stämmige Gestalt und atmete schwer, und Arutha legte den Finger auf die Lippen und mahnte die beiden anderen, leise zu sein.

Gardan reckte den Hals und flüsterte Arutha ins Ohr: »Amos Trask?«

Arutha erwiderte leise: »Es ist eine lange Geschichte, und er soll sie Euch lieber selbst erzählen, sonst würde er mir niemals verzeihen. Nun, was gibt es?«

Mit gedämpfter Stimme sagte Volney: »Hoheit, ich möchte nach Landreth zurückkehren. Nachdem Euer angeblicher Tod verkündet wurde, ließ sich Krondor schlechter verwalten als ein Stall voller Ratten. Ich habe während der letzten drei Jahre mein Bestes getan, doch jetzt ist es genug. Ich möchte nach Hause.«

»Ich kann Euch nicht entbehren, Volney.« Der stämmige Graf wollte die Stimme heben, doch Arutha machte »Psst!« und sagte dann leise: »Seht einmal, es wird bald einen neuen Prinzen von Krondor geben, und dann brauchen wir einen Regenten.«

»Das ist unmöglich«, entgegnete Volney. »Das wäre eine Aufgabe für weitere achtzehn Jahre. Davon nehme ich in aller Form Abstand.«

Arutha richtete den Blick auf Gardan, und der grinste und hielt die Hände in die Höhe. »Seht mich nicht an. Lyam hat mir versprochen, dass ich mit Martin und seiner Gemahlin nach Crydee zurückkehren dürfe. Da Charles dort jetzt der neue Schwertmeister ist, kann ich meinem Sohn das Soldatenhandwerk überlassen. Ich habe vor, meine letzten Tage mit fischen zu verbringen. Ihr werdet Euch um einen neuen Feldmarschall bemühen müssen.«

Arutha fluchte. »Das bedeutet, falls ich nicht bald jemanden finde, wird Lyam mich erst zum Herzog von Krondor und dann auch noch zum Feldmarschall ernennen. Ich hatte gehofft, er würde mir eine der ruhigen Grafschaften wie Tucksberg überlassen, wohin ich mich zurückziehen könnte und mein Heim niemals wieder verlassen müsste.« Er dachte angestrengt nach und sagte dann: »Ich will Euch beide weitere zehn Jahre.«

»Auf gar keinen Fall!«, sagte Volney voller Entrüstung. »Ich würde vielleicht noch ein Jahr bleiben, um meinen Nachfolger in die Verwaltung einzuführen, doch keinen Augenblick länger.«

Arutha kniff die Augen zusammen. »Sechs. Sechs Jahre. Ihr beide. Wenn Ihr zustimmt, könnt Ihr Euch, Volney, danach nach Landreth zurückziehen, und Ihr, Gardan, nach Crydee. Wenn nicht, werde ich schon eine Möglichkeit finden, wie ich das Ganze noch mehr in die Länge ziehen kann.«

Gardan lachte. »Ich habe bereits Lyams Erlaubnis, Arutha.« Er sah, wie der Prinz immer verdrießlicher wurde, und sagte daher: »Aber wenn Volney Ja sagt, bleibe ich ebenfalls noch ein Jahr. Na gut, zwei, aber kein einziges mehr, und nur solange, bis Ihr alle Angelegenheiten geregelt habt.«

Aruthas Augen blitzten fast bösartig. Zu Gardan sagte er: »Wir werden einen Botschafter am Hofe der Tsuani brauchen, jetzt, da der Spalt wieder offen ist.« Und an Volney gewandt, fuhr er fort: »Und auch in Groß-Kesh brauchen wir einen neuen Diplomaten.«

Die beiden Männer wechselten einen Blick, und Volney zischte zurück: »Also gut, Ihr Erpresser, drei Jahre. Was sollen wir in diesen drei Jahren machen?«

Arutha lächelte schief. »Ich möchte, dass Ihr persönlich den Unterricht von Jimmy und Locklear übernehmt, Volney. Ihr werdet ihnen alles über Verwaltung beibringen, was Ihr wisst. Überhäuft sie mit Arbeit, bis sie nicht mehr wissen, wo ihnen der Kopf steht, und dann gebt ihnen noch Aufgaben obendrein. Diese beiden Strolche sollen später zu etwas nütze sein. Macht die allerbesten Verwalter aus ihnen. Und wenn sie keinen Unterricht haben, werdet Ihr sie, Gardan, zu Soldaten machen. Dieser junge Bandit hat mich vor Jahren um eine Belohnung gebeten, und jetzt soll er zeigen, ob er dazu auch taugt. Und sein junger Spießgeselle hat zu viel Talent, als dass man ihn einfach nach Endland zurückschicken könnte. Wenn Ihr beide Euch zur Ruhe setzt, werden wir einen neuen Herzog und einen neuen Feldmarschall brauchen, und wenn ich mich ebenfalls zurückgezogen habe, auch noch einen Prinzregenten, und der wird später ein fähiger Kanzler sein müssen, der dem Prinzen die Last des Amtes tragen hilft. Also, ich möchte, dass die beiden in den nächsten vier Jahren keine freie Minute haben.«

»Vier Jahre?«, schrie Volney. »Ich sagte drei!«

Dann hörte man vom Bett her ein amüsiertes Glucksen, und Amos sagte: »Arutha, Ihr habt eine seltsame Vorstellung von Belohnung. Was hat Euch denn zu diesem hinterhältigen Sinneswandel bewogen?«

Arutha grinste breit und erwiderte: »Gönnt Euch doch noch etwas Ruhe, Admiral.«

Amos sank zurück aufs Lager. »Ach, Arutha, Ihr könnt einem aber auch das letzte bisschen Freude im Leben nehmen.«

Danksagung

Da wir jetzt am Ende der *Spaltkrieg-Saga* angekommen sind, drängt es mich noch einmal, verschiedenen Leuten den herzlichsten Dank auszusprechen, weil sie auf die eine oder andere Weise dazu beigetragen haben, dass die Bücher sowohl gut als auch erfolgreich geworden sind.

Zum einen wären da die eigentlichen Architekten von Midkemia: April und Stephen Abrams, Steve Barrett, Anita und Jon Everson, Dave Guinasso, Conan LaMotte, Tim LaSelle, Ethan Munson, Bob Potter, Rich Spahl, Alan Springer, Lori und Jeff Velten.

Zum anderen sind da die vielen, die sich über Jahre hinweg an den Freitagen zu uns gesellt und ihre persönlichen Ideen zu den wundersamen Dingen hinzugefügt haben, die die Welt von Midkemia ausmachen.

Des Weiteren Dank an meine Freunde bei Doubleday, sowohl an die früheren als auch an die heutigen: Adrian Zackheim, Pat LoBrutto, Kate Cronin, Mary Ellen Curley, Peter Schneider und Elaine Chubb. Jeder von ihnen hat viel für diese Bücher getan.

Dann wäre noch Harold Matson zu erwähnen, mein Agent, der mir meine erste Chance gab.

Und schließlich Janny Wurts, eine sehr begabte Schriftstellerin und Künstlerin, die mir gezeigt hat, wie ich noch mehr aus meinen Figuren herausholen konnte, als ich längst dachte, sie wären perfekt.

Jeder dieser Leute hat mir auf seine einzigartige Weise geholfen, die drei Romane fertigzustellen, aus denen die *Spaltkrieg-Saga* besteht. Hätte auch nur einer von diesen Menschen gefehlt, wären die Bücher nicht das, was sie schließlich geworden sind.

Raymond Feist
San Diego, Kalifornien
Oktober 1984